何建明文集

卷二十七

三牛风波

何建明 著

新世界出版社
NEW WORLD PRESS

图书在版编目（CIP）数据

三牛风波 / 何建明著 . -- 北京 : 新世界出版社，2018.3
（何建明文集 ; 27）
ISBN 978-7-5104-6372-3

Ⅰ . ①三… Ⅱ . ①何… Ⅲ . ①纪实文学 — 中国 — 当代
Ⅳ . ① I25

中国版本图书馆 CIP 数据核字 (2017) 第 197422 号

三牛风波

作　　者 : 何建明
特邀丛书编辑 : 韩小群
责任编辑 : 贾瑞娜
责任校对 : 宣　慧
责任印制 : 王宝根　苏爱玲
出版发行 : 新世界出版社
社　　址 : 北京西城区百万庄大街 24 号(100037)
发 行 部 :(010) 6899 5968 （ 010) 6899 8705 (传真)
总 编 室 :(010) 6899 5424 （ 010) 6832 6679 (传真)
http://www.nwp.cn
http://www.nwp.com.cn
版 权 部 : +8610 6899 6306
版权部电子信箱 : nwpcd@sina.com
印　　刷 : 北京京华虎彩印刷有限公司
经　　销 : 新华书店
开　　本 : 710mm × 1000mm　1/16
字　　数 : 470 千字　　印　　张 : 27.75
版　　次 : 2018 年 3 月第 1 版　2018 年 3 月第 1 次印刷
书　　号 : ISBN 978-7-5104-6372-3
定　　价 : 88.00 元

1978年——中国改革开放启幕

1978年——我的文学生涯开始

庆幸，我的命运与时代、与祖国同行。还有一份安慰：当我离开这个世界时，有人可以从我的文字里触摸到中国今天的脉搏是如何跳动的……

何建明

重要创作历程及个人成就

1978 年	创作第一篇中篇散文《湘西探险记》
1980 年	发表第一篇报告文学《腾飞吧，苍龙》
1982 年	创作第一部军事题材小说《第二道战壕》
1986 年	出版第一部报告文学作品集《缉私大王》
1988 年	出版第一部长篇小说《东方毒蛇》
1989 年	由同名作品改编的电影剧本《西行囚车》被搬上银幕，此片获珠江电影制片厂优秀故事片奖
1990 年	第一次获中华宝石文学奖
1993 年	任文学杂志《新生界》主编
1993 年	发表第一部长篇报告文学《野性的黑潮》
1994 年	第一次成为《青年文学》封面人物
1995 年	《共和国告急》出版，此后获第一届鲁迅文学奖
1995 年	《科学大师的名利场》发表
1998 年	《落泪是金》发表，此后获第二届鲁迅文学奖、第一届徐迟报告文学奖、中国改革开放优秀报告文学奖
2000 年	《中国高考报告》出版，此后获第一届正泰杯全国报告文学奖
2001 年	《中国高考报告》被日本、澳大利亚翻译出版
2002 年	《根本利益》发表，此后获第二届徐迟报告文学奖、人民文学奖特等奖、第六届国家图书奖提名奖、第二届正泰杯全国报告文学奖，入选中宣部推荐的党的十五大献礼书目
2002 年	《国家行动：三峡大移民》出版，此后获中宣部第九届“五个一工程”奖，入选中宣部推荐的党的十六大献礼书目
2003 年	《北京保卫战》发表，获《文汇报》优秀作品奖

2003 年　完成电影剧本《廊桥悠悠》创作（此为与谢晋导演合作项目）

2004 年　由《根本利益》改编的电影《信天游》上映

2004 年　《永远的红树林》发表，此后获第四届正泰杯全国报告文学奖

2005 年　《李琬若：从中国留学生到美国市长》出版，并被美国翻译出版

2005 年　获国务院授予的“全国劳动模范”称号

2005 年　任《中国作家》杂志主编

2006 年　《男人的美丽男人的梦》出版

2007 年　散文《父亲的体温》入选中学课本及教辅资料

2007 年　《部长与国家》获第四届鲁迅文学奖、第三届徐迟报告文学奖荣誉奖

2008 年　《生命第一——5·12 大地震现场纪实》出版，此后获第二届“中华优秀出版物”奖、第四届徐迟报告文学奖

2008 年　任作家出版社社长

2008 年　荣获“全国新闻出版行业领军人才”称号

2008 年　根据《国家行动》改编的同名电视连续剧在央视播出

2009 年　任中国作家协会党组成员、书记处书记，中国作家出版集团党委书记、管委会主任

2009 年　《国家行动》电视连续剧获中宣部第十一届“五个一工程”奖

2009 年　《我的天堂》出版，获中宣部第十一届“五个一工程”奖

2009 年　《永远的红树林》获新中国六十年优秀中短篇报告文学奖

2009 年　获中华全国总工会“时代领跑者——新中国成立以来最具影响的劳动模范”评选活动提名奖

2010 年	根据《部长与国家》改编的电视连续剧《奠基者》在央视黄金时段播出，此后获中宣部第十二届“五个一工程”奖
2010 年	《忠诚与背叛：告诉你一个真实的红岩》出版，此后获中宣部第十二届“五个一工程”奖、第三届中国出版政府奖，入选“2013 年全国青少年推荐阅读的优秀书目”
2010 年	任中国作家协会副主席至今
2011 年	《国家——2011·中国外交史上的空前行动》出版，后获人民文学奖特等奖，入选“2012 年中国报告文学优秀作品排行榜”、中宣部推荐的党的十八大献礼书目
2012 年	《三牛风波》出版，荣登北京图书大厦畅销书排行榜
2012 年	任中华文学基金会理事长至今
2012 年	当选中国报告文学学会理事长至今
2014 年	《南京大屠杀全纪实》出版，此后获第四届中国出版政府奖、人民文学奖特等奖
2015 年	获亚洲品牌协会“中国文化品牌新领军人物”荣誉
2015 年	《真假之间》发表
2016 年	《爆炸现场》出版，获中国出版集团优秀销售奖，入选“2016 年中国报告文学优秀作品排行榜”
2017 年	《死亡征战》出版，被英国、法国翻译出版
2017 年	《那山，那水》发表

（截至 2017 年 9 月）

目　录

三牛风波

“回顾我们党90年的发展历程，我们有一个共同的感觉，这就是，我们党从成立之日起，就始终代表广大青年、赢得广大青年、依靠广大青年……我们党的队伍里始终活跃着怀抱崇高理想、充满奋斗激情的青年人，这是我们党历经90年风雨而依然保持蓬勃生机的一个重要保证。青年是祖国的未来、民族的希望，也是我们党的未来和希望。全党都要关注青年、关心青年、关爱青年，倾听青年心声，鼓励青年成长，支持青年创业。党对青年寄予厚望，人民对青年寄予厚望。全国广大青年一定要深刻了解近代以来中国人民和中华民族不懈奋斗的光荣历史和伟大历程，永远热爱我们伟大的祖国，永远热爱我们伟大的人民，永远热爱我们伟大的中华民族，坚定理想信念，增长知识本领，锤炼品德意志，矢志奋斗拼搏，在人生的广阔舞台上充分发挥聪明才智、尽情展现人生价值，让青春在为党和人民建功立业中焕发出绚丽光彩。”

“从长远和战略上看，培养和造就出优秀的年轻干部、保证党的事业后继有人是更重要的任务。做不好工作，是不称职的领导者；带不出好干部，同样是不称职的领导者。”

——胡锦涛

在庆祝中国共产党成立

90周年大会上的讲话

第一章　在探访那个“最牛”副县级干部的路上

这一天是清明节假期的第一天，这一天也是我甘肃之行的第一天，任务是采访一位被网友称为中国“最牛”副县级干部的青年——焦三牛。

三牛真的很牛。他的名字如明星一般响亮，和他有关的事情现在已经可以从网络上搜索到几十万条。网络时代似乎有一种令人不可思议的奇景：或将你捧上天，或将你打入十八层地狱，而这一切皆在一夜之间……

我的采访对象焦三牛，牛就“牛”在他使一个许多人原本很少听说的西部小城——武威，跟着他在短短的几个月间倏然“威武”起来，大大小小媒体的记者去了一拨又一拨，并在电视新闻中频频出现……这不，我也跟着去武威了！

三牛最牛的地方还是他的三个关键性经历：1989 年出生，2011 年 7 月工作，2012 年 1 月就任副县级。

23 岁，仅有半年工作经历，升任副县级干部！

现如今，三牛可能是中国目前最年轻的副县级领导干部了。因为按照近几年中组部和国家颁布的选拔干部条件与公务员条例，像他这样年轻和这么短暂的工作经历，绝对不可能有如此火箭式的成长。

因此三牛一夜间成了万众瞩目的一位“牛”气冲天的明星干部。

23 岁，在今天的成人眼里，这个年龄还算是个孩子。而“县老爷”在中国人的传统概念里可是个执掌一方天下的了不起的大官了！

他，焦三牛有超人的才干？他，升迁仕途中有不可告人的“黑幕”或者其本人有特殊的社会背景？无论官方在媒体上如何一再澄清一些传言，这样的疑惑依然留在许多人的心头——也包括我。因为人们知道，许多事情不同层面对同一问题可以有完全不同的解释，所谓的真相有时也可能被另一种有计划、有手段、有预谋的掩饰遮盖得严严实实，从而完全成为另一种非真相的“真相”——具有独立思维的公众很容易这样去认识和理解问题。

那么，23 岁的焦三牛仅凭半年的工作经历、一张清华大学的毕业证书和“西部人才奇缺”的一个理由，就当上了副县级领导干部，其真相到底是什么呢？

让我们先抛开那些烦琐而复杂的干部与组织程序规定，看一看 23 岁的焦三牛是真的可以成为“副县级”领导干部？还是一个根本就不行、完全是组织原因或是什么有权力者插手后“被升迁”的“牛小子”呢？

身为作家，我想寻找到自己的结论。因此我也希望能够按照自己的方法去实地了解和调查“焦三牛事件”，其实我更愿意说发生在他身上的事件可以理解为一种“三牛现象”。

不管怎么说，焦三牛，这回你面对的将是在组织部门与公众之间的另一种评判，而且它起码在一定程度上代表着超越于偏激情绪下的客观、公正和公平的观点。

焦三牛，你准备好了吗？还有那个武威，你们准备好了吗？一切可能的纰漏，也许会在我调查之后的笔端被无情地揭示……

许多人在等待我此次清明节的“甘肃之行”。说起清明节，我内心多了一份愁思：待在家中那个骨灰盒里七年的父亲，今年本该由作为儿子的我为你安排在清明节期间落地下葬的，然而现在不成了，儿要远行去见那个一度闹得沸沸扬扬的“最牛”副县级年轻干部——焦三牛，仅凭此，你又多了一份情感上的挑战！

把个人的私情弃之一边吧，飞机已经将我载到甘肃省会兰州。

30 年前我去过兰州，但留在我记忆中的它是个很破又很小的城市。现在它变了，变得有了些与东部现代化城市相仿的气息。然而才出省府十来分钟，蹿入我眼帘的都是难见绿色的荒秃山丘与飞扬的尘土……

西部到了，甘肃到了，我的心头渐聚起一份强烈的忧愁：这里依然还很贫穷。于是在赶往目的地——武威的路上，有两个突然冒出来的问题一直纠结在我的心头：假如是我的孩子——非常优秀的北京著名大学的毕业生，我舍不舍得放他到这遥远的、贫穷的、没有任何亲人和熟人的地方来工作和生活，而且不是暂时的，可能是一辈子？假如是我自己，能不能也像焦三牛他们一样，有份志向和坚定的决心在这尚很贫穷落后的西部待上五年十载？

汽车在公路上飞驰。两个非常现实的问题像两把铁锤猛烈地撞击着我的心扉、叩问着我的灵魂……

我想让自己的内心尽量坚强和高尚一点后再回答上面的自问。

车子在继续行进。“那就是祁连山。”陪同的省委组织部同志指着连绵不绝的大山说。

啊，这就是祁连山呀！浑黄光秃的下半截和白雪皑皑的、连着云雾的上半截……

“刚才出兰州时还很好的天气，怎么这会儿下雪了？”汽车玻璃窗突然被飘动的雪花儿打得湿湿的，我惊诧了一声。

“很正常。这儿四月飞雪五月沙尘暴是家常便饭……”甘肃的同志轻描淡写地说着，而我心头则默默涌起两句诗：羌笛何须怨杨柳，春风不度玉门关。

地图上的武威再往西行便是玉门和敦煌。

雪，越下越大。此刻的祁连山早已是通体的银装素裹，而夹缝里的道路上已少了很多行车，偶尔可见散落在雪谷间的乡村民居在车身摇晃中迎接着我们的出现……我感到胸口有些发闷。

“这是祁连山有名的乌鞘岭，海拔 3000 多米。何作家您不要紧吧？”甘肃的同志关切地问我。

“有些不舒服，不过估计还顶得住。好像跟到拉萨差不多……”我尽量减少说话。

“这儿比拉萨的海拔还要高些。过了这个岭就会好的。”

车上的人几乎都不再说话了，大家似乎都在注意应尽量少消耗体力，而此刻的我突然也一下有了结论似的：这样的地方，我这般身子骨看来是不行了，假如没有什么特别原因，我想我也不会让自己的孩子到这儿来“安居乐业”的，即使短暂的几个月……当内心的问题有了结论后，似乎倒让我不怎么气喘吁吁了。但我的脑海里却蹿出另一个新问题：这儿的百姓生活到底是啥样子？

“路边能找个村子吗？我想看看。”

“前面的山头上有个村子叫铁轨村，顺路可以拐进去看一看。”甘肃的同志对我的突然提议有些意外，但迟疑一下后，他们答应了。

上铁轨村的山路积满了雪，弯曲的盘山路十分危险。“你是第二位省部级领导上这条路了。”省委组织部的同志说，在我之前他们的省委副书记欧阳坚同志也来过此地。

山顶上的乡亲们听说“大官”来了，冒着飘雪，聚集到披着银装的打麦场上。

我就近走进一户农舍，黑乎乎的屋子里面除了一个土炕外，没有多少家什，一台十四英寸黑白电视机显然是唯一的“高档”摆设。主人姓徐，没见他的媳妇，15 岁的儿子才上小学五年级。

“学校在哪儿？”我问这孩子。

“在山下，走一个小时左右就到了。”老徐的儿子回答说，那笑容和目光分明告诉我：这是位弱智男孩。

“我是他哥哥。”凑过来的一位老汉憨厚地在我面前傻笑，样子七十来岁。

“您多大年纪了？”我问老汉。

“59，我比他大两岁。”老汉羞涩地说。

“你家的孩子呢？”我说。

“他是老光棍。”有人插话，顿时村上人一阵哄笑。老徐的哥哥更加羞涩地躲到众人后面。

“村上像他这年龄的光棍还有很多。这山上连水都喝不上，谁愿意嫁这儿……”一位干部模样的人嘀咕起来，随后指指土屋檐上一根小皮管，说：“我们就靠这积雪化了吃地窖水。一到夏天，雪没了，又不下雨，就只能买水喝……”

“买水喝？”这么穷的地方竟然还要买水喝，真是不可思议！我突然想到在兰州时，省委组织部吴德刚部长给我讲的一件事，他说甘肃不少地方由于严重干旱，老百姓一到夏季，只能花钱买水，而且一方水的价钱远比城里要贵得多。“在东乡自治县的有些地方，百姓到冬天也要买水喝，80 块钱买一方水，要吃 20 天。”吴部长这样向我描述：老乡将买来的水，早晨用来洗脸，洗完脸的水用作洗菜，然后再把这水留到晚上用来洗脚，洗完脚的水最后喂牲口。“我们住在兰州，也就几块钱一方水，有时一个晚上做饭洗澡加洗衣服可能一用就是好几方水，哪一家都不会在意的。可在山区，老百姓不敢用水，因为连用水都恨不得要贷款才能买得起……”听了吴部长的话，叫人心酸。

铁轨村的百姓告诉我，虽然他们干旱时买水喝没有那么贵，但三四十块一方水，谁家也都舍不得用。

“这一带，像铁轨村这样的山民，还有8万多，政府正在实施整体搬下山的计划，得四五年才能完成。”赶来迎接我们的当地干部这样说。

铁轨村已经属于武威的地界了！呵，原来焦三牛就在这个地区工作啊！

虽然还未与焦三牛谋面，但面对当地如此贫困的情形，我的内心对“最牛的副县级干部”——焦三牛，有了第一份敬佩之情。

假如我是清华大学毕业生，我能做出像三牛一样的选择——来到这样贫困落后的地方“安居乐业”吗？

假如我的孩子也要选择这条路，我会同意吗？

肯定地说，绝大多数人都做不到，都不会。只有少之又少的人才能做得到，并且能有这样的选择。这少之又少的人中便有焦三牛，还有一批与他背景和身份相同的清华学子。

我们有什么理由责备和嘲讽这样的人？

我们有什么资格在完全不了解真相的时候便妄加评论，甚至用带有明显妒忌和侮辱的口吻，靠吐恶水将一个优秀的青年置于快窒息的处境？

结论不能出得太早。道理也非如此简单。“三牛事件”之所以成为“风波”，是因为人们在怀疑一件事：武威将一个只有半年工作经历的“学生娃”火箭式地推到了通常情况下需要十余年甚至更漫长的努力奋斗下才有可能的“副县级”领导岗位上，凭什么？但同样，人们也在发问另一个问题：武威为什么又偏偏把一个看起来似乎不太可能的“学生娃”推到了这个位置上？

是的，凭什么？为什么？这也是我的甘肃之行所要回答和弄清的。

第二章　武威“公选”的一声巨雷

2012年的春节是1月23日这一天。这时在我国南方的一些地方正值阳光明媚、气候渐暖春天已经来临的时候。然而在北方和西部，依然天寒地冻，温度在零下十几摄氏度、零下二十几摄氏度……可就在2012年春节前5天的1月17日，一个地市级政府网站上的一条并不怎么起眼的“公示”，将这个春节前后的亿万网民和公众搅得忐忑不安，情形颇如天翻地覆……

这就是甘肃武威市关于该市面向全国公开选拔（选聘）县级领导职位拟任人选任前公示的一则公告。《公告》开头的一段内容如下：

武威市面向全国公开选拔（选聘）县级领导职位

拟任人选任前公示的公告

武威市面向全国公开选拔（选聘）县级领导职位干部，根据报名与资格审查、知识测试、面试、差额考察（考核）、全委会差额推荐情况，市委常委会差额票决，确定以下31名同志为拟任（聘）人选，现予公告，接受广大干部群众监督。如发现有影响任职的问题，可通过电话、来信、面谈等形式反映，我们将认真受理，并向署名或当面反映问题的干部群众反馈调查核实结果。如不存在影响任职的问题，将按有关规定履行任职手续……

公告接下来的内容是31位拟任职干部的简历和拟任职务介绍。最后是公示时间：2012年1月16日至2012年1月22日，共7天。武威市公开选拔（选聘）县级领导职位人选工作办公室还公布了公示期间反映拟任者有关情况的两个监督电话。

“我记得等市委常委会票决结束后，我们组织部很快就把公示的《公告》文稿敲定了。17日午后1点40分，《公告》被挂到了政府网上。当时我清楚地记得对部里几个月来被公选弄得精疲力竭的同志们吆喝了一声，说现在除了监督电话上的两位值班同志外，大家今天可以早点下班，回家痛痛快快洗个澡，睡他个够！哪知，《公告》才挂出去几小时，我又把部里的所有同志都喊了回来……老实说，作为组织部长的我，当看了铺天盖地而来的网民议论，就像头顶打了一连串闷雷。我心想：这回小小武威可真要出名了，我这位组织部长麻烦也大了……”武威市委组织部长李明生至今谈起此事，脸上仍然难掩当时的那份忧心。

公元2012年春节前夕，武威“公选”犹如开天辟地之雷鸣，震荡了神州大地。最现代、最快捷的网络传播，将武威“公选”的最后结果连同武威市一起“晒”到了全国人民面前，一时间成为众矢之的。

最先挑起这场“晒”风暴和“三牛风波”的是在网络界声名显赫的“天涯论坛”中的“天涯杂谈”版块。“天涯论坛”是个公众论坛，在这里发出的声音很像赶集场上的噪声，随意性、自由性，尖锐和刻薄，好事与丑事在这里都可以找到市场。

18日10时32分，一个网名为“江湖人称美丽姐”的网民在转帖武威《公告》后，随即用“1989年出生，2011年7月工作，2012年1月副县级，牛呀！”为标题，发布网文，话题直指《公告》中的“焦三牛问题”，向武威组织部门提出三点责问：

“第一，尽管该同志是清华大学毕业，但根据2002年党政干部选拔任用条例，该同志根本没有5年的工龄和2年基层工作经验；同时不具有下一级两个以上职位任职经历。请问武威组织部，贵市的选拔为何不遵守相关规定呢？

第二，尽管2004年的公开选拔任用党政干部暂行规定第11条规定：根据选拔职位对人才的需求和选拔优秀年轻干部的需要，可以对报名人员的职务层次、任职年限等任职资格适当放宽。但报上一级职位的，需在本级职位任满1年；越一级报名的，应当在本级职位任满4年；不得越两级报名。请问武威组织部，该同志为什么从科员直接到副县级，越两级报考呢？

第三，武威市公开选拔简章明确规定：‘211’大学毕业在武威工作两年或清华大学毕业的，可以直接报考副县级。请问该规定符合哪项选拔相关规定呢？而且为什么就清华大学的毕业生能报考副县呢？北京大学为什么就不行了，难道是为清华在贵市工作的同志量身定做的吗？”

看得出，这个“江湖人称美丽姐”非一般网民，而是对现行的组织人事政策颇为熟悉和有所研究的人士，问题一上来就直指要害。

十几分钟后，“江湖人称美丽姐”又将《公告》中的另一位任职干部蔡程程（女）的公告内容也拎了出来：

蔡程程，女，汉族，1986年10月出生，籍贯河南南乐，中共党员，清华大学毕业，硕士研究生学历，法律硕士。2011年7月参加工作，现为武威市凉州区人民检察院干部、挂职任武威市凉州区金羊镇党委副书记，拟任武威市安全生产监督管理局（煤炭安全生产监督管理局）副局长（试用期一年）、党组成员。

又是毫不含糊地连提两问：

该同志也是清华毕业，2011年7月才工作，2012年1月就从科员到副县，越两级提拔，工龄不满5年，从毕业到副县，半年时间，速度惊人。请问武威组织部，你们越两级破格提拔，有没有请示上一级组织部呢？符合《党政干部选拔任用条例》和《公开选拔党政领导干部暂行规定》以及《公务员职务任免与职务升降规定（试行）》吗？

看来“江湖人称美丽姐”是做足了“战斗准备”，“她”把《公告》中的另一位博士学历、拟任武威招商局副局长的赵经洲也提了出来：

赵经洲，男，汉族，1984年12月出生，籍贯山西长治，中共党员，澳大利亚昆士兰科技大学毕业，博士研究生学历，经济学博士。2010年8月参加工作，现为澳大利亚昆士兰科技大学博士后研究员，拟任武威市招商局副局长（试用期一年）、党组成员。

又一个人被“江湖人称美丽姐”推到网络前端。

罗开双，男，汉族，1981年3月出生，籍贯贵州纳雍，中共党员，清华大学毕业，博士研究生学历，工学博士。2011年7月参加工作，现为武威市工业和信息化委员会干部、挂职任武威市凉州区高坝镇党委副书记，拟任武威市工业和信息化委员会副主任（试用期一年）、党委委员。

这一天，“江湖人称美丽姐”肯定连饭都没有顾得上吃，现在已经是11点41分了，“她”又从武威《公告》中“逮”到一位清华大学毕业生：

孔祥明，男，汉族，1986年4月出生……

“江湖人称美丽姐”这回再也沉不住气了，从一连10个“？”中可以想象其“愤怒”至极。接下来，“她”向武威组织部的“二问”，把武威的“公选”问题推到了网络的火堆上——

“第一问：贵市公开选拔简章规定：‘211’大学毕业在武威工作2年以上和清华大学毕业在武威工作的，可直接报考副县级领导职位。依据何在？请仔细对照公开选拔和公务员任职的相关规定，为什么工作两年就可以直接报考副县级？为什么清华大学在贵市工作的连两年（工作）都不要就可以直接报考副县级呢？北大或者其他大学为什么不行？难道就是为了解决贵市招聘部分清华大学毕业生而量身定做，可置国家相关规定而不顾吗？”

“第二问：党政干部选拔任用条例规定：不能越两级报考和提

拔，为什么贵市的选拔那么多人从科员直接越两级提拔为副县级呢？这是谁定的？依据在哪里？为什么？”

“为什么？……

能想象得出来，怒气冲天的“江湖人称美丽姐”，此刻一定连两颊都暴鼓了起来。

“江湖人称美丽姐”的网文开始引起注意了。

“江湖人称美丽姐”兴奋了，因为被“她”激出来的“网民情绪”越来越高涨了！

网络就是如此疯狂。那股疯狂可以让一个泡沫，变成威力无比的原子弹，去毁灭和征服一个真实世界；那股疯狂可以让一滴唾沫，变成排山倒海之势，去覆盖和吞没那艘搭救人类的方舟；这样的疯狂，时常也可以让粪渣变成黄金，可以让美女变成妖魔，可以让丑陋变成英俊，让谎言变成真理……无中能够生有，更是论坛和博客尤其是随口可出的微博的强项！

不能否认，网络也常常代表着正义和民意。

但，这回面对武威的“公选”，网络最初扮演了一个从“围观”到“围堵”的角色。

也许连最早举旗质疑武威“公选”的网民“江湖人称美丽姐”也不曾想到，“她”所掀起的第一波“围观”质疑，竟然从 1 月 18 日傍晚起，变成了差不多是全国性的网络“人肉搜索”大战。

这一夜，李明生和他的武威市委组织部的人倒还是睡了个并不算太折腾的安逸觉。因为焦三牛的档案在他们手里，所以他们很放心不会因为这头“牛”的背景问题压死自己。

“让他们搜吧，真要有‘官二代’到我们这种地方，那才叫真正的新闻呢！”武威市委组织部的几个年轻人边看着网情，边颇为轻松地调侃着。

“都什么时候了，还嘻嘻哈哈！别到跟着我一起被免职的时候一把鼻涕一把眼泪地喊冤叫屈！”部长李明生神色阴郁地走进办公室向部下训斥了一声后，叫上一位副部长和一名主任：“你们赶紧准备一份应对网民质疑的材料，明天要发出去。”

这时已经临近18日午夜23点了。这个时候网民们最活跃、出勤率最高。

“全国都在关注你们的‘牛’了，到底是怎么回事嘛？”这个电话是省城兰州方面打来的，李明生的心头感到了压力。

“事情是这样的……”李明生赶紧解释，并且声明完全按照“公选”方案实施并向省委组织部报请过。

“那就应该尽快给广大网民们一个正面回应嘛！不要把事情弄大了！”上方的口吻很严肃。

“是，是。我们马上准备回应材料。”李明生合上手机，又重新打开，这回他是向市委书记汇报。

“我相信我们没有做错，应当尽快给网民个正面回应。”书记的口气一向坚定有力，在风口浪尖时更是如此。

武威方面的回应材料还在起草之中。网上的“大搜索”则在激烈而高涨地进行着。但过了好几个小时，似乎没有什么“情报”抖出来。

有人查清华大学网，搜到了焦三牛的一些情况，甚至还有几张模糊不清的照片。查武威方面的网，更没有查到“牛”的什么情况。

“要真是‘官二代’，不会不留些蛛丝马迹吧！”

“我念叨着‘焦三牛’这个名字，怎么也觉不出他像个‘官二代’嘛！”

网民开始互相询问起来。

“同胞们，别扯了吧！你们大概见不得一个农民的儿子当官啊！我给你们发布一下吧：焦三牛父亲焦大中，60岁；母亲原梅梅，61岁，都是山西马首官庄村的农民。大哥焦发业和二哥焦胜业都是农民工，舅舅原仁义是个退休工人。再有，焦三牛连个对象都没有，哪来个丈母娘啊！”

一位叫“唐僧吃妖怪”的网民突然发布这样一个帖子。

“嘘——”

“原来是水中捞月……”

兴奋过度的无数网民对这条帖子的出现，大感失望。

“我说这么土的名字怎么可能是官家人起出来的嘛！”

“是嘛，我认为有人对焦三牛感兴趣，目的不纯，最后可能给自己弄个名字，叫焦头烂额！”

“信不信看你自己了，最好你能亲自光临焦三牛的老家一趟，那就可以全都知道真相了！”

“唐僧吃妖怪”显然有些气愤。

关于焦三牛是不是“官二代”的热论几乎成了2012年春节期间中国网民们“最想知道”的事情。如果不是焦三牛的老家——山西《三晋都市报》的记者董杰连春节都顾不上休息而专程赴焦三牛老家所写的实地专访《坐着“火箭”西部任职 新绛“穷二代”工作半年官至副县》及时发表，恐怕网络上的“忿儿们”一直会把事情闹到正月十五还不会消停。

《三晋都市报》的专访这样写道：

1989年出生，2011年7月工作，2012年1月升任副县级领导。刚工作半年的清华大学毕业生焦三牛被甘肃省武威市选拔为副县级领导，刚公示就引起了极大关注。与他的校友、被媒体称为“中国最年轻市长”的周森锋一样，他同样受到了来自舆论对他的家境和社会关系的质疑，论坛上、微博里，对他是“官二代”“富二代”的猜测随处可见……1月23日、26日，记者两赴焦三牛的老家——山西新绛县。面对记者，焦三牛一再表示“感谢家乡媒体的关注，但不便接受采访”。记者多方努力，通过他的家人、老师、同学、乡亲，了解了焦三牛的成长轨迹。

轰动全县的“文状元”

1月23日，农历正月初一。早上8时，记者走进历史文化名城新绛县县城，欢庆春节的鞭炮声不绝于耳。

在新绛县，也许有人不知道县委书记的名字，但没有人不知道海泉学校董事长王海泉。在路人的指引下，记者走进了王海泉的家中。“如果焦三牛有一点背景和社会关系，我是不会接受采访的。”王海泉开门见山直奔主题，“焦三牛是海泉学校的骄傲，更是新绛县的骄傲！”

交谈中，记者了解到，焦三牛是个地地道道的农村孩子，家境十分贫寒，父母靠种地维持全家人的生计。2004年，焦三牛中考成绩优秀，王海泉亲自去他家做工作，许诺“三年学杂费和生活费全免”，就这样，焦三牛走进了海泉中学。“这孩子很争气。”王海泉说，焦三牛学习异常勤奋，进入高三后，在运城市的历次统考中，他的成绩都在600分以上。2007年高考填报志愿时，在王海泉的鼓励下，焦三牛报考了清华大学。当年高考，焦三牛以617分的优异成绩成为新绛县的文科状元，被清华大学录取，终结了该县十几年没有出过清华生的历史，在全县引起轰动。王海泉因此奖励给焦三牛18.8万元。“不仅是学习，焦三牛的道德品质也非常好，每次从北京回来，一定先来我这里。”每年寒暑假，焦三牛都会回到母校，跟学弟学妹们交流经验，鼓励他们好好学习。而每年春节，焦三牛都会到王海泉家给他拜年。

去年，焦三牛大学毕业前夕，王海泉曾到北京看望他。对于毕业后的去向，师生俩进行过商讨。得知焦三牛决定到西部艰苦地区工作时，王海泉十分支持并给予了鼓励。焦三牛升任副县级干部在全国引起争议时，王海泉一直关注着事件进展。“这次全国公开招聘，一定是按照相关规定和程序进行的，甘肃武威市作为经济欠发达地区，能有如此开拓精神，是难能可贵的；而且，招聘结果能在全国引起如此高的关注，我想，这已经达到目的了，这是一次成功的招考。当然，像焦三牛这样的年轻干部还缺乏历练，可能短期内不一定能比本地干部优秀多少。但此次招考体现的是武威市委敢为人先、敢于改革的思想；体现的是求贤若渴的心态；体现的是干事创业的决心！”

名副其实的“穷二代”

得知记者想去焦三牛家采访时，王海泉当即决定陪记者一同前往，“走，咱到他家找‘背景’去！”

40分钟后，记者来到了新绛县北张镇马首官庄村，该村有400余户，1700人。

焦三牛家在村里的一条小巷内，房子是20世纪80年代初期，用砖和土坯混合建造的。在农村，这样的房子也为数不多了。屋内没有一件像样的家具，仅有的电器就是一台21英寸的老式电视……焦三牛的父母都已年过六旬，两个哥哥在附近的侯马市卖饼子，均已成家。家里所有的亲戚里除舅舅是退休工人外，全部是农民。

焦三牛就出生在这样一个根本与“官二代”“富二代”搭不上边的贫寒家庭，算得上一个名副其实不折不扣的“穷二代”。

有村民告诉记者，尽管焦三牛兄弟三人均已长大成人，但家境依旧贫寒，除了要耕种十余亩土地外，焦三牛的父亲至今还在附近一砖窑打工赚钱养家。“在农村，除了种地没有什么其他收入，在砖窑上干活每天可以收入六七十元钱。”

王海泉和记者的到来，让焦三牛和父母很是意外。得知记者的来意，焦三牛满怀歉意地说，非常感谢家乡媒体对他的关注，他也一定会努力工作，为家乡增光。“高调做事，低调做人”，他不想继续成为被关注的对象。

焦三牛被安排到武威市凉州区清水乡政府工作，他践行着自己的诺言，认真勤恳地做好自己的本职工作，得到了当地干部群众的一致好评。

而对于焦三牛因提升被“热议”，他的父母并不知情。焦三牛说，不想让父母为他担心，自己的事情自己能处理。在甘肃，焦三牛每个月的收入大约2500元，每月开支约1200元。今年春节，他把自己节俭下来的5000元钱给了父母，“以前上学时，每年寒暑假能回家两次，工作以后只能在春节回来一次，无法在父母身边尽孝，只能给点钱让父母生活得更好一点”。

谈起焦三牛，父亲满是自豪，母亲却始终带着伤感。1月26日，记者再次来到焦三牛家时，父母正在为他第二天回甘肃做准备。“从心底来说真不想让三牛到那么远的地方工作。”母亲不停地擦拭着眼泪，“可他是为咱国家做贡献，我们支持……”

看得出，董杰是个很具新闻职业敏感的记者，他春节期间两度赴焦三牛老家采访，而且后来他还把此次采访的“背后故事”也刊发在报上，并连同他上面的专访一起贴在网上，使得众多关注焦三牛是不是“官二代”的网民们知道了真相。董杰所发的采访的“背后故事”这样写道：

一幅漫画《“火箭式”干部》引起了我的好奇。我通过网络查询后了解到，焦三牛居然是我省新绛县人，这愈加引起了我的兴趣。他受到了舆论对他家境及家庭社会关系的质疑，论坛上、微博里，对他是“官二代”“富二代”的猜测随处可见。焦三牛究竟是怎样的一个人？他究竟有没有网民猜测的“背景”？——“老百姓想知道的就是新闻。”凭着新闻职业的敏感，我当即有了去采访焦三牛的想法。还有两天就要过年了，他应该会回到老家陪父母过年！想到这里，我暗自下了决心，春节期间到新绛县去采访焦三牛！

1月21日，春节放假的前一天。当天，我继续在搜集有关焦三牛的资料，了解到焦三牛的母校是新绛海泉学校。经多方联系，我终于联系到了海泉学校的董事长王海泉。王海泉在电话里对我说，焦三牛家境贫寒，根本没有任何背景，每年正月初一，焦三牛都会到他家给他拜年。

1月22日，除夕，这一天，我一直都在忐忑中度过，我不知道该如何对家人说，正月初一还要去采访。晚上全家人一起看央视春节晚会的时候，我说出了要去新绛采访的事。预料之中，尽管爱人有些不悦，但最终还是同意了我去。

大年初一我来到新绛

1月23日，正月初一。我早上6时起床，吃过饺子放过鞭炮之后，7 时 30 分，乘车赶往新绛县。大年初一的早上，新绛县城的街道上几乎没有什么行人，只有耳畔响起的鞭炮声。呆立在新绛县学府城海泉学校小学部门前许久，直到有行人出现，我才打听到王海泉家的住址。

王海泉董事长非常热情地邀我进门，一坐下就直奔主题，给我讲述焦三牛在学校的情况。10 时整，王海泉陪我一起前往焦三牛家。焦三牛简陋的家，让我这个从小在农村长大的人惊呆了，尽管之前有充足的心理准备，但他家的贫寒还是出乎了我的预料。

焦三牛的父母热情地把我们请进屋内，简短介绍之后，我开始了与焦三牛面对面的对话。焦三牛对于记者的到来有些意外，他在感谢之后，婉言谢绝了我的采访。焦三牛说，1 月 20 日，我省某媒体记者就曾到他家采访，他不想让自己再次成为焦点，短短 5 分钟的交谈后，就结束了那次采访。

王海泉是焦三牛的恩人。正是因为是王海泉带我一起去的，焦三牛对于谢绝了我的采访，显得有些不好意思。

在与焦三牛的聊天中，我感受到了他的热情，感受到了他扎根西部建功立业的决心。寒门出英才，正是家庭的贫寒才让焦三牛懂得了努力，懂得了感恩，懂得了回报。

12 时，焦三牛跟着我和王海泉一起回到县城，一起去了海泉学校，王海泉向焦三牛介绍着学校的变化，焦三牛一脸喜悦。在王海泉家，我和焦三牛的老师、同学聊了很多，从他们那里更深地了解了焦三牛。

下午 2 时，我打电话让弟弟从临汾开车到新绛接我回家。当晚便开始构思这篇稿子……

允许我把时间拉回到 1 月 19 日，距春节还有 3 天时间。

忙碌了几个月“公选”工作的武威市委组织部的同志，本以为《公告》往网上一挂，等到 22 日公示时间一到，就可以给“公选”工作圆满地画上一个句号，再安安逸逸地与家人一起，过上一个愉快祥和的春节。哪知因为“焦三牛问题”的“一石激起千层浪”，部长李明生不仅在这一天一早就来到办公室催着把“回应”迅速贴在网上，而且神情异常阴沉地宣布："非常时期，没有市委的同意，任何人不得离开岗位！"

小小武威，从没有出现过"非常时期"。部里的人全都被部长的话给"唬"住了。当他们再度打开网络时，大家才真正意识到"头儿"的话没有错：武威真的到了"非常时期"！

这时的网民们已经把武威的"公选"和"焦三牛问题"，搞成极其严重的社会事件了，且每一个网民的论点均"有据有理"，每一篇网文或博客的观点都变成了射向武威尤其是组织部门的子弹，甚至是炮火……

看，"华声在线"的一位姓张的网民用了这样一句话："焦三牛工作半年升副县级事件，是武威组织部门在调戏中央干部选拔条例！"这位网民进而说：

"近年来，从'待业人员'到'副市长'仅花了7年的四平市副市长高京燕，25岁就担任某大学副院长的女孩王圣淇，4年升迁4次的江陵26岁县委常委范洁，还有十堰神童女市长14岁参加工作、17岁入党……'萝卜'招聘、'乒乓球'招聘、'火箭式'提拔，他们在一次次调戏着《党政领导干部选拔任用工作条例》这个干部管理的基本法。武威的'公选'又是一次闹剧，是他们又一次在调戏中央制定的干部选拔条例！"

"新浪博客——张某某"则以调侃的口吻"帮助"武威分析焦三牛工作半年升副县级领导的原因……

"太气人了！我们不是这样的，他们对我们的工作知道多少？对我们武威又知道多少？"组织部的几个年轻小伙子念着这样的网文，心火顿时蹿到喉咙口。

"不行，我们也发帖子！"

"别添乱了，要按照市委的统一口径发布信息！"李明生部长涨红着双眼，瞪了一眼几位心火旺盛的部下，然后命令一位副部长："马上将今天《武威日报》上以我们'公选办'名义发的回应文章贴到网上去。"

“好的！”

组织部的同志其实并不知道昨晚他们的部长为了这份“回应”就根本没有合过眼。一则是怎么写，二则以什么名义发，李明生同他的“上司”来回商量了不下三四次，最后决定先在《武威日报》上刊登，再上网。

19日上午，以记者采访“公选办”负责人方式发表的题为《公选是发展所需要 引才之举程序合规》的回应文章，在武威政府网上贴出：

就近日一些网民关注的甘肃省武威市面向全国公开选拔（选聘）县级领导职位人选的有关问题，记者采访了武威市公选办负责人。这位负责人表示，武威市面向全国公开选拔（选聘）县级领导职位人选，是武威发展所需、引才之举，资格条件和程序符合公选规定。

这位负责人说，武威在西部是落后地区。武威的落后，除了资源禀赋差等因素外，更主要的是人才严重匮乏，尤其缺乏高层次人才。武威市面向全国公开选拔（选聘）县级领导职位人选，是要通过引进和选拔高层次人才，形成发展的聚集核，进而聚集发展要素，支撑和保障经济社会跨越式发展，同时也解决干部队伍结构不合理、内生动力不足的问题。

在谈到这次公选的程序时，这位负责人介绍，根据公开选拔党政领导干部工作暂行规定，这次公选共有发布公告、报名与资格初审、知识测试和资格复审、面试、差额考察和考核、市委全委会差额推荐、市委常委会差额票决、公示、办理任职手续等9个程序和环节，程序严密，公开透明，各个程序和环节的工作都在纪检监察机关的监督下进行，过程和结果全面公开，接受社会各方面的监督，体现了公开、公平、公正的原则。

对一些网民议论的有的清华大学毕业生参加工作半年就被确定为副县级职位拟任人选问题，这位负责人说，按照甘肃省与清华大学战略合作框架协议关于甘肃省提供各种优惠政策和条件吸引清华大学毕业生到甘肃工作的精神，2010、2011年，武威市连续两年从清华大学引进两批高层次人才来支援落后地区建设。考虑到武威发展对人才的需求，为了招纳更多的清华大学高层次人才来武威施展才华，这次公选适当放宽报考资格和条件，实行了清华大学毕业在武威工作的可直接报考副县级领导职位的特殊政策，并汇报征得了有关部门的同意。这位负责人说，武威一直以来是个典型的农业城市，开放程度较低，公务员中懂外语的太少。近两年来武威洽谈的外商外企增多，每次都要花高薪从外地聘请翻译。网民们比较关注的那位拟任人选，符合这次公选的报考条件，清华大学英语专业毕业，在公选过程中从知识测试、面试、差额考察，到市委全委会差额推荐、市委常委会差额票决，成绩和得票始终排在所报考职位的第一，目前这名拟任人选仍在公示期内。

这位负责人表示，一些网民对武威公选的议论，表明了对武威的关注和支持，也是对武威公选的热心监督，我们持积极欢迎的态度。

李明生他们以为这份“回应”可以平息网民的一些质疑，哪知这篇“答记者问”的回应文章后来被新华网等中央重要媒体转载后，几小时内几乎传到了全国所有网站，更令武威方面不曾预料到的是，几乎一边倒的网民，开始以更加集中、更加猛烈的火力向武威提出了更加尖锐的质疑，而且这一回不再是那些可信可不信的普通网站的普通网民，连那些具有难以动摇的国民信任的权威媒体也发出了“咚咚”作响的声音！

这样的声音让小小的武威感到了地动山摇！

这样的声音让区区副厅级、厅级的李明生和他的上司们感到了“山雨欲来风满楼”！

这样的声音也让如一把利剑横插在西部中间的甘肃省感到了不小的压力！

网民——不光是网民了，而是“人民”了，他们认为：武威的做法，“陷入了误区”，所说的“合理合法”“纯粹是想为自己的政绩工程涂脂抹粉”！而所言的注重选拔“优秀干部”的背后是“又一种不可告人的极端腐败”！

“我们诚心诚意的热面孔，竟然招来这么多冷屁股！”

“可怕的唾沫，干脆把我们淹死算了！”

“这回我们真的要死定了！”

武威市委组织部此刻犹如黑云压城，空气格外凝重。有人在低声地发牢骚，有人在相互嘀咕着。

“解放思想，从实际出发，这是中央的一贯方针政策，要相信我们的做法没有错到哪儿去！打起精神来！”不知是谁吼了一声，把部里的人全都吓了一跳。大伙儿一看是部长李明生。

走廊里，李明生像铁塔一样站在那儿，一动不动。如果不是看到他本人，大伙儿都不会相信刚才的那一吼是他的声音。

“李部长的嗓门都变调了。”有人悄悄低声道。

李明生没有再说话，只是一头冲进了自己的办公室。那关门声震得楼道直抖动。同志们可以感觉到自己的“头儿”此刻比谁压力都大。

“那心理上的压力绝对比得上祁连山的分量！”我去采访时，几位组织部里的小青年们这么说。

2011年的腊月二十八、二十九，祁连山的雪比往年下得都大，本来就不大的武威城，在大雪纷飞中显得异常弱小和卑微……然而正在喜迎春节的百姓们似乎并没有感觉到什么，他们依旧喜气洋洋地在备年货、走亲戚、放鞭炮。只有市委那些与“公选”相关的干部和领导几乎还都留在市委大楼里。

“爸爸，知道今天是什么日子吗？你怎么还不回来呀？”李明生的手机又响了，那是他在兰州家里的孩子打来的。他不能不接。

“这边有事，春节我可能要值班几天。好了，现在我有事……”李明生有些不耐烦地合上手机。这一刻，他凝重的神情里夹了几分忧心。李明生原来是省纪委常委，3年前他从省城兰州到武威时就已经是资深的副厅级干部了。是省委为了加强武威的领导班子建设，把他下派到缺干部、缺人才，依旧处在贫困落后的武威来工作的。身为组织部长的他，为武威培养和引进人才，是他的本职工作，又是他这几年呕心沥血最辛苦的一件事。哪知这次已经胜利在望的全国性引进人才的“公选”，竟然会出现眼下这般局面！

李明生的性格与他铁墩式的身子骨一样，他并不畏惧来自方方面面的压力，他忧心的是这么好的一次引进人才的“公选”有可能“泡汤”。

他能不忧心吗？

外面的雪还在下，而且下得有些令人不安。电视里的天气预报说，受西伯利亚冷空气影响，未来春节的几天里，我国西部的寒流将超过历年。新疆、甘肃一带的最低气温已经在零下二三十摄氏度了……

“真是个少有的寒冬啊！”李明生望着窗外的鹅毛大雪，自言自语地感叹了一声。

“干吗呢？在吟诗呢？”突然，市委书记火荣贵出现在李明生的办公室。

“火书记，你怎么来啦？又有啥坏消息？上面是不是怪罪我们啦？照我俩先前说好的，如果一旦上级怪罪下来，一切罪过你都往我组织部这边推，你可别冲在前头……”当着市委书记的面，一出口就是三四个问题，李明生真是有些着急了。

“你是怎么啦？”书记笑了，拍拍身上的雪，说，“我刚把清华大学的几个孩子叫到一起吃了顿饭，顺便跟他们说了说，要他们别管网上的瞎嚷嚷，让他们该回家过节的赶紧回。这不，安排妥当后我就过来跟你说一声：趁乌鞘岭的山口还没有被雪封住，一会儿你马上回兰州吧，跟家人好好过春节……”

“不回！要回也是你回！”李明生突然犟劲上来了。

“嘘——你这是干啥？用得着我们两个人都待在这儿吗？”书记的眼睛一下瞪圆了，直逼李明生问，“怎么，被网上的那些烂舌头嚼痛了？咬怕了？”

“我才不呢！”李明生想硬起来回答市委书记，可发现自己今天的声音一点儿没力量，相反话语中夹着一些颤抖，“你看这则帖子……”

李明生把一份刚刚打印出来的题为“甘肃省武威组织部的解释纯粹转移话题”的网文递给书记看。

“又是四大责问！”火荣贵书记拿起网文，迅速扫了一遍：

第一，焦三牛有没有背景不重要，最重要的是请问甘肃武威组织部，《党政干部选拔任用条例》和《公开选拔党政领导干部暂行规定》已经明确规定，选拔的年限是最少下一级1年和下下一级4年，而且不能越两级选拔，请问为什么武威市就可以越两级提拔干部呢？

第二，甘肃武威组织部说自己是根据选拔公告和选拔简章，严格按照程序来的，而且经过了甘肃省委组织部的同意。请问，武威组织部为什么不按照中央关于公开选拔的规定制定简章呢？如果武威组织部不懂公开选拔条例，难道甘肃省委组织部也不懂吗？甘肃省委组织部同意就代表选拔简章一定是没问题的吗？请问，甘肃省委组织部难道就不遵守中央关于公开选拔的规定吗？

第三，武威组织部说自己地处西部，缺乏人才，所以放宽条件，那么请问，缺乏人才固然要给人才一定的待遇，给个级别什么的，但是既然你以公开选拔的形式招考领导干部，为什么在公开选拔公告制定上，不遵守中央关于公开选拔的相关规定呢？

第四，武威组织部制定的公开选拔简章，对于清华大学在武威工作的，毕业就可以报考副县级，请问，你们给清华大学毕业生这种待遇，难道就是因为你们和清华大学建立了人才机制，2010年和2011年引进了不少人，而趁这次公开选拔给他们解决你们承诺的政治待遇吗？那么请问，为什么只能是清华大学？北京大学或者其他的大学为什么没这个待遇？同时，贵市趁这次公开选拔机会安排自己引进人才的政治待遇，同时又鼓吹面向全国招考，请问，对其他报考副县级考试的学生公平吗？

“唉，只怪我们这儿太偏远了，又逢春节，否则我真想让全国的媒体和网民们到咱武威看一看，再听一听群众是怎么看待我们这次‘公选’的。从今天的网情看，我们的‘回应’并没有达到目的，反而让媒体和广大网民有些反感我们了……”书记的话里明显带着忧心。

“这也是我最担心的。”李明生看了看风华正茂却有些疲惫的书记，有些痛苦地说，“光是我们武威，如果真出了问题，最多你把我撤了也没什么！现在我担心的是，事态发展下去，会连累省委，甚至整个全国组织部门的形象……”

“不用担心。省委是支持我们的。来你这儿之前，我已经跟省委通过电话了，下午省委组织部也要出面来回应公众对我们‘公选’的质疑。”火书记说完这话，依然若无其事地拍拍李明生的肩膀：“你还是收拾收拾回兰州吧，这儿由我顶着！”

“那不行！‘公选’所发生的一切，都应该由我这组织部长来承担。要回也是你回，我在这儿值班！”李明生斩钉截铁道。

“你啊！还是纪委干部的腔调！”火荣贵书记摇摇头，笑着出了门。

19 日下午，甘肃省委组织部负责宣传工作的部务委员胡秉俊受权出面回答了《中国青年报》记者的电话采访。

胡秉俊表示，网络上相关舆情出现后，省委组织部要求武威对选拔程序做了复查。根据初步掌握的情况，武威按照公开选拔党政领导干部工作的相关规定进行选拔，符合中央和甘肃省委的精神。

在谈到网民们提出武威在“公选”中似乎特别“照顾”清华大学毕业生时，胡秉俊这样解释：两年前，甘肃省委省政府跟清华大学签署了合作框架协议，其中就有人才支持方面的内容，通过种种政策吸引清华大学毕业生来甘肃工作，“在全省 14 个地州市中，武威做得比较好。在清华毕业生的引进方面走在全省的前列位置”。

武威的“公选”和其结果，显然得到了省委组织部的肯定。

谁知，省委组织部的这番回应同样不仅没有平息一些媒体和网民的质疑，相反仿佛更加刺激了舆论的强烈反弹！随之而来的种种扣大帽子式的责问，从武威一直冲击到省府兰州——

“胡委员，你说符合中央和甘肃省委的精神，那么请问：符合中央什么精神呢？中央关于公开选拔的相关规定明确规定，最低要求也需要下一级 1 年和下下一级 4 年，而且不能越两级报考。胡委员你听清楚了没有，中央什么时候说过可以越两级报考？难道清华大学本科生一毕业就可以报考副县？尽管中央支持选拔年轻干部，但是这个选拔还是应该有底线的好不好？难道中央制定的选拔相关规定不是中央的精神吗？”

“我看所谓的符合精神，说穿了，应该是符合一小部分地方领导自己的意思吧？符合一小部分地方领导为了显示自己重视人才而置中央规定于不顾的面子工程和政绩工程吧？”

“请问甘肃：你们那儿引进人才，凭什么只能是清华大学的呢？凭什么北大的就不行呢？就是因为谁跟甘肃省合作，谁听话，谁就得到特别对待而置中央规定于不顾吗？”

“再问甘肃：全国的发展都这么快，你们不是如此重视人才吗，那么你们为什么经济增长速度一直在全国倒数？甘肃除了会造‘火箭式’干部，还有什么贡献道来让我等听听！”

媒体和网友显然已经把矛头指向甘肃省委组织部和甘肃省了，而且有些声音是来自首都北京的权威媒体，有的甚至已经以报社的“时评”和“社论”形式在刊发文章了！

“公众未必不知道各地情况各异，需要不同的人才遴选机制，但因为被伤、被骗太多，才不得不以变态似的苛刻，盯着每一个值得怀疑的角落……质疑武威和甘肃所出现的‘最牛’副县级干部的现象，也许正是公众惧怕又一次被伤、被骗。”

这是北京的一家发行量很大的名报的时评文章里所说的话。

许多甘肃人看了被转载的这篇文章，气不打一处来。有人甚至发帖子公开为甘肃辩论：“我们虽然穷，但我们不会伤人，更不会骗人。我们虽然落后，没有骄人的 GDP，但几十年来我们为国家也没少做贡献！”

哇，热闹啊！有人在网上不停地贴出伸大拇指的图案，表示出异常兴奋的情绪。

“话不能这么说，我们的落后和贫困是明摆着的，我们的工作包括武威的‘公选’，也只是一种有益的尝试，我们欢迎广大公众对我们工作的帮助和监督。”网上迅速也出现了甘肃官员和网民更多的另一种声音。

这一天是腊月二十八，阳历 1 月 20 日。这一天，围绕武威“公选”和“焦三牛事件”的舆情，已经到了白热化的地步。媒体和网民们仿佛一下“明白”了武威为何敢把“焦三牛”等一批清华大学毕业生“火箭式”提拔起来，原来支持他们这么做的“后台”是甘肃省委组织部啊！

这不是更“重磅”的目标吗？一些居心不良者在窃窃偷笑，他们希望的就是要把普通网民和公众的正常议论，引向更加不可收拾的地步，从而达到他们不可告人的目的。

有一点政治嗅觉的人都会明白这种非正常社会情绪可能带来的后果是什么。

这一天，一直理直气壮的武威市委书记火荣贵有些沉不住气了。之前几天里，省里甚至是北京的朋友们纷纷打电话来向他询问“焦三牛事件”到底怎么回事？他皆一一笑言“我火荣贵仅仅点了一把小火而已”，但现在他不再敢这么看了。他知道这把小火已经不仅在武威地盘上燃烧了，而且已经烧到省城，说不准连北京都感到热度了……这是他所没预料到的事。

事到如今，他不能再轻视和绕弯了。

这一天，他给省委组织部长吴德刚打去电话。在领导面前从不轻易低声低气的火荣贵这回彻底地瓮声瓮气了：“吴部长，实在对不起，我给省委和你们添麻烦了……要处理的话你们就处理我好了。不过，我还是坚持要说：我们这次‘公选’自始至终按照程序和要求做的，公选出的焦三牛他们这些人才对武威的今天和未来太重要了！无论如何，不能让‘公选’不算数！要处理就处理我好了！我已经做好准备……”

“荣贵啊，别想得那么悲观！听我一句话：好好过年，节后照常努力工作！”电话那头，吴德刚部长这样对火荣贵说。

放下电话的那一刻，火荣贵乏力地瘫坐在办公桌前的那把椅子上。

“喂——怎么不说话呀？”他的手机响了，是儿子打来的。火荣贵一下精神起来。

“儿啊，是你吗？”

“肯定是我嘛！”正在外地上学的儿子问，“我说火荣贵同志，你今天怎么啦？有些不太对劲嘛！噢——明白了，我上过网，是给三牛的事折腾的吧？老爸，有句话要对你说：大丈夫做事，认准是对的，就啥也甭怕！我知道你到武威当书记没私心，所以还有啥怕的嘛。"

"是是，你爸想得开！放心我的儿，你就好好学习吧！"

"好的，火荣贵同志，你得像平时一样，永远保持旺盛、高昂的革命斗志啊！拜拜，祝春节好！"儿子一向直呼自己老爸的名字，虽然平时火荣贵对此已经习惯了，但通常情况下一听儿子直呼自己名字时，总难免有些不舒服。然而今天儿子的一声"火荣贵同志"，令他这位铁骨铮铮的西北汉子顿时眼眶里直涌热泪……

这是怎么啦？火荣贵自己都有些吃惊。唉，还不都是被"焦三牛"的事给闹的！

怪谁？还不怪你这个始作俑者！火荣贵无奈地自嘲起来。

外面大雪依然。

第三章　火书记的火是这样逼出来的

没错，火荣贵是准备自己被“拿”下的。他清楚“有些事”只要闹到一定程度，其结果必定是：主要责任者被“开刀”。武威一旦出事、出大事、出政治事件，他是市委书记，想避开都难。

“三牛风波”闹到这个份上，不说网民如何如何说，这几天连权威性的“检察报”那样的报纸都在公开说他和武威的“公选”是“违法”了。党的干部任用条例上明明白白写着，凡在用人问题上不按“组织原则”和“规定”办，单位和主要责任人将受到组织和党纪的严肃处理。

“武威这做法严重违背了中央政策，应该把市委书记抓起来！”这话网上有，市委办公室接到的陌生电话里更有人气势汹汹这么讲，至于火荣贵自己接到朋友和以前的同事打来的电话中，也多多少少听出些这方面的苗头了。

“荣贵，我说当初你要下去我们都劝不动你，这回好了吧，英雄壮志未酬先捐躯，后悔晚了不是！”火荣贵到武威之前是省政府副秘书长兼办公厅主任、党组副书记，那是个“实权”在握的要职，是省级平台，也是左右、上下皆可逢源的人生好舞台。火荣贵又是“60后”的年轻干部，待在这个位置上，只需往上“够”一下，前程万里。其实也许不用使什么劲，稍往哪棵大树上靠一靠，前程同样锦绣。然而火荣贵没有，他在省委号召年轻干部到一线，在实现甘肃跨越式发展中发挥才干的精神鼓舞下，毅然告别妻儿、离开工作了十几年的省府大院，来到全省最落后的地级市之一的武威。

“甘肃在中国西部，且是整个西部的落后地区，没有西藏、新疆的政策优势，甚至连青海、宁夏的政策优势都没有，有的只是独特的地理位置、千年难移的荒漠、干旱及恶劣气候等自然环境。武威又是甘肃的落后地区，既无东边的兰州、白银市拥簇黄河之优势，更无西邻的西昌、酒泉等城市的工业优势。只有横亘在此亿万年的祁连山和日趋猖獗疯狂的两大沙漠——巴丹吉林和腾格里做伴。当初我选择到武威时，就有人说我傻，不会挑肉吃。说同样在一个桌上吃饭，有人夹一块肥肉在嘴里，你倒好，偏挑了一块硬骨头啃，能啃出啥名堂？可我想的不一样：既然要干，就该找最难啃的骨头，这符合我的性格，也是甘肃发展实际的最需要之处。一句话：要有人干实活！干苦活！干有利于改变甘肃落后面貌的活！我是冲着这个目的到武威的……”火荣贵其实是我“甘肃之行”的采访调查活动中，与省委组织部的同志见过面后接触的第一个武威人。

“火荣贵”与“焦三牛”这两个名字看起来差异很大：为前者起名的长辈一定很期待家族有朝一日的荣华富贵，故干脆将“荣贵”用来作儿孙的名字了；后者是土掉牙的起名法：三个娃仔，就叫一牛、二牛、三牛吧！其实，火荣贵与焦三牛的家庭出身一样——农民，只是火荣贵家里有识字人，焦三牛家没文化人而已。

火荣贵小时候也是一条“牛”，他耕过地、种过土豆、捡过牛粪，大学毕业后最早工作的地方也是在农垦局。除了姓外，他的全部“荣贵”在于他后来有出息，进了省府大院，从副处级秘书一直干到处长、省政府副秘书长、办公厅主任之职。

火姓不多。火荣贵这人偏偏有个火性，这“火”字当头，也成就了他火爆的性格：急，易发脾气，出口就骂人！不管三七二十一，遇到阻力和推不动的事，他火荣贵会劈头盖脸把你骂得狗血喷头。

“偏偏怪了，我们爱挨火书记骂！”武威干部说。

“这么贱啊？为什么？”我问。

“因为我们这儿穷，落后人家几十年，过去大家都好像无动于衷似的，工作干得好不好，没人说你，更没人骂你，时间长了，人的劲头就没了，不求进取，思想更僵化了。火书记来了，他看到武威落后，百姓生活不好，心里着急，恨不得一天就把咱武威改出个样来，所以他逼大家干活，干实活，干老百姓称道的活。这一来，我们倒是来精神了，一来精神就有干活的劲头了。干活中难免有时干好、有时干得差些。干好时，火书记像孩子似的跟我们一起开心，干不好时他就容易发脾气。大伙儿明白，他是为我们武威好，所以他发脾气，我们也觉得可爱、可亲，即使挨这样的领导一顿骂，我们心里也并不委屈。武威需要火书记这种充满激情的火，不然一个僵化的、落后的武威就没有希望……”武威人这么说。

当我把群众说的话转告火荣贵书记时，他的脸竟然红了，忙说：“我脾气不好。遇事发火不是什么优点。不过，我确实觉得有时在一个落后地区当领导，想推动一些事情快点做、快点做好，不发脾气似乎很难。”

火荣贵的火气确实不一般，在我与他几天的交往中能深切地感受到，而也许正是他的这种火气，让我看到了发生“焦三牛事件”的本质——

让我们先来了解一下武威历史吧！这绝对不是多余的话题，正如一位哲人说的那样，“历史是现实一切成败的最好参照”。武威历史上的诸多“曾经”，折射着一种不朽的真理和寓意。

武威在古代曾有过一段很长时期的青山碧水，尤其是祁连山一带森林茂密、河流纵横、湖泊众多，5000 多年前的马家窑文化一度成为中国西部先进农耕社会的代表。古代武威，称为凉州，那时有西戎、乌孙和月支三部落久居于此，后另一支强悍的游牧部落匈奴出现在此，并渐占据统治地位。西汉前后，汉朝廷几度通过联姻等方式同乌孙、月支部落结下政治联盟，从而使其与中原政权建立了数百年政治关系。但是由于匈奴部落拥有强悍的游牧军事实力，给汉王朝的西域疆土带来极大的威胁。为平定西域侵扰，汉王朝几经苦战，均无功而返，匈奴因而嘲讽“汉无敌我之人”。元狩三年（公元前 120 年），汉武帝手下的一位年轻骠将提出征战匈奴。朝廷许多老臣摇头：他“稚臭未干，不可当大任”。汉武帝则不然，坚持用此人前往西域征战。这位年轻骠将便是历史上赫赫有名的霍去病。第二年，霍去病率 1 万骑兵西出陇西，过焉支山（今甘肃山丹县），入匈奴腹地千余里，大败匈奴休屠王，后又进军祁连山，再败匈奴霸主浑邪王，最终将匈奴人赶出玉门关外，从而平定了河西走廊一带的西域疆土，使酒泉、张掖、敦煌等皆列入汉朝版图。汉武帝为纪念和表彰霍去病的功绩，特立“武威”地名一处，并建武威郡。西域在霍去病平定之后，迅速建起著名的商货通道丝绸之路，使河西走廊出现了“商胡贩客，日款于塞下”和“使者相望于道”的盛况，从此这一带成为中国西部最繁荣的地区。

霍去病征战西域建奇功那年，也才23岁。于是当2011年的“三牛风波”出现后，诸多山西网民倒是很欣喜，曰：古有霍去病23岁征战西域，创中华民族西部繁荣百余年；今有焦三牛弃高薪和优越条件到西部创业，23岁出任武威副县级实在情理之中！因为霍去病和焦三牛都是晋籍人士，山西人的这份骄傲可以理解。

再说历史上武威的第二个繁荣昌盛期，即是“五凉”和唐朝时代。这也与一位重要人物的出现有关，他便是河西本地人士张轨。此人本在京师任职，为官清廉，政绩卓著，颇有抱负。他在朝中目睹政局混乱之态，主动要求回边远的凉州任刺史。公元301年，他到西域武威任职后，以“务安百姓，上思报国，下以宁家”为己任，一边平定西扰，一边兴修水利，发展生产，振兴文教，很快威震河西。这时的中原已大乱，但唯有河西无战事，政治稳定，经济发达，成为中国安居乐土。张轨借中原战乱，安置了大量逃离到西域的难民和不少文士名流，给他们创造和传播文化的机会，一下使得河西的经济和文化迅速发展，武威城也成了可与洛阳相提并论的西域名城。张轨死后，他的儿子及后代继承先人之道，使得这里又有了几十年的繁荣发展期，到张轨的孙辈张骏时代，这里已成为统辖三州二十二郡的西域最昌盛的地区，西域诸国皆要到此朝贡。

故史学界有一说：西凉有一张，河西百年昌。这“一张”，指的就是张轨和他的张氏后人。

公元589年后，隋唐再度统一中国。凉州成为唐朝管辖下的西域重镇，高祖李渊鉴于武威所处地位重要，曾特别任命富有雄才大略的二儿子、后开辟和奠定唐朝盛世的李世民为凉州总管。由于奠基者张氏开创的伟业得以继续及其产生的影响力等因素，加之唐代几位明君领导有方，隋唐三百年间，武威地区获得了空前的经济和文化的大发展。《通典》记载：天宝八年，当时全国屯田收成总数为191万石，其中河陇地区则达到71万石，占全国总数的37%之巨！朝廷官臣窃喜道：“凉州如苏地。”苏地即我国的苏南地区，可见武威一带的繁荣景象！唐当时的大诗人岑参游过武威后，激动地写下了这样的诗句：“弯弯月出照城头，城头月出照凉州。凉州七城十万家，胡人半解弹琵琶……”生动形象地描绘了与扬州、洛阳齐名的武威市繁荣安康之景。古武威，即凉州，而在今天我们所读到的《唐诗三百首》中，其中赞美凉州的至少有一二十首。比如元稹的《西凉伎》：“吾闻昔日西凉州，人烟扑地桑柘稠。葡萄酒熟恣行乐，红艳青旗朱粉楼。”李白、杜甫、王维、白居易、王昌龄等都留下了众多著名的凉州题材诗篇。像王之涣的“黄河远上白云间，一片孤城万仞山。羌笛何须怨杨柳，春风不度玉门关。”王翰的“葡萄美酒夜光杯，欲饮琵琶马上催。醉卧沙场君莫笑，古来征战几人回。”皆是诗人在武威时留下的经典传世诗作。凉州在唐宋时代一直是文人墨客向往的地方，就连500年后的宋代大诗人陆游也对这里充满神往道：“凉州女儿满高楼，梳头已学京都样。”

唐代武威的“凉州边塞诗歌”是盛唐文化的一枝奇葩，极大地影响了当时的中国文化，特别是诗歌界。杜甫曾经夸奖李白的诗是“李侯有佳句，往往似阴铿”，意思是李白的佳作既像李侯之气，又似阴铿之风。李侯和阴铿皆是武威籍人士，他们是“凉州派”诗人中的杰出代表。由此可见当时武威文化的影响力。

从唐广德二年（公元764年）到北宋淳化年间的二百多年里，河西一带基本上脱离了中原王朝统治，古凉州由六蕃占据，期间武威一带陷入不断的战事，直到公元1003年，党项族首领李继迁攻下凉州，后由他的儿孙建立了西夏王国。

西夏的历史有记载得不多，但到武威走一趟，才知这个历史上非常神秘的西域王朝曾经是何等的强盛和辉煌，尤其是它创造的独树一帜的文化，叫人无限折服。今武威有西夏博物馆在城中，里面展出和存放着当地不同时期所挖掘出的西夏文化遗物与遗址实品，那不可思议的西夏文字，那织技和图案水平极高、极美的丝织品，那无与伦比的银器与碑刻，叫人看后常击掌叫绝，叹为观止！

西夏文明的创造源于一位明君，他便是李继迁之孙李元昊。

评历朝历代，数风流人物。

说兴衰昌落，听古韵乐章。

到武威采访，本为“三牛风波”而去，日夜约人谈事，清明节几天连累当地数十人跟着我一起没了休假。匆匆而来，急急而去。

但临走那一天，火荣贵书记一定要亲自领我在回程路上“顺便”去看一所庙宇。到那里，方知此庙叫“鸠摩罗什寺”。

寺中的方丈是位拥有博士头衔的学者型高僧，经他一介绍，我方知自己到了中国佛教圣地：原来从印度、尼泊尔传到中国的佛教，其实真正起源是从武威这个地方开始的！

这也是因为有一个人到了武威才有了日后对中国如此影响深远而广泛的佛文化。这个人就是鸠摩罗什。他祖上是西域人，其本人长于龟兹，精通佛教大、小乘法经，又旁通婆罗门哲学。公元382年，前秦大将吕光在征战西域时征服了龟兹等诸多小国，从小爱才的吕光，对西域佛教文化异常感兴趣，于是请来西域高僧鸠摩罗什，让其在中原大地传播佛教。不想战事迭出，长安朝迁更迭不定，佛教大师鸠摩罗什竟然被独自弃落在武威无人管了。对汉语一窍不通的鸠摩罗什，为了传道佛经，开始一字一句地向当地百姓学汉语，直到融会贯通，之后便开始翻译经书，如此岁月长达17年之久！后来，长安朝廷又重新“解放”武威，得知这位大师仍在武威。那年鸠摩罗什已经58岁，瘦得不成人样。皇帝得知后又惊又喜又感动，立即派人将鸠摩罗什请到京师，给予极高礼遇，特意为其开辟“逍遥园”，让鸠摩罗什领僧肇和道生等800余人，一起翻译和传播佛经，前后又是8年整。鸠摩罗什与弟子共翻译佛经98部，今天流传下来的有《大品经》《金刚经》《维摩诘经》《妙法莲华经》《大智度论》《成实论》等佛学经典。鸠摩罗什到中国并将佛经传播到华夏大地，远比我们熟悉的玄奘大师（唐僧）要早得多，尤其是他翻译的佛经更是无人可比。鸠摩罗什对自己的学识极为严谨，经他创始翻译的作品在义、音方面，几乎尽善尽美、炉火纯青。这位佛学大师和著名翻译家在临死之前，曾发下宏愿，说如果自己的手译不失原旨，死后焚身时他的舌头就必定不会烧烂。传说后来他在圆寂焚身时，真是唯独舌头没有被烧烂，依然鲜红如活，成为不朽的舍利。朝廷上下对鸠摩罗什深怀敬意，最后将其舌头舍利隆重地从长安运至他曾经居住长达17年的武威城内，并在那里建塔葬之。今天依旧巍立于武威市北大街的那座罗什塔，便是这位佛界伟人留在历史上的一个物影见证。

“历史上的武威，曾经数度辉煌过，而每一次辉煌的历史里，几乎都有一个或几个甚至一大批英才俊杰，由于他们的存在，武威乃至整个中国西部有那么多传世的经典与值得我们后人骄傲的故事去传颂……”参观鸠摩罗什寺出来，火荣贵书记在送我回兰州的路上非常感慨地说了这句话。末后又加一句：“我是兰大历史系硕士毕业的，对历史经验比别人更在意些。”

我没有回应他，但从他凝重的神情中我再一次感受到了此次采访中他一再向我讲他为什么如此“大刀阔斧”搞“公选”的心情与心境——

“我是被逼出来的！”火荣贵多次重复过这句话。尤其是“三牛风波”出来后，他这话在很多场合说过。

2010 年 1 月，火荣贵从兰州的省府大院来到武威任市委书记、人大常委会主任。他到这儿就是一门心思想改变这儿的落后面貌。最初的几个星期里，一有空，他几乎就做一件事：看地图，看武威的地图。而越看心里越害怕，因为悬在武威头上的是两个大沙漠：巴丹吉林、腾格里。这两大沙漠在最大的民勤县占据 91% 的面积，而且逐年呈向武威腹地侵袭的势态。民勤保不住，武威就会彻底垮毁，于是民勤的防沙治沙，成了武威和甘肃的大事，也自然是惊动了国家层面的决策。现阶段世界防沙治沙可取的经验基本也就一个方法：利用区域内的水资源再进行人工种植等。武威的地表水主要是石羊河流域占了主导，全境内的生活与生产用水均靠的是石羊河水。但多年来石羊河流域由于环境恶化和人为因素，其水流量大幅减少，水质日益恶化。历史上武威昌盛繁荣，与石羊河流域水资源丰富不无关系，然而进入 21 世纪后这条河西走廊的“北国江南河”气息已尽，为此多次惊动了熟悉这一带情况的温家宝总理。一次次来自中南海的批示，虽然让当地政府和群众深感责任重大，也曾下过很大力气治理，但收效不大。

为什么？火荣贵到武威任职是 2010 年 1 月中旬，除开必要的一些程序性的任职时间，他第一个最想去的地方就是沙漠边缘的民勤县。任职 10 天，在开完“两会”后，火荣贵到了沙漠地，到了随时随地想吞没他武威的老虎口——沙漠风口实地……那里的风实在太大，风一来，人根本站不住，漫天龙卷般的沙尘可以将坦克车推出数十米远，区区人躯何能立足？

“这样的风口还有多少个？”火荣贵问当地的干部。

“大大小小该有二三百个吧！”

“每年起风时，你们有多少个干部在风口上站过？”火荣贵问。

“……”没有人回答。

“那好，从现在开始，一有风起，你们的县干部来，我也来！我们一起站在风口感受一下沙漠的威力，但更重要的是想想有什么办法把这些风口堵住！”火荣贵说。

“火书记，这风能把骆驼给埋了……”

“我知道……因为风大，所以要干部带头来站风口，否则我们总在嘴里喊着让老百姓来防沙治沙，自己不到风口上站一站，这沙就永远治不了！”火荣贵脸上凝重而严肃。

“我更要来老虎口多站站……”离开风口时，火荣贵补了一句。

又是半个月后，火荣贵第二次来到民勤边缘的昌宁乡调研。当地百姓很惊诧，他们没有想到春节假期过后的第一天，“市里的大官”竟然来到了他们的家里跟大伙儿一起商量防沙治沙和致富之道。

从2010年初上任至今的两年里，火荣贵先后来到民勤十几次，基本上都是为了一件事：防沙治沙，与县里干部一起帮助百姓想办法致富。特别是他提出的“设施农业＋特色林果业”的发展模式，使得民勤县在探索生态经济、循环经济与沙产业相结合的节水增收方面迅速见效。

“石羊河流域的环境不在一年中有根本性的改变，我辞职！”火荣贵为了抓住民勤和武威防沙治沙的根本，在群众和干部面前毫不含糊地立下军令状。

“事在人为。什么事都离不开人的努力。”火荣贵告诉我，这两年通过各种措施，使得民勤县的地下水开采量可控制在0.89亿立方米，新建设农业10万亩，发展特色林果业12万亩，人工造林33万亩，封山育林草31万亩。这其中，石羊河流域的防沙治沙和生态恢复工作最见成效。如今干涸了51年之久的青土湖已连续两年形成了人工季节性水面。特别是在青土湖、老虎口、龙王庙等区域因地制宜建高生态型、经济型、生态经济复合型等4个不同类型的防沙治沙示范区后，加上在沙漠接壤地区的408公里风线上建起了长达300公里的防护林带，有效堵住风口191个，使得民勤县整体的自然环境获得了重大改变。

“去年，全国‘两会’期间，温家宝总理听说了石羊河流域环境的变化和民勤县防沙治沙的成果，非常高兴地称道：是个了不起的成绩！”

看资料上的照片，火荣贵到武威才两年，已经从一个坐机关的“白面官员”，变成了“黑铁塔”。这种变化对一个基层领导来说，有时能说明一些问题。

“武威发展的最大阻碍是缺水。这里年降水量不足120毫米，蒸发量却在240毫米以上。人均水资源是全省的二分之一、全国的四分之一。但我在调研中却发现这里还有一个缺水的根本性问题：原本就没有什么水，可武威的总用水量90%以上是用在农业和农村日常上。本来就是干旱和荒漠地，人们掘井取水，挖井一年比一年深，结果可浇的地则越来越少。几十万人住在没有水源的山上，为了保障生活，每年需要花费大量人力物力去为他们解决吃水问题，水因此越来越贵，山上的农民也跟着越来越穷……这就是传统用水的结果。”火荣贵整天想着彻底改变武威的落后状况，也就很快摸到了导致武威落后的主要矛盾，于是他提出“生态立市”“工业强市”“城乡融合”三大战略，还有科学解决“结构性缺水”、让山区农牧民“下山入川”等措施。

农民们听说让自己搬到山下，有人就死活不愿意，说自己的老祖宗一直在山上，过惯了喝窖水的日子。有人甚至家里只剩下一床旧被子，也宁可贷款买水喝，却不愿离开在山窝窝里的那个土棚棚。

“传统观念的落后，使得这部分人永远富不起来。”火荣贵的决策需要面对这部分人。

安置一户山上的农民到山下住，需要十来万元。1万户就是10个亿，武威自己一年可支配的财政收入也就10来个亿。钱从何处来？发展工业是必由之路。于是火荣贵和市委一班人在提出“工业强市”的同时，动员各级干部，行动起来抓引资项目。

“不是我太看重项目，而是在武威项目实在太少了！”火荣贵这样回答，随即他话锋一转，嗓门比老虎口的风声还大："在武威，比项目少更可怕的是没有人才！我们最最缺的是人才！人才——"

火荣贵是个激情澎湃的人，他说实践让他明白一个道理：作为一个有志向、有责任、有使命的人到哪个地方当领导都不可怕，"自然条件差，社会基础差，经济再落后，这些都可以改变，最可怕的是没有人，没有人才，没有与你同心同德大干事业的人和人才！武威或者整个西部地区缺的就是这个！"

火荣贵给我扳着手指说："市委提出'工业强市'的战略，结果我把全市800多名县级干部理了一遍，才找到42人曾经与工业沾过边，其余的全都没有干过工业，最后像我这样一直在省机关坐板凳的人竟然也被算成'懂工业'的人了！你说可笑不可笑？"

可笑的事不仅是干部状况。普通人才更加匮乏。武威整个干部队伍，本科生以上的占干部总人数的16%，这个比例低于全国20世纪70年代的水平。到2009年底，武威全市只有3个博士生。武威真的没有人才？真的出不了人才？否也，而是一个"穷"字，让无数人才"孔雀东南飞"了！

"这些年，连麻雀都飞了！"火荣贵介绍说，恢复高考后的30年中，武威共有56000多人考上大学本科，但仅有5000多人回到家乡工作。武威古时就有重教之风，2000年至今十余年间，这里考上清华、北大的有69人，这比例在全国地区级市里，也算相当不错的，然而这些进了名牌大学的优秀人才，竟没有一个回到武威工作。

人各有志，即使再亲的亲人也是拉不回的，更何况，身在武威的父母们，也没有谁愿意让已经飞出穷窝窝的孩子重新回到武威。

这就是武威的尴尬和武威之痛。

现在武威要发展，要改变面貌，突出的难题摆在了火荣贵和市委、市政府面前。照老办法做事？矮子里拔高个，等于换汤不换药。想突破一下？条条框框如蛛丝网横在面前……怎么办？

解放思想，大胆创新！火荣贵在市委班子会议和全市干部会议上，一次又一次地敲着桌子、拉着嗓门说：要想改变武威的落后面貌，唯有实现转型跨越！要实现跨越发展，唯有解放思想！解放思想，就必须与时俱进、实事求是，开创性地开展工作！

“人才是武威发展的瓶颈。”问题清楚地摆着。人才问题不像招商引资那么简单，有人来谈，条件一合适，便可签约开工。人才问题首先要解决现有人的思想观念。

“既然我们自己没有人，该不该从外面引进？”

“该。”

“那么我们就学学人家，向全国招聘。”

“试试看，兴许成事。”

于是在火荣贵主持下，武威在2010年底拿出11个工业领导岗位，第一次面向全国招聘。按照省里相关人才选拔要求，按照招一选十的办法进行。花几十万元在中央大报上刊登广告后一个月，来报名的竟然只有20人。

甘肃武威？没听说过那个地方呀！有20人报名算是阿弥陀佛了！组织部对报名的20人一核查，有8人不符合基本条件。12人报名，竞争11个岗位，怎么弄法？不符合招聘办法呀！只好流产。

武威面子大失。火荣贵和市委班子深感“武威之尴尬”。

火荣贵是个不服输的人，他和市委班子已经下定决心要改变武威面貌，也就不太在意“面子”了！

“武威如此缺高端人才，有没有啥捷径可走？”一天，火荣贵问组织部长李明生。

“有啊！省里前年与清华大学签订了一个战略合作协议，每年从清华选调一批毕业生来咱们甘肃……”李明生说。

“这么好的事我们干啥不去把人抢过来？你马上派人去！”火荣贵重重地推了一下自己的组织部长，又一把将他揪过来：“不行，还是我去！”

后来火荣贵真的亲自到清华去了，就这样，2010年他把3名清华毕业生弄到了武威，第二年又有4名清华生来落户。

“他们都是清华的高才生，是有远大志向的好青年，我们一定要当宝贝似的关心、关爱他们！”火荣贵对这7名来自清华的毕业生，偏爱有加。

“为什么不？他们是真正好样的！我们武威人自己的孩子读了清华、北大不愿回到家乡工作，人家则听说我们这儿落后，放弃高薪和城市优越的条件，远离父母，有的还把年轻的妻子一起带到武威与我们一起创业、建设，这样的好青年、优秀人才，我们不爱他们还爱谁？”火荣贵心里还有一股没有说出来的火。“三牛风波”出来后，有人在网上不断地挑起这样的问题：为什么你们武威专门为清华毕业生设置升迁的“绿色通道”，而不给某某大学和其他青年机会？背后的真相是什么？

火荣贵的火一下蹿了起来：当初我们在清华大学选招后，也到过别的大学，在那里我们一次次做演讲、做报告，一天好几场，嗓门都说哑了，可人家根本瞧不起我们武威呀，竟然没有一个人报名嘛！这就是真相！

火荣贵的这份苦衷以前外人并不了解，更没有人理解。穷呗，你武威穷乡僻壤，有什么优惠的条件来吸引我们去工作、去安家呀？那时火荣贵也说了一大堆“好处”，可人家听了嗤之以鼻，根本不放在眼里，甚至有人嘲讽道：你就是送我个局长、处长当，本帅哥、本小姐还是不感兴趣！

“现在我们通过一道又一道的严格考试和选拔程序，真把几位优秀的有志青年推荐到了县处级岗位上，一些人又抨击我们是给清华大学‘送人情’、拿中央的干部人事制度‘当儿戏’。这不是事实，至少有这种偏见的人并不了解我们的出发点和选拔程序，更不了解这些优秀清华学子的真实情况！”火荣贵说到这些，总会慷慨激昂。

在第一次全国招聘失败后，当市委根据“工业强市”的战略的具体工作需要，决定拿出 31 个正副县级岗位再次面向全国招聘时，争议仍然很大。首先大家担心的是会不会再次出现像第一次一样的失败招聘。如果再失败，武威将如何收场？火荣贵你将怎么向武威全市人民交代？

“任何一种可能都有。我们不能因为一次失败就断了对人才的吸引战略。招人跟招商有点相同，你做生意不能一次谈崩了就再不去尝试一下，那样怎么可能等到天上掉馅饼呢？优秀人才比天上的馅饼还要珍贵，我们不下几次甚至十几次的诚心，金凤凰是不会飞到我们武威这棵树上的。只要我们心诚，对武威的需求宣传到位，再把工作做得更细一点，就一定会招到我们所急需的人才！”火荣贵信心始终不动摇。

对于新一次的面向全国招聘工作，市委十分重视，多次研究方案。其间有人提出：中央对西部地区引进人才有些特殊政策，我们武威应当根据自己的实际情况，在遵循中央人事制度的前提下，再把思想解放一点，比如对“211”大学的毕业生，能否开一点特殊优惠的口子？

具体说？火荣贵说。

这类毕业生如果在武威工作满两年的，是不是就可以参加这次报考副县级？

我看可以。火荣贵问常委们：你们觉得呢？

中央有关选拔录用干部制度是我们党和国家培养干部的“大法”，我们西部贫穷地区，可以在这个“大法”的基础上，实事求是地为引进人才开展富有成效的工作。可以破一破规矩嘛！常委们最后意见一致。

还有一个想法：这两年清华大学先后来了7名有为青年，这些孩子个个非常优秀，能不能在这次“公选”中也给他们一个机会？火荣贵把闷在自己心里的一个愿望说了出来。

对啊，这几个年轻人可是我们的宝贝！应当对他们门槛再低一些。

是嘛，这才叫“不拘一格选人才”！

可他们最多才工作一年多，还有几个只有半年工作经历。这与干部选拔条件差距太大了，会不会有问题呀？

《条例》写得清楚，这方面越轨了，处分也是不轻的啊！

明生，你向省委组织部请示一下。为慎重起见，火荣贵叮嘱组织部长李明生，末后他说：我真心希望这批孩子中有人能够考上，不过他们考不上也非常正常，毕竟他们工作经历短了些。随机缘吧！

“说实话，我没有想过像焦三牛他们才半年工作经历的几位清华生能够过五关斩六将，竟然脱颖而出，被成功录用！”火荣贵事后这样对我说，“当初仅是出于对他们几个有一份特别厚爱，希望给他们一个机会去试试，哪想焦三牛他们真的太优秀了！那天最后一关，是我们市委常委票决，每人一票，从两个候选人中选一个，当最后看到焦三牛等几位清华毕业生被通过时，我真的非常激动，有点像看到自己的孩子中了状元似的。我实在是为他们的胜出而感到由衷高兴！”

说到这里，火荣贵的眼睛有些湿润。

“还仅仅是一年前的事，那天我们好不容易盼到一位外商到咱武威来谈项目，结果他来了，谈项目的同志急着给我打电话，说市里没有翻译，人家外商要走。我说先把他稳住，随后我赶紧给兰州方面打电话，请求省外事部门借一位同志来给我们当翻译，才算了了一件事。现在我不用这么尴尬了。焦三牛是清华大学的英语专业毕业生，他当外事办副主任，接待外商外宾这一摊他可以给我们担起来了！”火荣贵解了一块心病。

“公选领导干部的公示出来后，网上和社会反应很大，有人对23岁的焦三牛能不能胜任副县级领导表示怀疑。我也不是没有想过这个问题，可后来一想：为什么焦三牛不行？他一定行！我火荣贵当年不也是23岁当了副县级干部嘛！那时没有党政干部选拔条例，但我们就是这样当上了干部，而且后来证明干得并不差！今天焦三牛为什么就不行呢？他一定行，三牛肯定比我火荣贵强，我当副县级时是一个普通大学毕业生，人家焦三牛是清华大学毕业的，我23岁当得了副县级，他焦三牛肯定不会比我火荣贵差！”

“三牛风波”被炒得最热闹时，有记者逼着火荣贵回答“凭什么你们认为没有多少工作经历的23岁的焦三牛能胜任副县级领导”时，火荣贵只得这样回答。

“你们这样做，不觉得是严重违反中央政策吗？身为市委书记的你，是不是应该清楚地认识到自己应负什么样的责任？”

“啪——！”这一回火荣贵真的火了，他的拳头重重地砸在桌子上，说：“我负什么责任自己清楚，我只知道武威现在还很穷，一直拖着甘肃省经济的后腿，我的180多万老百姓还没有过上好日子，他们甚至连一口干净的水都吃不上。我想让他们过上好一点的日子，所以我们想把生态农业和工业搞上去，可现在没有人才，我们通过公选把焦三牛他们提拔推选上来了，就是想让这些有志向、有抱负的青年人能够施展才能，为武威、为中国西部贡献青春和热血！这样的想法和做法，有哪一点与中央政策相悖？你们听过胡锦涛总书记在去年‘七一’建党纪念大会上的讲话吗？你们听听总书记是不是这么说的——‘回顾我们党90年的发展历程，我们有一个共同的感觉，这就是，我们党从成立之日起，就始终代表广大青年、赢得广大青年、依靠广大青年……我们党的队伍里始终活跃着怀抱崇高理想、充满奋斗激情的青年人，这是我们党历经90年风雨而依然保持蓬勃生机的一个重要保证。青年是祖国的未来、民族的希望，也是我们党的未来和希望。全党都要关注青年、关心青年、关爱青年，倾听青年心声，鼓励青年成长，支持青年创业。党对青年寄予厚望，人民对青年寄予厚望。全国广大青年一定要深刻了解近代以来中国人民和中华民族不懈奋斗的光荣历史和伟大历程，永远热爱我们伟大的祖国，永远热爱我们伟大的人民，永远热爱我们伟大的中华民族，坚定理想信念，增长知识本领，锤炼品德意志，矢志奋斗拼搏，在人生的广阔舞台上充分发挥聪明才智、尽情展现人生价值，让青春在为党和人民建功立业中焕发出绚丽光彩……”火荣贵竟然一字不落地将胡锦涛在庆祝中国共产党成立90周年大会上的讲话中关于青年问题的一段话全都背了出来。

还有谁想知道火荣贵为什么要竭力通过公选想把焦三牛这样的优秀青年推荐到武威的领导岗位上？

还有谁想知道？

当然有。那是谁？这回不是网民了，也不是其他社会杂音，而是中组部。“中组部要派调查组来了！”

火荣贵的眼睛一下瞪圆了：中组部也要来人啦？

第四章　调查真相

中组部确实来人了，而且阵势不小，还带来《人民日报》、新华社、中央电视台、《中国组织人事报》等中央媒体。武威方面接到通知说来的是“中组部联合调查工作组”，时间为 2 月 2 日至 5 日。

中组部派工作组来武威调查“公选”引起的“三牛风波”，显然事非寻常。

今年春节是 1 月 23 日，春节假期一直放到初六，也就是 1 月 29 日正式上班。从武威“公选”的公示出来到整个春节假期里，“三牛风波”几乎充斥所有网络和平面媒体，甚至也成为公众在春节酒席茶桌上热聊的一件事。处在“风波”中心的武威受到了前所未有的关注。

李明生等身为组织部门的人已经不再敢发表什么声音了，他们每一次正式和非正式的“回应”结果，迎来的都是更多、更离谱的抨击。

“荣贵兄，这回你把武威的知名度一下弄得全国闻名，我们可要好好向你学习噢！”节日里，火荣贵抽身回过一次兰州，昔日的朋友、同事一见他，便跟他逗乐，“怎么样，是回来上省委拿奖状的？”

火荣贵苦笑地说：“是来取绳子的。”

“取绳子干吗？”

“上吊呗！”火荣贵说。

“哈哈哈，放心，放一百个心！中组部过几天就来接你走了……”消息灵通人士在火荣贵的耳边悄悄地道。

果然，春节刚上班，北京的人就来了！

与中组部联合工作组见面那天，气氛很是紧张。市委几位主要领导首先向中组部联合工作组表明态度，将积极配合，并愿为“公选”承担任何政治和纪律的责任。

“虽然整个公选是常委集体讨论研究决定的，但我是班子的班长，我负全责，如果要处理，就处理我一个人，因为最终决策和拍板的是我这个书记。”火荣贵书记说。

“这不对。我们选人才主要是为发展武威经济服务，并且大多数岗位都是配备给政府急需部门的。再说这两年缺人才、缺干部叫得最响的也是我，这回我要的公选干部也最多，要负责任我是第一个。”市长李志勋把自己的书记挡在后面，挺直胸膛说。

“你们都搞错了。我是组织部长，所有公选环节是我和组织部在一手操作，出了事理当是我承担一切责任。这是很清楚的事。书记、副书记和常委最多是决策上的集体责任。”组织部长李明生有些急了，说话时嘴唇都在哆嗦了。

纪委书记李学民不甘落后，抢过话道：“纪委是这次公选的监督部门，而且每一场考试我们都派出了监督人员，如果出了问题，我们理当承担责任……”

关于责任问题，现在为时过早。我们这次来，是按照中央领导和中组部领导的意见对你们公选的情况进行面对面的实地调查，具体地说，我们最关心的是两个问题：一是你们整个公选的程序有没有瑕疵，二是焦三牛这样的青年干部出任你们将要录用的领导岗位到底行不行？也就是说他们具不具备担任岗位所需的素质和能力？中组部工作组组长打断了武威方面几位领导的话。

火荣贵和李明生听后立即对视了一下，面部表情立马“多云转晴”……

因为这两个方面的事，他们底气十足。尤其是第一个问题，整个“公选”的过程和程序上的问题，组织者李明生最清楚，用他自己的话说，那是“细之又细”“无懈可击”！

“因为有两个前提，一是有过一年前那次失败的招聘，我们不想看到第二次失败。火书记说了，如果武威在面向全国招聘问题上再有第二次失败，影响的将是武威市委提出的跨越式发展战略的全局和全国人民如何看待武威的问题，一旦出现与预期相反的后果，市委组织部门必须承担相应责任。我们组织部自己理解火书记的话，应是全部责任！”李明生说的其二是：“这一次一下拿出 31 个正副县级领导岗位，武威本地的干部群众关注程度空前。对一个地区级小市来说，一般干部能够升迁到县处级职务，也算是不小的官了。按照现在的干部选拔任职条例规定，正常情况下一个青年从学校毕业考公务员，再从科员到县处级领导岗位，至少也得十年八年甚至更长时间，这还要看能力和业绩，甚至还没有排斥许多说不清道不明的人为因素，所以武威本地群众和本地干部对此次公选格外关注，不希望有任何猫腻。再者，我们按照录用公务员和公选选拔干部的相关规定，从发布公告、报名与资格初审、知识测试和资格复审，到面试、差额考察（考核），再到市委全委会差额推荐、市委决定、任职前公示、办理任职手续等设立了九大程序，比一般公选程序多了3道程序。这其中参与资格审查、面试和几次考试及差额推荐程序的'考官'，就有好几百号人。仅此就有上千双眼睛盯在那里，在他们的背后则有更多的眼睛一起盯着我们的公选。更何况，还有面对全国、全世界的网络信息，这个层面盯着的眼睛就更多、更尖锐了……"

李明生介绍了一个情况：报名条件里没有说只向武威以外的青年人招聘，而且武威本地青年同志还有一些特殊的"优惠条件"，比如对"211"大学毕业在武威工作两年以上者是可以"直接报考"的。"这条件对武威本地青年干部同样很有吸引力。在报名和初审期间，光我组织部就有5名在职青年干部报了名，他们享受着比其他地区的青年更直接和更优越的报考条件，比如至少有些与武威发展相关的试题以及熟悉的考试环境等，可惜他们都没有考上……"

这是个有趣的现象！"你组织部的人参加'公选'，不怕外面的人说闲话？"采访中我抓住这个情况问李明生。

"不怕，因为凡是参加'公选'的本地人不管是组织部的还是其他市委、市政府机关及其他部门的人，都必须在报名后脱离与考试相关的'公选'工作，也就是说他们必须遵守和接受与其他所有报考者同样严格的程序，更不得出现任何作弊现象。"

明白了。

"公选"组织工作和实际操作是从2011年10月、11月就开始了。12月9日在《人民日报》《甘肃日报》等媒体上发布公告前后，武威相关部门将此作为一个近似“战役”来组织实施，尤其是组织部门，可谓是集中了精兵强将，全力以赴投入。

中组部联合工作组和我采访时，都查到了当时所有程序的原始材料和操作规程，甚至细节记录。由此我们了解到武威市委对“公选”的重视程度和严密的组织安排。事实上，由市委书记、市委副书记、组织部长、纪委书记组成的领导小组一直领导和指挥着整个“公选”的每一个环节。公选工作办公室的同志更是严肃认真地对待每一个细节。

12月6日，市委常委在“公选”公告发布之前，又一次召开专题研究会。两天之后的8日，即公告出来前一天，“公选”工作人员培训会就召开了，组织部长李明生主持并作动员讲话，提出五点意见。其中在讲到此次“公选”的意义时，非常明确和清晰地讲道，“就是为优秀人才搭建展示才智的平台，把真正有本事推动跨越式发展的优秀干部选拔到领导岗位上”，而且清楚地强调了此次“公选”中有“两项创新措施”：一是“211”大学毕业生在武威工作两年以上的及清华大学毕业后在武威工作的，可直接报考副县级领导职位；二是资格审查合格人数和进入面试人数达不到比例要求，但其中确有经济社会跨越式发展急需的优秀人才时，由市委视情况确定是否进行该职位的公选或面试。

求贤若渴，昭然若揭！

“这次公选职位多，又是面向全国，参与的范围更广、影响面更大、社会关注度更高，工作难度也更大，一个细节上的疏忽都可能影响整个公选工作，造成无法挽回的损失。所有工作人员都要树立‘细节决定成败’的意识，严谨细致、一丝不苟地做好每项工作，对遇到的每一个问题都要严格按照工作方案和有关规定办理，力求每项工作都有理有据、精益求精。要注重自己的一言一行，在接听电话、答复政策、接待来访等细小环节上要展示我们武威的良好形象，传达一种开放包容、热情周到、耐心细致、高效服务、礼貌谦虚的良好风貌……”李明生在强调“严明纪律”时，提了八条具体严格的要求，并且特别强调“对公选过程中出现的任何违纪问题和不良行为，一经发现，要严肃查处，绝不姑息”。

参加“公选”工作的54位工作人员，实行的是封闭式管理，为了确保不出问题，李明生特意规定：“公选期间，公选办公室工作人员，一律不准请假！”

上述“规定性动作”看起来并不是什么新鲜玩意，但有时问题就偏偏出在没有能够严格按照“规定性动作”做。

武威此次“公选”之所以后来没有在强大的社会舆论攻势面前“覆舟”，一个特别值得称道的是他们极其严格地、不折不扣地执行了“规定动作”。

然而，按照“规定性动作”做，并非绝对的不出漏洞，关键还需要步步把控，一以贯之。特别是那些直接参加评考和面试的“执法者”、评审人员及差额推荐的投票者，他们的责任心、公信力及水平与能力，更是关键的关键。武威“公选”领导小组充分考虑到这些环节上可能出现的问题，除了在“公选”过程中每进行一道程序时事先都要把相关人员集中起来培训和提出要求外，在选取这类“考官”时，都反复、严格地经过筛选调整，直到拿出最佳人选为止。而且在挑选一些人为主观判断较多的考试程序如“面试”测评环节的“考官”时，为防止可能出现的问题，还设置了“时间差”——参加面试的“考官”，本人事先都不知道，“公选”办公室一旦通知其担任面试“考官”后，他便不可以再同外界有任何联系。

“虽然我不能说我们武威的这次公选过程是最严密、最没有瑕疵的，但以我自己当面试考官的经历，我敢说公选组织者在把关方面是无可挑剔的。”一位参与面试的武威籍考官如此感慨道。

12月9日，选拔《公告》在《人民日报》《甘肃日报》等媒体上刊出后，武威各方都十分关注，市委领导更是每天都在打听情况，尤其是市委书记火荣贵，几乎一天两次要向组织部李明生部长询问：“怎么样，有人报名吗？”

“有，形势不错。”

“外地多不多？”

“多，主要是外地的。”李明生的回答让火荣贵兴奋。

“报告书记：总报名人数391人，经过初步审核，其中够条件的有361人！”这回是李明生主动向书记汇报。

“近400人报名啊！太好了！太好了！跟上次比简直是天大的喜讯！”火荣贵听到这个消息，在电话里跟李明生好一阵聊。可不，一年前他们拿出11个岗位向全国招聘，结果报名的总共才20人！“明生啊，公选取得第一阶段成功，接下去你得把优秀的人才给我一个不落地盯着，而且必须严格把好每一道关口，不得有丝毫闪失！”火荣贵书记不忘提醒自己的组织部长。

“是。我明白。”李明生领得军令状。

报名的情况令“公选”办公室工作人员兴奋不已，大家加班加点，以最快的速度作最细致的核对，并一一同本人联系，最后确定参加知识测试的313人。

3——1——3，哎——哟——哎
武威的公选报名人真是多哎——
跨越式发展需要人才
我们求贤若渴再不想等待哎……

那些日子，“公选”在武威的百姓中间也引起一波波热议。当听说有来自全国数百名报考者前来武威参加选拔考试时，一位爱唱民谣的歌手竟然激动得在武威街头热情洋溢地欢唱起来。

12月24日，是西方国家的重要节日——圣诞节的平安夜，而这一天在我国西部小城——武威街头却一改往日之冷清，到处喜气洋洋、人头攒动，比“老外”过平安夜还热闹！原来许多人听说市里在进行选“状元”考试，于是就从四面八方赶到城里来观景——自然，考试现场不能随便进入，但武威的百姓还是想亲眼瞅一瞅这次对他们未来生活都可能产生影响的“县官大考”。

24日上午是第一场考试，考的是知识测试题。现场的情形完全按照国家高考的样式，甚至在一些纪律要求的细节上有过之而无不及。比如武威的12月底气温已经较低了，内地的一些考试者是穿着棉衣或厚实的大衣等来到武威的。进考场时，为防止作弊等情况，考场一律要求参考者脱下外衣入场——当然，考场里面的暖气保障尽可让考生放心。

考试是客观自然的，所有预先公布的岗位，报名人数不同，呈现的竞争态势也不相同。比如像“市委办副主任”“市民政局副局长”“市妇女儿童工委办公室副主任”“市红十字会副会长”等职位的报考人数就比较多，竞争的激烈程度可想而知，但不管是本地考者还是远道而来的外地考者，他们都友好地一起进场、一起等待各自的成绩，气氛非常融洽。后来焦三牛折桂的“市外事侨务办公室副主任”一岗，第一轮入场参加考试者也有 12 人。按照考生年龄排序，焦三牛排在最后。

12 月 27 日，知识测试成绩公布，同时相关的资格复审工作也结束，“公选”工作办公室公布了各职位人选知识测试成绩及进入面试环节的人员名单。焦三牛在“市外事侨务办公室副主任”的 12 个参考者中名列第一，成绩是 71.67 分。这个成绩在 300 多位参考者中排第 35 名，得同样分数的还有两人，其中一人是焦三牛的清华校友、后来也被录用到副县级的蔡程程。知识测试题难度较大，最高分为 78.33 分，而这 300 多名参考者中有几十名是博士生，且有的已经工作近 20 年，仅有本科学历、才从校门走出没多久的焦三牛能得这个分数算是相当好的了。

接着是面试。每个岗位一般只选知识测试成绩前 5 名进入面试。这道考关，很大程度上是一种素质和能力考试。12 月 31 日，“公选”工作办公室公布了各位参加面试者的成绩，焦三牛在“市外事侨务办公室副主任”一职中成绩依然名列第一，分数为 91.64。这回他的清华女校友蔡程程得了 96 分，名列所有面试者的第二。

考试进入市委全委会议差额推荐环节，竞争也就呈现异常激烈状态。所谓的市委全委会议差额推荐，就是由全体中共武威市委委员参加，给应试者投票推荐，而且是 3 人中推举 2 人，即差额推荐。进入这一环节的应试者，必须是前面所考的总分排列在所报考职务竞争者中前三名才具备资格。胜出者以得票多少为准。

这已经是新一年的开始了。紧张而激烈的“公选”进入关键性的“半决赛”阶段，参加这一程序的“裁判员”是中共武威市委委员。2012 年 1 月 15 日，除个别因事不能参加者外，其余 49 名市委委员全部整装进入考场。

“这次差额推荐，是以中共武威市委三届二次全会的名义进行的，所以会议气氛既活跃又紧张。市委委员们基本是我们武威市区县两级班子的主要负责人和各条战线的代表人物，他们的阅历和眼光，应该说是非常挑剔和锐利的，同时也是有水平的。每位应试者将就自己的素质和能力接受一场集体大会考……”李明生介绍道。

事后，不少市委委员议论说：那天考试其实我们也同样像是在接受一场高水平的考试。

因为是差额推荐，因为是当场投票，因为是三选二的“半决赛”，考官和被考者都很严肃和紧张，但现场时而也会爆发出一次次轻松的欢笑，甚至还冒出一些按捺不住的鼓掌声——“他们都太优秀了！我实在忍不住为他们鼓掌。”鼓掌者受到监考人员警告时很有些委屈。

“真的太优秀了！我们武威太需要这样的人才了！书记、部长，你们能不能通融一下，把这些年轻人都留下吧！”推荐刚结束，不少市委委员就找到火荣贵和李明生，热切地表达了自己的心愿，他们纷纷希望那些三选二中被淘汰的年轻人也能留下，留在武威！

这种结果是火荣贵和李明生乐意见到的，但他们笑着回答大家：我们是要优中选优啊！

市委三届二次全会结束当天，“公选”工作办公室就把差额推荐的结果公示出来，每个岗位得票前两名的名列榜上。焦三牛在“市外事侨务办公室副主任”一职推荐中得票第一，获得 48 票，也就是说 49 个市委委员中只有一个没投他的票。他比第二名多得了 16 票。这一轮所有岗位得票最多的就是焦三牛和另外两个岗位的应试者。

差额推荐的第二天，即 1 月 16 日下午 4 点，“公选”到了最后出结果的时刻，也就是由市委常委进行二选一的程序。出席这天常委会的共有 8 人，另外 3 名常委因到省里开会而请假。

会议由书记火荣贵主持，组织部长、“公选”工作办公室负责人李明生汇报了整个公选的情况，并代表组织部门对“二选一”方案做了说明，同时向常委们分发了 31 个拟任职务的相关材料，交会议讨论表决。

笔者查阅武威市委常委会的原始记录档案时所看到的材料证明，

常委们在最后决定“公选”任职对象时是相当慎重和认真的，并且发扬了民主。表决前，火荣贵书记要求常委们先发表意见。

第一个发言的是副书记、市长李志勋：这次公选 31 个职位，应当说，得到了社会各界的支持，当然也有一些不同声音，但这不是主流。“公选”本身也得到了上级部门的认可。前几天在同火书记一起上省城汇报工作时，我们两人就人才引进问题谈得很多，也很透，我们的意见是一致的，这意见现在基本都体现在“公选”结果上。这次“公选”应该说从现在的结果看，是非常成功的，对武威的发展将起到不可估量的作用！人才和干部是我们事业的“发酵剂”，有了好的理念、好的人脉资源、好的学识和开拓意识，我们武威的发展就有希望！李市长随即讲了几点建议：“公选”出来的任职干部到岗后，市委和组织部门要定向跟踪，着力进行继续培养，有的同志缺少工作经验，跨度大，实际工作中难免出现不足和缺点，需要组织帮助和提要求；社会各界更要热情地关心、帮助和包容他们，尤其是需要社会舆论宣传方面对这些年轻干部给予鼓励和正面报道。武威地方不大，但我们一下拿出 30 多个县级领导岗位在全国公开选聘，说明了我们市委对于全市的经济和社会发展、提高人民生活水平的决心与信心，也是我们为了实现跨越式发展而实施的一个解放思想、大胆创新的战略举措，我们要敢于面对来自各方的反应和议论，因为我们做这件事心底无私，常委们每人只有一票的权利，通过“公选”上岗的同志都很优秀，他们能充实到现在的武威各个部门的领导岗位，对我们“贫血”的武威是一次大输血！好得很！全市 180 多万群众也会支持和拥护这件事的！剩下我们要做的就是将好事做得更好！

常委、凉州区委书记李世英抢着第二个发言：我完全同意市长的意见。这次“公选”的结果比我们希望的还要好。我们这里太需要高学历、有能力的优秀人才了。这次选拔中对“211”大学毕业生和清华毕业生有些破格，我看是好事。现在武威已经有 8 名清华学子在这儿工作，通过这次公选他们大多数走上领导岗位，这种“几何效应”会迅速产生，可以肯定，以后来武威的清华等名牌大学的优秀人才会更多！

"'公选'公平、公开、公正又科学，参加两次打分，打得很兴奋！见这么多优秀的青年干部能跟我们一起同心同德地在武威工作，令人欣慰和欣喜！特别是孩子们的讲演，异常精彩，令人感动！我举双手赞成！"常委、常务副市长王扎东说。

"好事！完全赞同！"

"这才叫解放思想、与时俱进、真干实干！武威的历史上会对这次"公选"记一笔的，是出彩的一笔！"

"组织部和具体工作的同志辛苦了！而且辛苦出了成绩！"

"实践证明，只要思想解放，武威照样有前途！我们的事业只要朝着这条路走下去，一定前程似锦！"

"赞成！"

出席会议的常委们以一致的意见对"公选"作了肯定，又以全票通过了拟任名单和他们的岗位。

一向话多的书记火荣贵，这天在常委会上反而没说多少话。不过大家看得出没说多少话的书记其实内心激荡澎湃，显然有千言万语，只是没在此时倾泻而出，因为他已经看到了胜利……

"今天我很激动。这次公选的结果完全实现了我们预期的目的。我们武威和整个中国西部都缺人才、缺优秀人才，然而现实放在这里，因为我们还穷，客观条件比不上其他地区，所以我们能吸引优秀人才的优势没多少，靠条条框框、循规蹈矩，恐怕连一两个优秀人才都难吸引来。只能靠解放思想、实事求是、大胆创新来开展我们的工作。我们的公选有了一些突破，社会上和我们自己的干部中会有一些不理解，甚至是非议，这不怕。只要我们认定了有利于武威的经济发展，有利于全市人民群众的根本利益，有利于西部开发和改革开放，就是挨骂挨批也在所不辞！创新是要付出代价的，任何一个地方的改革发展都不会一帆风顺，我们共产党人既然选择了改革创新、跨越发展之路，就要敢于为人民、为党的事业承担责任、承担风险……"火荣贵的结束语得到了同事们的热烈掌声。

这一天，武威的风是和美的，武威的天是阳光的，武威的人是喜气洋洋的……

常委会结束之后，组织部和"公选"工作办公室的同志们迅速将

“公选”的最后一个《公告》拟定，随即交给李明生部长审定。

2012年1月17日，历时两个多月的武威市面向全国公开选拔（选聘）县级领导职位干部的工作画上句号。一份有31名拟任人选的任前公示《公告》，于当天在武威政府网上挂出……

不想，这一挂，让甘肃武威这个西部小城，一夜间吸引了亿万眼球，与之同时名声大振的还有那个叫“焦三牛”的清华毕业生——几小时后，网民们将他称为“中国最牛的副县级”！

武威怎么啦？武威到底有没有事？武威的“公选”会有黑幕吗？假如没有黑幕，那么在程序上会不会有毛病和瑕疵呢？

中组部联合工作组赴武威的任务之一，就是要弄明白上述问题的可能性。工作组于2月2日至5日在武威夜以继日地进行调查、座谈和翻阅“公选”的各种原始材料及走访相关当事人、武威的干部和群众。5日晚，工作组很晚才回到北京，可第二天，一份专题报告已经呈到了中组部领导和中央领导的办公桌上……

火荣贵和武威人并不知道这份报告的内容，更不知道中组部联合工作组对他们的“公选”是如何评价及看待的。

连续几天，武威市领导和武威人度过了非常难熬的日子……

13日，上班时间还未到，武威市委和市政府的工作人员已经有不少人在高呼和高喊起来了：

“我们武威做对了！”

“中央表扬我们啦！”

“解放思想万岁——！”

“火书记，《人民日报》今天发表署名文章肯定我们的公选啦！”市委办的几位年轻人，纷纷向火荣贵报告。那一刻，火荣贵的手机如炸了一般……

“我正在看……正在看！”这回，火荣贵接到的又是儿子打来的电话。他手里一边拿着下载打印出的《人民日报》“仲祖文”的题为《不拘一格选人才》的评论文章，一边告诉儿子……

……最近，甘肃省武威市根据经济社会发展需要和人才短缺的实际，面向全国公开选拔一批青年英才。这是不拘一格用人才、用改革思想和创新办法选人才的有益探索。

火荣贵的心在剧烈跳跃，捧着那份《人民日报》打印稿的双手在颤抖。

不拘一格选人才，必须有敢为事业用人才的胆识和气魄。为政之要，首在得人。周文王渭水访贤，萧何月下追韩信，刘玄德三顾茅庐，不拘世俗，唯才是举，成就百年大业。在科技进步日新月异、国际竞争更趋激烈的今天，我们必须牢固树立人才资源是第一资源的理念，切实转变落后的、保守的、陈旧的、片面的人才观念，在全社会大力宣传爱护人才就是促进发展、浪费人才就是贻误发展的思想，使人才得到充分尊重、合理使用，真正成为推动科学发展的第一动力。“贤愚一概，必与格合”，失去的是人才，耽搁的是事业。

不拘一格选人才，必须源源不断培养造就大批青年英才。青年是国家的未来、民族的希望，也是我们党的未来和希望。全党都要关注青年、关心青年、关爱青年，倾听青年心声，鼓励青年成长。经过艰苦复杂环境磨炼、重大斗争考验、实践证明优秀、有培养前途的大批年轻干部能够不断涌现出来，党和人民事业就大有希望。选拔青年英才，既要尊重人才成长的一般规律，又要尊重优秀人才脱颖而出的特殊规律；既要按政策规定办事，又要为特别优秀的青年英才留出“快车道”。

不拘一格选人才，必须用改革的办法选人。小平同志讲，选贤任能也是革命。古往今来，选人靠一人之智、一人之明，靠“伯乐相马”，往往视野受局限，识人也不够全面。只有以天下人之眼观之、以天下人之耳闻之，广泛听取群众的意见，充分尊重群众的选择，才能把真正优秀的人才选出来、用起来。要坚持民主公开竞争择优的原则，不断加大竞争性选拔工作力度，把最优秀的干部选拔到最适合的岗位上。

不拘一格选人才，必须营造良好环境，不断大胆探索。要进一步解放思想，破除束缚人才成长的陈旧观念，优化社会、舆论和政策环境。要讲台阶而不唯台阶，论资历而不唯资历，既重数量更重质量，提高选贤任能的公信度。加强政策引导，鼓励更多年轻人志愿到艰苦地区和基层一线干事创业，树立正确的用人导向。创新体制机制，努力形成人尽其才、才尽其用、用当其时的良好局面……

火荣贵读着读着，眼睛已经潮湿了。此刻，他心里只有一句话：报上说的，就是我想说的。

他越读越觉得自己的胸口渐渐变得不再像前十几天那么闷了，显得格外舒畅。他推开窗子，尽管外面的寒风仍然凛冽，但火荣贵毫不怀疑地认为今年陇西的春天来得比任何时候都早，充满暖融融的气息。他猛地伸开双臂，头颅往后一仰，深深地松了一口气……那叫舒服轻松啊！

现在，火荣贵最想做的一件事：该去看看已经同武威人民融为一体的焦三牛和另外几个清华学子……这些孩子还年轻，千万别被前阵子的寒气冻着了！

第五章 对话三牛

焦三牛无疑是整个事件的焦点和社会对武威“公选”的最大疑惑。23岁的三牛到底是个什么样的人？他的能力和素质适合不适合担任外事办的“副县级”领导？这应该是问题的根本。

老实说，北京飞往兰州，再到武威的一路上，这个问题同样一直挂在我的心头。我不想看简单的结论性文字，我想从别人的嘴里亲耳听到对三牛的正面的甚至是反面的评价，当然还有我一贯自认为是最重要和最直接的方式——我要与他对话，用我的经验和能力来对三牛做出我自已主观的和客观的判断……

三牛本来是平静的，但现在他必须接受这种来自各方面的考验和检验。对不起了三牛同志，谁让你叫“三牛”的！既然是一头被公众关注了的“牛”，你就必须面对各种犁套，而且还应迈得开步子，否则你就是头没用的“牛”。23岁的三牛，其实你在我们这个年龄段人的眼里还是个孩子，你这孩子生来命苦，像你这样年龄的孩子有的还在母亲的身边撒娇，我们这样的老爹甚至还会亲自驾着车为他上学送行、给他备好早晨的牛奶和晚上的洗澡水。没有什么奇怪，今天的孩子基本上都是泡在甜水里长大的。他们能让我们当父母的少费些心思考上大学、有个好的工作，已经是阿弥陀佛了。假如能像你三牛那样上清华、北大，那我们当父母的就认为是祖上烧了高香，这小子就可以在家里更加“作威作福”了！

这就是今天大多数与你同龄的孩子的生活状态。

三牛，难道你不是这样吗？事实上我们已经知道你不是这样的孩子，你过的生活和所走的路与大多数同龄孩子不一样，所以你放弃优越的工作和生活环境，到遥远的、贫穷的、远离父母的、前途未卜的地方去，而且还在短短的时间里当上了“副县级”领导干部，人们对你的怀疑，从某种意义上讲，是可以理解的，也是正常的。

这个社会，有些东西是需要改一改的，比如我们对待下一代的管理与教育方式。太多的溺爱、太多的不尊重孩子自己的抱负和愿望而强加给孩子的主张及行为，这些情况已经影响了下一代人的健康成长，更严重地说也在影响着一个民族整体素质的提高。

三牛的父母没有条件溺爱自己的孩子，他们有的就是两个字：贫穷。如今许多富起来的人喜欢嘲讽贫穷的人，认为他们“无能”和“傻”。是的，贫穷者，无法给自己的孩子吃饱穿暖，无法把上学的孩子送进贵族学校，甚至连上乡村的中小学都得贷款，更不用说靠“后门关系”给他找个好工作，然而这样的父母以自己的朴素、诚实、勤劳和善良，影响着他们的孩子。三牛的父母没有给三牛什么值得炫耀的东西，但是他们竟然成功地将自己的孩子送进了天下多少富人和穷人们都在梦想的清华大学！

富兰克林说过，站着的农夫要比跪着的绅士高得多。三牛的父母在教育孩子方面是一对站着的形象高大的农夫。

另一位哲人这样说过，人类有许多高尚的品格，是在家庭和父母的潜移默化的影响下形成的。三牛生活在黄河边的一个贫穷的农民家庭，种地的父母不可能给予他更多的物质所求，甚至连起名字时都那么简单和“节省”。大儿子自然叫“大牛”，二儿子跟着叫“二牛”，小儿子顺延下来就叫了“三牛”。

一个人的名字通常是父母和长辈起的，它是一个人成长的最初印迹。长大后，有人觉得自己的名字“太俗”“太没文化”而改了。三牛在考进清华之前并没有感到自己的名字有什么不对劲的地方，但到了北京，进了清华，同学们第一次听到身边有人叫“三牛”时，竟然哄堂大笑，所有的目光——有好奇的、有嘲笑的、有鄙视的，弄得三牛蓦然感到自己的身上不知出了什么毛病。最后他的结论是：我太穷，我太土！

“那一阵，三牛并不是没有想法，甚至有些苦恼和自卑。因为进清华后，我们先要进行军训，当操场上教官点名叫‘焦三牛’时，几乎所有的女生都在笑，有人甚至笑得直不起腰，男生们也有一半人在笑。时间长了，又跟三牛在一个宿舍住，我们就问三牛：你为什么不改一下自己的名字？三牛红着脸说：我还有一个名字叫‘伟业’，但没正式用过……又过了一段时间，我们又问三牛为什么不改名字时，三牛很坚定地回答：我的名字是父母给的，干吗要改？我自己不觉得'三牛'难听，而且它能一直提醒我，自己是农民的孩子，我不能因为上了清华就忘了自己是谁。将来参加工作后的路更长，更不能忘本。"这是三牛在清华大学的同宿舍同学王子寅对我讲的事。

不忘本，是一个人自我塑造品质的原动力之一。

在武威，我听到了另一个故事：三牛从清华毕业后，作为甘肃省与清华大学战略合作的选调生——即由双方选调到甘肃贫穷地区工作的大学生，来到武威后就一直在凉州区的清水乡政府当普通公务员。乡里的工作主要是与农民打交道。有一天三牛到农村去调研，农民们听说来的是清华大学高才生，很稀奇，纷纷围过来与焦三牛聊天，当乡亲们一听这位戴眼镜的清华大学生叫"三牛"时，一下与他亲热起来，说你虽然是个清华大学的大才子，就冲着你叫"三牛"，又从北京那么好的地方来到我们武威这个穷地方工作，我们就觉得你是个好娃儿、好后生，我们喜欢你！三牛自己开始对初来乍到一个陌生地方有些担心，怕老百姓不容易接受他，不想"三牛"的名字无意间帮了大忙。

"我们现在在手机和邮件里跟三牛联系时，经常叫他'三牛县副'，他很高兴，嘴上还总要挂一句：你们有什么事只管找我，只要不违反原则。前几天，我还跟他开玩笑说：三牛你现在当名人了，名字是不是可以改一下，干脆把'三牛'叠在一起，叫'犇'吧！三牛马上说：那不行，老百姓会觉得这个'犇'字太花哨了。他说他现在反倒越来越觉得'三牛'这个名字好，'在武威，乡亲们一听我的名字，就跟我很亲，觉得我是他们自己的人，我不能轻易失去这份天然的助力'……"在去甘肃之前，我先到清华大学采访了三牛昔日的同学和老师，有个三牛的好友这样对我说。

在武威采访时，更不止一次听当地的干部和百姓讲，三牛现在在他们那儿名声很大，都知道三牛这个清华大学高才生，也都十分喜欢他、爱护他。

每每听到这样的话，一方面总令我十分庆幸三牛能如此融入当地，另一方面也敬佩他能够保持劳动人民本色的品质。

穷人的孩子早当家。贫苦出身的三牛确实早成熟。

其实，三牛的成长与成熟也是一步步走过来的。听清华的同学和老师们讲，刚进清华时，由于三牛读的高中是山西一个小地方的民办中学，他的知识结构和基础相比那些名校出来的同学有明显差距。“记得三牛刚入学时，他的专业英语四级考试没过，但毕业时他却通过了八级考试，而我们的同学中有人就没有通过这一关。”同班同学王晓亚说，“三牛在清华这几年我和他一直是同宿舍，记得他当时行李非常少，身边没有什么东西。但毕业时，他的书架上满满的。他家里穷，上大学花的钱基本上都是靠自己勤工俭学，虽然他也会买一两套像样点的衣服，可他的钱大部分都买了书。除了学校学的专业以外，他的书架上一半是中国的，一半是外国文学和历史的书，还有就是哲学和伟人传记什么的。他经常看费孝通的那本《乡土中国》，并且常对我们说这样的话：我们清华大学的学子将来不管做学术大师，还是当治国栋梁、专业精英，了解和熟悉中国国情非常重要，而了解和熟悉国情时，农村情况最为重要。所以现在看来，三牛毕业后主动到西部甘肃，是早有思想基础和准备的。”

王铭老师是三牛初入清华时的辅导员和支部书记。王老师对三牛在校时的成长过程印象很深，他说：“三牛最初是个很羞涩的学生，这跟他的家庭出身和专业基础不太扎实有关，但他迅速调整自己的心态，学习总比别人下功夫。清华学生一般进学校后，对自己未来的定位大多比较早，三牛给自己的定位从开始就比较明确，他似乎就是要把自己锻炼成一名服务于社会的治国栋梁。在这过程中，他没有脱离自己是农民后代的思维，不像有些农村出来的学生一进城市、一到名牌大学后想的就是跳出农门，三牛恰恰相反。当然这与清华的教育和学风有关。清华大学一直以来就把到国家主战场、到西部、到艰苦地方工作的教育，作为对学生未来发展的思想主课。三牛正是在清华倡导的这种气氛中获得了理想和精神境界的提升。2010 年 4 月 14 日，三牛在我和王子寅同学的介绍下入的党。当时三牛已经大三了。支部一般要对准备入党的重点发展对象每两个月进行一次谈话。三牛是重点发展对象中唯一多次主动找我谈话的同学，而且他一谈就是几个小时，谈的内容也都是关于他的最近情况和想干一番大事的话题。”

“清华的学生一定都很优秀，但优秀的人并不一定都有崇高的理想和闪光的灵魂。三牛是一个有崇高理想和闪光灵魂的人。”王铭老师这样评价他。

“毕业时同学们相互换书，三牛送的是四卷《毛泽东选集》，我送他的是一套经济学原理。我知道他很早就想踏上社会干一番事业。”王子寅同学说。

正在清华大学新闻学院读硕士的三牛的同学王晓亚，接过同学的话说 ：“毕业分手时，三牛送我的竟然是套新闻传播学，让我很吃惊，他居然在平时有那么宽的知识涉及面！”王晓亚回忆说，2008年北京举办奥运会时，我们都是志愿者。三牛他是服务我们志愿者的志愿者，每天负责从国际广播中心那儿将有关统计材料送到奥运会场馆，路不近，三牛每天骑自行车来回，可他从来不把自己看低。2009年学校利用暑假，组织我们到青海社会实践，三牛是最积极的一个。后来我们发现他在人际交往方面能力不够，向他指出后，回到学校，他就马上联系到中美商会去实习，以后社交能力迅速提高。这些小事说明，三牛是个非常注重弥补自己不足的人。可以说，学校四年，他从一个比较不成熟的青涩男孩，成长为有理想、有抱负、有见识的青年知识分子。特别是毕业前经过半年多的社会实践工作后的三牛，让我们与之比较时常自愧不如。”

三牛离开清华时，只是一个在同学们眼里比较有自己主见和抱负的人，然而仅半年多后的今天，尤其是经历“公选”风波后的三牛，变得沉稳、淡定和成熟了，让老师和同学们感到十分意外和惊喜。

这似乎印证了一个真理 ：一个人的进步与成长，与他的理想和抱负成正比。

三牛是个有理想和抱负的青年，他的理想和抱负在于他有坚定的信仰，这信仰就是对祖国充满希望，对人民深怀感情，对党的事业矢志不移。他因此在毕业时坚定而无悔地选择了到西北、到武威这样艰苦却大有希望的地方。

“三牛去武威时，根本不知道也没有想到那里会有一个外事侨办副主任的位子在等着他……他是做好了将青春和一生献给那块贫瘠土地的准备。”同学和老师们都这么说，而且告诉我，清华大学到西部去的同学们也都是这样准备的。

“人是要有点精神的。”“一个人的能力有大小，但只要有这点精神，就是一个高尚的人，一个纯粹的人，一个有道德的人，一个脱离了低级趣味的人，一个有益于人民的人。”毛泽东的这些话，上些年岁的人都会背。对三牛这样致力于为祖国和民族富强奉献奋斗一生的年轻人来说，也能脱口而出，而且会在现实的选择中与众不同，独辟蹊径，从而去实现自己的理想。

需要指出的是，清华毕业的三牛他也非天才和完人，他是一个正在成长着的有志青年。从离开清华到西部武威的征程上，谁也没有把握他就是一个一定能成为栋梁或者能在短期内就长成大树的特殊人才，他仅仅是千百个有志青年中的一个。艰苦的条件，陌生的环境，并不一定与理想一致的岗位，也许都可能让一棵嫩苗夭折甚至死亡。用三牛他们的话说，西部路途很遥远，前途也很渺茫，要让贫瘠和干渴的土地上长出理想的花朵，只有通过辛勤的汗水浇灌，甚至是挥洒鲜血……“但这些都不可怕，我们是有备而来的。”三牛不止一次说过这样的话。

这样的话，对落户西部的人绝不可能是空话，他们必须接受现实的严峻考验，而且每时每刻、时时处处、点点滴滴都会面临和渗透着这种考验。

其实，三牛从一个普通清华生，成长为“副县级”，并非是简单的“火箭式”飞跃，他的“够条件”也并非是仅仅通过了简单的九道“公选”考试关，他真正的考试合格是在当地人民的心中和眼里，这样的考试才是真正的、更为严格的考试——这样的考试，能从表及里地测试一个人的能力与素质，能穿透一个人的灵魂和思想，能测衡一个人的品质和胸怀。

武威市委人才办副主任张生兴说：清华生到武威后，市里给他们每人解决一个住处。有一天我们的领导去检查，发现唯独三牛没有房子。问三牛为什么没有？三牛回答：是我不要的，我在乡里有间办公室，睡在那里就行了，既方便工作，又方便生活。我发现他的内心有种直率和可贵的崇高。

俞中山，武威“公选”工作人员。他说：我第一次见三牛，是那天“公选”报名现场。当时人很多，我发现一个戴眼镜的小伙子特别年轻，便问他叫什么，他说他叫焦三牛。我这才知道他是在我们这儿工作的清华选调生。当时“公选”报名的人很多，需要排队，可就在这间隙，我发现三牛坐在一边，安静地翻阅着一张图，我以为他在了解我们武威的地理呢，便好奇地走过去一看，结果发现他看的是一张清水乡规划图。三牛告诉我，他正在做这个项目。考试了你还想着这事？我不由惊讶地这么问他。三牛却平静地笑着说，这是乡里交给我的任务，明天就要上会了，现在抽空看看还有没有什么问题。那一刻我真的很感慨：清华人就是不一样，做事认真，点滴时间都会利用。我们做不到！

在武威，评说三牛的人中，有一个人最有发言权，她就是清水乡党委书记李晓燕，本地人，三牛到武威后的直接领导和鼓励三牛参加“公选”考试的人。李晓燕在任乡党委书记之前是凉州区宣传部副部长、文联主席，当过区团委书记的她，是位有青年工作经验的大姐式人物。在三牛眼里，她更是位人生引路人。

“三牛是个很阳光的孩子。”李晓燕的开场白这样说，从她的微笑中能够感觉到她对三牛的特别欣赏和喜爱。“我是从他到清水乡后的几件事中开始觉得这孩子不一般的……”李晓燕话锋一转，能感觉她是个清醒而睿智的领导者。

“三牛刚到我们这儿被分在乡镇招商项目办。这是个乡里的重点部门。开始我内心并没有特别认为他们这些清华生就一定比谁强，但后来几件事让我对三牛刮目相看。”李晓燕说，“我们这里有个百利种苗公司，是个从荷兰引进的科技公司。当时公司老板向我们乡里请求派个人去帮他搞个项目报告书，我就让三牛去试试帮公司做一下。没几天，公司老板过来说要谢谢我，原来三牛帮他做的项目报告书非常好，他特别满意。我当时一听很惊讶，这么短时间，完全外行的三牛竟然完成得这么好！后来一了解，三牛为了做好这个项目报告书，连续几天都是干到深夜三四点钟。”

“第二件事是在同三牛谈心时，他向我提出一个请求，他说他想为乡里成立一个政策信息收集小组。他说小组由他负责，由在乡里挂职和当村干部的 9 个大学生做这件事。我听后心里十分欣慰，心想：这孩子不仅工作主动，而且有远见，因为乡里过去没有人做这方面的工作，现在太需要三牛他们做这件事了！

“乡里的事非常烦琐，每天都会面对上门来的老百姓。有个老上访户，不知多少次来乡里纠缠。说实话，对这样的人我们也没有什么招了，于是乡里发了通报。三牛知道这事后，没有跟我们乡里哪个领导说，就自己叫了一个农民用摩托车带他去了这个上访户家里，并且跟对方促膝倾谈了好几个小时……虽然最后问题没有根本解决，但我听说这事后很感动，心里马上意识到：这孩子能干事！”李晓燕谈到这儿喜形于色。

“通过这几件事，我决定把他调到乡党政办公室，做党委秘书。我要亲自带他，我觉得这孩子很有希望。”李晓燕说，“为了让他尽快熟悉党委工作，我压他的第一份活是让他写一份年底工作报告。三牛以前没干过这类事情，第一稿出来不着调，只有激情，内容编排显乱。我毫不客气地说不行，并叫他先学些写工作报告的文体，再参考一下乡里以前的各种材料。三牛这回学聪明了，没有一下赶着拿报告出来，而是找乡长、找各部门去核实各种数据和事由，第三稿出来后，我一看：基本定型了。

“另一个印象很深的事是市委和区里要求各乡镇搞城乡融合发展规划实施方案，这个东西是要下些功夫的，开始我安排了其他几位干部搞，但一直没有出活，让我着急了。没有办法的情况下，我想到了三牛，但三牛毕竟参加工作时间短，要搞这么个涉及方方面面的发展规划，没有些实际经验和扎实的知识是难以承担此任的。当我把事情交给三牛的同时，我内心也做好了最后由自己动手的准备。但不几日，三牛就拿出了初稿，我看了一遍，内心真的很吃惊：模样写出来了！这孩子上路真快啊！第二稿时，已经比较成功了。我让他修改，并做了些具体的指导。三牛一下仿佛明白过来，他随后回去认真看了中央和市里、区里的‘十二五计划’，把我的意思也完全吃透了。后来形成的正式规划实施方案，基本上是由三牛执笔完成的。

“三牛其实是个思想小狂人，对待事业和追求上有激情，也聪明，同样也很高傲。要让他真正从内心服气是需要点到他存在问题的穴位上的，或者说真正让他感到你是他的给力者，就必须扬鞭催马在恰到好处上。我和他之间的感情和彼此认识上能够达到相互的尊重和互动，就是通过这次起草城乡融合发展规划实施方案的过程。这是他改变了对我的看法，和我改变了对他的看法的里程碑。”李晓燕用这件事说明她认识三牛的质变过程。

“作为清华毕业生，三牛他们被组织部安排到乡镇工作，可以干3年，但同时随时可能被调到其他岗位上。这让三牛他们明白，在乡镇基层工作可能是他们一生第一次也可能是最后一次机会，三牛经常跟我说，他十分珍惜走上社会的这个‘第一次’，所以市里选拔干部的‘公选’公告出来后，三牛一开始还对报不报名很犹豫。我问他为什么？他说他还是想在乡镇干满3年。我说那不行！这次市里选拔干部对你们清华生是破格的，机会难得，必须争取一下。再说如果你考上了，真想继续深入地了解和熟悉乡镇工作，到时我可以确定两个村作为你的联系点。三牛这才说那就去报名吧。

“对他的考试我心里有底，因为我自己也是通过考试当上干部的。三牛的水平没有问题，笔试他差不了，果然后来他考了第一名。对面试我不敢保证，因为听说考官多达75个，全都是来自市和市属各方面的精英，没有多少实际工作经验的三牛要经历这一关相对会难度较大，但后来他又考了第一名，这让我又一次欣喜自己没有看错这孩子。”

43岁的李晓燕在言谈中将三牛一口一个地称为“孩子”，我在采访武威诸多干部和群众时，他们都这么称呼三牛和清华来的学生。那是一股可以感受得到热度的爱意！

“考试结束后，三牛向我汇报说得了他所报考的那个岗位的6个第一。我就对他说，算对你有个交代了。三牛只是笑笑，似乎没有感觉这是什么了不起的事。”李晓燕介绍：网上炒作出来后，她相当一段时间没有再找过三牛谈心谈话，“我知道网民们主要炒作三牛是不是官二代、富二代，其他的像什么‘火箭式’提拔等等，我觉得根本不值得一提，因为在我看来，说这种话的网民们，除了不了解我们武威实际情况外，对三牛更不了解，简单地从他的年龄来认识和看待他当上副县级问题实在是太肤浅，或者完全是一种妒才心理。至于说他是官二代、富二代更是可笑至极。虽然我没看过三牛的档案，他自己也没有跟我说过家里的背景，但我肯定三牛不是什么官二代和富二代。记得他刚到乡里头几个月，因为工资没有及时发下来，有一天三牛跑到我办公室，红着脸说，书记能不能借点钱？我问为什么？他说我还没有拿到工资，吃饭没钱了。我马上答应说可以，立即让财务借给他 3000 元……”

“网上炒了很长一段时间后，我看三牛没有出什么问题，于是有一天把他找来，对他说，我一直没有跟你说这事，就是看你能不能承受这样的心路历程。并告诉他，当干部尤其是当领导干部，几乎多多少少都会遇上这种考验。现在看来你三牛是过关了。三牛说，书记你说对了，我就是烦那段时间里总有这人找我、那人找我。我内心对自己说，三牛是经得起考验的，你们就别再浪费我时间了好不好？再说，参加公选我没走后门，又没作弊，全凭自己考的，我家贫得连身衣服都不能给我买，我啥官二代富二代嘛，他们越炒作我越不怕。

“听了三牛的话，我心里特别高兴。市里正式任命他职务后，我送了他三句话：无中生有寻出路，出路最优化；淡定心境增阅历，阅历经典化；呼之欲出展宏图，工作事业化。这三句话我是用英文写在送给他的一个笔记本扉页上，三牛看后跟我击掌称好！我又说，阅历加经历，产生爆发力。三牛又是振臂一呼：牢记书记的话！”

“三牛就是这样一个很阳光的孩子。在‘公选’前，他是像一头青涩的小憨牛，现在已经成了一头淡定的小壮牛。他正在自己的人生道路上健步地耕耘着……”李晓燕带着浓浓的感情对三牛作了最后的总结性评价。

我感受着这位女书记的这种情绪并从其办公室走出，上到同一栋楼的焦三牛办公室兼宿舍，与本书的中心人物见面。

三牛住在清水乡党委和政府办公楼三层的 307 室，是靠顶头的一间房，门口挂着一块小牌子：副书记室。

在走近焦三牛前，我曾经设想过几种采访方式，其中之一就是想跟他一天，看看他怎么个工作状态。后来发现在我采访他之前，已经有一些记者以跟踪他的方式写过文章了，其中有一篇是《光明日报》记者采写的，比较"原生态"，故此我摘下这篇小报道，作为我采访三牛的序幕——

2月14日，该是城市飘着花香的浪漫日子，对在乡里工作的焦三牛来说，是和平常一样忙碌的一天。

早晨8点，焦三牛请了假，在武威市凉州区（市区）接受《三晋都市报》记者采访，这家报社春节后发了几篇采访焦三牛的稿子，作为焦三牛家乡的报纸，他们很关注焦三牛。这也是目前为止，除中央媒体外，唯一一家焦三牛接受采访的省外媒体。

9点，来到清水乡党委政府综合办公楼，清水乡离市区8公里。他的办公室在三楼西侧，宿舍在三楼东侧。怕采访影响到同事办公，他上午的工作就挪到宿舍。宿舍很干净，3张单人床，一张办公桌，旧沙发和茶几，他的床靠墙的一边堆满了书。记者发现，门背后还有把铁锹。"在乡里工作，干活需要。"焦三牛说。

10点1刻，接到一条手机短信，焦三牛笑了："一位师兄发来的，祝我情人节快乐，赶紧找个女朋友。今天就咱俩过了"。记者哈哈大笑："你一个小单身汉，我一个临时单身汉。"

11点40分，焦三牛带记者去机关食堂吃工作餐，焦三牛告诉记者："食堂提供午餐和晚餐，早餐就自己随便对付一下。"下楼的时候，遇到一位同事，"白衬衫穿上了，还怎么到村里和群众打成一片啊？"焦三牛和同事开着玩笑。机关食堂里厨师正在忙着做饭，焦三牛站在灶台旁边和大师傅聊得火热。"20分钟后开饭，我带你去看看乡里的建设情况吧。"和师傅聊了十来分钟，焦三牛带记者去综合楼大厅。在大厅陈列的展板前，焦三牛介绍乡里的情况，如数家珍："这是乡镇机构建设情况——乡党委政府组织架构图，乡里正在搞'四办四中心'建设；这里是蚂蟥村—河西村新农村建设规划示意图，这条是建设中的武威金大快速通道，未来的清水乡会更美好。"

12点，工作餐，吃饭的时候，焦三牛向乡党委书记李晓燕汇报工作，谈“清水乡区域经济产业规划图”和“清水乡学习计划”的制订进展情况。

13点至14点，午休。

14点，下楼准备去包村联系点菖蒲村，焦三牛换掉了西服，一身休闲装。焦三牛告诉记者，那身西装是大一寒假时花600元买的，因为在学校参加活动需要。在综合楼楼下，焦三牛指着墙边的一辆自行车说：“那辆是我的，骑了半年就坏了。”下午的第一站是“菖盛佳苑”施工项目部办公室，这是清水乡新农村建设的项目，焦三牛与项目负责人、村书记等沟通该项目综合服务楼资金缺口问题。

16点50分，到武威市百利种苗有限公司，百利公司在国内有23家分公司，是市里的招商引资项目。焦三牛是乡里的项目专干，经常会为公司提供服务，公司很满意。公司总经理李文鸿开玩笑说：“你要当副县级领导去了，帮我们公司联系的项目是不是不管了啊？”在场的人都笑了。

17点30分，焦三牛回到办公室，继续做乡里的产业规划图。

18点，下班的时间到了，记者离开焦三牛办公室。“今天晚上做什么？”记者问。“要加班完成领导交办的工作，平时不加班的时候会学习。”焦三牛说。

（记者　宋喜群）

我见三牛正好是与这篇报道相隔50天的4月4日。这是清明节的假期，三牛这一天显然是由市委组织部安排在等待我的到来。采访现场只有我们两人，这是我的要求，三牛也乐意如此。

进屋后，见到的已经同报道上说的有些变样了：现在他一人住着，办公和宿舍兼用。“‘公选’结束后，市委决定让我们8个缺少工作经历的暂不到岗任职，再在乡镇基层实习一年半时间，我现在就被安排在清水乡当党委副书记，所以为了便于工作和生活，我就占了这间房子。”三牛解释自己的住处。

“好像小了一点。”我环顾了床和办公桌、书柜及一个布衣橱等，说。

“挺满足了，反正我是单身，够用了。”三牛大概长这么大还是第一次享用这样的地方，听得出他是真心满足。

“还没对象？听说大学里不谈对象的可是凤毛麟角，或者……我倒看不出你三牛有什么缺陷？”我故意从上到下瞅了他一遍，说。

三牛有些羞涩：“不是没谈过……有过一个，但后来一听我三牛这名字，知道是穷人家出身，加上后来我说毕业后准备到西部工作去，就再没有跟我谈的了。”

“这个社会太现实了，找对象更不例外。你对此不感到沮丧和失望？”

“没有。相信不至于连个对象都找不到吧？”三牛的眼睛本来不小，这回很认真地盯着我，希望得到答案。

我笑了，托腮端详了一下他，说：“长相一般，不过——23岁已经当上副县级，肯定会有众多美丽而贤惠的女孩子追你。”

三牛顿时一脸孩子气地拍手欢呼：“哈哈，有何作家您这话，我就放心工作了！”

“怎么样，老有人采访是不是挺烦的？”我们开始进入正题。

三牛点点头：“是，来得挺多的，有些影响我的工作。”

问：“最近心情如何？”

他想了一下，答：“这个阶段心里想得最多的还是想积极上进，好好做事情。”

“为什么？以前就没想过？”

“以前也想，但比现在想的要近，只想在乡上好好干下去……现在不一样了。特别是被网上一炒，感觉简单的低调做事不一定对。当领导角色后，有些事情需要变一变。高调不一定是骄傲，我想稍微高调些是为了更高地要求自己，拿出当领导的能力和政绩来，至少让社会上了解我三牛不仅公选的考试成绩好，实际工作岗位上也要够格才行。”

值得欣慰的一点认识！“你自己感觉哪一块能力需要提高？”

“人际关系和协调能力方面，还要加强。”

“与公选前相比自己感觉工作和心理上有什么区别？”

“以前觉得埋头苦干虚心好学就行，现在得抬着头苦干、用思想去工作。因为过去干十件事哪怕有两三件做好了也会受到表扬，现在不行，做十件事只要有一件没做好，就带来不好的后果。尤其我们是在西部，这里现在都在按照中央精神搞大开发，跨越式发展，目的是赶上经济发达的东部沿海地区，这个过程中我认为非常需要有干事的激情，但更需要有科学发展的理念，这样就更容易防止其他地区在快速发展过程中出现的规律性问题不在我们西部重演了。我们算是接受当今世界前沿知识的年青一代，这方面的责任更大了。”

“你自己现在最担心的是什么？”

“感觉当了领导，责任一下大了、重了。不能辜负组织培养，想当政治家，但是又怕雄心壮志太多太高，结果丢了实干家，成了一名政客就麻烦了。”

“从政以后想当政治家也算是一种志向吧？”我试探性地问。

“我们西部不差政治家，缺的是懂行的实干家。”一针见血！

“看来你想当后者？”

“是。但也应当有政治家的基本素质。”

成熟的表现。“以你之见，现在西部地区在发展过程中，基层遇到的最需要解决的问题是什么？”

“我感觉是：像西部落后地区，上上下下致富的愿望非常强烈，但百姓对政府出台的一些想法和规划有些将信将疑，这样容易产生对抗和消极情绪，这个时候干部的作用特别大，除了观念上要正确引导外，身体力行再加苦干实干和廉政勤民尤为重要，要真正为百姓谋划致富能力，让百姓在不断提高生活水平的过程中感受我们决策的正确和对未来的坚定信心，这样才能实现万众一心奔向现代化的目标。”

这样的认识和结论是需要对现实深刻了解和思考之后才能答出的。听了他的回答，我虽然脸上没有表情，但心里颇为满意。

“一些好的想法容易想到，但能不能把好想法落实和落地，学问就大了。干部素质特别重要。”他已经摆脱了我的一问一答，尽情地顺着自己的思路在畅谈，“像一个人一样，中枢神经、末梢神经和中间环节，必须同时起作用，不能忽上忽下，头痛治头、脚痛治脚，一定要全身运动起来，这个人才会真正有力量、快步跑得起来！这其中，干部的执行力、落实力和为民服务、勤政廉政的自控力异常关键……"

三牛的话，让我强烈地意识到：这可不是在与一个刚从大学毕业的 23 岁的小毛孩对话！我想：必须换个话题，争取探到这个孩子的心底！

"公选风波后，你感受到些什么？"我问。

"我的直接感觉是，我'三牛'已经不仅代表我自己了，而且代表了武威所有公选干部、一批在这里工作甚至是在西部工作的清华生……"

"既然能够认识到这一点，你认为自己该做什么？怎么做？"

"我认为还是要淡定地对待一切，低调做人。但做事可以高调，做事不是给别人看的，是为了当地经济发展和我们百姓的幸福生活。"

"网上的炒作和社会的关注，你没有压力？"

"自然有。因为我现在成了公选的一种标杆了，这方面我有压力，这个压力它又背负了新的干部政策的创新成功与否的压力；还有我们许多到西部工作的清华生能不能在这块土地上站住脚、做得好的压力；能不能坚持在西部与百姓融合，成为为他们谋幸福、创造新天地的一代的压力。"

"压力太大了并非是好事。"

"对。但我不会被这种压力压垮的。我既然叫三牛，我想我不会改变三牛的性格、理想和激情的。我想改的是自己的经验与不足，以及对这块土地和土地上的百姓的感情。"

"你认为还缺少对这块土地和土地上的百姓的感情？"

"不是，是这份感情还不够深刻和强烈，我想要的是对它和他们就像对我自己的故乡和父母的那份感情，那是血脉和血缘般的感情，与我生命无法分割的那种感情……"

"你觉得什么时候才会有这种感情？"

"我感觉现在已经开始有了……因为'三牛'已经属于武威的人了，武威人也常常因有'三牛'而感到自豪，我个人觉得自己已经很难同这块土地和这里的人民分割了。他们爱护我，我爱戴他们……”三牛的眼睛闪着真切的泪光。

三牛让我彻底地放心了。是的，人间万象，唯情感最珍贵。有了它，什么奇迹都可以创造；有了它，可以抵御任何侵袭；有了它，心灵的充实和幸福感将是最具体和真切的，也是牢不可破的。

“我是一个喜欢运动的人，过去家庭条件不好，在清华上学的时候也喜欢中长跑，跑步是不要本钱的，只要毅力和体力，这个我不缺，所以我可以比别人跑得更长、更好。”三牛又在畅谈自己了，“2008 年假期时，我到过腾格里沙漠，它的宽阔和纯粹，让我深深地迷恋……我躺在大沙漠里，看着蓝天，不自觉地与天地混为一体，那种灵魂被召唤、身体被融合的感觉太奇妙了！所以我很喜欢西部，并不感觉它贫困和荒凉，反而感觉它是那样美、那样有力量、那样令人心胸宽广。在文化层面中国西部古代留下的很多东西深厚又博大，所以我从心里喜欢这块土地。我觉得西部有力量，具有生命的那种力量，它符合我的性格，这也是我为什么能够在清华毕业时义无反顾地来到这里并能够很快爱上它的原因。”

三牛原来是个内心非常浪漫的人。

“当时到兰州报到的时候，我们有两个地方可以选择：一是去天水，一是去武威。天水名气要比武威大，武威好像没多少人知道，当时我想既然自己来到西部想默默地献上一辈子，那就干脆选择一个没人知道的地方一步一步干吧，于是最后就对组织说，我到武威去。

“我认为自己选对了。要不是武威领导这次搞‘公选’，谁认识我三牛呢？”三牛调皮地笑说，一脸阳光灿烂。

“我的人生理念是，做好应该做的事，做好每一天的事。”他说。

“今年你 23 岁，也许未来还有 77 年，对未来就没有考虑过？”

“哈哈哈，假如我能活 100 岁的话……那个时候我们武威、我们西部应该比现在的深圳、比现在的东部还要现代化、还要美丽吧！”

“你坚定地认为可以实现吗？”

“当然。西部其实什么都不缺，就是缺少能干事又懂行的人！有了千千万万这样的人，我们一定会赶上甚至超过现在的发达地区！”三牛的眼珠又瞪圆了，“不信你过十年、二十年再来看。”

“有你三牛这样的人在，我信。”

“一言为定。”

“一言为定。”

我们的手紧紧握在一起。我觉得对本书主角本人已经无须再问什么了。剩下的倒是想听听武威百姓和相关人士对他的看法及对他的所谓“火箭式”升迁的看法……

走出清水乡政府院子，见一群清明节放假的当地百姓坐在自己的家门口晒太阳。

“你们知道三牛是谁吗？”我问老乡。

“知道，他是我们乡里的干部，清华大学来的。”

“电视里经常看到他……”

乡亲们七嘴八舌抢着说话。

“他升大官了，你们知不知道？”我又问。

“知道。说是‘副县级’。”

“那像这样的孩子，一下做了那么大的官你们觉得好不好啊？”我又问。

“有啥不好？只要他能干好就行。”

“你们觉得他能干得好吗？”我追问。

“人家是清华大学出来的，肯定干得好！”

“怎么就认为清华大学出来的就一定干得好呢？”

“这不明摆着：全国一年有几个后生考得上清华？考上清华的都是国家的顶尖人才，这是其一；其二，人家是顶尖的人才，不恋大城市、好地方，跑到我们这穷地方来，仅凭这一点，我们觉得他不一般！”

“你们信得过他吗？”

“信得过。人家上清华是硬碰硬，这回当副县级又是硬碰硬，我们服！”

“光服还不行，有人说他才 23 岁，怎么能当得好副县级呀？”

“我看那么多33、43、53岁的县级、市级的领导在武威干了几十年也没有把我们搞富嘛！让23岁的年轻人，又是清华大学来的，说不定比他们干得都好！我们没意见！”

“就这么相信？”

“就这么相信，只要谁能真心为我们百姓谋幸福，我们就信谁、跟谁走。”

老乡和我一起笑了。

“假如你们的孩子上了清华，你们乐不乐意让他回武威来工作？”我的这个问题让现场一下子静了下来。老乡们你看我、我看你，尴尬地笑着就是不肯回答我。

“都不乐意吗？”我再问。

总算有人摇着头，吐了真话：“不乐意……”

“为啥？”

“穷呗！好不容易跳出这个穷地方，再回来，这辈子、下辈子都好不了。谁乐意嘛。”

话题沉重了。老乡们的脸上显得非常凝重。

“那三牛是外地人，他清华毕业后跑到这里工作，你们怎么看？”

“所以我们从心里敬佩这孩子，说实话也非常感谢他父母……”

“所以他当什么官我们都支持他！”这是一份朴实的谢意和感激之情。

“所以不管谁当官，只要真心实意为我们百姓，我们就支持他！相信他！”

“所以我们更相信三牛！支持三牛！”

武威的百姓心里有杆秤，这秤是公平的、公道的，也是最具说服力的。

宫平，女，武威市外事侨务办公室主任，三牛的上司。我需要她的看法——

“你问我们觉得三牛当副主任行不行？当然行！可以说，在武威，没有比他更合适的人了！”宫平快人快语，一口下了结论，“首先，武威这么多年，我们没有找到过像三牛这样高学历的专业外语人才。我这个外事办，主要接待和联络前来投资的外宾，特别需要男同志，这样外出办事方便又专业，可是几次录选都没有理想人物。着急啊！这几年，市里大抓招商引资，来了外宾，找不到懂外语的人，这不等于哑巴盲人转圈嘛！太影响工作了！这次公选听说是清华大学专业英语毕业生来当我们外事办的副主任，我和同事们简直乐坏了，特别高兴！第一次与三牛见面是任前公示后，他来报到那天。这孩子精神面貌好，谦虚随和，言谈举止得体，思想水平不低，虽说只有 23 岁，但给我们的印象是他比实际年龄要成熟得多，所以我特别满意。现在他还在乡里实习挂职，没有到外事办正式上班，但他已经主动分担这边的一部分工作了，很勤奋努力的一个青年。我相信用不了多长时间他一定会干得比我们好。”

宫平如此喜形于色，直吐实情，让人无法探秘她是否不满。不过我完全相信她讲的都是真话。

还有一个情况我必须核实，这非常重要——当地的“公选”参加者是如何评价三牛被录用和直升“副县级”的。

很巧，组织部李明生部长安排了一次“公选”工作办公室人员参加的座谈会。会上有 4 名同志是组织部科级干部，是与三牛一样参加“公选”的应聘人员，可惜他们都被淘汰了。

很好，这样的本地人对“三牛问题”的看法应当最具杀伤力和说服力——

陈国锋，武威市委组织部实绩考核科科长。

我是“公选”参加者，体会是：一、公正。我们的部长没对我们自己人有一点点儿私心，反而要求更严格。当我们报名后，要求彻底回避。谁出现问题，开除公职，所以谁也不敢拿自己的饭碗开玩笑。二、试题设计非常科学，分析问题和认识能力占很重要的比例。三、最后确定的人选非常优秀，我们自愧不如。我们比外地考试者差就差在观念和反应能力特别是宏观认识水平上。

王永东，武威市委组织部电教中心主任。我服输也服气。

人家三牛几道考试关道道是第一名，我只得了一次。说来惭愧，今年我37岁了，工龄也有12年，又是西北师范大学毕业的，照理我应当比三牛他们考得好，但就是没考上。这里有细节：比如考试前的培训时，三牛是清华大学毕业生，他可以主动就自己不太有把握的问题去请教老师，而我不懂也没有去向谁请教，考试结果出来后，我反省了自己，觉得不如三牛是理所当然。现在我对"公选"结果接受，因为还有一个问题是：外地人参加我们武威"公选"也许就一次，这次考不上他们不会再来了，而我们本地的以后还有机会。

俞中山，武威市委组织部人才工作科副科长。

没说的，人家就是比我强。三牛和其他几位清华生，他们考得比我还好。这让我更加明白一件事：干工作、干事业是需要真才实学的。

刘俊涛，武威市委组织部远程办主任。

三牛他们被"公选"成功录取，我真心祝贺他们。这次我与这个叫陈鹏的外地人在一起考，他是国家审计署驻昆明的特派办干部、经济学博士，陈鹏在原来的工作单位年收入超10万元，这次他被选拔到我们武威市机构编制委办公室任副主任，年收入少到4万多元，工作环境和生活条件不知比他以前的单位要差多少，私下里我们聊天问他到底到武威来图什么？陈鹏告诉我：这里虽然穷，但我愿意来做贡献，因为重要的一个原因是，在原来的单位里我不算一个突出的人才，可到了武威你们把我当做优秀人才来使用，我感到了自己的价值。最近他把妻子也接来武威落户了。

（李明生部长高兴地插话：这几天他们的孩子就要在这里出生了，我们招了1个，来了3个，赚大了！）

我对陈鹏特佩服，对三牛他们都很佩服。

李明生部长最后总结道："有人一直就我们对三牛他们几位清华

毕业生开“绿灯”揪住不放，认为三牛他们当初从清华来武威是冲着职位来的。我可以明确地说，区区小县官，对清华毕业生没什么吸引力，是清华大学一向灌输的教育理念影响了他们的学生，这就是为国家和民族做事的责任感和使命感。“公选”结果证明，这些青年人，不仅知识和个人素质让我们武威满意，而且我们武威人对他们在感情上的接受也越来越深了。”

啊，武威“公选”，我要给你打个“优”字。

三牛，我自然要给你打个更大的“优”字。

第六章　清华——你一直是个传奇

“三牛风波”中有一个突出和焦点的问题，就是始终连着一所著名大学——清华大学。因为三牛是清华大学毕业生，23 岁的清华毕业生，仅有半年多的工作经验就升迁为“副县级”领导干部，于是有人曾不止一次在网络和平面媒体上评论说“为什么武威只给清华毕业生开‘绿灯’”？或者说甘肃与清华的战略合作是不是早已定下像三牛这样的大学生升迁的“线路图”？甚至有人说：为什么只给清华生“方便”而不给其他毕业生“阳关道”？

其实在我的调查和采访中发现了一个同样突出的问题和焦点是：在武威，目前像三牛这样的选调生也只有清华大学的 7 名毕业生，其中 4 位是在此次“公选”中脱颖而出的，另一名叫孙伟的已于 2009 年年底先到了武威任职，他不在此次“公选”范围，孙伟原先在清华大学团委任专职副书记（副处级），现在武威市古朗县当县长。孙伟和三牛等 8 名清华生形成的“武威清华生现象”已经引起了各方的特别关注，这既同此次热闹的“公选”有关，又形成了与此没有多少直接关联的另一种值得我们深入思考的“清华生西部工作现象”。

不过，无论怎么说，清华生在武威地区所呈现的大学生志向和支援西部建设的现象，已经引起有关部门和社会广泛的关注。这些青年学生正用自己的崇高理想和追求在影响着更多清华毕业生和其他大学的毕业生像他们一样，到西部，到祖国最艰苦、最需要的地方去实现青春理想、为祖国建设大展宏图。

在“三牛风波”非常热闹的时候，人们除了关注 23 岁的清华毕业生为什么就“火箭式”地当了副县级和武威“公选”存不存在“黑幕”等听起来很惑众的话题外，却几乎很少有人在问“为什么偏偏是那些清华生到了贫穷、艰苦的大西北”这样的问题，现在由我来把这件本来早应该让国人知晓和感动的事介绍给大家——

今天的武威"副县级"干部三牛，因为是清华大学毕业生，无疑让一些欲在"三牛风波"中兴风作浪的人，找到了"兴奋点"。在这些思想意识并不端正、喜欢道听途说和捕风捉影、借靶打虎的人的思维里，"官"越大、牌子越大，弄出点"名堂"才会越有"社会效应"。从"三牛风波"的形成初始到后来的一定阶段，这种"效应"还真有那么一点。然而，人们更多地在这场"风波"中，认识了三牛等一批有为的清华毕业生，也重新认识了让我们骄傲的清华学府与清华精神！

西山苍苍，东海茫茫；
吾校庄严，巍然中央。
东西文化，荟萃一堂。
大同爰跻，祖国以光。
莘莘学子来远方，莘莘学子来远方，
春风化雨乐未央，行健不息须自强。
自强、自强，行健不息须自强……

这是清华大学校歌，它是在师生中广泛流传的校歌，也是清华师生最喜欢唱的校歌。

"大同爰跻，祖国以光""行健不息须自强"，多么豪迈的壮志，多么壮丽的追求！清华百年史，便是这种精神下形成的辉煌岁月。

创建于1911年的清华大学，距今101年。其前身清华学堂，是清朝政府用美国"退还"的一部分"庚子赔款"建起来的留学预备学校。1912年更名为清华学校。1925年有了大学部，开始招收四年制大学生，同时设立了国学研究院。1928年正式更名为国立清华大学。新中国成立后定名清华大学。

百年清华，是中国教育的一座丰碑。在清华学堂时期，它被国人称之为"国耻学校"，因为它的成立和所用的经费及培养学生的目标皆与发生在20世纪元年的八国联军侵占北京、帝国主义列强迫使清政府签订丧权辱国的《辛丑条约》有关。"庚子赔款"就是这个条约引出的让中国向美、德、英、法、俄、日、意、奥等八国和比利时、西班牙、荷兰、葡萄牙、瑞典、挪威等六个所谓的“受害国”赔款，总计本息折合9.8亿两白银。美国独得“赔款”中的3200万两白银。后由于清政府驻美公使梁诚先生的努力，美国答应从“原属过多”的赔款中拿出一部分钱来中国办一所到美国留学的“留学预备学校”，这就是清华学堂的肇始。从1909年到1911年间，清政府共派出三批留学生，计180人，其中有很多后来在各个领域担任过重要角色的杰出人物，如梅贻琦、胡适、赵元任等人，其中的梅贻琦先生是百年清华大学史上任校长时间最长的一位杰出教育家，为清华大学的发展做出了重大贡献。

然而像梅贻琦这样名声赫赫的“清华人”实在可以列出长长的一大串，他们都是曾经影响过中国历史进程或威震学界的大师级人物：梁启超、冯友兰、陈岱孙、费孝通、钱锺书、吴晗、曹禺、季羡林等一大批我国人文社会科学学术大师，叶企孙、茅以升、竺可桢、华罗庚、钱三强、钱学森、邓稼先、钱伟长等一大批我国自然科学学科和工程技术领域的奠基人和开拓者，还有获得诺贝尔物理学奖的杨振宁、李政道……这里，没有一一列出的清华政治家，更是一串串耀眼的名字。

百年清华，从成立至今，历经数个时代，然而在育人和教学方面，可谓是始终不渝地坚持着自己独立而可贵的校旨，故也赢得世人的尊敬和仰望。初始的清华，由于不堪身受“国耻学校”的影响，师生们高扬以“救国兴邦”为已任，将个人的追求融入不朽的民族奋斗之中。清华人积极投身到轰轰烈烈的 “五四”运动，在“一二·九”运动中清华人更是站在最前列，那时的清华是思想和学术并驰，产生和奠定了世界名校的校魂，这就是每个清华人都熟知的“自强不息，厚德载物”这八个字的校训。

“天行健，君子以自强不息……清华学子，荟中西之鸿儒，集四方之俊秀，为师为友，相磋相磨，他年游海外，吸收新文明，改良我社会，促进我政治，所谓君子人者，非清华学子，行将焉属？”“崇德修学，勉为真君子，异日出膺大任，足以挽既倒之狂澜，作中流之砥柱！”1914年11月5日，一位开中国近代史上第一次改革开放之先河的旷世思想家——梁启超先生，来到清华同方部讲台，面对莘莘学子，以澎湃的激情和深刻的思想，做了一场题为《君子》的著名演讲，梁启超先生的殷殷教导和字字箴言，后来成为永远镌刻在清华人心中的信条。传世的清华校训，源于梁先生的此次演讲。

……欲言国之老少，请先言人之老少。老年人常思既往，少年人常思将来。惟思既往也，故生留恋心；惟思将来也，故生希望心。惟留恋也，故保守；惟希望也，故进取。惟保守也，故永旧；惟进取也，故日新……任公曰：造成今日之老大中国者，则中国老朽之冤业也。制出将来之少年中国者，则中国少年之责任也……故今日之责任，不在他人，而全在我少年。少年智则国智，少年富则国富；少年强则国强，少年独立则国独立；少年自由则国自由，少年进步则国进步；少年胜于欧洲则国胜于欧洲，少年雄于地球则国雄于地球。红日初升，其道大光。河出伏流，一泻汪洋。潜龙腾渊，鳞爪飞扬。乳虎啸谷，百兽震惶。鹰隼试翼，风尘吸张。奇花初胎，矞矞皇皇。干将发硎，有作其芒。天戴其苍，地履其黄。纵有千古，横有八荒。前途似海，来日方长。美哉我少年中国，与天不老！壮哉我中国少年，与国无疆！

据说，思想家的那一场精彩演讲之后，清华校园内不时会听到一阵高过一阵诵读他十多年前所写的这篇《少年中国说》的声音，那激扬文字，那高亢旋律，那豪迈志向，回荡于清华园内，响彻九霄云天，震撼五岳神州……

1926年，几个身着长衫的年轻人，怀揣着依然散发着油墨香味的《共产党宣言》，在学生宿舍里，压低嗓音，坚定而有力地振臂宣誓着：为国家之复兴、为民族之未来，我们宣誓忠诚党的事业，为共产主义奋斗终生。从此，清华人有了明确而执着的追求方向，有了思想和精神的引领。于是也有了一个个不朽的身影：

——国难危亡时刻，青年学生康世恩毫不犹豫地扔下地质锤，参加了抗日队伍；

——当垂死的国民党反动政府血腥镇压民族正义之火时，闻一多教授的烟斗成了摧毁蒋家王朝的革命火炬，即使身躯燃尽，正义的精神也必须获得重生；

——当毛泽东领着他的“赶考”队伍从西柏坡开进北京城时，梁思成、林徽因夫妇夜以继日地伏案画啊画，一直画到《义勇军进行曲》在古老的天安门前回荡的那一刻，他们看到自己设计的新中国国徽、人民英雄纪念碑在全世界面前闪烁光芒时是何等的激动！

——“王先生，中央决定你参加一个重要工作，请考虑。”当两次与诺贝尔科学奖擦肩而过的王淦昌听到组织上这样的话时，默默地点点头，说：“我愿意以身许国。”之后的17年里，他隐姓埋名，与同事们一起成功爆炸了原子弹、氢弹……

这样的传奇、这样的故事，在清华园里可以编织成长长的彩虹，一直挂到天边地角。

“水木清华，钟灵毓秀。在一个世纪的发展历程中，清华秉承‘爱国奉献，追求卓越’的传统，恪守‘自强不息，厚德载物’的校训，扬‘行胜于言’的校风，培养了17万名优秀人才，涌现出一大批学术大师、兴业英才、治国栋梁……一代又一代清华人在革命、建设、改革中顽强拼搏、真诚奉献，为祖国、为人民、为民族建立了突出功绩。”这是中共中央总书记、国家主席胡锦涛在2011年4月24日清华大学建校100周年庆祝大会上的一段讲话，它准确而概括地赞誉了百年清华对中国所做的巨大贡献。

自强不息、为国担当、追求卓越，清华大学以自己独特的精神，教育和鼓舞着一代代学子们在不同时代、不同领域、不同战线上，锻造杰出，展现风流。

“大学者，非谓有大楼之谓也，有大师之谓也。”这是老校长梅贻琦的一句名言，意思是说，我们清华校园除了设施完善的大楼之外，更重要的是得有大师，这才是真正的大学。

另一位对清华做出重大贡献的清华校长蒋南翔教授也有一句名言：“办教育，必须优先考虑和解决两个根本问题，一个是方向问题，一个是质量问题。”邓小平同志曾经充分肯定清华在社会主义历史时期所提出的“又红又专”道路，并称：“清华大学的经验，应当引起全国注意。”

不同时代的人，说着不同的话语，然而清华人的这些形似说法不同，实则一意的办学理念，其实正如清华大学校领导所归纳的那样：衡量人才培养工作得失的标准，不仅要看学生具有多少专业知识和创新能力，更重要的是要看他们能否把知识和能力运用于国家的强盛与民族的复兴事业上。

“君子风德，科学救国。”

“国存吾存，国亡吾亡。”

“民族复兴，大业我当。”

……

“行万里路，胜过读万卷书。”

“学术上，我向钱学森看齐；做人上，我以雷锋为榜样……”

一百年的清华园内，有一百个主题活动在学子中传扬与激荡，这也是清华为什么总能在峥嵘岁月和不同历史进程中英杰辈出的真谛。这真谛，便是清华不朽的魂与核，它便是爱国，它便是在爱国中实现自己理想和追求的精神灌输。而这种精神灌输，如春风细雨般的沐浴，似阳光月色般的照耀，可唤醒和点燃久蛰心底的理想更加放射光芒，让灵魂高贵者更加高贵，令低吟踏步者扬鞭催马……

“海阔凭鱼跃，天高任鸟飞。”“青年是民族的希望、国家的未来，青年学生是国家的宝贵人才资源。”从清华里走出的国家主席胡锦涛这样召唤和期望新一代的清华学子及全国广大青年学生：你们应当“牢固树立正确的世界观、人生观、价值观，胸怀远大理想，陶冶高尚情操，培育科学精神，立为国奉献之志，立为民服务之志，牢牢把握人生正确航向，把个人成长成才融入祖国和人民的伟大事业之中，以实际行动创造无愧于人民、无愧于时代的业绩，谱写壮丽的青春乐章”！

正如胡锦涛总书记所说，青年是民族和国家的希望与未来。而清华学子无疑是这个“希望和未来”队伍中最闪烁光芒的群体之一，他们的思行、他们的人生价值观甚至他们对自己就业的选择，无时不在受到国人的关注。许多时候，社会上对清华学子走出校门的选择其实并不了解。就在我为“三牛风波”走进清华大学之前，脑子里一直还留存着一种印象：据说清华的毕业生十有八九都出国了……

“这完全不是真实的清华。”采访时，清华大学就业指导中心主任熊义志老师明确这样说，“长期以来，清华大学培养和教育学生对待未来人生选择时，所坚持的也正是胡锦涛总书记希望的‘为国奉献、为民服务’的思想。进入21世纪以来，学校把就业工作的指导思想确定为‘充分选择基础上的重点引导’，积极鼓励和引导学生们以清华人一贯的效忠祖国、服务人民的精神，到国家最重要的领域、到国家最需要的地方、到国家最艰苦的西部去。也正是这种引导和教育，使得清华学子们毕业后自觉选择到京外和西部艰苦地区工作的比例越来越高。2003年时，清华毕业生留在北京的比例是71.2%，也就是说，只有28.8%的人到北京以外的地方工作，至于到西部等艰苦地区的人数更少，仅有2.9%。到2011年，上面的比例已经发生了很大变化：自觉主动选择到京外重要领域工作的人数已经提高到毕业总人数的46.8%，到西部地区的上升到13.7%。”

老师们还以焦三牛这一届的毕业生为例介绍道：2011年清华全校毕业生中的硕士、博士生出国的比例为16%，自愿选择到我国西部艰苦地区工作的近14%。出国的和到西部的比例相近，这就是今天清华毕业生就业的大致情况，这个现象值得欣喜！

俗话说，人各有志。选择出国，以求更大发展空间，将来回来报效国家或者自由飞翔，皆是好事；而又有同样多的有志青年把自己的青春和热血投向国家最需要人才的西部地区，更叫人敬佩！

清华大学有个专业是为兵器工业服务的，而这个专业的毕业生，他们自愿选择到京外和西部工作的比例分别高达90%与80%。2010年6月11日，也就是在纪念“七一”党的生日前夕，中共中央政治局委员、中组部部长来到兵器六班党支部，与同学们一起过“创先争优”主题党日活动，在听说兵器六班学生自愿选择到国家最需要的京外单位、到西部地区工作之后，他激动地说：“在和平建设时期，说一个共产党员好不好，首先要看他平常工作是不是优秀，在单位里表现是不是先进。我认为，‘创先争优’应该成为我们全社会的追求。一个国家的竞争力和发展力主要在这个国家的人。一个国家、一个民族，如果全体社会成员个个争先进、人人做优秀，这个国家、这个民族将是不可战胜的。历史上是这样，现实更是这样。”

难道不是这样吗？听清华的师生说，那次主题生活会，在学生党员中产生了极大反响，尤其对那些正要走出校门、奔赴各自工作岗位的毕业生的影响更大。“这些年来，清华毕业生选择到西部工作的比例在北京地区的所有高校中是最高的。”熊义志老师自豪地向我介绍道，“事实上，我们能够取得这一成果，得益于清华校领导能够从国家发展的高度来认识和重视毕业生到西部就业的意义，千方百计为那些有志到西部干一番事业的学生牵线搭桥、营造氛围、创造环境……”

是的，清华学子们正是在这种倡导的氛围中一次次被感动着，才下定决心，矢志将自己的青春和热血挥洒于西部那片依然荒凉却充满希望的土地……

“祖国万岁！清华加油！”2009 年 10 月 1 日，在天安门前走过的中华人民共和国建国 60 周年游行队伍里，有一支青年学生队伍，他们举着这八个大字的横幅，意气风发、斗志昂扬地接受了党和国家领导人的检阅。在这支由清华学生组成的队伍里，后来有好几位毕业后自愿到了西部省区工作。

“现在，我们欢迎甘肃省委书记陆浩同志为我们作《坚持科学发展再创新的辉煌——甘肃发展的回顾与展望》主题演讲！”2009 年 12 月 29 日，清华大学演讲大厅内，座无虚席。一场由省委书记亲自上台的演讲拉开了序幕，清华校党委书记、副书记和坐在台下的数百名大学生报以热烈掌声。就在一小时前，校方和甘肃省双方领导刚刚签下一份关于省校双方就培养和选派人才方面的战略合作框架协议。

“同学们，你们看，这就是我们伟大祖国的甘肃省……”省委书记轻轻地按下鼠标，演讲台正中央的屏幕上，立即显示出一幅形状异常特殊的图形，“它像不像一把过去帝王用的如意？对，太像了！它恰到好处地镶嵌在祖国的大西北，安枕于几个少数民族大省区之间。而省会城市兰州，又接近在祖国陆域版图的几何中心……这就是我们甘肃省！它资源十分丰富、民族文化多样、生态地位独特、战略地位重要、发展潜力巨大……

“甘肃作为我国远古文明的重要发祥地、中西文化交汇的要道和各民族交融的前沿地带，人文历史积淀非常深厚，多元文化特色十分鲜明。这里有保存完好的新石器时代的秦安大地湾遗址，有令人入迷的仰韶文化和马家窑文化，更有举世闻名的敦煌莫高窟、丝绸之路……

“甘肃是开发最早的地区之一，但真正开始大规模开发和建设，是在新中国成立以后，是在改革开放的年代，更在今天……”突然，省委书记大手一挥，高亢地说，“历史上左宗棠曾感叹的‘陇中苦瘠甲于天下’的时代，在我们甘肃已经一去不复返了！”

“哗——”台下掌声雷动。

“你们看：如果把甘肃的发展比喻为打开的一幅画卷，那么，这幅画卷最壮丽的部分就要徐徐展开了……”台上，省委书记已经成了一位诗人，他在抒情，他在畅咏，他在高歌：

——当今，全球气候变暖问题、控制二氧化碳和发展低碳经济已成为世界各国关注的问题。中国经济发展对能源资源的需求也在急剧增加，因而甘肃的战略地位日益凸显。

——站在新的起点上，我们立足陇东地区石油、煤炭资源丰富和河西走廊风能、太阳能等清洁能源资源丰富的优势，提出了“中心带动、两翼齐飞、组团发展、整体推进”的区域发展战略，着力打造陇东能源化工基地和河西新能源及新能源装备制造基地。

——美丽而富饶的河西走廊是块尚待开发的广袤之地。未来我们将在那里推广种植1000万亩马铃薯的良种化工程、1000万亩全膜双垄沟播玉米旱作农业工程、1000万亩高效节水农业工程、1000万亩林果工程……

——风能太阳能利用是甘肃发展的一个亮点。我们力争在2020年，使风电装机达到2000万千瓦以上，光伏发电达到500万至1000万千瓦以上。

“甘肃将来一定是我国乃至世界重要的新能源基地。”

省委书记自信而铿锵的激情演讲，将清华学子的向往之心牢牢抓紧。大屏幕上的画面突然定格：一只雄鹰正在顺风展翅……

“风，既代表发展大势和机遇，也代表风电、光电等新能源、新产业。翅，代表甘肃的东西两翼，加上中心城市带动，构成甘肃腾飞的巨大引擎。那么，如果把甘肃的发展比喻为打开的一幅画卷，那么这幅画卷最为壮丽的部分，就要徐徐展开了……”

现在，省委书记带着深情和期待的目光，投向台下的莘莘学子们：“清华大学是国内外著名高校，国人敬仰，世界瞩目，这里荟萃着全国乃至国际一流的专家学者和来自全国各地的最优秀的青年学生，是我国各类高层次人才的培养基地。甘肃省与清华大学签署战略合作协议，就加强人才培养、干部培训、科技攻关和重大战略咨询等方面进行合作，这就意味着甘肃未来的发展与清华大学将联系得更加紧密。”

“……过去，甘肃的每一次开发和建设，都曾吸引过全国各地大批优秀人才的热情参与，也凝聚了无数清华人的无私奉献和聪明才智；甘肃今天的发展，更加需要大批包括清华人在内的优秀人才。新的区域发展战略的实施，必然伴随着对人才的巨大需求。”省委书记停顿片刻，突然声音高扬道：“我——真诚地欢迎清华的同学们，勇敢地投身到开发西部、开发甘肃的伟大事业中来，在实现中华民族伟大复兴的历史进程中，为人民的福祉，为祖国的繁荣富强，贡献力量！”

顿时，演讲大厅内再起经久不息的掌声。被感染、被感动的学子们纷纷将省委书记和一行而来的徐守盛省长等领导围得水泄不通，那一张张激情的青春脸庞在深情地向往和倾诉着，那一束束理想和追求的火焰在燃烧着……那中间，有三牛和后来一起到武威的同学。

“这样的活动，学校每年都要举行好几场，它对学子们投身西部建设起着直接的作用。”清华人文社科学院党委副书记张成岗老师说，焦三牛等许多同学就是因为受了这种活动的影响，最后毕业时义无反顾地报名到了西部。

在武威采访时，三牛清楚地告诉我，除了自己有志向献身西部外，在学校受这种演讲鼓动和学长们的实际行动对他影响极大。

“武威现在有 8 名清华来的学生，他们相互之间的影响至关重要，这也体现了清华精神代代相传的一个特色。”屡次参与引进清华人才的甘肃省委组织部副部长张建荣、部务委员胡秉俊深切地对我说。

2009 年 12 月 29 日那一天，甘肃省委书记、省长一行到清华除了签订省校之间的一份战略合作协议外，当时他们就获得了一个实质性的收获——带走了清华大学团委副书记，他叫孙伟。前面提到过，他现在是武威市古朗县县长，还是三牛他们的学长、武威清华生们的“亲哥”。

孙伟现在就在我的面前：黑黑的脸庞，中等身材，与三牛等相比，这是个已经比较成熟的青年干部了。孙伟风尘仆仆地进我办公室后解释道：“清明节假期 3 天，正好借返京回家机会跑两个项目……”

“跑项目”是武威干部工作重中之重的事，身为贫困县县长的孙伟自然对项目格外重视。孙伟到武威两年多时间里，能够升任正职领导——县长的主要原因，就是他招商引资跑项目出了名、立了功。在武威时，火荣贵书记领我看到他亲自规划和已经呈现非常规模的工业开发区时，我就已经知道孙伟利用自己的“清华优势”为当地引进了几个大项目，其中有百亿元的特大项目。武威人今天异常器重清华学子，与孙伟创下的实绩有关。

孙伟不是到甘肃的第一个清华人，却是清华人到武威工作的第一人。2009 年年末甘肃省委书记陆浩到清华与校方签约和演讲时，孙伟是被清华作为直接选派的干部让甘肃领导们带走的。

“谢谢清华给我们的最好‘礼物’！”当时陆浩书记和省长徐守盛一手拉着孙伟，一手握着清华大学的胡和平书记的手直感谢。

“我自己带着档案，就这样到了甘肃工作。”孙伟微笑着说。

孙伟，山东籍小伙子，胜利油田的职工子弟。高中时就是党员。1996 年清华本科毕业留校工作，2005 年博士毕业后又被分配在清华行政部门，2006 年开始在团委任副书记。孙伟在本科和读硕博期间，多次当过系里和研究生院的团委书记、学生会主席，还出任过全国学联副主席。“在清华 13 年半，我既是被教育者又是教育者，特别是在做学生会和团委工作时，无数次带着学生们到西部去参加社会实践、西部支教等活动，仅青海我就去过 7 次……”孙伟说，“去西部越多，越觉得那里有太多的东西吸引我，最主要的还是感觉那里太需要知识型的高端人才了。我做青年工作、做学生工作，时间一长，渐渐地觉得自己应该身先士卒了……”

2010 年 7 月 27 日，兰州宁卧庄宾馆。省委书记陆浩握着清华大学副书记史宗恺的手，高兴地说：“清华讲信誉，我们才离别半年多，你又给我送来 8 名优秀的学子。”根据清华和甘肃签订的战略合作框架协议，清华每年将从毕业生中选调高层次、高素质的学生到甘肃工作。合作协议实施第一年，清华就为甘肃选调来 1 名博士、7 名硕士，既有理工又有经济管理、法学等专业，甘肃领导怎能不格外欣喜！

“你们自愿来西北工作，接受实践的锻炼，代表了一种精神境界，也反映出清华大学人才培养方面的远见卓识。同学们，到基层去建功立业吧！”省委书记怀着无限期待和希望之情，向新来甘肃的 8 位清华学子发出号召。

“第一年到甘肃的 8 名校友中，有 5 位是我回到母校动员后自愿报名到甘肃来的，他们中有 3 名被分配到武威与我在同一个地区工作。”孙伟向我介绍，火荣贵书记到任武威不久，就听说了清华与甘肃之间的人才合作协议这回事，便找到当时在凉州区任区委副书记的孙伟：“你是清华出来的，那边情况熟，你得给我引进几个来！”求贤若渴的火荣贵带着命令的口气。

“这不算难事。但当时已经五六月份，时间上有些晚了。”孙伟说。

“我不管这个，你得完成任务，哪怕带回一个！”火荣贵的脾气上来了。

孙伟笑笑，只得立即返回母校。熟门熟路，孙伟找到学校有关部门，经商量由他自己去毕业生中“游说”。老团委书记出面，一个顶仨。“孙老师，我们愿意跟你到甘肃、到武威去！请你讲讲那边的情况……”同学们围着孙伟，半是好奇、半是崇拜地听他讲甘肃、讲武威、讲自己。

“后来有 5 个人报名要到武威，到省里时被挖走了 2 个。”孙伟带着剩下的 3 个“师弟”回到武威时，火荣贵高兴得直嚷嚷：“行，孙伟你今天带回 3 名同学，就算你又完成了 3 个大项目，给你记一功！”

第二年即 2011 年，火荣贵书记让孙伟“早下手”。这一年孙伟早早就回到母校。清华校方也因孙伟本人当过学校团委副书记的背景和率先垂范到西部工作的榜样力量，请他给毕业生作了一次讲演。这一年有 14 名同学报名到甘肃，最后校方和省里决定给武威 4 名。

武威的火荣贵书记知道后，给省委组织部一个电话，说你们不够意思，我们孙伟“谈的项目”，你们怎么可以弄到其他地方落户了？省委组织部的同志笑着回答他：给 4 个算特殊照顾你武威了。火荣贵再也不说了。

这一年 4 个到武威的清华学子中就有焦三牛。

清华大学连年选调毕业生到西部、到艰苦地区的工作做得卓有成效，2008 年刚开始时才十多个，2009 年 46 人，2010 年 45 人，2011 年时达到 100 人。这事引起中央领导的欣喜和关注。2011 年 6 月 30 日，中共中央政治局常委李长春在庆祝建党 90 周年之际，来到清华，与师生们一起同庆党的生日。在清华大学的中央主楼前，李长春与百名即将奔赴西部和国家重点行业的毕业生们高唱《歌唱祖国》，并亲自给出征的学子们授旗。当时的场景十分感人。

那天，焦三牛和另外 3 位到武威的清华校友就在其中。他们也是本次武威“公选”中被选拔为副县级的干部，只是因为年龄比三牛稍大几岁，故而没有引起众人关注。

“其实他们与三牛一样优秀，都是清华人的骄傲。”孙伟说，“我的 7 个清华师弟师妹，他们到武威跟我的情况还有点不一样——我是带着职务去的，属于干部调动，多少有些‘保险’，可他们当时到武威是走出校门的第一个工作岗位，没有职务，更没有人告诉他们未来的前途是什么，而且清华一直以来教育到西部去的毕业生们务必要处理好三个关系：一是时间长与短的关系，到基层工作，一定要有十年、二十年沉得下去的思想准备，不作短期打算；二是舞台大与小的关系，在乡镇、农村工作，单位小、地盘小，但小舞台同样有大事业，而且清华永远是他们的后盾；三是冷与热的关系，西部环境冷，工作岗位上也许更会有冷板凳，但不能没有工作热情和热血，有没有事业心是关键。三牛他们虽然年龄比我小，但这些孩子到了武威后从来没有提过待遇和生活方面的要求，这也是武威干部群众对他们很快信任的一个重要原因。”

“‘公选’时我不在武威，但当知道我的7位师弟师妹都参加考试并有4名被选拔录取上后，我非常高兴，因为他们确实有能力胜任被录用的领导职务，我了解他们。”孙伟肯定道，“其实我还牵线了另外两位博士参加武威的‘公选’，他们也都成功地被选拔到领导岗位，一位在工业园区任正县级职务，一位任财政局副局长……”孙伟现在不仅是武威市的一县之长，还是当地引进人才的重量级“红娘”，又是清华校友们的“知心哥”。

“我们都受过孙伟师兄的影响。”三牛和在武威的清华学子们个个这么说。现在我们该认识一下其他几位“公选”中同样被选拔到领导岗位上的清华人了——

蔡程程，女，1986年10月出生。家人都在辽宁锦州市，父亲是一个公司经理，母亲是律师。25岁的程程，不仅长得清秀漂亮，又有良好气质，且是家里独生女。这么一个清华法学院研究生毕业的姑娘，独自来到离父母千里之遥的大西北工作，让人无法想象。她在毕业前，就被北京一家国有大银行看中，因而还一度被同学们推举为2011年清华法学院应届毕业生中“五大高薪被聘女生”之一，留在北京或者回到父母身边，对蔡程程来说，都是优越的、温暖的和充满光明的前程。然而蔡程程选择了到大西北的武威……

为什么？这是我和许多人都想向她提出的问题。

姑娘就坐在面前，文文静静，微微一笑，平静地向我娓娓道来：“我的本科是在辽宁大学读的，当时拿了双学士，一个是国际经济与贸易专业，一个是国际商务专业。那时我很想出国，机会也多。读研进了清华，这里的教育让我对未来的人生价值观发生了巨大变化，可以说完全改变了。学校强调学生要有国家意识，要有对社会的责任感。在清华期间，我一直担任班上的支部书记、系里的学联秘书长，这更使我萌发到西部干一番事业的想法。但身在北京，诱惑的东西太多，毕业前半年时，有家银行看上了我，说我们签个协议吧，问我年薪三四十万行不行？当然行，我心里打起鼓来，这个数字还是挺诱人的，而且留在北京工作条件那么好，所以就答应草签了。”

“之后不久，我的师兄孔祥明他们从武威到学校来演讲，鼓励我们毕业生到他们那儿。孔祥明比我才大几个月，可他挺能“忽悠”，说咱们清华人就值几十万年薪的水平？我们清华人要做的是治国栋梁、学业大师！为国家担当，在最需要的岗位上方显我清华英才之本色（坐在一旁的孔祥明乐了，说我可没忽悠你）。反正孙伟大师兄和孔祥明他们到学校来演讲和现身说法，对我影响特大，重新点燃了我立志到西部干一番事业的激情之火。这样我就报了名。”

“我是独生女，家庭条件一直很好，所以也算是娇小姐了。到西部一辈子，可是件大事。父母会是什么态度呢？我把报名到西部的想法打电话告诉了父母。你猜我父亲怎么说？你想不到的。他说，我们程程从小就有主见，你自己想好的事，我们坚决支持。我一听反倒眼泪要掉出来了，说，老爸你怎么不在乎你的宝贝女儿呀？我上大学到现在都六七年不在你们身边，我现在已经是堂堂清华法学院硕士毕业生了，你们咋就不心疼呢？我母亲接过我父亲的手机对我说，程程，你如果真要在我身边，不一定比现在成长得好，你自己的路自己定，我们都会支持你的。其实父母都是支持我的，他们的支持给了我最大的力量。”

“武威条件很差，你这样一个从小生活在大城市里的姑娘家，跟着一帮男孩子到西北来，准备待一辈子？”蔡程程听了我的问话，说：“刚到甘肃时，心理反差很大。我们是从兰州乘长途汽车到武威的，一坐就是 8 个多小时，路面又不好，停停走走，到武威时又是夜晚，四周一看，像到了我们老家那儿的一个小镇似的。当夜有一瞬间我的决心动摇了，拿起手机，情绪很悲观地在手机里对父亲说：‘爸，我想回去。’我爸在那一头立即回应道：‘那你就回来吧，在家养半年我们再找份工作。’母亲不干了，说你才去怎么就想回来了？我说武威这个地方不行，我待不下去的。母亲说：‘你刚刚到武威，怎么就知道那儿不行呀？这样吧，你干一段时间再说，要真不行你再决定回与不回。’后来到单位报到上班后，加上三牛和孔祥明几位校友帮助，生活也习惯了，两个多月过去后，就再没有想过回去了。”

“程程非常坚强，我们一群男孩子把她当作自己的妹妹对待，她却从来没有一点儿娇生惯养的毛病。”孔祥明说。

“我被分配到凉州区人民检察院的公诉科，业务工作量很大。”蔡程程说，“我们公诉科的检察官们人均每年办案达30件左右，而我3个月就办了17件案子。检察院的同事们就伸出大拇指夸，说到底是清华大学的高才生！开始办案时院里派了一位女副科长当我的师傅。可第二次办案时，他们就给了我一副手铐，说你到看守所带嫌疑犯上庭。从检察院到看守所有一段路程，不算远，可我当时觉得那一段路实在太远了。那天那个嫌疑犯是个抢劫犯。我是第一次给犯人戴镣铐，一边给犯人戴，一边自己的双手在颤抖。第一次审讯，犯人一看我是个黄毛丫头，或耍赖，或嬉皮笑脸，不把你当回事。几次较量后，慢慢我进入了检察官的角色，犯人也不敢再在我面前耍赖装蒜了，他们见了我都只好老老实实称我‘蔡检’……”

年轻清秀的“蔡检”独闯大西北，连最要好的女同学都觉得蔡程程“简直不可思议”。

“好多同学半开玩笑地跟我说，程程，以后你也只能找个村干部的儿子结婚算了，那个大西北荒漠沙尘地里，你是不可能寻觅到心中的白马王子了。我对她们说，那就村干部的儿子呗！她们又说：村干部的儿子是傻子你怎么办？我说那就不嫁嘛！她们又笑我，看来你最后只能当个嫁不出去的村姑了。那时我们想去看你，得坐两个小时的飞机，接着坐10个小时的汽车，再坐5个小时的拖拉机，再坐两个小时板车，最后到村口路边看到一个村姑，一看原来就是你蔡程程啊！同学们开完玩笑，突然有人抱着我哭了起来。我说你们这是咋啦？我蔡程程自己都没觉得会有那么惨的命运，你们怎么就这么悲观呀？‘公选’结束后，我回到母校，想再通过现身说法多带回几个小师弟小师妹到我们武威来工作。老同学们一见，惊奇地说，哟程程啊，你没变样嘛，还是细皮嫩肉的！我告诉他们，西部是艰苦些，但不像你们想象中那么可怕。只要心态摆正，照样可以在那里工作得好、生活得好。同学们信我的话，说程程现在是‘副局长’了，职务高了，水平更高了。我听后真心高兴，因为我的女同学们留在大城市里，每月可能有一两万元的收入，看起来很不错，可是每天干的活，都是在重复前一天，没有什么进步和提高。我不一样，我每一天都在为百姓办案子，每办一个案子，可能就拯救了一个人、一个家庭，甚至一大群人的命运！这种工作让我充实，感到有意义，而且单位和组织对我特别关心关爱，生活上也不觉得孤独与艰苦，我现在真的很开心很快乐很充实……”

25 岁的蔡程程只因比三牛大两岁，所以“公选”风波并没有刮到她的头上。但与三牛等清华男孩子们站在一起，姑娘还是显得很娇弱。看着这样一位女孩子，谁的心里都会产生几分怜悯。然而蔡程程很坚强，她的内心和意志远远比她的外表强大，这也许正是自强不息的清华精神与刚毅雄浑的西北风骨在她身上得到了最完美的融合。

现在，蔡程程还在凉州区金羊镇挂职任党委副书记。她以后的正式职务是武威市安全生产监督管理局副局长。我们有足够的理由相信，这位武威市历史上最年轻的女局长一定能在自己的岗位上，尽展清华女学子的美丽风采。

同为 25 岁的孔祥明，比蔡程程高一届，山东人，正宗孔子 75 代裔孙。相貌堂堂，能说会道，一个非常活跃和阳光的小伙子。学集成电路工程专业的他，倒像文科生。

“我到武威前没有什么特别的想法，就是想到西北来干一番事业。”孔祥明说，“我家里兄弟姐妹 4 个，家里没啥阻力，父亲说，你愿意到哪儿就去呗，去了就好好干，你读了清华，就把知识用好，别给我们祖上的孔圣人丢面子就行。上高中时我的成绩一般般，不怎么想读书，后来长大几岁后，觉得应该活出个人样来，所以就认真起来，一考就考上了清华。有一次在北京的过街天桥上看到一位大娘在乞讨，很可怜，我给她买了一盒饭，她很感激，问她老家在哪儿？她说在西北，那边苦，她就到北京来乞讨。我心想：西北还有那么多穷人啊？我应该去改变一下那里的面貌，不然白在清华读那么多书。听了师兄孙伟和甘肃省里的领导到学校的演讲后，就报名到了武威。来之前根本不知道这里是啥样，但来后觉得还可以，有房住，有饭吃，还有那么多可以发挥我力量的地方，感觉挺好，准备干一辈子。我已经把妻子接了过来，现在算是夫妻双双落户大西北了。前几天我到武威六中给那里的中学生讲课，他们问我，叔叔你在这里工作将来有什么目标？我回答他们：等你们大学毕业后回家看看，发现家乡已经变得好些了，想回家了，那么我就会很高兴，这就是我的目标！上完课，我的手机上出现了几条短信，是同学们发的，一会儿我发给你看看……"

孔祥明说："最近我跟蔡程程等一起回母校参与今年的选调生工作，很成功，有12人报了名。顺便再补充一句：我的妻子也被我带到武威来工作了，她是济南大学毕业的，学计算机专业。"

"25岁就结婚了？"孔祥明对我的问题不以为然，说，"我18岁就想结婚，跟现在的妻子谈了7年恋爱，没白谈，她对我到西北来特支持，现在跟了过来，算我成功。"

小伙子说完，哈哈大笑起来。采访现场的人都被孔祥明溢于言表的乐观和幸福所感染，而我的手机里这时闪出两条短信，是孔祥明转来的——

■ 孔老师，您好，今天听了您的讲述，我的触动特别大。我和您也有共同的一个想法，就是希望因为自己的存在而让他人快乐幸福。我曾经也抱怨过生活，渐渐失去了自己的信念，但听了您的故事我又找了回来。谢谢您。

■ 孔老师，您好。很高兴今天能听到您的讲座，但更多的还是感触。我有着跟您一样的信念，一直支撑我前进。但这几次考试我真的被打击了，我曾想过放弃。但今天听了您的讲座我又坚定了我的信念。我学习是为了建设我的祖国，这条路我会一直走下去……

这是两位听过孔祥明讲演的中学生发的短信。看到这里，我心里对清华学子平添了几分敬意：他们真的很优秀，不仅自己做得好，也在影响着当地的下一代！

罗开双，贵州纳雍人，30岁，是在武威除孙伟之外年龄最大的清华小伙子，但他一说话就腼腆的样子，让人感觉甚至比23岁的三牛还稚嫩许多。这是位标准的清华型青年知识分子，他从本科到硕士，再到博士，学的同一专业——材料科学与工程，11年的专业学习，使这位偏僻小山村走出来的贵州小伙子成为拥有3项专利的材料工程专家。

看得出，最不会说话和应酬的罗开双，恰恰是这群清华学子中最招人喜欢的人。他的专业水平，加之他的为人憨厚和老实劲，总让人感到应该好好保护这种人。

“我同三牛他们一起到武威的。”罗开双开始说话，“我来武威家里人没有反对，我家里也没有啥人，只有一个73岁的老父亲，他不会反对的，因为他不知道如何反对我。我读的是清华大学，还是博士呢！我家那个地方没有博士。我在清华时有3个专利，在刚来武威的路上，火书记没听清我的话，结果在大会上说我有13个专利，我好紧张呀，悄悄告诉他我才有3个专利，后来火书记改过来了，我心里就放心了。”

“我到这里后在两个地方工作过，都是安排的副职。我现在的工作要分管5个科室，之前我连科长都没有当过，不知怎么当。所以有事我就找市长汇报，因为市长以前跟我说过，他说你是清华来的，又是材料工程方面的专家，你有什么事就直接找我。后来有事我就去找他，但市长经常出差，我就打他手机。后来发现市长总对我的管委会主任说：‘哎，你们小罗有个想法，你知道不知道？’我们的主任就两眼盯着我问：‘有没有这样的事呀？’我好紧张啊，浑身都发热，心想：对啊，我应该先向主任汇报，这样他才能支持我的想法嘛！以后我一碰到事，就给主任发个短信，他见了我笑笑，开心地说：‘小罗，这回你找到定位了。’我听后也挺开心，我知道工作应当这样做的。”

“与分管科长一起工作我也害怕，每次我召集几个科室开会，本来我应该坐在会议室的中间，可我觉得我比他们年龄小、资格浅，又是单位的新人，我就坐到中间偏一点的地方。开会了，一讲话我就心里怦怦跳，特紧张，拿了稿子念觉得大家偷笑我笨，不拿稿子我又丢三落四。这可怎么办？后来我就不管三七二十一了，先挑我最熟悉的讲，讲着讲着就忘了紧张，一看大家也特别认真在听我讲……这样慢慢地我就不怕开会了。”

“开始分配下去的工作也不顺利，好像没有人听我话。我着急，我们的主任也有些担心，觉得我不一定能领导得了那几个科室。我一想他们年龄都比我大，我应该主动去找他们商量事情。之后我一遇到事，就去科室找科长他们，大家一看我去了，就对我挺热情，我们就开始一起研究问题、商量方案。又慢慢地，大家听我话了。从前我不会做行政工作，现在基本可以了。每周我给他们开一次会，安排工作，布置任务。”

“市里领导对我的工作特别重视，武威这个地方经济落后，但有些矿产资源还不错，我是搞材料科学的，觉得这里有前途，能干出些事情来。最近我到西安，回到我上本科和研究生的母校西安理工大学，他们对我非常支持，说你们那个地方可以建立一个碳化硅产业基地，因为你们祁连山和河西走廊一带有这方面的矿产资源。我把这个情况向领导们汇报了，他们都很激动，让我好好把这件事做好。现在我正在做。到母校请专家帮我忙，我就请他们喝酒，可教授们不喝，我就敬他们，说我是清华的学生，也是你们的学生，我敬你们诸位先生。他们高兴了，就跟我一起干杯。大家很高兴，我们的合作项目就谈成了。回来后，火书记和市长都表扬我做得好。”

“在甘肃，酒泉钢铁厂是大企业，离我们这儿不远。前些日子我跟火书记一起去见他们的冯董事长，他是大企业家，我见了他就怕。可火书记一直把我推到前面，冯董事长就认识我了，问我学什么材料专业的？我说是低合金钢。他瞪大眼睛看了我半天，然后对火书记说，你把这个小伙子给我吧！火书记说那怎么成，罗开双是我们武威的宝贝，不能想拿就拿。冯董事长就说，你开个价吧。火书记想了想，说：给1个亿现钱吧！冯董事长摆摆手：给现钱不行，我给你3个亿的项目吧！火书记马上涨红了脸，说那不行。他们两个领导快要吵起来了，冯董事长就问我：行不行还是看小伙子你自己的意见。火书记也盯着我问：你怎么想？我当时吓得不知道怎么回答他们。后来冯董事长与火书记分手时，一把将我塞进他的车子里，我吓得呀，心想这回他不知把我弄到哪个地方给枪毙了……后来他们把我从车里拉出来，我一看到酒钢厂子里了。他们让我参观，酒钢真大，也很现代化。当晚，我给火书记发了条短信，说酒钢已经装备水平很高了，科技实力也强，我还是回武威吧。火书记马上高兴地回短信说，明天就派人去接你回来。后来我就回来了。”

罗开双真的是个宝贝，他在武威的作用只有他自己和火荣贵这样有远见的领导们心里清楚。不过罗开双眼下也有“思想问题”：“他们都说我应该找个对象了，可是我现在的单位男的多，女同事很少，而且多数人觉得我学历高，职务又高，很强势，我可能找不到对象了！”

（众校友笑，说你罗开双找不到，我们一起自杀。）

罗开双眼睛顿时瞪得大大的，后来发现大家是在跟他开玩笑。他平静片刻后，继续说：“以前本科时找过对象，后来人家要求高，就不谈了。读硕后准备到西部来工作就再没谈过。现在家里人和同事很关心我的婚事。可是我知道结婚生孩子得一年半时间，这以后的一年半我必须把精力放在工作上，看来我又找不到对象了。”

（众人又笑，说你只管结婚，生孩子又不是你的事。）

罗开双认真地说，“我不会生孩子，可孩子也是我的，得有人照顾，总会牵扯精力的。”

最后大家的意见是：尽快帮助罗开双把对象找了，至于什么时候结婚生孩子等有了对象再说。罗开双表示这样好。

火荣贵书记等武威领导对罗开双异常关爱，他们告诉我，罗开双是个特殊人才，以后将少安排他的行政工作，让他一心一意从事科研工作。“他是一个可以朝院士方向培养的人才，西部尤其需要这样的清华学子。”火荣贵说。

王德超、杨康，也是清华学子，他们都是罗开双式的专业人才。武威对这些人才已经作了细致周密的培养计划，希望他们在专业上充分发挥才干，同时在行政能力上也能有所提高。

康石，山东人，清华2010届毕业生，是这次武威“公选”中唯一没有被录用的在武威工作的清华学子，而他又是在火荣贵等领导心目中最有能力、最具培养前途的干部。

“在这次‘公选’中我没有当上副县级并不感到遗憾，因为那几天我一直在乡里处理百姓的事，有上访人找到乡政府门上，我是乡长，我不能因为自己要去参加提拔的考试而不顾老百姓找上门的事，如果那样即便考上了也不会心安的。”康石说。

校友们对康石没能借“公选”在职务上更上一层楼感到可惜，但康石本人很平静，他说他没有任何感到亏了的想法。三牛与康石在一个乡工作，“公选”前三牛是清水乡党委秘书，康石是这个乡的乡长，现在三牛虽然仍在清水乡挂党委副书记的职务，可他已经是通过“公选”的副县级领导干部了。从职务上讲，三牛和其他所有在武威工作的清华学子们都在康石之上。

康石说：“乡长是实职，我是2011年12月8日被组织提名当清水乡乡长的。从那一天起，我就把所有心思放在工作上，放在如何解决好乡的问题和百姓需要我办的事情上。工作很具体、很烦琐，但也特别能锻炼人，这恰恰是我从清华园到大西北来工作最追求的事，它能让我在实际工作中迅速学到工作经验和提高能力。干了3个月，乡里召开人大代表大会，他们全票投了我，我正式成了乡长。我感到蛮欣慰的。”

康石是个腼腆的人，一说话就会憨厚地一笑。乡党委书记李晓燕对她的搭档十分满意，在采访三牛时就听李晓燕一直夸康石：“他在另一乡挂职副书记时我就认识他，有一次我到他那个乡去谈一个项目，听说康石刚给他们那里拉了一个大项目，我就想见见这位清华小伙子，约他吃顿饭，借机想跟他聊聊。谁知电话打到康石那里，他说有事走不开，就拒绝了我的邀请。一般来说，我一个邻乡正职书记到他那个乡，他一个副职干部肯定是有求必应，何况是请吃个饭、聊聊天，可康石就没那样做。我当时觉得清华毕业的孩子就是不一样，第一次对康石有了好印象。后来我们清水乡缺乡长，区党委就建议让康石来当乡长，我知道后非常高兴。他来当乡长后，我发现这个孩子非常实在，又踏实肯干，还有脑子，为人也特别谦和，自己把握不大的事情总是提前到我这儿讨教方法，现在他已经完全能够独当一面正常工作，且做得非常好。他很有亲和力，老百姓看他憨厚一笑，就觉得跟这孩子没有啥距离了，愿意说心里话，又一听他办事公道实在，也就不再为难他了。康石本人也积极为乡里的发展谋划和想办法，他利用清华资源优势和个人的关系，为乡里不断拉来项目，这种贡献包括我在内的本地人是根本不可能做到的。乡里上上下下，现在对康石乡长好着呢，比对我还好！”李晓燕是从心坎里对康石满意。

康石真的不简单，他在乡长的岗位上已经完全坐稳了，也许一个清华毕业生能够很快当成名的科学家、当能说会道的政治家，但未必能在短时间内当好一名乡长。“百姓的信任特别重要，但你是一个乡的当家人的时候，为了整个乡的未来，为了每个百姓以后的好日子，有时你还必须在眼前准备他们骂你，甚至骂死你。”康石说，“这里的百姓相对见识少，思想观念落后，比如我们搞工业园区，必然要征地，搞规划，一些老百姓为了眼前利益，他就死磕着不动，跟你吵，没了没完地提条件。我是乡长，一方面要为乡里的发展想，另一方面又得顾及百姓实际利益，但难免发生利益冲突，老百姓也会不支持我们的工作。这个时候我们怎么办就成了一个问题。我是农民出身的孩子，碰上这样的事时，我就跟百姓说，我家里祖祖辈辈也是农民，我自己念大学本科在哈工大，因为家里交不起学费，我的本科毕业证到了清华大学研究生毕业后也还没拿到，是我到了武威上班拿到工资后去交完当时的欠款，哈工大才把毕业证给了我。我对农民们说，一个人、一个地方穷了就会碰到许多尴尬的事，过不上好日子连我们的孩子读了大学都不想回来，我们武威不也是这个样吗？你们当家长的也不情愿让孩子回来过苦日子。现在我来你们这个地方，没有别的想法，就是想跟你们一起把这里建设好，让大家过上好日子，也让我能够安心在这里工作，将来我的孩子也能像我一样心甘情愿地留在这块土地上。你们要相信我，大家暂时吃点苦、吃点亏，将来我们就会有好日子！有了好日子，你们的孩子就能留在你们身边！这难道不是你们所想的吗？你们可以想一想我的话对不对！另外我还告诉他们，我康石清华毕业本来可以在大城市里过好日子，到你们这儿来就是想干点事，改变一下这里的落后面貌，我不仅自己来了，而且把老婆也拉来了，我们还要在这里生孩子，让子子孙孙跟你们做邻居、当真正的武威人。你们难道还不相信现在搞的工业开发区是为了你们大家好？再退一步说，如果我这么干不是为了你们好，那我至少也不会做对我一家人和我的后代们没好处的事吧？我这么说，老百姓就信了，思想通了，大伙儿就支持我们的建设了。”

听了康石的话，又见乡亲们对他那么亲切、那么信任，我心中油然生出一种宽慰和敬意：清华学子，你们真是新一代可爱的人，大西北的风没有磨刷掉你们身上原有的英气，如今你们除了内心多了一份坚定的意志外，还有了一套符合实际工作所需的智慧和能力，这就是你们的母校和亲爱的党所期待的！

清华，你也可以为之欢笑，你的那些奔赴西北建设战场的学子们是好样的，他们正在创造着放射时代光芒的另一种清华精神……

“天下大事，必作于细”、“艰难困苦，玉汝于成”。在今年五四青年节那天，胡锦涛同志代表党中央，在纪念共青团成立 90 周年大会上发表了热情洋溢的重要讲话，着重向当代中国青年提出了五点希望，特别指出：青年要有远大理想，坚持刻苦学习、艰苦奋斗、开拓创新、高尚品行。教导青年要想干成一番事业，就必须不畏艰难、矢志奋斗，要牢记“忧劳兴国、逸豫亡身”的道理，敢于吃苦、勇挑重担，用埋头苦干的行动创造实实在在的业绩，在千磨万击中历练人生、收获成功。

五四青年节那天，我给在武威的三牛和他的清华校友们打去电话，询问他们对胡总书记“五四”讲话有何感想，他们颇激动地告诉我，他们今天能够在走出校门的短暂人生历练中就在事业上有所收获，就是因为在胡总书记所希望的“五点”上有所坚持而已。“欲做兴国事，就先得有爱国之情，爱国对当代青年来说，不是一句空话，应该是实实在在的行动，有了实实在在的行动，才会有实实在在的业绩。”三牛说。

胡锦涛总书记的“五四”讲话，如春风沐浴大地，在各高校和广大青年学生中引起强烈反响。刚刚结束青海支教的北京大学第十二届研究生支教团团长张振东聆听胡总书记的讲话后，异常兴奋道：“作为一名支教志愿者，我对总书记的讲话感同身受，有着强烈的共鸣。在大学本科毕业，面临人生选择时，我选择到西部支教，做一名乡村教师。”张振东之所以如此激动，是因为他和他的北大研究生支教团走过的 13 个春秋的支教生涯，让他们深切感受到胡总书记所指明的青年奋斗方向正是他们研究生支教团一直追求的目标。

自1999年派出第一届研究生支教团起，迄今北大共有近200名学生参加了为期一年的支教扶贫，他们的足迹遍布西藏、青海、云南、新疆、宁夏、山西、河南等7个省区，支教接力棒一棒传一棒，一直传到今天……

拉萨中学的学生们忘不了，为了让45分钟的地理课上得更生动，支教教师多次不顾高原反应，骑自行车到野外采集素材、丰富教案。这个中学的校长唐泽盛由此赞叹道，经过一年支教，这些北大学生最大的变化，“首先是更成熟了，其次就是对民族地区的理解和感情更深了。”

云南大理贫困山区的百姓忘不了，从北京来的支教老师为了家访奔波几十里、上百里，还帮着孩子申请助学金。支教团成员袁琼对此深有体会地说：“你在书本上读‘谁知盘中餐，粒粒皆辛苦’，和你亲身去走一遍山路、看一看农民在烈日下劳作，感受是不一样的。”

“那种荡涤灵魂的升华，是支教工作带给我的宝贵财富，令我终身受益。”曾在山西灵丘支教的北大教育学院团总支书记徐未欣如此动情地说。13年来，一届届北大研究生支教团成员薪火相传，用爱心和热忱为贫困地区送去了知识和温暖，也在实践和向人民群众学习的过程中实现了青春的自我超越。

2011年5月10日，北大第十二届研究生支教团收到胡锦涛总书记给他们的回信，这让北大校园沸腾了，尤其是正在贫困地区支教的同学们更加惊喜万分，他们含着热泪一次次传阅着胡总书记的回信，纷纷表示要以胡总书记的鼓励和希望为动力，用更好的成绩、更大的进步，谱写自己的精彩人生。

清华、北大如此，全国的广大高校学生亦如此。近十多年来，大学生们自觉响应党和国家的号召，到艰苦地区、到西部去创业的热情一浪高过一浪。值得一提的是由中组部牵头的“大学生村官”计划，自2008年实施以来的短短4年多时间里，培养全国大学生村干部总数超过21万人。这项庞大的工程，为那些艰苦落后的乡村送去了急需的知识型优秀人才，如今已在全国广大农村获得了遍地开花结果的喜人景象。这些大学生村干部们，虽然没有像武威的三牛那样在短短时间里就幸运地升迁，但却同样以诚实、扎实和平实的心态，将自己的命运深植于生活和工作着的那块土地里，他们的青春火花和奉献精神同样折射着“自强不息，厚德载物”和“爱国奉献，追求卓越”的清华精神……

你说是吗，三牛？

第七章 热土、沙土、尘土……

在西部，什么最多？是不是就是这三样：热土、沙土、尘土？

西部万里疆域，广袤而辽阔，有许多尚未开发而富饶的土地，那是希望的热土；

西部有塔克拉玛干、巴丹吉林、乌兰布和、库姆塔格、腾格里、柴达木、毛乌素等大沙漠，共达130多万平方公里，占了全国土地面积的13%，那里都是沙土；

西部除了荒凉、贫瘠和寒冷季节的冰雪外，最令人讨厌的便是尘土。西部的尘土最多，西部的尘土可以席卷和覆盖热土、淹没沙土……然而尘土不是西部的专利，北京也有尘土，绿水青山的南方和东部也有尘土。

热土，令人产生激情，因为热土有温度，有感情，它让有思想和智慧的人类可以在那里创造幸福、建设美好；

沙土因缺水才成了沙土。沙土板结而凝滞，阳光照射下它能把一切生命燃尽，阴冷的月光下它也能把所有活性的生命化为僵尸；

尘土没有根，只有源，它借风而动，动之作威，通常可以迷人眼睛，也能摧毁正义，更能淹没美丽……

“三牛风波”发生在西部，西部的武威。“三牛风波”因此让我联想到了西部的三样东西：热土、沙土、尘土。

热土、沙土、尘土，其实在哪里都有。它在客观的现实中，它在我们的思维和意识里……它因此也让我想到了几十年来中国时时都在提及的“解放思想”四个字。透过“三牛风波”的全过程，我们怦然感到心跳的是：中国走到今天，我们的命运竟然依旧与“解放思想”四个字贴在一起！

每年3月初是中国“两会”召开的时间。2012年的全国人大会议是在3月5日开幕。7日上午，是甘肃省人大代表团的开放日，许多记者拥到了甘肃代表团的开会处，不曾想到的是“三牛事件”再次成为记者们关心的热点问题。

这一天出来为“三牛事件”公开发表意见的是全国人大代表、甘肃省委书记、甘肃省人大常委会主任王三运同志。武威的“公选”是2011年12月9日正式在报上刊发公告的，两天后的12月11日，人们从新华社和中央电视台的新闻中知道了王三运出任甘肃省委书记。当人民网记者在开放日上问到“三牛事件”时，王三运书记非常肯定地回答，我认为这是很有勇气的，是很有智慧的，是很有激情的，也是很有作为的一项举措。我对这个事评价很高。

这也许是官方级别最高的人物就“三牛风波”所做的结论性的公开表态。之后的时间里，我们已经很少看到就这一事件还有什么奇谈怪论。

然而就在王三运书记向中外记者阐述对“三牛风波”看法的同一天，武威的火荣贵书记也在他们组织部举办的“公选”干部培训班上发表了一个长达3个多小时的讲话。全部内容是我在采访结束回京后见到的，读后令我心情难平……

火荣贵在这次讲话中讲的几件事，我在写作时征求过他们的意见能不能发表。他说有没有不可以宣扬的“家丑”并不等于我们武威是不是比别的地方更“丑”，西部有些地方比我们这儿可能更严重。

我相信他的这一说法。

事实上中央为什么在近期一再提到“解放思想”的问题？是因为中国通过30多年改革开放，已经完成了现代化进程的初期阶段的奋斗历程，国家比以前强大多了，人民的生活水平也获得了前所未有的提高，我们的经济总量实力进入了“世界第二强”。在这样上台阶的重要历史阶段，社会各个方面暴露出的问题则更多，更让我们常常措手不及、难以应对。转型时期呈现的许多社会矛盾和心理冲突，纠结在一起时，会变得很敏感。一件小小的事情、一个看起来不足挂齿的人的某种行为，都能引发社会公众在心理上动摇对国家、对民族的基本感情，甚至对我党的执政能力和现实生活产生颠覆性的基本价值判断。这难道不是非常危险吗？

另一方面，许多人看到今天的中国如此强大，我们的经济社会发展快超过发达国家的一些地区，认为还有什么必要再谈“解放思想”的事！其实这部分人的这种想法同样危险，因为他们看不到国家所面临的种种挑战和发展的机遇与困境，依然抱着守旧的意识在等待天上掉馅饼，或者顺着潮流碰运气，其结果是他们的思想更加僵化、更加故步自封，即使上帝给他喜马拉雅山冰雪融化的推力也白搭。

还有一种人的意识和思想更危险，甚至可怕：他们吃的穿的和享受的，皆是改革开放所带来的好处，皆是我党英明领导和全体人民努力奋斗带来的好处，但他们仍然不能满足，缺乏基本的感恩之心和感激之情，总是站在极端自私、极端狭隘的立场上，在窥测和挑剔执政党和执政者及社会进步中的每一个边角的、边缘的、非主流的问题，进行无限度地放大和歪曲，总是以所谓的“进步”“文明”“人性”“仁爱”“公平”等等好听悦耳的话语，来对现实的今天横加指责，从而达到满足个人的个性和利益的目的；有的甚至不是从基本的利益和基本的价值出发的，只是抱着让社会“好看”、让执政者出丑的心态在声嘶力竭地叫喊着某种“诉求”，细细拨开他们这种所谓的“诉求”的面纱时，会发现竟然是那么的无聊和低级。但我们万不能小视这种无聊和低级，因为它常常被反动的、落后的、敌视我们的势力所利用。这种人的所做所为，看起来并没有直接代表着敌对势力的利益，但其实是在帮助敌对势力实现着他们不可能实现的某种阴谋和目的。这不是更可怕吗？

今天的中国，解放思想依然不是简单的进与退的问题，而且还包含着兴与亡的历史选择。

从中东到利比亚、到叙利亚，再到南海问题，难道我们还没有看清世界上某种强大而不可告人的势力在对我们中国的发展和崛起，试图实施拔刀拦路、枪炮阻击的形势？

中国如何办？邓小平、江泽民、胡锦涛等早已给了我们明确的答案：解放思想一刻也不能停，解放思想是我们民族发展、国家昌盛、人民幸福安居和战胜一切、应对各种复杂局面的法宝！

有人认为，解放思想是那些发展快、与外部接轨容易和邻近西方世界的发达地区才需要。那肯定是错的。历史从另一方面也早已证明，越落后、越边缘、越保守的地方才越需要解放思想。

有人认为，GDP 已经接近世界先进水平、人民生活到了小康水平的发达地区就可以不要解放思想了。那肯定也是错的。不说当今世界形势复杂多变，不说物质世界不能代表精神文明，就说一个简单的事：某地方一个村民闹事、某工厂一样毒胶囊、某城市一次火灾、某地方发生一次高铁事故……你能再维持原有的快速发展与和谐社会气氛吗？没有了基本的建设环境、没有了民众心平气和的社会环境、没有了上下内外团结一致的心理环境，你还能发展什么？幸福什么？

人，一无所有时，可怕；人，什么都有了，不知干什么；不知想什么时，可怕；人，对什么都不感兴趣、对什么都不想说声好、对什么问题都从反面去理解和认识、什么时候都不想表达自己的心意、自己的真诚和自己的感情时，不是更可怕吗？

靠什么来解决这些已经在我们社会中出现的问题呢？

解放思想和理想信仰。

思想解放者，才会有理想和信仰。理想和信仰的建立，是需要在不断解放思想的过程中形成、产生并实现完美和坚定下来。

关于“三牛风波”，有人认为这是火荣贵和武威人钻了现有人事制度上的某些“空子”给自己做了一次秀，或者说是甘肃和武威与清华大学“合谋”导演了这场“闹剧”！

否也。对持这种观点的人，我们先不去作人格和品质上的分析，简简单单的回答是：他们并不了解甘肃和武威其实是在进行一场为实现新跨越和大发展服务的解放思想战役，焦三牛等“火箭式”提拔及整个武威的“公选”仅仅是这场解放思想伟大战役中的一个局部环节……也可以说，它是整个西部大开发中的一个动听而响亮的音符而已。

这种感觉是我踏上甘肃这块今天仍然贫瘠、落后的热土后的第一印象。无数事实已经证明，暂时的贫瘠与落后并不可怕。我写过广东东莞的发展史，我知道 30 年前那里的土地、那里的百姓并不比现在的甘肃等西部地区好多少，但他们举着邓小平解放思想的旗帜，用不到 30 年的时间在那片土地上建起了世界最大的加工厂，实现了几个世纪的跨越；不要以为我的家乡——苏州便是天生的富国天堂，如果当年不是解放思想，盯着国际一流水平填平和夯实那些湖湖塘塘，怎么可能有现在一天创造一个亿经济价值的“苏州工业园区”；我还知道，如果不是连云港人敢于用解放思想的勇气去探索“石头如何在水中不沉”的道理，他们不可能在短短的五六年时间里把一个破烂得连西部小城都会嘲笑他们的“苏北西伯利亚”，改变成今天已经气吞山河、傲视世界的现代化“东方桥头堡”；我还多次去过也属西部的鄂尔多斯，那里的城市、那里的百姓、那里的沙漠已经变成绿洲的现实，你相信仅仅是因为他们的地底下有煤、有气的原因？有煤、有气，甚至有黄金的地方不止鄂尔多斯，为什么那些地方依旧“沙茫茫，人饥黄”？是因为鄂尔多斯人靠解放思想实现了自己科学发展、跨越发展的目标……

今天的甘肃人告诉我，他们现在已经明白一件事：什么正当的理由、什么客观的条件，不如真格地把解放思想这事做好、做扎实了，就不信落后的、贫瘠的甘肃永远贫瘠、永远落后！

正如履新才4个多月的甘肃新任省委书记王三运所说，甘肃其实并不缺什么，资源上没有障碍、市场上没有障碍、政策上更没有障碍，要说障碍只有一个是观念问题，一个是手笔问题。这两个问题说穿了就是思想解不解放的问题，思想解放了，“建设幸福美好新甘肃”的目标就不会太远。

由于时间关系，虽然我没有来得及去考察和感受甘肃省正在实施“中心带动、两翼齐飞、组团发展、整体推进”的区域发展宏伟战略，但仅凭武威此次“公选”得以成功进行，焦三牛这样的一批清华学子得以如此被重用为例，其实我们已经可以感受到甘肃各地正在实施的区域跨越式发展的阵阵热浪。试想，不是甘肃省领导亲自到清华大学与校方签订《战略合作框架》，2010、2011两年中怎么可能有21位优秀的清华学子到甘肃去工作呢？没有了这个前提，人们也就看不到焦三牛他们“火箭式”升迁的事情出现。同样试想一下，当“三牛风波”处在山雨欲来风满楼的状态时，省委不给武威撑腰，火荣贵他们能挺到今天，顺利将三牛等“公选”干部推到领导岗位？恐怕连火荣贵自己的位子也摇摇欲坠了。

“事实上，从2010年中央召开全国人才会议以来，我们甘肃在人才培养和用人机制问题上，一直按照胡锦涛总书记所说的‘以更宽的视野、更高的境界、更大的气魄，广开进贤之路’，从实际出发，着实在人事和干部的机制和体制问题上进行突破性的试验，比如去年全省公开选拔126名优秀年轻干部，都是破格的，我们把条件从正常的‘3344’放宽到1年，4年变1年，这就是突破，这就是落实中央领导一再强调的要在选拔和使用人才问题上进行机制创新和进一步思想解放的具体行动。”省委组织部部长吴德刚同志介绍说，支持和鼓励各级、各地从实际出发，大胆创新，更是省委、省政府近年在人才和干部引进、使用问题上所做的一项列入全省跨越性大发展的具体战略任务，并且得到积极成效。

武威便是一例。武威的“公选”说到底就是比别人迈的步子更大了些，突破的幅度更高了些。

“步子不大、决心不硬，就不是真正的思想解放。”武威的火荣贵这么说，也这么做，所以他比别人的“火气”大，他的“火气”集中体现在解放思想方面比别人的胆子大了一点。

中国的国情下，常常就因为这么“一点”而改变了历史进程、改变了一个人的命运、改变了一个地区的面貌……

以我自己直接和粗浅地接近甘肃、接近武威的经验，我认为他们那里不可能有什么值得炫耀的“招商引资”，尤其是不可能招到一些可以支撑建立工业开发区门面的大项目，但我错了。当武威人带我去市郊的开发区一看，我浑然不知所言：大西北、边边角的武威，竟然也有百亿、十亿的大项目在那里安家落户！

在一块热火朝天的工地现场，组织部长李明生一边为我展开着图纸，一边指着机器隆隆的工地说：“这是刘伟平省长全力支持、市里专门为引进人才而开工建设的‘金熊猫公寓’。上个星期市委、市政府作的决定，这星期我们已经把公寓的基坑完成了。”李明生有些自豪地告诉我。在工业开发区，所有的项目，都有具体的部门和具体的领导挂帅负责，“金熊猫公寓”是李明生他们组织部定点抓的项目。

谁说深圳速度只有在深圳有？大西北的武威市现在也有。

到甘肃上任才两个月的省委书记王三运第一次到武威调研，火荣贵既有几分惧怕，又有几分得意地把王书记领到他的“大手笔”工地现场——那条“一轴双城三组团”、全长158公里、可惠及全市120万人口、投资45亿的城乡融合发展快速通道，火荣贵唯恐自己的“大手笔”不被新任省委书记看好，于是提前在脑子里装了许许多多“生动而具体”的准备材料，哪知在现场，火荣贵对着图纸、对着原野“指手画脚”才汇报了不足5分钟，王三运书记就笑着摆摆手说：“你不要再说了，我清楚，你这个东西合起来就是三个东西：工业新型化、城镇带状化、农业现代化！”

自以为“聪明超人”的火荣贵这回有些傻眼：王书记，你说行还是不行？

王三运一笑，朝前走了三步，突然回头：“当然行！”接着又重重地对火荣贵说：“你现在把这个打造出来，不管别人怎么说，你把这个事给我干出来！这是个好东西。”王三运重复了最后一句话。

“这是一条幸福百姓、富裕武威的金色大道啊！”在建好的一段快速通道上，王三运一边看，一边感慨不已。

“金色大道？”火荣贵原来把这条158公里长的城乡融合发展快速通道称为“金大快道”（西起凉州区的金太阳工业区，东至古朗大靖），听王三运书记如此一声感慨，以为是领导记错了大道的名称，此刻的火荣贵心跳加剧，轻轻地问：王书记你是说我们的这条大道叫“金色大道”？

“是嘛，你搞的不就是富裕武威、幸福百姓的金色大道吗？这名字好得很！”王三运认真地盯着火荣贵，再一次叮嘱：“你一定要把它干好！”

“是！”那一刻，火荣贵的内心猛地一震：领导的思想解放水平就是高一筹！

“金大快道”和“金色大道”，看起来仅一两字之差，然而里面所蕴含的内容可就大不一样了。武威人知道省委书记话中的期待和希望。

搞经济建设是这样，搞人才建设更是如此，且更加复杂而深刻。

火荣贵体会深切。他给我讲了几件发生在“三牛风波”之前的事，而这些事其实与“三牛风波”都有内在的联系——

第一件事，2010年元月，我到武威上任初始，一查全市800人左右的副县级以上干部编制，只有6个空缺。仅仅这6个副调研员的空位子，在我到来之前的一个月也给塞满了。就这个情况，怎么办？为了武威的发展，你必须动真格的，所以后来我们搞了个提前离岗——让一部分并不称职的人实际提前从岗位上下来，后来遇到换届，又腾出一些空位，这样才有了130个副县级以上的干部位子，才有了“公选”可以拿出31个位子来实现干部队伍的“增加新鲜血液”。“公选”其实也是被逼出来的一次解放思想，如果不这样做，武威干部队伍的本地化程度已经到了超过95%以上的绝对饱和状态了！

第二件事，之前提到的那个孙伟，他来武威前就是清华大学团委副书记，副县、处级干部。这位年轻人是有培养前途的，我来后想提拔他，当时他在凉州区委任常委、副区长，干得不错，市委要考察提拔他时都说好，应该提拔，但真正到了最后时刻，有人坚持说，最好提拔到别的县里去，如果他在我们这儿提拔不是把这里的位子占了吗？市委最后只好决定让孙伟到古朗县任副书记、代理县长。孙伟后来在县人大会上，被全票选上县长。在武威这样本地意识强、观念落后的地方，用什么样的人是解放思想，而用人本身也得要解放思想。

第三件事，传统农业时代，武威的人才相对比较富余，西北著名的甘肃农业大学也在武威地盘上的黄羊镇。但后来以工业为主导的现代化建设来了，传统农业不再在一个地区的经济发展中占主导地位，武威的人才便大幅外流，近30年来武威考出去的大学生56000多人，回来的仅有5000多人，连甘肃农业大学也从武威黄羊镇搬到了兰州……这说明什么？说明你这个地方不发展，你原有的优势也将丧失殆尽，你就更应当加大力度解放思想，否则连你的子子孙孙都不愿再回到这片祖先留下的土地。那时热土就会变成冷土、僵土……

火荣贵的话，其实很值得人深思。

都说西部是我们国家充满希望的热土，然而假如我们一直故步自封、墨守成规，那么这片热土总有一天就不再是发热的土地了，它会变冷，被沙漠所吞没，成为人类无法生存的“死亡之地”。这种危险不是不存在，而是就在我们眼前，如果再不解放思想，迎头赶上，跨越发展，热土就会变成埋葬我们的沙土和尘土……

物质世界的变化常常不会依照人类的意志和愿望转移的。要让沙漠变绿洲、尘埃化春雨，唯有人类高举解放思想大旗，挣脱各种束缚，埋头扎实苦干，热土才会到处生机勃勃、万物盎然。

选人用人问题上，何尝不是同一道理？

在西北，假如你有心观察，就会发现：那些可以生长粮食和草木的土地，其实就在沙漠戈壁邻旁，或者有的早就在沙漠戈壁的包围之内。

希望的热土与荒凉的沙土仅一步之遥。热土如果不想被沙漠所掩没，唯一的可能就是阻止沙漠的侵袭，而要阻止沙漠侵袭的最好办法就是在板结的沙土上灌浇上清澈的水……灌水的过程就是解放思想的过程。

任何一个国家，都有自己的制度。制度是规范人类行为的一个方式，没有它，人类就缺乏行为准则，没有行为准则的社会只能等同于动物世界——其实动物也很讲究“规则”，它们的领地意识和亲缘关系就是一种制度。

现行的中国人事和干部制度，是规范和培养人才与干部队伍的一把尺子，这把尺子横亘在我们面前，时时都在提醒我们“应该这样”和“不应该那样”。其实，制度本身并不是为了阻止一切先进的、积极的、符合实际的东西，制度与解放思想并不矛盾，更不对立。实事求是、从实际出发地严格遵守制度的本身就是锐意改革进取的解放思想行为，而从人民利益、党的利益、民族利益出发的解放思想行动，就是最好的执行制度，它能使制度本身呈现更加生动的生命，呈现更加完美的形态和更加合理的内在。

难道不是吗？

纵观“三牛风波”全过程，我们不难发现一个令人欣喜的现象，那就是事件本身是由武威到底选拔了什么人才，为何这样选拔而不是按“法”、按“条例”来选拔等问题，引发了人们对我国现行的人才制度、法律及政策的巨大争议，通过激烈的争议，大家才清醒地认识到用人选人问题应当更加解放思想、更加符合国情、更加满足发展大局所需等一系列与观念和制度改革相关的问题。

2012 年 1 月 30 日，当一位中央领导同志看完《坐着“火箭”西部任职 新绛“穷二代”工作半年官至副县》的报道和了解了“焦三牛事件”及武威“公选”的基本情况后，就写下了这样一段批示：焦三牛被公选为副县级干部好得很。清华的高才生毕业后志愿去西部贫困地区乡村工作这是一好；甘肃武威用改革的办法公开选拔副县级干部这是二好；焦三牛从 12 个报名者中以面试、差额考察、差额推荐、差额票决全部名列第一而中选这是三好。此“三好”很有典型意义，其意义就在于用改革的思想和创新的办法选人才，那些有觉悟、有知识、有为人民服务决心的年轻人就可以脱颖而出……

肯定焦三牛提拔的“三好”，其实就是对武威此次“公选”的选人导向、制度改革和强化制度本身的高度肯定，而这三个层面的工作本身，也是人事、干部制度最核心、最关键所在。偏离了这三点，必定是“糟得很”；符合这三点，自然是“好得很”。

共产党人是唯物主义者，执政的共产党人坚持的就是实事求是、从实际出发、与时俱进。当有人对选拔焦三牛这样的优秀青年干部产生怀疑、恶意攻击、吹毛求疵时，中央领导又及时指出：必须从社会主义事业能后继有人的角度作长远的战略安排，加紧对优秀年轻干部的选拔和培养；培养选拔优秀年轻干部要解放思想、破除保守意识，要不拘一格选人才，对年龄、学历、资历，不能搞“一刀切”，更不能搞“唯成分论”。破格选拔年轻干部在选人标准上要对德才有更高要求，对程序有更严格的审批和考察。要尽可能采取“民主、公开、竞争、择优”的改革办法。中央领导特别强调要尽快研究制定符合当下中国国情和各地实际情况的“关于破格选拔优秀年轻干部的办法”。

中央领导的这段话，具有针对性，对当时的“三牛风波”起了积极的引导作用，同时也及时化解了人们对武威超常规选拔清华学子的做法所产生的种种疑虑，更对那些嫉贤妒能的不良风气和网络消极舆论给予了有力回击。

继“仲祖文”的《不拘一格选人才》之后，《人民日报》再次发表“仲祖文”的题为《为优秀年轻干部成长打开宽广之路》的时评文章，指出：

为优秀年轻干部成长打开宽广之路，首先要解放思想。当前，“论资排辈”“求全责备”等思想观念仍是制约年轻干部成长与发展的最大障碍。有的地方在选拔使用年轻干部时经常是数年头、抠台阶，挑毛病、讲完美，搞平衡、求稳妥。要破除这些陈腐观念，必须树立压抑埋没年轻干部是过错，培养重用年轻干部是功绩的新理念，不拘一格选人才，敢为事业用人才，早给年轻干部压担子、搭舞台，让优秀年轻干部尽早脱颖而出。

为优秀年轻干部成长打开宽广之路，必须营造良好的舆论环境。现在有一种不好的现象，对年轻干部“逢提必疑”，一些人往往不分青红皂白，带着偏激情绪群起“围剿”。年轻干部成长需要有良好的社会环境，对他们应多一分理解和宽容，少一分猜忌和刻薄；多一分关心和支持，少一分责难和打压。对那些有觉悟、有知识、有为人民服务决心，特别是在艰苦地区、基层一线创新创业的年轻干部，要积极鼓励、真心呵护。全社会都要关心、关注、关爱年轻干部，为他们健康发展助力加油，让他们的成长之路洒满阳光。

为优秀年轻干部成长打开宽广之路，关键要创新制度机制。改革开放以来，党和国家建立了一系列干部选拔任用制度，为年轻干部成长提供了有力支撑。但任何制度都不可能一劳永逸，需要与时俱进，不断创新和完善。实践证明，实行公开选拔、竞争上岗等制度，是选拔年轻干部的有效途径，也是经得起检验并为广大群众认同的方式。要坚持“民主、公开、竞争、择优”原则，在标准更高、程序更严的前提下，继续大力推进年轻干部竞争性选拔，研究优秀年轻干部破格、越级选拔办法，逐步打破年轻干部成长隐性台阶。同时，建立健全监督机制，绝不允许借破格选拔之名，行“任人唯亲”之实。

潮平两岸阔，风正一帆悬。让我们站高望远，进一步开阔眼界、开阔思路、开阔胸襟，及早把优秀年轻干部纳入组织视野，让千千万万年轻干部在中华民族伟大复兴进程中，谱写出一曲曲动人的“青春之歌”。

几乎在同一时间，中央电视台的《东方时空·真相调查》节目，及时、全面和有分析地通过画面将焦三牛和与“焦三牛事件”相关的人物搬上了屏幕，用他们自己的话告诉了全国人民事实真相，达到了“让真相说话”、“让真理接受检验”的目的。

新华社、《光明日报》、中央人民广播电台、《中国组织人事报》等重要媒体也都以不同的方式围绕“三牛事件”和武威“公选”问题，展开了热烈讨论，通过有理有据的理性分析和积极引导，从而让全社会认识了思想解放对新时期我国年轻干部成长营造社会环境，以及解放思想对我国人事、干部制度的完善和改革的重要意义。《光明日报》还为“三牛事件”特别开设了《敢为事业用人才》栏目，请了著名人才专家王通讯等，连续七天就社会公议的问题进行说理阐述。

2 月 21 日，《光明日报》又与相关单位联合召开了“营造年轻干部成长良好环境”研讨会，来自党建、人才、科技领域的数位权威专家发表了自己的见解——

全国党建研究会会长　虞云耀

人才辈出，事业才能兴旺发达。年轻干部是我们党的事业的生力军和接班人，长江后浪推前浪，青出于蓝而胜于蓝，党的事业才能朝气蓬勃、长盛不衰。面对国际国内的新形势、新任务、新挑战，培养选拔优秀年轻干部显得十分重要和紧迫。

从我们党的历史看，培养选拔年轻干部是我们党的光荣传统，也是宝贵经验。我们党在革命、建设、改革的各个历史时期始终高度重视培养选拔年轻干部工作，重视培养造就接班人。建党 90 多年来，正因为党在不同历史时期培养和造就了一批又一批、一代又一代适应革命、建设和改革需要的年轻领导骨干和宏大的干部队伍，带领广大人民群众贯彻执行正确的政治路线，才战胜了各种艰难险阻，始终保持强大的凝聚力、战斗力和创造力，不断从胜利走向胜利……总之，建设中国特色社会主义是一项前无古人的伟大事业，实现中华民族伟大复兴需要几代人的不懈奋斗，社会主义制度的发展和完善更是一个长期的历史过程。只有源源不断地培养造就优秀年轻干部，才能保证党的事业后继有人，实现党所肩负的历史使命。我们应当本着对党、对人民、对历史、对未来高度负责的精神，来做好这项工作。

中央党校党建部副主任　戴焰军

青年代表未来，这是一个浅显明白的道理。培养年轻干部，历来为我们中国共产党所重视。探索和把握年轻干部的成长规律，为年轻干部的成长营造良好环境，始终是我们党干部工作的主要内容之一。我们今天之所以要强调给年轻干部成长营造良好环境，强调不拘一格选拔年轻干部，这是由我们党所处的现实历史方位决定的。我们党现在是一个在和平环境中长期执政的党，这和过去战争年代很不一样。战争年代，干部的选拔是在与敌人进行生死搏斗中来衡量和考验的，这就很容易使那些真正忠诚于党的事业又有才能的年轻干部在战火中脱颖而出。但和平年代并不一样，一切都按部就班地进行，干部的使用就容易形成论资排辈的惯例，年轻干部的才能也不容易被凸显出来。久而久之，就会使很多年轻干部难以施展其才华，跟着熬资历，熬到一定的位置，棱角已经被磨平了。这样，从具体方面讲，干部队伍最需要的生机与活力很难发挥出来，创造性受到明显的影响；从更高层面讲，会影响到我们党的执政能力。要打破这种状况，就必须改进干部制度，特别是在培养选拔年轻干部方面要有更多制度层面的举措。制度的完善，是为年轻干部成长营造良好环境的最好保证。

中国人民大学马克思学院教授　杨德山

“民主、公开、竞争、择优”，是十七大以来党确定的干部人事制度改革方针，是党的干部工作理论在新形势下的重要发展。扩大干部工作“民主”，是干部人事制度改革方针的总体要求，是深化干部人事制度改革的基本方向，也是推进党内民主和人民民主建设的一项重要的基础性工作。“公开”是扩大“民主”的前提。它的基本要求就是要增强干部工作的透明度，让选人用人权在阳光下运行。

“竞争”是选人用人机制的活力所在。要使我们的选人用人机制充满活力，唯有引入竞争因素，改变单一的“伯乐相马”模式，形成百马相争、一马当先的战斗赛马格局。“择优”是“竞争”的自然结果，是干部人事制度改革的目的。它要求在干部任用程序中差额比较、选贤任能，把政治坚定、人品和能力经得起实践检验、人民群众认可的优秀干部选拔到各级领导岗位上来。

中央党校马克思主义理论部教授　李俊伟

当我们对年轻干部成长的组织行为和社会评价进行反思时，一个系统分析问题的思路逐渐清晰起来，就是将个人具有能力、组织提供机会和社会倡导宽容植入一个系统中进行反思，从个人、组织、社会的互动以及党的理论传播、接收和社会反馈机制这两个维度认识问题。

就干部的选拔任用来说，要处理好纯洁党风与优化民风的关系。政者正也，有了组织规则的公平纯洁，社会环境的优化才有了基础和前提。民众质疑的是暗箱操作，组织建设的是公平和正气。组织方引入阳光决策和公开原则，问题就会说清楚，以党内风气的纯正带动社会风气的好转。

把握好干部政绩熟知的局部性和舆论氛围的全面性。现代社会的干部既要埋头拉车，也要抬头看路，还要为决策和实施说清道理。另外，既然在政策上要为特殊地区和特殊岗位选用人才，就要考虑人才的使用效率和效果。同时还要考虑，具有技术性领导岗位和政治性领导岗位选择的区别性。

中国人事科学研究院院长　吴江

不拘一格选拔人才成为甘肃武威市委的一个创举，这是共产党人求贤若渴的使命感和责任感所驱动，也是为当今世界人才竞争局面所迫使。由此我们可以发现武威市选拔优秀年轻干部的背后是争夺人才资源的深谋远虑。这正是我们在思考如何营造年轻干部成长环境这个问题上，需要重新审视的一个新站位。

登高望远才能自觉地营造年轻干部成长的良好环境。源源不断培养造就大批优秀年轻干部，是关系党和人民事业继往开来、薪火相传的根本大计。我们必须把思想认识统一到这个根本大计上来，进一步解放思想，排除种种阻力，破解在制度环境、舆论环境、文化环境中的难点、热点问题。

中国青年政治学院教授　陆士祯

从“焦三牛事件”看干部的成长，实际上对青年和社会两方面都提出了新的问题、新的挑战。从青年的未来性本质看青年与社会的关系，我们社会，包括青年自身，都还有很多需要解决的问题。现实中，青年干部成长发展的政策环境、舆论环境、保障机制还不够健全，个别地方的选拔任用过程的不透明、信息公开的不准确，直接影响了年轻干部的健康成长。

同时，在青年成长发展方面，要特别注重对青年干部的教育引导，帮助青年树立科学的成长观。青年人只有紧紧地把握人民利益的方向，处理好发展自我与作为社会的辩证关系，在“大我”的奉献中实现“小我”，才能真正获得人生的成功。事实上，树立为国为民的志向、坚持人民利益方向有利于青年辩证地处理自我与他人、权利与义务、理想与现实、眼前与长远、个人与集体、集体与国家之间的关系，从而达成个人奋斗与推动社会的和谐，达到青年个人发展与社会进步之间的和谐。

至此，在中央主要媒体的正确引导下，全国各地也都以不同形式，对“三牛风波”引发的种种议论和思考展开了热烈讨论，尤其是网络等新兴媒体的舆论环境出现了焕然一新的面貌，一种“顶三牛”“学三牛”“跟着三牛西部去”和关心爱护年轻干部的氛围在校园、在社区、在机关、在乡村、在厂矿、在军营等战线迅速形成……

网民“半窗明月半窗风”在搜狐网上发表题为《从焦三牛的人生选择审视自己》的随笔道：

康德说，有两种东西，我们越是时常反复地思索，越是在心中灌注了永远新鲜和不断增长的赞叹和敬畏：我头上的星空和我心中的道德法律。在舆情日益发达的今天，刚工作半年即获升副县级的焦三牛，连同其并不平凡的仕途之路，引起了全社会尤其是网络舆论的广泛关注，有羡慕，有嫉妒，更有一些质疑之声。而我，尽管也有少许的羡慕，更多的，内心里是一种佩服和尊重。相较于那些见不得别人"吃糖"的人，我对"习惯质疑"的本身，颇感有些不屑。我暗自猜度，这类人其实自身往往最是缺少实际行动的，一如那吃不到葡萄就说葡萄酸的狐狸一样，多多少少有些心理晦暗阴险。就好像焦三牛们飞黄腾达了，那都是有"潜规则"，是"暗箱操作"的结果，巴不得别人永远不如自己。其实大家都明白这是一种典型的恨人穷，厌人富的心理。试问，要是你我也是清华大学毕业，你我愿意选择放弃留京工作的机会，而去偏远贫穷的甘肃武威凉州区清水乡工作吗？要知道，当初选择去甘肃的时候，焦三牛也不曾料到，半年之后武威市会公开选拔领导干部。再说了，武威公选，是面向全国进行的，各位看官要是也符合报名条件，为什么就没有报名和焦三牛们一起竞争呢？说不定最后也能入围"副县级""副地级"什么的！再说了，尽管时不时总有一些贪腐的事情被曝光，但作为执政党的共产党，主流还是好的吧？要不然，偌大中国，8000万人的执政党，不会有今天这样的欣欣向荣繁荣景象和如日中天的发展态势！说这话，并不是说我自己思想就有多高洁神圣，也并不是说我自己就是吃糖者，在这里做"卫道士"。相反，我是有自己的切身体会和深刻教训的。我用了自己十年的青春甚至是数十年的幸福为代价，祭奠我当年的功利和短视。

十多年前，我大学本科毕业。说实话，以我当时的条件和表现，是有很多比较好的就业单位可选择的。但是，出身草根的我，无论思想、见识，还是认知、行为，当时都还很是狭隘和偏执，甚至在今天看来很是低级愚笨。因为"父母在，不远游"，我放弃了去北京卫戍区和广州军区工作的机会。因为"宁要都市一张床，不要县城一套房"，我放弃了去成都二圈层区县县委、县政府工作的机会。加上报考南京大学研究生因为一科之差未能如愿，命运让我不得不选择做教师并一待就是多年。事实证明，当初我的“宁为牛后，不为鸡头”的想法有多错误！自己所主动放弃的，都是当时很多人梦寐以求而不得的，更是今天看来应该是最有发展前途甚至是绝好的就业选择。并且，为这种蒙昧无知的选择，我遭遇了诸多灾舛和辛酸。不仅仅耗费了最是宝贵的青春和健康，更贻误了前途和理想。我这一辈子，注定将为这次错误的选择和多年的蹉跎无为，长久买单。

毛泽东曾说，牢骚太盛防肠断，风物长宜放眼量。看到焦三牛在自己空间里的那些博文，我能深切感受到这位清华毕业生的才情和心性，以及其中流露的成熟与理性。相较于同龄毕业的当年的我，其思想境界、认知高度，那绝对是一个在天上，一个在地下。君不见，焦三牛在自己的博客中说：“选择，不仅是为了争取一种光荣，更是为了追求一种境界。目标实现了，是光荣；目标实现不了，人生也会因这一路风雨跋涉变得丰富而充实。在我看来，这就是不虚此生。”尽管这样的句子是选自汪国真的诗作《我喜欢出发》，但焦三牛能以此作为自己的人生自警自励之语，本身就是一种境界和态度。再者，据武威市的公选公告来看，所有到武威工作的清华学子，也不是人人都公选成功。一方面足见武威市不是唯清华是用，另一方面也足见焦三牛的优秀。古人云，不谋全局者不足以谋一域，不谋万世者不足以谋一时。在此我斗胆作一假设，要是我当年也有焦三牛那么一股子实诚实干作风，要是我当年也去了那些今天看来颇感后悔的单位，我想，也许我也不至于会是今天这样。对比焦三牛，我是自惭形秽的，也是佩服之至的。

既然如此，面对网络舆情，我个人以为，我们其实是没有底气，也没有资格对人家说三道四的。人家“发达”，也是应该的。我们不能站着说话不腰疼，那样只会更加暴露我们的自私和狭隘。人的一生，思想决定高度，说白了就是我们做人做事的原则和行为，往往会决定我们能成就的高度……守得云开见月明，能坚持到最后的人，才能看到风雨过后的彩虹，看到希望和胜利。我们的党，我们的国家，需要这种精神，需要这种奉献，更需要这样的典型。这是自然规律，也是发展必需，我们应当弘扬、应当尊重！更值得学习、值得肯定！

中青网“中青社区”上的网民“天堂有多远”在评论“焦三牛事件”“牛”在哪里时，说：

第一牛：一种信念。在物欲横流的今天，作为一个穷人家的孩子，一个清华毕业生，更多人会选择“穷则独善其身”，要么留在北京月薪过万，要么继续名校深造、国外镀金，然而焦三牛却不顾家人的反对，选择了“兼济天下”，到比家乡更贫穷的甘肃武威，是什么让焦三牛做出一个这么牛的选择？悬挂在清华大学南北主干道上的横幅，给了我们答案，那就是一种信念，把自己改变贫穷的愿望融入祖国的召唤，“到西部去，到基层去，到祖国最需要的地方去”，让西部、让基层更多的人早日脱贫，贡献自己的一分力量。

第二牛：一次机遇。公开、公平、公正，是选拔人才的方针，也是让优秀人才脱颖而出的捷径。我们不缺乏人才，我们更需要的是一个公开、公平、公正的择人机制，一个重人才、信人才、用人才的用人导向。事业的发展离不开人才，太多的“萝卜招聘”让穷人家的孩子望洋兴叹，在贫穷落后的甘肃武威，对优秀人才的求贤若渴为焦三牛式的青年才俊创造了一次机遇，公开、公平、公正的选拔程序，让这个穷人家的孩子能够脱颖而出，让世人羡慕、嫉妒、恨！

第三牛：一份厚望。培养造就青年英才，是国家的未来、民族的希望，也是我们党的未来和希望，这是党对青年一代寄予的一份厚望。在这份厚望中，有领导的关怀和信任、同志的支持和帮助、群众的认可和理解；在这份厚望中，还要有敢于为事业用人才的胆识和气魄，有为国家、民族崛起的责任和担当。干部有了这些良好的环境和土壤，才能茁壮成长。

大学生村干部、网民“泰山岩岩”说：

我作为一名大学生村干部也深刻认识到了自己身上的不足，需要向焦三牛同志学习他身上那难能可贵的品质，扎根基层，奉献青春，无怨无悔。我认为我们当代青年，至少要从以下三方面向三牛同志学习：

坚定信念、服务基层。在清华大学南北主干道上悬挂了一条横幅："到西部去，到基层去，到祖国最需要的地方去。"也许正是这条横幅坚定了焦三牛服务基层、服务人民的决心，也正是这种信念，让焦三牛把改变贫穷的愿望融入祖国的召唤中，激励他为基层更多的人早日脱贫而贡献自己的一分力量。就是这样一种信念让一个刚刚毕业的清华高才生选择了基层、选择了农村。

加强学习、提升素质。机会总是留给那些有准备的人，焦三牛能得以入选还主要得益于当地"不拘一格选人才"的体制机制，使得他能有一次难得的展示自己才能的机会。作为年轻干部应该有像焦三牛一样的能力和眼光，善于挖掘发现机会并且能够抓住每个来之不易的机会，让自己的才能展现出来，能够为国家为人民做出更大的贡献。

立足岗位、扎实奉献。焦三牛在工作中的优秀表现，领导和人民看在眼里记在心里，依托党和国家的敢为事业用人才的良好政策环境，焦三牛不会辜负党和国家及人民对他的这份厚望，大学生村干部要学习焦三牛的"牛"劲，敢于承担重任，为党和国家的事业做出自己更大的贡献，党和人民呼唤千千万万焦三牛一样的年青一代，贡献基层，全心全意为人民服好务。

网民"温柔侠客"在"中青社区"网站上以"清华毕业生主动去西部，我们怎么办"为主题，发表意见道：

"焦三牛事件"引起的社会质疑，令我们思考和我们应该思考的是：清华毕业生为何不能主动去西部工作？谁可以主动去西部工作？难道只有普通高校毕业、成绩一般、找不到工作的人才去西部吗？去了我们又在想什么？

自2003年起，大学生志愿服务西部计划开始实行，提出了"到基层去，到西部去，到祖国最需要的地方去"的主题口号，每年都有数万大学毕业生积极报名参加，其中不乏在校担任过学生会主席的优秀毕业生。加上选调到基层的优秀大学毕业生和选聘的大学生村干部，越来越多的高校毕业生放弃城市的繁华，来到农村，来到基层。在很多人看来，去西部或者农村只是他们的跳板，不相信他们是真心想为西部为基层奉献力量，为的只是两年或者三年后的优惠政策。这让我想起另一件事：有些地区为了鼓励人们积极献血，会给一定的现金作为营养费，于是献血的人就被别人称为卖血，多让人心寒！

当“80后”“90后”被戴上“拜金”“骄纵”等帽子后，“80后”“90后”就遇到了信任危机，做好事被认为是炒作，工作提升快被认为是“官二代”“富二代”。“焦三牛事件”在质疑中揭开了焦三牛的“真面目”，他既不是“官二代”，也不是“富二代”，也不存在“萝卜招聘”，他是地地道道的“农二代”，只是清华大学毕业生响应国家号召去西部的人员中幸运的一个。不得不说机会是给有准备的人的，若不是立志支援西部，他也不会遇到这个机会。也感谢让这个本来很普通的招聘成为热议的人，让我们知道西部人才的缺乏。对于西部来说，高校定向培养引进的人才还是有限的，不能解决西部缺乏人才的困境，还需要更多的有志青年“到西部去，到基层去，到国家最需要的地方去”！

是的，让我们一起行动吧！哪怕一点儿的行动，都会比站着说好听话、说风凉话要强百倍！

“事实上，广大青年大学生们已经行动了！”团中央的一位负责同志对我说，像三牛这样有志到西部、到祖国最需要的地方去为国家建功立业者，比比皆是。

他的话，蓦然让我想起了前年赴新疆的塔克拉玛干大沙漠腹地的塔里木油田采访的一幕：那是世界上罕见的一片广袤无垠的“死亡之海”，然而在那里有我们千军万马的石油队伍……从20世纪50年代开始，中国的几代石油人都在那里为祖国找石油。记得老塔里木人告诉我，最初进入这片“死亡之海”的找油人就是新中国培养出来的一批大学生，他们中许多人还未结婚、谈对象，可当他们听到党的一声号令，就背起行囊，告别母校，来到杳无人烟的大沙漠。没有水、没有粮，更没有绿，只有身后他们自已留下的一道道足迹——那足迹也会在瞬间被沙暴吹得烟消云散，但年轻的中国石油人没有走，直至找到宝贵的“油苗”。为了这“油苗”，一支19人的队伍，最后走出大沙漠的只剩8人，其余的11人先后牺牲在茫茫沙海之中，他们中多数是刚刚走出校门的大学生。后来是70年的塔里木石油大会战，5万余人的大军不分日夜地战斗着，直到“油龙”呼啸地从地心喷涌而出……那一刻他们欢呼跳跃。当井喷的巨响震荡大地和天宇时，英雄的石油人为了征服“油龙”，奋不顾身地冲向万钧雷霆般的井喷现场，用血肉之躯去制服脱缰的“油龙”，许多年轻的生命因此化成了血水，消失得不剩一丝一点儿，他们中依然有刚刚青春绽放的大学生们……21世纪的塔里木油田，已经将一座座耸立云霄的钻井架插遍塔克拉玛干大沙漠腹地，为祖国献石油的热浪一浪高过一浪，当我走入“塔中一井”的营地时，我惊喜地发现，这里的石油队伍里竟然90%是30岁以下的年轻人，而且一半以上都是内地近几年毕业的本科、硕士和博士生！

赵海涛，我采访过的一位博士，他是2010年中国石油大学（北京）毕业生，学习的是地质资源与地质工程专业。这位河南小伙子获得博士学位后即奔赴塔里木油田就业，而家乡在河南焦作。他说他签约到西部塔里木油田工作主要有几个方面的原因：一是西部人才缺口大。自国家开始实施西部大开发政策以来，虽然已经有很多人到西部去建功立业，但从总量上来讲西部的人才缺口仍然很大，与其到人才“拥挤”的中东部争夺一席之地，不如到渴求人才的西部地区实现自己的理想，“错位竞争”未尝不是一种体现自身价值和实现人生理想的智慧。二是西部发展前景好。西部的自然环境虽然比不上中东部，但是人才成长环境好。塔里木油田石油和天然气储量丰富，近年来进入了油气并举、规模化加快发展的新阶段，广阔的发展前景为员工提供了更多的机遇，不断健全和完善的人才引进、培养、使用和激励新机制，也为他这样的石油院校毕业生的成长提供了广阔的舞台。三是自己的兴趣使然。读博期间，赵海涛曾随导师参与过“973项目”——《中国西部典型叠合盆地油气成藏机制与分布规律》中一个有关塔里木油田的子项目，小赵主要负责缝洞检测和分析。可以说在塔里木搞勘探是一个世界性的难题，而他所学的专业就是地质资源与地质工程，正是因为有了与项目的前期接触，小赵对塔里木产生了浓厚的兴趣，所以毕业后他想继续去那里将自己所学的专业知识运用到实际工作中。

“塔克拉玛干大沙漠是我的‘画布’，供我描绘多彩‘石油人’的生活和梦想。”赵海涛博士如此说。

像赵海涛这样的年轻人在新疆、在最艰苦的塔里木油田等地方还有很多——

陈利新，2004年7月毕业于中国石油大学（北京）矿物学、岩石学、矿床学专业，硕士学位，现在中国石油塔里木油田公司勘探开发研究院碳酸盐岩研究中心工作，任塔北勘探开发一体化项目组副项目长。在塔里木油田勘探开发研究院工作的7年时间里，陈利新成为塔里木碳酸盐岩研究的骨干。他作为主要研究人员之一为碳酸盐岩的生产增储做了很多工作，他的多项创新性的工作获得很高评价。他的研究成果论文公开发表十余篇，2011年他被推荐参加“全国青年岗位能手”评选。小陈选择到塔里木油田工作，还有个小故事：

2002年他在研二的时候，一天导师刘洛夫教授对他说，学校在新疆塔里木油田成立了西部工作站，考虑派你们几个学生去那里实习锻炼，咱们盆地中心有一个名额，想听听你的意见。他当时难以抑制心中的激动大声说：“我去。”

陈利新坐在西去的列车上，第一次听到刀郎的《吐鲁番的葡萄熟了》，看到窗外的西部荒山和大漠风情，他心里想着地表荒凉地下的资源可能很丰富，于是心情异常激动，这一激动使他青春的热血没有停止过沸腾…… 在塔里木油田实习的一年，这位年轻人真正体会到了塔里木石油人征战“死亡之海”，敢奉献、敢拼搏、敢创新，充满自信、浩然正气，“只有荒凉的沙漠、没有荒凉的人生”和“千年不死胡杨木，顶天立地石油人”的气概和无私奉献的精神。毕业时他放弃了留在北京的机会，来到了塔里木油田。同学和朋友不理解，他说：“搞石油就要到最有潜力的地方去，塔里木就是石油人的大舞台。”那年7月，他成为一名真正的塔里木石油人。工作中遇到不懂的他向师傅请教、与同事们讨论，他学到了很多东西。他发现，工作其实可以带来知识，也可以带来快乐，画好一张图、写好一篇文章、做好一个汇报所带来的快乐比吃了蜜糖还要甜。2006年12月至2008年3月，他从事碳酸盐岩开发地质研究工作。在此期间，他把在勘探系统工作期间学到的知识和培养的能力应用到碳酸盐岩的开发工作中，把对塔中奥陶系礁滩体油气分布特点、储层和储量分类评价的认识应用到试采方案中。在做轮古地区工作期间，针对碳酸盐岩储量难以动用这个难题，他通过对生产动态信息和综合地质信息的归纳对比，发现油气水分布和储层非均质性主要受岩溶发育规律控制，并在对岩溶型储层深入研究的基础上，提出了缝洞型碳酸盐岩油气藏平面分区、纵向分带、储层分类的储量评价方法，该储量评价方法已应用到塔北的整体规划和部署中。由于工作特别突出，2009年2月，陈利新被提拔为塔北副项目长。

庞辉，2004年从新疆师范大学考取北京体育大学体育教育训练学专业的博士研究生。2007年7月，获得教育学博士学位的他，毕业后便义无反顾地返疆执教，现担任新疆师范大学体育学院副院长，主管学科建设、科学研究、研究生教育。庞辉清楚地记得在他毕业那年的6月29日，他的母校——北京体育大学举行2007届研究生毕业典礼，国内众多知名高校闻讯带着人才引进计划纷至沓来，当时新疆师范大学体育学院的武杰院长也千里迢迢赶到了典礼现场。武院长的心情当时十分复杂，一方面他骄傲曾经是自己学生的庞辉，现在获得了国内体育教育最高学府的教育学博士学位；另一方面使武院长忐忑不安的是庞辉还愿不愿意返回新疆母校执教？武院长心里没底，他有些紧张地找到自己的学生庞辉。哪知庞辉高兴地抱住武院长，当场表示："北京人才多，我跟您回新疆去工作！"就这样，庞辉便成为首位返回新疆工作的北京体育大学博士。武院长高兴得搂住自己的学生，热泪盈眶。

从北京返回新疆，庞辉感受到了母校爱才重才的氛围，体会到了学院师生对他的热切期待，也看到了自己在学院教学、科研、学科建设、人才培养等方面的用武之地。很快，他成为学生心目中的好老师，学院每年硕士生自选导师的名单中他都名列榜首，研究生们都以师从于他而骄傲。2008年，庞辉指导的本科生、维吾尔族学生买买提明的毕业论文《麦盖提县民族中学生对篮球运动的兴趣调查与分析》获学校“优秀论文奖”；2009年又指导回族学生禹婷婷的本科毕业论文《乌鲁木齐市更年期女性健身现状调查与研究》又获学校“优秀论文奖”；2010年他指导的汉族学生张燕的毕业论文《新疆师范大学非体育专业女生体育课兴趣的调查与研究》再获学校“优秀论文奖”；另外经庞辉指导的2名硕士研究生还获得了全国高等学校体育论文报告会一等奖。庞辉常对学生说：“遇到任何困难，都可以找我。”有学业问题，学生们乐意请教他；有成长烦恼，学生们愿意向他吐露，庞辉成了学生成长成才的领路人。“我们都爱上庞老师讲的两门课《民族学》和《民族体育学》，课堂上，他画图讲授，特别生动，他与我们互动，课堂气氛特别好。”他的学生们说。庞辉自己在教学科研上也没有停止脚步，他说：“先把心沉到最低，扎扎实实积累，总有一天会变得强大。”2011年，庞辉获得一个国家级课题——国家社会科学基金一般项目《少数民族传统体育传承与发展模式研究》。此前，他先后主持过5项省部级课题。现在，庞辉有一个设想，他要做一个少数民族体育文化展馆。“要干就干好！”他这样描述，“展馆里有赛马，是动态的赛马，有文字、图片、视频、文物、民族服饰；有摔跤，少数民族集聚区的体育文化，有……”

祖国，我是你五月的花海
用生命的蓬勃和挺拔绽放你的笑容
我是你的一粒麦穗
用对阳光的赤诚和谦恭理解你的光荣

祖国，我是1919年推开国门的飓风
是南湖船上点亮山河的火种
我是唤醒城市和乡村的黎明
是长征路上那面旗帜残破但永远鲜红！

我还是在战火中凋落的那一张张笑脸啊
即使倒下也依然是用不死的歌声

唱着自由唱着信念
唱着你的——
青年!
祖国，我是你的青年!

祖国，我是你风里雨里并肩的勇士
用坚毅却温情的眼神注视你的成长
祖国，你是我焐在怀里的一本画册
每一页都有我青春的、带着体温的诗行

我是西去的列车
所有阳光照耀的地方都生长着我的理想!
我是喷溅的石油翻卷的麦浪
所有人民需要的角落都回荡着我的歌唱
大漠烤焦了我暴雨扯碎了衣裳
看吧：我的面孔最黑心却最亮……

这是一位普通青年学生写的诗，但他却道出了千千万万时代青年的心声：祖国，我是你的青年!

青年是什么？青年是国家的希望、民族的希望、人民的福祉!

因此，青年就该担当、就该有责任、就该去奉献!

常玛丽，团中央和教育部发起的已有数以万计青年学生参与的“大学生西部计划”志愿者中的一员，她被分配到重庆市秀山土家族苗族自治县林业局工作。2012 年 4 月 7 日，这位花季姑娘在随单位考察时不幸发生意外，因公殉职。这一天，距常玛丽结束志愿者工作还有不到一个月，距她 23 岁生日还差两天……

玛丽的故事感动了重庆秀山地区的父老乡亲，也让她故乡河北保定人增添了骄傲。一位记者记录了这位 22 岁美丽姑娘的几件身后事——

在高阳县城里，普普通通一个三间房的小院，就是常玛丽的家。玛丽的妈妈念叨起女儿，总说玛丽就是自己的一只手：“只要她放假回来，我就不用管家里的事了。做饭、收拾卫生，帮我们打理店里的生意，什么活都干。她回来了，我就轻松了。”

父亲常东彪拿出从秀山带回来的一本日历，在3月份这一页上，密密麻麻注明了备忘录，3月20日这天写着：“有会议，要通知很多人。”29日写着：“宝君生日／小微哥结婚。”而在4月9日，重重地标了出来：“我生日。”常东彪说：“这孩子就是操心的命。”

母亲说，过年的时候，玛丽说想要再续签一年志愿者，因为她觉得还有很多工作没有完成。思女心切的母亲没有同意，玛丽就这样怀着心事回秀山去了，谁知这一去就永远留在了那里。

家人了解到玛丽最大的心愿，就是能在秀山20多个山区小学里建起图书室。

这两天，一家人商量过后决定：孩子的心愿我们来完成！常东彪说，一旦志愿者们的前期调查工作完成了，他们就开始给山里小学建图书室，不管需要多少钱，总要实现玛丽最后的愿望。

虽然才22岁，玛丽却有每天记账的习惯。从2010年到2012年，3个账本都记得整整齐齐。2011年10月份的一天，玛丽记着：“在地摊买西装60元，白衬衣30元。”从整个账本看下来，这样的花销已经算是大笔消费了，玛丽的衣服大多在几十元，花费最多的是出去旅游，还有就是给朋友和家人买礼物。“玛丽每个月只有600元的工资，她在秀山生活很节俭。过年回家还给我们买一堆东西，临走还给了奶奶和姥姥各500元。”父亲的回忆里，懂事的女儿让他十分心疼。

像所有年轻女孩一样，玛丽也有那单纯浪漫的一面。学广告设计的她有一本影集，里面贴满了自己的照片，抄录了一些美丽的诗句，还有玛丽自己的一些生活感悟。照片里的她，年轻明朗，笑容灿烂。“一直告诉自己，虽然一生中很难遇到惊天动地的事情，也很难做出前无古人后无来者的丰功伟绩，但是只要我努力做好那些自己认为值得的事，就是在创造自己的人生价值。所以，加油玛丽！”本子里有这样一段写给自己的话，简单励志，却又生机勃勃。

在玛丽的遗物里，有4个献血本，每个本里注明献血400毫升。在2008年的献血本上，玛丽写着一段话：“2008年7月25日，我第一次献血，尽管我晕血，回家就晕了，但心里很高兴，感到很光荣！我想以后我还是会这样做的。”

“如果你是一滴水，你是否滋润了一寸土地？如果你是一线阳光，你是否照亮了黑暗？”这是玛丽的“雷锋日记”扉页上的一段话，这本日记里，写满了她在秀山的脚步，不断地鼓舞自己，不断地寻求更多的进步，就像玛丽曾经说过的，不管有多少困难，我会坚持下去，因为这里有需要我的人！

玛丽是无数“大学生西部计划”志愿者的榜样，他们都在不同地区的不同岗位上向这位美丽姑娘学习，并以自己的行动为祖国奉献着青春和智慧。正如玛丽的一位同学、志愿者杨志风所说，“玛丽是我见过最阳光、最可爱的女孩。为了走访一个贫困家庭的孩子，她曾经坐3个小时的汽车，再坐一个小时的摩托车，最后又步行一个小时才到达受访人家里。她是我们大学生的骄傲，是我们支援西部志愿者们的骄傲，我们定会沿着她的脚步一直走下去！”

是的，他们一定会健康、阳光、充满朝气地向着祖国伟大复兴的目标走下去，永远地走下去！

啊，“让青春风暴来得更猛烈些吧”！网民“孤山落雁”刚用这样一个题目为文，如此呐喊道——

江山代有才人出。青年人才涌现根本上是由新陈代谢的规律所驱动，这是极其自然的现象，本不应成为夺人眼球的新闻，历史上如此，放眼世界也是如此。然而，时至今日，但凡有出类拔萃的青年人才冒出来，往往成为轰动一时的大新闻。这种奇怪的现象，反映出一个严峻的社会现实：青年人才“锥处囊中”的机会不多，导致“物以稀为贵”，就特别引人注目。更深层次的问题，在于我们的思想不够解放，对青年才俊脱颖而出还没有足够的心理准备。

青年人才的产生，必先有滋养其的土壤，解放的思想就是这个土壤中最重要的养分。回首“五四”时期，新思想激烈撞击并冲破旧思想的藩篱，成就了这场伟大的思想解放运动，造就了一大批成为时代中坚的青年人。在当今这个风起云涌的时代，中华民族的伟大复兴呼唤有志青年担当起时代赋予的重任，为青年人才成长创造了历史性机遇。我们也要看到，虽然不拘一格选人才越来越成为主流共识，但教条主义、论资排辈、求全责备等保守僵化思想仍然顽固地占据一定的市场，青年人才遭“围观”甚至“围剿”的现象还时有发生，一些青年人因此受到压制而耽误成长，一些地方和单位选拔青年人才面临压力而难以放开手脚。实践证明，打破青年人才成长的禁圄，首要的就是打开解放思想这扇大门。我们不必对制度创新感到诧异，制度建设，需要与时俱进，抱残守缺无异于作茧自缚；不必担心青年人“嫩”，世界是年青一代的，早给舞台早成熟；不必纠缠于“背景”、“成分”，衡量人才的标准是德才素质，而非出身；不必羡慕嫉妒恨，“赠人玫瑰，手留余香”，成全青年人就是成全自己。全社会都以更开明的思想、更先进的理念、更宽广的胸怀，理解支持、关心关爱青年人才，明天就一定会更美好。

南美洲的一只蝴蝶扇动了几下翅膀，可能引发德克萨斯州的一场大风暴。希望通过邓露、焦三牛、范洁这几只“蝴蝶”的尽情飞舞，能在中华大地引发青年人才茁壮成长的青春风暴。让青春风暴来得更猛烈些吧！

听听，多么豪迈的青春壮语：让青春风暴来得更猛烈些吧！说得多好！中国现代化建设，中国在21世纪中叶实现强国富民的伟大战略目标，我们的美丽家园……哪一个奋斗目标离得开青春少年？“少年智则国智，少年强则国强，少年独立则国独立，少年自由则国自由，少年进步则国进步，少年胜于欧洲则国胜于欧洲，少年雄于地球则国雄于地球！”一个多世纪前，中国的第一代改革者早已发出如此振聋发聩的声音！

热土已经开春。沙洲开始泛青。扬尘早已消去。

让我们重新摆正心态，以健康的、理性的、向上的、正义的、善良的和积极的姿态，去看待焦三牛式的时代青年，给予他们更多的支持、理解和真诚的爱。伟大的时代正在呼唤千千万万三牛式的青年学子到西部、到祖国最需要的地方去贡献青春和力量，让我们勇敢些、热情些、坚定些，一起加入这支队伍吧！

让各行各业的同志们，都能以改革和开放的姿态，向武威人学习，以“步子迈得再大一点，思想再解放一点”的只争朝夕精神，去做我们应该做的事，去攀越人类从没有达到的高度和文明——这便是中华民族复兴的伟大征程和崇高目标！

写于2012年

清明—五四青年节

真假之间

在一个充满虚假的世界里，去捍卫真理和真实，需要何等的勇气与人格力量。

求真，是人类最艰巨、最崇高的生命意义。求真的道路上，充满了正义和邪恶、善良与阴险、道德与卑劣的搏杀和较量。

真，是今天这个世界里可以视为胜过任何事物的最宝贵的东西。因为它是既可代表着物质的体、代表着事物的性质，也能测衡人与人之间的情感温度、交往态度、立身之本，同样也可影响一个国家、一个民族生存与发展的准则，它甚至还是整个人类社会和平、共荣与毁灭的交涉点。

引子　“China”是他的基因

我喜欢与真实的人打交道。此话大概会倒一些人的胃口。不过，如果你能静下心来看完下面的话，我想你会明白我的本意。

在现实生活里，不是所有的人都能成为真实的人，因为要做一个真实的人非常难，就像一个人做一件好事不难，难的是一辈子做好事，不做坏事。我们之所以把这句话奉为“经典”，就因为它道出了人的本性。

君不知，昨天还在我们心目中的那些正面形象的“公众人物”，为什么一转眼，现在很多都消失了？大家与我一样清楚：他们活得不真实，他们很多是两面人——表面一套，背后又是另一副嘴脸。普通人之所以有平凡中的非凡，是因为他们活得真实。然而，对“明星”和“公众人物”而言，要长期不懈地做到表里如一、永远如一，并且能将“真实的自我”以常态的方式坚持一生，其实并不容易。

我敬重这样的真实的人，因为他们是我们今天这个社会里特别稀贵的人。在他们身上自然流露的品质，高贵而朴素，平凡而伟大，如溪流涤荡千百回后淘出的闪闪发光的金子，如暴风骤雨鞭挞摧残下千年不动的坚壁风骨，或许还是铁蹄奔腾之侧颤颤巍巍飘摇着的一棵小草，那是自然界最可贵和最令人肃然起敬的景物。这样的人，难道你会对他不敬重？

本书讲述的就是这样一个人物，一个与我们平等生活然而又让我不得不仰视的人物，他叫翟健民。说来你也许不信，他竟然是一直生活在那个充斥着“假”的世界里的大古董商。还有一点说来你更不信，就是一个有着这样身份的人，居然在最近一段时间里，当众多“明星”人物黯然失色的时候，在全国各地的地铁、公交车上，以及其他很多醒目耀眼的地方，却出现了他的形象和他的声音。我们听听这位古董商在说些什么——

对于喜欢收藏的人，最高兴的莫过于找到自己最心爱的宝贝。对于宝贝，藏家应该取之有道，象牙制品对于你只是手中的一个把件，但是它却是夺取大象生命得来的。人不需要象牙，只有大象需要，请不要抢走大象的宝贝。

呵，原来他在为保护大象做公益宣传。稀罕！不过回头一想，也并不感觉特别，因为我们知道，在任何时候、任何国家、任何民族，有一种人从来都是受人尊敬的，那便是有仁爱之心的人。

人的仁爱何时有之？人的仁爱与人的本性善良，其实生来就有。为何在今天越来越文明的人类世界里，人的仁爱与善良却越来越显得珍贵了呢？

一个非超越古朴而又很现实的缘由是：人，越来越失真——其本性和本质的丢失。互不信任、丑陋、狡诈、假象、贪欲、丧志、罪恶……今天之社会，在不断加剧着这种劣根病的蔓延。

当先进医学和高科技已经可以测探清楚我们染色体所携带的基因信息的时候，人类却在走向另一个极端：虚伪和假象充斥整个世界。

我把现实社会的这种丑陋，定名为“玩假的世界”。政治的、社会的、经济的和道德的，以及国与国之间、民族与民族之间、人与人之间的“玩假”现象，无所不在，大行其道。

在玩假的世界里，有人能坚持以真立本、以真待人，他岂不就是一个高尚而伟大的人？

我知道，在大古董商翟健民的周围，是个近似疯狂，却又异彩纷呈的世界，全球到底有多少这样的人，我不知道。但我知道，中国目前至少有近亿人对古玩和收藏着迷，甚至神魂颠倒；我还知道，今天的古玩和收藏界里，被炒得热闹非凡的那些玩物和收藏品中，七八成以上都是假货。然而人们依然坚信它是真的，或者明知是假也根本不想揭穿真相，因为真的稀不可得、贵不可得、难不可得，所以宁信其真，不言其假；若认其假，势必地动山摇、天塌河崩，多少人会家破人亡、妻离子散！

真真假假，才是这个世界的真实面目；半真半假，才是这个世界充满神秘有趣的根本所在；全假全真，会让这个世界丧失动力。人们追求真实不易，所以才会有人拼命炮制假的。一旦假的充斥世界，真的才会大显神威。这本身就极具关注点，更何况这个已经变化到了谁都不买谁账的今日之世界，难道还不值得我们去严肃地考量一下到底人与人之间、万物与万物之间，还有没有真的东西和真的东西到底还有什么价值这类看似简单、却又关联整个人类命运的大事?

写翟健民的意义远超出了我最初的想象——相信所有读完此书的人会与我有同样的感受。

本书的主人公与我同龄，在世界华人圈里，他是位杰出的古董鉴赏家和收藏家。他生活在香港，活动在全世界，许多时间是在中国国内。他虽非李嘉诚，也非董建华，在香港他是一个很普通的人，然而在那个拥有数亿收藏者的疯狂世界里，他的一举一动备受关注。

有一句话必须这样说：翟健民的出现和他能有今天的影响力，跟我们这个时代有着极度密切的关系。中国如果不发达，他就不可能在中国出现或者为人所知。中国如果不是中国，他也不可能在业界有那么大的影响力。

翟健民是地道的香港人，谁又能相信，他其实是个实实在在的山东人。总而言之，他是个不折不扣的中国人，是个讲一腔纯正的广东话、说一口流利的英语、讲普通话抑扬顿挫的中国人。他的身体里潜存着山东大汉的基因，高高的个头，结结实实的身板，一见人就是笑眯眯的样儿，在中国走到哪儿，都不会有人把他当作外国人给“逮”起来。

中国，在外国人的口里就是“China”。“中国 =China”，就像“翟健民 = 中国人”一样，因此翟健民的命运是和中国紧紧联在一起的。这一点他自己也承认，中国和中国的发展，从某种意义上讲，是成就翟健民的真正原因。但是中国当下某些人的所作所为，又让他们变得“很不像中国人”。自私、贪婪、不守信、不道德、不善良，翟健民认为这些都不应是中国人的传统，大度、无私、仁义、守信、善良和礼貌等，才是中国人的品质，从小父亲也是这样教育和要求他的。然而他在与一些国人的接触和交往中发现，事实并非如此，这令翟健民深感痛苦和不解。

需要交代一句，许多人与我一样，最初认识翟健民都是在十年前由王刚主持的北京电视台《天下收藏》栏目上。据说中国现在有近亿的收藏爱好者，其中7000多万曾经是翟健民的粉丝。其实中国内地的人并不知道，翟健民在加盟《天下收藏》节目之前，就早已是世界华人圈和全球瓷器收藏界杰出的鉴赏家和收藏家了。只不过由于他在《天下收藏》节目中的才识和鉴赏水平及和蔼可亲的形象，加之与王刚先生妙趣横生的配合，让翟健民在全国人民面前可以充分展现，以至于使手里有了点钱又继续做着发财梦的收藏爱好者，及一心想充当“贵族”的土豪们，将中国的收藏古玩业推向了一个狂热的境地。据说，现在电视上除了综艺类的文艺节目外，收视率最高的就是“收藏”和“寻宝”类节目，本人也非常喜欢观看。难怪有人说，当今中国有两个疯狂而热闹的事：一个是反腐，一个是收藏。前者玩后才心跳，后者玩前就心跳。

古玩收藏，有那么厉害？与翟健民认识后，我才有了直接和感性的了解。

北京电视台的《天下收藏》节目开播那几年里，坐在专家席上的翟健民，凭着他那港式的谦谦君子风度及迷人和蔼的微笑，倾倒了无数收藏爱好者。但这只是表象，翟健民最令人倾倒的是他对瓷器的鉴赏，真可谓火眼金睛，高端、高雅、高超，连我这样比较挑剔的知识分子也不禁被他的魅力所征服。电视里的翟健民时常穿一件时尚的衬衣，脖子上系一条讲究的小围巾，端坐在那里，不说话也特有人缘，他那眯眯笑的眼神，对广大观众具有很强的杀伤力。而当他论起藏品时，他那心平气和的态度和时而滔滔不绝的专业知识及器件背后的故事，总像磁铁般吸引人，像我这样完全不懂古玩者也常常忍不住放下手中的书笔，看他和主持人王刚默契无间的精彩配合。中国的收藏热，可以说跟《天下收藏》持续7年热播有很大关系。

与许多人一样，我们认识翟健民多数时候是无意间的。

有一天，翟健民与王刚等一起在录制《天下收藏》节目。王刚的手机响了，便急匆匆地出了录音棚去接电话。

"翟兄，马上到中央电视台去，人家让你去做现场直播的解说……"一分钟后，王刚折回录音棚，对翟健民说。

"叫我？什么事？我做现场直播解说？"翟健民一连三个问号。

"南海上正在打捞'南澳一号'，说需要一位既懂古瓷又能讲英语的专家在直播间作解说，我推荐了你。"王刚连珠炮似的回答，可见事情非常紧急。末了他冲老友特意加重一句："除了你翟健民还有谁干得了这事？"

翟健民无奈谦逊地一笑："只好从命了呗！"

中央电视台国际频道的直播间内，巨大的屏幕上出现了数千里之外的南海海面上正在打捞"南澳一号"沉船现场的镜头。由主持人水均益进行直播报道，翟健民作解说，随时解答水均益提出的各类专业问题——当然，他们用的都是英语。

水均益：翟先生，你能给大家解释一下，这些打捞上来的是些什么瓷器？为什么过了数百年仍然光泽照人、花色如此美艳？

翟健民：从打捞员呈现给我们的这些瓷器风格来看，应该是明代的瓷器，这些以花卉为主要图案的瓷器，从整体风格上看，画工很满，是典型的外销瓷样式。当年我们国家的瓷器烧造水平已经相当高超，即便沉没海底数百年还是那么精美漂亮。

水均益：什么叫外销瓷？

翟健民：就是专门出口海外的瓷器。

水均益：中国的外销瓷很早就有了？

翟健民：很早。最盛的应该可以追溯到16世纪前后。

水均益：这些外销瓷与中国本地的瓷有什么不同？

翟健民：我们眼前所看到的这些外销瓷以盘、碗、罐为主，这些外销瓷的图案非常有特点，盘、碗的口沿宽或圆口或花瓣口，都是宽边。整个盘、碗画满了花卉、山水等各种图案，画工很满几乎没有留白，这是为了满足西方人的审美要求。而且，这些瓷器的胎质比较薄，是典型明中晚期外销瓷的特点。这种瓷曾在西方世界盛行一时，并且欧洲人给过它一个特别的名字，叫"克拉克瓷"。

水均益："克拉克瓷"？为什么不是叫中国瓷而叫"克拉克瓷"？

翟健民：这里面有个故事。当年最早到中国定烧瓷器的是葡萄牙商人，他们的商船大多数是从葡萄牙的克拉克港来到中国的，通过这些商船从中国运回瓷器后，再销往欧洲各国。17世纪，有两艘满载中国瓷器的葡萄牙商船在马六甲海峡被荷兰东印度公司的船只劫获，船内所载的主要是明万历年间的中国瓷器。这批瓷器被运回了荷兰的米德尔堡和阿姆斯特丹拍卖，结果轰动整个欧洲。但当时欧洲人还不知道这些精美的瓷器是从中国来的，也不知道应该如何称呼这样的艺术品，他们只知道这是从葡萄牙克拉克港驶出的葡萄牙商船上截获的宝贝，于是有人就顺嘴叫它"克拉克瓷"，"克拉克瓷"就这么被叫响了。因为这批瓷器大受欧洲贵族和皇家的宠爱，之后大批欧洲富人争相抢购产于中国的"克拉克瓷"。"克拉克瓷"从此名扬四海。

水均益：原来如此！翟先生你能再给我们介绍一下这种由我们中国产的"克拉克瓷"在艺术上，较之通常我们见到的国内明清瓷有什么明显特色？

翟健民：用我们专业上的说法，这种"克拉克瓷"除了上面我们说到的它一般的特点是图案总是满工，即整个器物上图案画得满满的，另一个特点是多以开光为特色。所谓开光，是指瓷器上面出现的，像镶了镜框一样的画法，"镜框"里面画有图案，不是镂空的。比如一个罐子有几个面，就可以开几个框，框里面画上花卉等图画，这就叫开光。"克拉克瓷"因盘或碗大小，有八开光和二十开光等，开光有扇形、菱形、椭圆形等，开光之间的间隙铺绘锦地纹，开光内多以折技花和扁菊纹、榴实等纹饰为主，也有山水、人物、果实等图案。我们多数时间所看到的"克拉克瓷"，其画风率意、浓烈，了无拘谨，绘声绘色者心态从容闲适；纹丝繁简得当，满而不乱，绝无走马之感。有人说这种画派曾被世界写意大师毕加索称为"抽象画派的先行者"。不过需要指出一点的是，"克拉克瓷"总体不够精致，尤其是它的瓷胎，较薄、易碎、不耐用，所以在国内并没有很好的销路。在收藏业界，由于外销瓷量很多，因此在古玩界的价格也比较低。

水均益：谢谢翟先生，今天不仅给我们现场解说了"南澳一号"

上这些沉睡在海底数百年的瓷器的来龙去脉，而且也为电视机前的观众们传播了作为中国古代艺术瑰宝的“克拉克瓷”曾经的繁华历史和丰富知识……

这一期现场直播的电视节目，与亿万电视观众一样，当时留给我的印象很深，其中原因之一自然是翟健民问不倒的渊博知识。我不曾想到，几年后竟与这位古玩界的“大佬”有了亲密接触。

正式见面之后，我会定期在我办公室对他进行采访。

其中有一次的采访让我记忆犹新，那一次的采访，让我对古玩行当有了身临其境、甚至有点惊心动魄之感。因为涉及当事人，所以且把那位收藏者、内蒙古某房地产老板称为 C 吧。

翟健民这天比约定的时间晚了两个小时。后来发现，一般情况下，通常是“风一样来，风一样去”的翟健民，总会比约定时间要晚到。遇到这种情况时，他的脸上总是堆满了歉意的微笑 ：“对不起！对不起啦！”他用拉声拉调的香港话对付你，顿时让你拿他没辙。后来我知道，他实在太忙，且几乎多数时候是个“空中飞人”。

还原那一天的真实情景——

进门时，他左手打着手机，右手则抱着一只不大的纸箱。

翟健民刚刚放下手机，不一会儿一个小伙子进来找他，翟健民介绍说是他一个客户的助理。“我们先办一下事啊！”他的意思是让我等一下再继续采访。不用说，我肯定答应。

坐在一旁，我第一次看到古董行是这样做生意的 ：

只见翟健民把刚才带进门的纸箱打开，放在我的办公桌上——这让好奇的我清清楚楚地看着他从中拎出的一只青瓷碗，那碗跟平时我们吃饭的碗一样大小，且一定是小号人吃饭的那种碗。

翟健民对那个小伙子说 ：“就它。给你老板拿去吧。”

小伙子简单地看了一眼，“嗯”了一声，收起那碗，重新包上后放回纸箱。

俩人便在一张空白的纸上签着各自的名字。随后小伙子抱着纸箱走了，出门时还朝我笑了笑。

一桩生意做完的翟健民在沙发上坐下后，不好意思地从自己背着的包里拎出一个小塑料袋，从中取出一只汉堡，大口吃起来。“抱歉啊何兄，就因为刚才的那只碗，我等人才晚到你这儿了。”他说。

“没事，”我有些好奇地问，“刚才这只碗值多少钱？”

翟伸做出“三”的手势。“三十万？”我看过电视《寻宝》节目，知道一点儿古董价格。

“加个零。”

“三百万？！就这么个破碗？”我瞪大眼睛，冲翟健民嚷。因为我怎么也无法相信。

翟健民笑了，说：“同样大小的碗，比这贵十倍的还有呢！”

“都是你们这些人炒作出来的天价吧！”我只能带着不屑一顾的讽刺语气，以免让他看出我对这一行的无知和内心的那份轻蔑。

翟健民仍然眯着双眼笑，笑的时候他很迷人，“你没听过 2005 年在伦敦佳士得拍卖行拍出了一只天价的元代青花瓷器，叫鬼谷下山青花罐，拍到了 2.3 亿元人民币！”翟健民说。

“这事倒听说过。”我的记忆里飘过这么一则新闻。

“你们是怎么定的价呀？任凭你们这些大佬张口就是？”我当然好奇。

“当然不是啦！”这回翟健民收起笑容，说，“不过绝对不胡乱开价，得根据国际古玩行当的走势及同类器件的世界存量情况。物以稀为贵！比如刚才说的鬼谷下山青花罐，为啥能拍出 2.3 亿元的天价，就是因为它太稀有，同类型元青花画人物的大罐，到目前为止全世界有著录的只有八件，而且多数是在博物馆中，这件元青花鬼谷子下山罐就是八件中的一件，你说珍贵不珍贵？

“就没有一个定了？”

“也不是，只不过所有极其稀有的古董，尤其是之前在市场上没有出现过的，因为缺乏参照物它的价格很难估量，多数时候是藏家和行里人的心理价。也就是说，当你认识了这件器皿的品种、来源、历史、本身的品相与质量，加之背后的故事，那综合起来就是它的价位了。”

“明白了，什么叫它的‘故事’呢？”

“‘故事’就是这个器件本身在漫长的历史岁月里流传下来的与

器物相关的历史人物和历史事件。

“我们知道，在元朝时期，颜色艳丽的苏麻离青沿着丝绸之路被带到中国，在景德镇烧造出美丽的青花瓷。青花瓷不但被崇白尚蓝的蒙古人所钟爱，也被丝绸之路远端的波斯各国所钟爱，他们改变了以往瓷器中汉人的含蓄内敛风格，取而代之的是大气豪放。并且，来自北方的蒙古人对南方汉人的历史故事非常着迷，尤其钟爱那些跌宕起伏的戏剧中人物故事，于是，把这些人物、故事精心打造，凝固在精美的瓷器中。2005 年 6 月 12 日在伦敦佳士得破世界纪录的那只元青花人物罐，描述的就是中国历史上对天文、地理、军事、哲学、道学、神学，样样精通的纵横家鼻祖鬼谷子。

“目前发现，全世界有著录的八件元青花人物罐，分别描绘了八个或八组重要历史人物，现存于美国波士顿博物馆的三件元青花罐，分别描述了西厢记、尉池恭教主和周亚夫；日本出光美术馆的那一只描绘的是王昭君出塞；还有描绘三顾茅庐和百花亭的人物故事的。

“可以说，元代的青花瓷在大量的需求和不断的努力之下，已经进入成熟与完美阶段。历经几百年漫长的风雨岁月，能够完好保存下来的精品非常稀少，因而就成了瓷器爱好者和收藏家眼中的稀世之宝。”

“这件鬼谷子青花罐近百年的故事本身也是很有戏剧性的。”翟健民打开了话匣子。

这只鬼谷子下山元青花大罐原来的主人，是一个于 1913—1923 年在北京任职的荷兰使节护卫军司令，他在北京生活期间购得此罐，并于 1923 年将这只大罐带回荷兰，一直珍藏在荷兰的家中。老先生故去后这只青花罐在他家中先后陪伴了四代人。到了第四代时，家里的两个兄弟开始分曾祖父的遗产，跋扈的哥哥欺负弟弟，将老宅据为己有，把老宅里面的所有物品分给了弟弟。弟弟为了处理这批遗产，找到佳士得荷兰公司的人来他们家评估那些家具、油画、银器等等物品。佳士得工作人员回去整理照片时发现，众多器物当中还有一件中国瓷器，就把照片发给中国瓷器部门专家，看过照片的瓷器部门专家认为是一件好东西，就特意再次登门仔细观看那件中国瓷器。

这是整个老宅里面仅有的一件中国瓷器，被安放在一个角落，里面装满了 CD 盘，专家们上手之后，确定这是一件难得的元青花人物大罐，随后被安排在 2005 年 6 月的伦敦佳士得拍卖会中，定价 3500 万元港币。

我们收到佳士得的图录后，自然非常高兴能有这么一件难得、重要的器物出现，于是，我便开始了一系列的准备工作，掌握了所有相关信息后，开始跟我们喜爱元青花的客户沟通，决定一定要拿下这件宝贝。因为此前的拍卖会上从未出现过如此精美完整的元青花重器，在决定出价时只能参考之前拍卖会中一些精品的价格。在当时那个年代，一件非常精美的乾隆洋彩梅瓶拍卖的价格大概 4000 万港币左右，我个人认为这件元青花鬼谷子下山大罐的精美及稀有程度，价格至少要比它高出两倍，应该大概在 8000 万港币左右。我的客人完全认可我的分析和建议，于是我就怀揣志在必得的信念奔赴伦敦佳士得拍卖会。

佳士得伦敦总部的拍卖场地不大，房间里或站或坐着满满的人，我觉得自己很有可能替客人买到这件稀世珍宝，拍卖尚未开始就已经抑制不住心中的激动，索性站在场地里等候它的登场。

但是，这件元青花鬼谷子大罐出场之后，完全出乎我的意料，叫价很快就超出了我客人的委托价格 600 万英镑，即便我临时决定追到 800 万英镑，还是没有停下来的意思，价格一路狂飙。最后只剩下 EXEZ 和一个电话委托在焦灼的竞价，直到 1550 万英镑落锤。那一刻，全场欢呼雀跃，所有人都站起身来为这件价格破世界纪录的稀世珍宝鼓掌喝彩。

后来了解到，通过电话竞价的是一位香港的隐形大藏家，他专门收藏元青花系列。而最终竞得这件宝贝的是美国金融大亨 Travel Chack 公司的老板，四十多岁的他当时就靠着墙站在替他举牌的 EXEZ 的旁边，颈部还戴着保护罩，估计是颈椎受了伤，可见他对这件宝贝的喜爱程度，带着伤病还亲自参加拍卖。不管他有多少资产，一个外国人能如此喜爱中国瓷器，花费前所未有的破世界纪录之价钱，让我由衷钦佩他的眼光与魄力。

拍卖会当中还有一个有趣的小插曲，当这件器物落锤之后，大家欢呼雀跃之时，一对老夫妻从座椅上站起来想离开场地，因为当时场地里的人很多，他们二位只好一点点地往场外挪动，恰好挪到我的身边时，比我整整高了一头的老先生突然朝我的方向倒下，反应迅速的我一把抱住了这位看起来年过70的老先生，随后他夫人挪到我面前将老先生搀扶着离开。他们的神情与在场的众人完全不同，好奇心驱使我跟旁边的外国人打听缘由。原来这位老兄就是把老宅留给自己，把包括这件青花罐在内的东西分给了弟弟的那位哥哥，看到这样的拍卖结果估计是又气又悔，所以一下子差点栽倒。

虽然时隔十年之久，围绕这件元青花鬼谷子下山罐的台前幕后，我依然记忆犹新。并且时至今日，我依然认为，一件世界级稀有的艺术品，它的价格确实无法估量，在我心中这样的宝贝是无价的。

原来如此。真正的古董物品，确如翟健民所言，它既代表着中华民族数千年“土与火”的劳动和智慧所凝聚的艺术熔铸，同时又堆垒出一代代先知们大彻大悟与大美的心灵光芒的文化山峰，而且又在浩如烟海的历史苍茫中被代代相传与抚摩，从而留下无数美妙和温暖，甚至演绎出悲怆与悲壮的故事，因此它无价可言，价比天高，也在理之中。

话说到此处，我的办公室的门又被一个陌生人推开。“今天真的打扰何兄了。”翟健民再表歉意。

“没事。你们谈生意，我在一旁也算学习、采访。”其实我心里很想这样的实景采访。

来者是个约五十岁的中年男子，看着像个老板。果不其然，翟健民向我介绍说这是他亲家介绍来的朋友，让他看看一件藏品。前文说过，我暂且将他称其为C先生，内蒙古地产老板。

C从包里取出一只在我看来光泽艳丽、十分好看的葫芦形瓷瓶，高30厘米左右，放在茶几上让翟健民看货物真假。

翟健民上手了，只见他用左手拿起那个瓶子，左右旋转仔细端详，放稳后，问C：“什么时候收的？”行话，收就是“买”或称“弄到”之意，当然还包括了诸多其他行为，反正将翟健民的话“翻译”成普通人之间说的话就是“什么时候你把这东西弄到自己手里的”。

C说：“十年前。”

十年时间可不算短了。

“当时出了多少价？”翟健民不动声色。

我和C感到心一下被吊了起来。

“18万。”C说。

十年前18万元不算是小数了！我心想：这回C先生发大财了，这么好的彩瓷——其实我根本不懂，只觉得它是彩色，与青花瓷不同，甚至我这样的外行觉得完全比那种一体青色的青花瓷漂亮很多。

“听你口音不像是北方人？你是做啥工作的？”我忍不住插话了。

C笑笑：“我是浙江人，很早到北方做生意，后来跟着做房地产了……”

“难怪，是大老板。”我说。

“不算，帮朋友做事，小老板。”C比较谦虚。

“当时的来路？”翟健民问。

“当时是从拍卖场拍回来的。”C回答。

十年前从拍卖行拍得的东西，肯定是真的。十年前18万的古董，现在可不知成什么价了！我心头激动万分，比C先生激动十倍。

“跟您亲家是好朋友，说翟先生到北京了，我就赶紧搭飞机过来。这不，刚下飞机就直奔这儿来。”C说，还用眼色对我表示感谢。

“假的。”翟健民的嘴里突然蹦出两个字，让我和C先生大吃一惊。

怎么可能嘛！这回我不敢随便插嘴了，倒是因为听说是“假货”，所以忍不住“上手”左看右看那个彩瓶……

“真的是假的？”我认真的问翟健民。

他点头。“假的，我第一眼就看出了！”他说得极其绝情，不留半点余地。

我回头看看C，怕他顶不住。不过我所料的情况没有出现，C显然是个有钱人，当一心想从翟健民处获得一颗“定心丸”的结果适得其反时，表现了平静的表情。

“您翟哥说假的就肯定是假的了。”C 看来真的很相信和崇拜翟健民。

“他是行内的大佬、权威。要不，我专程从内蒙古大老远赶来找他鉴定啥！”C 冲我说。

“你哪儿看出这是假的？万一是真的怎么办？”我有些为 C 可惜，所以回头很外行地问翟健民。

“你们看……”这显然也是翟健民想告诉 C 的，因为毕竟是亲家介绍来的，一定要让人家心服口服。“先说这个写在半腰处的款，落款是明宣德的，明宣德是不可能有这种造型的器皿，更不可能把款写在半腰处；其二，当时也没有过这种彩的；其三，画工完全属于低档次的；其四，胎釉也极其粗糙。凭这几点，此物必假无疑！”翟健民说得斩钉截铁，毫无余地。

我和 C 默然。翟健民普及性的指点足可以令我和 C 这样的外行在几分钟内明白了啥是真、啥是假。接下来的事很现实——我很为 C 担忧：“现在怎么办？有人要你这东西吗？”

C 说：“就是因为有人要，所以我才来让翟大师看个究竟。如果是真的，现在值多少钱……我放了它十年，赚不赚钱再说，至少弄个明白。”

“是谁要你的货？赶紧出手吧！”我给 C 出馊主意，“反正古玩场上，真真假假是常事，趁有人要，你就赶紧出手吧。”

翟健民在一旁听我的话后直笑。显然在他这样的人心目中，是绝不能把假货出手。“这是我给自己定的铁律，除非失眼。”他曾经这样坚定地对我说过。失眼就是看走了眼。

“上海一个朋友介绍来的人要买我这货。而且还出价到六百万。”C 说。

“天，赶紧出手吧！”我一听就蹦了起来，对翟健民说，“翟帅，你这回就当作没见过这瓶，让我们这位老兄出手了再说。”

翟健民仍在一旁笑，不说话。

C 也不说话。他内心肯定特别纠结，一方面他很相信翟，另一方面觉得藏了十年的“宝贝”，就被“大佬”翟健民轻飘飘一句话给否了，心里总不是滋味。“倒不是钱的问题。好像突然发现自己辛辛苦苦抚养大的孩子，一经DNA检查，说原来不是自己的亲儿子，就这感觉！”C终于说了实话。

我完全相信。反正我不是行里人，说话无关紧要，于是当着翟健民的面对C说：“你就赶紧再跟上海那边的人联系看看，问问他们还要不要了……”

C看看翟健民。翟不说话。

“马上联系一下。”这回我成了“幕后黑手”，催C道。

C又看了一眼翟健民后，当场拿起手机拨号：“喂，我是内蒙古的C某呀。那天我们说的那个瓶你们怎么决定的？还要！那——你们怎么安排的？过几天你们到我这边来看货？！行吧，等你们来了看完货我们再说吧！再见。”

C放下手机。他跟对方打的电话，我和翟健民全听得清清楚楚。

“太好了！趁他们不知，你就赶紧六百万……我看五百万、四百万都可以出手！越快越好！翟兄，你看如何？”

翟健民看了看C，问他：“你是想听我的话，还是……”

“听你的。”C说。

翟健民开口了，说得很严肃：“这东西你既然让我看过了，而且我也拿自己的头向你保证瓶子是假的，所以要我说，我是不会同意你再卖的……我的意见仅供你参考，主意你自己拿。”

C很真诚地：“我听您的。”

故事应该到这时结束了。但过了十来天，我突然接到了C的一个电话，手机那头的他非常兴奋地对我说：“何先生，你知道我的那件宝贝现在情况怎么样吗？”

“怎么样？上海人还要吗？”这是我与C事先约好的，希望他无论如何将我们分手后的“故事”讲给我听。现在他来电话了，我的情绪一下兴奋起来。

“要。他们专程来了三个人，你知道什么结果吗？”C卖关子似的反问我。

“怎么样呢？”

“他们亲眼看了瓶后，说是真的，而且又加了二百万要拿走……”

天哪！怎么会是这样？我简直被收藏界的乱象弄糊涂了，到底是翟健民的眼力出现了问题，还是中国古玩界的人太无知了？总之头脑有些空白。

过后想想，前者不太可能，凭翟健民的水平绝对不会出现如此完全不同的结论呀！“如果说那件东西是真的，我翟健民就退出这行当，回香港刷盘子去。我敢这样打赌！”再次与翟健民见面时，我把C的事跟他一说，翟两眼瞪圆了跟我发誓。现在只有一种可能，要不想买C先生宝贝的人太没有水平，要不这帮人就是以假当真，浑水摸鱼，想赚大钱。

“甭说，肯定是你猜测的后者。在中国古玩这行当里，现在这样的事太多太盛，甚至你何兄不知道，专门有一批号称‘××帮’在兴风作浪，他们都是些不懂装懂的家伙，明明知道市场上多数东西是假的，他们这帮人编也要编出活灵活现的故事说它是真的，哄得藏友们疯一样地抬价抢这样的东西，甚至有人倾其所能，几百万、几千万的往这些假货上砸！”翟健民慷慨激昂地一通高论。

“这不是害人吗？怎么会是这个样呢？”我顿感气愤和不可思议。

“就是这个样。”翟健民的神情严峻，脸上没了一丝笑容，“我这些年为啥坚持要往内地跑了一趟又一趟，就是实在看不惯这帮古玩和收藏界的败类，把好端端的中国市场弄成一潭肮脏水，也实在看不惯许多无知的业余藏民大把大把地将钱扔在水里，所以经常出来说些真话。”又是一个令我感叹的“原来如此”！

翟健民啊翟健民，我一定要为你伸张正义，为你树碑立传！因为今天的中国，真的假的混杂在一起的事太多太多，也实在太扰乱和影响中国的形象，拉低了中国人的素质。再不有人出来说点真话，做点真事，认识点真正好的东西的话，这个民族还有希望吗？崛起的中国能真正让全世界瞧得起咱？

真假之间，是翟健民一生艰辛跋涉的历程，也可以认为它是中国自己民族发展的试金石，当然它更是中国和世界在博弈中成败与否的分水岭……

翟健民并非奇人。但他与自己的品行，走着一条险路，绝对的险路。由此，许多西方同行爱称翟健民是“China”。他们认为他不仅是中国人，而且在行里做事，就像中国古老的瓷器一样，既美丽、珍贵而又易碎……而我对翟健民全面了解之后，才明白一件事：原来他的基因本色就是——China。

他因此无论如何也不可能离得开中国。不管那些恨他、爱他的人如何对待他，也根本无法改变他的人生轨迹。

其实，今天的中国更需要翟健民这样的人。不然我们的民族骨子里是不是缺失的东西更多了？

第一章 1974年发生的大事与小事

世界上多数人认为，一个人的命是“天”造的，比如基督教说的“上帝”。中国人多不相信上帝，但相信“老天爷”，其实差不多是一回事。但我认为，一个人的命运，多数时候是“逼”出来的。翟健民基本同意我的观点，因为我们是同龄人，所以观点比较容易一致。

生活在中国内地的我，认为自己真正懂事是40年前的1974年，因为这一年我正好高中毕业。翟健民惊喜道：“要说我正式进入古董行业，也正是这一年。”

40年前，中国的一名少年对自己的命运一无所知。那个时候，我觉得走出校门，命运就断了——大学门关着，读书已尽头，唯有跟着比自己年岁大的哥哥姐姐们去农村干农活儿。记得那个夏天，江南的室外气温高达41℃，水稻田地的水温高得脚踩进去跟滚汤似的。我就在这样的稻田里插秧，在玉米地里拔秆，望着火焰一般的太阳和被晒裂的田埂，我猜想自己很快会死去……好在后来我穿上军装去当兵了。

这是当时一个中国少年的命运。

然而把这样一个少年的境遇放在全中国、全世界来看，又实在微不足道。1974年的中国正在继续“批林批孔”中。但1974年，在中国西部黄土高原上的一个农民的发现，让中国在这一年震惊了世界，那就是秦始皇兵马俑的出土。

40年前的中国人并不知道自己在世界上的影响力。那个时候，世界对中国的了解少之又少，甚至连中国在哪里都不知道。许多欧洲人比如一些德国人，他们对中国的概念，除了北京以外，就只知道景德镇，因为景德镇在西方名气很大，因为它代表了“china”（瓷器）。瓷器二字在英文里跟China（中国）字母一模一样，只是“c”一个是大写，一个是小写。所以很多外国人先是认识“china”，才开始知道有中国这么个国家的。40年前，多数外国人对中国的理解和了解就基本上基于对“china”的理解和了解。从一个方面可以这样认为：中国古瓷器的魅力对西方世界实在太重要、太了不起了！

一百七八十年前的法国，有个住在巴黎市沃热广场六号的著名作家，他酷爱中国瓷器，曾通过各种途径48次购买中国瓷器，是法国上流社会里东方艺术的“超级纷丝”。为此他还在家里专门精心布置了一间“中国客厅”，放满了中国瓷器来献给他的爱妻。他的妻子为此在1863年8月6日在给自己的丈夫的一封信中说：“我要感谢你我亲爱的丈夫。你为我布置如此美妙的房间，不仅使每个参观者都喜欢，而且将成为一座神殿那样值得尊敬。你的创意跨越了艺术，给每处以特别的感情……这就是说，我必须再次回首，为这浓郁的中国风格、抒情诗一般的屋宇，表达我所有的崇敬。”

这位法国女人的丈夫便是赫赫有名的伟大作家雨果。

雨果是小说家，他一直把自己最伟大的小说《巴黎圣母院》和《悲惨世界》等手稿放在“中国客厅”，与那些东方来的精美瓷品放在一起。有一天他的一位女仆不小心打碎了一只中国花瓶，雨果心疼极了，竟然特意写了一首题为《跌碎的花瓶》的诗。诗文中这样感叹：“老天哪！整个‘中国’在地上跌得粉碎！”

作家太爱中国瓷器了，他一生的文学作品基本上都是小说，但却为中国瓷器写过不少诗篇，其中一首叫作《中国花瓶——赠送给中国小姑娘易杭彩》，他将来自景德镇的青花瓶比作自己心爱的美丽少女：

你，来自茶国的小妹，
做的梦又奇又美；
天上有座大城崔巍，
中国是天城的城郊。

姑娘，我们巴黎昏暗，
你在寻找，天真烂漫，

寻找金碧辉煌的花园，
以及孔雀开屏的奇妙；
你笑看我们的天顶。
有小矮人高高兴兴，
对着你瓷白色眼睛，
把纯洁的兰花轻描。

今天的中国人尤其是文化人特别崇拜欧洲文艺复兴时期的伟大作品。其实，从17世纪到19世纪期间的二三百年时间里，欧洲在文艺复兴时期的伟大艺术家和思想家，都或多或少地受到了中国文化的影响，甚至像黑格尔这样的大哲学家都受此影响。黑格尔这位哲学大师曾借用古希腊人讲的一句“整个欧洲人的精神家园”来形容当时欧洲人对中国文化的崇拜之情与影响力。难怪1960年获诺贝尔文学奖的法国作家、著名外交家圣琼·佩斯先生说过这样的话：“如果没有到过远东，就不能说是受过完整的人类文明的熏陶。”

1974年秦始皇兵马俑的发现，改变了西方人对中国的认识。从那时开始，许多外国人才知道中国除了“景德镇”外，还有一个“西安”。

外国人自然还不明白，其实那些几千年前就被中国人绘制得活灵活现的陶俑人，即ceramic，其实与china是同血缘的中华民族文化瑰宝。

关于1974年中国发现秦始皇兵马俑这件震惊世界的大事，翟健民没有跟我讲他在当时的所知与所感。但我知道当时他在香港，所以我曾想象，他与我是同龄的人，其命运自然一定比我们这些内地的孩子要好得多吧？可后来从翟健民的口中得知，其实40年前许多香港人也绝非都是有钱人，资本主义社会只对资本家恩赐，普通百姓其实也很辛苦，甚至根本就不如社会主义制度下的内地百姓。翟健民则是一个生活在这个资本主义制度下最底层家庭的香港苦孩子。

这一年他在师傅黄应豪的古董店里做学徒。开始时，翟健民摸着那些脏兮兮、泥乎乎的瓶瓶罐罐，只当像之前给人家刷盘子洗碗一回事，但后来师傅对他说：“民仔啊，你可别小看这些瓶瓶罐罐，它们可有来头，它们可让外国皇帝都为其发过疯哩！”

“真的？”翟健民睁大了眼珠。

“那当然。我给你讲个故事……”师傅黄应豪开始给徒弟摆“龙门阵”。说是300多年前，有个被欧洲人称为“强力王”的萨克森王兼波兰皇帝奥古斯特二世，对中国的瓷器爱得疯狂，他一生除了战争，就是收藏东方瓷器。1717年，他与普鲁士帝国开战，最后因为喜欢对方威廉一世皇帝的127件瓷器，决意用自己全副武装的600名萨克森骑兵交换这批精美的中国瓷器，两国也因此停火言和。据说这批中国瓷器在当时的价值达德国旧银币27000塔勒，可建数个城堡。奥古斯特二世为收藏这批中国瓷器，费尽心思，特别购置了一个陆军元帅的官邸，扩建成一个取名为“日要宫”的宫殿式收藏馆，以供使用。然而这还不能让奥古斯特二世皇帝满足，他不顾争夺王位的军事开支，专门拨款400万马克，令年轻的炼金师伯特格尔举全国之力，进行效制中国瓷器的研究开发工程，并在1709年成功研制出欧洲历史上最早的瓷器，从此打破了东方瓷器独统天下的霸主地位。但无论如何，中国的瓷器仍然遥遥领先于世界。后来英国之所以于1840年发动“鸦片战争”，其主要目的之一，就是想进入中国市场，用鸦片换取美丽的中国瓷器以及茶叶、丝绸等物品……

“民仔，给满上水。我给你讲讲这些东西的名称吧！”师傅端起茶杯，将壶提给翟健民。徒弟眼明手快，给师傅沏满茶壶，双臂支颐，静静地听着。“这只叫清代雍正斗彩花卉碗，就是清朝雍正皇帝时的官窑烧出来的瓷碗，好东西！”

“官窑是啥概念？”翟健民好奇地问。

“官窑就是朝廷或官府创办的陶瓷窑。”师傅说。

“那民窑是不是就是老百姓自己办的窑？”

“是。民窑顾名思义就是民间百姓办的窑。”

“两者有很大差异？”

“有。但非绝对。一般来说，官窑都是朝廷或皇宫里定制的东西，在制作目的、样式设计、原料选择、工艺标准、成品筛选，甚至还有法则条例上都有讲究，民窑相对就没有那么多规矩，以日用为主。但是官窑跟民间之间又相互联系、促进，几乎各个朝代都出现过“官达民烧”的情况。官窑瓷器一般不流传到宫廷外面，而民窑则相反，哪儿需要就走到哪儿，甚至还大量到了海外，为中国瓷器产生世界影响起了重要作用。当然，国外有钱人收藏中国瓷器后，又回过头来向中国定制瓷器，质量和要求也十分讲究。随着洋人不断索购精美的中国瓷器，中国朝廷也开始把官窑生产出来的瓷器精品馈赠于外国皇帝、政要，更让中国瓷器誉满天下。”

“难怪英文里的中国与陶瓷——china 相同嘛！”翟健民感叹道。

其实，关于“China”为什么就是中国，本身就是一则中国瓷器在世界文明史中产生重大影响的美妙传说。说它为“传说”，是因为最初的西方人对中国的了解尤其是对中国瓷器的了解确实很有兴趣。还有一点让所谓的“文明世界”的欧洲人感到自卑的是，在他们还在用手抓食物时，我们中国普通人都已经在餐桌上普遍使用那些精美的瓷具了，至于喝茶用的茶杯更不用说，要多美就有多美。难怪 13 世纪末欧洲探险家马可·波罗到中国后大为吃惊道：“中国的文明与发达程度早在欧洲各国之先几百年了！”

欧洲人最早认识瓷器应该是 16 世纪初（1514 年，明正德九年），一个名叫科尔沙利的葡萄牙航海家来了一趟广东沿海，认识了中国瓷，他在次年 1 月 6 日写给意大利佛罗伦萨朋友的信中说，广州是他所到过的世界上最富裕的地方，“坚固雄伟的城墙，宽阔的街道，珠江上来往如梭的无数帆船，繁华的商业市场以及经营瓷器、丝绸的商店，令人目不暇接……”尽管那个时候，科尔沙利他们还不能名正言顺地上岸，但也能偷偷地获得一些叫他们爱不释手的瓷器和中国茶叶。葡萄牙商人更有耐心和韧劲，经过 30 多年的艰苦争取，到了 1553 年，他们总算有了机会上岸亲自与中国商人进行交易，于是瓷器和丝绸便正式成了他们进货的物品。葡萄牙人立足在广州和香港旁的澳门，之后的 10 来年里，有 10000 多名葡萄牙商人定居在此，成为欧洲最早的一批做中国瓷器生意的发财者。这个时候，葡萄牙的另一位名叫克罗兹的传教士来到了广州，此人是个有心计的文化人，中国的繁荣市场和精美的瓷品深深地影响了他，于是克罗兹在三年后的 1569 年在里斯本出版了一本由他写的书，详尽地介绍了中国广州的城市状况尤其是中国瓷的绝伦之美，此书很快风靡欧洲各国。传教士优美的文字把中国瓷描绘得神乎其神，美不可言，令欧洲人无比神往。事实上就连克罗兹自已都还没有弄明白那么精美绝伦的瓷器到底是如何制成的。有人猜测中国瓷可能是牡蛎的贝壳，更有人猜测它是由石膏、鸡蛋白和在地下埋藏达百年之久的贝壳这几种材料制作的合成品。这些奇怪的猜测源于克罗兹对中国瓷的描述：

中国瓷器是由洁白而柔软的岩石，或是坚硬的黏土制成的。它们经过连续不断的捶打和碾磨后，倒在非常清澈的蓄水池中，然后在水中搅拌。停留在最上层的奶油状瓷土，用来制作最优良的瓷器；沉下的粗糙渣滓用来制作一般粗劣的产品，那是中国贫困人民所使用的。工匠们用瓷土制造瓷胎，瓷胎的烘干则完全依靠老天，是在室外晾干的……

摘自《论广州与海上丝绸之路》
中山大学出版社 1993 年版

克罗兹先生出这本书的时候，正值发源于意大利的文艺复兴——科学与艺术革命的运动高潮之时，这场伟大的革命以意大利的威尼斯为中心，克罗兹的这本介绍中国的小书则一下让里斯本替代了威尼斯的地位。因为中国瓷的出现，搅乱了欧洲人的审美倾向与价值观，有品位的欧洲人立即从中国瓷器中的东方艺术和文化中感受到了欧洲文明的落后与不足，尤其是科学技术与艺术思想的距离实在无法与中国相比。那个时候，欧洲人崇拜和神往中国瓷艺的心态，其实远比我们现在一些中国人崇洋媚外要严重得多。

请告诉我现在的葡萄牙售货亭，
至少我们会看到一些新奇的事物，
所有的财富都来自中国，
完美的瓷器是如此值得称赞和夸耀……

拿笔的诗人们乐此不疲地写下一首首有关中国瓷器的诗篇。这样的诗句，后来被皇宫里的女人和多情的皇子们相传唱和，于是整个欧洲上流社会都陷入了“中国瓷”的乐陶之中。尤其是“珍珠白沁就烟雨，孔雀蓝映著月光”的青花瓷，更因如“朦胧了琴弦上一缕檀香”而以其清新独特之美——东方艺术的美色征服了正处于文艺复兴时代初期的欧洲诸国。青花瓷以高贵、素雅的东方绝伦之美，给了浪漫的欧洲人以无限的遐想——它如夜之温馨，如月之皎洁，如莲之清纯，如花之艳丽；是色之清辉，是颜之美妙；又如梅之高雅，又如兰之醇香；是龙之舞动，是凤之冷艳；又如光之莹丽，又如彩之奇丽；可同流水之溢彩，好比巧夺之天工；是光之闪耀，是水之光离，是珠之璀璨，是雾之烟霭；如竹之光洁，如玉之透明；如白之古香，如香之清醇；如东方辉之冷月，又如西洋媚之晨光……总之世界上所有最美艳华丽的语言都可以用来形容中国瓷。而正是中国瓷带给当时的欧洲文化和上流社会生活的影响，激起了几个西方发达航海国家大举入侵中国的贪欲。

后来居上的荷兰迅速崛起，并驶出一艘艘帆船航向中国，运回比葡萄牙商人更多的中国瓷。荷兰商人的航船，如一只只巨鲸，贪婪地扑向中国海岸，将中国明朝的青花瓷等极品瓷器运回欧洲本土，供王侯显贵和富豪们享用玩赏。于是，瑞典、意大利、奥地利、匈牙利、葡萄牙、德国、法国、波兰等皇宫内和上流社会的显贵家中，纷纷以有一个摆放中国瓷器的“中国厅”为荣耀。

到1840年，英国人用炮弹和鸦片攻破中国军队的防线后，大不列颠王国成了抢购中国瓷的主要欧洲列强国。这之后中国瓷器极品则成为西方强盗们随意“拿”的物件……

世界收藏和古玩史是欧洲人开创的，在16世纪初便有了。而中国瓷的出现，在一定程度上催生了西方古玩和收藏热的开端。

翟健民最初进入古玩业，听师傅讲得最多的也是洋人们如何到中国收购与掠夺中国瓷器的故事。然而毕竟香港人也是中国人，在少年翟健民的脑子里同样也装满了我们中国自己的故事——

早在青铜器时代，奴隶主和贵族就已经把收藏贵重的工艺品视作与国家存亡同等的大事而论。那时的收藏器主要以鼎为首，鼎是倾国之绝品。《左传・宣公三年》记载："昔夏之方有德也，远方图物，贡金九牧，铸鼎象物，百物而为之备，使民知神、奸。"《墨子・耕柱篇》曰："九鼎既成，迁于三国，夏后氏失之，殷人受之；殷人失之，周人受之。"这是说，夏朝大禹传九州，州牧献铜铸九鼎象征九州。从此九鼎成了夏、商、周三代传国重器。夏亡后九鼎迁于商，商亡后鼎又迁于周，周成王正式将鼎迁至今河南洛阳，史称定鼎。公元前606年，"春秋五霸"之一的楚庄王率兵讨伐陆浑之戎，路过洛阳，摆开阵势对周天子宣示武力。周定王派王孙满前去慰问，楚庄王虎视眈眈，询问九鼎大小轻重，大有取而代之的意图。王孙满答：治理国家在于德行而不在鼎之大小轻重。从前夏朝政治贤明，贡金九牧，铸鼎象物，使百姓能辨明神奸，夏桀无德使鼎迁于商，商纣暴虐使鼎又归于周朝。王孙满进而指出："周德虽衰，天命未改，鼎之轻重，未可问也。"楚庄王听后，十分尴尬，又深感愧意，最后率师而返。几千年前的中国古代，以收藏一鼎而稳定天下，足见中国历代对罕奇贵器之看重。

在近代民间，更不在话下。我们人人皆知的徐悲鸿大师，不仅是位著名画家，同时也是个高端收藏家。他生前曾不惜重金收购古董和名画，其中有幅《八十七神仙卷》，徐悲鸿曾得而失，失而复得。抗日战争期间，徐悲鸿在香港办个人画展，与一外籍人士马丁・路德・金夫人相识。马丁・路德・金夫人十分喜爱中国画，特慕名邀请徐悲鸿欣赏她的收藏品。那足足四大箱名画，令徐悲鸿大开眼界，尤其被一幅《八十七神仙卷》所吸引。当时的徐悲鸿甚至有些失态地全身激动得发抖，因为画上的八十七位神仙列队行进，诸神仙各有动人风采，个个神态优美，栩栩如生，活灵活现。徐悲鸿知是一件千年难得的国宝，他决意不让这样的国宝落在洋人手中而流落异国他乡，于是便当场要买下此画。哪知马丁・路德・金夫人是位古玩场上的高手，虽碧眼金发，却是个中国通，见大师徐悲鸿如此求画心切，便开了个令买主吃惊的价码。徐悲鸿一听尽管皱了皱眉，但还是答应了。可当时他身边只有1万元现金，余款如何办？徐悲鸿便提出以自己的七幅画补偿，马丁・路德・金夫人一听，心头窃喜，因为当年徐悲鸿的画已值几万、几十万之价。马丁·路德·金夫人便答应这桩交易。徐悲鸿得此《八十七神仙卷》后，兴奋得日不思食、夜不能眠，除了请名师将画重新装裱，还亲自写了题跋，并特别刻了一方“悲鸿生命”印章，郑重地盖在了画上，以表爱此画胜过自己的性命。可怎知在抗日战争的纷乱年代，这幅万金难求的珍贵收藏画早已被盗贼瞄准。日军飞机轰炸南京时，有人趁乱下手窃之。徐悲鸿为此悲愤交加，大病一场，即使在大病期间，他仍到处打探，希望有一天此物能物归原主。老天不负有心人，一年之后，他的学生在成都发现此画，徐悲鸿大喜，立即寄出 20 万元，想赎回此画。哪知对方并不买账，坚持与徐悲鸿讨价还价，并指定要用他自己的画来赎回原物，最后徐悲鸿只得又加了十多幅自己的画才算物归原主。遗憾的是画上的题跋和“悲鸿生命”印章被做贼心虚的小人挖去。1948 年，徐悲鸿重新装裱此画，又请张大千先生和谢稚柳两位大师题跋。徐悲鸿为一幅画的收藏，可谓“衣带渐宽终不悔”，表现出了一位收藏家锲而不舍的追求精神。假如用现代人的眼光看，徐悲鸿收藏的这幅画的珍贵和他所付出的代价，能值多少金钱？一个亿？十个亿？恐怕都不为高。因为它是徐悲鸿用自己近二十幅画作和一场几乎要了他命的大病为代价换来的啊！

瓷到底为何物？开始入道时的翟健民其实对它并不了解，只知道它是可以换成钱和养家糊口之物，跟猪肉、鸡肉没什么两样。但后来变了，彻底地变了。师傅和同行们口中传出的一个个有关瓷和古董收藏的故事，翟健民听多了，慢慢品出这玩意儿还有着深不可测和无与伦比的文化与诗意哩！

“形而上者谓之道，形而下者谓之器。”此话出自《易经》，意思是说，对一件东西的理解称其为物的话，仅仅是个简单的形而下之意识，故称东西为器物；而精美的器物其实更有一层对人思想、意识、品德、审美的影响意义，那便是形而上，即道。中国瓷器就是这样的一种器、道兼具之品，除它有光洁如玉的物质形体外，还“以一种隽永的诗性方式，将中国文化的精髓与气韵，深深地浸染到中国人的举手投足、一颦一笑中来，让个体的生命，在悲苦多于欢乐的人生中尽可能地沐浴愉悦；让整体的命运在变幻不定的世界上表现凛然的气质和坚定的存在感”（著名学者胡平语）。

“其实何止如此，”现在的翟健民曾对我说过这样的话，“瓷对我来说，是命，是生命中最激活我情感和力量的源泉！为它活着，为它奔忙，你会不觉啥是累，啥是苦，而且永远有新鲜感和无尽头的企盼。”

然而年少时的翟健民在玩古董时，却绝对没有半点诗意。那时，像他这样生活在底层的苦孩子，想在香港生活得下去，没有英语的基本功夫，就好比哑巴盲人，更不用说做生意。偏偏 16 岁时的翟健民英文水平差得不能再差，还不如一个五六岁的本地出生的香港孩子。

16 岁的“香港仔”怎么会不懂最基本的英语呢？这得向读者交代一下这位当今世界古董收藏大佬的身世和少时的经历。

翟健民出生在中国澳门。但是，翟氏并非中国澳门土著人，翟健民的父亲翟玉树和母亲于雅珍都是山东人，在兵荒马乱的年代逃到澳门。在澳门安顿下来之后，翟玉树凭着吃苦耐劳的精神和豪爽侠义的为人，渐渐地在澳门闯出一番天地，后来开了一家叫“北平”的商店，一家人过上了安逸富足的生活。

从内地逃到澳门的翟氏一家，尤其是与我同龄的翟健民，其童年时代的命运竟然与我们没什么差别：甜苦交加，跌宕莫测。唯一区别是，我们的童年是在“大跃进”和啃树皮的三年自然灾害中度过，翟健民则因为当时家境富裕，又生活在资本主义社会的澳门，每天吃得饱饱的，又穿着白衬衫、小皮靴，头发理得光顺地去教会学校上课，而我们只能饿着肚子、拖着破棉鞋去学校背书抄字。从照片上可以看出，当年的翟健民在家里完全是个阔少爷、贵公子——三个花一样的姐姐，宠着他、护着他、爱着他。而从 1965 年他 9 岁时穿着小西装与父母的合影照片上，可以看出当时的翟健民一家的景况：和美、幸福、富足、有教养。

这张照片对翟健民来说，是命运的分界线。

1966 年，翟健民与我都是 10 岁，我不曾想到这位远在澳门的同龄人怎么可能也经历了“文革”的冲击，从而彻底改变了一生的命运……

记得那年的一天夜里，突然有一群举着“造反有理”“打倒走资派”纸旗的人围住我家，后来进行了近一个小时的翻箱倒柜，临走时重重地将我家的大门用纸条交叉着封上了。这一夜，我一直躲在一个暗处，浑身吓得发颤，但眼睛里却充满了愤怒，因为带头到我家抄家贴封条的竟是我熟悉的人——我父亲介绍入党后又当了干部的邻居“阿伯”。

翟健民这时在澳门。澳门是葡萄牙殖民地，怎会也有“文革”？以前不知，听翟健民讲后才明白“北京患感冒，澳门打喷嚏”这句话的道理。

澳门小，不像香港自1840年后基本听英国人的话，葡萄牙政府管理这块弹丸之地虽并非难事，但澳门人多数与内地有千丝万缕的关系，所以内地一有风吹草动，那边的人便会跟风拔草。1966年，北京天安门广场上隔几天就有一场红卫兵声势浩大的活动，远在南边的澳门就会跟着刮一阵“文革”台风。这年12月3日，澳门的一场“政治台风”差点把澳督政府推翻，最后的结果是，当局警方向“造反派”开枪镇压，造成严重伤亡，有名的“一二·三事件”指的就是这件事。

别看翟健民的父亲是山东人，平时有股天不怕地不怕的豪气，但他对政治风暴极为担忧，“看来澳门也待不住了，我们到香港去吧！”此时已年过半百的翟玉树，实在不想让自己好端端的一家七口（最小的儿子还在襁褓之中）困于四面是海的弹丸之地。于是，毅然决定举家迁往香港。

翟健民的父亲以为香港能稳定些，哪知香港受内地的影响也不小。“澳门暴动”没多久，“香港暴动”闹得更厉害，最后成了一场震惊中外的“打砸抢”惨剧，近千百人伤亡，无数港民开始往加拿大、英国等国迁移。日子总得要过，待暴动稍平息后，翟玉树回到澳门，将在那边的所有财产和货物变卖换了现金带到香港，从此他一家人定居香港。

翟玉树同时带回香港的还有十几个大大小小的箱子，这些箱子里的东西，也使幼年的翟健民第一次接触和认识了瓷器古董为何物。

翟氏一家大大小小七口人在安顿之后，没有想到在香港生活并不容易。当时社会动荡带来的人心惶惶，加之本来就人生地不熟，父亲翟玉树在几经奔波和劳累之后，不幸病倒了。当时，父亲是家里的顶梁柱，他一病不起，除了家里的经济来源断了之外，还要动用积蓄四处看病医治，长此以往，家里的积蓄花光了。

于是，母亲开始变卖自己的金银首饰，却还是不够给父亲看病的费用。每每在这个时候，翟健民看到母亲暗暗抹泪，然后打开父亲从澳门带回的那些箱子，从里面取出一两件瓶瓶罐罐，出门而去。过几小时后，母亲回到家，从口袋里掏出钞票，让女儿到药店买药，同时又从草编袋里掏出一些最便宜的日用品和食品。

“从那个时候，我才知道，原来那些瓶瓶罐罐的古董可以换钱。这是我生命中第一次对古董和瓷器有了一个强烈的印象。应该说，那是生活所迫给我留下的深刻记忆。”几十年后，许多人在北京电视台的《天下收藏》节目里，听翟健民讲过这段颇为辛酸的回忆。

翟家的生活境况随着顶梁柱翟玉树的病情每况愈下且继续往冰点坠跌。翟健民的大姐退学，继而他的二姐、三姐也跟着退学。而此时，翟健民又发现母亲不再时不时地抱着瓶瓶罐罐出去换钱回来，父亲从澳门带回的所有箱子都已空了。

“老师，明天开始我就不来上学了……”一天，翟健民低着头对老师说。

“为什么？”老师非常吃惊，“学校已经很照顾你，为啥不上学了？”

“我知道……”翟健民欲言又止，他不想让学校和老师知道家庭的窘境，所以只说了“对不起”三个字，便逃也似的离开了学校。那一天，翟健民背着书包坐在街边，默默地流了不少眼泪……这是他幼小心灵第一次受到巨大打击。

“从小我在澳门长大，那个时候家里条件好得让人羡慕，我是家里的少爷，有两个佣人伺候我。到了香港就像掉进了冰窟窿里，家里的事先不去说，我自己在澳门是念的教会学校，那边是葡萄牙语，除了葡萄牙语我只会山东土话。转学到香港后，看到父亲病后姐姐们先后退学，我作为长子越想越觉得应该给家里长志气，可偏偏不行。论干活，我年岁还小，又从小娇生惯养。上学吧，因为我不懂英语，而香港学校都是英语上课，我一句都听不懂，每节课都像木头人似的坐在那里，学习成绩一塌糊涂。到了小学毕业的时候，同学们开开心心都去拍毕业照，我却因为英文成绩不及格，所以连毕业证书都拿不到。再看看家里的境况，更是巨大的心理打击。有一天心里憋，偷偷在家拿了父亲的一支雪茄烟，躲在一个地方吸起来。结果被母亲发现后，追着打我，母亲愤愤中不小心让雪茄烟头烫着了我的耳根，这块伤疤至今还留在我颈部……”翟健民给我看他的伤处，说：“那是我小时候受到刺激最深刻的一次。当时可以说是心境最悲惨的时候，小小年纪死的心都有。因为我懂事了，看到家里这个样，父亲病在床头，母亲整天忙着又照顾父亲，又要照看小弟弟，还得想着几个儿女嘴巴的问题，姐姐们不能上学，出去做苦力，我又念不好书，总之觉得一辈子完了，翟家全完了。当时就这么想。我退学也没有跟父母商量，自个儿退的，回到家又遭了一通打，是不是觉得没有什么活头了？”

“你为啥不想上学了？”母亲追问儿子。

“爸爸病了，我要去挣钱，挣钱养活你们！”翟健民抿着嘴说。

“你？你才多大！”母亲的嘴唇在抖动，心头阵阵痛楚。

“我是男人！我行的！”翟健民昂起头，对母亲说，“再说，我是家里的长子！”

在翟健民的心里，“长子”的概念强烈而坚定，就像一个牢不可破的不可颠覆的信仰一样，支撑着他少年时的全部精神世界。为了这个信仰和精神支撑，他以十四五岁的年龄走上了漫漫人生道路，一直走到今天。

在他最初的人生目标里，只有两个字——养家！

养家是翟健民的全部目的。退学后，在家里帮助母亲干了几天活后，翟健民就步入了他的打工生涯。先是在尖沙咀的一个姓纪的老板那儿干活，管事的是老板娘。这位近六十岁的福建老太太，早年毕业于上海圣约翰大学，英语特棒，翟健民在她那儿学到了比学校更好的实用英语。“这让我一辈子享用。”翟健民日后说。

生意场上，靠的是诚实和技高，这两点在这家抽丝店老板娘身上，翟健民学到了。所谓诚实，就是在对客户做买卖时，不能靠偷工减料、偷梁换柱、坑蒙拐骗，要一是一，二是二，虽然交易时会说些漂亮话、广告语，但归根到底还是靠你的信誉和货物质量，所以诚实是第一位的。技高是指业务能力、知识面和脑子的灵活程度等等，俗话说，技不压人，就是说技能和专业本领是没有止境的，本领是练就出来的。讲信誉、专业能力和知识又高的人才能成就大生意，这是翟健民在走向社会后学到的第一门课，也是最重要的一课。当然作为最底层的打工仔，他还学到了如何吃苦及精打细算的许多“窍门”——

翟健民的第一份工资是300港币。因为店里不包吃饭，所以他必须每天花七毛钱买盒饭，月底向母亲上交300元钱后，母亲每天在他出门时往他口袋里放上一块钱。“当时我想，我中午买一盒饭是七毛钱，母亲为啥给我一块钱？原来她给的另外三毛钱是我的交通费。但从我住的观塘到打工的抽纱店那儿，来回要三个来小时，每天坐公共汽车的车费不止三毛钱。怎么办？我想我必须再找一份工，于是就很快找了一份在长沙湾的饭店刷碗帮厨的活。这份活是晚上七点开始一直干到十一点，非常非常辛苦！”翟健民回忆儿时的经历，总会用这样的特别语气。“那是最底层的打工，那时我就像拼命三郎，每天在抽纱店一下班就脱下白衬衣和小西装，换上又脏又臭的工作服，直奔饭店。在那儿除了帮厨师切菜、端盆、递东西外，就是刷盘刷碗，每天总是满头大汗，但我学到了人生中特别重要的东西：一是勤奋劳动，二是吃苦耐劳，再就是忍气吞声。你想想，我当时才十四五岁，年龄最小，谁都可以欺负你，你又没办法反抗，所以有什么倒霉的事都会推到你的头上，你就得忍。但在那段时间里，我也交了不少朋友，是最底层的朋友，他们中有不少人还是很善良的。不过也有恶人，一些人品质不是特别好，好吃懒做，喜欢赌钱，输了就到我这儿借钱，我不肯，他们见我人小好欺。有一次一个家伙竟然借着酒醉要向我借钱，我当然不会同意，他哪知道我辛辛苦苦挣钱是为了给父亲看病用的，于是这家伙举着刀满厨房追打我……虽然没追上我，但真把我吓坏了。”

童年的辛酸会让人一辈子记忆犹新，而童年的辛劳与勤奋，也能让一辈子享用。这是我们那一代人的人生体会。翟健民能在后来出道后仍然保持平民的心态与勤奋精神，与少年时候的艰辛经历有着密切关系。“自古雄才多磨难，从来纨绔少伟男”，这话大概说的就是此理。

15岁的翟健民每月要为家里挣回400元港币，对当时的翟家和翟健民本人来说，都是件极为了不得的事。而翟健民从中最大的收获就是奠定了他人生最重要的几样东西：勤奋的精神和不耻低贱的品质，还有就是做事一定要讲求诚实与信誉。一个人能有上述三样东西，如果再遇上“贵人”，那么他或许就可成就大业。

翟健民恰恰都有了。他在抽纱店当差的学徒工期间，认识了一位让他一生念恩的“贵人”黄应豪，也就是引他走上古董行的师傅。

“天宝阁”是两个开大饭店的老板合伙开的一个古玩店，黄应豪被“天宝阁”聘请为总经理负责日常经营。店里除了黄应豪这个总经理之外，还有一个打杂的小妹。黄应豪凭借着自己对古董收藏的造诣，尤其在瓷器方面极高的鉴赏力，他所执掌的“天宝阁”生意越来越忙。就在这时，小仔哥翟健民出现在“天宝阁”的近邻抽纱店里。

“民仔，我要出去一下，你帮我招呼一下客人啊！”就这样，黄应豪一有跑外的事，就喊一声一旁看店的打工仔翟健民，似乎渐渐成了一种习惯和默契。

“行，阿豪，你只管去吧！”翟健民清脆地答应人家。当时黄应豪三十八、九岁，翟健民十五岁，两个半老不小的男人，就这样成了哥们儿，感情日增。当时黄应豪也没有成家，所以视聪明灵活又诚实的翟健民为小弟，两人常常不分你我地混在一起。翟健民帮黄应豪干活，尽的是义务，黄应豪给翟健民的是一份保护，十五岁的打工仔，独自一人早出晚归，难说有尴尬的事，但有了豪哥，翟健民感觉天底下没有怕的事了。豪哥偶尔也会悄悄塞给他十块钱：“去弄顿饱餐！”这个时候的翟健民感觉无比幸福，因为他自己从不敢花十块钱买吃的。

男人与男人之间在最初时建立起来的交情，可以换成一生的相互依附、相互信任和相互坚挺。翟健民同黄应豪就是这样。初涉社会世故的翟健民当时仅十四五岁，那个时候他父亲卧病在床，在外面如何做人、如何与人打交道，翟健民是一张白纸，谁跟他好、谁拿他当人看待，他就认谁为最亲、最可靠的朋友，黄应豪就是在这种情形下走到了他的身边、走入了他的人生，并且融入了他的心灵世界。这位年长翟健民 24 岁的生意人，也给足了这位少年初涉社会时最温暖的依靠和最笃诚的交情。对这样的人，在翟健民看来，除了父亲——甚至必要时连父亲都可以做某种“背叛”，然而与黄应豪则不可，必须“铁”到底——可为他而生，可为他而死，更不用说跟他一起去冲锋陷阵。

正是有了这样的一份内心的“义气”信念，一日，黄应豪找翟健民时，便出现了改变翟健民命运的一幕——

“民仔啊，今天中午我要请你吃饭，一定一定要来啊！”黄应豪在电话里对翟健民说。

“豪哥，啥事？”见面后，翟健民便问黄应豪。

黄应豪朝他笑笑，没说话，只把一张写着字的纸放到翟健民面前。

“民仔，这上面的字你看得懂，自己看吧！”黄应豪不动声色地说。

“是合同书呀！”翟健民一看，是黄应豪与远东大厦的业主签订的一份租赁合同，上面写着黄应豪要开一间古董店与其租赁使用房屋的契约。“豪哥自己要当老板了！恭喜恭喜！”翟健民好不高兴，是为朋友高兴。

黄应豪深情地看着翟健民，然后说：“民仔，你光说恭喜外，难道这事跟你没有啥关系？”

“跟我？”翟健民一时愣着看黄应豪。

“你豪哥我开店，假如你不来帮我，这店肯定开得没意思，所以今天请你吃饭，就是跟你说这事——你到我店里来吧！”

翟健民一听，脸上的表情又愣住了。“豪哥，这……”他不知如何回答豪哥的如此盛邀，脸上一副为难。

“民仔啊，我知道，你刚刚到了一个新的地方打工，人家对你也不错，你突然要离开肯定有些为难。但你现在算是个男人了，男人一辈子干啥？干事业，做大生意。怎么个干大事业、做大生意？那就得靠真本事、真本领。做事、做生意千千万，但我觉得你跟我做古董生意没错，一是这生意可以干出一番天地来，二则我有长处，懂些知识，又有人脉，你也接触过这个行当，加上你做事认真、讲信义，脑子又灵活，跟着我就可以多学多练本领，以后一定能成大器，所以我认定选你没错。你在人家那儿是当学徒，到我这儿不一样，虽说我年龄上讲可以当你师傅，但我们是先朋友后才是师徒关系，我们彼此之间心襟坦荡，没有疙里疙瘩，这层关系哪个能比得上？你自己想想我说的对不对？”黄应豪是有备而来，掏心窝子跟翟健民狠狠“灌”了一顿饭工夫。

这顿午饭到底吃了什么，翟健民至今仍然想不起来，但他记得在这顿饭桌上，他做出了一个让他一生都不能忘怀的重大决定：离开打工的店，跟黄应豪一起开店学做古董行当。

翟健民至今仍然感觉他在16岁时的这一人生抉择是“英明”的。

少年的他获得了精神上的第一次解放。这解放为他日后的人生和命运带来了巨大的财富，令他一生享用。

这是1974年的事。

1974年是翟健民真正走向独立人生之路的开端。

1974年距离我开始采访翟健民正好40年，40年前，一位少年开始了他在古董与收藏业上摸爬滚打的艰辛人生路。

40年前的中国内地，仍处在疯狂的“文革”时期，尤其是从1966年起的“批判封资修”到这一年的“批林批孔”运动。以古董和收藏为重要内容的传统文化，也在这一时期受到了史无前例的清扫与革除，那些曾经的专家、学者早已停止多年业务，远远地躲避在劳动改造的农场甚至被投入监狱，他们不可能去继续从事和研究文物与古董了。而这个时候，香港这个“自由世界”里的翟健民则乘着日本、英国和美国等西方国家的收藏热的浪潮，周游四海，并在其中纵情地吸收知识、学习经验。

而国内，多数古董行业的从业者都是在20世纪90年代改革开放后才开始进入这一行的，而那时候，翟健民已经在古董与收藏业闯荡了20年。由此，大家应该知道，其实在当代中国乃至世界，像翟健民这样具有40余年实战经验和丰富知识的古董与收藏行家，着实不多。

我当然更知道，翟健民特有的那些经历和成千上万次的生死交易，又使他像一个身经百战的元帅，其积累的经验和知识，及其炼就的一副金睛火眼，更非常人能比。然而这并不是翟健民的全部，他所拥有的是作为一个世界级古玩行家的心境与品德，这就是他的真性情、真本领、真德行和做人最宝贵的求真、蔑假的高贵心灵。

在充斥假货、假市、假价和假不为耻、做假如常、真假不分、真不如假的古玩世界里，翟健民依然傲首挺立，实属大不易也！

第二章　慧眼识金

古玩和收藏界的事对外行来说，永远是个谜，就像当代人根本无法理解两千多年前先圣鬼谷子为何能够成为通天彻地，兼政治、军事、八卦占卜、游学神学加修身学和外交学于一身之人，并与其弟子孙膑、庞涓、苏秦、张仪等人一起，构筑了至今仍未有人超越的先秦诸子百家的伟大思想大厦和中华文化之深渊而博大一样。

一只画有“鬼谷子下山图”的瓷罐能卖 2.3 亿元的价，你说值不值？大收藏家认为：非常值，而且还会升值。行外人却说：去，两亿多弄个破瓶烂罐，打死我十条命都不会稀罕那玩意儿！

值不值，天知道。

巧事。书写至此时，恰见报上盛传上海收藏家刘益谦先生手托一只手掌大小的明成化斗彩鸡缸杯的照片，人们好奇和那么多眼球被吸引的原因，就是他手里的那个小碗，刚刚从香港苏富比拍卖行那里花了 2.8 亿元港币拿回来的。

2.8 亿元港币是个什么概念？相当于人民币 2.5 亿元吧！区区一只小杯，就因为是古董，所以有了我们普通人无法想象的天价，这是什么道理？再听听收藏者刘益谦是如何解释的，他端着这只杯喝了一口水后说：“我其实就是想用这种方式来表达一下我当时的兴奋心情。这杯多有故事啊！我拿到手，擦也没擦，就随手往里面倒了点茶，把它喝光了。你想想，这杯距今 600 多年了，当年皇帝、妃子都应该拿它来用过，我无非是想吸一口仙气。”

一只皇宫里的杯，就因为有 600 年历史、被皇帝和妃子用过，所以就值 2.5 亿元？

在古董玩家和收藏者的眼里，确实值；在普通人眼里，打死一片人你也无法让他们相信能值这么多钱，因为大家就是连命凑到一块儿也不可能弄到这么多钱呀！再说，这么个小杯，就算是皇帝、妃子用过，就算有 600 年、1000 年，我不认它的话，它还能值几个钱？

这就是收藏家和古玩界的人与普通人之间的差异。有价和无价，值钱和不值钱，尽在一种感觉之中。收藏界的疯狂也就在此。翟健民玩的行当就是这么疯狂，而且现在比任何时候都疯狂。疯狂到什么程度？你只要打开电视机就可以看到，从央视到地方电视台节目，比如说北京电视台的财经频道，一到晚上，每天都在“玩”古董收藏，什么花样都有，只要你说得上的，真真假假且不说，节目的时段和播出频率就足以说明收藏热热到了什么程度！有人说，当今中国有两大热点——反腐与古玩，不是没有一点道理。反腐抓出一只只“老虎”，让许多人惊慌失措；玩古董，一件件稀世奇宝、一件件真真假假的“宝贝”天价亮出，令人时而心花怒放，时而心惊肉跳。这两年，央视的《寻宝》与《鉴宝》节目也有几个，据说收视率接近《星光大道》。

在前些年股票大跌的时候，百姓的收藏热甚至超过了股票投资。这难道不算过瘾？古玩古玩，玩的就是心跳。可问题是，许多古玩者是因想发财而玩此心跳，故而引出了当今中国古玩与收藏界的一片热闹和一片混乱。

翟健民的职业便在其中。他跟国内众多大收藏家都有密切关系，包括刘益谦先生。收藏家是整个古玩和收藏界的终点，也是起点：言其终点是因为一件古董出现在市面上或市场上，收藏家出钱将其收入囊中，这是他的终极目标；而很多时候，收藏家又是收藏品的起点，因为他会定期或不定期地将一些收藏品再度送入市场或市面上进行出售、交易，换成钱，或者干其他事情去了，或者再去收藏更有意思或更想得到的“宝贝”。

一件古董“宝贝”从它出世到落入收藏者手中，其过程，便是翟健民从事的主要职业，行里人称之为“经纪人”。但古董行当里的经纪人非一般意义上的经纪人，并且与许多行业里的经纪人很不一样，因为除了经纪人常规的共同点外，古董业经纪人必须还是寻宝人、识货人，许多时候还会是交易人。那些砸巨钱的收藏家可以不识货、不识价，但古玩经纪人必须识货、知价，而且古董经纪人不允许有任何失误，一旦失误，不但损失了钱财，更失去了最为宝贵的信用和名誉。古董经纪人一旦失去了信用和名誉，也就意味着他职业生涯的结束。然而，在今天的古玩界，正如我们前面多次讲过，玩假和确实假的东西太多，故而这个行当里的经纪人中浑水摸鱼者、鱼目混珠者不计其数，而且有的根本就是靠玩假、弄假、制假、造假，在糊弄收藏爱好者。成千上万的所谓收藏爱好者，也知这潭浑水中没几条鱼，但宁可倾家荡产也甘心情愿去蹚这潭浑水，以求一夜发财。今日中国古玩场上，如此鱼目混珠，真假难辨，原因之一就是假"识宝人"太多，假"专家"太多，俗称"江湖骗子"太多，故而处处乱象频生，众魔群怪兴风作浪。这就是今天中国古玩行业的景象，热闹又滑稽，像刘益谦这样的收藏"真大鳄"实属难得，想把自己装扮成刘益谦的"假土豪"却不少。

显然，翟健民欲想在这样的行业里清高自持且卓尔不群，谈何容易！不过，就像真理总是掌握在少数人手里一样，璞玉与卞和总是并存于世，且因其英华内敛与持正守真而尽显玉质之温润和人性之光芒。

但有一点，是行内人和行外人都感兴趣的：区区一只小杯、旧瓶破罐，怎么就成了几千万、几个亿的稀世奇宝和价值连城的宝贝呢？这实在是个谜。

一只"鬼谷子下山图"瓷罐、一只小小"鸡缸杯"，充其量也就是三五斤、三五两的瓷片，竟能卖出二三亿元？你看看刘益谦先生端起"鸡缸杯"喝水的姿态，那小小"鸡缸杯"握在掌中，不过如纸轻重。二三亿人民币就是换成金子，得多重啊！十双手也未必能将它托起，假如放在一个人的手掌之中，岂不是足足一座金山也！

这也就是古董行业的无限魅力所在。然而你可知，这样的金山银山是如何垒筑和生长出来的吗？

这定然是个谜，定然是个充满传奇和魔鬼般人生的谜。翟健民就是在这样的谜中一步步走来——而他本人也在这样的谜中练就一个谜样的世界级职业古玩行家。

跟了翟健民一段时间，有一天我顿然醒悟：原来他这样的人、他所在的行当中，会在别人不经意之时，竟然能在手掌里造出一座座金山、无数座银山。你不信？那我们以事实来说话，看看他是如何慧眼识金的吧。

有三件东西，在古玩界有名有姓，是一套清雍正款彩瓷，包括两只黄地粉彩六方形花觚和一只绿地粉彩香炉。不懂行的人估不出它们到底值多少钱，但在我看来，却不是什么稀罕之物。“文革”期间，我这个年龄的人，会经常从一些有钱人的家里或者哪个庙里搜出类似的玩意儿，当时我们充其量最多稀罕一阵就可能当作“四旧”扔到一边，或者被收旧货的小贩拉到收购旧货站去换上三五块钱了事。

翟健民第一次看到这三件东西，是“文革”结束后的1982年，在英国伦敦的佳士得拍卖行。这三样古董当时在这家世界著名的拍卖行展出时的标价是2000英镑，也就是几万人民币。此物被翟健民发现，当时在黄应豪手下当徒弟的他立即“下手”。

知道现在这三样东西价值多少钱了吗？

2009年，同类的一只花觚拍出了6000多万元人民币，这三样宝贝加在一起，就是1.5亿元人民币！

这套雍正粉彩瓷器从当年7000英镑的锤价到如今1.5亿元的市价，仍是同样的三件古董，在翟健民手中“转”了三十余年，升值千百万倍！

我们知道当年的石油大王洛克菲勒因开采石油而掌控了半个美国的国民经济，我们也知道世界首富比尔·盖茨因掌控了全球最大电脑核心技术，他的资产积聚至几千亿；中国当代最有钱的房地产商，他们的资产也都有几百亿……但这些巨富的本事再大，却也无法像翟健民那样，仅靠一双慧眼，就将几件古董从7000英镑、十几万元人民币，变成一千斤黄金！

稀罕？传奇？皆是，又皆不是。因为这对翟健民来说，实在太普通和平常了，因为他有慧眼识金的本领。

在说1982年翟健民的伦敦之行前，首先介绍一下这家成立于1766年的老牌拍卖行佳士得拍卖行，其创始人叫詹姆士·佳士得(James Christie)。当年佳士得在伦敦创办拍卖行时，正值中国乾隆中期，中国瓷器风靡欧洲，佳士得拍卖行已经开始留意中国瓷器的行情。不过，佳士得第一次轰动世界的拍品，是于1882年在伦敦汉密尔顿宫举办的拍卖会上拍出的十一幅油画。这十一幅油画以近40万英镑成交，从此佳士得名声大噪，成为世界第一大拍卖行。现今佳士得在世界各地都有分部，中国的香港、上海皆有它的分部。每年佳士得在全世界约有400多场拍卖会，每每都能创出拍卖最高纪录。佳士得拥有一大批世界顶级的古董收藏专家，是全世界数一数二的大拍卖行。

既然如此，为何今日价值连城的一对清雍正黄地粉彩花觚和一只绿地粉彩香炉，却在当年的佳士得仅定价为2000英镑？

其实在古董拍卖界这样的事并不鲜见，任何收藏品，如果没有人想买，它可能什么钱都不值。相反，想收藏它的人越多，价格肯定就越上涨。难道还会碰上没有人识货的情况？

"肯定有，而且很多时候如此，"翟健民回答得非常肯定，"还有这种可能也很多——人们暂对它的价值认识不足，所以估价也会很低。"

1982年，这三件从7000英镑变成现在1.5亿元的一对清雍正黄地粉彩花觚和一只绿地粉彩香炉当时放在佳士得拍卖行的仓库里，像个穷人家的闺女，根本没有人注意到它。相反，其他待拍的古董和收藏品，个个盛装艳丽、格外醒目地独傲其列。那时的翟健民已经同佳士得关系密切。翟健民那时虽年轻，但已经跟着师傅黄应豪摸爬滚打数年，名声渐起。这一年他从内地进货返回香港不久，便抽空到了一趟伦敦，并事先进入佳士得库房亲眼看见了这三件古董。

"哇，好东西呀！"初见这一对花觚和那只香炉，翟健民便爱不释手。你看这套彩瓷，内外通体均施松石绿釉，还将压模、贴塑等精美的中国传统工艺集于一身，乃标准的中国清代雍正时期的官窑好瓷。那器物所压模的菊瓣纹，周围以仿翡翠绿釉为底，有条不紊的黑彩勾勒边沿，内施以酱色，上绘描金纹饰，华丽无比。尤其是印花瓷胎上的绘画，施以蓝、绿、黄等彩釉，各艳其色，光芒四射。且整个器物上的纹饰不仅具有中国传统器皿的立体感，还蕴含独特的西洋风格。花觚大量运用了金彩，使得此物呈现富丽堂皇的皇家气度。底部留白处的落款"大清雍正年制"六个字，以青花书横款，笔健锋芒，帅气十足，韵味无穷，不见一处瑕疵。更让翟健民眼里放光的是与花觚搭配的那尊香炉，看得他心花怒放。

“翟先生，你说说，这三件中国清瓷是何用处？应该定个什么价？”佳士得一位评估师见翟健民长久地驻足于此物之前，便来讨问。

翟健民笑而不答。稍后，他反问：“你们觉得它应该是个什么价？”

评估人说：“因为这样的器物市场上少见，我们也是第一次受委托，不太了解市场的认可程度。所以想听听你的意见。”

翟健民心头一喜：这样就好。

中国陶瓷浩浩荡荡几千年，种类繁多，散落在全世界各个角落，尤其是一些珍稀品种，可能仅在某个博物馆或者某个藏家手里，如果不是极其用心可能浑然不知。就好比眼前这三件宝贝，以当时的咨询条件和知识水平，多数人都认为，清雍正时期的彩瓷中没有松绿这种釉色，故而对此器物存疑。而恰巧，1973 年翟健民陪母亲回山东老家在上海中转时，勤奋好学的他跑去上海博物馆参观学习。他对瓷器有一种天生的敏感性，看过的东西几乎过目不忘。在那次上博的学习中，他看到了一套几乎与眼前一模一样的“大清雍正年制”款的花觚及香炉，这也是他在佳士得仓库看到这一套彩瓷能得出如此坚定的结论的强大依据。

“卖家出什么价？”翟健民先得弄清出手的人到底知不知情，这也很关键。

“底价 2000 英镑。”

“明白了”。翟健民笑了笑。

“值。”翟健民最后只说了一个字。这一字里可就蕴含了道不尽的内容：一者没有埋没卖家，毕竟好东西是人家的，且已经拿出来拍卖，如果人家知道器物身价远不止 2000 英镑和其真正价值的话，有可能有收回拍品的想法，岂不让翟健民这样的古董“经纪人”大失所望？二者如果佳士得的专家们从翟健民这样的中国瓷器行家口中和神色中揣度出目前的估价极度偏低的话，说不好他们定的起拍价会大大超出收藏者的心理底线，一旦流拍，等于一位好姑娘第一次相亲就被人误会了，这样必然大大损害其本身价值，待日后再传行于市场时也会大打折扣。翟健民的一个“值”字，既让佳士得的人放心，又没从根本上颠覆他们已经形成的“识别”价。

各方彼此留有余地，此乃古董行里颇有诗情一般的意义。真正的高手都会有这样的“诗意”——对物品的回味余地，其实才是藏品真正的价值所在。

其实在中国的传统文化里，“凡事留余地”是一种非常突出的中庸之道。古人云：“凡事留余地，雅量能容人。”这是指做人的道理。有道是，知人不必言尽，留三分余地于他人，方可日后再长进；有才能者不必傲尽，留三分余地于他人，方可自己左右游弋；气势不必倚尽，留三分余地于他人，方可厚德福泽于自己。这是做人的境界。我们的老祖宗从孔子、庄子到老子，皆是世界一流的大哲学家，他们早在几千年前就给我们留下了丰富的“凡事留余地”学，如有福不可享尽，有势不可使尽，延伸开来如有钱不可赚尽等等人生哲学。翟健民的师傅黄应豪，还有他的父亲翟玉树，平时虽未曾专门教导翟健民品读高深的哲学思想，但这些普通而珍贵的人生道理，总在潜移默化中谆谆传授于他。

采访翟健民及看他与古董玩家们交易时，每能见他于不经意中流露出这种“凡事留余地”的品质，我想这肯定是翟健民立身于世界古董界几十年不败的重要原因之一。那些唯我独尊、海阔天空、夸夸其谈、说一不二的所谓“专家”，在当今古玩界着实不少，但与之长久交往后，会令人生厌和恶心。

我们再说当年翟健民从伦敦看完那一套三件的清雍正黄地粉彩花觚及绿地粉彩香炉后，回到香港，兴致勃勃地找到师傅黄应豪，悄悄将这一重要信息告诉了他。

“民仔啊，你豪哥最近忙不过来，伦敦就不去了，好东西也不一定都归我们呀！”翟健民没有想到一向对好货极为敏感的师傅竟然对他提供的好消息很不在乎。

“哎，哎，豪哥，这回你一定要听我的！”翟健民见师傅一反常态，很是着急，“我们俩一起去伦敦，无论如何也要把那套瓷器拿回来，否则要后悔死的。”

黄应豪看看自己的徒弟，摇摇头，无奈地说：“那就去一趟吧！”

师徒俩用两天到了伦敦，适时参加了佳士得的秋季拍卖会，翟健民和师傅黄应豪如愿以偿，以 7000 英镑的价格拿下了这套清雍正黄地粉彩花觚及绿地粉彩香炉。

回到香港不几日，一天，黄应豪兴奋地告诉翟健民："民仔，已经有人出价 60 万港币要买我们这三件套货了！"

翟健民一听好不高兴："太好了！恭喜豪哥呀！"

"是是。多亏听了你的……"黄应豪在电话里说，"今晚你到我店里来一趟，我们清一下账。"

"不，不，豪哥，这是你卖的货，我不能占份。"翟健民知道师傅是要给他"份子"，于是就赶紧推辞。

"你这仔！"师傅嘴上这么说，心里格外高兴。按照规矩，这三件货算是黄应豪跟翟健民两人一起从伦敦合买回来的，货出手后，两人均分的话，翟健民也应该有 20 万元的利，但他没有要。"他是我师傅，是我鼓励他买的，尽管当时师傅有些犹豫，我也一起加镑了，但毕竟是我介绍让他从伦敦拍卖行买回来的，所以从道理上讲，是他的货，现在他出手了一个好价钱，自然我得退出分利部分。"翟健民这样解释。

"我有些不明白，按照你们行里的规矩，这几件古董是你介绍的吧！那么，如此说来，你也就是这三件东西的经纪人嘛！经纪人不是可以抽一成的佣金吗？"我问。

翟健民笑了："哪有徒弟到师傅那里去抽佣金的呀！再说，这三件东西师傅赚了大钱，我还得感谢他呢！"

"这又何故？"我不解。

"因为是师傅教了我本领，教了我鉴赏瓷器的眼力，教了我对艺术品市场的判断力，还让我联系到许多进货的渠道和出货的下家。现在，通过这伦敦弄回来的三件货出手卖了个好价钱，不是再次证明我没有看走眼吗？仅凭这几点，我能不感谢师傅？再说，这回我介绍他买的货，赚了钱的又是我师傅，你说我是不是高兴还来不及呢！"

原来如此。难怪我从黄应豪等香港老一辈古董收藏家那里常听到这样的议论，说他身上有父亲翟玉树的气质：做什么事，仗义，血脉里流淌的是山东汉子的血。

翟健民对这样的评价颇为满意。看得出来，他这个人把别人对他品行和德行的评价，比让他赚几百万、几千万看重得多！

事实上，自1974年翟健民正式加盟黄应豪的“福成行”并拜其为师的最初几年里，日子并不太好过。师傅黄应豪本就不是什么大老板，更不是腰缠万贯的富商，只是一个普通生意人。黄应豪的“福成行”，名字很吉祥，但身为老板的他，整个儿就是白手起家，租的店面才50平方米面积，除了摆放的橱柜和古董物品外，剩下师徒二人能活动的地方也就屁股挨屁股的5平方米。

店面装修的活儿，基本上是翟健民找的一些穷哥儿们干的，见徒弟有模有样地把里里外外整个干干净净，黄应豪十分高兴，从口袋里掏出300元钱塞给翟健民。“拿着，你去买一身行头，现在我们台面已搭好，你我就要粉墨登场了，怎么着也得像模像样点。”黄应豪对徒弟说。

买来行头，再看看镜子里的自己，翟健民觉得自己又像个人了——这种感觉在他内心已经消失了许多岁月，从澳门来香港的近十年来，他竟然差不多忘了自己的童年是何等的“少爷派头”——“我可是有两个佣人呢！”翟健民好几次用这样的口吻提醒我，他曾经是富足人家的“四少爷”。

只可惜，他跟的是一个穷老板，待开店装修完成，除去给了徒弟买行头的钱后，黄应豪手头只剩下500块港币，这是他和翟健民两人在“福成行”开张时的全部流动资金。

“那天我穿着崭新的西装来到店里，跟着师傅在门口迎接各路古董收藏家和名流，很得意，像香港‘義和隆’的杨永德、有‘青花王’之称的收藏大家钟展成、香港大企业家郭修圃等都来了。这事已经过去快40年了，但当时的情形我仍记忆犹新。开张的当天，我和师傅很晚才收工，等客人都走后，师傅让我盘点钱数，他忙着收拾古董。我一点钱数，吓了一大跳：19万多呀！我问师傅：是不是你把自己的积蓄一起放在钱柜里了？他说：没有呀！又说：民仔，你知道今天早上起来我摸了摸自己的口袋里还有多少钱吗？我摇摇头表示不知。师傅便哈哈大笑起来，说：我一共只有500块钱了！

我一听出了一身汗，说：师傅，你真够胆大的，如果今天我们的店一开张就没生意你咋办？你听我师傅怎么说，他说：民仔啊，你师傅是哪种人呀？我有天算！我们‘福成行’，就是因为有你有我，所以才会福气成行！我师傅是个非常爽快而幽默的人，脑子活络，交往的人也多，而且非常讲究信誉，讲究义气，再加上他对古董的眼力好，所以我们的小店才开张大吉。不过，老实说，当时听师傅说他口袋里只有500块流动资金时，我真的想把他送我的西装脱下来给卖了。但到了这天的晚上后，师傅拍拍我的肩膀，连声说：民仔，我们从现在开始，就不会再那么穷了。”

“福成行”开张的当晚，师徒俩找了个比较像样的饭店痛痛快快地吃了顿宵夜。翟健民说，这顿宵夜是他少年时代印象最深刻的一顿夜饭，“那天特别开心”。

但最令翟健民开心的事，还是他因为跟随师傅黄应豪后，自己的人生目标有了明确和清晰的定位。黄应豪师傅不是一个哲学家，但凭借他丰富的社会阅历，他的许多来自生活积累而圆熟精通的人生经验，颇有些深刻的哲理，比如他在引领翟健民走上古董这个行业时就曾不止一次谆谆教诲他这样一个道理：如果一个人一辈子想有大的出息，那最好是把自己最喜欢干的事与自己的理想和职业联在一起。具体讲，你喜欢古董与收藏，你的事业又在这个行业上发展，这是最好的一种人生选择。这话对翟健民影响很大。现今在古董和收藏这个行业走了40多年的他，所以能够云游世界而独领风骚、屹立于古董和收藏界顶峰，恰恰符合了当时师傅黄应豪指引的那条“爱好与事业”合二为一的人生轨迹。

“爱好与事业”的统一谈何容易！一个人的爱好，首先来自于兴趣，而兴趣能自始至终绝非一日之功夫。许多人年少、年轻时有一时兴趣，历经几次曲折、磨难，其兴趣可能荡然无存。有的人对一件事、一个职业开始有兴趣，甚至到了爱好，也升华为自己的事业，但中途经不住利益、荣誉、财富等等诱引而渐失最初的纯正目标和充沛激情，最后只能成小器而非干出一番惊天动地的大事业。

翟健民在古董收藏行业中，经历了从最初的兴趣、爱好到事业的全过程，攀登到巅峰且独领风骚，这与他来自于生命中的那份坚持不懈、不屈不挠的精神是分不开的。

生活中朋友及行家们都叫翟健民“大佬”，我觉得这个称呼实在贴切。可是，一次闲聊时翟健民向我解释这个名字的由来时却一脸的苦笑。

“最初，大佬是我弟弟翟伟民对我的称呼，毕竟我比他大十岁，父亲很早就过世，从小到大我一直很关照我唯一的这个弟弟。我开店后，弟弟曾经在我的店里工作过，我是大哥，又是老板，因此弟弟就叫我大佬。后来，越来越多的人跟着他一起这样叫，慢慢就变成我的一种称谓了。”

“大佬”这个词在香港很流行，其实就是“老大”的意思。“老大”本身是个中性词，但听起来似乎有些黑社会、黑帮势力的头目之味。在香港，“大佬”更多的意思是某个领域或行业中的权威与最具实力的人，某行当里的“大佬”应该是行当里最有实力和能力及影响左右的人物。

“我可不觉得自己是什么大佬。”临了，翟健民还着着实实的强调了一句。谦逊、低调已经深深的浸透在他的骨髓里，任何一句夸奖都会让他不舒服。

古董和收藏界的水其实非常深，深到高见不着顶、末见不到底。你被别人骗了一辈子可能还在自鸣得意之中。在北京，曾听说过一则传闻：某高官家里收藏了千百件古董和名家的书画作品，这些东西当然都是人家送的，有大老板送的，也有下属官员所赠，什么明清的青花瓷，齐白石、徐悲鸿的画，比比皆是。这位高官平时从不显摆自己的财富与权威，但对这些“收藏品”却十分自喜，经常邀同事和朋友到家里欣赏他的宝贝。中央反腐败，他因受“大老虎”的牵连，被中纪委和监察机构逮了进去。为了核实他的这些受贿品的价值，请来专家和文物权威机构作鉴定，出乎纪委和监察部门意料的是，其多数“收藏品”竟然都是赝品！后来据说纪委问这位高官到底是怎么回事时，这位高官愤怒地从椅子上跳起来，说：这帮坏家伙原来都是在蒙我！他们拿假货来我这儿换真官真头衔，可恶！十万分的可恶！这是现实生活中的一个笑话。其实在收藏界和古玩界，真真假假的事太多，只是拿着假画、假古董去向高官行贿，骗得人家心花怒放，最后换来金山银山和高官厚禄，似乎有些不怎么够意思。当然，像这位贪心高官的受骗倒也颇有些讽刺意味。

翟健民从学徒到“大佬”的过程，也非一日之功，有人能从学徒成长到师傅，甚至是超级大师傅，但未必能成为“大佬”。再说，在香港能当“大佬”，也未必就能在世界范围当“大佬”，这中间，也有一个甚至几个阶梯需要攀。翟健民是从学徒走到了古董和收藏界的世界级“大佬”位置，其过程漫长而传奇，却又暗合许多伟人的成功经验——勤奋加天赋。

翟健民属于这样的人。玩古董与收藏，与打仗相近，这个行当里的将军和元帅，不经正规的军校和身经百战的实战考验，是万难担当的。

师傅黄应豪对翟健民的一生成长有着极其重要的引领，这两个年龄差异不小的男人之间，尽管是师徒关系，但从一开始，对古董和收藏颇有丰富知识的黄应豪就一直没有“师道尊严”，而是将翟健民当作自己的贴心兄弟，这一点极其重要。一般来说，师傅对徒弟总喜欢拿出一些架子和在业务上留一手，但黄应豪绝非如此。从“福成行”开门的第一桩生意始，黄应豪一见有客人来店，便会招呼翟健民到自己身边，并同时告诉客人：“这是民仔，现在我们一起做事，您有啥事的话，请吩咐我和民仔都行。”每每这时，翟健民心头就热乎乎的。“师傅时时处处给足了我面子，这让我从心头有了一个强烈的誓愿：得对得起师傅，得把生意做好。怎么才能对得起师傅和做好生意呢？那就是练好本领。本领从何而来？学呗，练呗！不停地学、不停地练，往深里学、靠苦干加苦练。我就是这么走过来的。”翟健民现在虽被许多专业机构和大学聘为专家、教授，但他讲的和说的都非绉绉弯弯的斯文话，句句实在，充满真理蕴意。

当今中国的收藏界，特别是古玩瓷器鉴定界，最具权威的当数耿宝昌先生。翟健民对此公甚为敬佩，其中原因之一，就是耿宝昌先生也是位学徒出身的大专家。

耿宝昌，北京人，15 岁在北京的“敦华斋”当学徒，跟随师傅在店堂学习古瓷鉴定的“童子功”，最后练就一副火眼金睛。1946

年，耿宝昌聘任北京“振华斋”的经理，新中国成立后的1956年又被其师推荐到故宫博物院，至今半个多世纪，耿宝昌先生为国家鉴定了数万件一级文物，堪称文博界“国宝”。耿宝昌之所以能够走到中国文博鉴定界的巅峰，与当年他跟随师傅实战练功有关，而其师傅正是中国20世纪初、中期的古董大玩家、大收藏家孙瀛洲先生。

大器晚成的孙瀛洲恰恰也是由坐店的学徒成长起来的，也是十四五岁就在古董店堂见世面、练本领，后来发展到自己开店经营，往来于南北各地，涉足古玩界的各类古董，从宋元明清瓷器到更远古的青铜器，皆在他目阅和握掌之间。孙瀛洲先生不仅本领超众，而且人品极佳。新中国成立后，他把苦心搜集近40年的3000余件珍贵收藏品，慷慨捐献给了故宫博物院，受到中央人民政府的奖励。后来索性连自己也一起“献”给了故宫——经周恩来总理批准，成为故宫博物院的终身顾问和全国政协委员。中国现今的文物领域鉴定大家多数是孙瀛洲先生的学生或者徒弟，其中就包括耿宝昌。

学徒、学徒，其中的“徒”字，观其形态，就是两个肩并肩的人一起行走而成。没有好的师傅，其徒肯定不会有出息；师傅是大道或大家，还得他愿带、敢带和善带，当然更重要的还要有徒弟善学会学、真正想学且学无止境。

孙瀛洲与耿宝昌师徒是这样，黄应豪与翟健民这对师徒也是如此。

如前所述，师傅黄应豪经常给翟健民讲授香港和中国历史上的那些成功人士或大人物的成功范例，告诉他世上有一种最幸福的人生——把自己的爱好、兴趣和工作、事业合而为一地生活。

翟健民对古董的兴趣最初是因为生活所逼为饭碗去“硬贴”的，后来是师傅的诱导和激励，慢慢地是因为工作的需要逼出来的。到后来，是一次次成功和失败的实例激发而出的，且一发不可收拾。

何谓古董？“百度搜索”里曰：古董是为人所珍视的古代器物，是先人留给我们的文化遗产、珍奇物品。其中沉积着无数的历史、文化、社会信息，而这些信息是任何一件其他的器物所无法取代的。古董又称珍贵罕见的古物。元秦简夫《东堂老》第一折曰：“可早十年光景，把那家缘过活金银珠翠，古董玩器……典尽卖绝，都使得无了也。”《水浒传》第六十六回中有言：“四边都挂名人书画，并奇异古董玩器之物。”清代黄钧宰《金壶遁墨·姜少汀》曰：“杭人姜少汀者，贩卖古董于苏州。”鲁迅《伪自由书·逃的辩护》曰：“但我们想一想罢：不是连语言历史研究所里没有性命的古董都在搬家了么？”曹禺《北京人》第一幕里说：“案上放着笔墨画砚，瓷器古董，都极其古雅而精致。”日常生活中，人们用古董比喻过时的事物、迂腐守旧的人。清孔尚任《桃花扇·先声》曰：“古董先生谁似我，非玉非铜，满面包浆裹。”巴金《家》：“说到英文，读了这几年……总是那些老古董。”古董多数时间，被有钱人和收藏家视为玩物，所以古董亦称“古玩”。

古董之说，非我中国仅有，在世界文化传承中，像希腊等早有之。西方世界称之为“文化财产（Cultural Property）”，日本人叫它为“有形文化财”。意思差不多，特指可以移动的文物。

承载历史文化的古董，常常还承载了一个国家、一个民族、一个时代的经济、政治、军事、科技、风俗等等复杂而深刻的多方面元素，因此要在古董界能够“玩”得转，“玩”得溜，可不是件容易的事，更不用说成为“大佬”。

16 岁入道的翟健民显然首先是得到了黄应豪的真传。“福成行”开张后，由于黄应豪路子野、人缘好，所以各路收藏家和古玩高手云集店内店外，黄应豪对翟健民不仅从不隐瞒任何信息，相反每逢重要器物买卖及同外人交流时，必带翟健民。带了不说，还大胆让其“上手”。所谓“上手”，就是直接用眼看、用手摸器物，再作出判断和鉴定，即我们理解的“实战”。

翟健民跟我讲，一个杰出的古董鉴定家，最离不开的就是两样功夫：眼看和上手。眼看，其实就是包含了知识，上手就是找感觉，两者归结起来，仍然是知识的积聚之和。常言这个人“眼毒”“眼力劲”，就是说他所拥有的知识，通过眼睛的观察与判断，能够在较短时间内获得准确的认知程度；上手，是鉴赏家凭手感而获得的某种信息，这种信息又通过神经传递到头脑中积累知识和经验的中枢进行快速有效的分析，最终做出结论。一件远古时期的陶器、一只明清时代的瓷碗，在普通人的眼里和手上，可能什么都不是，可能被无情地视为废物，但在古玩家的眼里和手上，涌动的是波澜壮阔、惊心动魄的历史画卷，呈现的是色彩斑斓、有冷有热的大千世界，以及在这个世界里演绎出的一个个或相连或隔断的有趣故事、骇人传说。翟健民需要练就的本领，就是从这样的死物、静物、旧物，甚至是通常被人抛弃的“废物”身上，极尽可能地掌握其全部的“脉络”——这样的“脉络”越清晰，古董的价值就越在掌上生成。

这，便是他慧眼识真金的奥秘所在。谁都可以学，谁都可能学不到最高境界。能够达到最高境界的人，一定是在攀登的路上走得最艰辛、付出最多代价，且必须又有很高天赋与悟性的人。

无法想象，一个连小学毕业证书都没有拿到、初中未毕业就进门店站柜台的学徒出身的翟健民，是如何完成这样的一个跨越与攀登的。但我知道，无论香港和内地的古玩界和收藏界，大家都认翟健民是“大佬”，甚至在国际瓷器界他也是不可或缺的大腕。可不，“藏友”和古玩界正热议刘益谦先生手捧的那只天价“鸡缸杯”喝茶“吸仙气”时，翟健民打开手机，在手机储存的图片库里给我看一幅他当年满面笑容手托一只小杯的照片。“你看看我手里拿的是什么？”他笑眯眯地问我。

“这不会是刘益谦先生的那只鸡缸杯吧?！怎么一模一样？”外行的我瞅着眼熟，突然惊叫起来。

“就是一模一样的明成化斗彩鸡缸杯。不过不是同一只。”翟健民平静地告诉我，“我的这一只现在在日本出光美术馆收藏着。”

“经你手是什么时候？多少钱？”这是我最感兴趣的，外行人通常不看货，因为根本就不懂，问价最直接，价能代表古董的分量——各种各样的分量，包括历史、文化和经济等等方面。

“当时经我手是16000英镑成交的。不过，那是1978年时的事……”我的一个无意发现，不想勾出了一个深藏在翟健民心底30多年的秘密。

行外人不知这明成化斗彩鸡缸杯，但对喜欢瓷器的收藏者来说，无人不晓，因为它属于中国古代瓷器的大名品，为明朝成化年间景德镇御窑厂烧制的宫廷用器，也是明代最著名的皇帝御用瓷器，在明代时就有“成窑酒杯每对价百金”之说。明成化斗彩鸡缸杯，形似缸状，实为酒杯，绘以子母鸡群为装饰，其间有灵石、花卉等图案。此杯淡雅的青花轮廓，衬托着釉上彩中的红、黄、绿、紫釉更显浓烈，色彩艳丽无比。其胎质洁白细腻，轻薄透体，白釉柔和莹润，表里如一。杯壁饰图与形体浑然天成、错落有致、自然相配。其画色或鲜红，或叶绿，或水绿，或姜黄，或赤黑，集填彩、覆彩、染彩和点彩等多种技法之大成。以青花勾线并平染湖石，又以鲜红覆花朵，绿水覆叶片，姜黄填涂小鸡，更可见红彩点鸡冠和羽翅，绿彩染坡地，奇妙之至，极尽色颜之神力。全世界收藏这样的鸡缸杯仅有十几只，每件都有下落。

翟健民比刘益谦先生早了36年见得此宝物。那是1978年，翟健民与师傅黄应豪和一位收藏老友李艾琛先生一起到英国走货（买卖古董），他们在英国的一位老华侨收藏家家中见得此物。三人见到这件宝物时，全都惊呆了：人间真有此宝！

老华侨是李艾琛先生的朋友，如果没有这层关系，也许翟健民会晚几十年才能亲眼看见如此精美之物。老华侨独身一人，无儿无女，收藏品也很大路货，但却是位学识不浅的知识分子，所以跟教授出身的李艾琛先生很投机。

“老家来了人，我自然要拿出最好的宝贝给你们看。”老华侨见翟健民等一进门，便欣然取出这只斗彩鸡缸杯。

太美了！当时才刚20出头的翟健民，一见这宝物，眼睛顿时发光。但见这只小小的鸡缸杯，高约3.6厘米，口径8.8厘米，足径如小手指长，敞口微撇，口下渐敛，平底、卧足。杯体虽不大，但绝对小巧玲珑，其形体清雅隽秀、端庄婉丽，虽小而气度不凡。

翟健民偷偷地看了一眼师傅，心头好是一惊：此刻的师傅，完全失态——两只眼睛放着异光，直愣愣地射在杯上，脸部的肌肉在剧烈地颤抖着，额上因激动而渗出汗珠……

翟健民实在是太了解师傅的心思了：肯定他想要。

果不其然，当晚，黄应豪拉着李艾琛先生和翟健民，在这位老华侨家一直聊到第二天凌晨五点才走。如此漫长的时间里，翟健民不明白的是，师傅和李艾琛先生竟然没向老华侨提过关于购买鸡缸杯的一个字。“人家不想出手嘛！”刚出老华侨家，李艾琛先生就说。

“那我们待那么长时间干啥？”翟健民很是泄气。

“民仔啊，这你就不懂了。这么好的东西，人家不跟我们提买卖的事，就证明他正处在一则不太肯出手，二则是在吊我们胃口的阶段。胃口吊起来，价格也就跟着上去了。”师傅黄应豪老到地说。

“那你的胃口被他吊起来了没有？”翟健民问自己的师傅。

黄应豪一听，冲着徒弟，一双小眼睛立即瞪得圆溜溜的：“你还没看出我的胃口吊到多高了？都到嗓门口了！我没办法回香港了！”

“那——要不我们回去跟老先生拉开了话题再谈谈？”翟健民止住脚步问。

黄应豪一挥手：“回就回！”

李艾琛不干：“我说黄老板，你这样去肯定更买不成！估计人家刚躺下睡了，我们这么再去折腾，人家肯定反感，一反感谁还愿意出手宝贝？”

“那怎么办？”黄应豪没了主意。

李艾琛叹了声：“别急。这次不行，还有下次。容我找时间再跟老先生私下聊聊行吗？”

只能这样。

三人又困又乏地回到酒店。回香港的飞机票是提前买好的，当日中午起飞。趁还有两三个小时，翟健民回到房间，倒头就睡……

“民仔，起来起来。”黄应豪猛然把睡得像死猪似的徒弟从床上拉起来，“今天我们不回香港了，你去退票吧。”

翟健民揉着双眼，问：“为什么？”

“昨晚你没看到那成化鸡缸杯那么好吗？你说这么好的宝贝，我们好不容易在伦敦与它见了面，说明我们与它有缘分，如果我们不抓住这缘分，你师傅我不是后悔一辈子嘛！”黄应豪一板一眼地说着，像在佛爷前忏悔着自己的一千个不是。

翟健民看着发笑，立即来了精神：“好，我去退票。”那时的翟健民毕竟初入古玩行当，对师傅如此浓烈的“鸡缸杯”情结还不是太了解，所以退完票后，不禁好奇地问师傅：“那只鸡缸杯虽然稀罕，但它品相上有那么一点缺陷，老华侨又不想出手，我们一定要把它弄到手吗？”

黄应豪倚在酒店的小沙发上，两眼盯着徒弟，没有说话。

“怎么啦豪哥？”翟健民觉得师傅的神情有些怪怪的。

黄应豪笑了，收回“怪怪”的眼神，有些气喘地说：“民仔啊，你可要知道，我在古董这行上走了也有二三十年，关于鸡缸杯的名字连耳朵上的老茧都早已听出来了，但就是没见过。昨天竟然终于上手了，我那个激动呀，别提有多高兴！你知道这杯的故事吗？”

“说来听听。”翟健民顿时也跟着来劲了，他跟随师傅已有三四年，还第一次见他这般激动，知道这“宝贝”一定非同寻常，便赶紧给师傅的茶杯里满上水。

黄应豪品一口茶后，说：这成化斗彩鸡缸杯，与明朝成化宪宗皇帝朱见深有着特殊的关系。朱见深是明英宗朱祁镇的长子，英宗皇帝死后继位，此人在位 23 年，是个典型的爱美人而不爱江山的昏君。其爱妃病死后，他就愁闷成疾，最后一命呜呼，终寿 41 岁庙号宪宗。宪宗皇帝到底爱的是哪一位贵妃呢？原来竟然是个比他大 17 岁的宫女，此宫女姓万，所以历史上称其为“万贵妃”。

据史载，朱见深又称成化皇帝，在继位之前，也曾遭受几度磨难，从两岁开始就由后来敕封为万贵妃的万贞儿带着。朱见深的父亲英宗皇帝在“土木堡之变”后被困瓦剌，朱见深的叔父趁机抢去皇位并罢免了朱见深的太子之位。从此朱见深一直跟随万贞儿住在后宫，直到其父英宗皇帝卷土重来。在这段最艰难的日子里，朱见深和万贞儿相濡以沫，是这位比他大 17 岁的宫女在他最落魄的时候一直守护着他。由于古代主子和侍女之间的这层特殊关系，万贞儿在他心目中就有了多角色的朦胧定位——母亲、姐姐兼情人。总之，朱见深倾其一生都对这个女人有特殊的依恋，不论她做得多么过分，他都能忍让、退避。他离不开这个女人，这个女人就是他生活的支撑，没了她，他的世界也将轰然崩塌。宪宗皇帝后来继位，正宫皇后为吴氏，万贞儿被册立称为贵妃，称万贵妃。在后宫，万贵妃一手遮天，皇后吴氏因一次与万贵妃发生口角，结果被皇帝打入冷宫。从此万贵妃更加专横霸道。说来也巧，这位深受皇爱的万贵妃，其亲生子夭折后再不能生育。为了避免失宠，她开始控制被皇帝所爱的其他宫女，并且一旦发现宫女有身孕，便强迫其打胎，直至逼死，最后弄得整个宫廷一片混乱。成化皇帝朱见深很是无奈，为博爱妃欢心和平息其险恶之心，特令景德镇御窑厂精心制作了一批宫廷用器成化斗彩鸡缸杯，专给万贵妃玩。据说，万贵妃得此宝物，十分心爱，常与皇帝举起斗彩鸡缸杯饮茶寻欢，心境也变得好些。这对一少一老的皇帝与爱妃之间的恩爱，长达 20 余年，堪称史上奇谭——皇帝爱一位年长自己 17 岁的宫女而始终不变。成化二十三年，57 岁的万贵妃暴死，皇帝朱见深因悲伤过度，竟也在数月后去世。由于明朝第八位皇帝朱见深与万贵妃之间的特殊恩爱，成化斗彩鸡缸杯也就成了古玩界津津乐道的稀世之宝。

原来如此啊！翟健民听师傅这么一说，心头顿时对鸡缸杯产生了无限向往之心："我明白了。走，我们去找老华侨！"

当晚，翟健民和黄应豪在李艾琛先生的带领下，再度来到老华侨家。然而依然毫无进展——又是一轮海阔天空，不着边际的高谈阔论。

这让翟健民猴急猴火的——他属猴。"豪哥，你既然这么喜欢鸡缸杯，怎么一到人家那儿就不谈买卖了？"他问黄应豪。

黄应豪摇头："你不懂，这个老华侨，是在跟我们斗心计，他知道我们对鸡缸杯喜欢得不得了，但他就是不动声色，知道为啥原因？"

翟健民脱口而出："就是想卖个高价嘛！"

"不全是，"黄应豪摇头，"以后你会慢慢明白。许多货主虽然也会在价格上跟客户讨价还价，但他们内心还有更深一层顾忌，就是怕要货的人对自己的心爱之物不甚了解，就像找对象似的，感情没到那份儿上，他们就不愿出手。"

"噢——"师傅的这番分析，让翟健民内心深深地触动了一下。几十年后，他自己成为古董收藏和经纪大家后，也常常有此体会：如果一件宝物，买家对它感觉和情分没到那个份儿上，他翟健民是很不情愿出手的，即使对方出价很高。"收藏古董的真正意义，并非谁出价高谁就一定是那件器物的收藏者，真正的收藏者是对器物有着特殊感情的人。"翟健民这样认为。

第四天，三人再度来到老华侨家。

"哈哈，你们来得正好。请进请进！"三人刚推门，只见老华侨笑呵呵地出来迎接。等坐定后，老人家说："我今年已近 80 岁了，我跟我自己这几天一直在做思想工作，现在做通了：世界上最好的宝贝也是带不进棺材的，该撒手的就撒手。我看你们是诚心诚意要这杯，那我们就来议个价吧！"

翟健民好不惊诧：水到渠成，原来这么简单呀！

"在谈价之前，我必须把这杯的来历说一下，这是我 20 年前在英国的一个地摊上'拣'来的，我承认是自己捡了个大'漏'。"老人家坦言。

"前辈啊，您这么坦诚此杯来历，令我感动。实不相瞒，您捡的这个漏简直就是个奇迹，因为这成化斗彩鸡缸杯是天大的宝贝，以前我们只是在行内听过传说，就是没亲眼见过。"黄应豪迫不及待地说道。

"是的是的，我看过明代的史书，有过朱见深与万贵妃之间关于鸡缸杯的传说，所以嘛……"老华侨笑眯眯地看着黄应豪，想讨个价底。

"所以嘛，这宝贝在市场上还从来没露过面，所以嘛，它到底应该值多少，我们也不清楚，您老人家可能也不太清楚。"黄应豪不愧是谈判的高手，马上接过话头，朝自己有利的方面引导，"我们在香港经营的'福成行'是家不大的古董店，能力有限，但我们确实太喜欢这件宝贝了。至于这只杯到底多少价，您老一句话，我们尽力而为。"

翟健民看在眼里，急在心里，既怕师傅这话把主人卖意噎了回去，又怕主人开价把师傅吓住了手。

老人家又是笑眯眯地看了看中间人李艾琛先生，又看了看黄应豪，最后把目光定格在年轻而帅气十足的翟健民身上……

"老伯伯，这宝贝我们太喜欢了，您就将就点卖给我师傅吧！"翟健民竟然涨红了脸插了这么一句话。

"哈哈……小帅哥为你黄先生说话了！"老华侨似乎对翟健民特别有眼缘，然后冲黄应豪伸出两个手指。

"二……"黄应豪不敢断定老华侨伸出的两个手指到底是多少，20 万？ 200 万？还是……

“2 万英镑。”这回是李艾琛替老人家说的。

“2 万英镑……”翟健民一听，心都要跳出来了。他为师傅高兴，因为他了解师傅的实力。

“是不是能够再下一点……”黄应豪有些不好意思地试探老华侨。

静——屋子里突然静得落针也会惊天动地一般。

翟健民的心跳得“怦怦”作响，他发觉自己的额上一下冒出许多虚汗。

“你想下降一点？”老人家突然盯着黄应豪，反问。

“嗯，前辈见笑。我是能力有限，小店开得时间也不算长，三四年时间。您能关照提携我一把，我不胜感激。”

“那——18000 如何？”

“嗯——能再下降一点吗？”

“17000？”

“16000 吧！”

“哈哈哈……黄先生真是生意人。”老人家开怀大笑，从座位上站起，然后在屋子里转了一圈，摇摇头。

完了！翟健民的后背骨都透凉了。

“成全你吧！”突然，老人家说。翟健民简直不敢相信。

“谢谢！谢谢前辈厚爱了！”黄应豪激动地上前紧握老华侨的手，竟不知如何是好，“我、我……我这辈子知您大恩大德！”

这是人间可遇不可求的好事。

36 年前的翟健民在古董行里刚入道几年，年仅 20 出头，或许他是世界上最年轻的一个接触这般稀世之宝的人。36 年后，刘益谦先生获得鸡缸杯后的第二天在电视台做节目时说，在古董界，能够亲自上手摸一摸成化斗彩鸡缸杯的人，现在活在世上的可能全世界不出几十个人，那么由此推断，在 36 年前，翟健民也许是全世界最年轻的一位摸玩过鸡缸杯的古董玩家——宝物拿回香港后，很长一段时间放在“福成行”里珍藏着，只有黄应豪和翟健民两人可以偶尔上手看看，其余人不得靠近。

这只与刘益谦先生手中的明成化斗彩鸡缸杯一模一样的宝物，后来因为“福成行”需要扩大业务急需钱而出让给了一位古董行家。

至于黄应豪要价多少一直作为“福成行”的商业秘密而不曾透露过。不过，翟健民是知道的，但他也是秘而不宣。

他只告诉我，他们的这只成化斗彩鸡缸杯现在被日本的一位大收藏家收藏在出光美术馆，并作为镇馆之宝。

难道这不是又一个慧眼识金的传奇吗？你想，即使是 30 多年前的 1978 年，从 16000 英镑——折合人民币 20 来万，涨到现在的 2 亿多元人民币！这不是坐享而获取一座金山吗？

“我们那只鸡缸杯杯口有点残，价格上会比刘益谦先生的那只要逊色很多。”尽管翟健民这么说，但这区区掌中之物，当年花 20 万元买下，吃喝坐等了 30 余年，它却变成了两个亿的“金山”，你说换谁有这样的好事不心潮澎湃？

翟健民听闻此言，与我一起哈哈大笑。是的，因为这对我而言，只能算是笑话，可对翟健民来说，却是真切的亲身经历。不是吗？这位“大佬”在 40 余年的古玩场上，经历的这般事情数不胜数，而且对他来说，早已不足为奇。

“要不顺便再给你讲一个伦敦买货的故事？”跟翟健民在一起，你想听发生在他身上的传奇故事，他随口就可以给你摆一桌……

下面这事也是发生在 20 世纪 70 年代的一桩趣事。时间为 1978 年冬天。

那天，黄应豪和翟健民两人在伦敦闲逛到 CHURCH ST 圣堂街的一家古董店。两人离开酒店时，外面下着蒙蒙细雨。他们来到一家古董店时，正值中午时分，店主人外出吃饭，所以店门上挂着“午饭时间，恕不营业”的醒目牌子。幸好，店里的玻璃窗没有拉上窗帘，翟健民的两只眼睛就像猎狗一样没停过，只见他身子趴在古董店的玻璃窗上，眼睛直往里面张望。这一张望不要紧：“师傅师傅，快来看，有件宝贝呀！我看应该是——乾隆时期比较特别的器物。”翟健民第一眼便发现店内有一只摆在橱柜顶端的瓶子，他兴奋地叫过师傅来验证。

这个瓶子当时摆放的地点离玻璃窗不远，所以从窗外就可以看得真切。师傅黄应豪观察片刻后，同样欣喜道：“没错，是乾隆时期的瓶子！”

如此精美的乾隆时期的造型特别的瓶子，就在他们闲逛中发现了，这叫翟健民和师傅兴奋不已。

“绝不能被别人抢走！”翟健民铆足劲儿站在街头，像要跟谁决一雌雄，惹得师傅黄应豪都快发笑了。

“民仔，不至于吧！这儿又没有其他顾客……”他对徒弟说。

“那不一定，”翟健民摇头，“要是一会儿店老板吃饭回来，突然店里涌进十个八个游客，说不准瓶归不归我们了！我要看住它！”

“那，我们就在这儿把门？”

“把门！”

于是店门口，两个中国人一边一个直挺挺地站在那里，毅然决然得像哨兵一样，任伦敦的细雨在脸上飘拂吹湿，就是一动不动。伦敦的天似乎有意要考验这两个中国人的耐心和意志，不一会儿，天上的蒙蒙细雨变成了倾盆大雨。这家古董店外面光秃秃的，连个躲雨的屋檐都没有，才几分钟时间，大雨就把师徒俩淋得如两只落汤鸡。伦敦的冬天异常阴冷，又加上雨水将两人里外的衣服淋个通透，年长体弱的黄应豪自然吃尽苦头，翟健民虽然年轻，但偏偏他穿得单薄，也冻得瑟瑟发抖，喷嚏连天。

这份意外的考验是老天“赐”给他们的。为了得到那件古董，他们唯有坚持到底。

约一个小时后，店老板出现了——那个手撑黑色雨伞、嘴里吹着口哨，慢悠悠地走来开启店门的40来岁英国人，瞅着被雨淋得可怜兮兮的两个中国人，边掏钥匙嘴里边嘀嘀咕咕着什么。

“GO！ GO！”老板挥手示意他们离开。

“他干吗要赶我们？”黄应豪不懂英语，忙问徒弟。

翟健民说：“他把我们当作流浪汉了！”

“什么话嘛！我们是到他店里买货的客人，是上帝！他怎么能这样对我们？不像话！”师傅黄应豪好不生气。

“我已经告诉他我们是来买他东西才淋上了雨的……”黄应豪听完民仔这话，再看那英国人时，发现人家顿时满脸惊诧，随后连声“请、请”地示意二人进店。

走进店里之后，我和师傅请店主把那只我们认定很特别的瓶子拿下来看看，当店主拿着瓶子递给我们的过程中，我们听见瓶子发出“嘎啦嘎啦”的声响，觉得非常奇怪。等瓶子拿到手上顿时恍然大悟，原来是一件乾隆时期的转心瓶！天啊，这简直是太意外了，我们做梦都没想到我们会在此遇到这样一件重要宝贝！

此件名为粉青釉描金镂空开光粉彩荷莲童子转心瓶，以粉青釉为地，通体描金，自上而下绘有蕉叶、如意云头、仰覆莲瓣、宝相花等十层纹饰。腹部镂空开光，粉彩绘荷花纹，与内胆彩绘题材虽相同，但设计得有主有次、有远有近，非高手不能为。其颈部以四童子为耳，各个着衣颜色不同，金红、浅绿、淡粉、天蓝，色彩明快淡雅，充分体现出这类器型古、奇、精、巧的特点。转心瓶底部以青花书写“大清乾隆年制”三行六字篆书款，工整不苟，为乾隆早期之款识。翟健民和师傅黄应豪细细看后，一致认定这是件乾隆宫廷的特制精作，极为罕见，只是瓶的内胆处有点瑕疵。

“买！”师徒俩用眼神敲定后，便由翟健民用英语出场议价。

“老板，请问购买这件瓷器需要多少钱？”

“40 英镑。”

这价让翟健民内心一阵狂喜，但此时绝对不能在脸上露有丝毫喜色。他保持平静地继续问道：“可以让点价格吗？”

店主耸耸肩，笑了笑，说：“35 英镑吧。”

“OK！”

同样是微笑，翟健民把手伸向对方——握手成交。

“师傅，快给钱！”翟健民用香港话对身后的师傅说。

“多少钱？”

翟健民先伸三个手指，又伸一个掌。

“350 英镑？”

“35！”

“天！”黄应豪的颊肉一抽，赶紧掏钱。

就在师傅付钱之际，翟健民便抱起属于他们的那件转心瓶扭身就往外走。一走就是几十米之外。

“民仔！民仔，你跑那么快干啥？”这时，后面的黄应豪远远地在喊。

翟健民立住了，一个劲地冲师傅笑："师傅，我怕走得不快，让那个店老板追过来要回这件宝贝呀！"

"哈哈……没门！这宝贝已经属于我们啦！"黄应豪随后哈哈大笑起来，从翟健民手里抱过瓶子，又亲又吻，好不激动。

35 英镑抱得一件乾隆宫廷珍品，这不是天上落下来的金元宝吗？

师徒俩回到香港不久，手中的这件转心瓶就被香港的一位收藏家看中，以 13 万港币的价格转手卖出。

其实，这件天赐机缘得来的宝贝，后来还经历了一次小小的坎坷——1982 年秋季苏富比举办的拍卖会上，该瓶竟然在 30 万元港币的估标上流拍了。26 年后的北京翰海秋季拍卖会上，该瓶首次进入内地。5 月 11 日，清乾隆粉青釉描金镂空开光粉彩荷莲童子转心瓶，最终以 2100 多万人民币的价格成交。

35 英镑在伦敦街头发掘出来的这件转心瓶，若干年后升值至 2100 万元人民币，你算一算翻了多少倍。

翟健民说，此瓶若在今天再到拍卖场，价格至少又翻一倍。哇！ 4200 万？ 5000 万？还是更多？

"完全可能！"大佬胸有成竹地说。

现在想想当时我们的心情就是人类情感中最愉悦的"窃喜"吧。翟健民若有所思地说道。

"真正让我们发自内心的高兴，并非是大家想象的我们当时如何'捡漏'，在那个年代，无论我们在国外以什么样的价钱买回来的古董，到香港肯定都有钱赚。我们开心的是，通过我们的专业知识，在成千上万的器物当中能够发掘到最有历史和文化价值的器物，把它们从国外的某个角落带回香港，再带到真心喜爱古玩的藏家手中，这个过程带给我们无尽的快乐，同时，也给藏家带来无尽的欢喜。这也是我从事古玩行业的乐趣所在。"

"这还不是你慧眼识金吗？试想，如果你发掘的不是宝贝，你和藏家哪来的窃喜？"对于我的反问翟健民笑而不答。

这种人生经历，自从翟健民进入了古玩这一行，始终贯穿其中……

第三章　试刀见锋芒

世界最著名的收藏家族，要算意大利的贝利尼家族了。凡能够成为国际级收藏家的，无人不晓“贝利尼王朝”。这个已经有17代传人的收藏王朝，经过600余年的不懈努力，如今已经在纽约、伦敦、摩纳哥、威尼斯、佛罗伦萨等地拥有五座私人博物馆和近2万件世界顶级的艺术珍品。其藏品荟萃了从乔托的壁画、米开朗基罗的雕塑、达·芬奇的油画，到古希腊、古罗马及古代中国等不同时期、不同地域的文物，贝利尼家族是世界收藏史上的一个至今无可替代的传奇。

贝利尼家族的收藏故事也一直深深地烙在少年翟健民的心坎上。他特别愿意听师傅讲这个故事，这个故事甚至令还是穷小子的他也燃起了一个“翟氏家庭收藏梦”——

贝利尼家族的传奇故事不胜枚举。现在家族的第17代传人路易吉·贝利尼，从五岁时就被家人训练必须从五件艺术品中挑出一件是假货。而且大收藏家不一定非得有大把大把的钱才能收藏到宝贝。100多年前的1910年，路易吉的爷爷有一天在拍卖行看到一堆瓷器，约100多件。由于那堆中国瓷器比较旧，当时并没有引起人们的注意。然而老贝利尼凭他的经验认为，这些中国瓷器非同寻常。可当时他所带的钱只够买两件瓷器，怎么办？如果回家取钱，就有可能被另一位有眼力的收藏家把这些中国瓷器买走了。于是老贝利尼想出一招：他先买下两件，出门后立即转手卖掉；回来又买下四件，随后将这四件再卖掉；他把卖掉的钱又买回八件，再次出手后，又买了二十件。当他把二十件卖掉后，便把剩下的那几十件全部收入囊中。这数十件瓷器后来价值连城。

老贝利尼的故事在收藏界和古玩界，好比黑人马丁·路德·金先生的“美国梦”一样迷人，吸引着无数收藏爱好者，激荡着他们心中的“发财梦”。从学徒到世界级大师的翟健民，也有许多“老贝利尼式”的故事，那些故事既传奇，又充满了酸甜苦辣的滋味，似乎任何一个成功人士的背后都有这样的故事，只不过对从事古玩和收藏者来说，这样的故事更具风险和冒险味道——

话说翟健民到黄应豪的“福成行”古董店学徒不久，便得到人称“香港古董界法眼”的师傅黄应豪的亲自传教，进步飞快，年轻人又聪明好学，能说一口流利的英语，与几乎一点英语不会的师傅黄应豪相比，翟健民在香港生意场上多了一样“活武器”。这时，“福成行”来了位古董收藏家、20世纪50年代的著名乒乓球运动员钟展成先生，钟先生有事没事总往“福成行”跑，很快成了黄应豪和翟健民的好朋友。

转眼到了1975年夏天，经钟展成先生引见，“福成行”又多了一位常客，即上文中提到的时任英国剑桥大学教授、华裔名家李艾琛先生。李先生学问高、人缘好，又喜欢喝茶道艺，同样很快又成了黄应豪和翟健民的好朋友。李的出现，对“福成行”和翟健民来说，都是一个福音，而且是走出香港、面向世界的福音。用翟健民的话讲，“具有划时代的意义”。

“要做大香港和内地的收藏业，就得到英国等西方国家闯荡。那里的交易正规且活跃，市场上又有最多的中国古瓷古董出现……”李艾琛的这句话，深深地烙在初涉古董业的翟健民心上。

“怎么样，我的白马王子，什么时候跟我一起到英国伦敦闯一闯，见见世面？”博古通今的李艾琛十分喜欢翟健民，称他是香港版的白马王子。说起这，还有一个小故事：一日，李艾琛到“福成行”喝茶聊天，离开时，天下起大雨，行走在街头的李艾琛有些狼狈。翟健民一见此景，便向邻居借了把伞，然后冲进大雨之中，恭敬地为李先生撑伞遮雨，一直将其送到酒店。后来李艾琛先生特意给黄应豪打去电话表达谢意，说：“黄师傅啊，当时我回头看了一眼民仔，好小伙子，帅极了！他真是我们香港少有的白马王子啊！”

李艾琛眼里的翟健民就是这样成了香港版“白马王子”。其实，青春时代的翟健民，1.8米的个头，山东大汉的魁梧身材，加上见人总是笑眯眯的和蔼神态，在香港男孩中，确实是位少有的美男子。很多人喜欢翟健民，跟他的形象与亲和待人有直接关系。

“怎么样，我的白马王子，我们一起到英国走货去？”李艾琛怂恿翟健民和黄应豪到英国闯荡。不用说，这也正合原本血脉里还涌动着不安分基因的黄应豪之意。

“民仔，去？！”黄应豪问翟健民。

翟健民求之不得：“去！”

于是三人合伙，开始第一次的英国“走货”。所谓“走货”，就是进货、买货的意思。“福成行”是家古董店，他们的货物有替人寄卖的，多数则由店主黄应豪、翟健民四处搜聚而来然后卖给收藏爱好者。香港地方不大，货源有限，因此，跑到英国伦敦这种老牌发达国家，发现货品的机会会多很多，货多价格自然也会好很多。

香港人很务实，有赚钱的机会，不管是小贩还是才高八斗的教授或兢兢业业的公务员，只要合理合法，谁都会去做买卖，不丢脸、不丢人，且是有脸面的事。剑桥大学教授李艾琛搭黄应豪、翟健民师徒俩的“船”，一起到伦敦做古董生意也就成了顺水行舟的一件好事。

第一次到伦敦的翟健民真正是大开眼界。在李艾琛教授的带领下，他和师傅黄应豪走访了伦敦大街小巷内的每个古董店。翟健民很快发现，伦敦这样的一个世界市场上，其古董市价却远远低于香港市场，这是为什么？

李艾琛告诉他：古瓷在历史上一直是中国主要对外贸易货物。中国瓷器销售在欧洲曾出现过两次高潮：一次是明代嘉靖和万历年间，另一次是清代康熙、雍正、乾隆三朝。明朝以郑和下西洋为代表，让西方世界对中国瓷器的爱好变成了一种痴迷。而清鼎盛的三朝，是中国瓷器对外最活跃的交易时期，据史载，仅乾隆三十九年，荷兰东印度公司运往英国的中国瓷器就多达 200 万件。而乾隆十五年至四十六年的 32 年间，销往瑞典并有记载的中国瓷器就高达 110 万件。1840 年鸦片战争后，西方帝国主义列强又多次侵略中国，掠夺走了大量文物，其中相当多的还是宫廷文物。西方的收藏和古董市场又比中国开放得早，20 世纪 70 年代香港古董市场才刚刚起步，远不成熟，使得中国香港和伦敦两地的市价呈现倒挂现象。

“太好了！把伦敦的东西买回去再出手，不就可以赚大钱了吗？”翟健民把自己所想的跟师傅和李艾琛一说，两位长者都笑了，说："我们把你领到这里，就是为了一个目的，跟你说的一样：进货，到香港去赚钱！"

"李先生，你一定要多带我们到处看看，这里的宝贝太多了，遍地是黄金！"初涉世事的翟健民兴奋不已。

"怎么，我们的白马王子来一回就被伦敦给迷住了？"李艾琛打趣道。

"那当然，我们做古玩，就是做生意，有钱就赚嘛！"翟健民也不含糊，直截了当地回答道。

"看，黄师傅，你的徒弟都这么厉害，你还不赚钱？"李艾琛不由转身对黄应豪说。

黄应豪早已乐得直咧嘴："我的福成行，将来就靠民仔啦。"

剑桥大教授跟两个生意人一起逛街弄古玩看似有些不相称，其实并不难理解。李艾琛先生虽并不是穷人，但却也不是有钱人。他地位很高，文学素养更深，对古董和收藏也非常内行，而且特别看中高档的古董艺术品，如果发现市场上有好东西，他虽从不轻易出手，但往往志在必得。如此一位剑桥大学教授，即使再有钱，最后肯定也会沦落成"穷人"。你想，假如李艾琛原来有千万资金，偏偏现在有件价格几百万、几千万的古董宝贝放在他面前，李教授怎么能撒手而不去得到它呢？于是一两件宝贝收藏后，我们的剑桥大学教授便成了彻底的穷人。

如此教授、师傅和学徒三人组成的"古董走货团"，也算搭配得当。这时，另一位老朋友钟展成听说后，说啥也要跟着去，于是三人淘宝团就变成了四人团。说明一下，除李艾琛教授外，黄应豪师徒和钟展成先生都是第一次到伦敦。

既然出行淘宝，就得身上带足现金。可那个时候，黄应豪其实也只能算个穷人，除了店里进货外，手头的现金也没几个，东挪西凑，也只带了1000英镑，合当时的人民币8000元。钟展成比黄应豪强，带了3000英镑。在香港出发前，李艾琛听说三人的情况后，口气很豪，说："你们到了伦敦啥事都甭操心，有我呢！"可等飞机到伦敦一落地，堂堂剑桥大学教授就对黄应豪师徒俩声明：我现在正处经济危机时期，身上只剩一英镑了。

“这、这……我们好不容易来一趟，加钟老兄的 3000 英镑，总共才 4000 英镑，能干啥嘛！还不算吃住和回程机票……”黄应豪一听就急了。

他话音没落，钟展成就立即声明 :“我有话在先，如果你们要动用我的 3000 英镑，我们几个人在平分利润的基础上，每花我 1000 英镑，得付我 200 英镑利息。”

翟健民听了，目瞪口呆地看着师傅黄应豪。好可怜啊！干瘦的黄应豪耷拉着眼皮，瓮声瓮气地“嗯”了一声算答应如此苛刻条件。真是无钱志短啊！翟健民当时感慨万千，在缺钱时，朋友之间也是如此啊！

但毕竟是朋友。伦敦几天，李艾琛教授尽了地主之谊，天天带黄应豪、翟健民、钟展成三人到处转悠，看遍了大街小巷的各类古董市场。开眼界的不仅是翟健民，黄应豪和钟展成同样也眼里放光。伦敦市场确如李艾琛教授所言，遍地皆是宝。

第一天出去，黄应豪和钟展成身上带的 4000 英镑就基本上花了个精光，实在是市场上宝贝太多，他们一下吞进了好几件。通常是把挑来的宝贝先由黄应豪把关，翟健民在一旁登记造册，由李艾琛教授出面跟古董店老板询价，再由“大股东”钟展成掏钱。

钱花光了，宝贝也到手了，黄应豪、钟展成睡得那个香啊，呼噜惊天动地。可唯有翟健民睡不着，他睡不着是因为看到伦敦市面好东西太多太多……可师傅他们没钱再进货了！可惜呀。

他睡不着，又想不出什么办法，毕竟他只是个小伙计，钱的事是老板该考虑的。

迷迷糊糊之间，突然第二天一大早，李艾琛教授“咚咚咚”的跑到酒店来敲翟健民他们的房间门，说有更好的宝贝去挑。

“李先生，您忘了，我们的钱都已经花光了呀！”黄应豪抱歉地说。

哪知大教授李艾琛习惯地昂着头，咧着嘴巴又拍拍黄应豪的肩膀说 :“阿豪兄啊，你是第一次来伦敦，还不趁机会多见识一点，这走货的必须把路蹚熟了，以后的生意才能越做越大。”

是这个理。黄应豪便对翟健民和钟展成说 :“走，机会难得，出去养养眼也是收获嘛！”

可是到了古董店，李艾琛教授还是按着前一天的套路行事：选货、订货、再到老板包装，只是翟健民发现这回李教授多了一个他想不到的程序：“谢谢老板，请把我要的这些货留好，明天我们还要来挑，一起结账。”

“OK！”瞧人家英国人做生意，脸上笑眯眯的，热情又周到。

“走，明天再来！”李艾琛转身朝黄应豪等一挥手，自个儿先出了店门。

“好东西太多了！”黄应豪和钟展成太兴奋了，这一天他们挑的东西比前一天还要多，足有1万英镑的古董。但到了晚上，黄应豪跟钟展成就急了：“你身上到底带了多少钱？有钱就借出来嘛！我黄应豪做事啥时候不讲信用？每1000英镑付200英镑利息，我一分不会少你的嘛！”

钟展成觉得自己很冤枉：“阿豪啊，我能瞒你什么？我就带了3000英镑，不信你来搜……”

两个老朋友红了脸。李教授似乎根本没有听到，只管在一边的床上闭目养神。

翟健民有些看不下去了，悄悄过来轻声问：“李教授，我们真的没有钱了，怎么付人家的款呀？我师傅和钟先生在伦敦可都是两眼一抹黑的人，我们谁都不认识呀！要不，你想想法子借我师傅点钱吧？”

谁知李教授看看翟健民，一手伸过来，摸摸他的头，笑了：“白马王子，别急，到时候会有办法的。你多长些眼睛就行。”说完，他从床上翻下身子，从酒店的柜子里找出一本黄页电话本，翻一阵后，开始打电话。

“你好啊，我是剑桥大学教授Mr.Li，我有一批贵重货物要运往香港，可是我不知道贵公司是否能够承担此项工作？”“可以啊？OK！那这一次我暂时先委托你们承运其中的一部分。我的货在……”李艾琛随即把白天他们买货的古董店地址和名称跟对方说了，然后很客气也显得很贵族式地谢了几声，便放下电话。

“OK了！”李艾琛教授朝翟健民和黄应豪等打了个响指，笑着哼起英文小曲。

“民仔，他借到钱了？”黄应豪摸不着头脑，因为听不懂英语，所以还以为李教授打电话从朋友那儿借到了钱。除了借到钱，还有什么可以“OK”的嘛!

翟健民正想说时，李艾琛教授自己先开了口：“你们担心的问题嘛，已经解决。现在我们去大吃一顿，庆贺一下这次我们满载而归！”

满载倒是真的，可怎么个“归”法呢？黄应豪和钟展成完全搞不清教授在玩啥戏法，只是满腹狐疑地跟着教授到了一家中餐店吃饭。

翟健民一直在偷笑，他不敢说，因为李教授没有摊出底牌，事实上这时的翟健民也是半懂半不懂的。

酒足饭饱后，李艾琛教授一副贵族派头，便开心地讲出了他的“空城计”——

原来，在英国包装托运公司有个传统规矩，凡是遇到有信用的客户，不仅可以赊账办理托运货物，而且还可以为客户垫付货款。如果你的货物是在英国购买的，你只需告诉他们货物在什么地方，托运公司会先将你的货款垫付完后，再将货物运到目的地，见货一周内结账即可。

“真有这样的好事啊？！”“香港老土”黄应豪和钟展成简直以为是在听教授讲故事，怎么也不相信。

“有啥不信的，人家是大英帝国！这样的市场信用关系已经建立100多年了，再说，你们面前站着的是谁？教授！大名鼎鼎的剑桥大学的教授！”李艾琛教授说完这话，洋洋得意地在翟健民他们面前转了一圈。

“哈哈哈……是是，大教授！李大教授！太谢谢您了！”黄应豪这才明白过来。明白过来的当然还有翟健民。相比之下，年轻的翟健民内心所产生的触动真是太大了。从李艾琛教授身上学到的这些东西，日后也让他多次运用，受益匪浅。

几天后，翟健民随师傅和钟展成先生回到香港，伦敦方面果然很快将他们购买的50多件古董全部运到，这些可都是些明清高档瓷器。

货到的第二天，黄应豪立即请来“福成行”的老客户、时任香港上海商业银行的大班某先生。此人是上海人，极爱收藏，出手又大方，独自一人包揽了翟健民他们从伦敦买回来的一半货。收钱后，黄应豪让翟健民立即将欠款汇给了伦敦托运公司。

这不是跟当年老贝托尼的做法差不多吗？一趟伦敦，师傅黄应豪和钟展成赚到的是钱，而十七八岁的学徒翟健民可是学到了让他终身受益的知识和经验。

与翟健民同龄的我，1975 年 10 月还在与亿万中国青年们一起高举旗帜，忙活着写批判文章呢！不用说，今天电视上和行内传得神乎其神的中国古董界、收藏界的大腕们，也跟我差不多，根本不知道“收藏”“古玩”，更不会知道到伦敦购买东西后可以不付钱先把宝贝运回家里，转手赚钱的事！

翟健民则不一样，当我们还都没有从“文革”的枷锁中解脱出来时，他已经在世界舞台上展翅飞翔了……难怪他现在的古玩经验与鉴别收藏水平远远地走在了行内人的前面。

自 1975 年 10 月在伦敦提回“第一桶洋金”后，翟健民每年多达十几次往返于香港和伦敦之间。由于他的英语好，加之“福成行”的生意越来越兴旺，到世界各地采购进货的任务基本上由翟健民承担了。英国是世界收藏和拍卖场的集中地，品位高端，视野宽阔，各路专业人士云集，交易兴旺。在如此舞台上驰骋风云的翟健民，自然很快成了行内的“黑马”。在“福成行”店内，翟健民事实上成了“总经理”的角色，师傅黄应豪是董事长，身边的弟子皆为翟健民感到自豪和荣耀——因为香港许多大收藏家、古玩高手，都要请翟健民去看货、验货，二十来岁的翟健民很快又成了香港收藏、古玩界的新锐人物……

不过，翟健民的身份并没有改变，他还是师傅手下的一名“打工仔”，然而由于他出众的鉴赏水平和实战能力，给师傅和“福成行”提回的不仅是好的藏品，而且是信誉、水准与品位。

有道是青出于蓝而胜于蓝，翟健民在古董和收藏方面的出众能力，很快被他的师傅和那些“大佬”们发现。随李艾琛到伦敦第一次满载而归后，第二年冬天，翟健民与师傅黄应豪又结伴李艾琛教授，再度来到伦敦逛古玩市场。仅过了一年时间，聪明过人的翟健民就显露出与众不同的能力。

这一次他们一起去了一家有三颗皇冠的百年老古董店 John

Sparks。在英国，三颗皇冠是最高荣誉的象征，如果有伯爵、公侯或是皇室成员在两年内光顾过两次，店家就有权申请一颗皇冠。这家百年老店就像是一个小型博物馆，陈列了包括青铜器、瓷器、玉器等在内的中国古董。大饱眼福之后，他们在货柜里发现了一个清代官窑瓷器——雍正胭脂红壁粉彩万寿无疆寿桃盘。此盘直径达 30 厘米，后壁满铺着美丽的胭脂红釉，整个寿桃盘晶莹剔透，轻盈可人，显得十分高贵典雅。足圈内写着“大清雍正年制”字样的官窑款识，行内人一眼就能看出是件官窑精品。值得赞赏的是那桃盘正面的中心处所绘的粉彩寿桃，生动而艳丽、福相而喜庆，正是中国传统祝寿之吉祥佳物。配以“万寿无疆”四个中国印字，使得整个桃盘光彩夺目，釉色满盈，显然是一件皇帝御用之物。

好东西！三人的目光不由自主地碰到了一起。买！这是他们共同的心声。

“阁下，这瓷盘多少钱卖？”李教授问店老板。

“5000 英镑。”对方说。

李教授转头朝黄应豪努努嘴，意思是赶紧掏钱呀！哪知“老狐狸”黄应豪就是故意不看李教授。这让教授很没面子，立即用广东话对黄应豪说：“快给钱呀！”

这回黄应豪躲不过去了，只好轻声嘀咕道：“哪有不还价的道理。”

这话把大教授李艾琛惹恼了：你个生意人、小心眼！这是什么地方？是伦敦，不是香港！什么讨价还价！人家只有一口价买卖，你要就要，不要就干脆，别在这儿丢人现眼的！

李教授觉得自己太丢面子，一甩袖子，扭头就走了。翟健民在一旁觉得好笑，因为大教授走的时候，依然保持他昂首阔步的贵族范儿。

这，这！他怎么走了？黄应豪一看事情坏了，这档生意怎么跟人家做嘛！他是看中这只寿桃盘的，而且 5000 英镑实在是太便宜了，回到香港能赚多少钱，他心里也已经盘算过。但无论如何，既然是生意，讨价还价，天经地义。你大教授也不能这样为了面子而不跟人家争一争嘛！可是……民仔，这怎么办呢？黄应豪把目光移到徒弟身上。

翟健民笑了，说："豪哥，没关系，我来试试。"

只见翟健民不紧不慢地走到店内的那只寿桃盘前，轻轻将其取下，然后故意在那个店主面前端详了一会儿，随即又态度非常诚恳地说："先生，我的确非常非常喜欢这个来自我们中国的盘子，你看，这个桃子画得多么美丽漂亮呀！我很真诚地想买下它，问题是，我不知道你可不可以再降低一些出售价？"

店主从翟健民手中接过盘，又看看眼前这位英俊的中国小伙子，便说："是的，这的确是件非常精美的艺术品，它证明你们中国古代的艺术家很了不起。我很高兴你能够喜欢它。只不过，我需要查看一下我们的底价，请稍等。"

说完，这位身着笔挺的西装，胸前口袋里面插着一支鲜花的典型英国绅士，转身走进里面的房间查看账本去了。大概几分钟过后，店主回来面露难色的跟我们说："非常抱歉，我能给你们的最好价钱是 3500 英镑。"

翟健民看了一眼师傅，独自做主再次恳请店主能否再便宜一点。

店主这回真是左右为难，深深地思考了足足两三分钟，然后将一只手友善的向他伸了过来，"成交！"

这一次握手，也是翟健民日后跟这位百年老店 John Sparks 几十年深厚友谊的开始。

"Thanks、Thanks"，翟健民连说了几个谢谢，然后赶紧转身用香港话对师傅黄应豪说："豪哥，赶紧给我 3000 镑！"

黄应豪虽不懂英语，但从民仔的表情上已经看出事由，于是急忙从口袋里掏钱。

钱付完，翟健民将那只精美的寿桃盘往自己的大衣里面一裹，将其紧紧地放置在胸口前。与店老板"拜拜"之后，拉着师傅的手兴高采烈地出了古董店。

这会儿李艾琛已经走到古董店对面的马路沿上，见两人空手而归，猜想他们一定是"老土遇上贵族"，连话都不知如何说，于是哈哈大笑起来。

翟健民和师傅不愧是多年一起混日子，配合得相当默契，佯装一脸沮丧的样儿，见李艾琛教授洋洋得意的情形，默不作声。

“怎么样？碰钉子了吧？被骂出来了吧？我说你们俩啊，要说也不是第一次到英国做生意了。人家英国人做买卖，讲究的是一口价。你要，就掏钱，不要，就走人！你们两个老土，像乡巴佬似的，非要跟人家讨价还价，弄了个不痛快吧！丢脸吧？下次我们还怎么好意思到人家店来买货？！人家一看你们，还不拧起眉头？出门哪，尤其是到英国这样的地方，得讲规矩，明白吗？”这一路走，大教授李艾琛的嘴像开了闸门一样，滔滔不绝，脸上的神情更不用说，洋洋得意外加傲气凌人。

“是是！教授说得对。我们知趣，知趣！下不为例！”黄应豪一副唯唯诺诺的样子，装得惟妙惟肖。

翟健民哪忍得住，只见他突然快步跑到大教授前面，然后猛地转过身，掀开大衣：“看，这是什么？”

明耀耀的雍正胭脂红壁粉彩万寿无疆寿桃盘！

“哈哈哈……”这回大笑的是翟健民和黄应豪了。

翟健民和师傅这么欢欣鼓舞，除了内心得意耍了大教授一回外，更多的是对今天低价买得一件宝物的极度开心。外行人不知，这刻有“万寿无疆”四字的雍正胭脂红壁粉彩桃盘，在瓷器中可谓极品。中国瓷器宋、元、明、清四代中，明清的制作水准当算最高阶段，这与当时的中国国力之强盛有关。所以有人称瓷器为“国器”是很有道理的，也有人称瓷是镶嵌在帝国皇冠上的钻石，国盛，瓷也鼎盛。比如现在最值钱的瓷器，都是在明清两朝最盛的时代制造的。这一精美雅致的瓷品，其制作工艺极其复杂精细，只有当国家鼎盛之时才可能完成和实现。而且除了工艺本身外，还与那个王朝的文化相关。青花瓷工艺之所以到了清康、雍、乾三代达到登峰造极的地步，就是因为这清三代皇帝创造了中国国力和文化的高峰时代。康、雍、乾三个皇帝，其文化素养和美学追求及对民族传统的传承也鲜有可比者。青花瓷本身并非发源于清朝，元、明两朝就有，但到了清朝，尚白、尊白的蒙古民族文化，给这一瓷艺增添了新的文化活力。

这与蒙古民族的起源恰巧有了关联：据说在远古的蒙古草原上，一只受天命而生的苍狼和一头白鹿，在位于斡耐河河源的不儿罕山下结合后生下一个儿子，就是蒙古族的祖先巴塔赤罕，所以蒙古族人称自己是苍狼、白鹿的后代，圣洁、高贵、吉庆的白色便成了这个游牧民族的象征。白云、哈达、羊群，都是这个民族的特别之物。蓝天、白云成了他们民族的全部生活景象和无瑕疵的心境。以蓝白为主色的元青花恰巧与入关的清文化天然地融合在了一起，于是康、雍、乾三大鼎盛时代的皇帝，给了中国青花瓷以倾国之力的推波助澜。

这仅是一个方面。而另一个缘由则是康、雍、乾三帝对博大精深的中原文化异常钟爱，于是他们将这份钟爱毫不掩饰地倾注到了瓷器工艺上，在尊崇蓝白色的青花瓷外，同样也特别喜欢色彩艳丽的粉彩。比如康熙年间，景德镇官窑创造出了五彩以及郎红、胭脂红、豇豆红、天青、冬青、乌金釉和葡萄紫等单色釉，并且开始创始名贵珐琅彩。雍正年间，又添了茶叶末、炉均釉、粉青、钧红、果绿、柠檬黄、窑变、仿汝釉、仿官釉、仿哥釉等釉色。乾隆年间更了不得，创造出了仿生瓷以及诸如转心瓶等新器型。至此仍未终结，那位诗情画意极致的乾隆皇帝，对驻扎在景德镇的督瓷官唐英，要求更多、更奇，于是唐英老兄为了博得皇帝欢心，挖空心思，焚膏继晷，不时制造出一些奇异精巧之器，最典型的有转心瓶、转颈瓶、交泰瓶、窑变瓷等等。唐英与乾隆有“发小”之谊，所以每每新品出来后，他便不失时机地去宫里献媚邀功。久而久之，清朝留下了无数珍瓷奇品。

皇帝爱瓷器，又希望长寿，便将许多期望长生不老的意愿寄托在瓷品上，于是也有了从景德镇源源不断送到宫里来的印刻有诸如“万寿无疆”的各种精美瓷器。这样的官窑宫品，乃稀世之宝，弄到一个自然万分难得！更何况，翟健民与师傅现在捧在手中的这件雍正胭脂红壁粉彩万寿无疆寿桃盘，其价低得不能再低了！师徒俩不乐个仰天才怪！

更主要的是这回他们把自以为是的大教授好好地捉弄了一通！

“你们？你们还是把它买下来了？”李艾琛一愣，站在原地，终于反应过来，然后一本正经地说，“这就对了，好东西！ 5000 镑绝对值。买下来就对了！”

这边师徒俩还在哈哈大笑个不停。“笑啥？你们今天怎么啦？”教授不解，两眼更加愣了。

“你们真让那老板降价了？”教授自言自语问，“4800？”

黄应豪还是笑，笑得捂住肚子，躬着腰。

“最低 4500！”教授更加疑惑。

“是 3000 镑！”翟健民告诉了他实情。

“不可能！”教授看看翟健民，又看看黄应豪，无论如何，他不相信翟健民说的价，以为这师徒俩是在跟他开玩笑。

“是 3000 镑。民仔跟老板谈下来的。”黄应豪一边擦着笑出来的眼泪，一边告诉李教授。

“我的白马王子，你算把我反教育了一番！”李艾琛后来连连拍着翟健民的肩膀，感叹道：“我在英国待了那么多年，买过的古董不算少，但从来没有试过跟店家谈下来这么多价格。这说明什么呢？说明你民仔选择这行当非常适合。可谓长江后浪推前浪，一浪更比一浪高啊！我认定，用不了几年，你一定会比我们这些人强一百倍！”

“谢谢李教授的夸奖。我还要向您好好学习哩！”翟健民是个谦虚的人，他被教授说得脸上一阵热烘烘，不过心里是高兴的。而最高兴和得意的是黄应豪，他对李教授说：“我早就发现民仔在古董这方面可以有大作为。”

两个前辈的眼光确实锐利。20 年后，李艾琛教授作古，师傅黄应豪也移民加拿大，而翟健民已然成了香港和国际收藏界、古董界的“大佬”。那只由他谈下 3000 英镑购得的寿桃盘后来被香港收藏家收藏，按今天来论价，它绝不会低于 1000 万元人民币。

从 3000 英镑到 1000 万人民币升值了多少倍？ 30 余年并不遥远，“第一桶金”无论从经验和所具有的经济价值看，都是十分了不起的。

这就是翟健民古玩人生中的一个片段。

然而对一个职业古玩鉴赏家与经营者来说，一两次捡漏、一两桶金根本不能证明能力，只能算是在海边上沾了几滴水而已。大风大浪的考验才刚刚开始……

1978年春季，翟健民受师傅黄应豪委托，再次来到伦敦，这次他不是来捡漏的，而是作为“福成行”古董店的代表来参加著名的佳士得拍卖会。拍卖是收藏和古玩交易的主要形式，也是收藏和古玩业最重要的活动平台。在拍卖场上，所有能人和稀世奇宝皆会出现，所以大牌鉴赏专家和最有钱的大收藏家，都会在这个舞台上露面。能不能参与这样的国际性大拍卖会，本身就是一种实力和能力的象征。

20出头的翟健民来到伦敦，第一个考验就是他这么年轻，能不能获得大拍卖场的“入场券”。从香港出发之前，他和师傅在佳士得拍卖公司事先转来的宣传材料上看到一对清雍正粉彩缠枝八桃盘的介绍，“福成行”有个老客户葛先生喜欢这样的藏品，于是便委托翟健民和黄应豪争取到佳士得拍卖会上买下。师傅黄应豪对这样的事无能为力，因为他在语言上过不了关，所以翟健民便受命前往伦敦。作为经纪人，事先必须与客户谈好想“拿下”的价位，葛先生表示愿意出15000英镑。

翟健民初次试刀，到伦敦后他打听到英国拍卖行有个规矩：你在拍卖场竞拍到藏品后，可以延迟一个月后付款，但前提是，你必须是拍卖行的老客户。可一个毛头小子，加上籍籍无名的“福成行”古董店，要让世界著名的大拍卖行认可，有这样的可能？这不是天方夜谭吗？

怀着忐忑不安之心，在拍卖会开幕的前一天，翟健民“冒着天大的胆子”（他自己的语言）闯进佳士得总裁菲格尔先生的办公室。

他用流利的英语介绍自己后，十分坚定地对国际大拍卖行的老板说：“尊敬的菲格尔先生，我们虽然是贵公司的新客户，但是我们‘福成行’一定能够成为佳士得的长期客户，而且是优秀的老客户，因为我相信我和我老板的能力，因此我们也完全有信心与贵公司建立起长期的诚实的信用和友谊，所以我们希望能够得到与其他客户一样友好而平等的待遇。”

菲格尔是个大忙人，他正在一边处理文件，一边听着香港来的小伙子说话。他听懂了，然后抬起头凝视着翟健民那张年轻的脸庞，友善地笑笑说："翟先生，如果可以的话，能否告诉我，你的年龄？"

"我……今年25岁。"翟健民明白对方的用意，冒着胆，虚报了自己的岁数。

菲格尔疑惑了一下，但似乎信了。只见他从办公桌前站起身，走到翟健民的面前，笑道："是我的眼力有问题？还是翟先生看上去就显得格外年轻？"

"菲格尔先生，我可是已有8年行业经验了。"翟健民立即掩饰道。

"是这样……"菲格尔收起笑，顺手指了指屋内的一件摆设——一只青花瓷瓶，问翟健民："你能否告诉我这件花瓶是什么年代的？"

翟健民把头一偏，眯了眯眼，十分从容道："从器物的外形看，它应该是中国乾隆年间的官窑瓷器。如果菲格尔先生允许我上手欣赏的话，我就应该有更加可靠的判断。"

菲格尔没有答应翟健民的要求，而是伸过手来，握住翟的手，说："阁下，欢迎你加入我们佳士得的大家庭，现在请跟我来吧！"

翟健民知道他的"考试"成功了。菲格尔随即带他到了佳士得财务总监办公室。那位总监是个五十开外的长者，与翟健民几番专业"舌战"之后，连声"OK"。

就这样，初涉国际拍卖舞台的翟健民以其专业水平和交际能力，为"福成行"赢得了佳士得的特别待遇，更重要的是他以全世界最年轻的经纪人身份走到了国际舞台上。

那一天，佳士得大拍卖会隆重举行。在古老的交易大厅，来自全世界过百位收藏家及各路经纪人云集一堂。置身现场的翟健民第一次感受了什么是国际大拍卖场，也第一次体会到自己渺小到沧海一粟的滋味……

亢奋与激动，光荣与梦想。翟健民在此次国际舞台上，他看到和体会到了以往梦里曾经游荡过的古玩与收藏的殿堂；他看到和体会到了什么是真正的收藏与古玩；他看到和体会到了什么是人生与事业的境界与高度。第一次参加国际顶级拍卖，虽然翟健民顺利地替藏家以7000英镑的价钱拍得那对清雍正粉彩缠枝八桃盘，却也让他深深领会到：世界和国际舞台，并非简简单单的三两句话就能登上。在学问和市场面前，中国人要学的东西太多、太多！而翟健民认为，自己必须俯下身子，贴地奋斗，才有可能在国际舞台上展现一个中国古董鉴赏家和古董经纪人的风采。

为了这，他回到香港后向师傅黄应豪提出一个更加大胆的计划——去古老的中东寻宝，去探觅那世界最遥远、最珍贵的人类文明。

“你是说我们到中东去？”师傅黄应豪的头脑也是旋风式的，对于古董的敏感度堪称一流的他，马上意识到徒弟民仔的主意极好。因为黄应豪一向认为，玩古董和收藏，关键是要有新发现。市场和拍卖场仅仅是展示舞台，真正的大战场应当在产生古董和宝贝的地方，而最有价值的古董和宝贝必在产生人类最古老文明的地方。中东是人类古文明最早的发源地之一，当老牌的英国市场占据 19 世纪整个 100 年和 20 世纪大半个时代后，世界经济发生了变化，新兴的发达国家美国和日本在 20 世纪六七十年代迅速崛起，古董和收藏市场也渐渐开始转移到东京与纽约，尤其是到了 70 年代中期后，纽约古董和收藏市场已经开始超过伦敦，成为全世界的收藏与拍卖中心。新的国际市场形成后，更加开放与广阔的古玩业，不再只是一些有钱人的后院，而成为重要的全球性经济活动之一，那些有头脑的古董商和收藏者也不再局限于传统的欧洲区域，已经将目光投向更遥远的地方。

“师傅你说话呀！到底去不去？”翟健民追问师傅。

“当然去。趁现在全世界的古玩家还刚刚起步，我们香港和亚洲人还没有反应过来时，我们先到中东那边去，必定能找到宝贝！”黄应豪完全赞同翟健民的意见。

于是师徒两人在悄悄而紧张地筹备好资金并设计好线路后，便于 1978 年夏季的一天，从香港飞到印度新德里，然后再转机到了中东阿曼。

阿曼是中东小国约旦的首都，20 世纪 70 年代，这块土地还很封闭和落后。翟健民他们在这个中东国家的签证时间只有四天，也就是说，他们只能在约旦待上四天就得离开。师徒俩发现，这里的海关也独特：下飞机后，他们的护照被扣下，另外发给他们一人一张类似收据样的凭证，算是入境“通行证”。

在国际化城市生活惯了，又常常漫游到英国等欧洲国家的翟健民，对中东小国约旦感觉异常新鲜：男人、女人几乎都穿着长衫，尤其是女人，看不见她们美丽的身材，也看不见她们美丽的脸庞，只有一袭长袍和纱巾裹着的头上露出一双乌黑的眼睛，那般神秘感令翟健民无限好奇。除此外一切都是麻烦事：语言不通，住宿难找，交通更不便。出机场后，翟健民带着“哑巴”师傅好不容易找到一处城乡结合部的酒店下榻。夏季的约旦天气暴热，酒店房间里没有空调，也没有电扇。

“像是到了中世纪。”黄应豪抱怨不已，他实在难以接受满世界熏鼻的羊肉膻味，“民仔，求求你，想法找家中餐馆，否则你师傅明天就要逃回香港了！”

看着师傅的可怜相，翟健民苦笑着一挥手：“走吧。出去碰碰运气。”

不知花了多少时间，连翟健民都记不住了，反正到了这片原始的世界，时间已经并不重要了。黄应豪的眼睛贼尖，在阿曼的一个角落里，他发现有家中餐川菜馆，于是就像见了天堂一样欢呼。饭店老板是个四川人，他的“中餐”已经变得中不中、西不西了，但好歹算是解决了黄应豪不吃牛羊肉之苦。

“老乡，你知道这里的古董店在什么地方？”翟健民最关心的是他来约旦的目的。

“你们是搞古董的啊？”饭店老板直摇头，怎么也想不起来这里有什么古董店，“没听说过。要不你们去问中国驻约旦大使馆，他们说不准会知道。”

第二天两人打上出租车，直奔中国大使馆。当他们看到一栋房子上空高高飘扬的五星红旗时，万分激动，似见了亲人一般。

“请开门！开门！”翟健民兴奋地上前连敲使馆大门，但里面好像没有人似的，半天没回应。又甩开嗓门儿高喊了几声，铁门终于“咣当”一下，露开一条缝。

“你们是……”一个30多岁的中国男人半露着脸，警惕地注视着二人。

“同志您好，我们是香港人，这是我的师傅黄应豪先生……”翟健民赶紧堆笑着向使馆工作人员说明。

“什么事？”对方问。

“是这样同志，我们是第一次到中东来，人生地不熟，希望能够了解一下阿曼的古董行，就是买卖古玩的地方……”

“咣当！”还没等翟健民说完，大铁门突然哐的一声撞击，关闭了。

“哎哎……”翟健民顿时束手无策，愣在门前。

翟健民不再说话了，心里却憋得慌：在英国，香港人是二等英国公民；在中国，香港人又成了“外国人”，啥时候香港人能堂堂正正成为一个国家的真正公民呢？这份愿望那一刻在这位年轻的古董经纪人心里格外强烈。

千里迢迢来一趟中东就这样罢休了？自然不能。

靠师傅是靠不上的。在香港，他师傅黄应豪天大的事都能对付，而到了国外，就连出门找个厕所都要翟健民帮助。没法，翟健民只得自个儿跑到酒店大堂转悠，看看有没有意外的惊喜，最好能碰到个黄皮肤的亚洲人。可惜，半天下来，老天没有给他这份幸运。

“先生，有什么可以为你效劳的？”就在翟健民灰心丧气的时候，一个十三四岁的小门童竟然过来向翟健民说了句生硬的英语。

“OK！”翟健民喜出望外。他指指酒店大堂摆设的一件瓷器，然后不停地比画，像说哑语。

“OK！ OK！”小门童非常聪明，像是理解了翟健民的意图，兴奋地说，“我有一个哥哥，本事可大了，我哥哥能帮助你。”

当晚，小门童的哥哥如约而至。这位穿得花里胡哨的阿拉伯青年，英语还算不错，他们能够交流。翟健民假称自己是个中国裁缝，路过约旦，想买几件古代的中国陶瓷做纪念品带回香港分送亲友。阿拉伯青年不住地拍着胸脯，连声说OK，还说自己认识的某个地方，那里的古代中国的瓷器很多，堆得像小山一样，而且价格很便宜，只是路程稍微远了一点，如果包车前往的话，六小时就能够抵达了。

翟健民一听兴奋起来，忙问地名。青年说是叫“耶路撒冷”。

“耶路撒冷？！”翟健民似乎曾听说，又一下想不起来这“耶路撒冷”跟以色列那边的耶路撒冷是不是一回事？他没有多想，兴许阿拉伯国家的地名都很相同吧！

“明天一早我们就出发。包车费用300美金。”翟健民和这位约旦青年讲好条件和时间。

“OK！”显然，“中国裁缝”的爽快和出手大度令阿拉伯青年很满意。

“这回有救了！民仔，我以前听说过耶路撒冷是世界三大宗教圣地，那里肯定有许多古董！我们一定会有收获的！”师傅黄应豪情绪猛然高涨，在房间里哼起小曲儿来。

出发那天，已是翟健民他们在阿曼停留的第三天。凌晨四点，师徒俩按时到达酒店门口，整装待发。不一会儿，阿拉伯青年开着一辆老掉牙的“富豪”牌轿车来了，奇怪的是，这辆车的后车玻璃被砸碎了，玻璃碴子落满后座。翟健民问这是怎么回事，阿拉伯青年抱怨说，阿曼的社会治安太差，昨晚有小偷砸玻璃偷了车里的东西，所以弄成这个样儿。

“还去不去了？”翟健民有些怀疑，便转头问师傅。

“去！我们两个人，你师傅又学过武术，加上你民仔年轻力壮，怕他不成？”黄应豪求宝心切，才没有将眼前这位野路子的阿拉伯青年放在眼里。

既然如此，翟健民拉上师傅便上了车。

这时，阿拉伯青年并没有让车子立即跑起来，而是将手伸向了翟健民。

明白，人家要车费。于是翟健民把备好的300美金给了对方，破车这才摇摇晃晃驶出酒店。

有个重要细节被一向细致的翟健民忽视了，那就是这位阿拉伯青年停车谈话期间汽车始终没有熄火。其实也难怪，中东国家个个都是产油大户，脚底下埋着的石油跟海洋一样多，谁在乎浪费那么一点汽油！

车子离开首都阿曼，飞奔在一望无边的沙漠上。一阵阵热浪扑面而来，人受不了，车子也不停地喘着大气。

“加油了！”阿拉伯小伙子看到路边的加油站，将车子徐徐驶入。这里车必须熄火。但等加满油后，翟健民突然发现，这个阿拉伯青年不是用钥匙启动汽车，而是用两根铜线在为汽车点火！

翟健民看了看师傅，两人对视了一下：这小子给我们开的车子是偷来的呀！

怎么办？翟健民用眼睛跟师傅说话。

黄应豪的脸一下阴了下来，只见他的目光转向茫茫大沙漠，眼皮马上耷拉了下来：还能咋办？听天由命吧！

问题是，如果这小子是坏人怎么办？我们跟他玩命？翟健民眼语师傅。

咱俩还打不过他？

这是人家的地盘，我们人生地不熟的，若他把我们带到一个强盗土匪窝，我们还能打得过？

别吓人啊！那民仔你给师傅拿主意。黄应豪的身子有些颤抖起来。

别怕，我有招。翟健民用胳膊碰了碰师傅，示意他别紧张。

“小伙子，你去过中国吗？”翟健民用英语跟开车的阿拉伯青年扯闲话。

“没有。但我很想去，去找你们中国的李小龙学中国功夫。”阿拉伯小伙子来劲了，滔滔不绝地说着他和阿拉伯青年如何崇拜李小龙。

翟健民趁机大吹，自己如何与李小龙是朋友，一直在一起练功夫，并且不停地挽起自己的胳膊，让对方看自己结实的肌肉。黄应豪瘦如柴木，却因为从小练过“三脚猫”功夫，特意在阿拉伯小伙子面前舞弄了几招，看得那小子目瞪口呆，连声高呼：“哇！”

其实这小伙子哪里知道，华人武打明星李小龙已于1973年去世，由于约旦资讯极为落后，这里的人根本不知道李小龙后来的事。翟健民和黄应豪想的是，如果这位阿拉伯青年起歹心，那么他们的“李小龙式”功夫就会对他不客气。哪知这个小伙子真是一个武术迷，一路上跟翟健民打听李小龙的轶事和中国人如何学功夫的事。翟健民紧抓其心理，口若悬河地跟他讲中国男人如何个个从小都练武、人人怀揣有好功夫，甚至在停车休息时，翟健民还与师傅黄应豪有模有样地对打了一番，惹得小伙子摸不清这两位中国人的功夫到底有多高深！

重新上车时，那位小伙子有些泄气地开了一阵子后，在一片类似一个古罗马斗兽场废墟的地方停下车。

“来，我们在这儿拍个照，作留念。”翟健民提议。阿拉伯小伙子听后特别高兴，凑到翟健民和黄应豪身边。而翟健民却有意在自拍的相机前摆出一副“功夫李小龙”的样儿，差点让师傅黄应豪笑出声。

毕后，翟健民举目远眺四周一片沙漠，问那小伙子：“耶路撒冷还有多远？”

小伙子诡秘地一笑，用手指指远方，说：“不远了，一会儿就到！”

破车又一阵狂奔。

大约到了下午三点，翟健民终于看到了一座沙漠小城市。与其说像城市，还不如说像我们国内西北的一个小镇。

小伙子似乎一下来了劲，猛地跳下车，飞跑着去找他的朋友。他的那些朋友们个个衣衫不整，蓬头垢面，不用说，一看便知都是些游手好闲的浪荡汉。瞅着他们一边神秘兮兮地窃窃私语，一边又不时用眼神朝车这边乱扫，这让翟健民和师傅黄应豪紧张到了极点。

“完了完了，民仔，这回我们可惨啦！那小子看样子想找人合伙害我们呀！”师傅的脸色都变了，怂恿翟健民：“你会不会鼓捣这车子？我们往回走吧！”

翟健民心想：你是师傅还不知道吗？我一直当你徒弟，哪摸过车子嘛！“看看再说。”翟健民的眼睛一直紧盯着那个小伙子，看他跟那帮人想要干什么。

开车的小伙子回来了，说上车子里取东西。翟健民突然一把抓住其胳膊，问：“这是耶路撒冷吗？”

“NO！ NO！”那家伙一惊，立即挣脱。

翟健民知道事到如今，必须当机立断，否则不知会发生什么险情，主意一定，他反倒不再惧怕，于是非常威严地对那阿拉伯青年说：“那好，我们今天必须要赶到耶路撒冷，你马上上车！”

又是一连几个“NO！ NO！”那家伙也似乎发现翟健民他们

已经识破了他，死活不肯上车。翟健民不松手，他知道假如一放手，说不准今晚他和师傅俩就再也回不了阿曼，更回不了香港自己的家了。也不知哪来的功夫和力气，翟健民一用力，一下将其拉到车上，呵斥一声："走！否则这个车子就归我了！"并且做了个自己要驾车的样子。

一切都做得出其不意。那家伙领略了翟健民的"中国功夫"，同时无计可施，只得就范启动汽车，极不情愿地离开了小镇。之后的时间里，三个人憋在车上，没有一个人说话，唯有汽车在沙漠公路上发出隆隆声响。此时夕阳西斜，一派"大漠孤烟直"的诗意般景象，然而翟健民跟师傅根本无丝毫兴趣欣赏，他们的心悬在嗓子眼儿，用眼睛商量着如何办——

再不能往前了，这小子肯定不怀好意，师傅黄应豪示意。

翟健民和师傅悄悄商量后，决定不待天黑，立即返回阿曼。他把这个决定告诉了这个青年后，那小子立即踩了刹车，跳下去，嘴里不停地嘟囔着："NO、NO、NO！"

现如今，他们已经进入沙漠深处，而且是两个人对一人，谁还怕谁呀。翟健民一屁股坐在驾驶座上，佯装着要发动汽车。

这下急坏了那家伙，他踉踉跄跄地重新跳上车子，争着从翟健民手中夺回方向盘。

翟健民顺势把驾驶座让了出来，说："那好，车还是你来开，但是必须立即把我们送回酒店。为了感谢你的帮助，我们额外再多给你 100 美金。"

那家伙气不打一处来，脑袋摇得像拨浪鼓，连说太少了。

翟健民又装作极不情愿地退让道："那就再加 100 美金，共 200 美金，不能再多一分钱了。"

阿拉伯青年这才勉强发动汽车，随即又把手伸向翟健民，意思是：给钱呀！

翟健民没有理会，连眼珠子都没斜一眼他，说："这次不能提前付费，必须回到酒店后再给你。"说完，特意把胳膊上的衣袖往上卷了一下："我们中国人从不说谎话，你看过李小龙的电影吧，我们每一个中国人都和他一样，说到做到，绝不含糊！"

那家伙看着翟健民的架势，再也没有吱声。

返程的路上，翟健民严密地监视着这个阿拉伯青年，像押送俘虏似的，形影相随，即使他下车方便，翟健民依然寸步不离。

那是一个漫长而黑色的沙漠之夜，翟健民和师傅提心吊胆地在破车上煎熬过了十来个小时。

回到阿曼原先住的酒店，已是凌晨五点。翟健民向那个阿拉伯青年支付完 200 美金后，连头都没回便带着师傅进了酒店，那一刻，他真想发挥一下“李小龙”的功夫，可惜一是他并不在行，二来他也不敢胆大妄为，这毕竟是在举目无亲的陌生之国，多一事不如少一事，师徒俩没埋骨在沙漠里就算是万幸了，脱险比什么都重要。

回到房间，师徒俩早已人困马乏，倒头就睡。下午两点，他们又奔向机场，后来又扔了 50 美元，才从警察手中取回护照，登上了回家的旅程……

四天的中东淘宝旅程，一路惊险，除了和那个阿拉伯青年在古罗马时期废墟上的那张合影外，只剩下一通惊吓和白白扔了近千元美金。

这回翟健民和师傅没有找到宝贝，庆幸的是捡回了两条命。

“现在回想起来，觉得当年我和师傅的知识还是太有限了，加上资讯又不发达，才白白冒了这么个没有意义的险。我们当时的目的是寻找元青花瓷，在我们的概念当中，丝绸之路的终点是古波斯国，当时大量的元青花瓷沿着丝绸之路被带往波斯，但是，我们并没有认真做功课，约旦这个小国并非丝绸之路上的国家。因此，这样的出行不但找不到宝贝，还徒增了无穷的危险。”

淘宝的路，就是一条夺命之途，平安去、平安回，就是宝。带着梦想去，赤裸着身子回来，也可算捡了不太差的宝；如果花钱花力淘上一堆宝，结果差点把命丢了，那样的淘宝还不如是逃命更准确。

多少淘宝者，有去无回，杳无音讯，有的只是人家对他出征的一点儿记忆，或许用不了三天就忘却了。但对淘宝者来说，这样的冒险只能算是一个小小的独幕剧。

“印度间谍案”才可算一出完整的连续剧——

第四章　印度间谍案

说翟健民是位国际级古董鉴赏家和收藏家，并非信口开河，这与他驰骋古董行40余年的经验积累有关，更与他在这40余年里独闯天下那游侠般的传奇生涯有关。

自1975年与师傅黄应豪一起赴英国寻宝开始，翟健民便没有停过每一年的“寻宝远征”。特别是他单挑置店后，生意做遍世界各地，可谓东西南北无处不去，只要哪儿有中国古董，他便像一只嗅觉异常灵敏的猎犬，定会出现在哪儿。正是他的这种勤奋与勇敢，才练就了今天独一无二的能力与本领。而这期间，他的一次次寻宝旅程也变成传奇和冒险，同时也折射出古董行当的艰难与惊险。

1988年，翟健民自己的“永宝斋”开店不久，他和好友赵胖结伴开始跑欧洲、美洲，主要是去英国的伦敦和美国的纽约进货。

有一天，“永宝斋”迎来一对穿着盛装的不丹妇女，她们是母女，与翟健民是老熟人了。母亲叫丽姐，女儿叫兹妮。据她们自己讲，母亲丽姐曾是不丹王国的一位公主，并不知道是什么原因让这位小国的公主逃亡并长期定居在了尼泊尔。不丹和尼泊尔都是中国的邻国，尤其是不丹，在地图上小得像颗米粒。那个高得像在天上的神秘小国到底发生过什么事，身为邻近大国的我们几乎一无所知。翟健民认识丽姐是他跟随师傅黄应豪在“福成行”打拼的70年代中期。那会儿丽姐每次从尼泊尔来香港，都住在香港的重庆大厦，这里是尼泊尔、印度、巴基斯坦商人以及藏族人的聚集区，而重庆大厦与“福成行”所在的远东大厦相邻。“不丹公主”丽姐每次到香港的时候总是带几件古董瓷器卖给他们，渐渐的她就成了“福成行”的常客。翟健民就是这样认识她的。

丽姐不仅自己卖货，而且也会给翟健民他们介绍些尼泊尔的事，比如她说在尼泊尔民间也散落了许多中国古董瓷器，样子很诱人。这让心有灵性的翟健民牢记在脑：什么时候到尼泊尔淘宝去，说不准能找到好宝贝呢！

“你敢去？听说那个地方可是连老虎都不敢上去的野蛮之地！”师傅黄应豪对徒弟的“远见”心存疑惑。

“就是因为一般人去不了的地方，我们才应该去，才有可能发现宝贝呢！”翟健民是初出茅庐的虎仔，在他的脑子里，只要有机会，他的勇气和精神就会勃发。

“也是，是福是祸，去一趟？”黄应豪内心特别欣赏徒弟的这份执着与敏感。淘宝不冒险，老天爷是不可能捧着宝贝到你家里来的。

“去！”翟健民只用一个字就把去尼泊尔的事跟师傅定了下来。

师傅毕竟老谋深算，他突然想起：“哎，民仔，你二姐夫不是去过那里嘛！让他给指指路。”

翟健民眯着眼笑了：“我早想到这个了！”

黄应豪用手指指徒弟，再没说话，心里暗喜：我的徒弟就是醒目。

说起二姐夫，翟健民内心也有一份敬佩之意，那才是真正的胆大者。翟健民的二姐夫娄镜忠，或许是香港人中最早去尼泊尔的经商者之一。不过娄镜忠去那边并非为了古董，而是去采购他所喜爱的尼泊尔新近制造的铜佛像。世界屋脊之上的尼泊尔，是佛祖释迦牟尼的故乡，在那个信奉佛教的国家里，盛产铜制佛像，非常有名，东南亚信徒们都很喜欢，尤其是香港人，能在家里供奉一尊尼泊尔铜佛像，是一份虔诚的佛心。

在二姐夫的引线下，翟健民与师傅黄应豪第一次到尼泊尔“吃螃蟹”是在1976年，他们的目的地是尼泊尔首都加德满都。但那一次两人基本上毫无收获。除了停留的时间只有四天外，因为交通和信息的不灵，两人去后几乎是两眼一抹黑，留给翟健民的唯一记忆是：首都加德满都，像中国西部一个很落后的小县城，那里的人生活节奏慢得像大马路上悠悠晃晃的老黄牛一样，除了一些早起清扫马路或者送牛奶的当地工人外，大部分人上午十点钟以后才开始上班，就连孩子们也是在这个时候才背着书包去上学。生活条件更不用说，住的是“酒店”，却连干净的饮用水都没有。早晨起来想漱口，那“酒店”水管里冒出的水跟泥浆一样黄浊，他们只得用自己随身携带的可乐漱口；洗澡更谈不上，翟健民年轻体健，就利用积攒的屋檐冰水，简单在身上擦一擦，师傅黄应豪就惨了，索性躲在被窝里不洗不漱……

也许是这次“苦难经历”和“颗粒无收”的原因，之后的十年里，翟健民跑遍世界各地，唯独再也没有去珠穆朗玛峰南缘的佛国尼泊尔。

“翟先生，你也开店了！恭喜恭喜！”无巧不成书，十年后的一天，那位“不丹公主”丽姐和女儿突然出现在翟健民的“永宝斋”。

“谢谢丽姐！谢谢兹妮！”兹妮是丽姐的女儿，翟健民在自己的店里见到老朋友，十分高兴。

在过去的十年里，丽姐一直与女儿合伙跑单帮，非常不易。老朋友再度见面，丽姐给翟健民送来两件清代的高足杯。翟健民一看是乾隆官窑，虽然器型较小，但还算是不错的古董。

“是从你们那边收上来的？”翟健民一边看杯子，一边问，因为在他的记忆中，当年他去尼泊尔几天淘宝根本就没有见过这类小宝贝。

“翟先生，这几年情况可就大不一样了！”“不丹公主”丽姐时年50来岁，已经完完全全变成生意人了，但是身上依然散发着某种贵族的气质，其女儿兹妮芳龄20左右，出落得花枝招展。丽姐告诉翟健民，近年来，由于香港商人去尼泊尔的越来越多，特别是各路古董商，她们那里的人们也开始翻山越岭往加德满都送货，使得尼泊尔的古董市场渐渐活跃起来。“生意好得很哪！”丽姐知道此时的翟健民已经在香港声名显赫，所以约他再度到尼泊尔寻宝。“你去了，我给你当向导。”丽姐异常热情地说。

“谢谢。我一定要去的！”翟健民连连致谢。

尼泊尔是个山地国家，位于喜马拉雅山的南侧，没有去过的人其实并不知道，我们的这个邻国，事实上海拔高度并非令人窒息。2012年我受中国作家协会派遣，率中国作家代表团访问尼泊尔，从而也了解了这个邻国的一些情况。公元前6世纪就建立了王朝的尼泊尔，最初的时候，受印度等周边强国的影响，长期没有获得统一。直到公元1769年，兴起于尼中西部地区的沙阿王朝的廓尔喀王普里特维·纳拉扬·沙阿彻底征服了加德满都谷地，从此尼泊尔才趋于统一，并有了年代准确、资料翔实的历史。1814 年英国入侵，尼南部大片领土沦为英属印度版图。1846 年至 1950 年的 100 多年历史里，拉纳家族依靠英国人的支持，夺得军政大权，并获世袭首相的地位，使国王成为傀儡。1923 年英国承认尼泊尔独立。1950 年，尼泊尔人民多次掀起声势浩大的反对拉纳家族专政的群众运动和武装斗争，国王特里布文和王储马亨德拉在印度的支持下，通过谈判恢复王权，拉纳家族统治结束。1960 年，马亨德拉国王取缔政党，实行无党派议会制。马亨德拉国王对中国特别有感情，多次访问北京。我在参观他的博物馆时，竟然发现了我曾经工作的作家出版社 1964 年出版的这个国王的中文版诗集。马亨德拉家族在 21 世纪初被国内反皇权势力推翻，其后裔逃往了国外。但当听说我是中国来的作家后，他的留在国内的一位皇室侄亲专门在政府为其保留的一处皇室宫廷为我和代表团的作家们举行了家庭晚宴，详细介绍了他祖先的光荣史，令我们受益匪浅。

今天的尼泊尔和首都加德满都同翟健民 35 年前去时已有了很大的变化，但满街的破车仍在行走，老牛慢悠悠地仍在散步，酒店里仍喝不上开水——人家尼泊尔人本来就没有喝开水的习惯。加德满都有“寺庙之都”的美誉，到处可见各式各样的庙宇、佛塔、神龛和殿堂，最负盛名的大梵天庙、大佛塔等建筑气势雄伟、金碧辉煌，是外国旅游者的主要游览观光地。

到尼泊尔不去佛祖释迦牟尼的诞生地蓝毗尼，当然是个遗憾。我问去过尼泊尔无数次的翟健民，他竟然惭愧地摇头，这让我有理由嘲笑他是个并不纯粹的佛教徒。离首都 360 多公里的蓝毗尼，事实上并不是所有的人都能够到达的。因为这一段路尽是高山峻岭，除了空中走廊外，没有其他交通方式可达。乘飞机其实只有半个来小时，但由于尼泊尔还是个比较落后的国家，那天搭上蓝毗尼的客机真吓了我一跳：说客机，实际上只有直升机那么大，二十来个座位。最要命的是下飞机时一看，哪有机场，就是晒谷场那么大个地盘。到佛祖的出生地还得坐两个小时的面包车。摇摇晃晃到蓝毗尼后，才知为什么极少有信徒到此朝圣，原来路实在太难走。那场惊心动魄的旅行回国后不到半个月，我就从电视新闻里得知有一架从加德满都去蓝毗尼的飞机坠毁在山谷，机上15人全部遇难。我因此问翟健民是不是因为怕死没有去蓝毗尼，他只是笑，没作正面回答。

与70年代中期的学徒翟健民相比，1988年再度踏足尼泊尔的他已经是古董场上的高手了，眼力和鉴赏水平远在同行之上。这回他到尼泊尔，目标明确，视野宽阔，胜券在握——他要的是古董瓷器。

按照尼泊尔政府的规定，尼泊尔本国的历史文物不允许出境。翟健民心知肚明，到一个异国他乡收购中国古瓷器，弄清当地法律是第一门课，其次才好去碰货。尼泊尔的社会很特别，上流社会与下层百姓泾渭分明。好在上下层社会通用英语，这样翟健民与他们的交流没有语言的障碍。特别是有丽姐母女帮助，翟健民如来到乡土。每次去尼泊尔，翟健民最多住上五六天。通常是第一天到达加德满都，就有丽姐母女接待洗尘。第二天就开始等待母女俩去通知那些准备出售古董的人，告诉他们说香港人又来了，于是有古董的各家便开始准备他们要出手的瓷器。加德满都没有古董市场或古玩商店，一切沿袭着最原始的交易形式——来自民间的散式交换。第二天或第三天开始，翟健民便在丽姐母女的带领下，挨家挨户上门看货谈价。一旦交易成功，翟健民便按行规付给丽姐母女一定比例的佣金。第四、第五天办理回程手续。每走一趟尼泊尔，翟健民总是满载而归。这样的佛国寻宝之路，平稳而有序地走了若干回。

一般出售古董给翟健民的人，大多是早年移居尼泊尔的藏族人。从他们家里收购的瓷器许多是清三代（康熙、雍正、乾隆）的高脚杯，这种杯子藏族人有三个用处，一是吃糌粑，二是饮酒，三是祭祀用。高脚杯的产地是中国的瓷都景德镇，是在明清时期，由朝廷赏赐给他们祖先的。还有一种说法，是西藏的喇嘛去宫廷诵经之后，皇帝赏赐给喇嘛的。藏族人非常珍视高脚杯，回到高原后，他们用皮革等材料制成杯套，方便骑马时携带，因此藏族人又称其为“马上杯”。它的收购价格，在20世纪70年代是几十美金一只；到了80年代约为1000美金；到90年代初就已经涨到上万美金了。也就是说，大概每过十年，价格就会上涨十倍。这样的生意，平平稳稳，时长价涨，符合一般商品价值规律。翟健民是个从不求“一口吃饱、终身不饿”的古玩商人，所以尼泊尔之旅的若干时间里，他与丽姐母女的合作愉快而惬意。这是因为，翟健民对尼泊尔这个国家的古董藏家们的生活方式很感兴趣，并且在收宝过程中，让他了解到了许多普通尼泊尔人的生活习惯。比如，尼泊尔人的房子都很奇特，大多建在半山腰上。房子一般都很矮，进出的门只有一米来高，像翟健民这样一米八个头的男人都得弯腰低头才能进去。听当地人说，古时候有位皇帝是个侏儒，害怕别人瞧不起他，所以皇帝就命令臣民们必须在建造房子时把门建得低低的。当然这只是传说而已。更有趣的是，翟健民他们离开加德满都去郊区寻宝时，会让他有很多惊喜。如他去一户人家，会习惯性地看一下人家的厨房。这个习惯是翟健民自己养成的，因为说不定在当地老乡家里的厨房里摆着的那一摞他们平常吃饭的碗里就有他所需要的古董瓷器。这在翟健民看来，贫苦的尼泊尔人实在又太奢侈了——他们居然用世界上最美丽、最珍贵、最值钱的中国古董瓷碗在吃饭！有一次，翟健民在一户老乡家的厨房翻腾，结果从十七八个摞着的碗中，居然挑出了两只康熙、三只乾隆共五只官窑！这种景象让我们的古玩“大佬”差点惊掉了下巴！

翟健民慢慢的了解了其中的原因，当地普通百姓不可能有那么高的水平，区分先人们留下来的器物哪些是普通的生活用品、哪些是价值连城的古董宝贝。因此遗憾的事也常有发生，有些非常高档、漂亮的瓷器，不是磕了碰了，就是磨损严重，破了相，从收藏的角度来说，价格就会相差很大，这个时候的翟健民总是口中不停地发出啧啧叹息声。遇上这等事，换了谁都一样。

去一次尼泊尔，翟健民就想对发现的宝贝“一扫而光”，而且他也几乎都能达到目的。那些年里，翟健民基本上每隔三四个月就往尼泊尔走一趟。问题来了：既然那边货色那么多，为何非得过三四个月才成行一次？是翟健民当时手头流动资金短缺？否也。那为何？

“那个地方不像我们香港和内地，所有的货都是靠民间的人手传手、口传口，当地人相互之间的关系都是靠千丝万缕的社会和血缘关系联结，你有没有货，要靠人与人托信，你有了货，也是通过人与人的口讯相传，当确定可以卖出后，才有人再把古董瓷器送出来。这个过程，看似并不太复杂，但由于交通的极度不发达，即便像中国内地上海到杭州的路程，可在尼泊尔可能就得翻山越岭，需要几个月才能把一件货弄到加德满都或首都郊区。当然还有价格上的问题……”翟健民这样解释。

生意人必须讲究价格，生意成不成，关键也在于价格。有件事翟健民可谓耿耿于怀：在20世纪70年代，那时他到尼泊尔寻宝，看上了一件乾隆青花缠枝莲高脚杯，其纹饰漂亮，且是藏文装饰，在当时极其罕见。翟健民最初开价5000美金，这已经是不低的价，可那人非1万美金不卖；过了一年，翟健民再把价格提升到8000美金，那人又涨到了15000美金！如此循环往复，他们两人相持了二十年，翟健民始终没有得到。好友劝他说，你不如一咬牙把它买下，省得他下次又涨价了。翟健民说：“没有这个道理！因为我是经纪人，一方面，我是有成本的，除了路费等杂七杂八的开支外，还要按行规给介绍人一成的佣金，这样算下来成本就不低了；另一方面，虽然我能够在交易现场按临时出现的新价格替自己的客户买下，但这里面就有了风险，作为经纪人，我不能轻易把这份风险搁到客户身上。如果事先没有说到，这样的事绝对不能做。这也是我作为经纪人所长期秉持的原则。”翟健民把自己的客户当作上帝，不是放在嘴上，而是真正嵌在心里。

相反的例子也有。1985年，翟健民在尼泊尔看上了一只乾隆黑地绿釉花鸟盘，持有人也是尼泊尔的行家。对方上来就“吼价”，非要卖30万美金不可。翟健民就笑，说：“你不妨去找别人试试运气，看看能否卖掉？咱们买卖不在人情在。”整整十年后，也就是到了1995年，那个持宝人又来找翟健民，这次开价是15万美金。翟健民笑了，将手伸过去：“成交！”这就叫正路子上的买卖。

数年涉足尼泊尔，在翟健民眼里所看到的加德满都人手中的古董瓷器，元代以前的老窑瓷器罕见，明代的瓷器也少，绝大多数是清代的瓷器，并且以清代官窑的瓷器居多。这种情况与香港的市场相比较，对翟健民“走货”形成了非常有利的局面，因为香港的收藏家大多喜欢官窑的瓷器，原因是价格要比民窑瓷器高出许多倍，从投资角度看，收益自然颇丰。

“民仔了不起！”此时已经离开香港的师傅黄应豪听说后，不禁大加夸耀自己当年的徒弟。

果真？轮到我采访时问起这个话题时，竟然想不到我们的“大佬”翟健民一听便连连摆手：“NO！ NO！”

“说去尼泊尔是上天堂的话，那还不如说是去下地狱更准确些。”翟健民感慨万千道。

怎言“地狱”？

“就说最起码的吃饭吧！”翟健民说，他的肠胃功能原来就不好，有严重的胃病。最初到尼泊尔时，他主要依靠自己从香港携带的饼干和罐头度日。其日常的饮用水，是他事先在泰国转机时买好的可乐或矿泉水。后来，他在加德满都认识了一家日本料理店的老板，也是尼泊尔人，成了朋友。于是翟健民每天自己带去矿泉水和罐头，然后在店家那里买一碗米饭，再炒一个素菜。这就是他在尼泊尔的“五星待遇”了。

其实，在尼泊尔生活最大的隐患是当地极差的卫生条件，流行性传染病很多，特别容易将像翟健民这样的外国人击倒。“但我好像是条‘变色龙’，从来没有被击倒过。”翟健民很为自己的独特适应能力而自豪，但翟健民的二姐夫娄镜忠等人就没他这个能力了，有一次二姐夫娄镜忠就差点因得了一种叫阿米巴痢疾的传染病而命丧尼泊尔。

“要奋斗就会有牺牲！”翟健民生在澳门、长在香港，但由于从20世纪70年代开始常往内地走，所以内地说的一些“政治语言”他也很熟悉。他总把这样的淘宝苦乐与冒险趣事，学着我们的腔调自嘲、自励一番。困难和死亡谁不怕？但对玩古董者和淘宝人来说，苦难和死亡，几乎是他们成功的相伴物，没有哪一个大古董商和著名淘宝人没在死神的殿堂里溜达过。人不怕死是假话，但对淘宝人而言，怕死就别干这行当。

谁也不想找麻烦，但是，麻烦偏偏却自己找上门来——身为古董玩家和经纪人的翟健民怎么也不会想到，自己这辈子竟然会和“间谍案”搭上关系。

“说来话长——”事情已过去25年，但翟健民对此依然耿耿于怀。

1989年春节来临之际，也就是他的“永宝斋”开业第二年，经常去尼泊尔做生意的二姐夫娄镜忠带着他的朋友，以及翟健民的小弟翟伟民和“永宝斋”的另一个伙计，四个人合计说一起到尼泊尔过春节，顺便淘些宝回来。一举两得的事，翟健民表示赞同。四个人中除了翟健民的二姐夫娄镜忠去过尼泊尔，其余人都是第一次去。翟健民之所以同意包括弟弟在内的几个店里的伙计同去，一方面是想让他们熟悉一下尼泊尔的瓷器市场，增长见识，另一方面也是顺便让他们几人出国旅游一回，算是对他们辛苦一年的奖励。

按照旅行计划，一行四人应该在大年初五这一天返回香港。但就在大年初一的早上，弟弟从尼泊尔那边打来电话，说经当地朋友介绍，在印度的锡金发现一只宣德年款的蓝釉僧帽壶，非常漂亮，价格也不太贵，他们几个想过去看看。

翟健民的脑子迅速转动起来：宣德年款的蓝釉僧帽壶在国际市场上50年都不会出现一次，北京故宫没有，台北故宫也仅存一两件，属稀世珍品，值得寻觅。翟健民想的另一层意思是：锡金这个地方，一般人不太注意，但从历史上看，锡金与中国有着悠久的历史渊源，特别是在乾隆年间——1700年，尼泊尔与锡金爆发战争，尼泊尔的廓尔喀军队入侵锡金，攻占锡金当时的首都拉达孜，锡金国王越境逃亡到西藏。廓尔喀军队继续向西藏推进，一度占领整个后藏并洗劫班禅喇嘛的驻地扎什伦布寺，结果达赖与班禅向清廷请求援军。当时的乾隆皇帝先后两次用兵，最后由福康安和海兰察统率清军于1791年将廓尔喀人全部逐出西藏，并越境追击至尼泊尔首都加德满都城郊。廓尔喀军队在挫败清军前锋获得小胜后请降，从此成为中国的藩属，这也是乾隆“十全武功”的最后一件。从逻辑上推理，锡金那里完全有可能遗存着中国瓷器，而且说不准还有其他古董界不甚了解的稀世珍品呢！

应该去锡金走一走！翟健民想到这儿，便同意了弟弟的请示。

正是应了老人常言的一句老话：大年初一不出远门，出远门怕凶多吉少。

1989年春节的大年初一起之后十余天时间里，翟健民的四名亲友竟然像从人间蒸发了一般，一下子就神秘消失了……

开始几天翟健民并没有在意。“永宝斋”是初六开门营业，按理说弟弟翟伟民和另一个伙计应该提前一天到店里为第二天正式开门营业做准备的。可是，初五那天两人并没有与翟健民联系过，翟健民虽有过不悦，但也没有太放在心上，觉得几个人好不容易出去一次，多待一两天算正常，说不准是路上交通不便，耽误了时间。尽管如此，翟家上下还是有些担心，于是就给尼泊尔那边的酒店打去电话询问。对方答复是，这四个人的行李还在酒店，但是人还没有回尼泊尔。

“那可能是耽搁在路上。那边交通和通讯肯定够呛，等等吧！”翟健民这样对家人解释。他常出差，知道出现些路程上的意外也属正常。在香港的家人们猜测，几个人初次去锡金，或许觉得那边太神秘好奇，他们决定多玩两天。

但时至初六、初七，一行四人竟然依旧连个电话都没有打回。“不能呀！再好玩、贪玩，也不能连个电话都不打回家嘛！”翟健民的二姐不干了，她无论如何不相信自己的丈夫这点事都不懂。

翟健民一家上下都有些着急了，隐约察觉事情有些不妙。

“我再给那边的酒店打个电话问问。”翟健民妻子刘惠芳拿起电话，一个国际长途直到加德满都。

酒店的答复与前两天一样：行李还在，人没见回。

“怎么回事？”家人和“永宝斋”全店人开始紧张起来。会不会出了车祸？那边山高路险，道路条件肯定极差，所以是不是……大伙儿都不敢往下想。

一直在思考和想象几个人行踪的翟健民同样坐不住了——电话打到他在尼泊尔的朋友那里，请他们去医院和交通部门打探消息，尤其是了解最近几天里有没有发生过车祸。尼泊尔朋友很认真，不仅去了交通部门打探消息，而且跑遍了加德满都的每一所医院，都没有找到一点有关这四个人的线索。

“老朋友金沙克先生，这回你一定帮助我想想法子，直接到锡金去一趟，因为我的弟弟他们四个人前些日子说去锡金后，至今有去无回，没有一点消息，请朋友你帮忙了！”翟健民找到了他在尼泊尔最好的朋友金沙克（J.Shakya）。

“没问题翟先生，你的事就是我的事，我马上让我侄子索仁达去走一趟，他对那边的情况熟悉。”金沙克爽快地答应了。他派侄子索仁达去那边，是因为索仁达小时候生活在印度的东北部，会说那里的当地方言。

索仁达到达尼泊尔和印度交界的边境小镇佐巴尼时，已是中国农历年正月十三了。索仁达在寻找过程中看见了一份印度的地方报纸，上面刊登一条惊人的消息：“印度边防警察抓获了四名中国间谍！”那报纸上虽然既没有照片，也没有“中国间谍”的名字，但是索仁达立即意识到被抓的四个“中国间谍”与翟健民弟弟他们有关。想到这里，索仁达立即拿着这份报纸返回了加德满都。

就在索仁达回来之后的正月十四，翟健民的另一位尼泊尔朋友安马尔·萨克（M.R. Shskya）收到了一封信，信很短，是娄镜忠写的，说他们四个人被印度人逮捕了，目前关押在印度的阿拉里拉国家监狱，并要他：“赶快来救人！”

“完了完了！他们被印度警察当间谍抓起来了！抓起来了！”翟健民根据尼泊尔两个朋友获得的信息分析，一下得出结论：弟弟和二姐夫他们四人被印度警察当间谍关在监狱了！

“可我二姐夫怎么就能把这封信寄出来而且寄到你的手里了呢？”翟健民追问尼泊尔好友M.R.先生。

“这个，我也不明白。我只是收到从印度边境小镇寄来的这封信，其他的真的不知道是怎么回事。”M.R.说。

知道弟弟和二姐夫等被抓，而且是当作“间谍”关进了监狱，翟健民的头都大了。“金沙克先生，请你无论如何再让索仁达走一趟，去帮助我摸清几个亲戚被抓的具体情况。我这边也想法找政府帮助处理……谢谢你了朋友！”翟健民隔水跨山恳求尼泊尔好友全力帮忙。他认为，现在最重要的是弄清楚四个人到底怎么样了？那个地方基本上是无法无天、天王老子都管不着的地方。听说翟健民的伙计和亲人被印度人当作间谍抓起来的消息后，熟悉翟健民的朋友等纷纷前来慰问，一些去过和了解印度情况的人都在为翟健民一家人担忧。

此时最着急和担心的就是翟健民。尽管他走南闯北，什么样的难事、险事都经历过，而且每每都能化险为夷，但翟健民心想，现在落难的不是他自己，而是他弟弟和二姐夫及两个伙计，这四个人的情况和性格他太熟悉不过：二姐夫尽管走南闯北也算有些经历，但真要遇上这类与“政治”有些瓜葛的事他一定是束手无策；其余两个伙计除了香港哪儿都没去过，碰到这样的事估计吓都吓死了。翟健民内心最揪心的是弟弟。弟弟要有个三长两短，他作兄长的如何向老母亲和死去的父亲交代？为了你这“永宝斋”，搭上四条人命，其中两个还是自己家里的亲人，你翟健民还做什么生意？开什么店？你翟健民不是“大佬”吗？连自己店里的伙计和亲人的命都搭出去了，你算什么能耐？

老天爷，怎么会出这等事呀！翟健民的脑壳都要裂了。

再说尼泊尔那边。索仁达受命再度赶到边关小镇，然后到了印度边境那边的阿拉里拉镇。当地的国家监狱就设在边境不远处，说是国家监狱，其实也就是在一块方圆四周基本没有多少村庄的荒野上盖了几栋房子，用砖石一围，再派上几个警察看护着。里面的条件跟我们在电影里看到的专门用来圈牛羊的棚子差不多，空荡荡的什么都没有，囚徒在里面只能躺在地上。这里是高原地带，白天太阳出来，中午异常炎热，一到夜间，气温又下降至零度以下。更可怕的是那些比苍蝇还大的蚊虫，谁要是能够顶得住它就算是大幸。据当地人说，被关在里面的囚犯，如果不是具有适应能力的当地人，一般十天半月能活着出去的寥寥无几。在如此遥远的边陲监狱里，死几个囚犯算什么事！这也是翟健民最为担心的。所以在索仁达从加德满都出发时，翟健民让朋友金沙克代他给索仁达多带些现金和牛羊肉等食品。全世界任何地方，尤其是那些缺乏法治的地方，其他的都不重要，现金也许能办成一切不可能办成的事。

果不其然，索仁达马不停蹄地到达阿拉里拉后，很快找到了关人的监狱。一打听，四个“中国间谍”确实被关在里面。几沓现金朝狱警一塞，索仁达在囚室外见到了翟健民的二姐夫和弟弟等四人。

“求求你了，快告诉香港那边让他们来救我们！一天也待不下去了呀！呜呜……”当索仁达出现在娄镜忠他们面前时，这四个已经没了人样的“翟氏团队”便痛哭流涕地呼喊，乞求索仁达带讯给香港。

索仁达将监狱里所看到的一一报告了金沙克，金沙克又一一转告正在香港焦急等待之中的翟健民。

现在怎么办？

赶紧救人哪！那种地方弄不好三四天下来，人就没了！再说，他们犯的是“间谍罪”，死了谁给他们平反？

翟家上下和“永宝斋”乱成一片。翟健民成家立业以来，还从来没有遇到过比这更让他束手无策的事，一是四个人被关在万里之外的异国他乡；二是他们犯的所谓“间谍罪”，还是“国际间谍”；三是监狱环境之差，没有一点生命保障。对与政治、国家、外交丝毫不沾边的翟健民来说，想要解决眼前这桩大难事，简直比登珠峰还难。

“当时如果有人说你翟健民只要能登上珠峰就能救四个人，我准去。”翟健民对我说。

妻子刘惠芳不仅是个贤内助，关键时刻常能帮助翟健民出谋划策。“既然人家把弟弟他们当间谍抓的，那就算是公事了。是公事我们就可以去找香港政府求助！”刘惠芳说。

对啊，常到内地走动的翟健民知道“公对公”的道理，于是即与妻子两人直奔港督府办公地。1989年时的香港还属英国总督管辖，移民局的两个官员听完翟健民的诉求，彼此对了一下眼，双手一摊，意思是我们无能为力。

“你们……你们无能为力，我们小小百姓怎么办？”翟健民急了。

“这是外交问题，我们是移民局，管不了这么大的事。”对方一副若无其事的样子。

这下把刘惠芳急哭了：“我弟弟他们是被印度当间谍抓的，你们说外交问题管不了，我们是小小的香港市民，更不懂啥外交上的事！你们港督府都不出面帮助，叫我们百姓怎么办啊！”

英港督府官员还是摇头：“你们的人是以旅游身份出去的，印度方面为什么要抓他们，他们几个是不是触犯了当地的法律，这些跟我们港督府没有关系。即使我们出面与印度方面交涉，没有几个月也不一定解决得了，到时还不知道你们的人还在不在呢！”

天哪！港督府官员的话一下让翟健民从另一方面意识到问题的

严重性。可不是，那么偏远、落后和野蛮的地方，又是被当作“间谍”关押的，拖延一天谁都说不准会出现什么后果！越想越叫人揪心。那几日，翟健民的“永宝斋”已经无法正常开张了，四个人的亲属天天聚在一起，像热锅上的蚂蚁团团转。

“就没有其他办法了？翟老板，你就出手大方一点，一定要想法把人救出来呀！”伙计的家人哭着乞求翟健民，意思是说现在港督府帮不了忙，就该多花点钱。

“不是钱的问题嘛！如果光用钱能解决得了的事，我翟健民就是关了这‘永宝斋’也一定把他们四个人救出来嘛！”翟健民恨不得把心掏出来给大伙儿看，但这又能管什么用。他现在面对的不是古董行里的对手，而是政府，是另一个国家的政府机构，而且是强有力的甚至根本不讲理的警察与军队。不想想，咱小小老百姓，谁有本事跟一个国家的政府交涉什么“间谍”的大案呀？

“难道就在这里等着去收尸？”

“别说晦气话！”

“那翟老板你赶紧救人去！”

“还用说嘛！我翟健民现在啥都不干了，就干一件事：救人！救我‘永宝斋’的四个人！”

“别吵了！吵能解决啥问题？”还是老板娘刘惠芳有思路，她说，“既然港督府不肯出手相助，不如去找媒体帮忙试试。印度方面不是把我们的人当间谍抓起来了吗？那可是‘国际间谍’！好啊，这么大的事情，我们香港既然被印度抓住了四个‘间谍’，这事还不是国际级新闻，好嘛！让媒体把整个事件捅出来，向全世界说个明白，看它印度政府怎么收场！”

“这倒是个办法！我看行！”翟健民向妻子竖起拇指。可他又疑虑：“可我们以前从来没跟媒体有啥交情，他们能帮这个忙吗？”

“只要是新闻，他们就会像蜜蜂一样跟着你转。”妻子蛮有把握。

真是病急乱投医，刘惠芳立即给香港的广播电台打了个电话。对方说他们有个即时对话节目，市民有什么事可以电话与主持人对话，可表达自己的心声。这个节目在香港收听率很高，主持人也很有名，叫李銮辉。

刘惠芳很快拿到了联系李鋈辉的电话。第二天早上七点，刘惠芳拨通电话。

“世上竟有这等事？简直不可思议！”主持人李鋈辉听后大为震惊，“请你们先不要着急，我们一定尽全力帮助同胞解决困难。”为了慎重起见，李鋈辉专门派人来到“永宝斋”作了初步核实。

九点，李鋈辉的电话直接打进了“永宝斋”，开始与刘惠芳对话——现在是实时广播。

借助广播电台的电波，一条震惊全港的“间谍新闻”事件在香港上空不停地回荡……所有能够收听到广播的香港人全都听到了刘惠芳的哭诉，并知道了整个“间谍案件”的真相。

媒体的力量超出了翟健民的想象。

实时广播刚刚结束，香港中文和英文报纸的记者纷纷找上门来，“永宝斋”一时成了全香港的焦点。第二天一早，香港所有报纸都报道了这一骇人听闻的所谓“间谍案”新闻，还刊登了被印度方面关押的四个人的照片。

“他们是香港公民，港督府应该管！”

“是啊，港督府不管，我们香港人以后还怎么出去做生意嘛！”

在强大的社会舆论压力下，英港督府的高官再不能袖手旁观了，于是他们指派移民局的两位官员专门负责此事。在移民局官员的引领下，翟健民带着电视台、广播电台和报社记者一起，首先去了英国驻香港的领事馆——因为当时香港是受英国的殖民统治，外交问题必须由英国政府出面与其他国家交涉。之后，翟健民等又去了印度驻香港的领事馆。

此时，解决“间谍”案的外交渠道畅通了，接下去要做的就是具体的交涉。英驻香港领事馆的官员告诉翟健民，要到印度去解决事情，得有律师，因为这属于复杂的民事案件。

明白。很快，翟健民按照要求，聘用了懂印度法律且英语说得好的王律师作了全权律师代表，并办好两人去印度的签证。

印度驻香港的领事馆工作人员比较友好，他告诉翟健民说，印度领事馆一般不给游客签证去印度的东北部，因为一方面那里是军事禁区，另一方面那个地区的政治与社会情况很复杂，经济又落后，治安条件很不好，所以建议翟健民到了印度一定想法请英国驻印度大使馆的外交人员陪同前往目的地。

山重水复疑无路，柳暗花明又一村。没有想到前往印度的手续这么快就办好了，这大大出乎了翟健民的预料，而且英国人还告诉他，已经通知了英国驻印度加尔各答领事馆，他们会提供帮助。

第二天一早，翟健民和王律师就匆匆登上了前往印度加尔各答的航班，随身托运了一个大箱子，里面全是那四个落难者的衣服和食品。

飞机降落印度东部的重要城市加尔各答之后，一切都很顺利。

英国领事馆已经接到大使馆的指令，决定派遣二等秘书随翟健民他们前往阿拉里拉。翟健民了解到这位二等秘书会说印度东部的方言，这样与当地警察沟通起来会方便许多。

“你们安排得非常周到！谢谢，太谢谢你们了！”翟健民感激不已。

与此同时，领事馆还提供一个司机和一辆吉普车，当然，此行所有的费用，包括旅途食宿、汽油等，一概由翟健民支付。

这是一次极其冒险的“救人之旅”。身为古玩家的翟健民有着丰富的外出经验，在从香港出发时他就做了充足的准备。比如带足现金——那时信用卡还没有，即使香港有，印度和尼泊尔交界的穷地方也不可能用得上，手机一类的通信设备也不可能用得上。所有能用得上的就一样东西——现金。要救四个人，外加自己和律师，没有足够量的现金等于白去。到底带了多少现金？翟健民算了一下，至少十几万美金吧！没有这个数是救不出四个人的。那是不是应该带更多呢？也不行，再多带，几十万、上百万的话又可能出现新的问题：人还没到，说不准翟健民和王律师就又被另外的贪财者盯上了，那样麻烦就更大了。

于是翟健民决定带上十几万美元的现金。这么多现金也不能搁在一个地方呀！谁也说不准在哪个地方被人盗了、抢走怎么办？所以万不能放一处。还是翟健民有经验，他事先让妻子买好两套“记者装”——那种上下左右到处都是口袋的衣服。再把十几万现金分塞在两人的口袋里，以免一旦某一时、某一人有什么意外情况还能有钱去对付与处理。

一切准备就绪。

第二天早上六点，翟健民一行开始向印度东部进发。这是一次具有危险的解救“人质”的行动。出发前，那位英国外交秘书拿出一份法律文书让翟健民签署。那文书上说，此行一切安全问题由自己负责，英国驻印度当地的领事馆概不负责。

什么意思？翟健民拿着文书悄悄问自己带去的王律师。“那边情况比较复杂，有可能发生对我们人身安全不利的事情。一旦出现这样的事，我们自己负责自己。”王律师说。

翟健民愣了一下，又问王律师：“签不签？”

“不签咋办？不救人了？回香港？”王律师连眼皮都没抬一下。

没辙。翟健民心想：为了救弟弟他们四人，我们也只能拼出这一百几十斤了！

签！他拿起笔，“唰唰唰”的在文书上签下自己的名字。签完后的那一瞬间，仿佛觉得自己的胆子大了一百倍。

不壮胆又能怎么着？翟健民此刻觉得自己有点像鲁迅笔下的阿Q。以前到内地寻宝时常听人说起这么个不知好歹的半傻人，现在我翟健民不也差不多是个半傻人嘛！

已经管不了自己的死活了，能够把二姐夫和弟弟等人救出来、带回香港就一切阿弥陀佛了！翟健民能想到的只有一件事、一个目标。

关押四个中国“间谍”的阿拉里拉监狱位于印度东部的比哈尔邦，此地与尼泊尔接壤。比哈尔邦是印度最贫穷、最落后的地区之一，时常发生惊天动地的“暴民”抢劫和杀人事件，这也是英国领事规定翟健民他们一行必须在晚上六点前停车住宿的原因。

去比哈尔邦的交通极其糟糕，而再往阿拉里拉就只剩下一条坑洼不平、又窄又险的土路。如果迎面来了车辆，另一辆只能停车让道。比哈尔邦位于高海拔地区，天气时阴时雨，翟健民他们乘坐的吉普车前行的速度很慢。第一天直到下午六点，吉普车仍在两头不着边的荒原上。英国外交秘书命令车子寻找住宿处：“不能再前行了！”

“尊敬的秘书先生，我们的人现在不知死活，他们都生病了，有可能随时都保不住命，我们能不能在路上少停些时候？求求阁下了！”翟健民一听要停车，就像要了他的命，一个劲地恳求。

“NO！危险！”外交秘书连连摇头。

心急如焚的翟健民只能使出金钱计，悄悄塞出五百美金。但该停宿的时候车子还是停住了。

翟健民一夜未眠。

英国秘书还算通融，同意在凌晨三点起床继续赶路。这样又跑了十二个小时，终于在下午三点多钟赶到了监狱所在地阿拉里拉。

翟健民跳下车，环视了四周一眼，发现这个名叫阿拉里拉的小镇原来就是一个农村小集市，唯一的一条中心马路，两边约有百十户人家。因为地方小，所以翟健民他们很快就找到了监狱。

不知什么原因，那监狱在这个小镇上显得特别醒目和高大：高高的米色围墙上面拉着铁丝网，监狱的大门是用拳头粗的铁管焊接的栅栏门，有荷枪实弹的警察在岗楼上站岗。翟健民远远就看到监狱大门依靠人工摇动绞盘启动绞索才能开启。

如此原始，越发让翟健民心头不安。

当吉普车停至监狱大门口时，英国秘书首先下了车，他吩咐翟健民待在原地别动，一切由他去与监狱交涉。翟健民表示同意，不同意又能怎么样呢？到一个陌生地方，就得按这个地方的“规矩”办事，否则麻烦更大。这点翟健民非常清楚。

英国外交官就是有派头，只见那个秘书整了整被风吹乱的头发，又理了理衣服，然后夹着公文包，昂首挺胸走到监狱的铁栅栏门口。接着发生的一幕让翟健民长了不少见识，也是他一辈子忘不了的情形——

英国秘书傲气十足地用命令的口吻对狱警喊话：“赶快把你们的最高长官给我叫到这里来！”

监狱看守的警察上下打量一下秘书，便转身跑进监狱的一栋办公房一样的地方。大约十分钟后，铁门里换了一张面孔。

翟健民和王律师远远地站着，由于没有任何阻碍物，他俩既能清清楚楚地听到外交秘书与监狱方的对话，也能清清楚楚看到双方的交涉细节。见狱方有人出面，秘书便上前递过一张外交文书，然后他一扬脖子，大声道：“我谨代表大英帝国政府，前来看望英国领地香港的四位子民！”

尽管英国外交官“范儿”十足，对方却并不买账，对那张外交文书甚至看都没看一眼，便像擤鼻涕那样随手将在翟健民看来就是“救命圣旨”的外交文书一下从栅栏内扔了出来，飘落在地上……

“英国佬，你听着，这张肮脏的纸没有任何用！你们若想探监，那必须到我们的法庭去申请。”这个印度监狱警察扔过来一句硬邦邦的话，然后扭头就走了。

“这，这这……”外交官仿佛受到了莫大的羞辱，一时不知如何是好，脸一下涨得像猪肝一般通红。

印度警察分明在当众羞辱英国外交官。众所周知，印度原来是英国殖民地，1947 年在圣雄甘地的领导下宣布独立，从此结束了英国在印度长达 190 年的殖民统治。但是埋藏在印度人心中对英国人的那份厌恶和仇恨远没有消除，而印度警察此时如此羞辱英国外交官员的举动，也说明了当年英国人统治印度时给印度人民和这个国家所造成的心灵上的伤害有多深！

刚才还趾高气扬的英国外交秘书尴尬极了，嘴里一边叽里咕噜地吐着不满，一边不得不弯腰捡回那张外交文书，然后用印度当地方言向围观的印度群众询问法庭的位置——其实阿拉里拉法庭就在监狱的对面，仅隔一条马路。

“走，到法庭去办手续吧！”秘书朝翟健民他们挥了挥手。

就在这时，翟健民见一位十六七岁的尼泊尔少年向他飞奔过来。“你是索仁达吧？”翟健民一看少年在向自己喊“翟先生”，便知他是尼泊尔朋友的侄子。

“我就是索仁达。我叔叔派我过来协助你救人的。”索仁达虽年轻，但一看就是个能说会道、善于交际且又忠厚可靠的小伙子。翟健民连声向他表示感谢，然后将索仁达介绍给外交官和王律师他们。

“你对这里的情况熟悉，我们一起去法庭吧！”翟健民拉着索仁达，跟着外交秘书和王律师一起朝法庭走去。

这哪像个法院嘛！翟健民第一眼见到印度的法官时，心想：这也许是世界上最不讲究的法官了，瞧他那件破旧的白袍衫和光脚穿的那双拖鞋，跟当地农民没两样。尤其他身上的那件袍子好像几年都没有洗过，油乎乎地散发着一股熏人的腥味……

探监？拿文书来！法官伸过手。

外交秘书这回不再趾高气扬，而是颇为谦和地递上文书。印度法官左看右看文书后，慢慢悠悠地走到一架老掉牙的打字机前，开始一个字一个字地打着，似乎想半天才打出一个字。这简直让站在一旁心急如焚、恨不得立即想看到姐夫和弟弟的翟健民活受罪。“怎么这个德行！能不能让他快一点出文书？”翟健民气得将索仁达悄悄拉到一旁。

“不成，这里的法官都是这个样。你一催他，他就干脆放到一边不干了！”索仁达显然非常熟悉和习惯这里的“公职”人员的办事传统。

“那怎么办？今天能见到监狱里的四个人吗？”翟健民看看天色将晚，更加着急。

索仁达摇摇头，悄然说：“阿拉里拉监狱五点以后就不让探监了。你要是等法庭的批准，今天肯定是见不到他们了。”

翟健民一听两眼就瞪圆了：“还有啥办法没有？”

索仁达一挥手，说：“跟我来。”

法庭那边暂留外交秘书在等候法官出文件，索仁达则带着翟健民和王律师出了法庭，重新回到了监狱门口。“你们站在这儿别动，看我的。”索仁达说完，就独自跑到监狱的铁栅栏门前，与里面的警察用方言叽里咕噜了一会儿，然后塞上一些印度卢比进去……原来如此！

翟健民豁然开朗，他开始彻底意识到一个规律：要想在印度的比哈尔邦办事情，必须用现金说话，否则就寸步难行。后来索仁达告诉了翟健民一些当地的“习惯”——比如以探监为例，每一次都要付钱，而且每一次都要涨价。第一次最少，就是这次，价格是见一个人，需要三十印度卢比，折合港币是十元，你要见四个人，加起来就是一百二十卢比，然后天天给你涨价，到最后，一个人的见面费就涨到了三百卢比！后来他们听说，监狱里盛传香港来了“肥羊”，就等着狠狠地屠宰呢。

钱，真的管用。十分钟后，翟健民终于见到了自己“永宝斋”的“人犯”——二姐夫娄镜忠、弟弟翟伟民等四人。四人像是盼到了救星一般，隔着铁栅栏门，与翟健民手拉手号啕大哭。

“苦了你们！苦了你们！”翟健民跟着痛哭起来。那一刻，他才觉得心上的石头放下了，因为最担心的事没有发生，四个人还活着。然而当他定神再看四人时，他的眼泪又不禁落下：才十几天时间，这四个人已经全都变了样……你们的脸上为啥都是肿的？弟弟你的脸上为啥全是黑斑？姐夫你也是这样，你们两个也都满是黑斑……是啥东西咬的？啊？

“哥，你再不来我们都要死了……”弟弟翟伟民又泣不成声地哭了起来。

“好了好了，弟你先别哭。”翟健民一边安慰，一边赶紧问二姐夫，“姐夫你说说，你们几个到底是怎么回事？咋弄成这个地步……”

“你听我简单说。”二姐夫便一边抹泪，一边讲述道——

年初一的那天，他们四人为了去锡金看那个宣德年款的蓝釉僧帽壶，雇了一个尼泊尔导游，然后从尼泊尔边境小镇佐巴尼步行进入印度，又坐印度的班车到达了锡金的边境，这一路还算顺利。但接下去碰到了困难，由于他们的护照没有锡金的签证，所以锡金的边境海关怎么也不让他们入境。这样，他们只好原路返回。尼泊尔、印度和锡金，实际上处于三角形地区，从尼泊尔到锡金，要路过印度的两个邦的边沿地区，先是经过比哈尔邦，然后是西孟加拉邦，再进入锡金。西孟加拉邦有个著名的风景区大吉岭，于是他们在返回路上顺便游览了大吉岭。

大吉岭是印度高原地区，位于喜马拉雅山麓，当地年均温度15℃左右，白天日照充足，昼夜温差大，谷地里常年弥漫云雾，出产大名鼎鼎的大吉岭红茶，被誉为“红茶中的香槟”，与中国祁门红茶、斯里兰卡乌伐的季节茶并称为世界三大高香茶之一。四人结束了在大吉岭的旅游之后，年初四凌晨三点左右，他们跟着尼泊尔导游从印度步行回到了尼泊尔境内的佐巴尼小镇，准备等六点回加德满都的班车。就在佐巴尼的茶馆喝茶吃早点的时候，来了一个印度人，此人个子很矮，衣衫邋遢，跟尼泊尔导游说了几句话后就吵了起来，尼泊尔导游嚷着叫印度人滚开。原来这个矮个子人是印度的海关官员，想索要点小费，其实就要每人十卢比，价值三块多港币。但是尼泊尔导游不让他们给，说我们已经进入了尼泊尔境内，凭什么还要给你印度人钱啊。这一吵不要紧，却惊动了尼泊尔的边境官员。怎么回事？尼泊尔边境官员问。那个印度海关官员便手举着海关印，说这些人是从印度过来的，应该加盖印度的海关过境章。尼泊尔的官员想当和事佬，就劝他们把护照拿出来，说不就是盖个章嘛。可是，谁也没有料到，这个印度人刚拿到他们的护照，一扭头，就像兔子一样飞跑进了印度境内。坏了，他把我们的护照拿走了！我们怎么回香港呀？眼看尼泊尔班车要来了，印度人就是不肯归还护照。情急之下，娄镜忠他们只得再次进入印度境内，追上那个海关官员，求他还了护照。可怜娄镜忠他们四人没有一个能说当地话的，所以只能再使“金钱战术”——掏出一张100元美钞塞给印度官员。偏偏那印度人不认识美金，对着灯光看了半天，一脸犹豫相。后来又见他打电话，不知跟谁嘀咕了一阵，娄镜忠他们只好焦急地等待。可这一等就等出大麻烦了：突然门外响起汽车戛然刹车的声音，随即见一群印度边防警察将娄镜忠他们四人团团围住。老天爷哪！娄镜忠一下反应过来，是自己出手太大方了，让印度海关和更多的官员对他们四个“有钱的中国人”起了歹念。随行的尼泊尔导游一见这阵势，吓得撒腿就跑……就这样，一桩离奇的“中国间谍”案出炉了！

四人当天被关进了印度边境的警察局。在那里，印度边境警察只是胡乱地将四个人的随身行李和身上搜了个遍，连审都未审，就将一份“中国间谍”的案宗呈给了警察局局长。边境警察局局长看到“证据”，大笔一挥，“中国间谍”案铁板钉钉。于是娄镜忠等四个人便在第二天被转移到阿拉里拉监狱，警方告诉他们：不许保释。

“兄弟啊，快救我们出去吧！再不出去我们就要死在里边啦！”还没等讲述完，娄镜忠又先哭了起来。他这一哭，其余三人也跟着再度哭成泪人似的。翟健民本来就是个心善之人，哪受得了这般情形。

“别哭了！别哭了！快有救了！快有救了啊！”他这样安慰道。

“哥——你快把我们弄出去吧！”弟弟翟伟民拉住他的衣袖不放。

“知道知道。我们正在办理手续，说不准今天或明天你们就可以出来了啊！”翟健民摸摸弟弟脸上和胳膊上一片片硬邦邦、血糊糊的黑斑，心疼不已，“这是怎么弄的？”

弟弟翟伟民一听，就像要他命似的大号起来：“我不要明天！我要现在就出去——”

“弟！你怎么啦？”翟健民吓了一跳，以为自己的弟弟疯了。

“虫！蚊虫要咬死我的呀！”弟弟突然歇斯底里地抓着自己的胳膊和脸皮，又是蹭腿又是踢地地哭诉起来，“那、那晚上的蚊虫像飞机那么大！满天都在我们头上、身上咬啊！它们吸我们的血，咬我们的肉啊……呜呜呜！”

“弟弟！弟弟……”翟健民不知如何安慰他。

“你可不知道，我们在里面遭死罪了呀！不用说没有啥给我们吃的，最苦的是连个睡的地方都没有，晚上只能和衣躺在地上。可你们不知道，这鬼地方，一到晚上不知哪儿飞来的野蚊虫，像是几年没有吃过东西似的，拼命咬我们。开始我们以为是啥野兽呢！一看都是飞来飞去的大蚊虫！那个大呀，我们谁也没有见过，足足像蝴蝶那么大！”娄镜忠绘声绘色地向翟健民形容，听得人浑身起鸡皮疙瘩。“是有那么大！反正我跑了半个多世界，从来没有见过这么大的蚊虫！关键是这些蚊虫不仅个头大，而且狠，咬起人来就像撕人皮、钻人血管一样的狠毒……”

“我知道了，知道了！马上把你们弄出来！赶紧离开这个鬼地方！”翟健民实在听不下去。他又心疼，又着急。

“老板，五点到了！警察不让我们再会见了……”索仁达见两名监狱警察向他做手势，便赶忙对翟健民说。

很快，那两名警察过来，将娄镜忠等从铁栅门口押回牢房。“哥——你快点把我们救出去呀！”弟弟翟伟民在回牢房前，拼命地喊着向哥哥求救。

“知道！我知道——”那一刻翟健民的心碎了，甚至内心充满了自责。

“外交官来啦！”王律师轻轻拍了拍悲愤之中的翟健民。

恢复了绅士风度的外交秘书，从公文包里取出一张纸，交给了翟健民。这是当地法庭开出的一份探监书。随后，那秘书如释重负

地说 :“英国政府为了保护香港子民，已经尽了力。关于要求释放四人的申诉书已经递交给当地法庭，现在我的使命已经完成，剩下的事就只能靠你们自己了。”说完，他向翟健民和王律师等挥手告别。

随行的汽车一溜烟消失在视野中。现在，阿拉里拉街头，就剩下彷徨焦虑的翟健民、王律师和索仁达三人。

“不管怎么说，一是人见到了，二是又有英国政府派来代表向印度方面递交了要求监狱释放四人的申诉文件和法庭的指令了，我们先住下来再说。”王律师说。

还能有什么更好的办法呢？翟健民心里也是这样认为的。

到哪儿去住呢？阿拉里拉连个旅店都没有，幸好索仁达熟悉当地情况，他告诉翟健民离阿拉里拉几十里的地方有住处，于是三人包了一辆出租车，开了近两个小时的路程，找到一个类似县城的地方，在一家旅馆住下。

第二天一早，翟健民等再度回到阿拉里拉监狱。因为手里有印度当地法庭开出的探监证，所以翟健民和王律师便可以进入监狱里面，在探监室和“间谍”们会见了。自然，光靠一张“探监证”想与亲人们见面交谈，也是不行的。翟健民已经从索仁达的“经验”里明白了当地的一些“规矩”，故用现金“孝敬”狱警是少不了的一个程序。

正式探监快结束时，当翟健民把从香港带来的一大箱子衣服和食品交给十几天来没有吃一顿像样饭、没有换过一次衣服的娄镜忠他们时，翟伟民突然又一次紧紧拉住哥哥的胳膊，扑通一下，双膝跪地，边哭边乞求 :“哥，我实在一分钟都不想待在里面了！你现在就把我带出去吧！啊！现在就带我出去吧！”

“可是我……”翟健民看着弟弟的可怜样，不知如何是好，眼泪夺眶而出。

“老板，我们也要出去，你行行好，就带我们出去吧！”两个伙计跟着围住翟健民。

“我……”翟健民不知所措。

“喂喂，你们听我说……”就在翟健民不知如何是好时，王律师出面说话道，“你们几个先别哭，听我说——你们现在待在监狱里面，虽然苦一点，但起码生命有了保障。这是最重要的。不要以为我们在监狱外面就有好日子过！在这个穷乡僻壤的鬼地方，所有的人都死死盯着我们，恨不得有人找机会把我们干掉！那才是真正的大危险。我们现在需要时间，知道吗？时间！因为英国政府出面的上诉文件已经递上去了，就等着当地法庭重新审理后下达对你们的释放令了。我们在外面就是等这个东西！这是关键。你们几个放心，既然我们现在已经来到了印度，不救出你们，我们是绝不回香港的！要回去时，那也一定是我们所有的人都一起回去！”

王律师的话管用了。

方才还哭哭啼啼的四个大男人暂且收住了眼泪，乖乖地跟着警察回了牢房。

“王律师，我看不能光在这儿等着，恐怕我们得想点办法。这个印度地方法庭你没看出来，说不准几个月都不一定能重审个名堂出来。”几天下来，除了不停地加码给监狱警察塞钱外，毫无其他进展，翟健民坐不住了。

“我也在想这个事，”王律师思忖着，“我认为，要救他们出去，首先要搞清楚他们的罪名，也就是说，他们到底犯了什么罪。”

“不是说他们是犯了间谍罪吗？”翟健民气愤道，“我这几个兄弟，还有二姐夫，你借十个胆给他们也不可能去当啥间谍！印度边境警察纯粹是想从他们身上捡点好处而又没捡够，因此编出个鸟间谍案来！”

“是啊，我估计他们边境警察并没有拿到实际的证据，因此我们就可以从事实认定上驳倒他们的指控。”王律师说。

“对啊！我们可以从事实上驳倒他们的推论！”翟健民觉得还是律师思考问题有头绪，“我相信印度方面抓到的所谓证据，一定荒唐透顶。我发誓一定是这样的。”这一点翟健民敢对天发誓。

次日，翟健民和王律师带着准备，当面责问监狱警察。

警察回答：“我们只管看押犯人，其他的事我们管不着。”

王律师对翟健民说：“这事看来还得找法庭。”于是之后几天，他们多次来找法庭，重点想在这里突破——当然，还是钞票开路。

美元和“友情”双管齐下，法官终于打开了卷宗。王律师和翟健民看到了警察是如何给娄镜忠他们四人“定罪”的——

一、这些人身上带着间谍使用的密码卡；

二、有供间谍使用的照相机，拍摄了印度的军事设施；

三、有供间谍使用的电子设备；

四、没有经过允许，擅自偷入印度禁区。

“除了第四条，其余指控都是无效和荒谬的，根本不成立。”看完案宗，王律师长长地松了一口气。

“怎么讲？”翟健民不太懂法律上的事。

王律师很专业地给翟健民摆谱道：“先说第一条罪状。印度警方指控我们的四人用了‘间谍使用的密码卡’，这完全是个笑话。他们说的所谓的‘密码卡’，其实是信用卡，卡上有阿拉伯数字，这里的印度警察就认定它是间谍使用的密码一类的东西。”

“简直是天大笑话！”翟健民听后差点喷饭。

“再说照相机，”王律师继续说，“作为旅游者，他们身上带一部甚至两部照相机属于正常和允许范围，谁不想在旅游途中拍几张照片留念？可到了印度边远地区，或者像他们所说的‘军事重地’，你带照相机他们就认为你可能是间谍了。这仅仅是简单和粗暴的推断，看一看底片验证一下就说明问题了嘛！”

“好，这一条也是根本不能成立的。”翟健民感觉自己跟王律师大长法律知识。

“第三，所谓‘供间谍使用的电子设备’，其实就是你弟弟他们带的小‘随身听’……”

“哈哈……”翟健民一听王律师的话，顿时笑得前俯后仰，“这这、这也被算作是间谍工具了？那香港和世界上的间谍也太多了呀！笑话，简直天大的笑话！”

“问题还是出在一个地方——因为印度人没有见过这类先进的旅游随身品和现代生活电子用具，所以，他们认为这四个中国人带了那么多‘间谍用具’，跑到他们的‘军事要地’，不是间谍是什么呢？”

“明白了！明白了！他们这是欲加之罪，何患无辞嘛！”翟健民不由愤怒起来。

“是的。从法律看，我们完全可以一条条驳倒他们的无理指控，”王律师顿时信心百倍，“明天我们就去法庭当庭申诉。”

“好！明天就去！”翟健民立即举双手同意。

“你们要申诉？”法官瞪圆了眼珠，瞧着眼前的两位中国香港人，半天没有说话，最后吐出几个字：“你们不行，得找当地律师。”

“为什么？”

“我们国家的法律规定，外国律师不能作为我们法庭的有效辩护人。”

见鬼！翟健民很生气。

也好。当地律师肯定比我们人缘好，也许能打通环节，为我们赢得申诉。

那就找吧！翟健民摸了摸口袋，手触摸到了美金——准备钱是他的任务。

当地虽穷，但不缺律师。最先找来的那个当地律师，一与翟健民他们见面，就拍着胸脯保证：三天后让“犯人”出狱。翟健民听后恨不得把口袋里的现金十张十张地掏给他。好在王律师对同行有所了解，劝翟健民不着急，如果办成再加码也不晚。三天之后，一事无成，连律师自己的身影都再也找不到了。

“怎么能这样嘛！”翟健民气得直想骂街。

“再换律师吧！不至于都是没良心的吧！”王律师再劝翟健民。于是之后的七八天里，翟健民在索仁达的帮助下，把可以找得见当地律师的地方找了一遍，大约有六个律师，而且每个律师都像第一个一样，拍着胸脯都说保证自己能摆平法庭，让四人全部释放。

开始翟健民至少抱有一丝希望，后来根本就不信了，但不信又能怎样？打官司就得请律师，何况他打的是“洋官司”、国际官司，人家法官说了，必须找印度本地律师。花些冤枉钱对翟健民来说已经不存在生气不生气的问题，关键是他实在看不得弟弟和二姐夫等四人每天哭着喊着求他快救他们出去的情形。“每天夜里我都做噩梦，梦里我弟弟他们被警察拉到死人坑前枪毙，或被当地人扒皮后扔下山崖……简直比撕我的心还难受！”

在寻找律师的过程中，让翟健民留下深刻印象的是：这里的官员和律师，一个个都跟当地的农民一样，身穿长袍、光脚穿拖鞋，所以办事也就一点都不牢靠。后来他们总算找到了一位穿皮鞋的当地律师。此人看样子、听说话，似乎比较靠谱。这个律师说，要解决“中国间谍”案的关键，必须走通边境警察局的那个局长，因为间谍案的性质是他定的，重审和释放权也应该都由他来决定，所以只有做好了他的工作，才有可能放人。

嗯，应该有些道理，解铃还须系铃人嘛！翟健民和王律师分析，觉得这位律师的话有一定可信度。于是，翟健民和王律师在索仁达的带领下，找到了边境警察局，希望能直接与警察局局长说上话。

当时翟健民他们住的旅店在阿拉里拉的西边，而边境警察局恰好在阿拉里拉的东边，两个地方距中间点阿拉里拉各有两小时左右的车程。这一天，翟健民他们早上七点从旅店出发，赶到阿拉里拉接上那个当地律师，然后接着再赶往边境警察局，中午十二点左右到达目的地。

“你们留在原地，我进去与局长交涉。”那个律师甩下翟健民他们，独自进了警察局。

“唉，就看这一回了！”翟健民满怀希望，把所有的寄托全放在这个穿皮鞋的律师身上。坐在山坡上等消息时，他甚至跟王律师开了个玩笑说：“香港律师比印度律师靠谱，就因为你们香港律师都穿皮鞋。这回我们找了个穿皮鞋的印度律师，兴许老天爷能开恩了！”

数天来已被折腾得精疲力竭的王律师苦笑着回应：“香港的律师倒是都穿着皮鞋，但也未必都是好律师，我倒认为，如果香港律师中能有律师是光着脚的，那肯定他是个不错的律师……”

“此话怎讲？”翟健民疑惑地盯着王律师问。

王律师笑笑，抬起自己的一条腿，冲翟健民说：“你看看我的鞋底……”

翟健民一看王律师的鞋底，连声道：“哎呀呀不好意思，不好意思！这趟真让王律师你辛苦了！瞧你的皮鞋底都快穿了……明天一定给你买一双新的！”

王律师摆摆手，调侃道：“我的大佬，你的心我领了。在这个鬼地方，你最多只能给我弄双草鞋什么的。我这皮鞋虽然底快破了，但还能将就，等把你的人救出来回香港后，你得给我买双新的皮鞋。或者我还是光着脚在香港工作，那样我也落个全香港最好律师的荣誉。”

“哈哈……”翟健民听后大笑，笑得一把鼻涕一把眼泪，“你王律师是最好的律师！最好！最好……最好。”

“怎么啦？翟老板？”王律师突然发现翟健民说着说着，把头埋在双膝的中间。

许久，翟健民抬起头，两眼红红的，一边摇着头一边抹着眼泪：“不好意思。我……我心里有些难过。”

王律师知道翟健民此刻的心情，他是在为狱中的亲人和伙计们着急。“希望总是有的，我们再等等。”他安慰道。

一直等到太阳落山，然后是月亮升起……

警察局四周没有人烟，极为荒凉，更没有商店之类。从早晨出来到现在，整整十几个小时，翟健民他们滴水未进，又饥又渴，却束手无策。他们把所有的希望寄托在那个穿皮鞋的当地律师身上。但他们又一次受骗了——至夜间十一点多，那个律师才从警察局长那儿出来。

“怎么样？办成了？”翟健民欢欣鼓舞地迎上去，那一刻似乎什么辛苦和饥饿全都抛之脑后。

可那位穿皮鞋的律师甩一甩腿，煞有介事地躬下身子，擦了擦他的皮鞋，然后直起身子对翟健民说：“时机还没有成熟，看来我还得打通些关节。”说完，他的眼睛颇有含义地看了看翟健民。

“老板，别再上他的当了！我们又给狗东西骗了！”这回王律师火了，他一下看透了印度律师的用意，便一把拉过翟健民的胳膊，用香港话说，“走，别再给这样的滑头骗子一分钱了！”

“我知道又上当了，可不这样又能怎么办呢？”翟健民毕竟也是生意场上叱咤风云的人，对方啥用意他清楚。但这不是在古玩场上，是在一个人生地不熟的异国他乡打官司，不求人家又能怎么样呢？想想弟弟和姐夫他们依然待在监狱里饱受苦难，自己数天来被当地律师、法庭及警察们折腾，他气得快要发疯了。

怎么办？怎么办？

“要不我们找大城市里的大律师去？”索仁达说。

已经有些六神无主的翟健民看看王律师，意思是你看如何？

王律师看看索仁达，朝翟健民点点头。

怀着最后一丝希望，次日翟健民他们租车到了距阿拉里拉四五个小时行程的一个连名字都叫不上的像是中国地区级的城市，在这里他们找到了一家律师事务所。据说这里的一位律师是当地的大议员，此人看上去派头也很大。翟健民他们等了半天，才和他有了交谈的机会。

“算了，找这样的人你花了大钱都不知道到底他有没有弄明白你所要办的事。走！”王律师跟那“大议员”律师几个回合的交谈后，起身拉着翟健民的手就出了律师事务所。

“怎么啦？又不行啊？”翟健民都快要掉眼泪了，“他要是再不行，我们上哪儿去找律师呀？是不是该到新德里去找？还是到联合国找？”

“翟老板啊！你还不明白？”王律师有些火了，冲翟健民说，“我全看明白了，我们的事，在这个国家、这个地方，是不可能办得成的！我敢保证！”

“什么？你说什么？”翟健民听王律师这么一说，顿时愣在原地，一动不动，像是被雷劈一般……

“老板，你没事吧？”索仁达吓坏了，轻轻上前双手拉着翟健民的衣角，小心翼翼地问。

“你——你是说我们辛辛苦苦、不远万里，来到这个鬼地方，吃了那么多苦，花了那么多钱，等于是水中捞月，竟然是一场空啊？”

王律师只是摇头，再也不说一句话。

“这！这个国家到底是怎么回事？难道没有一个人可以出来跟我们说话，说一句人话，办一件人事吗？啊？老天爷——你告诉我呀！”在前不着村、后不着店的异国他乡的夜幕下，堂堂中国古董界冉冉升起的一颗金色巨星，竟然在此刻叫天天不应、喊地地不灵。翟健民真想从地上搬起一块石头，往自己的脑壳上撞——撞死得了！

眼巴巴地连自己的兄弟都救不出来，自己的伙计有难时都搭不上一把手，花了十几天时间，撒花似的撒了那么多冤枉钱，竟然毫无收获、回到原点……我、我翟健民还能干什么事嘛！我还像个当哥的、当老板的样吗？

“气死我了！气死我了啊——”寒冷而寂静的黑暗中，翟健民站在完全陌生的土地上，一次次地对着夜空喊着、号着……但根本没有人听见，甚至连个回声都没有。

他感觉饿了，饿得胃都在抽筋。

他把手伸到一个又一个口袋，讨厌！都是讨厌的钱！

他想把口袋里的钱票撒出去，要它干吗用？给那些骗子还不如当擦屁股纸！

他继续摸口袋。他摸到一个小小的袋子，啊，原来是一包压碎了的小饼干。是临离开香港前妻子惠芳叫他带的："你胃不好，多带些苏打饼干。"

想到妻子的那一刻，翟健民的眼泪情不自禁地哗哗往下流——在家多好啊！踏踏实实，安安稳稳，有儿有女，还有妻子每天温馨如春的柔情与关爱……那一刻，翟健民心头突然涌起一个打学徒起从来没有过的念头：再不干古董行了！再不干这时时刻刻冒险的生意了！好好在家待着，哪怕再去给老阿婆看店也是踏实安稳的。钱多了又能怎样？连个给钱的地方都找不到、找不准，给了人家钱却还要被人背地里嘲笑自己、骂我翟健民是傻瓜一个！

什么都不要了！只要把弟弟他们救出来。救出来回香港后再不干这冒险、吃苦头的寻宝找宝玩古董的活了！

不干了！不干了！发誓永远不干了！翟健民拼命地自责，一口气把碎成渣沫的饼干倒进嘴里。

翟健民的眼泪再度涌出。

这一夜是怎么度过的，十几年后的翟健民依然想不起来，总之他感觉那一夜他仿佛魂魄被什么鬼儿牵走了。

早上醒来，翟健民呆呆地坐在那里。王律师过来问他还去不去找找当地的其他律师，翟健民毫无表情地反问王律师："他们不是说这里是军事禁区吗？应该找得到武器吧？"

“你要武器干什么？”王律师觉得奇怪，紧张地追问翟健民。

“只要能够找到武器，我就想办法去劫狱！”翟健民说。

“老板，你可别这样想。不算索仁达，我们总共有六个人，我们要平平安安全部回香港才是吧？”王律师说话时，都有些颤抖了。他小心翼翼地过来摸摸翟健民的额头，问：“你没事吧？”

翟健民半天没有应声。末了，眼睛盯着王律师，说：“我快疯了。”

王律师见他这么一说，“噗”地一下笑了：“还好，你还没疯啊！”

翟健民心想：我能疯吗？真要疯的话，也该等那四个关在监狱里的人都出来后才能疯嘛！

到底还有没有希望把这几个人弄出来？问题的纠结点在哪儿？十几天像苍蝇似的到处碰壁之后，翟健民和王律师不得不认真静下心来思考和筛查一下“战术”上的问题。毛病出在何处？真是印度这个国家没有一点法律意识，还是我们找的门道不对？或者我们送钱的力度不够？好像都是，又好像都不对。

事实上，所谓的间谍案，是指那些危害到国家安全的重大案件，这类案件的管辖权一般都要归所在国家的最高司法机构。也就是说，像娄镜忠他们四人的案子，要真正解决，绝非阿拉里拉的监狱和法庭所能，即使是比哈尔邦的司法部门，也没有这个权力放人。

难道真的没有一点儿希望了？希望还是有的。希望并不在前线的翟健民和王律师，他们的作用不能说一点没起，如果不是他们在阿拉里拉向当地法庭提出申诉和重审案件的话，也不可能让印度司法部门着手处理此案。

在获知娄镜忠、翟伟民他们被印度边境无故逮捕的时候，是刘惠芳首先找到了香港的传媒机构，并且利用社会舆论的强大压力，迫使英港督府、英国驻香港领事馆和印度驻香港领事馆的重视和帮助。在翟健民与王律师前往印度的这些日子里，刘惠芳又深知，要使得丈夫他们在遥远的异国他乡展开的营救任务顺利推进，必不可少的支援力量仍在大后方的香港。在翟健民与王律师动身到印度那边的每一天里，刘惠芳一天也没有停止过与香港媒体和外交部门的密切联系，并不停地向港督府移民局、印度驻香港领事馆等机构哀求、督促和沟通，这才使得所谓的“间谍案”出现了根本的转机。后来据印度驻香港领事馆的工作人员说，他们几乎每天都要把香港关于“间谍案”的报道汇报给印度的外交部，再通过外交部转给印度的司法机构，这样就促使印度司法当局不得不认真对待此事。据说最后是印度司法部门的最高长官签发了专门文件，派大员亲自对案件进行核查，并最终证明了这是一起冤案。翟健民特别提到，其实在保释过程中，他太太还通过一位印度大富豪的“内线”关系，给新德里政府施加压力，才促使官方批准担保释放这几个“中国间谍”。

第一个知道印度最高联邦法院已经签发了保释书的人，也是刘惠芳。印度驻香港领事馆最先告诉她的，于是刘惠芳马上通过电话告诉了远在万里之外的翟健民，让他赶快去追这份保释书。

近乎在绝望边缘的翟健民得到这个消息，兴奋得哭了起来，随后也告诉了王律师。“好啊，这才是关键！有了印度最高联邦法院的保释书，我们啥都不用着急了！”王律师听后也特别高兴，认为这是最硬气的东西。

“那就快把我们弄出去吧！”监狱里的娄镜忠等听说后，更不用说有多高兴了。

“是啊，既然上面已经签发了保释书，监狱也应该接到文件，没有理由再关押我们的人了嘛！”翟健民对王律师说。

王律师摇头：“你还没有尝到这里的苦头？他们的办事水平和能力，能让你痛痛快快地把人弄出来？”

翟健民一听就着急起来：“怎么，还会有麻烦啊？”

“那倒不会。不过小麻烦还是有的。”王律师说。

“会是啥小麻烦？”

“得追查他们啥时收到保释书。”

“这——也得我们去追？”翟健民觉得不可思议，这样的事应该是公务员、政府部门官员必须做的事，怎么会让局外人去做呢？

“我们不去追谁会去追？你想等他们按部就班地接文件放人，你知道还要多少时间？”

"现在我们就去！"翟健民坐不住了。

到哪里去追保释书呢？翟健民望着阿拉里拉荒芜的原野，又一次迷茫了……只有到一个地方再问呗。于是他们先到监狱，监狱说这事应该去问比哈尔邦警察署，我们属于他们管理。到了比哈尔邦警察署，人家说这事应该由法院处理，我们只执行法院的指令。到了法院，所有问及的人都在摇头，说从来就不知道有这事。

那些日子，翟健民真的体会到了什么叫"度日如年"。每一天他和王律师等都在痛苦和焦虑中等待，除此以外还得不时让索仁达给监狱警察塞钱，以便能与姐夫和弟弟他们见个面，说上几句话，否则里面的四个大男人又哭又闹，弄得翟健民更揪心难受。在异国的僻壤之地，即使翟健民等不想跟当地的任何人打交道，但总有一些乞丐围着他们转，像苍蝇一样叮着你不放。一连几天，翟健民发现有一个穿着破烂衣服的老头一直跟在他后面，嘴里说着他根本听不懂的当地话。本来心里很烦的翟健民，真想一脚踢走这个老头。第三天，这老头又出现了，围着翟健民就是不走，一双混浊的眼睛里期待着什么。这让翟健民没有扬起腿脚。

"他在说什么？"翟健民找来索仁达。

索仁达便过去问过老头后，告诉翟健民："此人说，是他救了你姐夫几个人，他希望你拿酬劳给他。"

"他怎么会救了我姐夫他们呀？"翟健民没反应过来。

"老头说，你姐夫发给尼泊尔的信就是通过他之手，是由这个老头跑到边境上把信发出的……"

"我的天呀！他是救命恩人哪！"翟健民这才恍然大悟。可不是，当时翟健民一家人在香港焦急万分时，是尼泊尔朋友突然来电告诉说有人从印度边境寄来信说四人被印度警察关在监狱里的。

翟健民立即将那老人叫到身边，从口袋里掏出两百美金给了对方，并连声说"谢谢"。

就在此刻，又一幕让翟健民没有想到的事出现了：只见这老人扑通一下跪在翟健民脚前，脏兮兮的双手抖动着捧起翟健民的脚，狂吻起来……

天哪！这是一个为陌生的香港人做了好事、得到一些报酬后的印度老人向翟健民的感恩举动。

翟健民彻底地被这位善良的老人震撼了！这是他所没有想到也永远不会想到的事。之后的日子里，翟健民再也没有见过这位老人的身影——他永远消失了。

然而，他又在翟健民的心头永远地留住了。也许正是这位老人的出现，让翟健民的心多少得到了一丝抚慰。

等待的日子还在一天天艰难度过。终于在翟健民来到印度的第17天，方知这份印度最高联邦法院签发的保释书已经到了阿拉里拉的法庭。

这天上午九点，翟健民、王律师和索仁达一起赶到了法庭。

法官说，最高法院的保释批准书的确到了，但是，阿拉里拉监狱的法庭还要做一个具体的法律文书，所以你们必须明天才可以来取这个法律文书，才可以去监狱领人。

“明天？还要明天？不行，我要求你们按联邦最高法院签发的保释文件精神，迅速把我们的人放了！”盼星星盼月亮，终于盼来了保释书的翟健民一听就火了，他让索仁达把自己的意思翻译给狱警听：“让他们必须今天、也就是现在，马上、立即放人！”

索仁达面有难色地对翟健民小声说：“翟先生，这些法官之所以要等到明天放人，明摆着就要敲诈，你看怎么办？”

“不就是又要钱嘛！”翟健民愤怒地说说，“只要我们付得起，他要多少就给多少！”阿拉里拉简直是个地狱，只要能够提前一天逃离这里，什么代价都在所不惜。翟健民早就想通了这个理。

果真，狱警又掏空了翟健民的一个口袋。

到了下午，阿拉里拉监狱法庭的法律文书还没有出来，翟健民就叫索仁达去继续催，自己和王律师在路边的一个阴凉处等待。

小镇阿拉里拉没有任何一个娱乐场所，当地人唯一的消遣就是到路边喝奶茶。卖奶茶的人一般都会搭个凉棚，算是生意开张。那凉棚只有一米高，皆用竹子编成。当地来喝奶茶的人到凉棚里，席地而坐，常常一待就是一整天。你看不出他们为什么坐在里面，因为这些人的目光都是木讷而呆板的。

索仁达去之后，翟健民和王律师也在一处阴凉地的一个凉棚里喝奶茶。翟健民一直站着，他不像王律师蹲在地上喝茶，翟健民心里想的是索仁达啥时候能把法院的文书带回来，站着可以远远地看到索仁达。

“你蹲一下歇一歇嘛！”王律师觉得翟健民太累了，劝他。

“不累。”翟健民变得越来越倔，其实在这之前，翟健民的性格是很温和的。“不是我变了，是他们逼我成这个样的。”翟健民对王律师说，“只要索仁达把文件拿到手，我就跑步飞到监狱，立马让他们放人！一分钟都不会让我弟弟、姐夫他们在里面多待！”

王律师笑笑，只管“咕嘟咕嘟”地喝奶茶。

到了下午四点多，翟健民终于远远地看到索仁达从监狱法庭的大门口往外飞奔过来，朝这边大声地高喊着，手里还扬起那份保释书。

“太好了！文件拿到了！拿到了！”翟健民的眼眶一热，飞步向索仁达迎过去。谁知就在这时，突然听到后面的王律师“哎呀”惨叫一声……

“怎么啦？王律师？”翟健民立刻收住步子，往回一看：好家伙，怎么王律师倒在地上！

翟健民赶紧折回身子，飞步回到王律师身边，将其扶起。“王律师！王律师你怎么啦？”翟健民不知发生了什么事，一个劲地疯喊。

“我……我的头麻了。”王律师艰难地睁开眼皮，慢腾腾地说。还没等说出第二句话时，一股鲜红的血流从他的头发丛中流出，然后糊到脸上，再流到衣衫上……

翟健民看傻了，拼命喊着：“王律师！王律师！”

王律师又一次睁开眼皮，用手摸了摸自己的头顶，明白了：“刚才我太激动，从蹲着的姿势往上一起，正好戳在竹栅栏上的一根竹子上……”

“我们上医院去！我送你去医院！”翟健民一看王律师脸上溅满了血，而且头顶还在不停地流淌着，那一瞬，觉得自己快要崩溃了：监狱五点钟要关门，王律师满身都是血……到底先办哪件事？

“你不要管我，快把他们四人弄出来再说……”王律师有气无力地想推开翟健民。

这一推不要紧，却推醒了翟健民：是啊，救人要紧，可有比救命更要紧的事吗？翟健民一下清醒过来，救命要紧！“索仁达，快叫辆三轮车来，送王律师上医院！”

“哎！”索仁达早已吓坏，被翟健民一叫，也回过神来，只见他跑到街头，叫来一辆人力三轮车。还算好，阿拉里拉小镇上有一家小诊所，王律师受的是外伤，竹子插得比较深，因此流血很多，不过没有伤到脑子里面。但在医生为王律师包扎时，站在一旁的翟健民急坏了，王律师一看医生手里拿的那手术刀长满了锈斑，吓得站直身来就要逃走，嘴里还不停止地喊着：“我不要！不要！”

翟健民也傻了眼：“怎么这个样呀？还有没有其他好一些的手术刀呀？”

医生摇头：“NO！”

翟健民只好劝王律师：“坚持坚持，伤口必须用消毒药水消毒和缝合，否则这个鬼地方一两天伤口就会发炎，那就真的麻烦大了！”

王律师一听翟健民的话，又看看医生，想哭也哭不出眼泪：“那让他把手术刀用火烤一下，多用消毒药水浸浸……”

“放心放心，我看着呢！”翟健民口里这么说，心里气得直想骂这些印度医生，怎么这样对待伤员呢？

“都这个样。”索仁达悄悄说。

一场惊心动魄的险情终于烟消云散。从诊所出来，翟健民和索仁达一路飞奔朝阿拉里拉监狱走去，王律师被安排在后面慢慢过来。当翟健民他们到达监狱，正好是五点钟。

狱警冷冷地对翟健民说：“时间到，今天不能办理了。”

机灵的索仁达再次出面与警察协商，笑着悄悄送上一千卢比。警察立即换了一种口气：“今天放明天放都一样，反正是放人，你们等着。”

翟健民一听，向索仁达竖起大拇指。

犯人出狱有个程序，就是要归还犯人刚被逮捕时暂扣的物品。这个房间正好有个窗口朝外，等在外面的翟健民可以通过窗口看见里面的四个人。

激动的时刻快要到来了！翟健民觉得此时自己必须有足够的耐心，于是他的眼睛一直盯向那个窗口，希望二姐夫和弟弟他们早一刻出现。

十几分钟过去了，突然那个屋子里传来一阵争吵声。是姐夫娄镜忠的声音，听得出，是他在跟印度警察吵什么。哎呀，有什么吵的嘛！翟健民想喊，又怕喊出毛病，所以急得直跺脚。

就在这时，翟健民见二姐夫娄镜忠被一名警察猛击一拳，“哐当！”窗口的玻璃被撞得粉碎。

翟健民再也忍不住了，冲里面高喊：“别乱搞啊，你们赶紧出来吧！”他已经猜到里面怎么回事了。

原来，娄镜忠他们被逮捕时，暂扣物品中有一万多美金的现金已经不翼而飞了。但是物品中还留下了娄镜忠的一块劳力士手表，印度人当时还没有名牌的意识，所以无意间把这高档表留下了。这回在发还物品时，娄镜忠见监狱长偷偷把自己的手表拿到一边，并用报纸盖住，一下生气了，立即掀开报纸，想拿回自己的手表。他的这个举动，激怒了监狱长，对方猛地挥起一拳，将其打到窗前。

“保命要紧，东西都是身外之物！”翟健民怕姐夫吃更大的亏，拼命在喊。

“姐夫，别要了！我们赶紧出去吧！我哥在外面等着我们，快走吧！”翟伟民也在劝娄镜忠。

好汉不吃眼前亏，气晕了的娄镜忠这才罢休。四个人拿着自己剩余的东西，前脚跟着后脚，一溜烟逃出了地狱——关押了他们几十天的阿拉里拉监狱。

“哥——”

“弟弟！你们苦了啊！”

“健民啊，总算见到你们啦！”

“姐夫，你瘦多了啊！”

“老板，我们是不是真的活过来了？”

“活了！你们全活过来了！我们可以一起回香港了！可以回家了！”

在异国他乡的监狱大门外，这群香港大男人抱在一起大声痛哭。那哭声让阿拉里拉小镇的印度人莫名其妙，甚至有人在一旁嘲笑这群中国人怎么会出现在他们这个地方。

鬼地方，我们再也不会再来了！翟健民愤怒地瞪了那些围观者一眼，心里发誓。

“翟老板，我们再不能在这个地方多待一分钟了！夜长梦多，我们应该马上离开！”王律师提醒翟健民。

“我完全同意！”翟健民问王律师，“你的建议是……”

王律师：“要离开，先得把他们四人的护照取回来。”

“对啊，人出来了，没有护照还是出不去呀！你们的护照在哪里？”翟健民一下急了起来。

“在边境警察局。”王律师回答。

“对对，那天我们去警察局已经知道了。”这些天翟健民的头脑有些乱，待想起后他便决定道：“现在我们雇三辆出租车，一起往警察局那边取护照去！”

“马上走，我一分钟都不想待在这个鬼地方了！”娄镜忠喊道。

驱车两个多小时，从边境警察局取回护照还算顺利。翟健民等一拿到护照后，立即掉头往旅店赶，又是四个多小时车程。到达旅店，已是凌晨两三点钟。

“大家好好洗一洗，吃碗饭，然后好好休息一下，明天一早要到加尔各答，那里才有回香港的飞机，争取明天就能搭上。所以现在大家抓紧洗漱一下，整理整理自己的东西。”翟健民命令大家。

这一夜虽然很短，只有两三个小时休息时间，但对翟健民他们六个人来说，像是进了天堂一样的舒坦和放松。然而他们的内心又异常紧张，怕已经从地狱逃出来的所有喜悦再被什么突如其来的噩运搅乱了。可不是，只要双脚还留在这个国家的地面上，什么样的危险和可能都会有……翟健民这一夜其实根本没有合眼，是不敢合眼。

第二天早上七点，正要出发时，哪想雇来的三辆出租车中，有两辆车出故障动不了了。

“晦气！”翟健民对王律师使了个眼色，因为他心里明白，留在这个地方，随时会有意想不到的麻烦突然出现。“你们四个人待在房间，没有我的话不要随便出去，以防万一。我和王律师及索仁达在旅店的大厅里等修理好的汽车过来。一旦汽车来了，我们立即上车离开这里。听明白了没有？”

“明白了。”两个伙计和娄镜忠点头。但翟健民的弟弟不明白，问："哥，我们已经从监狱里出来了，还怕啥？"

"你说呢？你想想你们当时为啥被关进监狱的？这是啥地方？是不讲理的地方！昨天人家随便找个理由可以把你们关进监狱，难道今天就不能找个理由再抓你们？"

听翟健民这么一说，谁也不再吭声了。与此同时，索仁达被安排去镇上不远处的地方为几个人办签证，这事并不算复杂，索仁达很快完成任务。

现在只剩下等候出租车修好就可以走了。但就是这个时间里，一场更加意外的几乎让翟健民他们差点全部丢命的噩运即将降临——

那沉闷的早晨，那沉闷的空气，翟健民在旅店大厅等待的每一分钟里，都觉得心绪特别不好。每一分钟都异常漫长而令人焦虑，空气似乎都有些凝固了。

"怎么还不来嘛！"翟健民不停地在大厅内踱步，又不时朝旅店门外张望，看看雇用的出租车来了没有。

一分钟过去，十分钟过去……一小时过去了，旅店门外依然没有汽车的隆隆马达声。

时针转至九点。突然，旅店的大门外传来一阵汽车轰鸣声。翟健民一阵惊喜，正欲往外走时，只听"哐当"一声，旅店大门被粗暴地一脚踹开。

瞬间，他看到门外的一辆卡车上下来了十多位当地警察。领头的是个警官，穿着制服，毛巾包着头，留着八字大胡子，胳膊下夹着一根警棍，气势汹汹地朝他走来……

"不好！快让上面的人跑！"翟健民知道不妙，用粤语大喊一声。但这回跑的是索仁达，因为满头包扎着白纱布的王律师根本没有力气逃跑。而翟健民他自己知道跑也没有用，更何况，他若一跑反而说不准被印度警察当作什么罪犯给一枪击毙了如何是好？

"中国人在哪儿？在哪儿？"一群警察嚣张地喊着。

"你，就是间谍吗？"横冲直撞的警官提着警棍，鼻尖对鼻尖地盯着满头裹着纱布的王律师的眼睛，用英语问。

王律师毕竟是律师，丝毫没有畏惧，严正道："我不是。但是，我是他们的律师，你有什么问题可以问我。”

危急关头，身负重伤的王律师如此大义凛然，让翟健民敬佩不已。不过事后翟健民问王律师当时哪来的勇气时，王律师坦言，其实他当时也差不多被突如其来的这一幕吓得快要尿裤子了。

警官疑惑了一刻，一挥手，令其他荷枪实弹的警察上楼搜查。

“求求你们啦！求求警察大人！我们没有做什么事，我们是好人，我们……”当印度警察再度突然出现在娄镜忠等四个“间谍”面前时，可怜的假“间谍”们这回真的魂散魄裂。娄镜忠完全失去了理智，像小鸡吃米一样给警察磕头。翟伟民等三个年轻人，吓得挤在墙角，瑟瑟发抖着求印度警察饶命。

“护照！护照！”警察在狂叫，要求他们交出护照。可谁敢在这个时候再把好不容易拿到手的能够证明自己身份的护照再交出去？

“千万不要把证件交给他们！什么都可以给出去，就是不能交护照！听明白了没有？”就在这紧急关头，楼上的几个人听楼下的王律师用粤语大声叫喊着。娄镜忠等一听，吓得更加紧张地抱住各自的行李，用印度警察根本听不懂的话乞求着、哭叫着……

这乞求和哭叫声，翟健民在楼下听得一清二楚，他甚至忍不住想冲上楼去搭救弟弟和姐夫他们，但被警察挡住。“这到底是怎么回事？怎么回事？他们又想干什么？啊！我们到底犯了什么错呀？怎么没完没了啦？”翟健民怒发冲冠，气得紧握双拳，想找警察理论，可又不知如何是好。

“翟老板，千万别鲁莽！这些人不好惹！”王律师赶忙拦住他，说，“我想这帮家伙肯定又是想捞一把！他们是把我们当大肥羊了。”

“不是我们已经都给了吗？”翟健民觉得印度这个地方简直就是永远填不满的贪欲之海。

“是啊，法院、监狱都给了，可唯独边境警察局我们是不是没关照到？”王律师提醒道。

翟健民突然清醒：“可不是！”

“人家才不会像我们忙乱中那么大意！”王律师调侃道。

翟健民明白过来，迅速从口袋里掏出一把现金，说："那给他们不就完了嘛！"

王律师立即制止道："你不能去！"

"为啥？他们不是要钱吗？给，全给他们都行！只要放我们走就行！"翟健民气得快要疯了。

"绝对不行。你知道他们的胃口有多大？你全给他们就能让他们相信我们身上的油水全刮光了？如果他们再向我们要呢？要不到再扣住我们，再编个理由把我们全部关进监狱怎么办？谁还能来救我们？"王律师一串反问，把聪明一世的翟健民问得目瞪口呆。

"那、那……怎么办呀？"翟健民这回真是六神无主了，吓得双腿发软地坐在地上。

王律师凑到他身边，说："趁他们在楼上审问他们几个，你现在赶紧走，走得越远越好！"

"那你怎么办？"

"我是律师，谅他们不敢拿我怎么样。再说，我留在这里可以对付他们，同时还能保护其他几个人。"

"可、可我一个人走不放心呀！"翟健民觉得在如此情境下，自己怎么可以一走了之，尤其是让头负重伤的王律师来承担重任。

"哎呀！都什么时候了，你再不走，恐怕我们所有人都得死在这儿！快走！听我的没错。"王律师急死了，推翟健民往外走。

翟健民终于理解王律师的意图。他觉得这一计是对的，便说："那我就带索仁达他们也走，尼泊尔朋友帮了我们大忙，如果一旦被印度警察发现，他们就得坐牢。另外我们在什么地方会合？"

"不能在附近，在比哈尔邦境内的路上等我们，"王律师说，"如果二十四小时内没有等到我们，就证明我们出事了，就必须再想办法救我们……"

翟健民紧紧握住王律师的手，说："兄弟，你一定要带着他们都出来，我在比哈尔邦那边等着……"

"知道知道，快走吧！再不走来不及了！"王律师使劲推开翟健民，因为楼上的警察已经有脚步声在往楼下走了。

"这个留给你。"翟健民起身时，将一把现金塞给王律师。

“快走！越远越好！”王律师使出全部力气，再次推开翟健民。

走了，不，是仓皇出逃！翟健民和躲藏在一个旮旯的索仁达及另外一位前来接应的尼泊尔朋友，冲上那辆停在旅店外的出租车，飞一般地逃出旅店，向比哈尔邦方向驶去……

“开快点！再快一点！”上了车的翟健民，连往后看一眼的勇气似乎也丧失了，一个劲地催促出租车司机加足马力。

“哗——”只见阿拉里拉通往比哈尔邦的那条马路上尘土飞扬，那辆苏制大屁股车后面扬起长长的烟尘，箭一般地从一个个相隔遥远的边陲小村庄前掠过……

“快开！快！”一路上，翟健民不停地催促出租车司机，完全像个亡命天涯的逃跑者，连他自己都不明白为什么嘴里不停地一次次催促司机，“因为那个时候，我的脑子里一直响着王律师吩咐的一句‘走得越远越好’，怕后面的警察追上我们，从而彻底粉碎我们逃跑的计划……”翟健民事后这样说。

从阿拉里拉到比哈尔邦，约100公里，且只有一条狭窄的路。“那一天我们坐的苏制大屁股汽车不知开了多少迈，反正不出半小时，我感觉踩在车底座的一双脚底像搁在烤火板上一样，烫得不行。”翟健民说。

大约到了下午五点钟的样子，出租车终于驶进了比哈尔邦境区域。这时，在一个道路拐弯处，翟健民招呼出租车司机“停车”。

下车后，翟健民看了看四周，光秃秃的，只有路边有个小茶馆似的简易建筑。“就在这儿等他们吧。”翟健民观察了一下，认为这个地方既可休息，又可以看清从阿拉里拉过来的所有车子。

等吧！翟健民像一座坍塌下来的泥山，“扑通”一下，一屁股坐在路边的泥地上。那一刻他的身子没有一丝力气……多少天啦？翟健民的脑子竟然一下算不过来，10天？不止。15天？好像也不止……聪明善算的翟健民竟然怎么算都没有算出来自己从香港出来到现在是多少天了！真的算不出来，真的不知道是怎么回事？反正翟健民觉得自己的脑袋涨疼涨疼，疼得要裂开似的……

他突然感觉自己不能坐下，坐下以后怎么看得到王律师他们过来的车子呢？万一他们在那一头我没有看到怎么办呢？

他噌地站起，踮起双脚往阿拉里拉方向看去……什么都没有，除了那条弯弯曲曲延伸到天边的道路外什么都没有。

他又坐下，坐下后怎么也起不来，屁股底下像被一片千斤重的铁块吸住了。不不，不是铁块，是魔掌抓住了我的双腿，不是魔掌抓住了才怪！我翟健民哪个地方得罪了老天爷，为啥又受这么多罪？鬼！魔鬼！翟健民吓出一身冷汗。

噌地他又从地上起身。

他再往阿拉里拉方向看去，还是没有看到他想看到的……突然，翟健民的眼睛有些模糊了：是什么这么红啊？像血似的那么红啊？

是血？是谁的血？怎么这一大片的血还是巨大无比的圆形的呀？翟健民的心脏猛烈地惊颤：妈呀！

他大叫一声："天哪——"

身边的索仁达吓得跑到翟健民跟前，连连摇晃着他："翟先生！翟先生你怎么啦？怎么啦？"

翟健民浑身剧烈地颤动着，他猛然用双手抓住索仁达的手，问："那是什么？那是血吗？怎么那么大呀？"

"哪、哪里？"索仁达的声音也在颤抖。

"看，那边——天上……"翟健民的手指向远方。

索仁达这才松口气，轻轻地说："那是太阳。是快要落山的太阳和晚霞……"

像刚刚醒过来的翟健民这才点点头，喃喃地："太阳，晚霞，红得像血一样的夕阳……"

"是，是像血一样的晚霞。是，是像血一样的夕阳……"翟健民不停地重复喃喃着同一句话。他说着说着，眼里的泪水夺眶而出，那泪水如开闸的潮水，如脱缰的烈马，如倾泻的瀑布，如汹涌的海浪，如燃烧的森林……不，不不，那一刻翟健民的内心，像崩裂的岩石，像粉碎的星球，像滂沱的雨柱，像凋零的菊蕊，更像被撕破的一团乱麻和跳进深渊悬崖的老马……

"那一刻，面对徐徐坠落的夕阳和即将降临的夜幕，我感觉世界末日就在我面前，因为我不知道自己到底是该继续往前走，还是回头去找王律师和我弟弟他们。如果往前走，意味着王律师和弟弟们出事了，因为这是我与王律师约定的。倘若这样，我前面的路是什么样呢？是我再有可能通过香港媒体、通过一层又一层的外交途径摆平各种关系再来救他们？笑话，如果这样行得通的话至于会是现在这种惨局吗？那么如果我不能去努力营救他们，这不意味着我弟弟和王律师、我二姐夫他们就死定了？就这样冤枉地死在了异国他乡？往前走的结果是这样，转身往后走呢？往后走我再去重复一遍这十几天种种受骗、受欺、受苦、受折腾的晦气事吗？受骗、受欺、受苦、受折腾又算得了什么，问题是，如果一旦回去，就意味着所有人都得回到监狱，所有的人回到监狱，吃苦受难不说，还有谁把我们的事告诉外界？那监狱是人待的地方吗？别说我弟弟、二姐夫他们，就是我翟健民、王律师进去，也用不了十天半月就差不多一命呜呼了！那时即使香港有人来救，怕是救出来的只能是一堆已经发臭发烂的尸体和骨头了……

夕阳与夜幕交接的那一刻，翟健民茫然而绝望地站在阿拉里拉通比哈尔邦的那条公路拐弯处，不知所措。晚霞照射下的他，仿佛断了思维，碎了魂魄，唯有长长的身影拖在他身后的地面上……

远远地、渐近地，一辆辆零星的车子继续从他身边驶过——那些车子与他无关，印度司机们最多探出头来奇怪地瞅一眼这个木讷的中国人，吐一口痰，说一句你根本听不懂的话而已。

“天再黑下去，即使我们的人开车过来他们也看不到我们呀！”天越来越黑，索仁达着急了。他跑到那个路边的小茶馆，大概又向小店的老板塞了卢比，人家才答应不关店，露出一丝光亮照在路边站着的翟健民他们身上。

那灯光半射在翟健民的身上和脸上，像是一把刀将他切成一个只留半边脸、半边脑壳、半边身子的影子……这影子泛着一丝弱暗的光亮，可以让道路上行驶而过的汽车司机看得见原来这儿站着一个人——活着的或死去的什么人并不要紧，要紧的是能让路过的开车司机能看得见，看得见这儿有个人站着、有件物站着，这才是主要的，这才是他翟健民最需要的。因为只有这样，一旦王律师他们脱险后就可以找到他，他们一行才可以团聚，才可以让翟健民复活不死……

黑暗中，一个个亮点，由小而大，又由大而小地从翟健民眼睛里出现又消失，与之相伴的是一个个希望的出现和消失。那几个小时里，翟健民说自己完全不知道在想什么，在干什么，只像木头一样地站在那儿。“有个亮点出现，心就多跳一下；等亮点从身边远去时，心就落到谷底。然而远处的亮点再出现时，心律再重新跳动起来。越到后来，心跳得越慢，甚至亮点出现时，也变得不怎么跳动了……因为开来的汽车上都没有王律师他们。”翟健民说。

“我真的要疯了！我真的连怎么疯都不知道……”黑暗中，翟健民唯一有感觉的是眼眶里在不停地流泪、流泪，一直没有停止过。直到大约深夜十二点左右，有两辆汽车一起开过来，车上的人远远就大喊“老板”“哥哥”“翟先生”，翟健民的泪水一下变成了江河一般急泻奔涌，不可收拾……

六个中国男人，外加两个尼泊尔男人，甚至还有三个出租车司机，全都哭了。尤其是六个中国男人，他们抱在一起，哭得地动山摇，哭得狼惊虎退，最后哭得笑声朗朗……

得救了！终于算得救了！全都安全了！不知过了多少分钟后，王律师扯了扯翟健民的衣衫，说：“可以了，我们还是趁天黑赶紧走吧！等上了回香港的飞机，再一起好好哭一场吧！那时就没有什么顾忌了！”

“对对，王律师说得对！”翟健民重新恢复了他“老板”和古董大师的智慧与精明，他命令死里逃生的“永宝斋”的“中国间谍”们立即出发。

“对对，快走吧！”二姐夫娄镜忠和弟弟翟伟民拉上两个伙计，兔子一样飞快地钻进出租车。

一溜烟，三辆出租车排成一线，飞速地向印度的另一个城市加尔各答驶去……

次日，香港机场。迎宾出口处聚集了许多人，站在最前面的是翟健民的太太刘惠芳，只见她穿着艳丽的服装，手捧鲜花，满脸堆着喜悦的笑容。她的身后是翟氏家族的兄弟姐妹们，还有各路新闻记者及港督府和印度驻香港领事馆的外交官等。当翟健民等一行出现时，迎宾出口处一片欢呼声，大家热烈拥抱，其场面令人感动。

回到家的第一件事，翟健民带着弟弟翟伟民去洗了个澡。兄弟俩称了一下体重：哥哥翟健民此番印度行共瘦了三十斤，弟弟翟伟民则瘦了整整五十斤！

对翟健民和翟氏家族来说，这真是一场旷世奇遇——他们或许再不可能被卷入“间谍案”这样的事。

“以后还去过尼泊尔做古董生意吗？”我问翟健民。

他疑惑地用眼睛盯了我一下，重重地点点头：“去啊！过几年后我又去过。但去的不是很多了，因为那边资讯也越来越发达，同时也出现了经纪人一类的人物，还不少，他们使用的现代化通信手段甚至比我们还先进，一旦有好货，会立即告诉外界。而且价格开得也很高，所以这些年我就去的少了……”

“没有被‘间谍案’吓着和影响？”

“没——有。生意归生意嘛！”翟健民拉着长长的声调。然后突然又心有余悸地添了一句：“其实那事我至今只要一想起，就心头发毛……”

是啊，身为世界级古董和收藏大家，翟健民这40余年经历了多少这样的风险和令他内心发毛的事啊！

第五章　龙腾鳄鱼潭

话说翟健民从师傅黄应豪那儿出来，独闯天下，自立家业之初，其实并没有太多心理准备，只是感觉自己已经娶妻成家，且当年就有了宝贝女儿，第二年儿子又出生了，这一家四口且不说，身为翟家长子，翟健民还要照顾母亲和尚未成年的弟弟翟伟民，想一想这样的境况，翟健民再在师傅门下一个月拿1000多元薪水，如何活法？显然，经济拮据、生活难以维系是当时最现实的问题。而且，经过几年古玩场上的摔打，此时的翟健民羽翼已丰，总长期蜗居于大树底下不能独行天下而心里颇有些窝囊之感。这也非见不得人的事，大凡想干一番大业者皆有此心态。

那时候的翟健民心里想的就是一件事：多赚些钱，好歹要养活一家人。

为此他早出晚归，见啥货能赚，哪怕是十块八块的，他都会全力以赴。这单飞的生意不像跟着师傅黄应豪完全按照客户口味，小的、货色低端的一律拒之门外，就是芝麻粒，你也必须鞠躬尽瘁，争取成功。芝麻虽小，却也有营养，关键是它积少成多，不至于让一家几口人饿了肚子，苦了妻儿老小。

“你们不知道？最近古玩市场上新货不少，去看看！”

“是吗？知道那些新货是从哪个码头上漂过来的？”

“听说是澳门那边过来的。”

“澳门？澳门除了赌场，哪来古董市场？”

“少见多怪了吧！这些年内地不是开放了吗？玩古董的人也跟着多了起来，澳门也成了一个古董集散地……”

“嗨，原来是这样啊！”

说者无心，听者有意。一日，翟健民在古董市场上无意中听到了这个消息。

澳门可以去，澳门我太熟悉了。听说澳门有货可弄到手，翟健民顿时感觉多了一个生机。

从香港到澳门十分方便，用不了几个硬币搭船就可以到了。上岸后，翟健民直奔记忆中熟悉的几家古董店，结果并没有找到进货的渠道。怎么回事？翟健民去找澳门赫赫有名的永大古玩行大佬邓鹊谦先生的公子。邓公子的年龄与翟健民相仿，虽然平日里交往不多，但一向感情不错。

“邓哥，听说澳门最近来了不少水货，你知道吗？”翟健民问。

邓公子马上点头，说：“知道，不过也不是很多啦，就是内地人隔三岔五地背进来的。”

“那你能告诉我在什么地方？”

“就在鳄鱼潭。”

“噢，我知道。是不是大三巴牌坊旁边那儿？以前我父亲常带我去玩……”

“就是那里。”

对内地的人来说，知道澳门鳄鱼潭的恐怕没几个，但要说大三巴牌坊几乎人人都知道。凡去澳门旅游的人，大都会到大三巴牌坊前照一个相。我第一次去澳门——迄今为止也才只有一次“澳门行”，记忆中最深刻的印象，也就是在大三巴牌坊那里的所见所闻——

大三巴牌坊其实是一处著名的世界文化遗产地，它的原名应该叫圣保禄大教堂遗址。400多年前，葡萄牙籍的耶稣会传教士来到澳门传教，斥巨资兴建了这所大教堂，据说是当时世界上最重要的天主教堂，并建有专门以吸收女教徒为主的教会学堂。其建筑独特精美，融合了欧洲文艺复兴时期与东方建筑的风格，是澳门的一个重要城市标志。后来不幸遭遇大火焚烧，仅留下圣保禄教堂的前壁。那残留的教堂前壁，恰似中国传统的牌坊一般，再加上“三巴”又是“圣保禄”的译音，所以慢慢被人们叫成了“大三巴牌坊”。

澳门虽小，但当你站在圣保禄大教堂的残壁前，你会有一种无法小视这个东方小岛的崇高之感。翟健民对“大三巴牌坊”再熟悉不过。从懂事那天起，父亲不知带他来过这儿多少次。

但现在的他不是作为天主教徒来做弥撒的，他必须去完成世俗者不得不去接受的一项特殊而艰辛任务——是否有赚钱的机会。因为香港古董界指向的鳄鱼潭就在大三巴牌坊边，此处是当时专门交易各色水货的地方。因为，在此处的交易没有任何人给你担保和负责，并且大家都互不相识，因此，你可能会淘到宝贝，也可能会掉进深渊，所以，大家俗称此地为“鳄鱼潭”。

“其实，所谓的鳄鱼潭就是街边的一家店面，楼上楼下两层，十分简陋。老板姓陈，做古钱币生意的，有些由内地去澳门的所谓新移民，既没有技术也没有本钱，为了生存，他们就靠着和内地的关系，做些古董的买卖。开始时有人就把这样的‘水货’放在店里寄卖，一天两天，时间久了，澳门和香港玩古董的人都知道了，都跑来进货，于是就热闹起来。”翟健民说。

翟健民初至鳄鱼潭走货，是这个市场的初始阶段。前面已说过，1982 年春节后，翟健民实际上一肩挑两担——虽在师傅黄应豪面前恳辞“福成行”的员工身份，但在香港时仍每天上午到“福成行”上班，替师傅打理业务。二则自己当起老板，每天下午的时间自由支配干自己的买卖。

别看在师傅黄应豪身边，翟健民凭着自己的聪明和对旧瓷古董的鉴赏能力已经在行当里小有名气，但那是大树底下好乘凉，现在单挑独打，完全是另一番心态和境况。几乎是赤手空拳的他如何把生意做起来？“其实我心里也有些发毛，一则因为都知道做生意必须有本钱，二则假如赚不到钱可不行——家里几大口子都等着我要吃饭呢！自己当老板好处是想干什么就干什么，赚多少都是自己的，问题是，如果一旦赔了或没赚到钱，谁给你发薪水呀？所以当时压力还是不小。怎么办呢？撞运气呗，赚一点是一点。这个信心我还是有的。俗话说，鲤鱼打滚，多少也能溅出些水花来，所以最初我选择上澳门的鳄鱼潭……”

翟健民哪里是小鲤鱼？打他进入香港古玩行当，就如蛟龙搏浪，年纪轻轻，就让包括师傅黄应豪在内的众多古玩家既惊叹又敬佩。

澳门本来就是他熟悉的地方，加之好友的指点，翟健民很快在这个新兴的“地摊”市场上摸到了一些赚钱的门道。

起初因为卖“水货”不敢大张旗鼓，老板把正经的公开买卖放在楼下，“水货”在楼上交易。后来“水货”越来越多，也越来越公开了，故在他店面的四周都有人摆起了地摊，渐渐形成了稍稍像样一点的古董市场了。

翟健民出现在鳄鱼潭旁时，因为名气不够大，加之是二十出头，所以没人特别注意到他。正因为他名气还不够大，反倒让他连连得手，迅速成了这一市场上的一匹“黑马”。

他在鳄鱼潭上手的第一件古董是汉绿釉大壶。这是件老窑瓷器，而在这之前，翟健民在跟黄应豪师傅经营过程中，主要偏向明清瓷器。所谓老窑瓷器，是古玩行的一个专门术语，是指中国元代及元代以前的古董瓷器。

那天，翟健民走进鳄鱼潭黑市场的那个店里，一眼就看中了这个汉绿釉大壶。

也许因为放在那里给人的感觉太新、太漂亮了，这个汉绿釉大壶之前没有人敢动过。“太美了！”翟健民不一样，无数次欧美之行，多少回观摩世界著名博物馆的古董精品佳作，何为真、何为假，此时的他已经能一眼定乾坤了。所以当他第一眼看去时，心头不禁暗喜：这可是个“宝贝”啊！

“老板，我想看这个大壶。”翟健民对店老板说。

“好嘞。”有生意来了，店老板自然高兴。

翟健民接过汉绿釉大壶，上手摸，又细细从器皿的造型、胎质、釉色到包浆到形状，反复观察，确定此乃真品无疑。此前，在欧美诸多博物馆和藏家那里，翟健民对汉绿釉等老窑瓷器有过多次接触，也心得颇深。用他自己的话说，感受老窑古陶瓷，时间久了，你会发现它由里向外渗透的沉着镇定的力量，那是传衍和召唤的力量，成就你识物知天的心性。

既然认定是真品，翟健民便下了决心要买，但价格是个要命的关键，因为此时的他囊中羞涩——他身上仅有3000多块港币。

“老板，我想要这件货，多少钱？”翟健民颇为胆怯地试探问路。

“3000。”老板头也没抬地回答。

天哪！这老板太厉害了，是不是知道我口袋里就装了3000块钱呀？翟健民又惊又喜，惊的是老板开的价他能扛得住，喜的就不用说了……能如愿买下，第一笔生意算是成功在握。

“能还价吗？”做生意嘛，还个价不算什么，更何况，此时的翟健民，省一块钱说不准解了家中不少难呢！

“我这人不爱砍价，要你就拿走。”看来老板也是爽快人。

“那你帮我包好吧！”

“放心喽。”

成交。虽然翟健民口袋已经空了，但拿回了一件心爱之物，他满怀喜悦地回到香港。

从澳门到香港，水路也就是一个多小时的时间，以往这条水路，翟健民不知走过多少回，但从来没有一次像这回这样舒坦：那风是和的，那水是蓝的，那天空的鸥啼鸣得也格外欢实……一句话，这一趟回程的路上，翟健民眼前呈现了无数美妙的画面，他清楚，像这样上好的一只汉绿釉大壶，以他自己的估断，如果在欧美和日本市场上，至少能卖到 3 万块钱的价格。相比之下，欧美和日本的藏家，比香港人更喜欢老窑瓷器。即便如此，3000 元买来的这件汉绿釉大壶，到了香港出手，也足足可以赚满以往在“福成行”当徒工的一两年的薪水吧！

得了好东西，翟健民自然也要向师傅报告一声，再说他目前自己还没有店面，如果师傅认为有利可图，卖给师傅再由师傅在“福成行”出手，也算他这个徒弟再为师傅立一功呗！

上岸后，就在翟健民一路往“福成行”走过去并快到时，遇见了一位香港古玩行里的老行家。此人也是黄应豪师傅的老朋友，翟健民不能不与前辈打招呼。

这一打招呼不要紧，人家眼睛尖，便问：“民仔，拿的是什么东西？”

翟健民笑，说是一个老窑瓷器。

老行家说想看一下，于是翟健民在路边解开了纸箱。

老行家眯着眼睛看了半天，忽然用手拍了一下翟健民的脑袋，训斥说：“民仔，你怎么这么不小心，这件东西锃新瓦亮，就是一件新工的仿品！”

因为这位老行家经营古董多年，为人又好，行里人都很尊敬他。

听老行家这么一说，翟健民如五雷轰顶，差点一屁股瘫坐在地上。

3000 块钱，对于当时的翟健民可不是个小数目。他一家人一个月的开支也就 1000 多块钱，也就是说，如果他买的这件汉绿釉大壶是赝品，他就输掉了相当于全家人两个月的生活费啊！而且，在鳄鱼潭买卖，一手钱一手货，出了门就不认账。

他想，师傅那里是去不得了，自己打了眼，还有脸去告诉师傅吗？徒弟丢脸，师傅的脸上也无光。说不定，自己赔了钱还要被师傅臭骂一顿。

于是，他郁郁寡欢地回到了自己的家里。

他一会儿爬上床躺着，一会儿又一骨碌爬了起来。躺着的时候，他在反思自己错在哪里，爬起来的时候，就去仔细察看这件汉绿釉大壶，从釉色到胎质，每个细节都看得十分仔细。但无论怎么想怎么看，翟健民依旧不知道自己错在哪里。

下午，他的 BP 机响起。BP 机是那个时代最时尚的通信器材，而手机普及是几年之后的事。

翟健民一看 BP 机里的号码是酒店的电话，于是忙用家里的电话打过去，原来是一位日本客人。此人也是古玩商，经常来香港购买古玩，然后带回日本去做买卖。翟健民在“福成行”的时候，也经常跟日本客人打交道，所以能够说简单的日语。这位日本客人在电话里说他闲着没事做，想请翟健民去吃饭聊天。

翟健民顺口说，我家里有一件老窑瓷器，先生如果有兴趣的话，要不要过来看一眼。

没一会儿，那日本客人真的就打的来了。

翟健民让日本客人看的就是那件汉绿釉大壶。客人左看右看，然而不露声色地问：“卖吗？”

翟健民的心头跳了一下，说：“卖呀！”

“多少钱？”

“实不相瞒，这件老窑瓷器是我今天上午刚买的，实价就是 3000。”翟健民如实而言。

日本客人又问：“那么你要加多少？”

翟健民说：“我们是老朋友，你就看着给吧。”

日本客人说："那我给你加 800 元，3800 元成交。如果你愿意，我们现在就去酒店，你把壶带上，到我住的酒店付钱给你。

翟健民犹豫了一下，又立马点头，行！但心里却有说不出的诸多滋味。

因为他心里不服这件汉绿釉大壶是假的，如果真认定是假的，以翟健民的为人是绝对不会出手的。可那个老行家刚刚认定这是假货，才让翟健民有了满腹晦气的难受劲。他否定了不卖的想法，因为他心存希望想着老行家有可能走眼。在这一点上，翟健民是有理由的，因为像汉绿釉大壶这样的老窑瓷器，香港市场上极少见到，而那个老行家虽然资格很老，但是并没有上手过这种类型的瓷器，再加上它的品相非常好，老行家就武断地认为是"仿品"。但毕竟自己又拿不出足够的证据证明它不是假货，出手与不出手就是这当口，弄得翟健民满心不是滋味。有道是，君子一言，驷马难追。既然自己话已经说出了口，就不能够反悔，于是翟健民只能硬着头皮拎着壶跟着日本客人去了酒店。

到了酒店，日本客人打开旅行包，里面是成捆成捆的港币和美元，把翟健民的眼睛都看花了。那个时期，日本客人是香港古玩行最主要的两路买家之一，另一路是欧美客人。他们都是很有钱的古董买家。

一手交货，一手付钱。生意做成后，日本客人满心高兴，饭桌上，一边举杯，一边向翟健民夸下海口道："翟先生，不瞒你说，明天我就拿着这件汉绿釉大壶回日本，真没想到这一次能遇到这样一件宝贝，希望咱们今后能够长期合作！"

离开师傅后独自首次上手购买老窑瓷器的经历，给翟健民深深地上了一堂课。事后他说："通过第一次上手购买这件汉绿釉大壶，我对购买老窑瓷器充满了信心。我常常告诫自己，如果你对上手过的瓷器确信有把握的话，就一定要自信，一定抓住机会不放松，不要去轻信别人的话。因为，观察和研究收藏品最认真的人，一定是那个从自己腰包里掏钱的人，所以，你会比别人更认真、更负责地对待这件收藏品。"

"当然，我相信那位老行家不是为了骗我而故意说谎，而他的本意也是为了爱护我，但是，他的确走了眼。老人家的走眼是有原因的，因为香港的古玩行主要经营的是明清瓷器，经手的老窑瓷器不多，经历的有限导致了他们的眼力也有限，再加上这位老人家年龄大了，去海外的机会很少，也没有去过几个世界级的博物馆，所以他看老窑瓷器的功力是有限的。”翟健民又说。

自从购买了汉绿釉大壶后，翟健民几乎天天往返于香港和澳门之间，鳄鱼潭也成了他从事古董生意的主要战场。那时他年轻体健，所以他有时每天甚至两三次往返于香港、澳门两地。“最多的时候，一天跑了澳门六次！”翟健民笑言。那时有人说他是在澳门上班。

因为没有人知道鳄鱼潭何时会有货来，为了不错过每一次机会，翟健民用了笨办法——守株待兔。他认为，机会总是优先赐予那些有准备的人。“这个经验对我来说，是当年鳄鱼潭的每次成功‘逮食’，给了我一生的这种体会。”翟健民跟我说。

久而久之，翟健民与那些到鳄鱼潭来做“水货”生意的澳籍内地仔也混熟了。其实，最初混迹于鳄鱼潭做“水货”生意的澳门内地人也就十几人。一日，有人给翟健民推荐一个新面孔卖主。此人年纪不大，却很有城府，他见了翟健民也不说话，而用奇怪的眼神不停地暗中端详翟健民，半天后才答应他去看货。

翟健民跟着这个新人来到他的暂住地，是一个又破又小的阁楼，但就是这个其貌不扬的人，却捧出了一个令翟健民大吃一惊的古董：唐三彩盖罐，而且是个大开门的上等藏品！所谓“大开门”，对古玩收藏家们来说就是一眼真！

翟健民一看此罐，其罐盖尖顶，出边，直口。罐口施黄釉，罐身施釉不到底，盖面以绿釉为地，釉彩鲜明亮丽，纹饰仿唐代流行的蜡缬染织物的图案纹样，尤其是此罐器型完整，十分难得。在翟健民的记忆中，似乎日本的博物馆里收藏了这样一只盖罐。那时的翟健民就十分清楚唐三彩盖罐是个名品，外国人特别喜欢，尤其是日本人，给它起了个美称叫“万年罐”，价格不菲。

好货出现，生意上谈价钱还有一番较量。翟健民闷着劲，佯装漫不经心地问：“要卖多少钱？”

卖方：“8 万。”

翟健民："这么贵啊，能否再便宜些？"

卖方："不行，底价就是8万，我是替别人卖货。"

翟健民没接话，他收住话的目的是为了稳住对方。"兄弟，你是山东人吧？"过了一会儿，翟健民嘴里甩出一句完全让对方很意外的问话。

卖方吃惊地说："是啊，大哥是哪儿人？"

翟健民笑了，随即用山东话回话："我也是山东人，老家在烟台。"随即一屁股坐下，并恰到好处地给对方递上一支香烟，自己也抽了一支。在烟雾飘香的浓浓乡情间，翟健民摆出一副"老乡见老乡，两眼泪汪汪"的乡情道："兄弟，在澳门这个地方我们两个山东老乡遇上，算是一种缘分，怎么样，咱俩今天交个朋友吧。这个盖罐我要了，请你一定给我留好，今天我身上没有这么多现金，明天我们一手交钱一手交货，怎么样？"

卖方果真有山东人的豪爽劲，直言道："大哥，价钱我不能让您一分，因为是别人的货，但是，东西我一定替您留着，非您不卖！"

"好！是咱山东人办事的风格！"翟健民和对方的手握在一起。

翟健民明白古董交易场上的一个秘诀：你要想让对方为你留货，你一定要让对方感觉到你的实力。实力是什么？就是不一定你要真的有钱，而是你要让人感觉到你真的很有钱。

晚上回家，翟健民躺在床上辗转难眠。难哪！首先是没有钱，就算砸锅卖铁明天也凑不上8万块钱呀——那时候的8万元，至少相当于今天的80万元。对刚开炉灶的翟健民来说，算得上是天文数字，为了确保万无一失，在成交以前，翟健民一定先要给师傅和藏家们看一眼，这样就增加了保险系数！

可是货是人家的，人家愿意这么做吗？左思右想，翟健民熬了一个通宵，硬是想出个万全之策——

第二天一早，翟健民找到自己的一位老顾客，此人也是个老收藏家。翟健民把鳄鱼潭的唐三彩双耳盖罐之事一说，人家立即明白，且马上从公司里拿出8万元借给了翟健民，同时提了两个条件：一、东西到手，自己有优先的选择权，如果自己看上了，就按行规付一成的佣金；二、如果自己没有看上，8万元的借期是一个月，也按行规，月息是3%。

“OK！”翟健民画押签字，留下借款字据。

翟健民从老顾客家出来后，马不停蹄赶到银行，把8万块钱现金全部买了银行的本票。对内地人来说，为什么要买银行本票大家并不知晓，但翟健民和香港人都明白：按香港银行规定，本票的使用只是方便人们携带而已，从法律上等同于现金，无论你在香港还是澳门，银行见了本票就必须付钱！但是，银行还有个补充规定，如果是本票被盗，顾客去警察局备案后，就可以立即停止支付。翟健民这样想：如果在交易中的任何环节出了问题，他就可以在当天晚上报警，就说我的本票是在澳门丢失的，反正香港警察不会为了8万块钱去澳门调查的，而且时间上他们也来不及。然后第二天一早他就可以去银行要求停止支付。

聪明的小子当时只能靠这样的伎俩做生意。不过，再多的精明也是从小点滴累积而成的。

翟健民还有一算：他故意等到下午三点多才动身去澳门，坐一个多小时的船，约下午五点左右与那个山东人见面。两人见面后说了些客气话，便一手取钱一手交货，然后翟健民立即飞一般地坐船返回香港。因为他必须赶时间让师傅先看一下，时间是关键，倘若货有假的险情，他可以利用银行夜间停业的时间差争取此次生意万无一失。

晚上八点，翟健民大汗淋淋地赶到师傅家里，把那只唐三彩盖罐亮在黄应豪师傅面前。

“民仔，OK呀！绝对没问题，且是上等货！”黄应豪看完后，眼睛里放着光，对徒弟如此说。

“你确定？”

“师傅的眼力你什么时候怀疑过？”

翟健民不好意思地笑了，喃喃地说：“我可是借了人家的钱，要砸了，等于自己把自己的家砸了……”

师傅笑了：“放心。砸不了！”

“哎！”翟健民这才松了一口气。

从师傅家出来，翟健民直奔那个借钱给他的收藏家的家里。收藏家捧着光彩夺目的唐三彩盖罐，如喜从天降，连连喊着："好货！好货！"然后说："民仔，这件宝贝我要了。"并随即付给翟健民8000块钱。

"佣金？"我问。

"是。"翟健民答。

我仍不解："当时你是向这位收藏家借的8万元，既可认定为是他要你这件货，也可以认定为他是借给你钱去做生意。你现在把一件宝贝拿回来再出手给他，价格往上涨他几万块也属情理之中嘛！"

"不行不行。我翟健民做事只赚本分的钱。"翟健民竭力申辩道。

"不全对吧？"我坚持跟他理论，"当时这位收藏家借钱时不是也说过，假如你拿回的是假货，他借给你钱的时间是一个月，并且要付他三分的利息吗？现在你拿回的是真货，且实际价值远远高于他借你的8万元，为何不可提高点价卖给他？"

"那也不行。人家借我钱，是有恩于我的，我不能见利忘恩。绝对不能。"翟健民斩钉截铁道。

我没有再问，同时心头再次涌起一份浓浓的敬意——此人值得我写。

再说当时得到8000元佣金后的翟健民，简直高兴得有些手舞足蹈，眉飞色舞，一路小跑着回家，满是自豪地把钱交到太太刘惠芳的手中。

这个光景的翟健民毕竟也是个年轻人，再好的年轻人也会犯一些年轻人的错误和失足之事。苏联时期的著名作家奥斯特洛夫斯基写过一部影响了无数热血青年的书，叫《钢铁是怎样炼成的》。钢铁的炼成需要千锤百炼，一个好人、好专家、好行家同样如此，要成为古董和收藏界名副其实的大家，同样得像钢铁一样千锤百炼。

澳门鳄鱼潭，让成家初始的翟健民淘得养家糊口的"第一桶金"，次年他的家里又添得一丁——儿子在美国出生了，自然这是喜事，但另一压力又搁在年轻爸爸翟健民的身上——必须挣更多的钱养活全家人。

压力越大，想赚钱、赚大钱的心思就会越强烈、越迫切。想赚钱、赚大钱的心情越强烈、越迫切时，人容易冒出一些奇形怪状的想法和歪门邪道来。

翟健民与其他年轻人一样，并非天生就是个不犯一点错的好男儿。

家庭经济状况捉襟见肘的翟健民此刻想得最多的一件事是：赚更多的钱，以便能够挑起家庭的大梁。想赚更多的钱必须有本钱，但他没有。

怎么办？唯有的办法就是再向人借钱。向谁借钱？翟健民自然想到了前文那位为其买得老窑瓷器唐三彩盖罐的老行家。

“没问题，民仔。你说，借多少？”老客户对翟健民的身世和人品十分了解，所以痛快地答应道。

“5 万元行不行？”翟健民小心翼翼地问。

“好。”对方立即答应。借归借，规矩还得有——月息三分，也就是说，5 万元的每个月利息是 1500 元。这对翟健民来说，是个优惠价“以我这样做走盘的小行家，5 万元的本钱，如果按同比折价，相当于今天的 500 万元人民币，当时我想，自己手头有这么大的一笔本钱，足可以抵挡一阵子了。但我头昏了，干了一件令我终身悔恨的事……”翟健民回忆说。

鳄鱼潭给了翟健民自立门户初试身手的机会，也让他尝到了呛水的苦头。年轻的时候谁都有可能犯些傻事，翟健民也不例外。

那个时候，他到澳门进货，给他供货的一个澳门人上家，也算古玩的小行家。此人平时在外面淘货，晚上就去澳门赌场上班，这在澳门很普遍，别说男人，女士在赌场上班的也不占少数。翟健民与这样的人做生意也属正常，问题出在他没有把握住自己的那颗涌动的“青春之心”……翟健民与此人的见面时间，一般都在凌晨两点以后，因为这个在澳门赌场上班的小上家，每天要到凌晨两点才下班。

这天，翟健民从香港出发，到澳门已近深夜十二点。他带了从老行家那里借来的 5 万元中的 3 万（现金）直奔赌场去找那位小上家。

这个小哥们儿在赌场是负责轮盘赌的，因为此人还没有下班，所以翟健民站在一边看人家赌盘，看着看着，他的心直发痒——原来赌钱这么简单啊！原来这个地方赚钱这么容易啊！见一些人在赌局上赢钱那么快，翟健民觉得自己也不是傻人，难道不如他们？于是他的心头乱跳起来，情不自禁地将手伸进自己的口袋……买下一些筹码后，翟健民开始是小心翼翼地一百元、一百元地跟着赌，但后来他看人家下的注钱数越大，赢得也越多，于是一股强烈的欲念驱使他渐渐忘了“赌场如虎口”这句父亲常说的老话，跟着人家不断加码，500 输后不过瘾，又抛出 1000 注，结果转眼工夫 1 万元没了。

翟健民着慌了！这一慌不要紧，聪明过人的他此时完全变了一个人，傻子似的站在那里，两眼发直，心里只有一个念头：凭什么我的钱给人家赢走了！我一定要扳回来！至少扳本！但初涉赌场，他又没那破釜沉舟之胆，所以像傻子一样傻站在赌局前。

“怎么啦？输了？嗨，这个地方输赢能算啥事嘛！”说话的就是他要找的那个小上家。人家满不在乎拍拍翟健民的肩膀，说，“你站在旁边看着，我来帮你，肯定能帮你杀回来！你身上还有多少钱？”

“还有……两万。”翟健民是个好面子的人，当时想赢回本钱心切，便吐露真情。

“来来来，统统拿来，我帮你下注！”

翟健民把余下的两万元拱手交给了这位哥们儿，结果，不到凌晨两点，翟健民后面的两万块也跟前面的一万元一样，全部输了个精光！

走出赌场门的那一刻，翟健民的脸像死人一般灰暗。

“还去我家看货吗？”小上家看他极其难过，悄悄问。

翟健民摇摇头，身无分文，还拿什么去进货？而且，这钱是刚刚从别人手里借来的，一转眼，丢了大半，这不是明摆着在找死嘛！

回到香港的家里，见妻子刘惠芳和两个孩子睡得正香，翟健民蹑手蹑脚爬上床，不敢出一丝儿声音。可又怎能睡得着呢？如此熬到天亮，眼睛红红的。妻子以为他来回澳门辛苦，早晨起来在给他准备的早餐中加了勺汤，弄得翟健民头都不敢抬高。

“昨晚回来那么晚，今儿又这么早走？”太太见丈夫低着头又要往外走，便问。

“昨晚没碰上接头的人，所以今天想早点去……”翟健民像逃犯似的避过太太的追问，直奔去澳门的码头。这回他心里只有一个念头：把剩下的 2 万元用好，争取力挽狂澜，以弥补输掉的 3 万元亏空！

澳门啊澳门！翟健民心想，这个澳门，成我也是你，败我也是你，你让我弄得满身血淋淋的来回于香港和澳门之间，我的小命和全家的祸福可都在你的手上啊！

第二天早早地他再度来到鳄鱼潭。偏巧，那天居然一个走“水货”的内地仔也没有来。无奈，翟健民只得毫无目的地在澳门各处跑到码头上寻访古玩行，以便碰碰运气。哪知，就在下午时分，他走进凹进街角的一家小古玩店，突然发现一对梅瓶和一只建窑碗。这对影青梅瓶，品相很粗糙，却是北宋老窑的真东西。店主开价是一共 1 万元。那只建窑碗，品相不错，也是北宋的，开价也是 1 万元。

翟健民心头飞快地盘算起来：此三件古董，香港的收藏家不一定喜欢，但日本客人非常喜欢中国的老窑瓷器，几乎到了见老窑货就照单全收的疯狂程度，而且出价也高。如果将这对影青梅瓶卖给日本人，一只 15000，两只就值 3 万。那只建窑碗值 2 万，合计 5 万元。刨去本钱，盈利正好 3 万。

太好啦！翟健民的心头一阵狂喜。

“我要了！”翟健民对店主说。

“好嘞！”店主一声应下，立即准备包装。

“坏啦！”翟健民大叫一声。

“怎么啦？”

“我、我没带钱呀！”翟健民的脸刷地红了起来，“一大早走得急，竟然没把钱带在身上……”

店主笑笑，松下准备包装的双手说：“没关系，把钱备好了再说。”

“对不起！对不起！”翟健民赶紧连声道歉，并说，“请老板一定给个面子。我马上回香港，明天一早过来付钱，你把货给我留着。”

如此心急火燎，又是次日的一大早翟健民再度赶回澳门，当他等着这家小古玩店开门后准备付款取货时，店主却连声歉意地告诉他，昨天他刚走，就来了位老客户，出了高于 2 万元的价将那三件东西买走了！

我的妈呀！翟健民顿时傻了眼，他发现人倒霉的时候啥事都不顺。现在，自己的如意算盘落空，赌场上亏空的 3 万元怎么办？翟健民仿佛觉得自己的脖子上被套了一根绳子，越想越感到喉咙发疼。

能怪人家吗？你既没交订金，又办事如此粗心。人家小店主，平时生意不会很兴旺，见谁都是客人，再说买家付出比自己更多的钱，卖给人家你能说他不讲信用？

认倒霉吧！

闷闷不乐的翟健民从这家小店出来，又开始了漫无目的地在澳门寻找他的“猎物”。

要说嘛，他翟健民运气就是好，好到了非让他成为古董界的幸运儿不可。在另一家古玩店，翟健民的眼睛又突然闪亮：一件明嘉靖的青花鱼藻纹盘，漂亮！

“老板，这件货我要了，什么价？”这家店的老板过去与翟健民做过生意，所以是熟人。熟人面前说话就直来直去了。

人家老板也会做生意，说：“6 万。你是熟人，降 1 万，5 万元拿走。”

好嘛！翟健民琢磨，这明嘉靖的青花鱼藻纹盘，按香港市场行情至少应在 8 万元左右，如果卖好了的话，卖 10 万元也不为过。值得做这桩生意！可囊中羞涩的他身上只有 2 万元，所以他犹豫了一下，没有立即表态。“我再看看其他的……”翟健民假借看样货，没跟老板敲定买那只青花鱼藻纹盘。

其实，当时店里除了翟健民外，另有一位年纪五十左右、穿着十分朴素、看上去像是个农民一般的客户，也在注意那件盘子。只是没有引起翟健民的注意。

这家古玩店也是上下两层。翟健民看完楼上发现没有适合自己的货后，便下楼想再跟店主谈谈那件青花鱼藻纹盘，哪知机关算尽的翟健民竟然发现刚才的那件青花鱼藻纹盘又不见了。老板指着门外的那个“农民”背影，对翟健民说：“就你上楼那会儿工夫，人家买走了，6 万！”

“我的爹哟！”翟健民就差没悔断肠根子。有道是，人背运的时候，喝凉水都塞牙缝！按说，作为古董行经纪人来说，这类事也算不了什么大事，问题是，当时的翟健民身背债务不说，自个儿浑蛋一个——他骂自己，赌场白白丢了 3 万元，又急火攻心，忙里出差，两次完全可以扳本的机会眼睁睁地失去……这个打击让翟健民悔恨不已。

“民仔啊，听说你要自立门户了？我呀，虽然不是你的师傅，但跟你师傅是老朋友，从辈分上讲，我也可以做你师傅了。你这孩子天赋高，以后定有大出息。但是，我要认真告诉你一句话：在我们古董行里，创业容易守成难，难就难在一个戒字上。你可千万不能沾染‘五毒’坏毛病啊！”这一天在轮渡上，翟健民不知咋的，脑子里突然回响起一个人的声音。此人叫陶荣，是香港古玩界的老前辈，名气很大。

陶荣先生是黄应豪的老友，也是“福成行”的常客，翟健民当学徒时认识了陶先生，且关系走得很近。说陶荣在香港古玩界名气大，除他本人经验丰富、阅历深厚外，他还是中国古董界大名鼎鼎的仇焱之先生的朋友，当年两个人在上海的古董店是门挨着门的。如此一来，陶荣在古玩界的资格和名声自不用说，他的经验和专业在香港古玩界屈指可数。然而陶荣先生与许多香港败落的大佬一样有个通病，就是得意时太过放纵自己，而自作自受的罪魁祸首就是他们被一样东西害惨了——大烟。听黄应豪师傅讲，陶荣先生过去每天四点一骨碌起床后，第一件事就直奔烟馆抽大烟。打 1840 年英国人发动那场鸦片战争之后，香港、广州等南方城市抽大烟之风盛行，它不仅仅损财，更要命的是消磨了无数中国人的意志，一般抽大烟者整天精神萎靡，终日无所事事。陶荣先生的古玩生意便是如此。没落之后的陶荣见后生翟健民聪明超群、人又厚道，曾多次推心置腹地把自己一生的荣衰经验告诫给翟健民，意在让他万勿重蹈前人覆辙。

在香港，陶荣先生所言的“五毒”，在他们“行”上还分大、中、小三等：大五毒：吃、喝、嫖、赌、抽；中五毒：坑、蒙、拐、骗、偷；小五毒：奸、懒、馋、滑、赖。

纵观中外古玩行，那是典型的名利场。在这个行当，什么样的玩家皆有，但绝大多数人都冲着一个字在拼搏奋斗，这个字便是利。在“利”面前，几乎出窍的灵魂和肮脏的心术，可谓用尽用极，成语辞典上能查到的所有与“利”有关的词汇，放在这个行当的人身上，实在一点不过，见利眼开，利欲熏心、利令智昏、贪荣慕利、贪名图利、贪夫徇利……也是，人家玩的就是利，无利可图，谁去玩古玩？有利才让正常人变得不正常，让穷人一夜之间变成黄金万两的富豪，让富有者的保险柜变成了金山银山，于是乞丐和流浪汉扔下讨饭篮子，拿起铁锹和锤子，趁夜或舍命钻进埋死人的古墓，或冒险闯进藏家的藏室，大打出手、胆大妄为地进行掠夺与盗窃……成功者飞黄腾达，摇身一变从野鸡成为金凤凰，失败者丧命失家，妻离子散。当然还有一些人并不那么极端，他们凭借运气和灵光的脑子，左算右算，前攻后守，步步为营，亦进亦退，终成正果。还有些人在获得小胜或大胜后，贪求无厌，居功自傲，不可一世，最后也落得身败名裂的下场，甚至一命呜呼。

古玩场上，五毒俱全者，大有人在。凡患“大五毒”者，即使一次初犯，也能叫人刻骨铭心，常犯者，自然江湖不留，人间难守。患“中五毒”者，伤筋动骨，伤风败俗，元气不存。即使患“小五毒”者，也必自毙自暴，最后落得人不人、鬼不鬼之命运。

“民仔啊，你对我的话听进去了没有啊？”轮渡上，维多利亚港的海风阵阵吹拂在翟健民的耳畔，犹如一把把利剑刺在他的脸上、戳在他的心尖上……

从此不敢赌！！！这一趟在轮渡上，翟健民立下如此誓言和人生铁律！

后来他做到了，做得非常彻底和完美，所以他才成为了今天的翟健民——这是后话。

第六章　不赌怎活

翟健民曾因为澳门赌场上的一赌，深受教训。然而，古玩场上，又怎能不赌？

不过，此赌与澳门赌场上的赌则有本质上的不同。

古玩场上的赌，是智慧、胆量和心理的博弈。

古玩场上的赌，是哲学，是数学，是科学，是社会学，是计算学……但最终是不同人的个人学。

由于古董的稀缺性和神秘性，让围绕在它们周遭的人的人生都附有神秘与惊险的色彩。

翟健民的一生自从他跨入这个行当之后，便时常与惊险相连。

30 多年前中国改革开放的大门刚刚开启之际，各行各业都在一片混乱中万象更新、蓬勃发展。

那个时候祖国大地到处都是机会，有一些先知先觉的勇敢者或者说智者，在各自的领域无畏地拼搏、尽情地绽放。

1982 年的中国内地是个啥样？当时我已经从湘西老部队调到了北京，那是因为改革开放的步伐让军队也在地方建设中不断发挥作用，而我的老部队在进行战备工作的同时，积极主动地为驻地人民群众做了一大堆好事，身为新闻干事的我，写了一篇篇新闻报道和文学作品，并在全军评比中荣获基层新闻报道稿数第一名的业绩，由此我得以调至北京总部机关。那个时候的北京，完全不是今天的这个样，堂堂中国首都，只有西直门一座像铁环似的立交桥，可怜得很，那立交桥只能单向行驶——其实就是一个简单得不能再简单的转盘而已。我还荣幸地参加了该立交桥建设时搬运物资的义务劳动。

1982 年的北京，满街都是浙江人摆摊的补鞋队伍；

1982 年的中国，正忙着落实联产承包责任制，包产到户；

1982 年的中国人民对“万元户”羡慕得直流口水……

翟健民就是在这种情形下，跨过罗湖桥，来到内地这边。内地的一切都是新鲜的、令人紧张和不安的，又是令人好奇的、如天堂一般的。

他干的是古玩。那时我们都不知道“古玩”为何物、何事，只知道那些破旧的瓶瓶罐罐，在前几年的“文革”中被叫作封建“四旧”。当然，改革开放后，它们又被归为“文物”。成为“文物”后，大家就视其为“国家的东西”了，只有在那些少见的博物馆及文化部门才能见到。至于将它作为买卖的商品，只有极少的大城市里才有的友谊商店一类的柜台内方能见到。在当时，友谊商店只有外国人和持有外汇券的人才能进去，普通百姓只能望而却步。

翟健民是香港人，那时对我们内地人来说，他基本上属于“洋人”和“外国人”。他可以进友谊商店，因为除了他的香港人身份外，他还有洋钞票。听人说，内地的友谊商店里有古董能买，于是翟健民心动了，决定闯荡一下他的祖宗故地。

1982 年大年初九那天，翟健民拉上一个朋友，两人怀揣共计 8 万元港币，欣然来到了祖国内地。

但当时对出口文物也有规定，主要由各省、市的文物商店、工艺品公司等单位组织货源，再统一由外贸进出口公司出口——当时我国的三大外贸口岸是北京、天津和上海。

于是，翟健民他们进入内地的第一站就是上海，并且一脚踩进了名震一时的上海友谊商店。那个时候对我们来说，友谊商店里面的东西，即使一包香烟、一块手绢，都是稀罕物，甚至根本就没有见过。但闯惯了英、美、日等西方发达国家的翟健民，眼睛一扫大上海的友谊商店柜台上摆着的那些可以卖给他这样的“洋人”的所谓古董，实在太一般。

“同志，师傅，能不能带我到你们仓库里看看货？”翟健民的聪明之一就是他到哪儿都能迅速适应水土。到了英国伦敦，他的英语叽里呱啦，跟大鼻子的洋人们谈得头头是道。到了内地，他不管见了男的还是女的开口闭口都叫同志、师傅，这一招真还管用。加上他父亲遗传的个头和长相，人家虽知道他是香港人，却并不跟他见外。

友谊商店的店员师傅见翟健民一点没有香港“资本家”的狠毒劲，而且还悄悄递过来一包“555”烟，便高高兴兴地带他进了店面后的仓库里……有时店员是女性不吸烟咋办？翟健民更有绝招——他的口袋里总会放上一两盘邓丽君的录音带。有了洋烟和邓丽君的歌带，翟健民在 80 年代初到内地几乎任何一个地方，都像怀揣了一张“特别通行证”。

在上海友谊商店使这招也不例外。

第一次踏进大上海的这家友谊商店的库房时，翟健民的心都快要跳出来了——其库房之大、堆积的文物之多，简直就像阿里巴巴推开了那座藏金洞一样……那个时候，内地中国人并不知道那些落满尘土的古董值多少钱，而且多数被看作“四旧”，是谁也不敢、不愿去沾手的东西。“我记得当时那个大仓库内就一盏二十瓦的灯泡，光线特别暗淡，在里面靠眼睛挑货很吃力。但里面的宝贝实在太多，我恨不得全要了。只可惜一是口袋里钱不多，二是虽有胃口，但心里还有些担心不敢贪吃太多。大概那一次在这个友谊商店买了 4 万港币的货，其中最令我得意的是挑选到一只 35 厘米高的清康熙五彩花园侍女跑马棒槌瓶……”翟健民回忆说。

那只清康熙五彩花园侍女跑马棒槌瓶摆放在一堆晚清仿前朝的棒槌瓶之中，当时仓库里像这样的棒槌瓶约有五六十只之多，但唯有这一只是康熙年的。翟健民毫不犹豫花了 7000 元港币将它买下。

这一趟上海之行，翟健民带着那位同行朋友特意参观了上海博物馆。藏有大量中华古瓷珍品的上海博物馆，又让他们在精神上大快朵颐了一番。

接着两人北上至镇江、南京和扬州等城市，虽一路有所斩获，但数量不多。最后抵达天津和北京，然后返回广州，再返回香港。

北上之路，在天津外贸仓库里发生的一件事，长久以来一直记在翟健民心头——

到了天津外贸公司，翟健民没有想到这里的库房竟然比上海友谊商店的库房还大，而且里面堆积的古董瓷器更多。“人一进入库房，两只眼睛就花了，一时不知道该从什么地方下手！”翟健民就像刘姥姥进了大观园。

在库房里转了半天，翟健民的眼睛一面盯着每一件都不想舍去的古董瓷器，一面在心头盘算着如何使用口袋里有限的资金。当时的他就恨自己为什么不是霍英东、不是李嘉诚！

只有量力而行。翟健民看中一只堆放在上百个清代天球瓶之中的清雍正粉彩牡丹天球瓶，他上手仔细观赏，认定是雍正的官窑品，心中不由暗喜。因为翟健民认为，早期的康熙粉彩瓷器还处于初创阶段，主要是民窑，施彩浓重，多数无款，产品流传也很少，图案和施彩的风格比较简朴，纹饰以龙凤、花卉、仕女为主。粉彩瓷器发展到雍正时期才开始广为流行，景德镇御窑厂为了满足雍正帝的爱好和宫廷陈设、使用的需求，烧制了大量粉彩瓷器，终于取代了五彩的地位，成为清代釉上彩瓷器的主流产品。无论是瓷器颜色和手工描绘技巧，都比前朝的产品有了长足的进步，并形成了自己独特的艺术风格和特点，所以他认定的这件瓶，不仅是雍正官窑无疑，而且品相极好。

说来也巧，就在翟健民把这只瓶和另外挑选的四只天球瓶放在一起，等待工作人员前来定价时，仓库里出现了另一批人——他们是国内的文物专家，约八九人。这些专家是因公务来天津外贸公司挑货的，这让他心里头有些紧张，因为他怕自己挑选的那五只天球瓶也被这些文物专家挑中……人家是公事，拿走是天经地义的。

翟健民站在距离专家大概 30 米左右的地方，斜瞥着眼，注视着专家们的一举一动……

只见其中一位专家走到翟健民挑选的五只天球瓶前，然后不偏不倚地伸手抓起了翟健民最想要的那只清雍正官窑粉彩牡丹天球瓶。

不远处的翟健民，心想：坏了，这宝贝买不到了！

就在这个时候，其他人也陆续围向那个拿天球瓶的专家，他们在讨论什么，翟健民听不到，急得在窗口外直踱步。

那种焦虑和折磨，不是玩古董的人是体会不到的。无法忍受的翟健民干脆跑到库房外去抽烟了。

一个多小时后，翟健民跑回库房，问公司的工作人员，他刚才选的五件东西是不是可以定价了？

“现在不行。得等专家们确定哪些是文物、哪些不是文物后才能确定能不能卖你。”公司的人回答道。

我的天哪！翟健民暗暗叫苦，但脸上还堆着笑地连声说“那是那是”。

又是一个多小时后，专家们终于走了。“翟先生，你快过来吧！”公司工作人员招呼道。

翟健民进门一看，他挑选的那只清雍正官窑粉彩牡丹天球瓶还安安静静地立在原处，好似一位亭亭玉立的佳人，在深情地等着他……翟健民的心这才掩不住地一阵狂喜。

工作人员给那只雍正官窑粉彩牡丹天球瓶的定价为 15000 元港币，而其他天球瓶的定价也是 15000 元。这让翟健民肯定，那位眼力独到的专家的鉴定意见并没有被多数专家认可，他们认为这不是雍正的官窑。

又是近 8 万元从口袋中掏出，翟健民与朋友满载而归，回到香港。

初涉祖国内地，翟健民大捷而归，因为公司要滚动经营，他不得已把那些宝贝尽快出手变成下一次进货的资金。然而翟健民为那只从天津外贸公司购买的雍正天球瓶深感遗憾。包括他自己在内的人们，当时对天球瓶的重要性和认知不够，市场的认可度也不够。后来证明，当时他发现的那件雍正天球瓶，目前发现全世界仅有三只：第一只就是这件他自己从天津购买的，1983 年在香港苏富比以 9 万港币拍卖成交；第二只也是翟健民于 2001 年在英国伦敦以 350 万元购买的，与天津的那只一模一样，瓶口还有残破。后来他请人把瓶口修复后让给了一位客户。2006 年，那位客户委托翟健民在香港苏富比拍卖会上，拍出了 1199 万元的高价！香港苏富比给这件天球瓶冠以“清雍正粉彩牡丹玉兰蜂蝶图天球瓶”的名字；第三只雍正官窑粉彩牡丹天球瓶，也是有残破的，现在收藏在日本国立博物馆，被日本文化省定为国宝级文物。

创业初始的翟健民一切以发展公司业务为首要，不断地开发进货渠道和客户资源，可以说，那时候的他随时听到有什么信息，几乎就第一时间赶到，不想错过任何机遇。

80 年代初期，除了英美、日本等已经发达起来的国家和地区，包括国内及周边国家在内，古董行业还都存在很多风险，尽管翟健民行事谨慎，但是，很多时候他自己都不知道，下一站是否安全。

“我实在是不想再提起，既然你非要让我给你讲讲我遇到的最窘迫和艰险的境遇……”翟健民重重地吸了一口烟，看样子这事在他人生中记忆深刻。

1985年夏天，有一天翟健民正在店里忙活着，突然他的一个师弟兴冲冲地跑来告诉他一个“好消息”，说是他的朋友得到可靠消息越南那边发现有一件元代青花，现在货主开价80万港币。“我另外的朋友已经凑了40万元，师哥，我没有钱，你能不能帮我出20万，另外20万元留给你，算你的一股，这样我们四个人凑80万把那货买了。元青花啊，到手就可以翻倍！师哥，你无论如何帮我一把……”师弟说。

“越南？你们有没有搞错？你们去吧，我可不想掺和这事。”翟健民断然拒绝。当时中越两国关系开始有些紧张，而越南尚处在封闭解禁的“黎明前”，社会环境还比较混乱，尤其是古玩这类东西还处在地下交易，既不认识这些人、又不知道货的来路，弄不好不仅赔了本，还有可能连小命都得搭上。

“哎呀民哥，那边有我兄弟担保着呢！不会有事的。”师弟恳求道，一遍又一遍地向翟健民打保票。

从晚上一直磨到第二天早上，这师弟看来是中邪了，软磨硬泡非把翟健民给说服不可：“你出20万，再借我20万，这样我们四人合起来正好80万。把东西弄过来一转手，很快就赚一大笔。师哥，你辛辛苦苦从师傅那边独立出来四五年了，你想想自己赚了多少钱？”

翟健民心想：四五年下来，手头也就40万元存在银行……

“可不是，你想想，如果我们这趟生意成功，几天工夫每人就能赚他几十万！”师弟的如意算盘算得两眼放光。

“如果不赚反赔了呢？”翟健民担心的不是赚钱，而是各种可能的意外。

“不可能不赚嘛！元青花80万拿过来，肯定稳稳当当地翻他个一倍价，那不等于我们每人赚20万！这是少说的，师哥你最清楚，这个元青花如果卖好了，就是几个80万！”师弟一心想着成功之后的收益。可翟健民算的是另一笔账：自己辛辛苦苦干了几年，除了养家糊口，手头就40万元现金，一旦出现意外，赔了家底怎么办？

“不干不干！要干你们自己去干！”天亮时，翟健民还是不同意。

“师哥，我是求你啊！你总不能看着师弟我永远是个穷光蛋连老婆都娶不上是不是？我们就做这一回行不行？”到了早餐时间，师弟仍在讨好和恳求翟健民，一直快到上午九点，翟健民无可奈何地长叹一声，对师弟说：“我快被你逼疯了，不过，说好了就这一回啊！另外，你必须探明那边的情况，不得有任何疏忽，否则我立即退出！”

“行行，师哥你说什么都行！全部按你的意见办！”师弟见翟健民终于同意“入股”，十分兴奋，连连点头。

“还有，”翟健民伸着右手指，叮嘱师弟，“既然你们非要亲自去看货，就必须按我的要求做——我们要在当地交货饭店租下三间房子……”

“要那么多房间干啥？”师弟不解。

翟健民摆摆手，说：“你不懂。你想想，我们对货主情况一点不了解，假如人家给我们设了个陷阱，是想抢我们的钱你怎么办？抢钱还不算是最倒霉的，如果他们抢钱又害命你想过没有？”

“不至于吧！”师弟喃喃道。

翟健民瞪圆了眼：“报上这类的事登得还少？”

师弟不再吱声了。

“我要三间房子是有用的，”翟健民解释道，“我必须有一间单独的房间，我得休息好，休息好才能集中精力看货……”这其实是翟健民的一个习惯，每逢重大事情，尤其是验货，他必须集中一切精力和体力，排除所有干扰，否则就可能在真假货面前判断有失。

“第二间房子是放钱的。钱绝对不能与人在一起，如果对方真是想谋财害命，那么即使我们几个被他们劫持，见不到我们的钱，他们一般是不会杀我们的。相反，如果我们人和钱在一起，他们绑了人又抢走了钱，那我们就凶险了。所以这一间房子也是必需的。”

师弟对翟健民的分析和安排从心底敬佩。

“第三间就是你们几个待的地方……”翟健民安排完毕后，心里仍然十分郁闷和担忧。先不说越南那边到底是个什么样的情况，单从目前可能预计的风险来看，他心里比谁都明白，师弟是空手套白狼——他的 20 万元是由翟健民代为凑成的。一旦越南那边出现了问题，自己赔的何止是四分之一？除了赔掉自己的 20 万元外，师弟的 20 万元其实也是他翟健民的血本呀！

换了谁都一样，一下子要拿出自己的全部家当去冒一次根本没有把握的风险，而且完全是被一份“情谊”所逼才去冒这样一个极不情愿的风险，能不郁闷吗？

“我这个人最大的毛病就是心软。”翟健民常这样反省自己，但其实又多数时候改不掉这个毛病。客观而言，心软并不能算毛病，心软其实是一种善良的表现，但心软确实有时会害苦了自己。心软者常把自己逼到一个险境之中。1985 年翟健民这次因师弟而起的行为，让他悔了整整一年多……心悸自然不用说。这是后话。

从香港到广西，再到越南，拐几道弯，那是那个年代的路程，这对走南闯北的翟健民来说，倒也没有感觉特别地异样。但这回情况有些特殊，所以一上路，他内心总感觉比上次去中东寻宝遇险还紧张，因为去中东的危险是事先并不知的，而此番越南之行显然是明知山有虎，一旦弄不好，就会丢钱舍命。在 20 世纪 80 年代的越南，各路黑道势力强盛，而且警匪一家，颇为嚣张，当地报纸上常见得某某地方有人被抛尸荒野，令人毛骨悚然。

现在，翟健民知道自己就要去闯这样一道鬼门关……

那是个炎热的夏日，越南某市的大街上，满是袒胸露腹的男人和套着“桶裙”的女人在闲逛，持枪的“民兵”随处可见，很像今天的某些非洲国家。贫穷的越南人，对已经开始富裕起来的中国人绝对是羡慕嫉妒恨，从他们的眼神里可以看出这种复杂的心态——暴力与危险随时会出现在你的冷不防中。

现在，翟健民要闯的是越南国土上的黑道，且是一个连当地多数人都还不太熟悉的古玩黑道——

大热天他西装革履，旁人看他时眼神都有些怪怪的：论长相，他高大魁梧，标准的中国北方人，可他西装革履，又只有香港人才如此穿着！翟健民之所以这么穿，其主要原因不为外人所知——他的西装里面塞满了现金，他和师弟在离开香港前就做了精心准备，以防万一碰上明抢者，把所带的现金绑在身上，再罩上西装，外人看不出他俩是个“有钱”人。

翟健民入住酒店后的第一件事，就是赶紧脱掉西装，进了自己休息的房间，然后把钱交给住在另一间的师弟。再由师弟与另两人汇合，集中起 80 万元放好。然后开始与当地的越南人接头“交易”。

似乎一切都安排妥当。

“按我们的计划行动吧。”翟健民在休息间准备安静养神，以便对付马上到来的“验货”阶段。

师弟应诺后，便去与货主们联系。翟健民刚刚躺下准备养神时，突然“咚咚咚”响起一阵急促敲门声。翟健民一个鱼跃跳起，警惕万分地吆喝一声：“谁？”

“师哥，是我。”是师弟的声音，但有些变声。

“就你一个人？”翟健民不得不警惕。

“是。就我一个人。”

翟健民这才开启房门。

“麻烦了师哥……”师弟进门第一声就报来不祥之音。

“怎么回事？”翟健民忙问。

“他们要求到他们住的地方去验货，”师弟一边甩汗一边说，“而且要我们带现金去，一手看货，一手交钱。你看怎么办？”

“不行不行！我们不能去！”翟健民一听就头发涨，当即下定决心，“我们回香港，这生意不能做！”

师弟一听，两眼发直，眼泪都快掉下来了：“大佬，我们都到这儿了，求求你了！把这桩生意做完了再走好不好呀！我求求你了！”

翟健民心头顿怒，压着声音冲师弟说：“你有啥好求的？你知道对方是些什么人？知道这是啥地方吗？是越南！我们面对的都是些全民皆兵的跟美国佬打了多年仗的越南人！要是我们的卖家设了陷阱让我们伸着脖子去上他们的屠台你怎么办？”

“横直我们一条命呗！”师弟的眼泪掉了出来，“我们就做这一回生意好不好？我们赚他一次以后再不干了，行不行老大？”

翟健民真火了：“你光棍一条命一条，我怎么办？我老婆孩子怎么办？”

“这……”师弟没话可说，胆怯地瞅着翟健民。两人在房间里长吁短叹，不知如何是好。“老大，还是求求你了。事情可能没你估计的那么严重。我朋友说人家是真想卖货……”师弟又开始恳求，喃喃不断地一次次向翟健民恳求。

“烦了！烦死我了！”翟健民被师弟逼得在房间里直踱步。最后，他的心又软了：“我上辈子欠你的！”

“老大，你同意了？！”师弟高兴得抹干眼泪，跳了起来。

“我不同意你让我走吗？”翟健民无可奈何道。

可是怎么去？怎么带现金？师弟的眼睛又瞪得跟金鱼眼似的，不知所措地看着翟健民。没辙。翟健民拍拍脑袋，心想如果让师弟带着，他不放心，此人有赚钱发财之梦想，却没有几分头脑，更关键的是他缺乏应变能力；我自己更不能带，我的任务是看货，我不带是最保险的，带了是最危险的。还有什么办法？让另两个合作人带？不行不行！外行人更不能带。还能有谁担此重任？

“把中间人找来！”权衡之下，翟健民想到了这一招——中间人如果不能把钱保管好，一旦中途被劫走，翟健民他们是可以找他要回的。如果生意做成，由中间人交钱，交易也符合生意场上的“规矩”。

“来了来了！”师弟很快把中间人叫到翟健民的房间。

“行，你行！”翟健民一看中间人的装束，心头放下半块石头。此人穿着一件马甲式的摄影服，前后左右、里面上下，尽是口袋。“你把80万元钱分装进各个口袋里，外面再罩一件外套衫……”翟健民让师弟帮助中间人将现金分塞在他上衣口袋里。

检查一遍后，翟健民挥挥手，对师弟和那个中间人说：“上街后，我们分乘两辆的士……”

“这里哪有的士，只有少许摩托车……”师弟说。

“摩托？你敢坐摩托？人家等你上了摩托，往哪片香蕉林里一带，你还有活路？”翟健民一听就跳了起来。

“这可真是没有办法的……他们可能还不知道的士是什么呢？”师弟长叹一声。

翟健民瞪了他一眼：“你、你让我和你们坐摩托？是不是不打算回去了？”

“这是没有办法的事呀，谁让越南这个国家那么穷嘛！”师弟瓮声瓮气道。

“我要回香港！马上就回！”翟健民简直要疯了，但最后又不得不泄了气，还能有别的办法吗？他知道这不能怪师弟，这个时候再埋怨又能解决什么问题呢？翟健民用拳头狠狠地捶了几下自己的脑袋，警告自己以后一定要长些记性。

“当时，我无论如何也没有想到自己会陷入这么个困境，太不可控了！”快40年前的事了，翟健民回忆起来，仍然清晰如初：“上了越南人的摩托车后，我就开始后悔。中间人讲的那个与货主接头的地方简直是烂得不能再烂的，一个小街后面的一家地摊式的烂客栈，一看就像是电影里专门做黑道生意的地方，根本不用特意装饰，太像了！我一看那地方，心里就紧张得不行，害怕，真的怕得浑身都有些颤抖。你想，我是硬被师弟牵着到这里来做这桩生意的，而且是把全部家底带过来做一件毫无把握的黑道生意，太多‘万一’在我头脑里涌出来……”

藏着翟健民他们80万现金的中间人抬头指指烂客栈的顶层，说：“他们就在上面一个房间里。翟先生，你们是跟我一块儿进去还是……”

“你先进去接头。”翟健民毫不犹豫地脱口道。

“那好，你们等几分钟。”“马甲”独自上楼而去。

“老大，他可是带走了我们所有的钱，我们怎么不跟着他呀？”师弟着急起来。

翟健民跺着脚，压着嗓子，冲师弟说：“你知道上面是什么情况吗？如果是警察和‘民兵’设的套让我们钻呢？”

“那也不能因为是警察和民兵，我们的钱就白白丢了呀！”师弟这回似乎明白过来了，脖子上的青筋猛地鼓了起来，“我上去！”

“送死呀你！”翟健民一把死死拉住他，“命要紧还是钱要紧？”

师弟的嗓音都变了：“这可是80万哪！何况，其中一半还都是哥你的全部家底呀！”

翟健民的嗓子在冒火，不提还好，一提“家底”，他的嗓门就燃了火。火烧得他心枯胆裂……“如果是警察和民兵设的套让我们钻，那我们就起码得坐上三年五年牢，你光棍一条兴许挺得住，我家上有老下有小，怎么办？所以不能上去！”

“要、要不是警察和民兵呢？”

“要不是警察和民兵就更可怕！”

“为啥？”

“如果今天碰到黑道，那就是人家想要我们的钱。若真是这样，我们现在上去，等于是白白送命去。”

“天！老大，那你说怎么办？”

“最好就是赶紧离开这个鬼地方！”翟健民有些气急败坏地说。

“那怎么行？你的钱都不要了？”师弟快要跳起来了。

翟健民不理他，说：“我宁可保小命，也不想这么被人逼死呀！”

“不行！既然都到这一步了，不能就这么走人嘛！”这回是师弟倔强起来。

“你不走我走！”翟健民真的生气了。但生气归生气，毕竟80万元现金就这么被“黑”了也实在太冤枉！

“那段时间是最难受的，想走又走不了，不走又怕丢了小命。总之，当时的我，站在客栈一楼的那个地方，就像被烤在火上的蚂蚁，那才真叫急得团团转哪！”翟健民回忆说，“大约等了十来分钟，‘马甲’从楼上下来，说让我上去。我问什么意思，他说，让你去看货。这本来是求之不得的事，因为我们从香港带了现金来就是为了看货买货的，但那一刻我实在不想上去，心想，上去后要是掉在他们设好的圈套里，那就是彻底被动了。怎么办？我瞟了一眼师弟，他的眼神里满是无奈，这等于没看，越看他自已心里越感觉憋气。上就上吧，已经没有啥退路了……”

就这样，翟健民和师弟在“马甲”的带领下，上了摇摇晃晃的客栈顶层。“就在里面。”“马甲”指指顶头的一间房间，意思是让翟健民往里走。

“我不能不往里面走呀是不是！”翟健民说，“我跨进去的第一感觉，就是呛死人了——全是熏鼻的烟味，烟雾腾腾。我迅速扫了一眼，里面共十二个人。看他们的打扮，完全是清一色的‘民兵’——头戴钢盔、身着绿军装的越南青年人。我感觉我进去后，那12个人的眼神一下全变了……你问啥样？跟几十天没有吃过任何东西的饿狼一般，一双双眼睛像是在钩你心似的。我心头紧张得快要窒息一样，但又不能表现出丝毫一点点胆怯的样子，因为若要那样，可能危险更大。眼前凶多吉少是必然了，所以在双脚迈进那个房间后，我不知如何是好。最后还是中间人扯了扯我的衣角，说大哥你坐。于是我就坐在板床的一角，然后见一个人从床底下拉出一个黑包，里面装着那件我们所要的货。'翟先生，你看看怎么样？'有人把东西提到我的手里，而我几乎是仅用了两秒钟的时间就明白了这件东西的真假。你问为什么只用了两秒不到的时间？当然了，害怕呀！我哪敢在狭窄的小房间里被12个人团团围着的情况下多待哪怕是半秒钟呀。当时我心里想的就是必须迅速离开房间，如果多待一秒钟就有可能丢了性命。所以看完东西后，我马上退到房间的门口。我怕他们对我动手，因为万一他们知道他们的东西是真的，倘若起歹心的话，我不是钱财瞬间两空吗？在那么个小屋子里，他们可是12个人啊，等于我和师弟两人被他们放在剁肉砧上……"

"嗨，大哥，给不给钱？"这时，那个中间人问翟健民。

翟健民灵机一动，对站在一旁的师弟说："师弟，检查一下东西有没有毛病。"

"我当时并没有直接回答中间人的话，借着问话向他使了个眼色。我师弟还算明白人，马上领会了我的意思，他立即应了我一声，意思是说那我检查一下。他这么一说，全屋子人的注意力就落在他身上。这时的我，拔腿就往楼下走，那真的是像飞一样往楼下跑。为啥？就怕他们追杀我呀！我下楼后也没有停住脚步，立即飞奔到大街上，看见一个越南人骑的摩托车搭上后便像赶马似的催他飞跑，直奔原先住的那个小酒店，又在当天晚上赶到河内，再搭乘到南宁的火车……第二天晚上便赶回了香港。"翟健民回忆起那次舍命冒险的经历，依然气喘吁吁道："当时我真的比兔子蹿得还快地回到了香港的家中，唯一的原因，就是怕那帮人追杀！"

"你离开了他们还有啥怕的？"我对此不解。

"你可不知道，"翟健民解释道，"对方知道我是谁，而且我又看过他们的货，并且亮明要他们的货，也就等于直接告诉了他们货是真的，那么他们追杀我就是为了杀人灭口，图财害命后又能把手里的货更加抬高价格，卖给其他人；如果我认为是假货，那他们也要对我灭口，因为不这样他们就无法把手中的东西继续玩下去。这就是我为什么赶紧离开那帮人、赶紧逃回香港的原因。”

原来如此！古玩行里的道道真是很深。

那次翟健民人虽回到了香港，但心却牢牢地套在越南某市的那间烂到家的小客栈。“当时真的越想越后怕，越想越生气，又焦急。几天几夜的惊心动魄经历，又不敢告诉太太，只是躲在一边忧心忡忡地、焦虑地等待着师弟的归程。”翟健民说。

数天后的晚上，师弟终于像鬼似的突然出现在翟健民面前。“你可回来了呀！”翟健民恨不得将师弟抱住狠狠地啃上几口。

师弟则似乎惊魂未定地说：“师哥，那天你走了是对的。否则要再晚十几分钟，我们肯定全都被警察抓了……”

“咋回事？”翟健民一听，全身汗毛顿时又竖起。

师弟简述道：其实早在他们到达前，那些越南“民兵”就一直在市面上卖那瓶，从各个地方闻讯而来的各路买家一拨又一拨地去看货。翟健民他们可能是几十拨中的最后一拨了。当时翟健民等人出现在客栈时，由于他们的装束格外引人注目，大热天穿着西装，一看便知或是中国大陆来的，或是日本、中国香港来的。这就更加引起越南当局及小客栈工作人员的警惕，于是有人马上给当地警察局打了电话。“要说运气也算吧，越南的警察也是骑摩托车执勤，所以我在那个客栈待了十几分钟，加上师弟后来又在验货、点钱总共又等了十几分钟，这半个来小时的时间，正好是警察骑摩托走在路上的时间。我师弟回来说，他和那个穿马甲的中间人点完钱，从那些越南‘民兵’手里拿走那只瓶刚离开小客栈，警察就赶到了，12 个越南人全部被抓了起来……你说危险不危险？”翟健民像是在问我。

故事还没有完。

当翟健民与师弟在香港会合后，他们最关心的还是那件花了 80 万的东西到底如何了。师弟回来了，翟健民自然最关心一件事：“东西呢？”

“没带回来。中间人说他保证一星期内带过来。”师弟说。翟健民一听，整个儿心仿佛一下沉到了万丈深渊。

“妈呀！一个星期后……可如果一个星期后没到怎么办呢？”翟健民气得脑袋都要裂开了，但师弟一脸茫然地说：“不会吧！都说好了的。”

江湖上的事，“说好”顶个屁用！没见货，钱给了人家，一旦发生不测，你又能拿人家怎么样？我们自己白白辛苦和惊吓了一场不说，80万就这么给人家送去了？翟健民直想举起拳头，狠狠地揍一顿师弟，但他的拳头始终没有举起来。这能全怪师弟吗？你翟健民不是内行见多识广吗？你吃干饭的？你是师兄，你的脑子怎么用的？

翟健民越想越觉得这件事办得窝囊，窝囊的头一份就是自己的原因。一切都不在自己的掌控之下，听天由命吧！

等，等一个星期。

一个星期过去了，货根本没到。

“怎么回事？”翟健民便起急地问师弟。

师弟告诉他：“快了。”

过几天后，货还没有到。翟健民再问，回答还是“快了快了”。

如此一连十几二十天过去了，“快了快了”就是没见货。“那些日子，我真的度日如年。”翟健民感叹，“那是我的身家性命，我都要急死！但就是不见货，一天一天拖着，直到第29天才总算见到了货……”

“你怎么有白头发了？”一天早晨，太太刘惠芳突然拉住丈夫的胳膊，认真地从翟健民的一头浓发中挑出一根细长的白发，给拔了下来。

“赚不到钱着急的呗！”翟健民不敢将实话告诉太太，怕她跟着急又生气，便说了一句玩笑话搪塞过去。

俗话说，好事多磨。可有些好事的结果则是会在后来彻彻底底地变成了坏事。翟健民他们玩的这次越南货，便是如此。

那档货到后，对翟健民他们来说，赶紧出手把本钱或所得那部分收益拿到手，就算完事。80万元买来的货，加一个月的利息、运输和往返香港、越南等成本，此时这只瓶的总成本应在100万元。按照翟健民的意思和他家里的实际情况——太太刘惠芳已经跟他讲了，孩子成双了，全家人得有个“窝”了，她刚看好一处总价 70 万元的房子，准备买下。“假如我支出在这只瓶子上的 40 万元钱拿不回来，太太要买房子却见不着钱，我还不要上吊呀？”翟健民心头之苦犹如一片大海，所以等师弟把货送到他手上后，第二天他就约了一位老客户来看货。

“210 万我要了。”客户看完货，对翟健民说。

“行。因为这件货是几个人合股的，所以我要跟师弟他们几个商量一下。”翟健民觉得客户出这个价很不错了，等于翻了一倍价。尽管担惊受怕了一阵子，毕竟现在眼看有了不菲的收益。于是翟健民就当着客户的面给师弟打电话。师弟接到翟健民的电话后，一口追问翟健民能不能再把价往上高抬它几十万。翟健民摇头，说：“人家客户是诚心诚意想买，我看 210 万可以出手了。”

“不卖！我们好不容易干了这一回买卖，就赚个翻，太少了！”师弟在电话里冲翟健民说，“如果不把价往上抬，打死我也不卖！”

“你？！”翟健民气得直想骂师弟，可又不便当着客人如此耍横，只得换一种口气问师弟，“那你不卖，我把自己的那股卖了，你把 210 万的总价四分之一给我……”

“那也不行！哥，你比我内行，我们这个瓶肯定不止 210 万元，我和其他两位合伙人都不同意你卖！”师弟用其他人压翟健民。

翟健民气得把电话搁了，转头只得无奈地跟客户说对不起。

当日下午，师弟和另外两位合伙人来到翟健民家，抱走了瓶子，说他们要出去卖更高的价。翟健民再不想掺和他们的“大买卖”，说自己只要按 210 万元的四分之一股拿回 65 万左右的钱。

“大哥你这不是亏了嘛！万一我们卖个大价钱怎么办？”师弟似乎很有把握地对翟健民说。

“谢天谢地，我只要这么多！”翟健民摆摆手说。

“那行，一言为定了。”师弟三人抱起瓶子走了，说一个星期内给翟健民那份钱。

可是就在当天傍晚，师弟等抱着瓶子回来对翟健民说：“大哥呀，这生意还是你来做……”

翟健民问：“为啥？”

“我们卖不出去！没人认我们呀！”师弟哭丧着脸说道。

“我不做。好马不吃回头草。上午不是已经跟你们谈定了，我只要拿回自己那份股钱。”翟健民摇头。

“求求你了大哥，这香港古玩市场上，非你莫属，你出面才行呀！求你了大哥！”师弟又是一阵“苦肉计”。

面对这样的师弟，翟健民只有摇头和叹息的份。

“你们到底去碰了什么运气？”翟健民要弄明白师弟他们失败的原因。于是师弟告诉他，上午出了翟家后，他们就去找一个叫船木的日本买家，此人在香港和澳门古董买卖场上算是一位大家。找到船木后，师弟开价400万元。船木没有接，显然400万元人家嫌高了。

古董场上或生意场上，无论是黑市还是公开市场，一般来说都有其自身的“行规”，也就是说，一旦某一件货因为过度叫价，有可能从此再也不会被买家看好。用翟健民的话说，做事情，尤其是做古董生意，千万不能赶尽杀绝，“一定要给对方留有余地。通常情况下，收藏家是不太懂价位的，这种情况下，你是他的经纪人，你就得给买方留有利润空间，也就是说，你得给第一个甚至是以后的第二、第三个买家留出利润空间，这是一个做经纪人的道德和基本守则，也可以说是职业操守和基本道德。几十年我是一直抱着这个准则对待自己的客户和藏家。换句话说，一个没见过大钱的人，容易心胸狭窄，没有肚量，而没有心胸和没有肚量的人，怎么能做大事呢？”翟健民特别希望我把他的这段话写进本书之中。他继而说：“我师弟他们想一锤子打死人，这样的结果，看起来是打死了别人，实质上打死的是他们自己。所以说，心有贪念的人，是不能做经纪人的，真正的经纪人必须为对方和别人想，这话听起来有悖于‘有钱不赚是傻瓜’的道理，其实它才是真正的生意之道。俗话说，放水才能养大鱼，水放得越多，以后所能见到的大鱼也会越多，就是这个道理。”

“老好人”翟健民无奈又从师弟手里接过瓶子，再度去操劳。因为这瓶系着他全家的所有本钱——太太那一头正等着钱买房呢！

“长田先生，得空请你来我这儿一趟啊！”晚上，翟健民给一位叫长田的日本客户打电话，希望尽快将手中的瓶子卖出。长田不像船木那么有钱，但对中国瓷器十分钟爱，所以翟健民想到了他。

长田见了瓶子后，便与翟健民讨价还价。翟健民跟这位非大收藏家的日本人，从100万元起价，一直追加到140万元定槌。

“我已经跟客户要到140万元这个价了。卖吧！”翟健民马上给师弟打电话，告诉他这个结果，并希望把瓶出手。

“太少了！我不同意卖！”那边电话里，师弟说得斩钉截铁。

“你?！不管了！”翟健民觉得自己又一次被别人当牛牵着鼻子走路。

“告诉你，师弟，如果再不卖出去，市场上没有人再会高过现在我说的这个价了。你没有我清楚这行情，一般情况下，你一件货来回几次在市场上出价后还没有卖出去，越到后来越是没人要……”翟健民苦口婆心劝说师弟，不想对方一句话便把他噎死了：“没有人买，还有拍卖行，我们可以送拍卖行去卖！”

天哪！翟健民一听，再次头脑“嗡”的一声巨响，犹如五雷轰顶。驰骋古玩场上的翟健民虽几乎天天月月要与大大小小的拍卖打交道，可如果是自己的货，他唯一的也是最怕的便是拍卖行。

“送拍卖行去的货，其命运只能是三个字——未知数，或者是四个字——听天由命！”吃尽拍卖之苦的翟健民，深知一件宝贝进入拍卖行的命运，所以他才十分、百分地害怕。

后来的结果完全证实了翟健民的预测——

因为只占“四分之一”股，翟健民只能按师弟等其他三人的意愿，走拍卖行这条道——几天后，四人一起抱着那只瓶，到了苏富比驻香港总部的拍卖行。

这已经是九月份了，翟健民知道，到拍卖行的结果并非像师弟他们想的那么简单。所以在进了拍卖公司的办公室后，翟健民还在劝说师弟等人，说拍卖公司好进，可这也是未知数啊！

“不会吧翟先生，我有时也看看电视里的拍卖节目，那场面很激动人心的。一样宝贝只要一出场，那么多人抢着抬价，一抬就是几倍，甚至几十倍、几百倍都有嘛！”

“是啊，既然来了，不能再犹豫了！拍！”

“拍！”

此时的师弟和另两人完全进入了高度亢奋的状态，似乎在他们面前已经有金山银山在等待。翟健民只能无奈地摇头。

香港苏富比拍卖行，对翟健民来说是再熟悉不过的了。这家同为英国起家的老牌拍卖行，是世界有拍卖史以来最久远和最负盛名的专业拍卖行。1774 年，一位叫山米尔·贝克的书商在伦敦科芬园的花卉市场里举行了一场书籍拍卖会，结果他的这一新鲜举动轰动了全伦敦。近代世界拍卖史就这样被拉开了帷幕。在过去的 270 多年里，苏富比早期一直是拍卖行里的龙头老大，与后来居上的佳士得各领风骚，且两家皆在香港设有总部。由于苏富比拍卖行更具英国人的经商风格，在拍卖规则上也独具英国人的“贵族”遗风，也就是说，它的规矩很规范也很死板，比如把东西交给他们后，先给你议个价，然而你放在那里就得把一切权限交给拍卖行，这便是有名的“苏富比之规”。这一条在苏富比公司的介绍上非常醒目地以“苏富比之身份”条款写着：“苏富比”出售乃以代理人身份为“卖家”出售物品，唯其以当事人身份全部或部分拥有任何物品则除外。“苏富比”可以对物品拥有法定或衡干权益或以有抵押债权人做出财务承担者（或其他身份）。如“苏富比”以代理人身份出售物品，任何出售均将导致“买家”与“卖家”直接订立合法。意思是说，一旦你把物品交给苏富比后，它就是你的全权代理者，有权根据拍卖规矩拍出，一旦拍出，就是你与买家的法律契约。

“这样硬碰硬好。”翟健民的师弟和另两位合伙人念着苏富比公司的条款，满脸泛着红光，唯有翟健民一脸阴沉。

拍卖官出现了，非常职业地对那只瓶进行真伪鉴定和论价，最后给出了 15 万英镑的价。15 万英镑是多少钱？一英镑当时的市价等于 15 元港币。也就是说，翟健民他们的那只瓶在苏富比香港公司被定价为 225 万元拍卖价。

“太好了！”翟健民的师弟等高兴得手舞足蹈。“怎么样？还是没白来吧！”师弟甚至忍不住凑到翟健民的耳畔这样说。

“别高兴得太早。”翟健民则警告道。

“谁签字？”按行规，这时“卖家”必须在苏富比拍卖公司的代理协议上签字，完成这一手续后便意味着“卖权”的正式转移。

“大哥，你来签吧，我们不懂。”师弟让翟健民代表他们四人签字。

“我看还是退拍吧，风险很大的。”翟健民依然极不情愿，劝师弟他们再考虑考虑，以免吃亏。

“15 万镑议价！还退啥嘛！”三个异口同声。

翟健民自知无力劝阻师弟几个，叹着气，签上了自己的名字。

事已至此，等着拿钱？非也。“倒霉才刚刚开始。”翟健民说。

这是为何？原来，拍卖行接货后，要等到下次拍卖会才将货拿出去拍卖。师弟他们不知道，以为把瓶交拍卖行后就等着拿钱了，哪知这一等又是一年。这一年对翟健民来说是要命的时间，一则他要买房，二则他手里没了本钱但还要做其他生意，关键是一旦拍卖出现意外情况怎么办？

一个人走麦城的时候，似乎总是背运。

终于等到第二年的苏富比大拍在伦敦拉开帷幕。翟健民事先赶到伦敦，欲亲自在现场看守他的“身家性命”如何结局。

“NO！ 15 万英镑太高，此物不值这个价，只能定为 8 万镑起价。”拍卖行在最后鉴定与定价时，给翟健民他们那只瓶的估价低了一半。

“这种情况允许吗？你们不是已经跟苏富比香港公司签订协议了吗？”我是外行，问翟健民这种情况的变化有何根据。

“可以的，拍卖公司有权跟卖家商议拍卖的最后价。”翟健民说。

“那这个时候你们可以因为他们的更改价而提出退拍吗？”我又问。

“可以，”翟健民说，“我也是看到这个变化，立即与在香港的师弟他们商量，认为现在退出是个机会。

“退啥哥，拍吧！ 8 万就 8 万，最后拍个翻倍价也赚了！我们三个都同意拍！”香港那边的师弟回答得很干脆。

“你们啊……”翟健民不想再同这帮无知无畏的人纠缠了，那一刻他感觉自己真的被放到了剁肉砧板上，完全失去了任何自由。

拍卖会开始，现场人山人海，翟健民不想看到又不得不看到的那只瓶终于出现在拍卖现场。

绅士一般的英国拍卖官潇洒地介绍一下瓶子后，便一挥手，喊出了一个叫翟健民差一点哭出声的价——“4万！”

“4万有没有人要？”拍卖现场只有一个声音在回荡。那回荡的声音如万钧巨炮在翟健民的耳边隆隆作响，震得他双耳发聩、两眼金星飞溅……

“不是定的8万吗？”我不解。

“是8万。但拍卖官在现场可以按照自己的意思进行喊价，这‘喊价’因为是非正式定价，所以在英式拍卖行里被允许。”翟健民进而解释，“如果在这个时候，没有买家接，拍卖官可以自己空口喊到与起价差10%的价位，这样都是允许的。问题是，我当时根本没有想到拍卖官会喊出4万这么低的价！非但如此，从头到尾就根本没有人举过牌！”

“这是为啥？不是元青花吗？怎么会没人举牌？”我不解地问道。

“的确是件元青花品，但是，这只瓶子的青花颜色发色不好，有点闷闷的。而且，也不是流传有序的……”翟健民说。

“这也是为什么苏富比香港定价15万磅，到伦敦拍卖前被要求降到8万镑起拍。就是在苏富比分发图录和预展后，他们根据市场的反馈做出的调整。”

最后的结果是，这只瓶子流拍了。要知道，在这样的大拍上流拍的一件东西，等于像一个人被“枪毙”一样，差不多全世界古董行里的人都会知道。

“你知道这样的事发生在自己身上会是什么样的结果吗？”翟健民问我，我摇头，表示不知，也真猜不出来。

他说：“当晚，不知怎么，我就开始发高烧。在回程的飞机上烧得更厉害。那时，从伦敦飞回香港是先到沙特的迪拜，再转机到印度，再从印度飞到香港。每次转机时，乘客都得下飞机，等加油完毕后再登机。当时我已经烧得稀里糊涂了，转机时乘务员要我下机，看到我烧得已经不能动弹了，答应了我可以不下飞机的请求。”

为了一只倒霉的瓶子，为了一次本不该去参与的买卖，翟健民拼上了身家性命，白白花掉了两年工夫。“我知道自己就是心太软，经常在朋友的软磨硬泡之下没有坚持自己的立场。这是我的毛病，也害了我自己很多次。”翟健民在接受我采访时，十分后悔地道。

我跟他说是因为你善良所致，一个人的善良对善良者可能是起作用和管用的，但对不善良的人毫无用处，甚至最终也把自己给伤害了。

“你这话有道理，但我就是本性难改。看谁可怜，一求我，就会发慈悲，所以事情的结果就往往与自己的愿望相反。这是我的毛病。”翟健民解剖自己。

而我则十分看重他这一点。翟健民如果不是内心和本质上这么善良和具有同情心，他也不可能在行里拥有今天这样的位置。

可善良对他本身来说，有时是巨大的伤害。

翟健民说自己那一次从伦敦回香港时的心境，是有生以来最坏的一次。带着心的伤痛和身体的高烧从飞机上下来，走出空港的那一刻，师弟见了他只说了一句：“所有事情不要算数了！”意思是说，啥都别去想了。

“你一句话说得倒是轻松！是啊，你一分钱没出，倒可以啥都‘算数’了结了？我呢？我为啥？我把身家性命搁进去了两年时间，担惊受怕，东奔西跑，结果败得一塌糊涂！我能算得了数吗？啊，算得了数吗？”这是翟健民心头怒吼的话，他实在想把没头脑的师弟训个狗血喷头。可有什么用？你翟健民是行家，你应该有自己的想法立场，不应该被别人牵着走。

翟健民臭骂了自己一通，而这次自我反省也着实让他再一次体味到了古玩场上的风险与残酷，同时他也告诫自己：任何无谓的恩赐和犹豫，以及带有稍许的贪欲，都可能让智者失去本色，坠入深渊。

关于这只瓶的噩运，至此并没有结束。大约两个月后，有人向翟健民提出要买瓶。卖吧，这回合伙人们，尤其是翟健民那位一分钱没入股的师弟，早已销声匿迹，不闻不问了。

“你想出多少价吧？”已如弃婴一般的货，轮到翟健民倒问买货者。

“嗯——这么说吧翟兄，现在我买你这瓶，也算救你们一把。你说是吧？”买者说。

翟健民道：“既然是你在帮我，你就给价吧——”

“一口价，40 万。”

“我已经无力、无心再做任何努力了，就这样 40 万成交了。”

“哈哈哈……香港古董大佬翟健民也有任人宰割的时候啊！”我听后终于忍不住幸灾乐祸地大笑起来。

我发现坐在我面前的翟健民也在笑，不过笑得不太自然。毕竟这是他古董场上荣耀几十年里罕见的一次“走麦城”，而且几乎是血本无归的“走麦城”。

“关于上面这个故事，我想告诉读者我的深刻感悟。”翟健民说。

第一，在古董行当中，如果选择合伙做生意，那么合伙人必须都是志同道合的朋友，而且必须有一个大家认可的人来替大家做主，即决定何时出手、什么方式、什么价格出手。合伙人不能斤斤计较或是太过贪婪，否则宁可不要合作。这些年我见过很多合伙做生意的案例，最后不但一事无成、不欢而散，而且伤了朋友的感情。

第二，因为古玩生意有很多个人主观上的因素，因此还是尽量自己做出判断，尽量量力而行、自己独立去做，这样一切尽在自己掌控之中。

第三，千万不要有捡漏或是占大便宜的心理，你想占得便宜多大，风险就有多大。

第七章　穿心之假

大概十几年前，翟健民去英国参加一场拍卖，那场拍卖会的拍品非常多，可以说是琳琅满目。逐一上手之后，他最后锁定了最喜欢的一只“大明嘉靖五彩玉藻纹大罐”。

那只青花五彩鱼藻纹大罐为嘉靖时期五彩御瓷之精绝佳作，是陶瓷史上的重要名品，历来为藏家所重。其造型端庄，腹部绘饰五彩莲池鱼藻纹，画中以橘黄彩重笔渲染游鱼数尾，形态各异，鳞鳍清晰，极具神采，俨然鲜活腾跃于浮萍和水草之间。水草浮动，虽未刻意画水，但其意妙然自现。其笔致豪健，彩饰鲜妍，诸彩相配得当，尽显嘉靖御窑五彩红妍绿翠的艺术特点，一如前人赞誉：“龙凤花草各肖形容，五彩玲珑极尽华丽。”此式嘉靖御窑五彩鱼藻大罐极为珍罕，翻阅已公开的典藏资料可知存世无多，多为世界著名的博物馆收藏，见有法国吉美博物馆、美国旧金山亚洲艺术馆、北京故宫博物院、中国国家博物馆、上海博物馆、日本福冈市美术馆等。

这种作品的出现，与嘉靖时期的历史政治相关。明世宗嘉靖皇帝一生崇信道教，极为推崇老庄思想，其二十余年不理朝政，潜心修玄，以致当时烧造的许多御瓷中充满浓厚的道教色彩。游鱼，自由自在，这与道家思想“逍遥游”相应，道家看重人与自然的和谐，并把这种智慧融入生活之中。这正是此种青花五彩鱼藻纹大罐出现并流行的背景原因。当年嘉靖皇帝玄修，于西苑陈设此类器皿，映衬环境与气氛（所见尚有署款“仙苑”的其他器皿，亦供玄修之用）。

除此之外，鱼在传统文化当中又代表多子，有子孙昌盛之寓意。嘉靖皇帝一生共八子，其中六子皆英年早逝，特别长子与次子均是在被册立为太子后不久即逝，家族人丁不旺，一直困扰着世宗，因此期盼子孙兴旺、多子多福正是其心头大事。基于以上特定的背景，嘉靖皇帝特别重视这一题材的作品，命御窑厂专为其烧造。从史料档案的记载中亦可找到印证，嘉靖本《江西省大志》卷七之“陶书”

一章载录，嘉靖二十一年曾下旨烧造“青花白地满池娇鲭鲌鲤鳜水藻鱼罐二百”。

这种款式的五彩鱼藻纹大罐不仅是嘉靖御瓷的杰出代表，其出现亦极大地提升了嘉靖官窑在中国陶瓷史上的地位，并改变了世人对嘉靖官窑的评价。清初叶梦珠于《阅世编》中评曰：“磁器，除柴、定、官、哥诸窑而外，惟前朝之成窑、靖窑为最美，价亦颇贵。”叶氏此一观点尽管未必全面，但仍可体现晚明以来士人的审美意趣。入清以后，嘉靖御瓷五彩鱼藻图案深得清宫钟爱，康熙朝御窑曾将之摹造于五彩瓷盘之上，并署款“在川知乐”以昭示其寓意，成为清代显赫名品。由此可见嘉窑五彩鱼藻纹大罐对后世影响之深远，时至今日，亦备受藏界称道。此式嘉窑五彩鱼藻纹大罐是继元青花鱼藻纹罐之后此类题材中最为显赫的陶瓷艺术佳作。

这只五彩鱼藻纹大罐的定价在15万英镑左右，虽然罐子接近底部处有一个很长的窑裂，但属于合理的残缺，由于此类完整器比较稀少，虽然有点小毛病还是值得收藏的。

“拍卖现场依旧很是热闹，识货之人不少，这只大罐最终我用40万镑买到。晚上跟同行的员工们兴高采烈地大大庆祝了一番，能够收获到如此一件宝贝很是开心。”

“我在法国有一个老藏家朋友，当时已是有点年纪的老太太。我们交往多年，她既是我的客人，也是很好的朋友。那些年，老人会时常拿出一些东西请我帮忙出手，因此，我每次去欧洲参加拍卖都会去看望一下老人家。买到这只五彩鱼藻纹大罐，此行任务结束，于是第二天，我照例从伦敦坐火车去法国去看望她。”

“下午抵达她家中，恰好她儿子也在，跟老人家寒暄一番后，她儿子请我去他书房聊天。老人的儿子坐在书桌里面，我坐在书桌外面，我们两个一边喝着咖啡、一边面对面地闲聊。记得书桌上有一大摞书，我就边聊边随手翻阅。其中有一本70年代伦敦苏富比的拍卖图录。图录里面也有一只明嘉靖鱼藻纹的大罐，但那是一只只有青花、漏彩的大罐。她儿子见我盯着那只大罐看，顺嘴告诉我那个罐是她母亲当时拿去拍卖的。虽然是两件完全不同的器物，但是，不知为何我立刻想到自己昨天拍到的五彩罐。于是，我赶紧请他母亲过来问是否还记得那个罐有没有毛病。老人家不愧是喜欢古玩之人，自己的每一件东西都记得清清楚楚。她非常肯定地告诉我，那只罐子有个T字形的裂。"

"老人家的话让我深感惊讶，我怀疑我昨天买到的那只罐子有问题。于是，连那一杯咖啡还没有喝完，我就起身告辞，拿着向老人家借的那本图录连夜赶回伦敦。"

"第二天跑去拍卖公司重新再仔细查看那只嘉靖五彩鱼藻纹大罐。拿着当年的拍卖图录跟眼前的这只罐相比，我可以百分之百地肯定，这个罐就是70年代老人家拿出来拍卖的那一只！据拍卖公司介绍，我拍得的这只嘉靖五彩鱼藻纹大罐是一位日本买家提供的。由此可以断定，是日本买家当年买下后回日本后加彩再烧造的。当年这只漏彩的鱼藻纹罐虽然是个半成品，但毕竟是原汁原味的真品，而现在经他们后加工之后，就是一件半真半假的物品，绝对不能用这个价钱进行拍卖，当然，我更不能用这样的价钱购得，所以只能退货。"

"后来想起来，好像是老天特意的安排。不然，怎么会那么巧，我们会坐在书房写字台前聊天，我偏偏又随手翻看到那一厚摞书中的那一本图录，而且，又偏偏没有漏掉图录中的那只鱼藻纹罐！看到那只漏彩的罐我又能马上联想得到自己刚刚拍得的那一只同样器型的器物，这既是我举一反三的智慧，也是天机佐助。"

古玩行业从来就是真真假假、鱼目混珠，关键是你有没有足够的知识、眼力以及智慧去一一甄别。这个过程虽然凶险，但是只要你用心、用脑，假的始终是假的，而当假货一一被你戳穿之时，你能感觉到无比的快乐，因为，你用自己的智慧让假货从此没有立足之地。

自然界的物质是最早烙在我们脑海中的东西，因为它是真的东西。慢慢地，人因为思想和欲望的产生，便有了感情与动机，而感情和动机，较自然物质而言，仍然可以称作"真实"的东西。由此与人类相关的世界里，有两种东西是"真实的东西"，一种是自然界物质的客观存在，另一种是存在于我们头脑中的主观意识，比如感情、思想和欲念。前者不易被改变和撼动（当然也不是绝对的，比如人类可以将一座大山夷平、将一条江河填平）；后者则容易变化。其实，我们会发现，无论是不易被改变和撼动的东西，还是容易变化的东西，它们在本质上仍然都可以称作“真实”的存在，因为大山夷平后仍然有山的遗体，只是它变为以另一种方式存在而已；感情和思想的变化，只是其内容和对象发生变化，感情和思想本身仍然存在。

但世界上有一些东西则必须是真的，否则将毫无价值。那就是我的主人公所从事的行当——古玩与收藏。假设一个古董收藏品是假的而不是真的，谁还会对它感兴趣？谁还愿意花血本去买它？不会。绝对不会，除非脑子进水者。本来，古玩古玩，玩的是真货才有意思，收藏当然要收纳真品、藏进真货方为正道。然而，古玩中因为有个“玩”字，便有了玩假的出现，且一个地方、一个时代、一个国家玩古玩的人越多、越疯狂，玩假的规模就越大，甚至大到吓人。今天中国古玩行当内的玩假之风的疯狂与态势，简直可以吓死一大片人。这绝非骇人听闻，因为近千万古董藏友和近亿企图靠玩古董和收藏发大财的人的手中，假货远远超过了中国所拥有的古董真货，这是其一；其二，每年玩假货的“交易”在百亿以上，其量远超真品的交易额。七八成以上的藏友和玩家都知道，市场上（包括地下市场）约超过七八成以上的古董和收藏品是假的。可悲的是，由于七八成的中国古玩家和收藏家又都是以投机和发财为目的入行的，又有至少七八成以上的玩家和藏家不怎么懂古董，这几个“七八成”的群体与数量积聚之下，便呈现出中国收藏界和古玩界的混乱与无奈、有趣与滑稽，甚至奸诈与丑恶、卑鄙与无耻。中国当今的社会万象，怎么会在古玩与收藏界表现得如此集中和极致呢？听起来似乎匪夷所思，然而却是真实的情形。

翟健民是这个行当里的“大佬”，从小父亲教育他的和师傅言传身教的都是一个理念：做人要谦和、真实，尤其在做事上一定要讲究实在，不玩假。可偏偏，翟健民身处玩假最严重、最普遍的古董行当。自己不玩假、不说假，一直是翟健民所奉行的做人和从业准则。“这个规矩不能破，破了就不是我翟健民，破了我就别想再在古董行业里混下去了。”翟健民一直在心里和行动上力求沿着这个方向走，其内心也始终如一地遵循着这一“规矩”。

这个“规矩”的全部本质就是一个字——真。

“真”是古董和收藏界最基本和最终极的意义。然而真，又在古董行业和收藏界变得欲追而不达，似乎令人感觉它是一样有影而无形的神秘之物。你因为追求真，而你又偏偏不断地迷失在假的群山峻岭之间；你因为渴望真所带来喜悦与梦想，又时常被假淹没在茫茫汪洋之中……假是古董和收藏界的敌人，真是古董和收藏界最难得的珍贵之物。玩假的在古玩界不以为耻，寻真者总在崎岖坎坷中跋涉。

“你自己没有玩过假？”

“没有。这不是我的信仰。”

“就没有被假的骗过？”

“一般不会。我的经验和阅历让我躲过了千百次假的迷惑。”

“古人说：道高一尺，魔高一丈。既然有人知道你老翟本领大，难道没有人给你设局让你钻？”

“这样的事多了去了！”

“那你怎么办？”

“凭本事吃饭，靠眼力识破。”

“世上有什么样的矛，就会有什么样的盾。你就没有失眼过？”

“怎么会没有嘛！有，我就吃过这样的亏。”

“是你的本事出了问题，还是其他原因？”

“两者兼而有之……”

这个世界上只要是人去操作的事情，就不可能不犯错，否则，他就是神。因此，在古玩行业中，无论是拍卖行还是大专家，都有犯错的可能。

这段对话，引来翟健民回忆起他一次“大意失荆州”的切肤之痛。

“应该是 2007 年的事。那一年在美国纽约进行一场大拍卖之前，我从收到的拍卖图录上看到一只明宣德青花龙纹天球瓶。毫无疑问这件拍品非常让人心动。”

永宣青花在帝王与文人心中具有崇高地位，自古便被视为收藏中的珍品，历代文人学者皆对其赞誉有加。明代谢肇淛《五杂俎》中载："……然惟宣德款制最精，距迄百五十年，其价几与宋器埒矣。"明代张应文《清秘藏》中评曰："我朝宣庙窑器……青花者用苏浡泥青，图画龙凤、花鸟、虫鱼等形……皆发古未有，为一代绝品。"明代田艺蘅《留青日札》中评："大明永乐窑、宣德窑……宣德之贵，今与汝敌……今宣窑兴，而与汝窑争价，亦足观也。"清代乾隆皇帝更是多次为其赋诗作咏，《清高宗御制诗文集》中所咏明代御瓷诗共11首，其中咏宣德官窑便占7首之多。

永宣青花在世界陶瓷史上享有崇高的地位，是明初宫廷艺术与世界异域文化交融的重要历史见证。永乐、宣德两位皇帝秉承太祖朱元璋对四邻国家"和平共处"的外交方针，采取安抚驾驭各国的"怀柔远人"的赏赉政策。这些对外赏赉的瓷器为迎合彼地的使用习惯而融入了异域元素。另外，永宣年间郑和船队七下西洋，通过赏赐和贸易的方式向海外提供中国的瓷器、丝绸等。在此过程中，赏赐当地国王君主的瓷器充当了和平使者的角色，亦成为当时中外文化交流的重要载体。永宣青花之所以成就斐然，就在于其并非是简单地复制域外文化，而是在保留中国传统文化精髓的同时汲取外来营养，大胆进行艺术创新，进而展现出了较母本更加尽善尽美的艺术风貌，堪称有明一代之奇。

永宣青花凝重妍丽，苍雅雄劲一如水墨，所出之品冠绝古今，能达到此般艺术成就，与以下三个方面直接相关：

首先，永宣时期帝王采取与民休养生息的政策，积极发展农业和手工业生产，这期间吏称其职、纲纪修明、社会安定、文化昌盛，为此时工艺美术的发展奠定了基础。

其次，明成祖永乐下旨令郑和组织船队下西洋，进而促成带回了成就青花呈色的关键材料——苏麻泥青。苏麻泥青料被引入中国，继而引发了青花瓷发色的革命，它浓厚深邃，渗入胎骨，具有震撼人心的艺术表现力。宣德皇帝深谙艺术、擅长丹青，具有极高的美学修养，御窑瓷器款识、纹饰均亦受到同时期宫廷书画艺术的影响。据学者研究，永宣时期的御窑款书，其字体蓝本均应出自当时深受明成祖赏识的大书法家、翰林学士沈度之手。上乘的青花原料加之永宣二位皇帝对瓷器的喜爱与关注，是此时御窑瓷器制作登峰造极的重要原因。

最后，御窑厂从制度与技术两方面提供了客观保障。明初实施的匠籍制度使御窑厂内汇集了当时全国最优秀的制瓷工匠。此时的御窑工匠发明了瓷质套钵技术，通过匣钵的组合使用，大大提高了瓷器的烧成质量，永宣御窑所造上品佳器正是此种工艺提升之结晶。

综上所述，永宣青花能达到如此之艺术高度绝非偶然，在其背后，是整个明初帝国强盛的缩影，它甚至关乎帝王治国策略。它是当时中国与周边国家友好往来的见证，其在历尽时间的洗礼后，依旧熠熠生辉。

随即，翟健民跟一个喜欢此类瓷器的客人一同研讨，对方非常喜欢，委托翟替他买下。

一个内行的古董商人，能见一件稀世珍宝出现，其激动之心总是难抑。翟健民从第一眼看到拍卖公司图录上的那只天球瓶后，心情就没有平静过。

他又一次像出征的战士，收拾起行头，从香港直飞纽约。在太平洋和美国本土共飞越 18 个小时抵达纽约后，翟健民又马不停蹄地搭乘的士，直奔拍卖行公司。这是他与拍卖公司提前约定的：“我一下飞机就去看货。”

“没问题，翟先生，你是我们的老朋友，你什么时候到，我们什么时候都在公司里恭候你。”

真正的宝贝！翟健民上手后，仍然难掩心头之激动。经仔细反复查看眼前这件青花龙纹天球瓶后，他判断这是一尊不可多得的明早期青花精品。陶瓷界素有“青花首推永宣”之说，意思是说，在中国青花瓷器中，永宣青花瓷是最好的。除了这个时期的青花瓷选材丰富外，其制作工艺也超过任何一个时代。比如说永宣时期的瓷器胎就与其他时代不同，这是因为永宣时期的瓷器烧制特别讲究瓷土的选择，加上对窑温及室内气氛控制极好，所以胎质异常细腻、洁白、坚硬。细砂底器物，手感细腻而滑润，有时可见杂质，呈褐色斑点。其釉色以白中泛青为主，俗称“亮青釉”，少数莹白。

看过天球瓶的整体品相特征，翟健民又将器物颠倒过来，只见瓶底釉质细腻、光滑，积釉处泛青且呈湖水绿色。不用说，皆是宣德青花瓷瓶的特征。

重新放平，翟健民又将瓶的口沿和内外侧一一细瞧：除口沿处被磨平过毫无问题。

“是件上品！”翟健民的脸上露出笑容。

当晚，他在纽约与客人通话商议买下此瓶的心理底价 300 万美元。

第二天，拍卖场又是一个热闹非凡的景象。那尊明宣德青花龙纹天球瓶开拍时，场上一片惊叹，显然这是一件引人注目的拍卖品！

“下一件拍品：明宣德青花龙纹天球瓶。底价：60 万……现在开拍！”拍卖官开始报拍。翟健民和数十位收藏者顿时全神贯注，盯住拍卖官的每一次报价。

拍卖场上的报价，就是竞争者的拼杀节奏，一个报价便是一次对弱者的杀戮。这里的杀戮，毫无血腥，充满看不到的硝烟，这样的硝烟藏在各位买家的心头和眼神里。

面对这只罕见的天球瓶，翟健民依然保持着他的君子风度：笑眯眯的，似乎毫不在乎地举着牌，不动任何声色地跟着一个个叫价的竞争者竞拍。

“180 万！”

“190 万！ 190 万还有没有？”

“200 万！”

哇！拍卖场上欢呼声一浪高过一浪。200 万是另一位华人叫的，他已经跟随翟健民叫了十几个回合了。显然，200 万是这位对手的底线。翟健民听完拍卖官喊到“200 万”时，有意看了看竞争对手，见对方已经神情大变，知道该是一锤定音的时候了，于是他收回“翟式微笑”，将手中的牌子既没举过头顶，也没举得过低，让人感觉他是准备再举十回八次的样儿。

“210 万！ ××× 号举了 210 万！还有人举吗？”拍卖官与翟健民很熟，将友好而赞赏的目光投向他。

全场的目光聚集到这位瓷器收藏大家身上，同时期待他的对手再次举牌。

“210 万！ 210 万！一次……有没有跟？二次、二次还有没有人跟？”拍卖官再次目光扫向全场，寻求最后的竞争者。

“咚！”拍槌落下。“明宣德青花龙纹天球瓶，210 万成交！”拍卖官宣布。

“祝贺！祝贺翟先生！”

“谢谢。谢谢。”翟健民保持君子风度，款款地起身向前来祝贺的人致谢。

210 万美元不算是小数，相当于 1300 万人民币。但翟健民觉得能够以此价捧回明青花龙纹天球瓶，太值了，而且比他与客户约定的心理价少了很多，着实是件令人高兴的事！

第二天，翟健民就把那只青花瓶带回香港。跟着，他的客人就跑到了永宝斋公司。两人一起欣赏着刚刚拍卖来的宝物，欣喜不已。

“谢谢老翟，你不仅又为我弄到了一件稀世之宝，而且还为我省了不少钱……”

“哈哈哈，其实我比你还高兴！”翟健民说的是心里话，因为对他这样的古玩高手来说，能够以较合理的价格买得一件宝物，尤其是像明宣德青花龙纹天球瓶这样的青花瓷器，也是他古玩经历中的一桩开心事。

“我和藏家在反复地观看、研究、对比之后肯定，虽然瓶子上并没有落款，但我们可以确认这是一只大明宣德时期的青花瓶。并且，这只瓶被磨掉的口沿处应该写有‘大明宣德年制’的六字款。”

“要知道，全世界目前发现的这种明宣德青花龙纹天球瓶只有四只，其他分别在日本的一家博物馆、伊朗的博物馆、天津博物馆和沈阳文物店。我们现在拍卖到的是第五只……不能再有了！”翟健民对自己的买家说，“我们下面的任务是，找个高手，把这件宝贝的口沿处修复好，一旦修复完毕，它在视觉上会更加完美！”

翟健民告诉我，这样的一件明宣德青花龙纹天球瓶，如果是完整器，现在的市场价格应该在 3 亿元人民币左右。

回香港的第二、三天，他着实补了一大觉，前几天几乎是马不停蹄，没时间倒时差，甚至没时间睡觉。待翟健民重新恢复了体力，头脑也格外清醒了。这时的他，悠闲地抽着烟，心情平静地看着桌子上刚从纽约拍回来的宝物，一股悠然自得之情油然而生。作为古瓷鉴赏家、收藏家和经纪人，翟健民最钟爱的就是青花瓷，尤其是宣德青花，眼前的这尊明宣德青花龙纹天球瓶，光鲜色亮，大有心随手动之感。尤其那器物上的龙纹，代表了整个时代最富有生气的描绘水平，看那龙首威武昂扬，龙鬣长且向上飘起，双角挺拔，龙身舒展修长、矫健勇猛，给人一种强烈的威慑感。这是典型的明宣德时期纹饰风格题材的表现形式，其纹饰画法与永乐年的纤细风格大不相同，显得粗重豪放，笔法苍劲。

嗯？这条龙为什么其中的一只龙肘看上去有一点儿不自然……翟健民猛地一惊，以为是自己的眼睛出了毛病。死睡了一二十个小时，是眼睛花了？他摇摇头，不是。眼睛干净着呢！

再看瓶，看那龙，看那爪……翟健民的心头不再是惊了，而是紧了：难道自己看走了眼？这龙肘看上去不舒服，龙肘的拐弯处画得非常拘谨、生硬。翟健民越看越坐不住，眼睛落在龙身上，越发觉得左看不舒服，右看也不舒服，斜看更不舒服……这是怎么回事？难道自己看走眼了？

冷静！冷静！翟健民从椅子上站起，又坐下。坐下后，又立起。他内心千百次叫自己冷静，却又身不由己地一会儿立，一会儿坐——真是坐立不安。

他不相信自己会出现如此错误：从国际大拍卖行为客人拍得一件假货！

不可能。不可能有这种情况，以前没有，现在更不应该有呀！以前他翟健民年轻，年轻时的翟健民也没有这么走眼过，怎么可能在古玩行当里摔打了几十年后出现走眼呢？

翟健民说服不了自己。他一边猛烈地抽烟，一边匆促地往外跑，企图极力平复自己的心境，以"第三者"的身份——除去作为此物经纪人的他和客户的这层关系，再来冷静地看待器物到底是真是假。现在他必须这样做，否则无法跳出"情感因素"。一千五六百万人民币，不是个小数，更关键的是，他身经百战，从来都以认真、保真、求真为第一的古玩鉴赏家自居，怎可能走了眼呢？

此刻的翟健民思想斗争异常激烈，但在他内心深处仍然存在一丝希望——他不太相信自己真的走了眼。

于是他再度静下心来，必须彻底地静下心来，以一个完完全全独立的古董鉴赏家的阅历和经验，去审视眼前这尊明宣德青花龙纹天球瓶……他的目光集中落在让他产生极度怀疑的龙身和龙纹上，尤其是那只龙肘。

龙，为中国古代传说中的一种善变能降雨而利于万物的神物，其鳞、须皆为兴云作雨的神具，俗话说龙能腾云驾雾，神力无比。而龙又被誉为皇帝之化身，权力之象征，真龙天子就是指皇帝，皇帝所用的器物皆为龙物。中华民族的文化和历史里，龙占有至高无上的地位。在古玩界，有龙出现，就会带来一片令人冲动的景象，龙窑、龙图、龙饰……有龙皆大喜，这也算古玩界心理常态和实际价值。龙物、龙器，总能带给收藏界一方福气。龙，让中国人敬奉，龙，也让外国人糊里糊涂茫茫然地跟着跪下双膝。

现在，龙摆在翟健民的眼前，这条烙在明宣德青花天球瓶上的龙，为什么竟会让他看得烦、看得恼、看得心火熊熊？

一条真龙，会令人敬奉、敬畏，油然产生神灵的存在之感。然而，这条龙为何没有了这种令人敬畏和生动的神灵感觉呢？你瞅那象征力量的龙肘，竟然与常见的龙体龙身如此不协调、不着力……顺着不舒服的龙肘细细观察，啊！翟健民突然大汗淋淋，竟然有18处让他越看越不舒服！

此物必有诈！

大汗淋漓之后，翟健民瘫坐在沙发上，妻子为他递来毛巾擦汗：“怎么啦？真的有毛病？”

翟健民点点头，连说话的力气仿佛都没了。

妻子长叹了一口气，又不忍心地安慰一句：“你的眼力很准的，第一眼看准的东西一般不会有错……”

翟健民摇摇头，伸出一只手拉住妻子刘惠芳的手，有气无力道：“可我认真细看的东西更准……它确实有不少毛病。唉，我当时怎么就没看出来？我真是太自信！太骄傲了！”

妻子看着丈夫痛苦不堪的样子，只能是安慰：“要不你再跑一趟内地，跟天津、沈阳那几个瓶比较一下？”

翟健民默默地点点头，然后合上眼皮，两颊的肌肉在抽动——

这回他着实极端痛苦。

这一年正值他 50 岁，作为一名国际古董商和收藏家，他的事业和名声可谓登峰造极。

翟健民啊翟健民，你也太过自负了！二十几个小时的旅途劳顿，一分钟没有休息就直奔拍卖行看货，疲惫困倦加上时差导致的头脑发蒙，怎么可能不出错？虽然之前也是经常如此行事，但是，如今的古玩行业在巨大利益面前，作假高手也在天天揣摩、不断地提高技艺，甚至可以达到以假乱真的程度。虽然过去无数次看穿假货的陷阱，但是，这一次，这个时候，怎么就中招了？你真是太大意、太不小心了！这种懊恼、自责的情绪，不但让翟健民一直无法入睡，甚至把他彻底击倒，以至于这一生第一次萌生“金盆洗手”之意。

即便翟健民的心情糟糕透了，但是，他还是打起精神来面对，尤其是要面对委托他的客人，这是我的责任啊。第二天，他就给客人打电话，坦诚而详细地说明了自己的看法。

“不会吧老翟，你可别吓唬我呀！”

“不是吓唬，确实我看出毛病了，而且毛病还不少，有 18 处之多！”

“我认为你要冷静些，也许并非假的，要不要再好好看一看？

“不用再看了，我肯定地回答你，我已经认认真真地看了很多遍，我既然认定这个瓶子有问题，我就必须如实地告诉你。”

沉默。“你认定是假的？”

“肯定是。”

“那我服了，听你的吧。”

“好的。不过，你放心，所有这一切都是我的问题，也是我的责任。现在，我首先要去内地跑一趟，去论证我的新判断并收集相关证据，然后，我会妥善处理此事。”

“好吧，谢谢你的坦诚和负责，无论这件事如何解决，哪怕上法庭打官司，我都支持你。”

这是翟健民临上飞机前与客户的对话。

一到北京，翟健民给沈阳文物店的朋友打电话。人家回答他：沈阳那只明宣德青花龙纹天球瓶已经不放在文物店面上了，放在仓库，不易拿出来。“不过我手头有它一组照片，可以寄给你做参考。”

“有照片也好，请兄弟尽快寄我。”

随后，他又去了一趟天津博物馆，去看那件馆藏的明宣德青花龙纹天球瓶。

再看天津博物馆的那只明宣德青花龙纹天球瓶，此瓶上的龙，神采飞扬，活灵活现，犹如来自天外的真龙再现，再看那龙爪，有力而舒展，就是我们所说的典型的张牙舞爪之态。龙的头部霸气十足，头部上的头发像火焰一样。再看它的青花非常深厚，已经吃进胎骨，蓝的发色浓艳厚重，是典型的苏麻离青。它的画工豪放有力、潇洒自如。胎土细腻而坚硬，白釉白中泛着比较深色的青。

回到北京，沈阳寄来的照片也到了。

看过天津博物馆的那只瓶以及沈阳文物店的照片后，翟健民更加坚信自己的判断。

那只从纽约拍回来的明宣德龙纹天球瓶，是一件水平极高的仿品。而且，作假之人故意磨掉了口沿，一方面增加了可信度，否则，完好无损的宣德青花瓶，大家一定会盯着来源不放；另一方面，残器自降身价容易成交也减少了一些不必要的关注。作假之人不但技艺高超，对买家的心理也了如指掌。因此，连翟健民这样身经百战的大佬都看走了眼。

身为收藏、古玩界的“大佬”级人物，翟健民虽在江湖上走，但从本质上讲，他并不是一个江湖中人，做事始终勤勤恳恳、本本分分、规规矩矩，所以当被人设下的假货坑骗后，多少年来那般骄傲、自信，踏遍江湖全不怕的浩然之气，顿时荡然无存。留在北京的那几天，翟健民像一只霜打过的茄子，彻底蔫了。他是个太要面子的人，做错了一件事、看失了一件古董，就觉得自己再没有面子在行内站着走路，在朋友和徒弟面前包括在家人面前，也都抬不起头……

无奈，生活还得往前走。他从北京回到香港后，将与沈阳、天津的两只真品明宣德青花龙纹天球瓶做比较后得出确为假货的消息告诉了妻子。

妻子刘惠芳见丈夫才去内地几天，像换了个人似的，十分心疼，宽慰道：“谁都不是先知，哪能没有一回走眼嘛！”末后，嗔了一眼，说：“你呀，太要求自己十全十美了，可这世上哪有完美的事、完美的人？这么个老牌拍卖行的专家们不是也被他们骗过了吗！”

翟健民经妻子提醒，才想起这事应该同拍卖公司交涉。不管是谁埋下的“雷”，但毕竟是拍卖出来的物品。毫无疑问，要解决此事，得找拍卖行商议。

越洋电话里，翟健民与拍卖公司有关高层人士进行了长时间的通话。要让一个世界著名的老牌拍卖行承认自己公开拍卖了一件假货，这绝非易事。没有绝对的证据和理由，想找这样的拍卖公司的“茬”，等于是在老虎嘴里拔牙——手未动，命就可能先没了。然而翟健民毕竟是国际收藏界著名专家和有影响的古玩经纪人，他摆出一二三证据和理由后，引起了拍卖公司的高度重视，因为这样的事如果属实，也会影响拍卖公司的声誉。

五六天后，拍卖公司派专员飞到香港。与翟健民见面后，详细聆听了翟健民的理由分析与证据核实。

尽管如此，拍卖公司仍然认为：这是阁下的“一面之言”，“我们还要回去根据翟先生提供的证据再进行分析论证，然后再正式告诉你处理回复”。

“谢谢。”翟健民强作笑脸地向拍卖公司要员友好地点点头，其实他内心依然忐忑不安。

“他们走后的几天里，我每天都在等待纽约的消息，就像一个死刑犯等候上诉的最后结果，希望和绝望交织折磨着我……”翟健民回忆道。

数天后，拍卖公司总部来电，说：“翟先生，经过我们反复论证，大家认为你的鉴定是对的，所提供的证据也是最有说服力的，我们拍卖的那只明宣德青花龙纹天球瓶，应该只能算件仿品。为此我们公司慎重地向翟先生道歉。关于那件物品的处理……”对方后面说的话，翟健民根本没有听，此刻他的所有心境与心情，都在对方的那声“道歉”上。

“我终于……”翟健民想说自己“终于赢了”四个字，但他说不出来，没有！虽然此事完美解决，他没有丝毫赢家的感觉，倒是觉得自己是一个十足的输家——被一件藏品打倒在地一回，尽管是一回，可对堂堂的“大佬”来说，教训如乱箭穿心一般的令人叫痛。

翟健民说，他之所以时隔八九年后还是把这样的事讲出来，一则是为了让自己得到一次内心情感的释放，二则让更多人明白，在古董收藏这行里，再了不起的高手也难免走眼。其实走眼并不可怕，可怕的是明明知道自己看走了眼而不愿或不敢甚至不想去公开承认，继续隐瞒错误，让假的继续以“真”的名义冠冕皇堂地存在下去，并以假货赚钱、渔利，这才是最可怕的。

据翟健民称，在今天的内地，以假货换真金白银者的所谓玩古董和收藏的人不在少数，普通的收藏者因为不懂而盲目收藏些假货则可以理解，问题是许多所谓的“专家”和“行家”借着普通收藏者的无知与经验有限的可乘之机，以假乱真，浑水摸鱼，借假发大财，这才是最可恶的行径。害得许多痴迷于收藏古玩者倾家荡产，妻离子散。“这是最可恶的人性，最丑陋的社会现象。”翟健民说。

虽说翟健民这么多年跑中国内地的次数和时间并不少，可他毕竟是香港人，从小接受的是英式教育，做事讲原则、重规矩，无论他多么熟悉内地，骨子里却仍然在许多方面与土生土长的中国人有诸多不同，因此在生意场上、与朋友交往中，他对人性的另一面远远估计不足，导致常常被一些事弄得遍体鳞伤，痛苦不堪。然而，翟健民又是一个从不因痛苦和受伤就动摇自己从事古董业的信仰和理念，故而他走过的路令人倍感鼓舞有力。

第八章　求真之路

人就是一个这样的复杂体：明明善良是最好的，却必有邪恶与歹毒之念从内心而起；明明正直应为我们奉行的做人之道，却总去设置那么多歪门邪道堵在你面前，也常常供自己行走；明明可以借知识和智慧取得利益，却非要弄虚作假，坑害他人也坑害自己……

在收藏和古玩界，围绕真与假二字的搏杀与纷争，是这个行当最显著、最鲜明的特点。人类最初的收藏，是因为人们出于珍惜和欣赏那些承载一定内容的“宝贝”而做出的一种特殊惜物之举，可以说它源自文化心理，也可以说它是精神需求，当然还有各种不同的情怀所致。那个时候，从事收藏的人，只是需要为求得一物而付出辛勤或者一定的代价作交换而已。但到了今天，到了这样一个把收藏和古玩作为一条生财之道与致富门路的时代，收藏与古董场上就变得假货比真货多得多，再想获得一件让自己放心和物有所值的宝贝的过程，便成了一次次“万里长征”、一次次惊心动魄的冒险与搏杀。

在假货横行、泛滥的今天，寻宝，寻一件真正的宝贝，除了金钱的丰足与爱好的深浅之外，还有一条更加艰难的道路要走，这就是求真之路。

无知者与无畏者，在这条求真之路上，误闯、瞎闯或受冤枉算是活该和正常的事，属于天经地义。然而到了时下，像翟健民这样的“大佬”，也时常在为求真费尽心思、劳神劳力，实在令人惊奇，奇得叫人不可思议——

这事发生在 21 世纪初的那一年。翟健民内地的一位沈姓收藏好友，带着自己刚刚买来的一只明成化宫碗，跑到香港请翟健民掌眼。

“真是好东西啊！”翟健民一上手，便脱口而出。

小沈一听翟健民的话，脸上顿时放光，说：“这碗是我们四个哥们儿凑了好几百万买来的。大伙托我到香港拍卖行拍卖，想赚点钱。

除了我，那三个人都不太懂，虽说我看好，但是万一看走眼，这碗是假的，那我们四个人就都要完蛋了……”

“绝对不是假货，是一件好东西。”翟健民直截了当地告诉小沈，“这碗是典型的明代成化官窑，绝对是件宝贝！”

“大哥，听你这话就让我安心了。”小沈顿时高兴起来，接着又问，“哥你给估个价，能卖多少钱？”

翟健民重新细端详，然后说：“市场价应该在1000万左右吧。”

“若真如此，我在香港最好的地方请翟哥全家吃饭。”

翟健民也高兴地说：“这碗肯定是件真东西，你这顿饭是请定了。”

第二天，翟健民与小沈带着那只碗，满心欢喜地来到一家国际大拍卖公司，并将碗郑重地交他们的专家审验。这是必需的一个程序：所有参与拍卖的东西，在拍卖前，得经拍卖行的专家审验，再给出个起拍价。谁也不曾想，仅五分钟时间，拍卖公司的两位专家就给出一个结论：此碗为假的，不能参与拍卖。

假的？不可能吧！翟健民的眼睛瞪圆了，但他还是笑眯眯地反问了两位专家——其实他跟他们很熟。

是假的，这是我们的一致结论。

这这……怎么会是假的嘛？一旁的小沈急了，忍不住拉扯着翟健民的衣袖，非要他跟拍卖公司的专家论个高低，说个明白。

拍卖公司的专家不可能顾及小沈的情绪，他们非常友善地与翟健民打过招呼后，便忙着另外的事去了。愣在那里的只有哭丧着脸的小沈和同样不知所措的翟健民。

这个结果是翟健民根本没有料到的。怎么可能是假的嘛！翟健民忍不住重新将碗端在手掌心上，左看右看，上看下看，结论还是一个：真的！

尽管像当头挨了一棍，但翟健民还是胸有成竹地拉着小沈的手，说：“我们回去吧。”

“大哥，你可要帮忙啊！他们仨是听了我的话好不容易凑够了钱买的！现在这个样，我怎么向人家交代？你一定要帮忙想想办法啊！”小沈焦急地说着。

这怎么可能是假的嘛！回到自己的公司，翟健民再一次细细审视了一遍那只碗，然后坚定地站起身，对小沈说："你甭担心，这碗肯定是真的。"

"那他们为啥说是假的呀？"小沈哭丧着脸问。

"这只碗太稀有了，也许是他们太谨慎、太过保守了吧。"

"可他们是拍卖公司的专家，他们说假，我就再不能把这碗卖出去了，哥你说咋办？"小沈是真急了，追问翟健民。

"这个……"翟健民被问住了。因为他太懂行里的"规矩"：如果一旦有家拍卖行说假货而不接，这就意味着此物再不太可能让其他拍卖行接受。

"大哥，我相信您，您说真的就是真的，您还说至少值1000万。要不您帮我出手吧？！我只要800万，多一分钱我都不要，都归您好了！你看这样行不行？"小沈在翟健民面前恳求。

翟健民欲言又止，又是摇头，又是安慰，就是不去回应小沈提出的请求。

"这可怎么办？不能送拍我怎么跟我那三个兄弟交代呀！这回完了！"小沈见翟健民不开口，更是伤心和绝望。

翟健民的妻子刘惠芳也在场，实在是替小沈着急，也觉得自己的丈夫今天有些反常，以往为了朋友的事他总是两肋插刀，这会儿怎么回事？她把丈夫翟健民悄悄叫到楼上，然后问："阿民，你今天是怎么回事？"

翟健民皱着眉头，装作不知妻子的意思："怎么啦？"

"别装，你说，为啥不帮帮小沈？"妻子说。

"怎么个帮法？"翟健民反问。

自从永宝斋开业，刘惠芳就跟着丈夫一起打理公司业务，刘慧芳虽说是以杂项著称，那也只是相对作为瓷器专家的丈夫而言，实际上她是位比较全面的鉴赏行家。眼前小沈那只碗的事她也明白三分，所以直截了当问丈夫："你确信小沈他们的那只碗是真的？"

翟健民两眼盯着妻子，认真地说："我肯定它是真的！"

妻子立即有了态度："既然你认为它是真的，为啥不帮助小沈处理这事？"用翟健民的话说，他妻子虽是女流之辈，但做事特别侠气，不愧也是山东人的后代——刘惠芳的父亲与翟健民的父亲都是年轻时从山东那边逃难到香港的，刘惠芳虽出生在香港，但日常里跟翟健民一样，基本上接受的都是山东人的礼义与传统家庭教育，讲义气、侠气，对朋友的事二话没的说，属于真正的山东人性格。所以今天的事，刘惠芳觉得丈夫既然认定那碗是真的，就该帮小沈。凭她的性格，加上她太了解自己丈夫的为人，因此她有些责备翟健民了。

翟健民听完妻子的话，直摇头，说："你怎么知道我不想帮他？我比你还为小沈着急呢！可你想过没有，要处理这件事比翻山越岭还难呀！"

"不至于吧？"妻子疑惑。

"真没你想象的那么简单，"翟健民道出其中理由，"因为小沈这只碗被一家著名拍卖行的专家否定了，你再去另一家拍卖机构想找个翻身机会是非常难的。这道理你肯定也明白。谁愿意去为你的一件东西得罪另一个机构、另一批专家呀？"

换了其他家里人，翟健民的这番话肯定能获得附和与支持，但刘惠芳就是山东人的性格，她责备丈夫道："你老翟作为古董界的一个有影响的人物，而且一直冲在最前线，行道上真真假假的事那么多，假的东西你无法一一去辩驳、揭露它们，现在有一件非常好的东西，而且你认为明明是真东西，可你反倒退缩了，你如果不站出来为这只碗证明身份，难道你就忍心看着这样一件难得的好东西被人当假货而永无出头之日吗？"

听了妻子此番话，翟健民顿时醒悟过来。

"哎！"翟健民下楼时，脑子里已经飞速地转过，凭他对小沈那碗的判定，这碗不仅是真的，而且1000万卖出去绝对不成什么问题。但他不能这样做，现在还不是卖出去的时候，因为如果有收藏家买走后，万一过一段时间想拿到拍卖行去拍卖，不就成了一桩缠不清的"官司"吗？拍卖行对重要的拍卖品鉴定是有原始记录的，小沈的碗已经经过拍卖行的专家鉴定是"假"的了，你再到拍卖行拍卖，自然也会被认定为假货，那岂不是他翟健民卖"假货"坑朋友吗?!

要想帮助小沈，为这碗"平反"，得让世人都认可这是一只非常珍贵的明代成化时期的宫碗！

但这得要时间。

翟健民拿定主意后，缓缓下楼。小沈又要马上离开香港，如果不给这碗定论和有个处理结果的话，小沈就无法回去面对那几个朋友。

怎么办？翟健民本已下楼的双脚又收了回去，他犹豫不决：眼下自己到底怎么办？

“你怎么又上楼了？”正想下楼的妻子忽然又见丈夫上楼，便问。

翟健民心事重重地紧锁着眉睫，说：“我还想看一眼那只碗。”他又弓着身子，将头凑到那只碗前……

“怎么样？你到底认定了没有？”妻子再次认真地问。

“没错。百分之百地没错。是真品！”翟健民直起身子。

妻子一听这话，毫不犹豫地拉开抽屉，飞快地在支票簿上撕下一张支票，然后填上 800 万港币的金额。“你把它交给小沈吧！让他安心回去。”妻子把支票交给翟健民。

“你定了？”翟健民接过支票的那一瞬，既惊愕，又兴奋，因为他实在敬佩妻子的果断，同时又为她捏了一把汗，这可是 800 万呐！

夫妻俩一同下楼后，将现金支票交给小沈，告诉他现在可以马上到银行去提钱，然后放心回去。这是小沈没有想到的，接过支票并看到上面的数字时，他感动不已，本来是想请翟老师鉴定一下真伪，没想到，他却帮忙把难题自己扛了过去。

当初，小沈因崇拜翟健民而千里迢迢跑到香港请求帮助出手，未料权威拍卖行一言断决，将此物判定为假货。而今翟健民慷慨拿出 800 万元为他这只判处死刑的碗买单，小沈感激之余又替他担忧，于是反问道：“翟哥，如果你永远也卖不出去，人家死认定这只碗是假的，你、你不是因为我而白白赔出 800 万吗？”

翟健民笑了：“这是我的事。我敢从你手里拿过来，一方面是出于朋友交情，救你燃眉之急，同时也是相信我自己的眼力。”

小沈感动得无以言表，只是一个劲地感谢翟健民夫妇。

事已至此，小沈倒是卸了包袱，满心欢喜地离开了香港。可那留下的碗，却让翟健民好一阵不爽：不是他心疼 800 万，也不是他对这只碗没信心，实在是他太明白古董行当里的道道了——一件东西被专家判定为假货后再要为其平反翻案的话，确实是难比登天，原因很现实：谁都要脸面！更何况是佳士得这样的国际著名拍卖行，这事如传出去，丢脸面的不只是几个专家，而是拍卖行几百年积聚下来的声誉受损。

“我一定要为这只碗平反！”在专业问题上，翟健民有股牛劲——明知山有虎，偏向虎山行。这也是他作为世界级古董专家和经纪人的一种责任和使命，为一件无名或有名的古董辨别真伪，必须倾尽全力，寻找到最终的正确答案。

小沈留给翟健民的哪是一只碗嘛，分明是一座难以逾越的大山！现在，翟健民要翻越它、战胜它，并在大山的那一头重新竖起一面旗帜，以证明这只碗的真实性。这个过程，好比翟健民作为一名普通的法官，要全力以赴从最高法院那里为一个判处死刑的人重新争取回生存权一样艰难。

“包公升堂了！”翟健民这样形容他为此碗的命运所进行的艰辛跋涉。

推翻一个权威的结论，必须找更权威的人做出新的结论。翟健民清楚这一点，于是他首先想到世界公认的成化瓷器专家朱汤生先生。

翟健民要找的朱汤生先生，其全名叫朱廉·汤普森（Julian Thompson），英国人，国际著名瓷器鉴定专家，属于业内的泰斗级人物，时任著名拍卖行苏富比公司亚洲区主席。朱汤生是香港人对这位开创香港中国瓷市场泰斗的称呼。40 多年前的 1973 年，朱汤生先生受英国苏富比拍卖公司总部的委托，在香港设立办事处，成为苏富比首次在亚洲设立的拍卖点。据说当时苏富比总部想在日本设立亚洲分部，但日本人不愿英国人在他们的家门口设立一家拍卖公司来抢他们的生意，所以后来朱汤生选定了中国香港。而他的这一选则后来被证明是太正确了。香港是个金融中心、贸易自由港，又处在亚洲中心地带，加之此后几十年中国经济的迅速崛起，生意火箭式飞速发展，朱汤生先生的名声和业绩也随之节节登高。香港古董和收藏界非常熟悉这位戴着眼镜的英国古玩绅士，因为他在香港不仅首创拍卖之风，而且每一次只要他出面主持拍卖会，都会给收藏、古玩界及广大业余爱好者带来风暴式的热潮。可以说，香港收藏热的几十年风起云涌，无不与朱汤生有关。

“我们固然用心制作，以求珍藏集以完美无瑕之姿态面世；然而，我们亦在内容的展现手法上花了不少工夫，透过簇新而细密的编纂与图文排列，凸显每件收藏品的重要性及独特定位，让读者眼前一亮，更能轻易掌握个中之收藏脉络。”这是朱汤生的一段话。翟健民讲，他与朱汤生也算是老朋友了，虽然他年龄小一辈，“但在20世纪70年代，我刚踏进古董行当时，正逢朱先生在香港开办苏富比拍卖行的亚洲事业之初，之后他驰骋风云的每一次精彩表演，我几乎都没落过。”

“在那个时期，论瓷器界有两个重量级人物是大家公认的，一是耿宝昌，二是朱汤生……”翟健民对我说，“耿宝昌是中国内地最有权威的瓷器专家，故宫博物院的大鉴定家，只要经耿先生的眼，他说东西对就是对了；而朱汤生先生与耿宝昌的区别是，耿是学理上的高手，朱是可以让一件东西变成钱的大家。一件东西拿到朱汤生手里，他一看好，就会说‘我帮你卖个好价钱’，于是这件东西就变成了实实在在的现金了。耿和朱都是我的前辈，也都是我的熟人……”

翟健民感慨道：“可惜朱汤生先生在几年前病逝了。耿老还健康地活着，90多岁了，德高望重。”

“小沈的碗是十来年前的事，那时朱汤生先生还健在，我要给手头的这只碗平反，唯有找他，因为他是这方面最权威的专家，尤其是对明、清瓷器中成化瓷的研究和学识，无人可敌。”翟健民说，几个月后，朱汤生先生回到香港，翟健民立即带着碗找到他。

“亲爱的老朋友，又有什么新的宝贝要我见识？”朱汤生是位风趣幽默的英国绅士，见了翟健民一个热烈拥抱后，便直截了当地问起行内的事。

“当然喽！无事不登三宝殿嘛！”翟健民自然对朱汤生先生十分尊敬，寒暄一番后，随即拿出那只成化碗，“今天拿来的这可是个大宝贝哟！请您长眼……”

朱汤生接过翟健民递过来的碗，放在掌中左右察看，然后问："此物来路？"

"一位朋友的。"翟健民告知。来源对古董鉴定有十分重要的意义。

朱汤生重新细视，只见他将掌中之碗左右前后上下正反看完一遍后，轻轻地交给翟健民。

"怎么样？"翟健民心头有些紧张地问。因为凭着同行的眼力，翟健民没有看到对方那种见了一件宝物后的惊喜目光，所以不免心存忐忑。

朱汤生摇摇头，说："我不认为它是真品。"

翟健民顿时惊呼起来："亲爱的朱，您可别弄错了啊！这是千真万确的真品哟！"

"NO！ NO！ Wiliam，我不同意你的观点……"朱毫不留情，根本不给翟健民面子，这也是这样的国际权威专家的风格——坚持的原则，绝不会轻率改变。

"理由呢？"翟健民追问道。

"全世界留在世上的成化碗我几乎都见过。阁下的这一只釉光不好，不像传世的，所以我并不认为它是真品。"朱汤生说。

"世上有的东西我们看到了，但没有看到的东西也许还有无数，这并不能影响其存在和实际价值。先生一向主张，在收藏和古董界，新的发现才是最可贵的。现在这只碗就是一个新的发现，您为何又不能承认它呢？"翟健民真是急了。

朱汤生耸耸肩，双手一摊，笑了："我亲爱的 Wiliam，你要说服我，请拿出证据。证据？你是明白的，在证据面前，如果我输了，我向你投降！"说着，朱汤生调皮地做了个双手举起的姿势。

"哈哈哈，老东西，我会拿出证据让你投降的！"翟健民很无奈地笑着这样回应。事实上，等他拿着碗带着朱汤生的结论走在回家的路上，他内心十分懊恼，因为以他丰富的经验和判断力，这只碗必真无疑。然而，现在两个国际大拍卖公司的顶级权威都否定了它，这等于说原先为了给这只碗平反的路要翻山越岭，而现在则还需飞天渡海。

怎么办？从何处下手？翟健民苦思冥想：唯一的办法是找出与这只成化碗相同的瓷片来证明它是真实的存在。有点瓷器历史知识的人都知道，明代成化年所产的官窑瓷器，除了上贡皇室外，不允许流落在外，即使残次品也要毁掉。“到景德镇找残留瓷片去！”翟健民第一个想到的是这件事，因为要验证一件古瓷真假，用同样的瓷片来做对比是最有说服力的。

费尽周折，翟健民通过各种关系和自己的亲身躬行，终于在中国“瓷都”景德镇找到了珍贵的成化年残留瓷片。别小看十几片小小的古瓷片，这对内行人来说，可谓如获至宝，因为通过这些小瓷片的信息，可以帮助判断和鉴定同一时期的器物真伪。

“就是它！”翟健民太内行了，当他一边拿着成化瓷器原产地的旧瓷片，一边看着自己的碗，心头再度涌起一阵欣喜。

“看朱汤生这老家伙还有什么说的！”翟健民对妻子说。

此时已是朱汤生第一次判小沈拿来的那只碗“死刑”的第二年了。这年年中，苏富比公司再次在香港举行拍卖会，朱汤生依然到场。翟健民没有放过与这位老朋友见面的机会。

“我与朱汤生认识30多年，对他的全部感情就六个字：爱死他，恨死他。”翟健民坦言他与朱汤生之间的感情“纠结”，并解释道，他对中国瓷器的权威说一不二，当一件好东西拿到他手，他说好时，我们跟着他高兴，这个时候我们简直就是爱死他了。但有时我们拿去一个好东西让他看，他不屑一顾地就否定掉了，而且特别执着，那个时候我们又恨死他……”翟健民经常提到朱汤生这个名字，每次都深怀感情。他俩年龄相差20多岁，同是一个行当里的“大佬”，虽角色不同，关系却非同寻常。

“亲爱的朱汤生先生，这回我有证据了！你一定会信服的。”翟健民瞅准朱汤生的空当，就约他见面。

在朱汤生面前，翟健民拿出从原产地景德镇获取的成化年瓷片，给对方看。“一模一样，绝对不可能是两样。”翟健民特意跟了一句。

朱汤生朝翟健民笑笑，随即拿起几片旧瓷片，认真看起来。片刻，他又端起翟健民的那只小碗。

“怎么样，不怀疑了吧！”在朱汤生一边看碗一边看瓷片时，一旁的翟健民点起一支烟，十分悠闲自得地等待着“老伙计”朱汤生吐真言。其实翟健民内心还是有些着急，表面上装着很不在乎似的。

朱汤生则对翟健民的内心“活思想”根本没有在意，照旧非常职业地对着灯光细细察看着小碗的每一个细节。末了，他面无表情地摇摇头。

我的天哪！还不认可呀！翟健民的情绪一下沸腾到一百八十度。“你是说还不对？”翟健民强压心头之怒，轻轻地问。

“旧瓷片毫无挑剔。但你看……”朱汤生不紧不慢地再度举起小碗，对着灯光让翟健民一起看，“我感觉，这碗的拉坯不够匀称，有些飘……”

“当年制作这样的碗都是由匠师手工完成的，拉坯再匀称也肯定不会绝对地没有一点儿缥缈之感。而且我觉得在灯光下看如此薄胎，我们的眼力并不一定很准确。”翟健民觉得这“老家伙”成心找茬，必须回敬了。

大家对大家，斗的是智慧和高超的艺术鉴赏水平。朱汤生毕竟是不可撼动的权威，才不在乎“碗主”翟健民的“主观引领”，依然摇头，毫无改口之意。

翟健民只得再度败下阵来。“我还是不服，还会再找你的！”与朱汤生分手时，翟健民除了朋友间的真诚感谢外，再度摆出不服输的架势。

朱汤生则非常大度地握着翟健民的手，说：“你是我最欣赏，也是最厉害的中国瓷品专家！我等待你给我顶好的宝贝看。不过，可不是这只碗。”

两人都笑了。

事已至此，下一步该怎么办呢？难道这碗就永远不得翻身、永远没有名分了？等朱汤生走后，翟健民捧起成化碗，一屁股瘫坐在椅子上，无可奈何地对着这小小的瓷碗，无限感叹。这，完全不是金钱的问题，而是一个意志的考验和信仰执着与否的问题，同时也是证明自己专业能力和水准的问题。自跨入古董和收藏行业以来，翟健民遇到无数艰难与险阻，吃过无数苦与酸，但比起自己明明判定一件真东西而被同行权威否定的滋味，实在算不了什么。由此再度勾起了他对朱汤生先生的那种“又爱又恨”的复杂感情。

没辙？罢休了？否也。这不是翟健民的性格，更不是他做事的方式。无论作为碗主，还是为了坚持自己的判断和专业水准，翟健民毅然选择了继续“平反”之路——无论前面的困难有多大，必须克服，最终必须让世人了解这碗的真实身份。一件真品或一件赝品，或被埋没或被掩饰，都将是悲剧。为冤者伸张正义就是坚持真理，揭露假面具同样是为了伸张正义和主持公道。这是收藏和古玩界的“法律”，没有了这一点，收藏和古玩将毫无价值和意义。

此刻的翟健民，就像数百年前的哥白尼、伽利略一样，一方面他以自己的博学和实践经验，毫不怀疑自己对这只碗的判断，同时又面临巨大的阻力，甚至还有如无形大手般的阴影笼罩在他的前行之道上。出路在何处？为这成化小碗的命运，翟健民已经花了两年多时间，三回被否定，其中两回是同一个国际顶级权威的否定，还有翻身机会吗？真的终究是真的，但当真的被一而再再而三地否定后，它还能成为“真”吗？这时的真有可能被公众意识彻底埋葬，从而归入假的行列之中。“假”之后的真东西，还有可能复位其真吗？翟健民真的痛苦极了。

事实上，凭他的能力，完全可以不用跟这只小碗较劲，自己看好把它收藏起来，等待合适机会再出手。但翟健民没有这样做，他认为，给一件珍贵的古董以真实的身份，这是收藏和古玩界必须做的事，应该像一个科学家追求真理一样，宁断头死，决不放弃信仰。收藏界的验真之路，就是追求真理之路，不能犹豫和半途而废，必须坚持到底。

既然选择了坚持到底，那么前行的路在何方？翟健民的脑子在飞快转动。还有什么办法能改变朱汤生先生对这碗的看法呢？回到家，翟健民躺在沙发上，手里托着心爱的成化小碗，静静地思忖着……“我要去趟大英博物馆，他突然想到大英博物馆珍藏着一只同样的成化宫碗。”

就这样，翟健民独自带着小碗，飞到伦敦。

这已经是他得手成化碗第三年的 6 月。站在伦敦大英博物馆中国瓷器馆的那只明成化瓷碗玻璃展柜前，翟健民的眼睛在来回放光……器型、纹饰、画工、胎质，可以说是一模一样，如同孪生！

翟健民笑了。“当时我拿着自己的碗，一次次与展柜里的碗来回对照着，也许我的样子挺怪异，引来一些观众的好奇，他们走到我身边，报以微笑。而我也觉得自己像傻瓜似的出现在大英博物馆……整整三年，为了甄别一只碗的真假，从中国香港到伦敦，一次又一次，反反复复，否了又否，如此复杂而漫长的过程与心境考验，一般的古玩收藏者肯定难以承受，就是很有声望的专家和权威也不是都能经受得起的。我之所以坚持下来，也得感谢我太太。在这件事上，她从来没有动摇过、没有放弃过。因此也加倍给了我自信。”

让我们重新回到翟健民从伦敦大英博物馆对比那只成化碗的后续故事——

时间已经到了小沈把那只成化碗“卖”给翟健民的第三年年底。这时，朱汤生先生又来到香港。翟健民找到这位英国专家，笑眯眯地告诉他：“我已经专门去了一趟大英博物馆，把我的碗与那里的碗对比了一遍，一模一样。朱先生你还有什么说的？”

朱汤生不愧是大家风范，半是惊诧半是玩笑地问：“是吗？你肯定？”

“肯定。”翟健民说。

“那恭喜你了，威廉。”朱汤生露出狡黠的笑容。

“这不行，你得亲自跟我去现场作证，否则还是不算数……”翟健民不依不饶地盯着朱汤生，绵里藏针。

“你这个老翟，你真行啊！”朱汤生叫了起来，一拳重重地砸在翟健民的肩上，“真是个顽固派！”

翟健民还是笑眯眯地点头：“嗯，你老别无选择。”

这是高手与高手之间的相互较量与欣赏。

“好吧！我答应你。”朱汤生也不示弱，说，“三年了，我的Wiliam，这回我要你心服口服！”

“一定，如果你再否，我就彻底死了这条心！”翟健民说。

“一言为定。”

“决不后悔！”

两人说定后，翟健民又提出：“阁下还得帮个忙……”

“什么事？”朱汤生疑惑地看着翟健民。

“大英博物馆那边你熟，人缘又好，请你帮忙想法把他们馆里的那只碗借出来一下。”

朱汤生思忖片刻，说：“行。这个忙自然要帮。”

“那么多谢了，伦敦见。”

“好，伦敦见。”

等两人到伦敦时，已是这只小碗到翟健民手里第四年年中，也到了伦敦一年一度拍卖会时节。朱汤生先生如约将大英博物馆“内线”接通——那天翟健民早早地来到博物馆中国瓷器馆，等候工作人员打开展柜，取出里面的那只成化瓷碗。然后他跟着一位捧着碗的女士来到了博物馆另一处的写字楼里。

“Wiliam！”朱汤生已经在等待翟健民的到来。两人都是有备而来，各带一名助手，翟健民的助手是自己店里的员工，也是他的外甥。朱汤生带的是他的高级助手。用翟健民的话说，这叫“终审法庭得有旁证人在场”。

博物馆的碗和翟健民自己的碗放在一起，而此刻站在这两只碗面前的除了翟健民和朱汤生及各自的助手外，还有大英博物馆的人。

“请！”

“请！”

先起身“审碗”的并不是翟健民和朱汤生，他们两人都很绅士，一起邀请大英博物馆的专家上手。

大英博物馆的专家十分礼貌并非常专业地上前开始对比起两只碗来……这一刻，现场静得出奇。据翟健民后来讲，那一刻他只听到自己心脏的跳动声，现场鸦雀无声。

“太神奇了！”大英博物馆的专家突然发声道，“它们是一对，是一对孪生姐妹。如果我们的碗是假的，那么翟先生的碗也是假的……”

“耶！”翟健民再也忍不住地叫了一声，他不由自主地看了朱汤生一眼。哪知朱汤生纹丝不动地坐在那儿，脸上毫无表情。

“这个顽固的老家伙！”翟健民又气又欣赏——这才是世界级大专家的风采。

“而且我认为，这两只碗是同一个人制作的，下面的款也是同一人写的。毫无疑问，它们是完全一样的一对成化宫碗。”博物馆专家给予最后的肯定。

“谢谢！谢谢你！谢谢你们！”翟健民感激万分，既是对大英博物馆专家判定的感谢，同时也是对他们慷慨借物义举的感谢。谢完后，他把目光转向朱汤生。

朱汤生已经站起身，然后走到两只碗面前，又轻轻地左看右察起来……他用了很长时间方将两只碗放下，足足有十分钟。

翟健民问：“怎么样？”

朱汤生没有回答翟健民的话。

“其实我心里一切都明白了，只等他一句话，但这个老先生就是不肯说。”翟健民向我介绍此事时，咧着嘴，笑言当时的情形。

翟健民和朱汤生及各自的助手离开大英博物馆写字楼，他们是从后门离开博物馆的。在近百米的空间里，四个人只有脚步声，没有人言语，然而在翟健民看来，这是一场持续了四年之久的“碗战”最激烈和最残酷的时刻，可谓此时无声胜有声。

四年啊！为一只本不用去操心的碗，花费整整四年的时间和心血！为自己最初的判断和专业上的尊严获得认可和尊重，这才是主要的。但这些都是个人的，甚至有些是自私的。最最根本的是，在翟健民看来，假如作为一名专业人士，一名从事古玩与收藏的行内人，如果不能为一只真正的器物、名品给予公正的、正确的身份认定，这是天理所不容的。就像一个科学家对真理的捍卫一样，它是一种信仰，一种甚至比生命更重要的信仰！

“Wiliam，对不起。”走出大英博物馆后门的那一瞬，奇迹发生了——走在前面的朱汤生先生突然转身站住，他认真而严肃地对翟健民说：“我要恭喜你！这是全世界目前发现的同样纹饰的第三只成化宫碗……”

翟健民太清楚朱汤生所说的“三只”了——除了他和大英博物馆各持一只外，还有一只也在伦敦，被大维德收藏。

“我真诚地再次恭喜你！”朱汤生这回笑了，并伸出双手，紧握翟健民的双手。

“谢谢。谢谢亲爱的朱！你的一句话，让这只珍贵的器物死而复生，真的非常非常感谢阁下！”翟健民说的是真心话。当他看到年迈的朱汤生先生远远地离他而去时，内心泛起一片感慨：这才是真正的大专家——任何时候都不会轻易放弃自己的主张，而一旦发现自己有错，会毫不犹豫、极其坦诚地承认并纠正偏差。

“这样的人，是绝不可能用钱买通他的思想和信仰的。”在翟健民的眼里，令他敬佩的人不是很多，朱汤生先生是其中的一个。而他自己，也一直在身体力行地向朱汤生这样的人靠近。

就这样，起初是为了帮朋友忙，后来变成捍卫“真理”，翟健民凭借自己的专业知识以及锲而不舍的精神，用了整整四年时间，给这只目前为止发现的第三只成化宫碗平反了。听完这个故事，让我不由得从心底再次升起对他的钦佩之情。这种行侠仗义、这种坚持不懈，不是一般人所具备的。

“其实，类似的故事还有很多，毕竟我在这个行当里打拼了40年，每天面对的都是各种各样的人和物，要讲起故事来就太多了、太多了。”

于是，翟健民接着跟我们分享他的另一次经历……

1999年6月，翟健民带着太太刘惠芳同香港一位收藏家夫妇共四人，一起到英国参加佳士得的春季拍卖会。事先翟健民获得一个重要信息：拍卖会上将有一件名为清乾隆粉彩山水镂空转心瓶的重器参加拍卖。翟健民知道，这是件稀世之宝，除了北京故宫有一件外，这件清乾隆粉彩山水镂空转心瓶恐怕是唯一一件流落在外的皇家御用之物了。“关键是这件皇家御用之物是由唐英亲自监督制作。”翟健民多次向我提到“唐英”这人，且每一次提到这人时，他的眼睛里总闪出一种异样的光芒。“此人了不得啊！是我们这些瓷器爱好者顶礼膜拜的先人。”

唐英，生于1682年，卒于1755年，系沈阳人士，能文善画，一代才子。1728年，奉朝廷之命，赴任景德镇做朝廷督陶官。据说这“督陶官”相当于现代中央政府派往香港的“特派员”，可见其官职之重要。唐英到景德镇任职近30年，为雍正和乾隆两朝皇帝监督当地的官窑烧制瓷器。由于此人特别忠于朝廷，同时又潜心研究陶瓷工艺的制作经验，每每朝廷所用的瓷品从设计到烧制全过程，他都能身体力行，所以由他主持烧制的瓷品，无不极致精美，深得皇上和宫内的赏识与喜欢。为此，乾隆年间的官窑在中国瓷器史上有“唐窑”之称。唐英时期景德镇所烧制的官窑瓷品，尤其是半彩和粉彩瓷品，器型变化无穷，富丽堂皇，其色彩绚烂无比，图案更是景象万千、灵动生辉。而自唐英退职后，景德镇官窑的质量便开始下降，终不及唐英时代精美。

此次伦敦佳士得拍卖会上所出现的这件“清乾隆粉彩山水镂空转心瓶”，正是唐英主持景德镇时烧制的宫廷御用瓷品，所以格外引起翟健民的兴趣，他也特意向随行的老客户推荐。

“翟先生可知，此物来自于爱尔兰的一个古堡，属于英国一位著名贵族的旧藏……”在佳士得预展时，一位英国古董界的老朋友向翟健民透露道。意思是说，这件古董不仅货色真，而且来源可靠。在古玩界，来源可靠或是流传有序的古董，往往更值钱，价格甚至有时会翻倍。

古董身上的“故事”本身，就是收藏价值的重要组成部分。翟健民这样对我说过。

那天在佳士得预展上，翟健民通过对那只清乾隆粉彩山水镂空转心瓶的仔细验证发现，该瓶除了底部一条小纹裂外，整个器皿相当珍贵精美，乃瑕不掩瑜之物。

翟健民当即给香港的另一位老藏友打电话推荐，对方立即回话：“翟先生你认为值得收藏的，我就收，你就替我做主吧！”

多少年来，翟健民与那些老客户之间通常都是这样一个电话，便完成了一件可能是几百万、几千万甚至是上亿元钱的委托代理关系。然而，古董场上的风雨雷声、惊涛骇浪，谁又能保证万无一失，不出意外呢？于是，翟健民与一些客户之间也难免出现为了一件东西的真假问题而争议，产生不好的结果。

这一回的稀世之宝清乾隆粉彩山水镂空转心瓶，便是这种情况。

经纪人远在万里之外的伦敦拍卖现场，真正的买家在香港，到底愿意出多少钱争取将心爱之物买到手，买家基本上全部托给了经纪人。像翟健民这样的优秀经纪人，就得为买家找到最合理和他最情愿出的心理价在拍卖场上为他获得中意之物，这相当考验经纪人的专业能力和与买家长期建立的信任。翟健民是大家，他平时受委托和代理的买家也不是一两个人，而这其中也不是所有的人都是巨富，即使是巨富者，在收藏和收藏心态上也不尽相同。此刻，翟健民先要以自己的经验将这只清乾隆粉彩山水镂空转心瓶有可能的成交价，告诉远在香港的买家。

“应该在1000万港币左右可以拿下。”翟健民给自己的客户开出了这个心理价。

“行，你认为行就行！”买家很痛快地答应了。一般情况下，翟健民必须获得买家事先的买价授权，当然超出授权，通常就得收住，特殊情况下也可越价。低于预价的，经纪人自然可以一人说了算。

一切已定决，只等第二天拍卖现场争夺那只令翟健民心动的稀世之宝了。当夜，翟健民心潮澎湃，几乎一夜未眠，他为有机会获得如此罕见的绝品而兴奋。哪知，就在临参与争夺战前的那一刻，香港买家的电话打到他房间：“翟先生，我听说那只瓶有毛病啊！”

“是是，但无关大碍，就是在瓶子的底部有一条小纹裂而已，这样一条小纹裂不会影响整体瓶子的品相，仍是一件不可多得的珍品。”翟健民不以为然。

“不对，我听说那瓶镂空处的山水部分是粘连上去的，它原来至少已经破裂成五十多块碎片……”

“谁说的？”翟健民大惊，他不相信自己“上手”会差到连那么大的瑕疵都看不出来，于是脑袋“嗡”的一下发愣。当他回过神后，突然明白：肯定有人在买家面前给他使了“冷枪”。

“这是不可能的事！我亲自上手过的，根本没有发现镂空处有修补痕迹，我老翟相信自己的眼力。”

“我看你还是赶紧再去看一下！”对方很不耐烦地说了一句，就把电话挂了。

翟健民还没有吃过如此闷亏，问题的关键——到底那瓶是不是真如买家所说有那么大毛病，而他竟未能看出来？大半夜的，翟健民哪儿有可能让佳士得为自己打开展厅去看一回清乾隆粉彩山水镂空转心瓶嘛！

怎么办？翟健民需要做出决断，是继续帮助买家竞拍，还是就此放弃？去竞拍，就等于自己把自己放在烙红的铁板上烤，一旦拍得，就可能全得自己去承担。如果放弃，也许永远与这件稀世之宝擦肩而过，终身遗憾。

不能放弃！必须争取！翟健民是古董界大家，也是大经纪人，放弃如此好的一件宝物，不是他的风格，况且，他坚信自己上手过的这只瓶子没有问题。于是他在最后时刻给香港的那位买家打电话道：“现在已经没有时间了，如果那只转心瓶价格在1000万港币以内，我就把它买下了，然后带回去。到了香港，我们再一起仔细观察分析。如果真有那么大的毛病，你可以不要，就算是我翟健民买的，与您没有关系。如何？”

“都破成50多片了，谁还要啊？”谁知那买家这样回答他，不仅如此还加了一句令翟健民极没有面子的话，“你老翟是香港古玩界的大佬，你是怎么看货的！”

“这……”翟健民再想分辩时，电话已经断线了。

这一天的清晨，翟健民可谓满怀悲壮地走向拍卖场。这么大的刺激和心理打击，是他过去从未有过的。是自己太自负，还是自己的眼力有问题？还是真的有太可恨的人在背后打“冷枪”？

“你不是与佳士得关系不错嘛？争取拍卖前再看一次，这样不就心里有数了吗？”太太给他出了个好主意。

对啊，还有机会在竞拍前再看一眼到底货是真是假。翟健民火速与佳士得有关人士取得联系，获得了紧急申请再看一次那只转心瓶的机会。

没有。绝对没有他人所说的是碎片粘接而成的现象！再度上手后的翟健民更加坚定了自己的判断，被人背后放“冷枪”已是必定的了，怎么办？翟健民把自己的最终想法告诉了太太。

“我相信你！你照自己的意思去竞拍吧！”太太刘惠芳从来都是翟健民的支持者，当翟健民征求她不管买家要不要、一旦把转心瓶买下他们就自己留下的意见时，刘惠芳这样对自己的老公说。

“那天确实有些悲壮，”翟健民回忆道，“拍卖的现场也格外冷清，也许有人早把那个放冷枪的人的话放了出去。在拍卖官叫到清乾隆粉彩山水镂空转心瓶拍品时，现场竟然只有我和一位英国收藏家捉对单拼厮杀。那拍卖官嘴里的起价也让我心里冷飕飕的："15万镑——谁要？'"

"我要！"翟健民高高地举起竞拍牌。

"要！"那个英国人随后跟他对拼。

……

"30万镑！还有谁要？"拍卖官在这个价位上轻轻地落槌。

在获得转心瓶的那一刻，翟健民喜出望外，无比激动，立即对身边的太太说："我觉得这瓶值1000万港币，而我们才花了400万元港币就买到了，他们到处散播谎言，无非是自己想把好的藏品拿下。他们的烟幕弹确实吓跑了很多行家和藏家，但是，遇到像我们这样真正看得懂的行家来说，是不会被他们干扰的。最终，他们自己还是错失了这件宝贝。"

他刚刚回到香港，那位藏家还是忍不住跑到翟家想亲眼看看这件器物。"好东西！好东西！"人家也算是个识货的收藏家，一见光芒四射的御用清乾隆粉彩山水镂空转心瓶后，高兴得两眼眯成了条缝，连声称赞翟健民"好眼力"。

"老翟，你是对的，这真是一件难得的好东西，我太喜欢它啦！"这位藏家似乎忘记了之前跟翟健民的通话，好东西自己会说话，明白人自然看得懂。

而翟健民似乎也忘掉了曾经在伦敦的那个不眠之夜和那颇为悲壮的拍卖"出场式"，轻松地说道："如果你想要，就拿走吧。"

"谢谢。谢谢你们啦！"买家的脸上泛着红光，其红光中一半是格外兴奋所致，一半大概也是从内心流露出的愧意吧！

"我真是太不理解你了，人家都说不要了，这个宝贝已经是你的了，为何又让给客人啊？"我有点听不下去了。

"作为古董经纪人，任何时候都要把买主放在第一位。这只瓶虽然委托我们的买家中间出现过反复甚至是埋怨过我们，但并非全是人家的本意，是那些躲在背后放冷枪的人造成的。谁都不是先知，尤其是买家们，他们中有的了解我们，有的对我们了解还不够。尤其是面对一件真假不定的古董时，我们当代理的，不仅要给客户提供准确的信息，更要在做人方面真诚，人心真了，即使货假的时候，人家也会理解和谅解我们；人心假了，即使货是真的，经纪人和客户之间的关系和做的事也会是假的了。那种假才是最要命的。你说呢？”

十多年后的 2004 年，翟健民突然收到英国皇家博物馆的来信，说次年他们为迎接中国国家主席胡锦涛访问英国，博物馆已经与北京故宫博物院达成协议，联合举办“盛世华章”文物展。在确定展品时，他们认为如果缺了当年翟健民拍卖走的那只转心瓶的话将是件十分大的憾事，所以请求翟健民能否与当年的买家协商，借出此瓶一展。

这当然是好事。像英国博物馆所说的作为一个国家级的珍品文物展，能参展的都是代表一个国家的珍品，其品质和稀有程度都是非常高的。当年那位藏家听到翟健民传来的消息后，欣然同意英国方面的借展。最后促成此事的仍然是翟健民，因为他还要完成两件重要的事：一是亲自负责把转心瓶送达英国展出现场；二要为藏品估价买保险，最后英国方面给出的是 7000 万港币的保险费。这个保险费可是有讲究的，它代表由英国权威方对此瓶的当时市场价格做的一个公证，也就是说，当年 400 万港币买下的转心瓶，2004 年时已经升至 7000 万港币了。

对一个藏家而言，这是何等开心的事情。自己珍藏十多年的转心瓶，价格上涨了将近 20 倍，而且还有幸展现给英国女王和中国国家主席，也只有收藏才能带来如此大的快乐和满足吧！

第九章　近朱者赤

在与翟健民的采访和交谈中，我们谈得最多的并不是古玩场上的故事，而是这个行当里的为人与哲学。

中国古人有句话叫作：人之初，性本善。西方《圣经》里有关人之初的观点则与上述中国传统哲学思想相反，他们认为人最初的时候是罪恶之身，后来由于相信了上帝才慢慢有可能变善。不同的哲学思想，引发了东西方人不同的道德观的培养和养成过程。“性本善”者需要不停地进行修行才能防止不在道德的渊崖前收缩脚步；“性本恶”者则在不断的忏悔中回到上帝赐予的天堂里恢复善良之躯。这很有意思，也值得人深思。

做人如此。对于做生意者，“善”字似乎格外稀有，因为商场如战场，搏杀是常态，善举肯定难有收获。没有收获便非生意之道。以获利为目的的生意场上如果失去了收获，肯定难以为继。翟健民对此自有一番独特见解，他认为，做生意其实就是做人和学习做人的学问。人活在世上，最美和最幸福的是什么？翟健民认为是其他人议论起你的时候，说你这个人值得交，很善良，有爱心，待人真诚，可以做永远的朋友。当然他还讲了许多如不贪、不色、不油等。我把他的理论归结起来，其实也就是三个字：真、善、美。

有人定会发出嘘声：生意人也讲真善美，岂不令人笑掉牙？！

翟健民解释，确实，自古生意人给大家的感受就是奸诈、油滑、斤斤计较、得寸进尺、见利忘本、贪得无厌。但这样的生意人，只能算作是入门而未入道的生意人。真正入道的生意人，其实最重要、最有本事的地方，就是他既能赚钱、赚大钱，又能给人以精明又厚道、善良又勇敢、果断又细腻、谦和又侠气的感受。

我听后忍不住笑：这样的生意人不多啊！

当然，大生意者本来就不是一般的人能成就的，何况是在以经验和知识为先导的古玩市场上。翟健民坦言，古玩市场与股票市场十分相似，风险和机遇随时相伴，成功与失败或许就在瞬间，但古玩市场比股票市场更有一份人情和德行的投入，其真正的收获有时也与这份人情和德行的体现直接关联。尤其是对初入此道的“玩友”和收藏家来说。

翟健民所说的“人情”和“德行”，便是他秉承的做人原则，即讲求真诚与善良。“一个心底真诚和善良的人，才能把一件事、一生的事做好、做圆满。古玩场上更是如此。”翟健民说这样的话，是由他踏过的崎岖之路总结出的诤言。

所有同翟健民接触过的人，都会有与我相同的感觉：此人除了专业本领外，很难将他与生意人等同起来，“太实”，甚至“太傻”。这样的人怎能在你死我活的生意场上厮杀？但翟健民就是这样的人，而且不仅在生意场上厮杀了几十年没有被人“砍”死，反倒一路飙红，成为大师。这似乎印证了一句话：善有善报。

生意场上同样没有倒逆这一真理。

最初的翟健民，是一名古董商人和古董经纪人。古董商人的身份大家比较容易理解，就是做古董生意的人。而古董经纪人，就是专为自己的客人选货、挑货、买货的人，当然也包括替客人卖货。简而言之，古董经纪人就是：做客户满意的事，赚自己应该赚的钱。

然而在翟健民看来，经纪人最重要的并非“赚应该赚的钱”，而是必须和首先要“全力以赴做好应该做的事”，并且一定要诚实、讲信用。他信守的这个原则和理念是他入道后师傅教给他的最重要的一条规矩。

当年他去澳门鳄鱼潭等地方寻货，自己是多少钱买回的货皆如实报告给委托人，从不吃黑钱；并且，买来的货物品质都有保障。自然，老板答应给的佣金也会一分不少。相处久了，大家越来越了解翟健民的品行和为人，自然会越来越多地对他委以重任，这样的结果是双方受益，也支撑了翟健民的事业不断地突飞猛进。

然而生意场毕竟不是道德院，你无法要求也不可能要求所有的人都讲义讲德，比如有的老板对古董略有了解和对收藏三分知情后，喜欢绕过经纪人而去自己“试水”。遇到这种情况，翟健民从来都不会为此不开心。

“几十年来，我当经纪人始终遵循这条规矩：只要藏家自己能办成的事，我绝不阻拦，更不会计较，而且仍然会尽我所能继续为其把关参谋。这个当口，其实是最考验经纪人的内功，那就是你任何时候都要心态宁静。纵观全球，真正的收藏大家，很少有绕过经纪人自己去试水的，毕竟收藏是件非常专业的事情。但也不排除有例外，遇到这种情况，我更多的是替客人高兴，这说明他已经具备足够的知识和眼力，可以自己判断真伪和高低了。只有他们成长了、进步了，他们才能真正体会到收藏带来的乐趣。我们之间才会有更多的共同语言、更多的话题，没有什么事情能够比我看到一个个藏家一点一滴地成长起来更加快乐啦！”

原来如此！翟健民不愧是个胸襟开阔的古玩场上的高手和哲学家。其实，说到底，这些都与翟健民的品质与做人的原则有关。这也让翟健民一生中结交了包括像刘益谦这样高德大儒在内的很多好朋友。

刘益谦比翟健民小六七岁，两个人都是借着时代的风云凭自己本事拼杀出来的一代悍将。翟健民从小混迹于香港、澳门的古玩场上，以学成业，苦心经营，步步为营，一步一个脚印；刘益谦则不然。“我不喜欢做没有风险的事”，所以他做的事都有风险，但是，由于他过人的聪明才智，风险并没有碰在他刘益谦头上，无论是做股票，还是做投资，刘益谦都是大赢家。他的性格跟多数上海人不同：做事从不犹豫，果敢坚毅。有人称他是中国的巴菲特，他却不以为然地说：“巴菲特像我这个年纪时远不如我呢！”

翟健民自己说：“我和刘益谦交往十多年了，我非常喜欢他的性格，做事雷厉风行，从不啰里啰唆，而且讲信用、爽快侠义，又常常逆势而进，思维敏锐非常有智慧。”

前些年，刘益谦先生为筹备自己的博物馆已经开始频繁出手购买艺术品，几乎所有收藏爱好者都知道他，当然，使刘益谦先生被全国人民家喻户晓的，还是那只2.8亿元的鸡缸杯。

“一说起这只杯，我就会有些激动。”翟健民说，他比多数人都了解这杯的历史和后来的故事。关于明成化斗彩鸡缸杯的历史传说，现在几乎人人皆知了，但没有几个人知道后来被刘益谦买走的这只鸡缸杯的近几十年的故事，但翟健民却知道，而且他还是这只杯的“历史见证者”。1999 年，翟健民曾受委托参与过苏富比拍卖会上这只杯的竞拍，他之所以留得如此深刻的印象，是因为当时他只差一口价与这只鸡缸杯失之交臂：“我喊到 1700 万元港币，最后被 EXZ 先生多出 20 万港币的价拿走了……对这样仅仅一口价错失的一件稀世之宝，我自然记忆犹新，刻骨铭心。后来这件东西由 EXZ 先生转给了瑞士的梅茵堂。他们都是国际著名的收藏家，梅茵堂在 94 岁时割爱又将这杯放到拍卖市场上。”

我知道翟健民当时也在拍卖会现场，并且同样受人委托想拍下这只杯，但最终这杯由刘益谦拍得。“当时刘益谦没有去，他是通过电话叫价的，我知道他志在必得根本没有上线，即使喊到三亿四亿，他也会毫不犹豫，对这样的竞争对手，肯定所有人都会败阵。”看得出，翟健民对好友刘益谦的豪爽十分欣赏。

“这样的好东西，能到他这样的大收藏家手里，老实说我心里跟他一样高兴。”事后，俩人为这只鸡缸杯一起举杯庆祝过。

刘益谦如今是中国收藏界响当当的大儒，顶天立地，用翟健民的话说，“没有他，中国当前的收藏古玩业将会逊色很多。因此他的贡献是巨大而不可磨灭的”。

翟健民说话从来不过分夸口，但对刘益谦的评价如此之高实为少有。“任性哥”刘益谦这些年确实了不起，全球的经济都不好，多数人手中都现金紧张，但是古董收藏业并没有像经济形势一样不断下滑，这种现象十分罕见。用翟健民的话说，刘益谦个人的贡献功不可没。

购得 2.8 亿港元的鸡缸杯才几天，刘益谦又出手 3.48 亿港元买得一张唐卡。这又算得了什么？刘益谦真正出彩的大手笔是豪掷几十亿创办的“龙的美术馆”，敞着大门，供所有古董收藏爱好者和专业研究者去看他斥巨资收藏的中国乃至世界一流的各类艺术品。

“这样的贡献比他自己用巨资拍得一件宝贝更可贵。”翟健民特别欣赏好友这一举动。

“在我们的交往中，他的执着和真诚对我也有很大教育和促进。”翟健民讲了刘益谦的一个故事，大概十几年前，他曾委托翟健民在旧金山拍卖会上拍卖一幅张大千的画。“当时我在香港，他在上海，我派出的公司员工在旧金山拍卖现场，三个人三个地方，共同为一件藏品折腾了一天一夜。由于时差关系和当天我们想要的那件东西叫价比较后，刘益谦在上海从半夜开始一直等到第二天早晨八点钟，他在上海那头给我电话，我再把他的意思转到旧金山拍卖现场，我们就这样一直坚持了十几个小时……他对每一件心爱之物，都是这样执着，这一点是中国收藏家中极其少有的。刘益谦称得上收藏界的豪杰！”

“但要我说，大家所看到的刘益谦在买卖场上的豪爽并不是他的全部品质，他刘益谦真正让我敬佩的，是他对收藏和传播文化所做的贡献。所以我同意你称他为收藏界的大儒。有的时候，在生意场上做个豪气冲天的侠士并非没可能，只要钱很多就行。但像刘益谦那样，既在买卖上豪爽侠义，又在传播文化和公益事业上赤诚无私就不那么容易了。我更敬佩他在后者上所有的奉献……”翟健民的这段补充，在我看来，虽然是他对一位收藏好友的赞美，同时也是翟健民自己多年来一直所奉行的一个理念。

一位古希腊哲人说过，高山与高山相嵌，形成的是巨峰林立。同样道理，大师与大师的相交相融，得到的是大道大德。

翟健民不止一次在我面前提到这样一个观点：古玩行业，看起来，充满着尔虞我诈，其实真正的高手和高人，应当超然脱俗，诚心诚意、讲究信用地为人处事，方可达到收藏和古玩的高境界。

作为一位职业经纪人，为人做事、帮人办货，难免有失有得。初始开头，彼此你好我好，然而地久天长后，许多入道者就会慢慢“变心”，或是有本事了你把“老板”炒了，或是“老板”把你炒了自己直接去“捡漏”。事情又常常变化，一段时间以后，一个轮回下来，许多人又会重新再找像翟健民这样的经纪人为自己办货。通常的原因是这些人由于经验不足，常被人坑苦后不得不回头请大师“补伤治痛”。

“这样的人是不是很多？”

翟健民笑，然后回答：“确实不少。”不过他又补充道，“其实也属正常。人嘛，难免在判断和做事上有反复。”

“但作为一个职业经纪人，做人、做事就得有一以贯之的精神和职业道德。生意场上最可贵的是讲信用。如果一个人要想让对方认为你是个值得信赖的人，绝非是简单的别人对你讲信用或讲信誉，你回报他信用或信誉便可以了；要真正成为讲信用或信誉的人，是当别人已经不跟你讲信用或信誉时，你依然一如既往地保持和坚守信用、信誉，这才是真正的讲信用、讲信誉之人。而如果别人对你讲信用、讲信誉时，你也讲信用、信誉，这只能算是公平交换，并不能说明你这个人可以将自己的心交出去，交给你的客户或朋友，这种情形下，你也不能算是一个真正的讲信用、讲信誉之人。”

“翟兄你这一套理论我们不怎么认可。”有人对翟健民的观点不以为然，甚至根本不相信世上会有像他这样在生意场上讲道德和信誉的“一头热”的人。

翟健民听到这样的评说，也只能报之一笑，他说他不可能要求所有的人都按自己的道德标准和生意规矩去做事、处世。这样，古董场上也可能就分不出哪是高山、哪是险峰，更不可能有人会有更多机会，有人永远在小潭池塘里翻跟斗。但他认为，任何时候，作为古董生意场上的经纪人和鉴赏家，其职业道德及赚钱准则，必须有一条底线。这条底线的杠杠画在何处？什么标准？翟健民认为，不背叛委托人、不背离行业规矩、不多拿不该拿的、不对同行说三道四，这几点是起码要坚守的。

“生意场上讲求的不就是利益至上、你死我活吗？”我把一个常理放在翟健民面前让他回答。

他说：“生意场固然有其特殊之处，但生意场仅仅是人生搏击场上的一个方面。人生之道上不是还讲退一步海阔天空、滴水之恩当涌泉相报和你好我好大家才都能好嘛！利益至上，是生意人的基本出发点，但要走到生意和事业的终点，常常是需要先为他人创造利益，你自己才有可能获得利益。更何况，不是只有别人死了你才会活着，两败俱伤和双方夭亡之事其实常有，所以留得他人在，未必你自己就没有活路，相反常常是你给他人一条光明大道，自己可能获得更加灿烂的锦绣前程。”

翟健民不是哲学家，但经验和生活造就了他，使他掌握了许多哲学原则和为人之道，这是他身上最宝贵的品质和长处。也许正是对这份看似有些崇高、实质极为普通的哲学道理的坚守，才让翟健民在漫长的古董从业道路上获益良多。

坚持规矩、信守原则，方能获得同行敬重。翟健民的成功经验中，这一条占有极大比重。

20世纪七八十年代，是日本的经济高速发展期，富足的日本人跑到世界各地大肆消费。当然，受中国传统文化影响深刻的日本人对中国古董特别钟情，这其中就包括中国的瓷器。因此，翟健民在那个时期，与日本商人打交道和去日本异常频繁。这其中，不仅仅是日本人喜爱瓷器，更重要的是日本人重信用、讲规矩，这让翟健民跟他们不仅建立了长期合作关系，而且也建立了深厚的友谊。现在回忆起来，翟健民还常常被一些温情感动着。

翟健民有一个叫松山坚的日本朋友，是一名牙医。松山先生和他夫人没有子女，一生喜爱收藏中国瓷器，从他还在日本开牙科诊所一直到退休后，他每年都会来香港几趟，一方面是到永宝斋或是拍卖会挑选自己喜爱的瓷器，另一方面是来看看老朋友。当然，翟健民去日本出差，只要有时间都会去拜访松山夫妇。

有一年，松山夫妇照例到香港拜访翟健民，同时还带着一件他自己淘来的“宝贝”想跟翟健民一同分享。

“翟先生，这是我刚刚买的一只康熙郎窑红胆瓶，您看看怎么样？”松山把自己带来的宝贝摆放在翟健民面前。

“不错不错！松山坚先生现在的眼力非常了不得！能把这么好的一件康熙郎窑红胆瓶淘到手，真是恭喜啊！”

“真的吗？我是特别喜欢这只瓶子，刚刚买到就跑过来跟您分享，您这么肯定我真是太高兴了，那么晚上允许我请你们吃饭吧？”松山夫妇笑着恳请。

“松山先生，今天的晚宴我们都安排好了，您跟我们老板真是有缘人，今天是他的生日，现在就请您跟我们一起赴宴吧。”站在一旁的员工生怕老友见面聊起来误了晚宴，一连串的请字把大家引到餐厅。

“哎呀，我们真是太有缘分了，这是第一次给您庆祝生日！”松山坚先生立即向翟健民作揖恭贺。

“谢谢松山坚先生喽！我是从来不喜欢过生日的，而且平日里跑来跑去经常自己都记不得自己的生日。今天恰好在香港，员工们非要给我过生日。你远道而来，请上座！”翟健民客气地将松山夫妇请上酒席。

此时，哪知松山坚像突然想起什么似的，转头将那只远道带来的宝贝——康熙郎窑红胆瓶迅速取出，然后十分郑重地走到翟健民面前，说：“今日是先生的生日，算我巧遇阁下的喜日。多年来你对我的帮助恩情如海，我无以报答。这件东西赠送给您，算作我的一份心意，请先生务必收下。谢谢。”松山坚说完，又弯腰九十度，向翟健民深深地鞠了一躬。

“哎哟先生啊，我哪受得起您如此重礼。千万使不得！使不得呀！”翟健民的做事原则是，无论替客户做了多少事情，都是应该的分内之事，绝不会因此收受客户礼物。

“您是嫌这只瓶子不够精美？”松山坚一脸严肃起来。

“不不，绝对不是。这瓶是件绝对的宝贝，我刚才已经肯定了。”翟健民见松山有些着急，便连忙纠正。

“既然先生说它是好东西，那我将它作为生日礼物送给你了，请务必笑纳。”松山坚这回满意了。不用人劝，他便举杯痛饮起来：“来，祝翟先生健康长寿！”

“这这……这怎么行呢？”朋友的如此隆重美意，让翟健民不知如何是好。

“翟先生不会是瞧不起我吧？”松山坚先生对中国传统礼仪文化颇知一二，如此再将翟健民一军，弄得翟健民只得举手投降。

“好好，我收下。我收下松山坚先生您的这份厚礼……”

事情本来就此可画上句号，但翟健民心里始终过意不去。翟健民知道松山先生是一位非常喜爱和尊重古董的人，他远道而来，本想与自己分享这只刚刚到手的康熙郎窑红胆瓶，没想到遇到自己的生日晚宴。当时盛情之下难以推脱，这可如何是好？！

好在，只要用心就会有办法。两年后的某日，翟健民得知松山坚先生正搬入新居，喜庆乔迁之时。于是翟健民借故到日本出差，带着那只康熙郎窑红胆瓶来到松山家里道贺，然后慎重地将宝物归还到主人手里。

松山坚一看是自己的心爱之物，先是一愣，继而欣喜不已地又向翟健民连鞠三躬，并说："翟先生一片盛意，令我松山坚不胜感动。"

好朋友间的情义无须太多言语。

岁月匆匆，又过十年。那时的松山先生已经退休在家了，一日听说翟健民到了东京，便邀请他到家里喝茶。

老朋友嘘寒问暖之后，主人请翟健民到他的保险柜看东西，待保险柜门缓缓打开之时，翟健民已经泪如泉涌了。

"翟先生，您的瓶子我替您悉心保存了十年，该物归原主了。"说着，松山先生把那只康熙郎窑红胆瓶捧出来递到翟健民手上。

翟健民小心地把瓶子抱在怀里，深深地给松山先生鞠了一躬……

几十年的古董生涯，翟健民可谓朋友满天下，有松山先生这样君子之交的，也有一起冲锋陷阵的，不管是哪一种，这种朋友之间的友情都让翟健民视若珍宝。

"其实，这些人原本都是我的客户，大家彼此真诚相待，交往久了自然一些人就成为好朋友了。当然，除此之外，更多的是我们从藏家身上学到了他们的优秀品质和做人的美德。"翟健民接着说："许多收藏家，他可能一生几十年委托你帮助他选货、验货、进货，在收藏过程中非常认真和投入，甚至偶尔也会斤斤计较，但最后你却发现，他们会把耗尽多年财富与精力换来的成百件、甚至上千件心爱之物全部捐献给国家和社会，他们的举动真正会给你的灵魂带来净化和涤荡。"

是的，一个人的境界，是可以在比较中显现高低之分；而一个人境界的建立，常常也需要在与另一个人的境界比较中获得进步与巩固。这就是我们为什么说物以类聚，近朱者赤、近墨者黑的道理。

郭先生就是这样一个让翟健民一直在内心作为楷模的大收藏家。这位香港的郭先生，是一位白手起家的著名电机和玩具制造商，他的香港金电集团下辖十几个公司。郭先生也是香港太平绅士，这样的头衔香港很多人有，但起码都得是英国皇室认可的著名人士和特殊身份的人才能拥有。同时，事业有成后的郭先生开始爱上了古董收藏。自从郭先生与翟健民开始交往到今天，翟健民始终是他唯一的古董艺术品的经纪人。

“你们之间的相互信任和友谊可见一斑。所谓绅士，便是如此。”我感慨道。

“不，在我心目中郭先生是我们的恩人。我们在郭先生身上获得的不仅仅是这30年的生意，更多的是他的信任与尊重，以及从他身上学到的美德与品质。”翟健民意味深长地说。

郭先生夫妇都是古董收藏爱好者，郭先生的收藏品位高、题材广泛，数量多，并且喜欢“系列”收藏。比如他喜欢清朝的青花瓷器，便委托翟健民从顺治、康熙、雍正、乾隆、嘉庆、道光……这样一路收藏下来，可谓气势磅礴，颇具“郭氏风采”。郭先生的夫人黄女士则喜欢收藏杂项，那也是名目繁多，不拘一格。

20世纪80年代有一段时间，国内的文物走私现象十分猖獗，尤其是国外很多藏家非常喜爱中国的唐三彩以及古陶器，这就加速了很多重要文物流失到国外。翟健民看到后把这一现象告诉了郭先生，希望他出手拯救这些中国古陶器。郭先生听到后丝毫没耽搁，立即请翟健民处理此事。

于是翟健民在那几年里，倾力奔走于世界各拍卖会和著名古董店，从新、旧石器时代开始，延续到隋唐时代，为郭先生购买了大量有代表性的古陶器等艺术品。更让翟健民感动和敬佩的是，后来，郭先生把翟健民替他买回的这些宝贝中的绝大多数，无偿捐给了香港大学博物馆、北京大学博物馆及香港艺术馆。

“真正的大收藏家都有一颗宽阔和珍惜古文物、古艺术品的善良和仁爱之心，他们常常借收藏来表达另一种为社会的服务和贡献。郭修圃先生便是其中的一位杰出代表。”翟健民说。

郭先生的信任和放手，给了翟健民更多、更大的平台，出于对客户的尊重和负责，他更加尽心尽力、奔波四方为买家郭先生到处寻找中国古瓷。那几年里，翟健民除了日常频繁在世界各地艺术品市场上搜寻宝贝，像佳士得、苏富比这样的顶级世界拍卖公司的艺术拍卖会，也是每场必到。走的地方越多，参加的拍卖会档次越高，收藏和购得的东西也越多、越昂贵，所需资金预算一次次突破。郭修圃先生从没二话，总是及时为翟健民追加资金。到 2003 年，翟健民已经为郭修圃收集和购得古陶器 130 多件，其品种基本涵盖了中国陶器发展主要历史阶段与文化类型，极富历史价值和艺术价值。而就在这个时候，郭先生告诉了翟健民一个令许多收藏家惊叹的决定：要把这些价值连城的古陶艺术品全部献给祖国。

那时翟健民正好在北京大学考古系学习，郭先生就提议让他与北京大学商议捐献给学校的事宜。其实在翟健民到北大学习报到时，郭先生就委托他向北大捐献过两件一米多高的唐三彩镇墓兽和一件唐三彩天王俑艺术品，这三样唐三彩本身就价值不菲。现在郭先生要把费尽心思和资金购得的 130 余件古陶全部捐给国家，其义举怎不让这些所有宝贝的经手人翟健民感动万分？

有关捐献之事落实在北京大学与郭先生之间，一方是香港大收藏家和爱国人士，另一方是中国最著名的学府之一，如果促成，可谓珠联璧合。此时已值 2003 年 5 月，当时正值“非典”病毒袭击中国大地，尤其是北京，到处笼罩在人心惶惶的氛围之中，而郭先生之义举无疑感动了北大上下的无数学子和教授们。翟健民为了把郭先生的 130 多件古董珍品运至北京，他和太太刘惠芳日夜造册包装入箱，又要联系运输入关等烦琐手续。哪知在办理入关手续时，海关告诉他们，这 130 多件文物必须在入关前向海关缴纳其总值 35% 的税金。

天哪！ 35% 的税金是多少啊？“按照当时的估价，郭先生的这批文物至少说值几千万人民币，如果按海关的要求交 35% 的税金，谁承受得了呀？”翟健民说。

明明是捐献给国家，怎么还要交这么离谱的税金呢？外行人怎么也弄不明白，郭先生更弄不明白，听翟健民报告此事后，非常疑惑。“我用自己的资金购得的文物，现在要无偿捐给北京大学，怎么反要再交这么多税钱呢？”

原来，当时的海关也没有错。因为从法律上讲，中国香港地区实行的法律与内地不一样，前者的法律是欧美法系，中国内地运用的是大陆法系，欧美法系中规定，凡个人捐赠国家财产，不仅可以免税，还可以享受捐赠部分的个人税收减免优惠，即可以减免个人其他经营税收，如美国可减免10%。“我并没有考虑减免自己的其他税收，但海关也不能再征收我捐献品的三成多关税吧？”郭先生的质疑完全合情合理。

但是，即便是无偿捐献这样的善举，也不能违反中国的法律规定。因此，此事被搁置下来。然而，郭先生没有就此放弃捐献的决心。

几年后，郭先生参加全国“两会”，有幸见得当时的全国政协主席李瑞环，即向李主席当面诉说了捐献碰上的“海关关税”问题。李主席当即表示，郭先生反映的情况很重要，他将向有关部门责成处理好此事。后来的事情就有了峰回路转的变化，国家文物局局长亲自出面向郭修圃先生了解情况，随即对郭修圃的这批捐献物进行了特别处理，决定由国家文物局下属的国家文物信息咨询中心负责接洽和处置。

历经几年的努力，终于在2007年春，在全国政协几个部门的协助下，经翟健民等人一手操办，郭修圃先生的这批珍贵文物，免税通过海关，运至北京。而且受捐单位全国政协的相关人员发现，不是原来所说的130多件，而成了147件……“郭修圃先生感谢祖国的支持，又决定把这几年委托我购买的十几件新收藏的文物也一起捐了出来。”翟健民向全国政协领导们解释。

后经国家文物专家鉴定，这147件文物中有国家二级文物6件、三级文物74件，都具有很高的历史和艺术价值。

2007年9月20日，全国政协礼堂内金光闪闪，气氛庄严而热烈，一场别开生面的“全国政协委员香港爱国人士郭先生捐赠文物仪式”在此举行。时任全国政协主席贾庆林，副主席刘延东、郑万通等领导出席，贾庆林主席亲自将“捐赠文物证书”颁给郭先生。

在这场后来被称为“全国政协史上最高规格的捐赠活动”仪式上，翟健民夫妇被作为“部级干部”安排在前排座位上，与他们并排就座的，除了全国政协领导外，还有国家文物局局长等。

亲历这样一次捐赠活动，让翟健民感慨良多：“作为一个古董商人，看到一位花了近半辈子心血、耗去巨额资金的收藏家，一瞬间将自己的藏品捐赠给国家时，那一刻我再去抚摸那一件件古董时，感觉它们身上泛起阵阵烫手的温度，这温度既是收藏家对古董艺术品的感情，也有他对祖国文化和历史的那份深情。我真的很感动，也在郭修圃先生的身上更多地明白了古董的内在价值，也更深切和丰富地理解了自己职业的意义，那不仅仅是钱的问题，还有比钱更重要、更神圣、更庄严的内容。”

我想翟健民之所以能够成为许多方面令同行和外界敬重的人，或许就是因为他在漫长的古玩生涯中，把从郭先生这样的人身上学来的优秀品质凝聚到了自己血脉里。

郭先生与翟健民的交往高峰阶段始于20世纪80年代末，这期间对翟健民来说有一件事需要提一下，那就是他自立门户后在荷里活道买了一个店铺，正式开设了自己的古董店。

翟健民一边开始装修那间位于香港荷里活道七十六号的店面，一边思考给自己的店取名。

香港人非常重视店名，翟健民和夫人刘惠芳一开始就认准古董是他们这一生的事业，所以夫妇俩对起什么店名很放在心上，认为是件大事。

这天，他和太太俩人一起喝咖啡，又讨论起店名的事。无意之中，刘惠芳突然冒出了一句话：“叫‘永宝斋’怎么样？”

“什么什么？再说一遍！”翟健民的瞳仁里闪出一道亮光，直刺太太的双眼，迫不及待地追问道。

“永——宝——斋！”

刘惠芳随后如此解释：“永宝的名字有两个意思：一是告诉客人，我们讲信用，‘永宝斋’卖给你的东西都是宝贝；二是你还记得古代青铜器上经常可以看到的铭文，‘子子孙孙永宝之’，用在这里，就是祝愿我们的店可以成为百年老店啊！”

“太好了！就这么定了。”翟健民高兴地直拍大腿。

就这样，翟氏夫妇的古董店“永宝斋”于1988年正式开业了，直到今天已经将近30年，凭借夫妻两个人的辛勤耕耘，永宝斋在古玩行业已经是块金字招牌了。

“听你讲了那么多古玩行业里的故事，我觉得这个行业既高端又神秘且凶险，那么什么样的人才适合去‘玩’古董呢？”我边思索边询问翟健民。

“古玩古玩，这里面有个玩字，也就是说你要怀着玩的心态，去享受、消遣古董带给你的快乐。真正喜欢古董，而且要有一定的实力和眼光。浮躁或者贪婪的人最好不要进入。”

玩股票和进赌场的人，其实内心都有一个共同的特征——贪。在利益面前和以利益为基本目的的行当，避贪似乎很不现实。现实当中，说玩古董和以玩古董为生的人，心头无贪欲之念，好像没有人相信。

我逼着翟健民掏心窝。他笑笑，说：“贪者，与在权衡之后获得合理回报者的心态是不一样的。”

那么，怎样才算是“在权衡之后获得合理回报”的心态之内呢？这与贪仅一厘之距的界线又是如何划定的？

翟健民又笑笑，给出两个字——淡定。

“在古玩场上，淡定就是金。”他这么肯定地给出了一个“秘方”。

是啊，淡定是金。古董行里如此，人生难道不是这样吗？有人因为一时的成就而骄傲起来，便失去了以往的锐气或过度地“奋进”，结果不能克制，自我膨胀，最后又回到了事业出发的原点，甚至还有今不如昔者；有人因为一次的挫折和失败，便放弃努力，萎靡不振，终身不成大器；也有人时勇时懦，时进时退，朝三暮四，喜新厌旧，这样的人在事业和专业的道路上通常也走不多远。

“经营和入行古董行业，无论是收藏家还是投资者，心态淡定，至关重要。许多机会和运气，可能就在其中。世界古董行业升值的时间周期也是有规律的。”翟健民说。

“此话怎讲？”

“国外的研究资料表明，自收藏艺术品行业产生以来的近200多年间，我们的艺术品价格大概按每年8%～15%的增值在向上扶摇。这样的增长比率在西方世界，也是个非常高的数字。发达国家的收藏行业为什么比发展中国家要兴旺，主要原因也在于此，因为一般国家的国民生产总值也就是我们常说的GDP增长在1%～4%，故这些国家的有钱人便把艺术品收藏作为市场投资的方向之一，目的就是为了保值自己的财产。中国改革开放以来的30多年，经济增长率高达两位数字，较之这个增长率，我们也会发现，近30多年里，内地包括受内地经济影响的香港等地区，其艺术收藏品的增值率通常也远高于世界的 4% ～ 8% 的水平。但是在我看来，艺术品收藏尤其是古瓷收藏的最佳回报周期，应当在 20 ～ 30 年左右。通常一般人不易有这样的耐心，也就获得不了最好的收益。这也是为什么说从事古董收藏和这方面的投资者，特别需要在多数时候始终保持淡定心态的道理所在。”

从 70 年代初就跨入古董行业、一直走到今天的翟健民，经历了中国香港、内地和世界古玩市场兴衰的 40 余年风雨，他对这个行业的周期循环与变化，可谓具有非一般人的体会与切身感受。他从亲身经历中获得如下独到的理论判断：一般来说，差不多 25 年是一代人的概念，这是人类近代以来的基本规律。也就是说，一个世纪的百年之中，将有四代人共存于世。每一代人之间的观念和认识都会有差异，或者说存在对历史和文化的不同认识，这直接影响着艺术品收藏的市场价格。近半个世纪以来，人类社会由于受到先进物质生活和先进文化的影响，其寿命也发生了巨大变化，发达国家的人均寿命几乎在半个世纪里增长了十岁以上，这使得一个世纪里频频出现了“五代同堂”的情况，即多数人的寿命到了七八十岁，甚至九十、一百岁。多数人的生命延长，有形无形地也使得艺术品收藏价格周期延长。翟健民因此得出了如今的艺术品收藏最佳投资回报期应在 28 ～ 30 年左右的判断。他的这一论点，虽然还没有上升到理论，但却对收藏者有着借鉴意义。相信从事这一行业的人，读完本书后，定会重新定位自己的思考。

翟健民特别指出的一点同样十分重要。他说，20 世纪 90 年代末至现在的 20 多年里，世界艺术品市场经历了疾风骤雨式的繁荣时期，尽管也曾受像亚洲金融危机等特殊时段的影响，但总体而言，一路冲高，势不可当。尤其是在香港和内地，收藏艺术品风起云涌，其艺术品价格三五年甚至有的一两年就会翻一倍，收藏者和爱好者的队伍更是呈现“全民性”（有人估计中国内地至少有近五六千万人热衷此行），因此使各类艺术品价格飙升至天顶。对此现象，有人称为不正常的“疯狂”，有人说是中国人天生具有赌性。翟健民则认为，无论是参与的人数迅猛增多，还是收藏艺术品的价格上升幅度高，均属于正常。他的理由是，看看中国大地上在过去30多年里发生的翻天覆地的变化和进步，一个几乎连饭都吃不饱的国家，现在成为世界第二大经济体，就会真正理解到生活在这个国家的那些喜欢和爱好收藏者共同营造出的“收藏热”和“高价格”，其实并没有脱离社会发展和生活水准同步提高的轨迹。“这一点极其重要。”翟健民因此得出结论，“中国的快速发展期还在延续，艺术品收藏热与价格飙升的空间依旧存在。”

我们的“讲故事”，一时被翟健民的“时间概念”替代了。但既然写至此，笔者不想舍去这位大师的宝贵理论和真金般的经验。他的收藏投资周期理论与经验，太值得我们认真对待和总结并加以推广了。

现实社会里，我们会发现一个现象：发展越快，人们的心态越急不可待；生活越来越富裕时，人们想过得更好的欲望则越强烈，甚至不可逆转。做事的“急性子”和投资的短期性，以及干什么都浮躁和耐不住寂寞，似乎成了“流行性感冒”。

在古玩行和收藏界，人人想“捡漏”和等待“天上掉馅饼”，几乎是99%的参与者的共同心态。翟健民极不赞成进入古玩和收藏界的人怀有梦想“捡漏”和等待“天上掉馅饼”的心态。

“为什么呢？道理在于此：谁都想着以极便宜的价格收货得宝，然后再以极高价格出手，从而获取高额回报。当这种心态成为所有收藏者和古玩者的一致目标后，设想谁还有获得捡漏的机会和可能？99%的人都想捡漏，去争夺百分之一的人所能给予你的高额利润，这种概率会是多少？肯定是少之又少，于是前面等待大家的路肯定只有死路一条。这是道理之一。其二，投资古董收藏的人都怀有同一心态：最好今天接货，明天就出手赚他一大笔。这种‘天上掉馅饼’的事，多数时候不会有。其实这种心态的本身，除了对收藏和古玩艺术品的投资缺乏信心，也是不知短期买卖和转手并不赚钱。按照正常的规律稍保守一点计算，就算你的收藏品每年增值5%，两年以后即是10%的增值。搁不到三年以上的收藏品，事实上细细一算，你并不赚钱。比如在北京，一件东西你到拍卖行去拍卖，北京拍卖行的佣金是12%，加1%的保险费和3%的所得税，这加起来就是 16%；如果在香港和其他著名城市，拍卖行的佣金就更贵了。你参与拍卖，还得付诸如运输、差旅等费用，买卖双方加在一起的费用肯定超过 30%。这样一算，你投资收藏品就很难在短时间内赚到钱……”

“想靠收藏赚钱的诀窍，就是要耐得住寂寞，保持淡定心态。”翟健民给出的一招，到底管不管用呢？

他笑笑，随口举了个例子：

翟健民在香港有个朋友，年龄与他差不离。30 多年前两人还不认识时，此人在香港银行给经理当差。这个银行经理喜欢古董瓷器，经常让后来成为翟健民朋友的这位当差者送货取货。时间一长，此人也能对古董看出一二。银行经理是个外国人，退休回国时给手下当差者每人一个红包，翟健民的这位朋友也拿到了一个 3 万元的红包。此人拿到红包后，巧遇一位古董商来货，看中一对品相很好的天球瓶买下了。

两年后，翟健民的这位朋友结婚到另一处住。由于新房子较小，他把一对天球瓶留在了父母家。后来他妻子生下双胞胎，嫌房子小了，想换大一点的，可又缺钱。这时他想起那对天球瓶，于是回父母家抱走了瓶子，想以 5 万港币卖掉，结果那些年香港经济萧条，没人愿以 5 万元接盘，甚至降价到 2 万元都没人要。一气之下，此人将瓶子抱回了家，塞进楼下的库房再也没有去管它。时间一长，竟然把这对宝贝给忘了。

一晃岁月过去二三十年，翟健民的这位朋友决定把父亲留下的老房子卖掉，在清理时才想起屋子里还扔着那对瓶子。于是找来已成朋友的翟健民，请其估估价。

翟健民一接手，哈哈大笑起来，说：“老兄啊，你可发财了！这对天球瓶远比你家的老房子值钱，它可是一对乾隆的官窑品啊！”

朋友很是高兴。

翟健民问：“你现在缺钱想卖掉它？”

朋友摇头：“我现在倒是不缺钱。”

翟健民又问：“是你那对双胞胎孩子缺钱？”

朋友说：“他们也不缺。”

“那你还想处理这对天球瓶？”翟健民问。

“我也不知道。”朋友笑着摇头。

“那好，”翟健民便认真地对朋友说，“哪天你把两个孩子叫来，我们一起吃顿饭，我再给你们出主意。”

几天后，朋友带着孩子与翟健民坐在一起，几个人喝着午茶，听翟健民给他们讲：“我先来告诉你们这对天球瓶现在的行情，如果一只卖出去，大约400万元，可以马上兑现。但你们听着，如果要卖的话，最好两只一起卖，这样更珍贵值钱，成对天球瓶的价大约在1000万元以上。”翟健民说到此处，把目光转向朋友的那两个孩子身上，说：“前些天听你们父亲说，你们目前还不缺钱，那翟叔叔就建议你们别把它卖了，留着它，这么好的瓷器，一定会升值。等到哪一天你们真需要钱想卖掉它时，再来找我行吗？”

“同意！”朋友的孩子同声应道。

翟健民告诉我，这对天球瓶从2万元一直升到1000万元，花了30年时间。30年，对一般人和一个家族来说，是可以等得起的，而30年一个人或一个家庭想获得天文数字般的财富增值，不是所有的人和家庭能做得到的。2万元到1000万元之间的增值倍数是多少？

“而且，我们中国人都遇到了改革开放的大红利，这近十年，珍品收藏的升值速度则是超高的，几年前的一件1000万元官窑精品，可能用不了三五年就翻几倍。也就是说，如果你想通过古董赚钱，那么，你越沉得住气，赚的钱就可能越多啊！”翟健民说。

为何叫收藏？这收和藏都是一个过程，收到一件心爱之物不容易，沉得住气藏着心爱之物更不易。很多人在利益的驱动下，往往偏离了收藏的初心。

在中国人的处世哲学中，“沉”字，很有讲究，可以说是一门高深的学问。沉静、沉稳、沉着……皆为一种很有心计的智慧行为，它是有意的、暂时的一种心态，意在蓄发待进。古人造“沉”字，在最早的甲骨文中它的形态是人一头掉入水中的样子。后来金文的形态变成了像颈上束着几条绳索的人和水，意表人掉入水中。于是，“沉”便产生了人或物掉没于水中，或永远地淹没在水中死亡，或暂时掉入水中，最终浮出水面，蓄发力量、再展更大雄风的不同命运。

沉，后来被老子用于道学，便成了一门奥妙无穷的处世大学问。

其实在所有人的行为中，沉着和沉得住气，都不失为一种智慧和谋略。

古玩和收藏道上的真正“沉得住气”的人并不太多。“这也就是为什么在古玩和收藏界真正的好东西总是在个别人手里，大收藏家、大古玩家总是少数和极个别的原因。”只有耐得住岁月打磨的人才是笑到最后的赢家。

那些热衷古玩和收藏的人们，你们能做得到吗？

淡定是金。这是翟健民用40余年的经验和实践，告诉所有古玩玩家和收藏家的一个取胜法子与赚钱诀窍。不过我估计一般人和投机者都不太可能耐得住如此漫长岁月的考验，所以成不了大收藏家和巨富的根本原因也可能在于此。

我们所能接触和看得到的大千世界里的万千事物，皆在变化之中，然而在翟健民的心目中，有一个定律是不变的：即与讲信誉的人在一起，你也会变得说一是一，信誉至上；与一个有爱心的人在一起，你也会渐渐充满炽热之爱、沉稳之爱和崇高之爱；与一个真诚者在一起，你的心底也会清澈见底。这就叫近朱者赤。

还是来听他和他的那些具有共同理想和追求的朋友们的故事吧——

从进入内地的那天起，翟健民曾有几度激动不已：是中华民族先人留传下来的宝贝让他激动，是国内风起云动的收藏狂热令他激动，是国内还有一些为数不多的财富拥有者对古玩和收藏的钟爱令他激动。当然，更多的是他本人随着入行越来越进入境界后，心灵深处对中国和世界古董文化的保护和收藏意识的本质渐渐升华，使他改变和转变了原本仅为生存和创富的追求，完全变成了一种信仰，一种对美的、稀罕的珍品的保护和呵护了。

何谓古董和收藏的精神信仰？这也许得用另一本书来透彻地回答，但我们可以用最简单的文字来给出一个答案：其实它只是人类万千情感和心理活动的一种而已，它属于物质的，又是精神的；它是有形的，又是无形的；它可以衡量一个人的财富多少，却很难估算一个人的精神拥有；它能让富有者一贫如洗，也能让贫穷者一夜暴富。而翟健民说，真正的收藏家永远是穷的，永远不会是有钱人。对他的这句话我开始一直不理解，直到我真正认识了他时，才明白，因为真正的收藏家追求无止境，而再多的财富在无止境的追求面前，永远只有一条路可走，那就是贫穷——这与贪婪者的无度有着本质的区别。真正的收藏家追求的是精神至上，为了收藏一件绝品，可以不惜倾家荡产甚至付出生命。于是这样的人永远缺钱，因为世上有太多的宝贝可以收藏，而一个人、一个家庭的财富总是有限的。大收藏家们都是如此。如果单从他们所拥有的一件或几件藏品甚至所有收藏品而言，他们个个都可能是巨富，但世界上还没有听说过有一个人或一个家庭因为收藏而进入世界富人的行列——因为财富排行榜看重的是实实在在的银行存款及账面的资产。真正的大收藏家，可以倾全身之力、家庭之力去收藏，最后却往往把最好的或是全部的收藏品无私捐献给了社会与团体。这对一般的小收藏家和古玩者来说，是不可思议的事，但很多人最后都不得不信服。

"我也是从这种转变中一点一点地走过来的人。"翟健民比一般的人更有这方面的体会和体味。

许多时候，他驰骋在激烈的古玩拍卖场上与人争夺的不是一件古董物品，而是一种精神、一种信仰。"这样的竞争，其实是无价的。"翟健民说。

他跟我讲了一个颇为经典的故事——

事情发生在2002年。此时的翟健民正在北京大学攻读考古专业。这年香港的苏富比公司要拍卖一件国宝级文物——清雍正粉彩蝠桃纹橄榄瓶。拍卖之前，大陆和台湾等地区的华人圈里已经将此宝炒得沸沸扬扬，原因除了这件宝贝是雍正年间生产的我国陶瓷中最顶尖的艺术品之外，更是因为它有一段传奇的故事。这件宝贝的主人是位美国名人，叫奥格登·里德先生，此人曾任美国国会参议员，是美国外交大使理事会主席，还曾是《先锋论坛报》的出版人和总编辑，曾出任美国驻以色列大使。里德先生家族显赫，其祖父韦罗·里德是美国共和党创始人之一，母亲海伦女士是蒋介石、宋美龄夫妇的好友。这件清雍正粉彩蝠桃纹橄榄瓶原本并不是里德先生准备拍卖的宝物，那天里德家人把苏富比拍卖行的工作人员请到家里，去给一些银器进行估价。苏富比的员工估完价后，顺便去了里德先生的书房参观他家收藏的一些瓷器，哪知就在这一瞬间，他们看到了被里德家人完全忽视的长期作为台灯座的一只橄榄瓶。“好东西！”苏富比的员工惊喜之间，随手为那个橄榄瓶拍了照，回到公司总部即给瓷器专家看。这一刻，苏富比公司里惊叹声连连：“太好的一件珍品了！”翟健民说，据他的朋友讲，当时苏富比人既兴奋又紧张，兴奋的是他们发现了一件稀世之宝，紧张的是怕这个橄榄瓶被做成灯座时已经在瓶上打了串灯线的洞了。如果打了洞，这件稀世之宝就太可惜了。“快去里德先生家吧！”苏富比的专家们憋不住了，立即与里德家人取得联系，于是兴师动众又去了一帮人。专家们来到里德家，当他们将台灯从瓶上取下的那一瞬，所有在场的人都屏住了呼吸——上帝，稀世之珍，竟然完好无损！

“感谢我的先人！”当苏富比公司的专家向里德先生介绍此件为中国大清皇帝的御用之物时，他不由惊叹地发出一声嘘叹。没有人知道这件宝物是如何到了里德家中，里德本人也不清楚，他只有些模糊的印象，应该有两种可能：一是他英国的祖先——也就是爷爷的父亲一辈是不是参与了当年八国联军，就是从八国联军的手中得到了此物，然后随全家到了美国。第二种可能是，里德的母亲与宋美龄关系密切，是不是当年宋美龄在访问美国时送给里德母亲海伦的礼物，因为有史料记载，宋美龄当年访美时携带过许多古董赠给美国朋友。其实里德也只是猜测而已，不过这已经不重要了，重要的是这件大清皇帝御用的宝瓶现在经历一二百年后仍完好无损。

既然是稀世之物，里德自然同意了请苏富比拍卖行公开拍卖。获得授权后，苏富比进行了大张旗鼓的宣传。翟健民作为行内的大家，又是苏富比的重要客户，所以第一时间获得了消息，并争取到了亲自上手的机会。

“我的第一感受是：它太美了！作为收藏家和古玩者，谁见了这么好的宝贝都想拥有它。因为我不是有钱的收藏家，所以在见过后，我立即告诉我的客户，请他下决心：应志在必得！”翟健民在今天谈起清雍正粉彩蝠桃纹橄榄瓶时，仍心情难平道：“每次与雍正年间所产生的官窑上品，尤其是皇帝御用之物有缘分时，我都会兴奋不已。这件雍正粉彩，在所有的同类瓷品中也是极为罕见的宝物，所以我对客户说，我们一定要争取到手。”

“翟先生，你认为我们应该多少价拿下它？”客户自然需要问到底值多少钱。翟健民反复权衡之后给出了一个令客户点头的价，也就是说，只要在他们估价的范围之中，这瓶就可能属于翟健民又一次创造的业绩了——经纪人的业绩就在这个时候体现。

“既然是这么好的东西，你自己不也很喜欢，为啥不干脆自己买下？”我经常有这种好奇心和疑惑。

翟健民断然道：“那不行。我们有行规——你是经纪人，一定要把最好的东西留给你的客户，不能据为己有，即使自己买得起。”

这一次，翟健民又与他的客户做好了“志在必得”的准备。但他遇上了一个强有力的对手。此人也是香港人，女性，名张永珍。此女不一般，19 岁从上海到香港，后毕业于英国剑桥大学工专，是香港商界少有的成功女性之一，20 世纪 70 年代出任香港大庆石油公司董事、总经理，以非凡能力将香港石油业一统天下，为中国石油销售撑开了一片天地。之后张女士的生意更涉及多个领域，并皆有成就。张永珍更是位爱国人士，她是香港地区第十届全国政协常委中唯一的一位女性。香港回归前，她还担任香港特别行政区第一届政府推委会委员、筹委会委员和香港事务顾问等重要职务。面对如此一位强大对手，翟健民已经很吃力了，关键是张永珍还是大名鼎鼎的中国古董与收藏界的权威张宗宪先生的胞妹。张氏祖上就是中国有名的收藏世家，其祖父张楫如先生是清末民初的著名竹刻家。张永珍、张宗宪的父亲张仲英则是上海著名古董商和鉴赏收藏家。张永珍本人虽没有像胞兄张宗宪那样成为职业古董鉴赏家和收藏家，但由于受家庭影响，对工艺品的鉴赏与收藏也很有研究与功底。说来也巧，张永珍是在坐飞机从英国返回香港的途中无意间翻阅一本杂志时，从苏富比拍卖公司的宣传材料上看到这尊清雍正粉彩蝠桃纹橄榄瓶的。识货的她，第一眼就钟情此物。回到香港家中，张永珍就请来胞兄张宗宪帮她鉴赏，并明确表示要竞买此宝。兄长悄悄告诉胞妹：“拍卖场风云难测，此物又是稀世之宝，必定引得众多买家，那当口，大家急红了眼，价位肯定不低。”“如果在 1800

万～2000万元你捧场就行，过了这个价，就太高了……”张永珍笑笑，她听明白了兄长的意思。

话说这边的翟健民却并不知道自己的强大对手是张氏家族的人，他还在认真反复地与他的客户商量和估价竞拍场上这尊清雍正粉彩蝠桃纹橄榄瓶有可能的价格和他们所能承受的底价。

“按照当时的行情看，显然张氏家族的估价是保守的，但张宗宪先生的估价也十分有理由，因为当时香港能打破3000万元成交纪录的清代官窑瓷器极少。但我与客户商量时就指出，如果用青花来比较，当时在香港青花的最高成交价曾拍出过1000多万元，而这件是粉彩，工艺又高，因此翻一倍没问题。而且还要考虑它是件陈设器，所以还应该加500万元，2500万左右符合当时香港的拍卖行情。不过我对客户说，真正懂的人还应该注意到这件橄榄瓶的白釉细腻莹润，主题为蝠桃‘福寿’纹，根据我个人的经验判断，通常雍正粉彩瓷器白釉细腻，粉彩画团蝶纹、粉彩画蝠桃纹、粉彩花卉加御题青花款的瓷器，其制作过程是胎釉在景德镇御窑厂烧造，但其真正的制作却是在清代宫廷皇家画院——位于圆明园内的‘如意馆’完成的，而非景德镇御窑厂。因此我当时就认为这件雍正粉彩可以与珐琅彩相媲美。当时珐琅彩拍卖的最高价是一件古月轩的盘子，拍得2950万元。所以我跟客户说，这件宝物应该在3000万元比较合适。再考虑一下竞争对手有可能的出价，我们定在4000万元港币（包括佣金）的心理价位……”

“看来你们估价很有一套啊！”听完翟健民的个案分析，似乎令我这个外行也品出些古董行的定价“规律”，这就是综合知识。

“当然，作为经纪人或收藏家，你必须明白和清楚这些基本知识和行情，以及各种宝物之外的因素。这中间关键的是你要了解物品的知识，除此必须了解整个市场的情况，还要考虑到物品本身所具有的史学价值和观赏价值，同时还有拍卖过程中随时冒出来的种种意外情况，综合在一起就是要竞拍的价格。如果志在必得，也许还有买家的自身因素。这也说明，古董这一行并非像一般人理解的拍脑袋就能定天下那么粗俗简单……”翟健民又无意中给我上了一课。

如此看来，张氏兄妹的估价低了。显然，我们外人对那些不可思议的“天价”之物的理解，原来完全是不懂行的心态。古董行里真是神奇莫测，1000 万元有时仅仅是一个心理“价”，难怪我们无论如何也看不懂一只馒头大小的碗，竟然要拍出几亿的价码！嘘——我们不懂，也不会懂。故事和兴趣还是留给那些懂行的人吧。

这边：古玩大佬翟健民，出价 4000 万元；

另一边：古董世家、鉴赏权威张氏家族，出价 2000 万元。

看谁得此宝物！似乎一眼便可知晓，但竞拍场上，在拍卖官的木槌没有落下时，谁也说不准到底哪个是赢家。

2002 年 5 月 7 日，香港苏富比拍卖会的大厅内，人山人海，连过道上也被挤得水泄不通……

“第五三二号拍卖品——粉彩蝠桃福寿纹橄榄瓶（苏富比拍卖名称）现在登场！”拍卖官高高的嗓音叫得全场所有竞拍者的脖子都跟着被吊了起来。

“起价 900 万元港币！”

900 万元太刺激，场内一片“手林”——举牌的人如林一般多。于是竞价不断飙升，一路高歌，直至 1700 多万元仍陆续有新的竞投者加入。现场的电话竞投者也紧紧地咬住不放。

“2000——！”

“2500——！”

“3000！现在已经有几个出 3000 万元了！”当拍卖官把价码叫到 3000 万元时，场内一片嘘声。

“3200 万！”

“3300 万！”

“3400 万——”

“3400 万……还有吗？”

“好，3500 万！又有人举牌了！”

全场掌声雷动。

“3600 万！……3600 万元还有人吗？”

全场突然静下来，所有的人都盯着场上两个人：一个男的，一个女的。男的是翟健民，女的是谁？翟健民大家都很熟悉，可女的并不熟悉——那女的雍容华贵，一直文静而微笑着不紧不慢地举着牌。

“她是谁呀？”现场有很多人在窃窃私语。她是谁？翟健民不得不对自己的对手刮目相看：天哪，是前辈张宗宪先生的妹妹张永珍女士啊！翟健民认识她呀，这不仅因为她是他的老师之一张宗宪先生的胞妹，而且也是香港商界、政界的名流张永珍女士嘛！

“老实说，当我认出自己的对手是她时，心头有一种无法形容的喜悦……”翟健民跟我说。

“为什么？”

“你是大作家，如果你突然发现一位比自己实力和水平还要高的作家在与你比高低时，你内心就没有一份激动和喜悦感？”

原来如此。翟健民说的是实话。在武林中，只有高手与高手比拼时才会热闹和显水平。志在必得的翟健民这回遇上了强劲对手。可张永珍的胞兄不是给出的心理价是2000万元吗？为什么到了3600万元她还不放呀？

“这就叫识货人！”翟健民给出的解释是这样。

3600万元距4000万元还有400万元，也就是说翟健民还能竞拍的空间不多了。

“3650万元！”翟健民平静地举起牌子。

“3700万元！606号给出3700万元！3700万元还有没有人应？”拍卖官现场是冲着翟健民在说话，其表情甚至有些在“挑衅”。因为这边的张永珍又平静地举出另一个高价。这一下，场内响起更高涨的掌声。

轮到翟健民了，此刻全场所有的目光都在注视着他。

翟健民还是在微笑——微笑中他做出了一个决策：

“3750万元！”

“好！”有人在为翟健民欢呼。外行人并不知，其实翟健民这回是最后的拼搏了！

“3750万元，3750万元还有跟的吗？”拍卖官带着全场看客的目光迅速移到了606号张永珍女士这边。只有翟健民的目光没有动，但他的“心神”也在盯着对手，他要看对方如何接招——这是拍卖场上高手之间的心理战，最后的决战基本上都是这样的闻不到硝烟的搏杀。

“606”号依然没有太多犹豫，她依然平静而微笑着举起手中的牌子……

“3800 万元！ 606 号举出了 3800 万元！ 3800 万元还有人跟吗？”

场内所有人的情绪达到了极度兴奋和高涨的地步，所有的目光重新回到翟健民身上。

此刻的翟健民怎么办？这时大家见翟健民站立了起来，无限友好地将手伸向张永珍女士……

“606 号女士获得最后的竞买价是 3800 万元！现在，我宣布：这尊粉彩蝠桃福寿纹橄榄瓶属于 606 号女士的了！”拍卖官在一片欢呼声中高声宣布。

全场雷鸣般的掌声响彻云霄。

最后的结果是这尊流落海外一二百年的清雍正粉彩蝠桃纹橄榄瓶回到了一个中国人的手中。翟健民虽然与这尊宝物失之交臂，但他仍然感到无比幸运。他说：“主要是我看到了这尊宝物获得了一个很好的归宿，张永珍女士作为收藏世家的传人，自己又是一个爱国人士，并且她能以连佣金加起来 4150 万元港币拍下，创造了当时香港市场粉彩瓷器的最高纪录。而我虽然没有能帮助自己的客户拍到，但整个过程参与了，这对一个经纪人来说是非常荣幸的事，另一方面也证明了我当时跟客户的估价也是非常准确的。有这两点，就足够了。我还想告诉读者的是，在不到两年后的 2004 年 2 月 14 日，张永珍女士把她巨款拍得的这尊宝物捐献给了上海博物馆。如今这件国宝一直陈列于上海博物馆展厅，免费向公众开放展览。这就是一个爱国大收藏家的心怀，他们用巨资进行收藏的目的，最后是献给了社会和国家，他们的精神其实一直在影响和教育着我，让我从一个职业经纪人渐渐开始走向古董和收藏品的鉴赏家、普及者的角色……”

至此，我似乎有些明白翟健民为什么坚守他的职业信仰——爱藏品，更爱藏品本身所能带给社会和这个世界的精神意义和内在品质。我开始慢慢明白了翟健民倾尽心血支持、帮助国内的收藏家收藏珍品和建立私人古董博物馆这些义举的意义。

都说生意人在利益面前就是奴隶，就是强盗，但真正的生意人其实是胸襟宽敞、宽阔、宽宏的人，他们可以用自己一生去创造财富、争取财富，也能在一分钟内决定把自己的全部财富和财产贡献给他人、捐献给社会。是为了显耀？是为了虚名？还是为了什么？我问翟健民。翟健民自己说，这是源于一种理念吧。

他说的理念，其实就是一种在从业生涯中积聚起来的职业信仰和人生价值观。他认为，收藏和古玩的最高境界，就是在追求自己的能力顶峰和不断增进自己知识基础上的一种对社会和历史的贡献。我同意他的这种说法。

“有钱的人才可能成为大收藏家，这是基本定律，全世界都一样。”这是收藏界的一句行话。像美国的石油大王洛克菲勒就是大收藏家。当代的收藏家也同样是巨富之后开始爱好收藏，如日本的石原悦朗、意大利的贝利尼、英国的萨奇。不过，我还听过另一句话：“穷人未必不能当一名伟大的收藏家。”这句话不是从翟健民嘴里说出来的，但他却用自己的几十年经历证明了这句话。因为像翟健民这样普通人家出身，后来通过自己的努力也成了大收藏家的，还有在全球华人圈内被誉为“教父级”人物的美籍华人安思远先生。安先生是满族人，六岁时他独自在母亲的遗物中找得一套玻璃杯。高中时他为了生计便开始从二手旧货店里淘宝，再转手卖给古董店赚钱。稍后，安思远去了瑞士深造建筑学，又在课余时间作画卖钱，同时又收集邮票——那时根本没有人对中国邮票感兴趣，哪知这成了安思远收藏发财的第一条“正道”。其后他专门收藏中国的鼻烟壶，并通过一个古董商成功地将一整套鼻烟壶卖给了蒙特利尔博物馆，赚到一笔可观的钱后，他干脆专门从事起古玩这行当。1948 年，安思远又从欧洲到了美国，进入一间专事英国与德国陶瓷的公司工作。这一次工作机会给了这位陶瓷之乡的年轻人一个极能发挥和挖掘商机潜力的平台。一次，他将一件从曼哈顿旧货店中买来的中国花瓶拿给公司老板看，并强调这件古董是中国明朝花瓶，没想到这件事让安思远的命运发生了重大转折，老板因为不懂中国瓷器而请来一位专门研究中国古董的女古玩商爱丽丝·庞耐（Alice Boey）

帮助鉴定。庞耐很快确认这件花瓶是明朝的珍品，同时她对安思远产生了兴趣，并从此给予了安思远多方面的帮助与专业知识的培训，两人的友谊长达40年之久。安思远在与庞耐的交往中同时又结识了许多世界著名收藏专家，包括纽约大都会博物馆远东艺术部馆长艾伦·普利斯特。在普利斯特的帮助下，安思远又进入了耶鲁大学远东语言学校进行了正规学习。此时的安思远又在此遇见了他人生中又一位重要的导师——王方宇教授。生于北京的王方宇教授1936年毕业于北京辅仁大学教育系，1944年负笈美国，两年后毕业于美国哥伦比亚大学硕士研究生院，1955年起一直在耶鲁大学任教。三岁就开始学习书法的王教授，对中国书法造诣极深，又著作等身，尤其是他对中国古文化研究极深，加之他融会贯通东西文化，积数十年收藏之成，是绝对的世界级重要收藏家之一。在他的调教下，安思远突飞猛进，深得王教授的赞赏。王教授称安思远就像他的名字一样，“这学生经常在课堂上心绪远方，神游方外”。而安思远则从王教授那里看到了另一个更加广阔和迷人的中国古代艺术世界，这使他对中国艺术品越来越渴求。他开始频繁进入曼哈顿的艺术品拍卖会，甚至有时开着车接了王教授从课堂径直赶往拍卖会。后来连王教授都十分羡慕他学生的藏品，中国古代家具、中国陶器、唐俑宋瓷、写经碑拓、壁画地毯、玉器象牙、名家字画等，都成了安思远的收藏对象。其物直溯商周，直跨当代。凡是去过安先生位于纽约曼哈顿第五大道居所的人，在看过那里所陈列的收藏品后，无不为之惊叹。从19世纪后期开始一直到20世纪六七十年代，随着清王朝的覆灭、中国战乱等客观原因，大量精美的中国古代艺术品流向西方，考古挖掘、学术研究、收藏拍卖开始形成热潮，并造就了一个史无前例的收藏中国艺术品的黄金时代，一批收藏巨擘也登上了历史舞台。然而，随着像布伦达尔、赛克勒博士、大维德爵士、玫茵堂主人等世界级大收藏家的纷纷离去，一个西方收藏中国艺术的时代宣告行将结束。人们普遍认为2014年8月8日安思远先生的逝世，标志着这个时代的结束。85岁谢世的安思远先生，没有爱人，没有子女，因此他在去世之前就把收藏一生的中国珍宝中的相当数量捐献给了各国博物馆和社会慈善机构，其中包括在2003年他向上海博物馆捐献的“最善本”的四卷本《淳化阁帖》。他还在香港建立了抢救安徽民居基金会。

安思远之所以被世界收藏界视为“最后一位泰斗式、具有集大成者意味的收藏家兼古董商”，是因为他的收藏生涯标志和代表了那一代人的精神特征——热爱、尊重、坚持、学习、信誉与无私。

收藏家和古董商在行内一直被认为是相互抵触的角色，而在安思远身上却得到了和谐的共存，这也是安思远他们那一代收藏家和古董商身上所具有的光芒。

翟健民是后来者。但在香港、在英国、在美国等收藏与古玩界成熟的地方，安思远、王方宇、庞耐等老一代世界级中国艺术品收藏家的精神仍在不断流传与扩大。一尘未染的翟健民，无疑也在那个时候就多少已经开始接受这种精神并被其熏陶和影响。

这就是收藏与古玩的基本精神和精髓思想——热爱、尊重、坚持、学习、信誉和无私。

翟健民说了一句令我常常回味的话：“其实，真正的收藏家，最后结果都是没有钱的，但他们的内心并不焦虑和空荡。因为他们的收藏品就是他们的财富和精神支柱。许多收藏家活着的时候，甚至从来不卖出一件藏品，最后或者把藏品留给后人，或者干脆全部捐献了。但他们老死的时候，十分充实和幸福，这大概也是你们经常说的‘梦想’在这些收藏家身上的体现吧！”

他们的行为，因此也让我不得不在这一章上用上“近朱者赤”四个字……

他们的经验与相互的影响，其实也告诉我们一个普遍的道理：在我们生活着的这个世界里，倘若人与人之间都将美好和崇高的东西放在一起，叠加作用，相互鼓励，完全可能做更伟大的事，办更杰出的事业，成全更辉煌的理想。反之则反。

第十章　缘分所致

中国什么时候开始变了？变得连中国人自己都感觉气象万千的时候应该是进入21世纪的2000年之后。关于这一点，恐怕翟健民的体会比普通的国人要清晰和深刻许多，从他第一次通过深圳海关走进内地，到21世纪来临的前20多年里，翟健民作为一名香港同胞，虽说是个对政治向来没有感觉的人，但看到大陆日新月异的变化与崛起，他比谁都兴奋。历史总以同样的方式在不同国家、不同地区重复地呈现着一些光芒与辉煌，比如说古董与收藏，一般而言，一个国家发展到一定时期，富裕了的人们开始不再以赚钱为目的，房子和庭院、服饰与饮食等各种消费都到达某一层次之后，人们对自我的修养、爱好便渐渐成为一种倾向与习惯。中国大陆的收藏与古玩业就是在这个时候开始流行起来，毫无疑问，这其中，作为最早和最具权威的专业人士，翟健民几乎参与了整个中国古玩和收藏行业兴起的全过程。1993年中国第一家拍卖公司——中国嘉德国际拍卖有限公司成立，次年北京瀚海国际拍卖有限公司成立，一直到2005年北京保利国际拍卖有限公司和北京匡时国际拍卖有限公司等专业拍卖行的成立，翟健民似乎无一例外地见证了它们的诞生。弹指一挥，当日不知拍卖为何物的北京，成了继伦敦、纽约和香港之后的第四大古董艺术品交易中心。世纪之交的这十来年中，翟健民既作为古董商人，频繁穿梭于香港与北京之间，同时又作为中国收藏与古董业的重要推手，将世界先进的收藏与古玩理念，带进中国这一新兴市场，再将中国风起云涌的收藏与古玩业态传递给世界。

妻子刘惠芳理解他，更支持他。甚至很多时候随夫北上，常常伴他徜徉在北京琉璃厂、故宫博物院、首都博物馆。不过，后来妻子发现，丈夫最爱去的地方是圆明园西南角的那个未名湖畔的北京大学。

那是中国的最高学府，毛泽东书写的“北京大学”四个字，在古色古香的中国传统风格建筑门宇下，显得格外闪闪发光。妻子发现，40岁后的丈夫翟健民每每从北京回来，总在嘴里唠叨“北京”和“北大”如何如何地令他兴奋。

“怎么，你这个古董玩家想去北京大学当状元了？”妻子试探着问。

“哪敢有这心思嘛！”翟健民的脸一下红到耳根。

妻子“噗”的窃笑，心想：你那点心事儿，还瞒得住我？

这个时间应该在香港回归的年份——1997年。

1997年对香港人说，是个刻骨铭心的年份。然而香港人不曾想到的是，当《义勇军进行曲》的旋律在维多利亚港的上空还余音未消，五星红旗刚刚在他们的房顶上飘扬才几天，一场突如其来的金融危机风暴如十二级飓风，将这个曾经让全世界商人都青睐的黄金小岛，吹得人倒马翻。这年10月28日，香港恒生指数单日暴跌1621点，跌破9000点大关。这两个数字说明了什么？那时我们内地人对股票和指数这类数字不是太敏感，但香港人无法承受这样的破纪录巨跌。多少人在这一天痛哭？翟健民说：“几乎所有的香港人。”为什么是几乎所有香港人？因为香港人无论是卖菜的老太太，还是李嘉诚那样的巨富，他们无一例外都是股票的持有者，也就是说，无论是大资本家，还是小市民，在“黑色的10月28日”这一天，他们都在哭泣，哭泣自己几年、十几年、几十年，甚至是几代人打拼出的财富，都像一阵风似的被刮走了……翟健民不喜欢我用“很多人在那天跳楼自杀”的字眼来形容，事实是那些日子里，香港跳楼自杀的人还真不是一个两个。据说，10月28日那一天，宣布自己的公司和家族破产的成百上千，至于负债者，更是不知其数。

香港陷入了前所未有的金融恐怖岁月。

一天，翟健民在店里忙活，突然消停了几天的电话骤然响起……

“阿民啊，听说苏富比拍卖会马上就要开始了，你可得抓住机会，替我去大扫荡！”对方的声音，一听便知是郭少。

整个亚洲都陷入严重的金融风暴当中，多少香港人都不知道自己是否能熬过明天的时候，竟然有人要去苏富比扫货？郭少是不是受刺激了？正当翟健民不解之时，当天晚上郭少就现身“永宝斋”店中，来了之后就兴高采烈地大谈请翟健民帮他“大战”苏富比的战术。

“你考虑清楚了吗？现在的经济形势还不知道会不会继续恶化、几时能够好转，你却要狂扫苏富比？”翟健民还是半信半疑。

“嗨，阿民啊，我们俩合作这么多年，你啥时候看我郭某人说话、办事不着边际过？”

“那倒是，到现在十来年，你就没有一天不往我们店里跑，可是现在……”说完这话，翟健民自己先笑了起来。

“可不是！这些年里，我有几天没来你这儿‘上班’？惠芳你说！”郭少笑着问刘惠芳。

刘惠芳抿着嘴忍不住也笑了起来，说：“那是。我们这些年没少仰仗郭少您的关照。”

“这就对了！”郭少得意地回过头叮嘱翟健民，“我可是认真的，这回你得全力以赴，一定要帮我到苏富比拍卖会上扫它个彻底！”随后从椅子上坐起，拍拍屁股，只留下一句话后便匆匆消失在街头：“回头我多筹措些资金！”

“你……”翟健民似乎仍然没有反应过来。“他、他这到底是真的还是跟我开玩笑嘛？”

妻子刘惠芳胸有成竹地说：“这叫反其道而行之——现在大家都没钱买货，这时候的价格一定是低的不得了。人家才是真正高明有智慧、有实力的人呐！”

翟健民还是有些疑虑，现在买货价格固然好，但是万一经济一直萎靡不振怎么办？我必须得提醒他再认真考虑考虑。于是翟健民又一次操起电话打给郭少。

“他确实要买！而且是经反复思考后决定的！”翟健民再次证实了郭少的决心和意志。这个证实太重要，也太及时，原本以为自己的生意和整个古玩收藏市场将跟着股票一起彻底跌入谷底的翟健民，猛然从郭少身上获得百倍精神，于是立即投入了新一场的竞拍前的准备。

有了郭少坚定不移的委托，翟健民信心百倍地来到苏富比拍卖现场，以绝对的优势和气势，狂扫当年的香港苏富比拍卖会。“我几乎是上演了一场独角戏——没有任何对手，现场拍卖的40多件瓷物全部被我拿下……”翟健民这样回忆当时的情景。

在古玩收藏界时间长了，翟健民越来越感受到身处其中的他，事业要想成功，路途走得远了，个人的意志和毅力固然第一重要，但常常外在的推力也会起到意想不到的作用。

“郭少算是一个。他对古董的热爱和痴迷劲，给了我内心极大的力量，尤其是那场香港金融风波，郭少一反常人之态，逆境而上执着地坚持收藏，我很被感动。我见过为爱痴狂的人，而郭少却是为古董痴狂的。回想起郭少与我交往的岁月，我从他身上也学到了不少东西，他对古董的投入绝不亚于生意上下的功夫。记得我的‘永宝斋’开业之后，除了星期天永宝斋休息外，郭少几乎从周一到周六的每一天都要来我店里看货聊收藏，跟上班一样风雨无阻。我们俩一碰面，倒上两杯柠檬茶就开聊，聊饿了弄两碗九记牛腩面填填肚子，再聊，再看货……这样的光景不是一天两天，而是10年、20年。他每天来欣赏、把玩古董，然后把喜欢的古董拿走，大到几百万、上千万元一件的宝贝，小到一两万元的可心小件，几乎从不空手离店，即使空手时，肯定带走了满肚子‘内容’——我们俩聊的古董与收藏行情及新鲜知识。他真是个神人，我清楚地记得，他曾经买过一块乾隆宫廷葫芦形刻的白玉牌，上面刻有‘大吉’二字，就是大吉大利的意思。得到这块玉牌后，他天天戴在身上。因为是生意人，他也算是个‘飞人’，不时乘飞机天南海北跑，小玩意儿放在身上很容易丢的。他的这块心爱之物在旅途中丢了三次，竟然三次都失而复得，你说神不神！这大吉大利的佩物给他带来了好运，你说他是不是个与宝物有缘之人？跟这样的人在一起，我坚信不仅能给自己带来好运气，更多的是他对古董和收藏的不懈精神在无形中影响着我、鼓励着我……”

翟健民说起郭少的这样“物缘”，神采飞扬，满眼是感激之光芒。“我不为他好好努力地工作，我就觉得对不起他那份信任和对古董的痴迷。1998年我去美国出差，其中有一大部分精力是为郭少在东奔西跑寻宝。人家都说我是个工作狂，哪知他老兄比我还敬业，白天黑夜里给我打越洋电话，还是聊他喜欢的收藏和古董，跟踪我所有在美国淘宝过程中的所有细节，询问我每一站行程中的收获和下一站的去向。后来我回香港一看，那个月我的电话费竟然破了3万元港币的记录！”

都说人间现存的宝物非常稀罕，其实对宝物喜欢和着迷的人也很稀罕，那些懂得和挚爱古董的人才是真正的收藏家。郭少便是其中之一。郭少还是个有趣的玩家，买货、要货，他从不动声色，但时常会开些有意味的玩笑。比如上个月他从翟健民处买了一件宝物，突然间他会打电话装模作样地问：翟兄，那件货你觉得值多少钱呀？这时翟健民就得立即回答他大概多少钱。回答差不多时，郭少会哈哈地笑着不说话；有时也会装出另一副腔调：啊呀翟兄，你买贵了呀！当翟健民真的认真起来时，对方又笑言：我逗你乐呢！更让翟健民开心的是，有时他听到翟健民重新报价后，立即高声道：这不行，你说错了！这宝贝现在值多少多少钱，你少估了！翟健民一听开心了，回道：那你不多赚了？对方马上认真起来：我多赚了，可你的佣金少收了，明天我给你补上！“第二天他真的会把少的那部分佣金给我送来呀！你说跟这样的人做生意、交朋友，爽不爽？”我终于明白翟健民为何谈起郭少如此满眼放光了。

啥叫乐趣？这便是。啥叫朋友？这便是。啥叫生意？这才是真正的生意——这个“生意”里的“意”字，是情意的意，它比有形的金钱要珍贵一百倍！它也是靠在日久天长的交往中磨炼出来的，如金子一般，比钻石还珍贵。

翟健民说，他几十年滚打在古董和收藏生涯里，与他交往的买家和卖家中，这样有情有义的生意人，给了他事业上的动力，给了他努力工作的干劲，更多的是教给了他做人的道理和铸造了他自己的品质。

收藏和古董行里，真是奇妙无穷。翟健民的世界里有着数不完的精彩故事与超乎想象的传奇。卖家和买家、藏者与玩者之间，何止是我们常人所见的金钱关系！

用翟健民自己的话讲是缘分，而我说它是情意。这情意需要双方有共同的价值观、志趣相投的爱好和做人的品质。这样的情意靠什么建立和凝结起来？这就是我全书所贯串的一个真字。真诚、真心、真货——古董与收藏的核心是一个“真”字，认不认得真货，除了需要本事真外，还得有真心，卖家和买家的心和情意真了，玩起古董与收藏才会产生意味深长的美感，而这“真”与“美感”之间的搭建，仍需要一种呈现人的本质的东西来支撑，这就是善，善良。真——善——美，是如此关联相辅、彼此依存烘托，在翟健民与我的交谈中，似乎也一直贯串了这个要义。

不是吗？

钟先生是翟健民的另一位香港“买主”，是那种挚诚赤心的好“买主”，他是翟健民在20世纪80年代就结识的一位家境丰厚的家族地产商的后裔。那个时候，钟先生只有二十七八岁，一般来说，这个年龄入道古玩和收藏业算是十分年轻了，通常会朝三暮四，无法定位。但这位钟先生不一般，有股钻劲，初入门道时没有人指点，完全靠自己摸索和钻研，除了到博物馆和图书馆去观摩、博览相关图书外，每逢拍卖会，他都要去现场。在自学与自觅中钟先生找到了收藏和古玩的乐趣与意味，也从喜欢到了喜爱，又从喜爱到了挚爱。这期间，他与翟健民相遇了，从此这份共同的爱好将两颗心联在了一起。

钟先生的收藏不为什么，只为有朝一日以展览的方式，将其日积月累、痴心狂想、倾情倾力而收藏的古董能够公开展示、与众人分享。外行听起来有些不解其意，但与翟健民接触久了，我才慢慢明白各式各样的玩家和藏家们的一些心态。几乎是每个玩家和收藏家——我所指是那些进入境界和有品位的玩家与藏家，他们各有其追求目标，比如前面讲到的郭少郭先生，他痴心收藏，大大小小的宝贝都会收入囊中。有意思的是，平时他到翟健民处买货要货，也会“斤斤计较”，但最后你知道他收藏的那些价值连城的宝贝都到什么地方去了？很多都捐给了国家！

初听翟健民讲郭少的故事，我一再摇头，再次感叹：“弄不懂。”

翟健民笑言：“真入了道，你会懂的。”

钟先生挚爱收藏的终极目标是举办个人收藏展览，其实跟郭少将自己的宝贝捐献给国家，形式虽不一样，但心境却十分相似，即古董和宝贝，既是我的又是大家的，呈现给社会，让大家一起来欣赏，这就是他的目的。

对这样的藏家，翟健民说，他受到的影响是，必须帮助他们完成心中的美好夙愿！

钟先生后来对藏品的苛求可不是随意了，就像演员为扮演好一个角色，他几乎投入了全部心思和热情。“那些日子里，我的感情简直被他对物器的追求火焰所点燃了，歇不下来，我们天天在一起，不分昼夜地研究讨论，有时为了一件器物，能通宵达旦在说啊聊啊，直到共识和彼此从这件器物中领悟到些别人体会不到的东西为止。”翟健民说。

为何如此倾情倾力？翟健民说，搞一次像样的收藏品展览，不一定是稀世珍宝、价钱越贵就越有价值，真正好的展览，所展示器物是否具有完整、深厚、渊博及贯通的内容非常重要，钟先生追求的便是这个。当他的想法与翟健民达成一致后，如何展览便成了他俩又一次寻宝收藏的开始……

“办古董艺术收藏品展览，宣传册是个很重要的环节，它像中国传统文化里大家所说的‘卖相’，这通常会让举办者费尽心思。钟先生的藏品主要是康、雍、乾时期的清代器物，为了在藏品中挑选一件具有代表性的宝物来作宣传图册的封面，我就费了很大功夫。因为这要考虑跟主人所展的器物应具有很强的关联性，又得出彩，不然会影响展览预期效果。想来想去没有个定论，临近最后关头，夜里半梦半醒之间突然想到 20 世纪 80 年代末我在纽约的一次奇遇……”翟健民回忆说：“那是 1989 年秋天的事，当时我去纽约参加秋季拍卖会，有一天晚上从拍卖公司出来，走在回酒店的路上，途经第五大道一个非常不起眼的灯饰店，那灯饰店的橱窗很吸引过往行人的眼球，我随意扫了一眼，发现里面有不少老式花瓶灯饰，于是就进去想随便看看。店里物品并没有什么特殊，尽是些各式各样的普通灯饰，精致的粗糙的都有，说实在尽管东西不少，但没我看中的。正要往外走时，店老板把我叫住了，说先生你喜欢老的还是新的？我说，喜欢古老一点的吧！他立即笑眯眯地做了一个‘请’的手势，说他地下室里有些古董灯饰，不妨看一眼？我说好啊！于是就跟着他到了地下室。那是个很大的地方，约有800平方米，但环境很不好，不仅光线阴暗，空气也似乎很潮湿，甚至迷漫着发霉的味道。叫我不明白的是，既然是卖灯具的人，竟然在自己的仓库里没装啥照明设备。老板看着我自己掏出手电筒照明看物，有些不好意思。好在我习惯了，并不在乎，我关心的是能不能淘上一件连主人都不在意的宝贝。看了大半时，有些失望，因为凭我的眼光，没有发现啥特别的好东西。但就在这时，我的目光撞上一个三四米高货架上的一只粉彩苍龙教子纹饰灯笼瓶……我的天哪！当时我内心'咯噔'一下，全身的热血好像一下沸腾了起来。但以自己老道的经验，我还必须克制这份兴奋，随口很平静地对老板说：请帮我把上面的那个灯笼瓶取下来看看。老板很快就动手上去取货，而站在后面的我，这当口心都悬了起来，为啥？我在心里祈祷佛祖保佑：千万别在瓶底打洞呀！因为我知道，这清乾隆粉彩苍龙教子纹饰灯笼瓶实属稀世之宝，但如果瓶底打了洞就成了是一只有些缺憾的古董。这种情况也非常普遍，能把一件稀世之宝当作普通的装饰瓶用来做灯饰的人，多数情况下并不会在意是不是要在瓶底上钻个洞，所以当时我的双手都捏出了汗，生怕瓶底有洞。想想也是，那么一件清代宫廷宝贝，不知何时从宫中流出，又失落于异国他乡，也不知转手多少个主人，最后沉浸在远离人世喧哗的庭院厅室之外，停搁在千百个破瓶旧灯之中，谁能保证它完好无损？我心想：从它诞生问世至今200余年来，难道就是在等待我这个知音的到来吗？你说，这般情形和心思间，我怎能不既欣喜若狂却又提心吊胆！”

“后来怎样？到底瓶底有没有洞呀？”翟健民像在说书，说一个千年传奇的故事一般，其口气、其情节、其情绪，让作为听者的我也跟着吊起了胃口。

翟健民灿烂地笑了：“没有洞！这叫缘分，绝对的缘分哪！这只清乾隆粉彩苍龙教子纹饰灯笼瓶就是跟我有缘分，你想想，如果不是我路过那个店，如果不是老板偏偏喊住了我，如果不是我在众多破旧的灯饰中一眼认出那是只清代宫廷粉彩真品瓷器，又偏偏不知辗转了多少道手的这件灯笼瓶千幸万幸没被打洞穿底，这件稀世珍品怎么可能重见天日？”

我不得不跟着赞叹起来："是，真有些缘分！"

"绝对缘分！"翟健民用不可置疑的口气重新肯定道，然后说，"当年我是将它作为不可多得的宝贝从纽约买回家的，并且爱不释手，时不时拿出来欣赏。不想，若干年后遇上钟先生这样更加痴迷清代瓷器的藏家要办展览，开始我没有想到自己会把这件清乾隆粉彩苍龙教子纹饰灯笼瓶献出来作为展览压轴宝贝，我是如此喜爱这只'苍龙教子'的瓶子，本打算传给自己的儿子，就是因为我们俩人太投入，一心想把展览办得完美，结果由于找不到最出彩的宣传册封面器物照片，在我绞尽脑汁之后突然想到了自己家里收藏的这件宝贝。想到了，就没说的，我便把它让给了钟先生。当我把清乾隆粉彩苍龙教子纹饰灯笼瓶送去时，钟先生简直就要手舞足蹈起来，连声说：'就是它，就是它。'我也高兴呀，因为我们俩忙碌了数个月的展览筹备，总算把最关键的一件事办妥了。这大概就是缘分。好的藏品，找到好的藏家，这就是缘分，这就是器物的最好归宿。"

钟先生的个人藏品展办得十分成功，自然其中主要是翟健民在协助和张罗。

有了清三代瓷器展的成功举办，钟先生又开始筹办明代瓷器展。从这以后，他在翟健民的指导下，在购买藏品时，已经非常关注和了解每一件藏品背后承载的历史知识和瓷器本身的文化与技术内涵了。在古玩行内，懂与不懂的区别，有时可能仅仅在于对一个知识点、一个历史时代的了解与不了解。一件器物的真与伪，有时就因为这一点点的差异，便会造成一件真器被误判为伪，一件仿品反被视为"真"。翟健民为我举了个例子："比如明朝正德皇帝时期，很多官窑瓷器上都有伊斯兰民族的纹饰，有人就认为这并非宫廷正品，其实这样的器物恰恰是正宗的明正德年间的宫廷正品。如何鉴别证明呢？这就得有些历史的知识。正德皇帝所处的时代是个非常尊重伊斯兰教的时代，尤其是正德皇帝本人，据说他本身就是位信奉伊斯兰教的皇帝，他在皇宫外有一处经常去游玩的地方，那里所有侍卫和侍奉人员都必须信奉伊斯兰教。正德皇帝也把自己内心对伊斯兰教的信仰与爱好，倾注在瓷器艺术品上。北京故宫博物院内有一个尚未开放的皇帝洗浴室，里面的陈设和壁画跟土耳其浴室一模一样，10 年前我有幸去参观过，很明显当年正德皇帝时代的宫廷陈设和艺术品会因皇帝对伊斯兰文化的信奉而烙下很多伊斯兰文化的印迹。”

翟健民的话是有根据的。其实我国的瓷器文化艺术最早受伊斯兰文化影响应该在元代，到明代就比较盛行了。元末明初，全国各地人民起义浪潮四起，其中一支最出色的起义军便是朱元璋。在元末时的蒙古统治者，把大量的回族人、色目人从大都、中都贬到河南、淮西一带，朱元璋便在这些地区进行串联，许多色目人、回族人参加了他的起义部队，且涌现出了一批文臣武将，朱元璋依靠这些人打下了天下，建立了明朝，他军中的将领如常遇春、胡大海、冯胜、丁德兴、蓝玉、沐英、华云等皆是伊斯兰教信徒。故中国过去的民间有“十回保一朱”的说法。朱元璋登基后，就在南京等地兴建清真寺，其中南京的清真寺还被其赐名为“净觉寺”，落成后他曾多次前去，并御制至圣《百字赞》赐给净觉寺：

乾坤初始，天籍注名。传教大圣，降生西域。受授天经，三十部册。普化众生，亿兆君师。万圣领袖，协助天运。保庇国民，五时祈佑。默祝太平，存心真主。加志穷民，拯救患难。洞彻幽冥，超拔灵魂。脱离罪业，仁覆天下。道冠古今，降邪归一复。教名清真，穆罕穆德。至贵圣人。

明武宗皇帝朱厚照（1506—1521年在位），更是对伊斯兰教作过如此透彻的评价：“儒者之学虽可以开物成物，而不足以穷神知化。佛老之学似类穷神知化而不能复命归真。盖诸教之道各执一偏，唯清真认主之教，深源于正理，此所以乘万世与天壤久也。”

波斯著名旅行家赛义德·阿里·阿克巴尔·哈塔伊曾在1500年游历中国大地，15年后回到奥斯曼帝国首都君士坦丁堡，用波斯文写成了《中国纪行》一书，献给了他的土耳其皇帝素丹赛利姆一世。该书全面介绍了明朝王室与伊斯兰教的关系，如宫廷内有皇帝专用的清真寺，有宣礼员，主麻日（星期五）皇帝到城外的清真寺做礼拜，以及穆斯林文臣武将对明朝开国的贡献、皇帝对他们的重用等，进而说：“从皇帝的某些行为看，他已信奉伊斯兰教了，然而由于怕丧失权力，他不能公开宣布。这是因为他的国家风俗和法则规定的……”赛义德其实没有说错，明朝对伊斯兰教采取了宽容、保护和鼓励的政策，并且还保留了元朝留下的天文学机构——回回司天监和十四位穆斯林天文学家。在明朝时还渐渐形成了一个伊斯兰教民族，且同汉族等其他民族和平共处。明朝本身也同阿拉伯国家建立了良好的政治、贸易、文化方面的交流。郑和下西洋是明朝与伊斯兰世界接触与交流的最好例证。波斯人非常喜欢中国的青花瓷器，中国皇帝也特别喜欢伊斯兰文化的工艺品，并不断在自己制作的瓷器上体现伊斯兰文化元素，到了明永宣时期甚至达到了一个顶峰阶段。随后明天顺、成化、正德历朝都有此类瓷器出现。有学者研究得出结论，在明代瓷器上所见具有伊斯兰风格的饰纹达 12 种之多，主要是体现在青花瓷器上。

翟健民认为，明永宣时仿制伊斯兰器物造型的青花瓷就已大量出现，这显然是受当时与伊斯兰国家贸易的影响。到了正德时期，这种影响就更趋成风，并且出现了在青花瓷器的纹饰中书写《古兰经》和《圣训》的现象，以赞颂真主的字句为主要装饰内容。这多少与正德皇帝信奉伊斯兰教有关，所以一些宫用的灯笼等装饰上也刻有经文等内容。“一般来说，明正德年间的瓷器上的阿拉伯、波斯文字多被书写在菱形或正方形开光体构图内，以使所书写的伊斯兰教义醒目突出。”翟健民说，最为典型的是收藏于英国大维德基金会的明正德青花插屏，器形呈长方形，座与器物连为一体。插屏两面均以缠枝花承托一个大的圆形内套菱形开光，内书写阿拉伯文字，其文内容为：“真主说一切清真寺都是真主的，故你们应当祈祷真主而不是祈祷任何物，当真主的仆人起来祈祷他的时候，他们几乎群起而攻之，而你则要说：我只祈祷我的主，我不以任何物配他。”这段话出于《古兰经》第七十二章“精灵”中的内容。纹饰下部方线框内书有“大明正德年制”的楷款，由此可见这件青花插屏属官窑器物，与文房四宝同类，放置于书案可供欣赏。

明正德时期的官窑瓷器，饰纹上的波斯文通常刻上一些《古兰经》中的经典文字内容，比如“科学是无价的长生不老药，愚昧是无可救药的恶魔”“追求书法上的完美，因为这是存在的关键之一”

等等。像收藏于故宫内的正德阿拉伯文字菱形开光碗，外壁装饰了六个菱形开光，菱形开光内又套一个正方形开光，内书阿拉伯文：“接近亲属，传播和平，供给他食物。”开光周围间饰梅花纹和如意云纹，碗心同样为菱形开光内书“感谢真主的恩惠”的阿拉伯文。史书上记载，正德皇帝是一位极古怪的君主，他在宫外设房，自称为“大庆法王”“威武大将军”，这些对封建礼法的反叛，都证明正德皇帝在追求生活享受和刺激的同时，也是位深受伊斯兰文化影响的人。他禁止民间畜猪、食猪（猪与朱同音，明朝皇帝姓朱，自然禁屠猪、食猪），并且身边仆人也多数是回族人。在正德皇帝的这种个人文化和心理及信仰的影响下，这个时代的瓷器物上的伊斯兰文化元素比比皆是。

翟健民告诉我一个有趣的收藏故事：现在有些自称是行家的人，因为不懂历史，或者缺少系统的知识，常常见了一样器物上的纹饰有些反常，比如传统的青花瓷器上偶然有一些变化，特别是出现了某些西化文化的变异，故将视其为假货，结果让他这样深谙历史知识的大玩家常常捡漏。“有时哭笑不得。明明我认定是正宗的官窑宝贝，但买家怀疑，便去找另一些所谓的专家，结果那些专家为了显示自己的本领，就会向买主介绍：你看看，那些花瓣西洋派了吧，这肯定是后代的仿品！买主哪懂？于是一件好端端的宫品被贬为假货、仿品。害了谁？自然害了买主失去一个好机会，也自然害了那些伪专家自己，因为几次下来，他们的名声扫地。”翟健民说。

钟先生在翟健民的影响下，从成功举办第一次展览后，他便在收藏中更加注意潜心研究各个时代的器物特点及代表性，不断与翟健民交流心得。藏家的这般努力和倾情，也给翟健民在代理收藏的过程中带来了动力和压力，这种互动与促进，用翟健民自己的话讲，对他的帮助和提升也起到了不可低估的影响。“你必须努力再努力，学习再学习。很多真正的藏家，其最终的目标就是想把自己收藏的心爱之物拿出来与更多的人分享，做展览是他们所追求与他人交流的一种很好的形式。展览的水准代表了一个藏家的收藏水准和个人的审美水平，因此作为这些藏家的代理人，你自然要超出藏家的水平与水准。尤其是通过展览这种公开的形式，它必定要求所展出的每一件器物具有大量的知识与信息，尤其是学术上的意义。后来我帮助钟先生举办了第二次题为‘机暇明道’的明代瓷器展，大获成功。那次在香港大学举办的展览，所展器物是迄今为止，在香港举办的个人收藏展中明代瓷器最多元化和最丰富的一次，给大众留下了深刻印象。当然是知识和学术上的深刻印象。跟这些藏家一起工作的经历，使我本人也越来越清晰地认识到一点：真正的收藏大家以及真正要玩味古董，如果想要进入至高境界，拼的便是知识水平。于是我愈发产生了到中国最高学府进修的念头。我的知心朋友们开始理解了，尤其是妻子，特别支持我……”

从江湖上走来的古玩大家翟健民，在新旧世纪之交，他对自我的认识也来了个脱胎换骨，于是他有了一个大胆的设想，不，其实也是他的一个美丽梦想——上北京大学念书。

第十一章　北京的金山上

“北京的金山上光芒照四方，毛主席就像那金色的太阳……”这首歌对我和翟健民这代人来说，再熟悉不过了。不过，翟健民也许还不知道这首歌呢，因为他是香港人，内地的许多带有政治色彩的歌曲，他基本上连听都没听说过。北京在翟健民的眼里，不仅仅是自己国家的首都，同时他内心对北京的感情也并不比我们一般内地人差什么，甚至还要深。这有几个原因，一是翟健民崇拜北京的建筑和皇城的气派，二是他本人对北京非常热爱，尤其是他从事的专业，离开了北京，离开了北京的故宫，他认为自己等于缺了一大块知识和经验。在过去的几十年里，北京是他到内地来待的时间最长的地方，甚至后来他还在北京置了房子，常住在自己“家”里，如果不是他主动说自己是香港人的话，在北京城里不会有人将他当外乡人，他的普通话其实说得比我好。但翟健民对北京感情之深还有另外两个重要原因：一是因为与王刚先生一起做《天下收藏》节目，这是他在大陆事业及声名鹊起的起点；另一个原因就是在北京大学进修学习的岁月，令他从“江湖”上的大收藏家和玩家，脱胎成一名学者型的古董鉴赏家。这一步人生和境界上的飞跃，翟健民十分看重，而且日后他蒸蒸日上、潇洒驰骋古玩场的风云岁月也着着实实证明了这一点。

“北京有恩于我。”翟健民用这样的话评价自己与北京的关系。那么北京给予了这位香港古玩赤子什么呢？当然是——知识和能力，更多的知识和能力。

2000年的北京，春暖花开，在这十分迷人的季节里，44岁的翟健民怀揣“北京大学考古系旁听生”证件，第一次坐在北大的教室时，他脸上泛着红红的光，心跳得十分激烈，就像六七岁时第一次进学堂时一样既紧张又兴奋，不过孩提时是紧张多于兴奋，而坐进北大教室是兴奋多于紧张。本书的开头其实对这位梦想成为一名中国最高学府学生的“香港仔”如何走进北大已经有所描述，这里不再重复。现在需要叙述的是正式内容，这便是北大几年的学习进修生活给翟健民带来的改变了。

“改变了我的人生和人的质量。”翟健民用一句非常简洁的话如此总结。

人生是什么？人的质量又是什么？把“人生”二字安在翟健民这样的古董收藏者身上，他的人生就是买卖、卖买古董，并在这买卖与卖买中赚钱、交朋友、练自己的专业本领。还能有什么呢？至于“人的质量”，说得正面一点，那就是做个能识真的、有良心的生意人、经纪人或鉴赏家，这大概就是他原来的“人的质量”吧！

2000 年之前的翟健民已经证明他的“人生”和“人的质量”在行里已经可以用“稀罕”和“精品”来比喻了。他的“玩德”、他的赚钱之道、他的为人之道，其实已经是很超众、卓越的真善美了。北大学习后的翟健民还能是什么？比这真善美更真更善更美？

当然。

一般来说，低层次的人，欲想成全自己人生的真善美，同样也是可以的。然而在古玩界、收藏界，低端的真善美或许最后可能导致你不得不付出巨大代价的假丑恶。这个道理叫人怎么理解？其实并不太复杂。在古玩界，一件原本是真品的器物，如果因为知识的不足和误传，它可能被轻而易举地扔进垃圾堆里，成为一文不值的废物。同样的道理，一件假东西，由于人云亦云，在无数张嘴和无数个权威“烘托”之下，常常也会被奉为“真品”或“极品”。你是一个有良心的、心地也特别仁善的人，可由于你没有足够的能力去识别和说服那些说假的人，你也就自然而然地投入同样的“假说”之中，这样的结果，难道还能保有你原先的真善美的本色吗？显然不可能。

翟健民有这个历练过程吗？自然有，而且常常是个痛苦的过程。

王春城，北京首都博物馆的著名瓷器专家，是与翟健民交往多年的老朋友，在翟健民上北大之前就认识他。我请王先生谈谈这位老朋友在上北大前后的变化时，他用了五个字来形容进北大之后的翟健民给他们行内的印象：“完全不一样。”

王春城说："不仅在专业知识上，而且在待人处事上，可以说是上升了一个高台阶。以前翟健民的本领已经是一流了，实战本领国内基本上没人可以超过他。但他在我们面前交流时，常常是躲着，现在不一样了，我们想躲他也躲不了，他的两种知识、两种经验——实战中的知识、知识中的经验，都会深深地吸引我们这些科班出身的古董鉴赏人。如果作为一个鉴赏家而言，无非是把一件古董的真假确定了，而作为一个古董商人、古董经纪人，你给买主把一件好东西适价搞定就是大大的功劳。但现在的翟健民不一样了，他会帮助藏家把各种佐证全部拿出来，教你认识器物、理解器物，从而爱上它，珍惜它。他在一次次帮助藏家收藏和买卖古董的过程中，不仅帮助提高他们的专业知识和兴趣，而且还在帮助藏家成为一个专业人士、成就一番事业，甚至改变一生的命运，这就了不得啦！他帮人常常帮过头，我一直说他在帮人时把自己弄傻了，而翟健民总是笑眯眯地告诉我：'现在我就是这个样，改不掉了。'我想这就是他把自己人生中的真善美，历练到了最高境界，这才叫大师。"

看得出，王春城是个不易夸人的学者，但能从这样的同行嘴里说出如此的评价，翟健民也算不枉此生。

现在该讲到"北京的金山上"话题了。

"香港仔"翟健民虽不知中国内地流行几十年的《北京的金山上》这首歌，但他每到北京一次，就仿佛在他人生旅途上又上了一次金山一般，收获的是"满袋黄金"。以前几十年，翟健民的功夫主要在明清瓷器上，对高古瓷器并不精深，而他在北大进修的考古学瓷器专业，重点恰恰是从宋瓷开始入课，这让翟健民这位身历百战的"游击队司令"，像到了高等军事学府一样，所有的知识，都令他如饥似渴。

"宋瓷，在中国就像一位高贵的淑女，她代表了我国瓷器艺术臻于成熟的时代。这个时代的瓷品以单色釉的高度发展著称，其色调之优雅，可谓无与伦比……"著名陶瓷专家、北大教授权奎山先生开讲的第一课，将翟健民带到一个至美至艳的中国宋瓷世界，听得他如痴如醉。"这个时代，我们中国瓷匠们创造了许多举世闻名的名窑和名瓷，它们被西方学者誉为'中国绘画和陶瓷的伟大时期'。在灿若繁星的宋代几大名窑中，景德镇青白瓷以其光致茂美、如冰似玉的釉色名满天下，而其中以湖田窑烧造的青白瓷最为精美，冠绝群窑。它的胎土采用当地的高岭土，素白细密，洁净紧实，经过窑工和匠师们一道道繁复的工序，最终成就了冰肌玉骨、秀色夺人的艺术效果。烧造出的青白釉瓷器色泽莹润，清素淡雅，纯净细腻，美轮美奂。故，人曰：宋瓷无论从种类、样式，还是烧造工艺等诸方面，均位于我国瓷艺的巅峰水平，绝非狂言，实属贴切。”

光影之下，教授口中呈现的一件件精美的宋瓷代表作，流光溢彩……而许多器件是翟健民所熟悉的，但在北大课堂上再品味它们时，他像重见往日的初恋情人，异常激动。再听教授如高山流水般的描述，令翟健民神思里的那份舒服劲甭提多惬意了：“你们看——钧窑的海棠红、玫瑰紫，好似晚霞般光辉灿烂，其‘窑变色釉’中的釉色变化如行云流水，潇洒自如，变幻莫测。再看汝窑的造型，其丰富性非深刻的生活取源而莫至，那器物件件独特出奇，其釉晶莹柔润，犹如一盅凝脂。而翠绿晶润的梅子青是宋代龙泉窑中上好的青瓷……还有，倘若不说被美术家们称之为‘缺陷美’和‘瑕疵美’的开片，也叫冰裂、断纹，那就实在残缺乏味了……”权奎山教授讲到此处，戛然而止，扔下一句“下一堂课，希望你们在图书馆里泡尽后再来上”，便离开了同学们的视线。

下课铃响了很久，翟健民仍呆呆地坐在课桌前，他半晌没反应过来：上大学，不是来听课的吗？怎么教授甩下一句话，让我们自己去图书馆看书就走了？怎么回事？

走吧翟大师兄！这就是我们的北大，从蔡元培当校长开始，就传承下了教师与学生教学互动的传统，这叫——启发式教育。走吧！去晚了会找不到座位的。

走进图书馆的那一刻，翟健民的内心有一种强烈的震撼：几百、几千人，或行色匆匆，或静止如佛地坐着看书，没有一点声响，只有翻阅书籍的“嘶嘶”声和敲打电脑键盘的响声，但这里却是吸吮知识的海洋，让人心旷神怡，神清气爽，尤其是对像翟健民这样一把年纪又到处奔波的人来说感觉太舒服了！于是他有些心虚地找了一个偏僻一点的位置坐下来，然后到书库里找了一本有关宋瓷的书籍，静静地看了起来……关于宋瓷，在过去的几十年拍卖场上和博物馆里，翟健民上过手的已不计其数，但今天当他静坐在北大的图书馆里捧起“宋瓷”时，他感觉现在的自己才算是正式认识什么是高贵的女人，而以前见到“宋瓷”就仿佛是初遇美女，虽然一眼看上去很漂亮，但是否“美丽”需要在深入了解与接触中才能知晓。什么是学问？这回翟健民似乎开始有些明白了，于是他不由自主地掏出嵌着毛体“北京大学”的那个闪闪发光的校徽，胸膛则在怦怦跳动……

这里的“宋瓷”告诉他：中国宋代虽是个积弱的时代，但南北宋朝加起来又是历史上最长的朝代，尽管军力积弱，但是宋朝是中国古代历史上商业经济、文化教育、科学创新等高度繁荣的时代，北宋时期的 GDP 总量占全世界近 1/4。由此宋朝文化也走到了一个繁华的鼎盛时期，传统士族的审美观也达到了一个相对纯粹的高峰。文学上的宋词典雅高贵，堪称中华民族历史上的瑰宝且至今未被超越，而以皇族为代表的士族，催生的一大批艺术品也不容忽视，比如书法、绘画、瓷器，在宋代都有杰出的突破。中国陶瓷在宋代之前就已有很高水平，比如唐代的邢窑，所烧白瓷均有淡淡的青色，但由于瓷土的品质控制不够严格，很少能够烧制出壶嘴壶柄纤长优美的瓷器。到了宋朝，这些都不再是难题了。宋瓷官窑器型常见素器，颜色也仅以青、灰、白、玫瑰紫和铁褐色几种为主，五大名窑中汝窑、官窑、钧窑均为青瓷，钧窑由于窑变难以控制，因此会出现玫瑰色、铁褐色等颜色。定窑、哥窑为白瓷，哥窑由于工艺特殊，呈现仅此一家的“金丝铁线”，其中传世的汝窑器物最为稀有和珍贵，如今仅发现六七十件，成为打南宋时期起，即便是皇家贵族也都难得一见之珍品。再说官窑，这里讲的官窑，并非通常所说的专供皇家享用的瓷器，而是宋代五大名窑中的一个窑种。没有来北大之前的翟健民，虽说对官窑也颇有了解，但听到有些人在坚定地说这是“修内司——宋官”、那是“郊坛下——宋官”时，就会满腹狐疑，怎么也没弄明白这两个窑址的宋官之区别在哪儿。权奎山教授的课，才让他茅塞顿开——

“中国宋代分为北宋、南宋，南宋建都临安，今浙江杭州。当时南宋官府十分重视陶瓷生产，尤其是宫廷瓷生产，专门建立了修内司、郊坛下窑，生产专供宫廷用的御品，故称‘南宋官窑’。南宋官窑始建于隆兴十三年，由皇家投资，并由宫廷内务府的窑务机构主持建立制瓷窑场。宋朝以后的官窑，则是国家机构的官府投资建立的制瓷窑场。民窑是百姓投资建立的窑场，官窑与民窑的区别在于窑场所有权的差别上，而不是产品的形状和产品的归属对象上。关于南宋官窑——修内司和郊坛下窑的建立，宋人叶真在《坦斋笔衡》中载道：‘中兴渡江，有邵成章提举后苑，号邵局，袭故京遗制，置窑于修内司，造青器名内窑，澄泥为范，极其精致，油色莹彻，为世所珍。后郊坛下别立新窑，比旧窑大不侔矣。’后人所写的《格古要论》中有言：‘官窑器，宋修内司烧者，土脉细润，色青带粉红，浓淡不一，有蟹拆爪纹，紫口，铁足，好者与汝窑相类。’现经考古挖掘证明，修内司的窑址在今杭州老虎洞，其遗址挖掘发现，老窑址并非南宋一个时代就有，呈地层叠压状，考古专家认为，老虎洞的遗址应分为南宋时期、元代前期和元代后期三个时期的老窑址，南宋窑址只能算其中之一。那一层的南宋窑址才能算修内司修的宋官瓷品生产地。郊坛下窑则是南宋修的第二座官窑，20 世纪 30 年代在杭州南郊的乌龟山一带发现。50 年代浙江省文物单位曾进行过一次小范围的挖掘，1985 年又进行过第二次发掘，大面积发掘出作坊遗址及窑炉一座，取得宝贵资料。该窑所烧窑器除盘碗外，多仿周汉时期铜器玉器式样，胎呈黑褐色，釉有粉青、月白、炒朱黄各色，是以植物灰及石灰、长石、高岭土、石英等原料配制成的石灰碱釉。这种釉的一个最大特点是高温时黏度较大，即使在高温下也不易流釉，因而釉层可以施得厚些，使器物外观显得比较饱满。薄釉器一般只施一次釉，施釉后以支烧具垫于器底，装入匣钵内烧制。器身全部满釉，仅留有支钉痕。厚釉瓷器大部分是垫饼烧，施釉两次以上，多者达四次。官窑瓷器开片纹的形成是由于高温条件下胎与釉的膨胀系数不同所致，这说明，开片纹的产生是瓷器在窑中烧制过程中自然形成的一种现象。一般来讲，薄釉和厚釉产品开片的状态是不同的，薄釉器的开片纹细密者多，厚釉器的开片纹粗稀者多。釉层厚发出来的开片也有厚度，这样使得开片和气泡看起来也有层次感，格外漂亮。由于胎土是含有微量铁的紫金土，接触到火的地方即铁化，因此具有‘紫口铁足’的典型特征……”入夜，翟健民一遍遍听着权教授的课堂录音，不知不觉中常常神游于那神妙的宋瓷世界之中，并常常入神入定而不知。

北大学习带给翟健民最大、最宝贵的经历就是跟着老师和同学们一次次去宋代遗留下来的各个窑址考察学习。这种实地考察带来的收获胜过读万卷书籍。

那四年期间，他们一共数次到过十来个宋代窑址实地考察学习：

河北邯郸磁州窑的观台窑窑址
河北保定的定窑窑址，邢台的邢窑窑址
河南宝丰县大营镇清凉寺汝窑窑址
河南禹州神垕镇钧窑窑址
福建建阳市建瓯镇的建窑窑址
浙江慈溪上林湖越窑窑址
浙江龙泉镇的龙泉窑址
浙江杭州南宋官窑窑址

“宋瓷是中国陶瓷艺术和陶瓷思想的最高境界，就像老子、庄子的哲学思想一样，古朴而深刻，倘若你入门之后，便会难以自拔，因为其义其境，美不胜收。”翟健民每每论及宋瓷，滔滔不绝，口若悬河。

“翟兄现在真是一个宋瓷学大师了！”我常被他的神往所吸引。

“大师不敢当。但跟了导师们一段学习深造后，方知中国宋瓷之博大精深。从业古董收藏者，若不懂宋瓷，等于不懂瓷器大美的真谛。”他说。

“老兄现在是宋瓷迷、宋瓷家，我们这般常人可否也一睹宋瓷之美？”我探问。

“不难啊！今年苏富比香港春拍会上就有一件重器，就是南宋官窑六棱瓶，有机会到香港就能见得着。”翟健民说，“现在全世界除像故宫等博物院外，已经很少见到宋瓷官窑珍品了，像这次香港苏富比拍卖会的重器实属罕见，失之交臂就不太容易再见到了。见一面就是缘分。”

“又是缘分！”我嘲讽他。

“是缘分，”翟认真起来，说，“我接触高端古瓷也有20多年时间了，经手的东西数也数不清，看真假、断年份、估价格，都非常自信。但由于很多知识仅来自于实战之中的心得和自己读过的书籍，对一些器物的系统知识理解不深。”

知识给予了翟健民充分的自信。常人没有的实战经验加之厚实的理论功底，翟健民从此更是游刃有余了。

“比如过去我与日本人交易多年，他们是最早喜欢宋瓷的，宋瓷的简洁、纯粹之美，很得日本收藏家所喜爱。但日本人光知道喜欢宋瓷，尤其喜爱以建窑为代表的黑色茶碗，其实对更深一步的宋瓷也是糊涂的，因此无论我提供给他们的是福建的建窑瓷，还是其他地方的黑釉器物，日本人都说这是‘河南天目’。这样长此以往，我也被他们误导了多年，囫囵地把所有黑釉器物都叫成‘河南天目’，尽管我也知道北方和南方的窑口都有产黑釉器物的，但就是不知如何区别真正的‘河南天目’。是教授的课堂知识和野外实地调查使我弄明白了真正‘河南天目’的脉络。”翟健民现在已是中国社科院考古研究所的特聘教授，他可以给自己的学生讲出所有宋瓷的道道来：“实际上宋代初期生产黑釉的产品涵盖了几个北方大省，如河南、河北、山东、山西等省，且品种繁多，有白地黑花、白地剔花、白地划画、白地刻花、珍珠地，以及黑地白花、黑地剔花、黑地划画、黑地刻花等。宋代在文化上达到了有史以来的一个巅峰，人民生活的丰富多彩体现在各个方面，自然也包括日常生活中不可缺少的陶瓷器物。所谓的‘河南天目’实际上囊括了磁州窑系，以河北邯郸的观台窑为主导，连周边各大省份的窑口出产的黑釉器物，它们各具特色。如果再细分，那就要说到南方福建的建窑……”

“这么复杂呀！你都弄得清？”我有些听不进去了。

翟健民笑，说：“是不那么容易。外行人完全可以不去管它，但我是专业人士，就不能不对有关中国瓷学的细枝末节了解清楚，否则在工作中就可能被这些细枝末节弄翻船……”

这个道理我理解。“然，中国地大物博，历史悠久，每一个朝代又错综复杂，难以筛滤，你虽倾心倾力，读书百卷，也难免失之毫厘呀！一部中国陶瓷史，就是一部中国历史史书和中华艺术之巨史，你又怎么可能做到不失手、不失真？”我问。

翟健民点上一支烟，目光灼灼地看着我，坚定地说：“是是，确实不容易，但我必须做到绝对的不失手，或者说好东西不在我手上溜走、漏走。过去靠实战，靠多看、多上手，现在除了多看、多上手外，还要牢记和了解各个时代、各个地区、各个产品的不同典型特征，这是基础。把基础夯实了，就能做到。”

“你能做到百分之百的不失手、不失真？”

“能。只要过我眼，一般不会有这种情况。”能自信地说这种话的人，一定是超级大师。但翟健民并不喜欢别人称他是大师，他倒喜欢别人称他是“翟帅”。

我第一次听“翟帅”这称呼时不禁内心窃笑，后来慢慢竟完全接受，因为这家伙除了外表很帅外，内心的德与术都很帅，办事识货更帅，是个真正具有潇洒自如的行动、德行的帅哥。

尤其在论道古董与收藏时，他的那种帅劲是淋漓尽致的。一日，他陪一位客人去北京古玩城看货，当路过一个店铺时，客人看到橱窗里陈列的一只黑釉碗，突然转过头冲他说：“翟老师，这个建窑兔毫碗好漂亮啊！”翟健民顺着客人的指向，仅一眼，便道：“这是山西仿建窑品种。”客人惊愕：“你仅一眼，怎就认定是山西仿建窑品？”翟健民笑笑，说：“如果你不信，我们进去看看。”俩人进店后，翟健民请店主将那碗取出掌掌眼，当他把碗拿在手里后，便对客人挑了几个要点说：“首先看器型，这么小巧可爱的碗形在建窑里是没有的，还有里面兔毫的斑纹与真正的建窑也不同，这是山西司仁窑仿建窑的一个品种。老板，我说得对不对？”翟健民回头问店主，店主连连点头：“您是香港的翟大师啊！说得对！说得对，就是山西仿建窑品。”站在一旁的客人顿时目瞪口呆，佩服得五体投地。

“其实我现在的这份熟练和自信，与在北大打下的理论功底是分不开的。”翟健民跟我解释。

“如果在之前——我指在没上北大之前，碰到这样的事你能一眼认定吗？”我这样追问道。

“能，也能认定它是仿建窑品，但未必说得清是山西的，可能会说个大概。”翟健民坦言，“以前能判断器物的真假一般不会出问题，但如果再往深说、说出道道来，底气就不足了。”

“那你说，宋代人到底是将瓷枕作为日常生活用品呢，还是专门将它放在棺材里给死人做陪葬用呢？我看到不少宋瓷枕……”我突然问他。

翟健民侧目盯着我，看了半晌，哈哈大笑起来：“何兄有进步啊！竟然能问出这样一个专业问题来。”

“那我就来告诉你吧——”他品口茶水，娓娓开谈，“多数人认为宋枕是尸枕，故敬而远之。其实是不准确的理解。中国人用枕可以说历史悠久，据说这个枕头一词还是三国时代的曹操所创。相传有一夜，曹操在军帐中挑灯夜读，到三更时分犯困，身旁的书童请其上床休息，床上的几本木匣兵书一时也没处存放，书童就将其平摆在床的一头，曹操太困，稀里糊涂地将头枕在木匣上，而且睡得特香。于是第二天书童便按兵书木匣的形状，用软物制作出一种垫头用具呈给将军。曹操问这是何物，书童只好答是垫头之卧具，曹操试着一用，十分舒服，便称‘枕头’也。枕头一词就在中国史书上出现了，可见我们中国人用枕的历史悠久得很。后来古人对枕头很讲究，各种质地的枕头都启用，有玉枕、陶枕、漆枕、布枕，更有达官显贵用石枕和瓷枕，尤是瓷枕，非常流行。南宋女词人李清照有首很著名的词作《醉花阴》：‘薄雾浓云愁永昼，瑞脑销金兽。佳节又重阳，玉枕纱厨，半夜凉初透。’她说的玉枕其实就是青白釉瓷枕……”

“瓷枕很硬，舒服吗？”我的颈不好，睡硬枕难堪，便问。

翟健民摇头，说：“如果何兄你早年就用硬枕，也不至于今天患颈病。”

“怎讲？”

“我研究过。古人用石枕、瓷枕，就是因为这质地硬的枕头逼你在入睡后不断调整睡姿，保持身体的活动，这样颈部就不会在睡觉之后一直保持一种姿势。你现在颈部有患，是不是长年累月坐在桌子前写文章、敲电脑所致？”

“可不是，都是职业病。”我点头。

“当然，宋朝人也并非人人都用瓷枕，只是我们在窑址考查时看到，有一个村落的民房被挖掘出来时，瓷枕就摆放在民房的炕上，可见瓷枕是一般的生活用品，而非过去大家认为的棺木里的尸枕”。

“宋代的瓷枕繁茂而盛行，从质到量，均达到了高水平，枕头造型也优美多样，包括几何形枕、动物枕、建筑物枕、人物形枕等等，装饰纹也不拘一格，其图案上也有刻花、剔花、珍珠地、纹胎、印花等，极大丰富了瓷枕的艺术表现力。据我所知，中国不同时期的各大窑口均烧制过瓷枕，由于制作工艺和艺术表现力的不断提高，瓷枕渐渐从单纯的实用性转向兼具实用与审美价值的发展之路，成为雅俗共赏的艺术品。宋代瓷艺达到极高水平，瓷枕的艺术自然也跟着成为当时的一种艺术追求，所以宋瓷中的瓷枕是一大艺术杰品。可以这么认为，一个宋瓷枕就是一件雕塑作品，一幅绘画作品、书法作品，同时也是诗词歌赋的载体。你何兄是文学家，宋瓷枕上多数雕有精美的诗词歌赋美句，如果你有机会到河南博物馆看一看那里的瓷枕，保证你流连忘返。”

这家伙竟然跟我讲起文学艺术来了！确实如此，仅凭他从手机里调出来的几件瓷品照片，其美其艺就足让人着迷。

“没有去北大读书之前，我的知识完全来自于自己看书学习、博物馆的参观以及无数次亲自上手的实战。北大学习后，我自己最大的感受就是完成了自身在文化层面的提高。”翟健民讲起自己的“文化与道德”故事来——

“北大学习完成后，我对宋瓷特别是宋枕有了更多文化意义上的认知，之后又收藏了一百多件瓷枕，有一段时间甚至见一件就买一件，越发觉得其美，因为每一件宋枕到手后，总能发现它背后有深意，有故事在其中，舍不得呀，到了爱不释手的地步！这一上心，几年下来，已经买了一百多个。宋枕多了以后，就有些气势，天天得空时便欣赏，后来觉得这么好的东西光一个人欣赏没有真正的意义，于是就想到了当年那个把自己的全部宋瓷枕献给国家的杨先生。杨先生捐献的那些宋枕，大多数是我在 80 年代帮他买的。他是个大企业家、爱国人士，也是个瓷器大藏家。他特别喜欢宋枕，我给他四处寻觅弄到许多珍贵的宋枕，后来他全部捐给了广州南越王博物馆，真正做了一件大善事。数年后，当我自己又收藏了那么多宋枕后，我也觉得可以像杨先生那样拿出来跟更多的人分享。于是，我又联系了广州南越王博物馆，把我自己珍藏的众多宋枕中最珍贵的 20 个捐献给他们。这些宋枕各个都非常精美，尤其是其中一只白底黑花荷叶形枕十分稀罕，到目前为止，我只发现了两只，除了我捐献的这一只，另一只在日本出光美术馆，那只宋枕是他们的镇馆之宝。”

“有些心疼吧？”我问。

“有些。但又很开心。”翟健民笑，苦涩的笑里更多透出的是灿烂和幸福。这个时候我才理解他常说的一句话：真正的收藏家，一定是位慈善家。而真正的慈善家，一定又是个无私的社会贡献者。

在翟健民那里听到的这样的故事很多，他就是这样一个人，而没有深入、长久地进入古玩与收藏之中，或者没有在其中不断陶冶和历练的人，是不可能达到这般境界的。或许他们最初也是为了赚钱与投资，而一旦当他们成为真正的收藏家、古玩家之后，又有了对历史器物的文化认识与史学认识，及其个人教养与修养上的进步和升华时，他们那种大度、无私、奉献精神，实在令人刮目相看，举世惊艳。

进入北大，对翟健民而言，既是一次知识的补充，也是一次胸怀和情操上的熏陶，更是一次在攀越古玩和收藏高峰上的灵魂与精神的沐浴。在新的高峰上，翟健民收获的是黄金遍地般的思想与境界。

读者是否现在可以理解我为什么将本章的标题选为“在北京的金山上”了吧！

北京的“金山”是什么？若干年里，中国人心目中的北京的“金山”是一种象征，一种对开国领袖毛泽东的崇拜与崇仰之心，那时毛泽东的居所中南海就是北京的“金山”，在这座“金山”上，中国人民翻身做主了。

北京是中国的首都，是中国各族人民向往的地方。

现在，北京在翟健民的心目中，它依然是一座永不落的“金山”。在这座“金山”上，这位曾经的“香港仔”、曾经在世界古玩界驰骋风云的“江湖”高手，蜕变成了一位满腹经纶的中国古瓷学者。此刻的他，好比一位身经百战的元帅，又在军事学院回炉成一名军事理论专家。而这样的人，才可算得上真正意义上的大家和大师。

在北京“金山”上收获之后的翟健民，心态发生了某些变化，嘴上的功夫发生了某些变化，眼里的神态也发生了某些变化，这个变化集中在更多的自信与谦逊上，体现在专业的传道与博爱上——

第十二章 博爱传道

历史上的许多伟人，其个人的才学渊博与美德，无论多深多高，其实总是有限的。然而他们的伟大之处就是善于传道、用自己的才能和智慧影响与启蒙他人，哺育千百个如同他们一样有心德、有才智、有仁爱的群体，并再通过这些追随者，再传道天下人，从而使得自己的思想与学识成为人类共同的创造与进步的力量。孔子如此，老子如此，基督如此，释迦牟尼如此，一介专业巨擘也是如此。

四年北大考古学进修后的翟健民，其走过的古玩与收藏之路也是如此。他认为世界收藏业尤其是像中国这样短时间内因社会发展而迅速崛起的收藏与古玩大国，更应当走一条理性与健康的“玩与藏”之路。如何将人们无法克制的爆发式、疯狂式的古玩收藏热情引至健康而愉悦的美学意义道路上，其实并非一件易事，这得有耐心，更得有知识与智慧，还需有胸襟和仁爱。这是任何一位传道者必须具备的素质。

香港的藏家麦先生比翟健民小几岁，20 年前这位麦先生还是位事业刚刚起步的年轻老板，他一直喜欢喝茶，也许是在收集好茶的时候不知不觉诱发了他对收藏的兴趣。于是他慕名找到了翟健民。翟健民就问他你喜欢收藏些啥，对方笑笑说，啥都喜欢，翟健民也只能笑笑。因为这样的初入道者太多，这样的人能不能入道，以翟健民的经验论，有两个可能：一是能够成为收藏大家，二是可能半途而废。但无论何种结局，翟健民从不拒绝对他们的专业引导，因为在他看来，最初的什么都不懂和什么都喜欢的人，都可能是未来的大收藏家，因此对他们就必须引导和指出方向。对麦先生同样如此。于是翟健民就从珠宝、手表、汽车等等收藏项目开始与“小麦”海聊，只要在一起就念这些收藏经。“小麦”在与翟健民的一次次聊天过程中，兴趣越来越浓，像着了魔一样。后来甚至到了一天不与翟健民“聊几句”就仿佛三天不食一样腹饥难当。

“开始的收藏，对一个外行人来说，它的真正魅力就在于认识到收藏古玩并非一个简单的买卖过程，而是一个潜心学习和领悟的过程，是一个需要用心去聆听以及和与古人对话的过程。而这个过程会让你的内心掀起激情与渴求的波澜，并在学习和认识中让自己内心丰富与强大起来，这样就会从盲目的喜欢到爱自心起的升华，很多人就是在这一过程中树立了一生把收藏作为信仰和追求的精神生活方式。”翟健民说。

“小麦”随着与翟健民一天又一天的“聊天”中，渐渐对收藏概念有了全新的认识。就在这个时候，翟健民经常有意拿出一些精美的清代器物给他看。清代的瓷器，富丽堂皇，色彩缤纷，一般爱好者容易产生浓厚兴趣，这也是翟健民为什么先给“小麦”看这类器物的原由。翟健民那次推荐给“小麦”看的是一件光绪黄地粉彩盘，非常漂亮，懂行人一看便知是宫中官器。“小麦”的眼睛里有了光芒，并不停地将器物放在手中摆弄。时间过去几十分钟，翟健民在一边观察，发现“小麦”的眼神里慢慢少了光芒，最后光芒甚至基本消失了。

翟健民的脸上微微露出一丝笑意——他发现“小麦”在思考、在鉴别、在寻找属于自己的爱好和方向。这份窃喜只有像翟健民这样的大师才有，因为通常情况下，见钱、见美者容易露喜色，而真正知“道”者、有信仰者才会有自己的独立见解，这样的收藏者是可以成器的。

“你很喜欢品茶，我们一起到日本去看看如何？看看日本人是如何喜欢茶道的……”翟健民提议道。

“好啊！我很想了解日本收藏家们的品味。”“小麦”欣喜应道。

俩人开始日本行。

日本之行是赏心悦目的，因为“小麦”看到日本人对茶道的理解和认识远远超出了他的想象，更让他吃惊的是，日本收藏家几乎无一例外地特别喜欢用中国的宋瓷茶具来泡茶、品茶。那境界，高雅、清淡的器物，配之袅袅的茶香，简直就是天堂里仙人一般的生活！

“我喜欢宋瓷！”一天，“小麦”突然对翟健民大声说。

“好！你选对了！”翟健民大喜。

“真的？”“小麦”有些迟疑地反问。

“当然。”翟健民随后娓娓道来，“至宋代，中国古代美学可谓达到了最高水平，因为这种美学里体现了中华民族独特的审美思想和境界，中国文化中的简而纯、以柔克刚、沁人人心的特点，体现在美学上的审美观点，便是崇尚天然、真实、平淡、古朴的理想之美。宋瓷釉色仅有青、蓝、白几种，器物造型也只有一二十种，但正是在这种简单和稀少中见得真美之功力。它的写实造诣和意境艺术成就，可以说是前无古人、后无来者。这与宋人从上到下的文化及艺术水平最高有关，皇帝宋徽宗本人兼任当时的国家画院院长和首席画师，这些都是成就了宋瓷在美学上达到最高境界的原因。但这也并非根本，根本的原因是宋代有一批杰出的画师和瓷器制造者，他们清楚地知道，瓷器有立体、有光影明暗、四面可观、多圆状、有造型、可实用等特点，瓷胎的表现能力肯定不如宣纸和画布，要在瓷器上追求绘画或书法效果有时无异于缘木求鱼，甚至南辕北辙，因此瓷器的艺术表现形式必须遵循瓷器本身的规律性。一方面要把单一颜色作为艺术的表现形式，如同绘画上的石膏静物素描，如此才能特别地反映瓷器自身的立体光影明暗，充分表现不同角度光线映照下的色泽变化，从而可以不受图案纹饰的干扰和影响，充分展示瓷器造型的美感。另一方面，形式虽简单，但所表现的内涵则有着深刻的意象。如青瓷虽为单色，但线条造型优美纹饰繁密；而青瓷的收敛、温厚、宁静、含蓄，通常体现了中国人内心感受的那种审美高境界。欧阳修有句话这么说：‘道尚取乎反本，理何求于外饰。’意思就是说，我们追求的道，就是返璞归真；追求的理，就是不用任何装饰。这种哲学上的审美思想影响着宋瓷的发展。正是因为这样的审美最高意识，所以中国宋代的瓷品虽粗看一眼并不觉得怎样，但细细品观，方觉魅力无穷，美不胜收，那种干净、宁静、淡雅、清素、莹润、沁心之感，是任何一种华丽、繁美所不能替代的。”

“我们再说说日本人为什么特别喜欢宋瓷。”翟健民继而说，“日本民族的文化，其实是我们中华民族文化的外传物，在唐代时日本人就把中国文化作为自己民族的主体文化加以复制与推广。中国瓷器从唐代就进入日本，到宋代时，中国的瓷器艺术到达最高境界后，日本人对宋瓷的崇拜也到了巅峰，所以后来的日本人一直奉宋瓷为瓷文化的神物崇拜。比如日本人虽然对中国河南天目瓷器的真实分类并不清楚，但他们对天目瓷的崇拜令人吃惊和敬佩。早在15世纪时，日本人就把天目瓷排列出四个等级，即曜变天目、油滴天目、目天目和木叶天目，曜变天目在建窑里是至高无上的，油滴仅次于曜变，油滴又优于目天目和木叶天目。当今世界，仅有五件曜变天目瓷物，日本藏三件，皆被德川家族所藏，现由日本静嘉堂文库收藏。”

“我们去看一看？”“小麦”被翟健民的“神话”深深吸引，再也无法抑制内心的那份期盼与激情了。

“没问题。”翟健民对日本藏家了如指掌，他们在大阪的藤田家藏馆里“上手”了曜变天目。那一刻，“小麦”的心像被电击一般，如同历尽千年终于寻觅到了一位钟爱的情人，再也无法放下对宋瓷的那份悠长情愫。

这是翟健民特别高兴的事。他知道，他的这位收藏“徒弟”入门了。

“你的选择恰时得很！前景甚好。”

“怎讲？”

“七八十年代，是日本经济大发展期，有钱的日本人疯狂收藏中国宋瓷。举例说明，那个时期，我几乎每年有一大半时间往返于香港和日本之间，也几乎看到了世界上最好的古瓷器。可自90年代后，日本经济开始衰退，并且至今一直萎靡不振，于是当时的一些收藏家纷纷把藏品拿出来变现。而现在我们中国的经济恰恰在这个时候迅速发展，但收藏和古玩者们又对宋瓷不甚了解，大多喜欢华丽繁美的明清瓷器，造成明清瓷器价格扶摇直上。相比之下，反倒宋瓷的价格跟过去比不升反降。实际上，宋瓷在民国时期就非常受收藏家们青睐，价格上根本不输明清瓷器。后来几十年也基本维持这样一个态势。你可以作个参考：在20世纪70年代，伦敦苏富比拍卖会上，当时一件定窑钵的拍卖价格是29000英镑，同一场拍卖会上，一只清代鸡缸杯成交价是23000英镑；历史竟然如此巧合，42年后的2014年，两件不同时代的精美瓷器，又同台亮相于香港的苏富比拍卖会上，定窑钵拍了 1.4 亿元，而鸡缸杯拍了 2.8 亿元，宋瓷整整输了明清瓷器一倍的价格。收藏和古玩界有个定律——风水轮流转，真正的好东西最终是会回归到它应有的价值的。事实也正如此，近十年间，我们回头看一看宋瓷在市场上的价格，其实已经在回暖。比如 2001 年香港佳士得拍卖行拍出日本收藏家的一只北宋定窑斗笠盏，成交价 1000 多万元；2006 年香港苏富比拍卖行拍出一只宋官窑锥把瓶 6000 多万元；2010 年香港苏富比又拍出一只汝窑洗，加定金价达 2 亿港元；2014 年苏富比拍卖行拍出一只定窑大钵 1.4 亿港元。由此我也相信，精品宋瓷的价格一定会在中国收藏成熟时代重新复位，所以我认为你选择收藏宋瓷无比正确。”

“太好了！有你这句话，我从此认定宋瓷了！”“小麦”一夜间成长成“大麦”——现在我们称他为麦先生。

“我的这位新入行瓷器收藏者，百分之百地接受了我的观点，从此毫不犹豫地收藏起宋瓷，而且蛮有意思的是，自从致力收藏宋瓷之后，他的生意也随着兴旺起来。有了收藏方向，加上源源不断的资金支持，麦先生在并不长的时间里，几乎收藏了除汝窑之外的宋代四大名窑的各种精品，而且也囊括了宋代各大民窑的精品，其收藏的种类之多和器物之美，足可以支撑一个宋瓷博物馆，尤其是他喜欢的宋瓷茶具，其丰富程度甚至超过了最厉害的日本收藏家。不仅如此，麦先生的茶具收藏还包括了茶几、茶字画、茶纹饰的各种笔筒等，简直是包罗万象，应有尽有。令人可喜的是，他的藏品不仅文化价值高，器物本身的增值潜力也很大，可谓一举两得。麦先生从一个对古董和收藏一无所知者，成长为宋瓷、宋文化的大收藏家，可贵之处就在于他的收藏价值观和收藏方向上的正确选择，而且其好学精神、进取精神令人敬佩。我们相识并确定他的收藏方向后，凡有好的、大的拍卖会，他总会抽出时间跟随我同行。他自己出差、旅游也不忘到当地博物馆观摩学习，甚至为了更深入地了解茶道文化，数次独自一人跑到日本去拜访那些茶道大师。正是他的这种不懈精神和好学态度，使他建立起了拥有数百位茶道爱好者的收藏朋友圈，地域涵盖中国大陆、台湾、香港等地及日本。又通过相互交流，使得他的收藏品日趋丰富。之后，他又不断将自己所了解的宋瓷和宋文化知识传播给他人，实现了收藏之外的自身价值。”翟健民对这位自己亲手培养出的大收藏家颇为得意，道：“过去我作为一名古董收藏界的二传手——从东家手里拿来，再卖到西家手中，获得的是双方满意、皆大欢喜的生意上的成就感。现在不一样，当我看到自己亲自引到收藏之道上的人成为收藏大家和传播收藏知识者后，那种感觉是师道成功感，是思想和精神层面的成功与成就感，其愉悦和宽慰深深地进入我的心灵世界。有了这样的‘学生’和朋友，我自己也会在思想和境界上发生变化。这种变化常常体现在，从过去的单一为朋友和藏友倾力寻找好的藏品，到为满足和实现朋友、藏友的收藏理想倾心倾力，甚至把他们的愿望和理想当作自己的理想和愿望。日久天长，我们彼此信任，亲密无间。比如麦先生爱上宋瓷后，在我家看到了我 20 年前买到的一件北宋耀州刻花剔壶，那是件极其少见的精品。他见后二话没说，抱了回去，后来天天跟我说，因为喜欢壶而夜不能寐。显然他是梦想得到此壶。但当时正赶上麦先生要收购其他几个合伙人的股份，资金紧张，而麦先生又是那种讲信用从不拖欠货款的人。于是，没过几天麦先生依依不舍地把壶抱了回来。老实说这壶也是我的心爱之物，当他抱回来的那一刻，我也十分激动，像是自己走失的孩子突然又回到身边。不过很快我又对麦先生讲：‘你那么喜爱这把壶，付款事宜完全不用放在心上，几时方便几时再说，尽管把壶拿回去。’麦先生听闻，自然是高兴的不得了。我们两个人自相识到现在，始终相敬如宾，已经是一生的知己和挚友。”

翟健民告诉我，他俩已经决定于 2015 年 11 月在北京大学赛克洛博物馆举办一场宋代茶文化瓷器展。“麦先生的愿望是想通过这个展览，让更多的人分享收藏的乐趣。他为举办此次展览，不遗余力，甚至请了三位分别来自日本、中国香港、中国台湾的最好的摄影师帮助他在四处拍摄瓷器配景图。我真心为这样有境界、有追求的收藏朋友而骄傲和自豪。”

易女士是翟健民众多“徒弟”中一位对宋瓷格外喜爱的女收藏家。因为我在采访时碰见过易女士，所以她的“故事”是我直接找她了解的。

第一眼见她我便知她是位聪明能干的知识型女士，加之漂亮和大气，又经营自己的企业，想要让这样的女性“服帖”、信任，非一般人所能。但在翟健民面前，显然她是又一个彻彻底底的“信徒”。她一口一个“翟老师”，让腼腆的翟健民脸上一阵阵泛红。

“她现在是学问不少的‘大宋公主’了，你还是问她自己吧！”翟健民让我自己问易女士的成长过程。

“大宋公主？”我看着易女士，不知其意。快言快语的她哈哈大笑：“还不是我喜欢宋瓷呗！翟老师和我周围的藏友们就这样称呼我……”

原来如此。

“其实我的那点收藏知识，完完全全都是翟老师带出来的。”易女士快语直言，“几年前我仅仅是个普通收藏爱好者，工作不那么忙碌了，就像多数有点闲钱的女人一样，喜欢收藏翡翠、字画之类。渐渐地觉得自己东一榔头西一棒子不是长久之计，后来开始喜欢瓷器，就想拜个师傅系统地学习收藏，虽然也跟着朋友结识了一些专家，但是心总是不定。正好我有一个朋友跟翟老师相熟，就引荐我认识了翟老师。第一次见到翟老师，我告诉他我很喜欢瓷器，但是古董瓷器高深莫测、真假难辨、种类繁多，不知如何切入？翟老师问我有什么特别喜欢的类型吗？当时我还真说不上来。于是他推荐了一些书让我先学习学习，让我有机会再多去博物馆观摩观摩。之后，我就开始照他的建议，借着旅游、出差的机会，到中国台湾、日本、美国等地参观了一些著名博物馆，认真观摩各个时期的中国瓷器，也把翟老师推荐的那一堆考古和古董与收藏方面的书翻看了一遍。后来再见到翟老师时，我告诉他看过种种瓷器之后，我觉得最能吸引我的是宋瓷。一听到我这话，翟老师眼睛亮了，认真地盯了我一阵，问：你真喜欢宋瓷？我点头肯定道。他又问：宋瓷哪点吸引了你呀？我说：宋瓷古朴、简约、自然，符合我的心性及追求。翟老师听后大喜，连声说好，你有潜力，我可以带你入门。就这样，我成了他的‘宋瓷’徒弟。”

从此，只要有机会，易女士就跟着翟健民参加各式各样的拍卖会，此间她的眼界大开，即使不在翟健民身边，她也能每天收到翟健民发来的各种照片，从中学习和选择那些自己所喜欢的宋瓷与相关专业知识。

“她是个一点就通的收藏者，加上天资聪慧，进步特快，而且方向与信仰执着，喜欢上宋瓷后坚定不移。这样的收藏爱好者很难得，他们的成功概率一般都比较高。我很欣赏这样的学徒，因为他们一旦入门，不仅收藏上能有所建树，最根本的是他们能真正体会到收藏的乐趣，并且一定程度上改变着自己的生活方式。这类收藏者，也常常从另一方面给予我对事业的更高追求与挚爱。”翟健民谈起自己的“高徒”，也特别来情绪。“记得去年秋拍时，我与往年一样，东奔西跑忙碌之际，突然接到一个北京来电，电话的声音有点急促：‘翟老师，我在宝龙的拍卖图录中发现一个宋代影青狮子壶，颜色、釉光一流、器型特别可爱！麻烦您帮忙看看品相如何。如果没问题，一定帮我拿下！’我一听是易女士，便应允了。对她我太了解，遇到自己喜爱的宋瓷绝不放过。好在，她属于那种清醒的痴迷者，收藏只是爱好，绝对不会倾囊而出，懂得量力而行、适可而止。她这个电话，一下把我从五光十色的器物中抽离出来，便赶忙去寻找她所说的宝龙拍卖图录。翻开图录看到那把宋代影青狮子壶的一瞬间，我顿时感慨万千！原来我一看到那图录，就立即想起了30多年前经我手卖给香港一位客户的影青狮子壶，再仔细一看，千真万确，就是那只壶！在收藏过程中，如此轮回，我经常碰到，因为经我手的宝贝千千万万，好东西总是在传动，这就是收藏的魅力。当一件几十年前经自己手出去的宝贝，过了若干年后再度出现在眼前时，那种兴奋劲甭提了。我常常遇见如此情况。这一回又是，而且是在我对宋瓷认知程度完全不一样的几十年之后，这般兴奋可想而知。现在又是受一位对宋瓷的大爱者易女士所托，我自然志在必得。需要提一下，我们为啥称易女士是位‘大宋公主’，是因为开始我们完全想不到一个靠自己奋斗成长起来的北京城里的年轻女企业家，整天挽着Birkin包穿着Prada的时尚女性，怎么可能喜欢上老古董？尤其多数是色调单一的宋代瓶瓶罐罐。可几年下来，我发现她对瓷器知识以及中国传统文化的喜爱是发自内心的，尤其是对宋瓷的喜爱，完全来自于她内心的淡然和超俗。她喜爱的不仅仅是宋代瓷器，更是那些瓷器所承载的中国传统文化。她从 20 多年前就开始到世界各地出差，尤其是每年几次的欧洲之行，各个国家的博物馆、画廊和文化古迹，她都不止一次去过、看过，那个时期的她对中国传统文化一点没有兴趣，是个完全西化的女强人。近十年来，工作没有之前那么忙，她才有心思坐下来看看中国的历史以及与中国传统文化相关的东西。她是在自己都经历、都看过之后，发掘并喜爱上了中国的传统文化，进而喜爱那些承载着中国传统文化的古董瓷器。她虽然现在仍然很多时间都在国外，但是，博物馆里看得最多的只有中国瓷器了。作为一个时尚的年轻女性，她发自内心地喜爱中国传统文化，她的那份坚定与坚持令我佩服！因为她天天在讲宋瓷的美，认识她的圈内朋友们就称她是穿越过来的'大宋公主'。遇到这样的收藏爱好者，我唯有更加尽心尽力地引导和帮助……”

当那只宋影青狮子壶在 30 多年后再度经翟健民之手，传到易女士手中时，新主人欣喜若狂，万分激动地说：“翟老师，能够收到如此稀有的一件影青狮子壶，我真是太开心了，谢谢您！下次您来北京，我一定用这壶给您泡茶……”

“其实，最高兴的可能是我自己，一则因为我又一次见到了 30 多年前的‘老朋友’，知道了它的命运，它的新归宿。二则我看到又一个宋瓷迷、一个成熟的藏家。两者叠加，怎不令我格外欣慰？”翟健民说。

这是他的真心话。

凡师者，能见自己的学生进步成长，有时比自己成功还高兴。这是中国师道的一个境界。孔子在世时并不是天下闻名的圣人，只是一个传学播道者，后来是他的学生将其心得体会和对人世间的道理一一阐述并加以不断传播、不断完善之后方成圣道。在收藏界，出个大鳄并不是难事，然而要成为一名既有真本事，又有学问的大师则着实不易，需要德、才、学三位一体融合者方可。

我这才理解翟健民常说的一些话：收藏的境界和品位，靠的是知识，积累的是经验，体验的是文化，判断的是价值，欣赏的是美感，涌动的是梦想，收获的是快乐，享受的是文化滋养，纯化的是个人信仰的精神充实，感悟的是自己摸索的人生滋味。

“收藏，收的是朋友，藏的是友谊；而古玩则是，说今古之道，玩天下学识。收而不研者俗，藏而不鉴者愚，以藏学师者德，以藏悟心者美，以藏缘友者雅，以藏养藏者富。收藏的最高境界，应该是播道传德……”翟健民如此说。

显然，他所说的“道”，肯定是收藏和古玩的知识与经验；德，便是其中的仁爱与心境，包括了买卖之间的友谊、信誉、忠诚、正直等为人之品德。

简言之，就是博爱播道。

在一个看起来尔虞我诈、惊心动魄的以买卖和赚钱为第一特性的古玩行当之中，欲成博爱播道者，似乎比登天还难。

翟健民是这样的人？他就是这样的人。

“要不我怎么说他是缺点和优点都很突出的人！”王春城先生这样跟我介绍翟健民，“很多人认为他是商人，而中国人的意识中烙着一个概念——从商必奸。因此他们不认识翟健民之前，也肯定认为他是个大奸，因为他名气大嘛！而当与他接触和买卖时，又认为他不可能不奸；当大家发现他翟健民不仅不奸，而且特别善良、义气时，就有些不可思议，甚至怀疑他的善良和义气。久而久之，有人就故意试探性地让他帮忙，老翟他就真心帮人家忙，一次又一次，后来相信的人越来越多了，最后发现他确实是个好人，是个了不起的商人，原因是他从不要求别人回报，所以作为世界顶级古玩专家，他还常常被人骗，这一点国内古董与收藏行里无人可比，我敢说这样的话。”

王春城是个非常有个性的古董专家，从他的话语里可以判定此人是个特别正直不阿的人，所以他的话可信程度高。

愿意帮忙又不求回报者，在中国上当受骗是必然的事。这方面的教训与事例，在翟健民那里可以收一箩筐，但他自己从不愿意讲。硬逼他时，他最多憨笑一下。

他更愿意讲那些得意的传道播爱佳话——

“我从事古玩这几十年，有幸过手无数精美的瓷器。作为一个古董商人，最初肯定是以买卖为主，不然怎么养家糊口、发展事业呢？在解决生计之后，我就把手中的一部分资金按比例分配做自己的收藏。随着时间的推移，这种比例也在慢慢调整。为了生存和拓展事业，我常常会忍痛割爱，后来又常常因为自己的能力提高，使一些珍贵的宝贝失而复得，这个时候总是特别开心、心怀感恩。”翟健民说，近十来年，随着自己历史知识的不断积累和增加，发现了过去一些不曾在意的“买卖”中存在着巨大升值潜力的古董器物，而且这些东西又常常出现在他再一次的买卖之中，怎么给价、物归何人成了一件非常纠结的事。

曾经听说早在20世纪50年代，河南汝州某地一个村庄经历一场大雨后，一位农民在野外劳作时，无意间发现一对埋在泥里的瓷瓶。此地古代盛产瓷器，所以农民猜想可能是对古瓷瓶，于是就送汝州考古所请专家鉴定。专家们用清水将瓶子清洗干净后，喜出望外，原来这是一对北宋钧窑花口大瓶，其器物不但完好无损，且大器型、釉色漂亮，整个瓶子完美无瑕，是对极其罕见的国宝级钧窑器物。那个时候，任何人发现古董文物，都必须自觉自愿地交给国家。为了感谢这位农民，汝州考古所奖励了他十五副手套。如今这对钧窑大花口瓶，早已成为河南博物馆的镇馆之宝。

“非常幸运，在80年代初，我买到同样一件完好无损的钧窑花口大瓶。那时我的生意刚刚起步，一分钱都掰开来用，有时候看到一件宝贝，还会借钱买下，根本没有能力自己收藏。那时日本人最喜爱中国的宋瓷，我手头又紧，最后只好将心爱之物卖给了日本出光美术馆。我心里唯一能稍感安慰的是：卖给博物馆还有机会经常去看看自己曾经的心爱之物。不想时光轮回，90年代后，日本经济衰退，连博物馆都受到波及，所以大量日本收藏品重新流入市场。2007年，出光美术馆也把一些收藏品拿到纽约苏富比拍卖会上拍卖。当我看到这次拍卖会的图录时，一眼就被曾经是我的那只钧窑花口大瓶吸引住了，当时不知有多激动。一则是时过几十年后，我个人的经济实力增加了，二则通过在北大学习，对古瓷，尤其是对宋瓷的认识完成了一个飞跃，知道这只大花口瓶子的真正价值。于是下定决心，无论多少钱，必须重新找回这件宝物，并发誓终生再不出手……”每每谈起得意买卖时，翟健民总是两眼发亮。

“当你志在必得、不再计较价钱时，一定会抱得美人归的——

这个瓶子美得就像一个亭亭玉立的少女！拍卖结束后，我抱着那个‘美人’满载而归，20多个小时的疲惫烟消云散，从机场直奔公司，一心想的是让家人和公司员工一起跟我分享这件难得的‘美人’。大家与我一样，围着大花口瓶赞不绝口，我自己则站在一旁，那种感觉就好像自己又遇到了初恋情人……”翟健民陶醉般地沉浸在对往事的回忆之中。

“‘阿民啊，你发啥呆呀？我们把它抱走了啊！等一会儿就把钱划给你啊！’正当我收不拢笑颜之时，隐约听到一个熟悉的声音在我耳边连嚷嚷了几次，又忽见一对夫妇从我身边走过……突然我看到了他们怀里抱着我的那个大花口瓶，这时我才猛然惊醒似的，大叫了一声：‘啥，你们把瓶子抱走了呀？’人家笑嘻嘻地回答我：‘是嘛，我们太喜欢这件宝贝了。谢谢你阿民啊！谢谢。’在一片谢声中，这对夫妇从我的视野消失了。我这时才明白，他们已经把我大老远专程从纽约买回的心爱之物抱走了……好一阵我的脑子是空的，还不知是怎么回事。妻子摇着我的头，问：‘咋，真的失恋了？’这时我才傻傻地像刚醒过来似的，忙回答说：‘哪里的事！人家既然喜欢，就让他们抱走吧！’”

“你真心没后悔？”我问。

“开始有一丝。后来很快平静了。”翟健民说，“作为一个收藏者，失而复得肯定是特别欣慰。但我是双重身份，自己还是一个古董商人、经纪人，要始终把客户放在首位。后来我不仅没有后悔，反而回想起此事时幸福感越发增多，因为一件宝物如果从我手中经过，再给一位与我同样特别心爱它的藏家，这种幸福与满足不亚于我自己拥有它。”

翟健民说，尤其是后来，当他把这只钧窑花口大瓶的来历和钧窑留存的文化元素和艺术美感讲给这对收藏老友听后，夫妇俩欣喜不已，日念其美。这对夫妻也是几十年的老藏家，太太尤其钟爱钧窑，他们夫妻两个每周六都会来我们公司喝茶，期盼这一周下来又有新物件可以欣赏，几十年下来，他们几乎把经我手的好的钧窑全部收入囊中，是对了不起的钧窑收藏大家。而翟健民自己呢，则觉得又为一个懂得和钟爱宋瓷的收藏者圆满了一件心事。

收藏品味人生，买卖体现人性，温暖融化人心，这个理大概通过此事可以获得清晰的解释。

“其实，在对古董进行收藏和买卖中，如果你是一个心怀历史与文化、奉行崇敬与好学的人，加上你又有一颗真实和善良的心，那么你所有的付出也会获得丰厚回报。现在的我，其实就是经常在与收藏家和客主们共同分享收藏和交易的愉悦时，自己也收获了许多人世间最宝贵的东西。”翟健民一直坚持不允许我过分夸赞他，他说自己只是个普通人，只是个比别人经历更多、分享收获也比别人更多一些的古董商人。“有的时候，从表面看是我在为别人办了一件大好事、买得一件稀世之宝，其实我内心知道，真正收获最大的是我自己。”

开始我并不能理解翟健民这话，后来听他故事说多了，才恍然大悟。

“在一些人眼里，通常有这样的感觉：古董嘛，只要你有钱，随时可以买得到。有时候的确是这样，但有时候，并非如此。如果你心不诚、意不真，即使你很有钱，也未必可以获得心爱之物。”翟健民讲了他与一对乾隆粉彩花卉双龙耳活环瓶擦肩而过的故事，颇耐人寻味——

“那应该是2005年六七月份的事。我们在美国的一个小拍里发现了一对无底价的乾隆粉彩花卉双龙耳活环瓶。经过对器物的仔细研究，我认定是一对非常好的瓶子。说巧也巧，拍卖之前，我已安排跟家人一同到山西五台山旅游，主要是拜佛净心。到五台山的日期正好与这个小拍卖同一天，不过拍卖是电话竞拍。按照一般情况，我想肯定不会有问题。别说一个小拍卖，就是几千万、上亿的大拍，我也常常靠手机来解决敲定。于是这一天早晨我如期到了五台山去拜佛。为了在五台山烧头香——我们香港人讲究头香，认为这样虔诚，我们一行人马大概凌晨四点半就往寺院走。五台山不愧是佛教圣地，烧香的信徒已经人山人海。寺庙所有住持和大小僧徒们一切准备就绪，只等仪式开始。没想到就在这时，远隔重洋的小拍卖会也在此时开始，我的手机不停响起，大洋那边要求立即参加那对瓶子的竞拍。无奈，我这边跪着磕头，嘴里却不停地对着手机喊价，那场景实在可笑：我一边磕头一边出价，像小鸡啄米似的，狼狈不堪。这对瓶子是个无底价拍品，第一口从50美元开始叫价，事先我以为是个必得之物，心想只有50美元起价的一对瓶子，肯定没有哪个对手比我更知道这对瓶子的实际价值，无论如何也不可能从我手中溜走嘛！但偏偏这一次我输惨了，输得自己都不知是怎么回事，我居然在一口价的最后时刻输给了一对以色列兄弟的竞争，他们以49万美元竞得。我这悔呀！理由有二：一是这么一对宝贝才49万美元自己却没有竞拍到手；二是我悔自己对这次拍卖太不真诚，尤其在佛面前，心不专，做事分神。宝贝没有获得，拜佛三心二意，失败完全在情理之中。

"这样的结果我通过彻底的反省，觉得错在自己，不是机会的问题。"翟健民告诉我，故事没有完，机会又来了。

"大约过了三个来月，这年秋季的香港苏富比拍卖会开始了，我事先在拍卖宣传图册上又看到了这对粉彩花卉双龙耳活环瓶子，定价是700万港币。当时我心中窃喜，因为我一看价，料定这回拍卖必是流拍……"

我感到奇怪，问："为什么？"

"这就是内行与外行的区别。"翟健民笑笑，说："那对以色列兄弟，以为上一次他们在纽约拍卖会上以49万美元捡了个大便宜，就想短短三个月内通过这对瓶子赚它一大笔。在古董和收藏界，赚钱完全天经地义，但内行赚钱与外行赚钱不一样，内行赚钱靠智慧和经验，外行赚钱纯粹靠运气。内行赚钱讲究的是策略，比如一件好东西，不可能在短时间内涨高很多，更不可能翻倍的涨，这得需要时间滋养才行。但外行人不知其奥妙，以为这一次捡了大便宜，就可以立马兑现更多的赚钱机会。那对以色列兄弟错就错在这里。他们想在短短的三个月赚它十倍的钱，这超出了古董收藏界的常规行情，所以我断定必流拍。"

"就算你猜对了，但也不一定说明你就能获得那对瓶子呀！"我感到翟健民是不是有些太"牛"了。

这回他笑得灿烂："当时我一看对方的定价，就知道此物必定可以让我夺回来……"

“你出700万买回？”

“不可能！”他摇头。

“那——你就那么有信心这回不失手？”

“自然，这叫经验。”翟健民点头，见我一头雾水，便开心地讲完后面的故事，“从这对以色列兄弟开的价，我看出他们对古董市场是外行，没有经验，尤其对中国古瓷缺乏知识性了解。尽管这对瓶子很珍贵，但到了这种人手里，他们不会如愿以偿获得大价钱的。一旦流拍，他们就会对这对瓶子完全失去了信心……”

“后来果真如此吗？”

“也并非一帆风顺，”翟说，“流拍是必然的。但当我找到这对以色列兄弟，跟他们讨论买卖价格时，他们的期望值依旧十分高，谈判一度陷入僵局。”

我笑了，看翟健民用什么法子弄回这对他梦寐以求的瓶子——

“就在这个时候，我的一位香港客户找到我说，他刚刚装修好办公室，希望有一对尺寸相当的花瓶作为办公室装饰品，无意间他看到了我正在与以色列兄弟所谈的那对花瓶。这客户很惊喜地说：这对花瓶我要了！当时我心里暗暗叫苦：它可是我特想要的呀！但我们行内有规矩，客户所托，即使你再喜欢、价格再便宜，也得优先给客户。这是铁律，也是我一生的信条。我当场向客户表示一定努力争取到。后来我又去找以色列兄弟谈判，靠着我的三寸不烂之舌，终于如愿以偿，对方最终接受了我给出的价。当我把瓶子拿回公司时，我的那位客户不知啥时已经等在那里了。还没等我把这对瓶子的前因后果告诉他，这位老兄就一路欢笑地捧着瓶子上了他的车子……”

“你是不是有些失落？”我逗翟健民。

“开始时是有点，但很快我也跟着这位客户一样欢快地笑了起来。因为我打心里觉得这对瓶子就像我嫁出去的女儿一样，尽管不在我身边，但她们还是姓‘翟’——那瓶子上有我翟健民倾注的‘情感血缘’。”他一脸庄严地说。

那一刻看着同龄的古玩人，我有些被感动：原来大师并非天生的，他们也是在不断的经历和磨炼中净化着自己的思想和境界。

“在与藏家打交道的过程中，我也总是能在他们身上学到很多东西。”看着翟健民深沉的样子，我知道接下来的人与事一定是值得他思考的。

绝大多数收藏爱好者都掌握一定程度的相关知识，收藏的过程本身也是学习的过程，我认识的一些藏家所掌握的瓷器以及历史方面的知识甚至可以去大学里讲课。即便如此，仍有一位北京藏家朋友，让我不仅佩服而且敬仰，他所掌握的收藏知识简直可以给专业人士上课。他对各个时期瓷器的特征倒背如流，除了阅读了几乎所有权威专家的书籍、去博物馆参观学习外，他还在家里逐一查看各个拍卖公司的成交记录，他的记忆力超群，不但理论知识全面与扎实，而且非常地“较真”，每件器物一定要知其然也知其所以然，因此，跟他打交道非常的过瘾。

记得最初见面一起看藏品的时候，他总是会随身携带各种武器，并一一拿出来应用在器物的鉴定上，一定要眼见为实，不仅如此，他还知道所有可以通过仪器检测瓷器中各种元素的方法。我们经常为了一件器物争论不休，当我用 40 年的从业经验来判断一件器物的那一刹那，很多时候都是一种感觉，这种感觉是 40 年储存于我头脑中的大数据不停运转得出的结果，而他会从气泡、开片、橘皮釉、波浪釉等一切细节跟我辩论，由于超群的记忆力，他的每一句话都能讲出出处，不但如此，以前学数学专业的他逻辑性超强，我必须把我的感觉翻译成他的程式才能一一破解他的诸多问号。有时夜深人静的时候，收到他的一个短信，我能马上精神起来，“考官”又来考试了，如果不仔细考虑、不认真回答他是不会让我睡觉的。

2015 年北京的一个小拍，我陪他去看一尊百花不落地的瓶子，看完那个瓶子之后，我的目光落在了一对粉彩蒜头瓶上，实际上这对蒜头瓶是我此次的目标。图录上把这对蒜头瓶定为晚清，而且这对从国外回流的瓶子底部被打了孔，估计被外国人用做台灯，因此定价极其便宜，但是，从图录上我就可以断定它不是一般的粉彩瓶，而是雍乾官窑精品。为了不引起过多的注意，我只是随意地把这对瓶子拿起了简单的看了看又放了回去，然后跟陈先生就匆匆离开了拍卖公司。没想到，出来之后，陈先生第一句话就是“大佬，那对粉彩瓶断代有问题吧？不然，您怎么会去看一对儿晚清民窑的瓶子呢？”我非常惊讶地看着他“你怎么看？”“这对儿蒜头瓶的造型、画工实在是太精美、洒脱了，不像晚清民窑，至少也是乾隆的。”除了对他伸出大拇指，我简直无语了。“大佬，你怎么看”？“我看是雍正官窑。”“真的，那您帮我拿下吧！”我又无语了……这本来是我此行的目的，从图册上我就判断是雍乾的东西，只是来看看实物和品相，看完之后以为有个大漏可以捡到，没想到，这位老弟眼光锐利，只能是他的了。

“你为什么不告诉他，你是冲着这件器物来的？”每每此时，我都替大佬打抱不平。

“这是我们的规矩，一件东西如果客人喜欢必须是客人优先。”

“那结果呢？”

“当然是我们买到了，为了不引起更多人关注，我不敢现场举牌，电话委托竞得，价格非常非常好，晚上我们一起吃饭时，这位老弟几乎是看着这对蒜头瓶看饱的。”

“这不是我要说的重点，他把瓶子拿回家后那一个星期的努力钻研，让我再一次地由衷佩服。”翟老师边说边深深地点着头。

“他基本上是两三天攻克一个自己的问题，然后跟我讨论心得。首先是器型，他翻阅了包括耿宝昌老先生在内出版过的康雍乾时期的同类器型重要书籍，首先从器型上得到了肯定。其次是画工，翻阅了几乎所有雍正时期的粉彩器物的画工，也得到了肯定。最后一个让我都吃惊的问题是，这一对瓶子被外国人在底部打了两个洞，他从洞口发现两个瓶子的底部厚度不一样，这个问题困扰了他很久，尽管我告诉他手工制作的两件器物不可能百分之百一样，他还是找到了很多理论依据，最后终于自己完全认同了我的判断，虽然没有落款，但是，这应该就是雍正晚期到乾隆早期的官窑粉彩花卉蒜头瓶。”

“从他身上让我看到了希望，国内越来越多的收藏爱好者的文化底蕴及知识水平不断提高，越来越多的人在收藏古董的时候是在学习知识和历史文化，而不是为了粉饰自己的身份和地位盲目跟风。这才是爱好，这才是可持续的收藏。于我而言，面对这样的藏家同样是一种激励，与他们交流是一种享受，我也不能停下学习的脚步，不然哪一天我怕过不了这样考官似的藏家的诸多问题。”

博爱者将爱洒向他人的时候，也温暖着自己的心田；播道者在向他人指明方向之中，也给予了自己方向与目标。

我们可以清晰地看到，从未名湖畔走出的翟健民，已经变得更加丰满与厚实了，走在路上的那份自信也不再仅仅来自于魁梧的身材与迷人的和蔼微笑，而是流露在他眼神里、言语里和处世的节奏里，甚至是无声无息无动作的表达里……

2005 年的春天，对翟健民来说是个格外明媚的好季节。

“当时我得到一个消息：香港苏富比拍卖公司收到一件乾古月轩珐琅彩孤品的瓶子要在这一年的春拍上亮相。这个消息对玩古董的人来说，太振奋了。因为这样的孤品已经很罕见了，尤其是我们看了拍卖公司的宣传图片，更有一种欣喜若狂的感觉。对这样的器物，我当不会轻易放过，于是立即给国内的一位珐琅彩瓷器藏家联系，对方听完我的介绍后，马上下定决心，说就托我拿下它。这位藏家是个珐琅彩瓷器的超级爱好者，自己已经有上千件藏品，独缺一件古月轩的珐琅彩。为何古月轩珐琅彩那么珍贵、那么令人趋之若鹜呢？需要做些介绍：我们知道，珐琅彩属于中国彩瓷中的一种，所谓彩瓷，简单的说，就是那种以红彩青花为主的多色瓷品，青花发色蓝中闪紫，浓艳、淡雅者皆有。彩瓷使用的是天然矿物颜料，红、绿、赭、紫等，颜色沉着，纯净，长期使用有自然脱落。粉彩填色之前需要用玻璃白打底，也有一种说法是加入铅粉，让色彩看上去很粉嫩。一般手触有突出之感，尤其是雍正乾隆粉彩，用料多，显得又粉又厚。普通粉彩不含具有化学成分的珐琅。珐琅是一个外泊语，它源于我们隋唐时期的古西域一地名。当时东罗马帝国和西亚地中海沿岸制造的搪瓷釉工艺品称佛郎嵌或称佛郎机。当我们有了景泰蓝后，这个佛郎嵌就被叫作珐琅，作为艺术搪瓷的同义词。珐琅是以矿物质的硅、铅丹、硼砂、长石、石英等原料按照适当的比例混合，分别加入各种呈色的金属氧化物，经焙烧磨碎制成粉末状的彩料后，再依其珐琅工艺的不同做法，填嵌或绘制于以金属做胎的器体上，经烘烧而成为珐琅制品。中国古代习惯将附着在陶瓷或瓷表面的称釉，附在建筑瓦件上的称琉璃，附在金属表面上的则称珐琅。珐琅粉彩瓷最早的宫廷名称叫瓷胎珐琅，顾名思义，那是一种在瓷胎上绘制的画珐琅，它是瓷器与画珐琅制作工艺的完美结合，制作对两者要求都很高，因此起步与成熟时间较晚。宫廷造办处在制作瓷胎珐琅彩瓷时，还制作玻璃胎珐琅、紫砂胎珐琅，三者制作时间应大致相同。最早的珐琅彩瓷见清康时代史料这样记载：'五十五年九月十一日，广西巡抚陈元龙奏揩帝赐——御赐珐琅五彩红玻璃鼻烟壶一个'陈元龙为此'惕感涕零'。据史料证实，珐琅彩瓷在清朝康熙时代制作技术仍没有成熟，直到乾隆之后才渐渐成熟，这与清代中后期同西方贸易交流日趋发展和皇室引进西洋派画家有关。珐琅之所以后来越来越受到清宫廷喜爱，一方面由于传统的中国粉彩瓷画用的是一层薄薄的釉涂在瓷胎上，其绘烧在瓷品上的画很平坦，没有凹凸感，另一方面因为粉彩缺少化学成分，光艳度也较差，显得单板。相反，珐琅彩所用原料混合了十几种化学成分，所制作的花纹是堆积起来的一层厚厚的料，有立体感，用手触摸时能感觉到很强烈的刺激，同时它的颜色艳丽无比，因而深得宫廷上下的喜爱。需要特别说一说的是，到了清朝从康熙、雍正到乾隆皇帝三代帝王，他们为了把中国的瓷器艺术推向奢侈华丽的顶峰，还特意从国外引进了一批又一批西洋画师到宫廷为他们作画绘图……"

"这段历史我也知道些。"在翟健民沉浸于中国古瓷史的漫漫长河时，我打断了他的话，因为他的话使我脑中浮现出一个历史镜头：

18 世纪初某一日，一位意大利天主教修道士被传到清宫廷，康熙帝一二三问过之后，问这位叽里呱啦说了一大通的西洋人，除了传教，你还会什么？这位西洋教士就拿起笔，"唰唰唰"几笔，就给龙椅上坐着的康熙爷勾画出了一幅活生生的画像来。像！太像了！康熙让侍臣拿过来一看，大喜，便说，从今天开始，你就上我们北边的圆明园去帮我画画。对了，你的名字也太难记了，起个中国名字吧！叫什么来着？郎世宁好！你就叫郎世宁吧！康熙大帝甚喜。意大利传教士朱塞佩·伽斯底里奥内从此有了一个响亮的中国名字，这个名字让其在中国美术史上光彩夺目。

在北京城北的一片郁郁葱葱、树木茂盛的皇家园林里，一处名曰"洞天深处"的一个几进几出的"如意馆"内，郎世宁开始了他长达51年的绘画生涯。起初康熙帝对郎世宁的油画不感兴趣，于是这位聪明的西洋画师改变风格，采取西中结合的绘画手法，既有中国水墨画，也有水彩画，还有珐琅画，其风格亦中亦西、中西合璧，这让康熙帝大喜。后来到了雍正时代，郎世宁在宫中的美术绘画地位升至首席，尤其是圆明园扩建期间，雍正皇帝令他居此园中，静画一批装饰于殿堂的大画，这使得郎世宁的画艺到了炉火纯青的地步。乾隆升帝后，郎世宁更是凭借着他对皇室的艺术贡献而官至正三品，此时圆明园开始修建夏宫，郎世宁被指派设计监造西洋楼。此时的中国皇宫建筑美学在郎世宁手中也获得了极大的发展。

不过，皇帝有一天又令郎世宁回到城内的故宫，在内务府造办处干活。“皇帝爷这些日子正喜欢上了彩瓷，希望有些独特的瓷品，您老给绘上几十个样品看看！抓紧啊！不然，下人的脑袋可就保不住了！”一日，一太监向郎世宁传旨。

已经在中国皇宫内立足的郎世宁非常清楚，他的东方主子喜欢的是那些既有中国传统、又有西洋风格的瓷器，而这样的瓷器便是珐琅彩瓷，用中国宫廷的话说叫瓷胎画珐琅——瓷胎上涂画的西洋釉彩珐琅，简称“瓷胎画珐琅”。虽然郎世宁在他自己的国家和艺术兴盛时期的欧洲，并不算一位出名的艺术家，但由于他在中国宫廷所拥有的特殊地位，加之几十年潜心研究和吸收东方古老文明的养分，此时有谁可强过他？

与清朝皇帝打交道多年的郎世宁其实非常清楚和明白，他的主子从圆明园将他传唤到内宫里来制造瓷品，显然希望在他手上制作出既具有中国传统瓷艺高超的胎质，又能像西洋宫廷所用瓷器一样华丽、艳美的瓷器。郎世宁太聪明了，不聪明他也无法服侍三代大清杰出君王，当他微微眯上眼睛，神思飞回自己的故乡时，他的脑海里顿时涌现出了中国皇帝所求的那种华美的瓷品……那是怎样的艺术呢？呵，欧洲人都知道，那应该是独一无二的位于德国慕尼黑的宁芬堡巴伐利亚皇家御窑瓷器！

是的，就应该是这个欧洲最古老、最有声望的贵族世家之一的维特尔斯家族后裔们创造的巴伐利亚皇室瓷。在中国并没有多少人知道维特尔斯家族在巴伐利亚地区曾经拥有800多年的辉煌世袭历史，但却知道路德维希二世时代的茜茜公主。热爱艺术是维特尔斯家族的一大传统，维特尔斯巴赫王朝对于中国瓷器的热爱和收藏，可以说达到了痴迷程度。早在 16 世纪时，葡萄牙商人开始从中国景德镇进口瓷器后，维特尔斯巴赫家族便成了这些商人的常客。郎世宁在离开意大利之前就曾多次到慕尼黑参观过宁芬堡里那些由巴赫王朝阿尔伯希特五世和威廉五世父子先后从葡萄牙商人手中购得的数百件中国嘉靖和万历年间的青花瓷珍品，比如那些与维特尔斯巴赫家族高贵、荣耀与权力相融合的中国“纹章瓷”，都给郎世宁留下了深刻印象。但这并不是维特尔斯巴赫王朝对瓷艺追求的最高境界，1747 年，维特尔斯选帝侯马克斯三世居然下令建自己的皇室御用瓷工坊。他的目标是：要造出我们欧洲人风格的中国极品瓷来！最初的工坊就在马克斯三世位于诺伊德克的行宫，后来才搬到了有“欧洲最美巴洛克宫殿”盛誉的宁芬堡皇宫，此后的工坊再没有搬动过。宁芬堡因此也成为欧洲最古老、最盛大的皇家瓷品制造地，藏有数不胜数的中国瓷和欧洲巴赫王朝宫廷瓷。陶瓷工艺是中国人的发明，欧洲人到了巴赫王朝才经过漫长时间的努力，找到了自己的瓷土，并习得中国烧造技术后才有了自己的欧洲瓷。

在宁芬堡工坊里，巴赫王朝请来了著名设计师瑟夫·策兴贝格，作为首席瓷品画专家，经过这位大师一番苦心设计，后又有一群宁芬堡的画匠们的精心绘制，一套以洛可可柔美艳丽手法展现自然花卉绚丽之美的瓷具，经过先后七次入窑烧制，终于被呈现在巴赫皇室成员面前——那实在是太美了，美得皇帝和皇后及侍从们发出阵阵惊叹：瞧那洁白的瓷具上浮现着鲜艳绽放的花朵与翩翩起舞的蝴蝶，栩栩如生，颜色亮丽，光芒照人；那瓷器组中的汤盆和汤勺，也别出心裁地设计成水果式样，或是一枚鲜嫩欲滴的水蜜桃，或是一只清新亮丽的柠檬，或是一枝仙果树叶，可谓妙趣横生。最显皇家贵族之气的是瓷盆边沿和端顶处用金丝或珍珠嵌出的波纹装饰，尽显天下独一气派，令人敬而远之，唯皇家贵人方可近前触摸……这就是维特尔斯巴赫家族非凡的宫廷瓷。

“长辫子”皇帝——郎世宁暗地里有时这样称呼他的中国皇帝，大概要的就是这般华丽堂皇之品吧。

造办处很快将郎世宁的设计稿送呈皇上阅览，结果皇上大喜：就它了！

于是千里马立即出发，向瓷都景德镇飞奔而去……钦差陶办官寻得镇上最好的一位胡姓制瓷烧窑者，责令其按宫里的要求，烧制珐琅彩瓷。胡姓窑人世代以烧窑为生，火候把握无人可比。新一窑瓷品又因宫里钦差官亲自督办，胡家人不敢有半点怠慢，结果数十天后，当窑门启开，尘烟扫去那一瞬，白处白、金处金、蓝处蓝、翠处翠的好一窑前世未曾出现过的珐琅彩瓷轰然而出，十里瓷都顿时光芒万丈，天宇生辉……

“哈哈……何兄，你真是作家一个，竟然将一段可能有、可能无的瓷史轶事说得如此神乎其神啊！”翟健民听我一番“补白”，不由捧腹大笑。

他说，珐琅粉彩的历史和传承你说了个大概，关于“古月轩”的说法，也不一样，有的说，后来宫里让那个姓胡的景德镇烧窑人到北京来烧御品瓷，他不愿前去。宫里没法子，就按其艺，在宫里特设了一个窑，专烧御用珐琅瓷品。由于宫品不得外传，又要区别于胡姓烧窑人的瓷品，所以有人将“胡”字一拆为二，特别命名宫里烧出的珐琅彩瓷品为“古月轩”……

“我明白了：原来被冠以‘古月轩’名头的珐琅粉彩瓷，一定是清代精品中的精品不是？”现在我算是半个“古董通”了。

“是这样。”翟健民总算把绕了一大圈的话题扯了回来，继续2005年的记忆。

“2005年3月份我陪这位客人一起去上海看苏富比的预展，因为他太着急等不到五月份苏富比香港的展出，于是，我们就心急如焚地赶往上海，所看到的实物比我们想象的还要精美，这让我们大为振奋。再一次看到这只瓶子，让我回忆起1975年，我跟师傅第一次去英国参加伦敦佳士得拍卖的场景，那是这只乾隆珐琅彩锦鸡双耳瓶首次在拍卖会上亮相。那时的我到了现场还是懵懵懂懂的，面对琳琅满目的瓷器，拼命回忆师傅平时的讲义和教导，但还是分不清楚何为彩瓷？何为珐琅彩？它们之间清晰的界限究竟在哪里？我师傅指着这只瓶子感慨地跟我说：“这是一件多少年难得一见的器物！”即便如此，我也无法真正体会到它的难得与珍贵，知识是需要积累的，欣赏水平和鉴赏能力却是要靠大量的时间和大量的实践浸染的。30 年后的再次重逢，脑海中清晰浮现出年轻时代的我，对这只瓶子的欣赏以及了解完全判若两人，现在看到这只瓶子，我脑海里出现的竟然都是乾隆年间内务府如意馆里的情景，他们当时如何构图、如何施釉……我感觉我激动的心情已经胜过了藏家。收藏清代瓷器的藏家都梦寐以求希望得到一个精美的珐琅彩古月轩瓷器，但是这种收藏中的巅峰是需要我们的引导才能达到的，这个过程带给我的信心与欢喜是无法言喻的。”

“三月份看过瓶子之后我这位客人就夜不能寐了，掰着手指眼巴巴等到了 5 月份的拍卖，每天不只通电话甚至要见面讨论，足足期盼了两个月。这么难得的旷世绝品一定会有其他人喜欢，在此之前我们对以往的大买家以及过往类似器物的拍卖纪录做了认真的学习和分析，终于等到拍卖的那一天，我们虽然志在必得，但还是有点出乎我们的意料，竟然有 4～5 个同样志在必得的强劲对手，这个瓶子底价定的是 8000 万港币，从 6000 万开始叫价，一路追杀到了 1 亿元港币，这时来自中国大陆、中国台湾和欧洲的三个主要对手停止了竞价，就只剩下我和一个电话委托。当时清代瓷器无论什么品种，从来没有超过 1 亿元的价格，因此到了 1 亿元是大家很大的心理关口，‘10100 万’，我接着加了一口，而电话那端大约迟疑了 30 秒才加了 100 万一口，此时我心中窃喜、因为对方已经开始犹豫了，因此我一秒钟都没有停顿又加了 100 万，此后全场鸦雀无声，大概一分钟（恍若一年）之后拍卖官的大锤晄当落下，最终，我们这位客人以 10300 万的锤价、含佣金 11500 万港币，竞得这件绝世孤品的乾隆古月轩珐琅彩锦鸡双耳瓶，拍卖官大锤落下的瞬间全场顿时沸腾，掌声、欢呼声响成一片，在场的所有瓷器爱好者或者行家，共同见证了清代官窑瓷器新世界纪录的诞生，这也是我从事古董行业 30 年，第一次以古董经纪人的身份创造了清代官窑的一个新世界纪录，而藏家是祖国大陆的一位企业家，这更加让我无比欣慰与自豪。”

“本来这一场盛宴到此应该圆满落幕，没想到两周后我们正准备与苏富比拍卖公司提货之时，却接到了苏富比香港公司老总的电话，告诉我们不能交割了，原因是他们公司收到香港高院发来的禁止交易的通知，理由是这只瓶子“一货二主”。这简直是闻所未闻的天大奇事，这几个月朝思暮想的宝贝经过艰苦搏杀终于要拿到手了，怎么会有这样的事情发生？！接下来苏富比香港公司的老总耐心地给我们讲述了缘由，原来这个稀世珍宝背后有这样的一段曲折经历：这个瓶子是1975年被藏家A先生购得，20世纪80年代A先生因为周转问题，将此瓶子抵押给了B先生借了一笔钱周转，但是在支付了几年利息之后就停止了，既没有再支付利息也没有归还本金，因此B先生就以为这个宝贝早就归自己所有了，在珍藏了20年后于2005年拿出来拍卖，自己也没想到能拍出一个世界纪录，更没想到拍卖结束之后还没拿到钱就被A先生告上法庭，理由是瓶子的物权不归B先生所有，瓶子的持有人还是A先生。由于这个诉讼涉及时间比较长，法院取证、裁决需要很长时间，因此先给苏富比拍卖公司下达了禁止交割的指令。”

听完这背后那么一大串故事，我们都惊呆了，这20多年前引起的纠纷何时能了断啊？！但是身为世界大行的苏富比没有让我们失望，他们跟法院主张自己的权益，拍卖公司与客人签订的拍卖协议是有法律效益的，一旦落锤必须交割（除了器物是被盗来的），这是对客人的保证，因此法院无权禁止他们跟客人交割，在世界各地都是如此，香港的法院也应该保护在香港做生意的公司的权益。在苏富比的力争与谈判之下，我们很顺利地在几个月内完成了跟苏富比的交割，只是应香港法院的要求，把我们应该交给苏富比购买瓶子的款项，先存在法院的账号里，待法院日后最终裁决有了结果，再把这只瓶子拍卖所得的款项付给法律意义上的货主。这个结果对我和我的客人以及拍卖公司自然都是皆大欢喜。

据说这个瓶子两年后最终裁定给A先生，最主要的依据就是他们之间当年签署的抵押借款协议，在此也提醒大家，在签署重要协议之前，一定请律师或是专业人士过目。

尾声　心智与德行

2016年到来时，翟健民的人生已走过一个甲子。这应该说是人生中特别重要的时刻和一个不可再来的站点。人活60，似乎要进入老年期了，但凡是见过翟健民的人，谁也不会相信这一点。他依然是活力充沛、魅力四射的帅哥。显然，他的生命和事业还有很长的路要走。我的这部关于他的“传记”也还是第一部，以后还会有更精彩的第二、第三部——如果他再活一个甲子的话（不是没有这种可能）。但无论如何，60岁对一个男人来说，成功与失败，基本上可以有结论了。如此说来，这部传记多少算是对这位中国和世界收藏界大鳄的一个总结。但我发现，翟健民在表扬和赞誉面前极不自信，任何一点多余的赞誉，都会令他备感负担和紧张，这也更让我坚信为这样的人立传的意义是何等的珍贵。因为像翟健民这样的人生存在我们的世界里、我们今天这个充满真假难辨、以假乱真、持假不耻的世界里，起码会起到去浊扬清的作用。

这就够了！一个人能够为社会做如此贡献就是一个了不起的人、伟大的人！

在我的眼里和大家的眼里，翟健民极为普通，既没有一般的香港人那种与内地人格格不入的装束与眼神，也不像一些有钱人、权贵者那样装模作样，他随和——可以同路边的清洁工、保安人员握手打招呼，甚至站在一起吃热狗；他微笑——见什么人都那么亲和，即使刚刚竞得1000万元的一只古董宝贝，也不会有丝毫的得意和狂态，好像仅仅是完成了一次预料之中或是预定的任务一样。也同样，即使是本来自己可以轻轻松松赚得的1000万元的中介费因“朋友”或委托人的大意而“忘”了，他也照样坦然一笑，耸耸肩膀，最多说一声：一起发财嘛，来日方长，有啥关系嘛！

翟健民就是这么个人。在潭池莫测、浑水汹涌、尔虞我诈、利字当头的古玩和收藏界里，他这样的人实在是奇葩，叫人有些不可思议。但这就是翟健民。此类的故事，他满身都是，我不想在这本传记里重叙太多，上面挑出来的章节足以说明其人其品。一个人的伟岸之处，无须重复地像搬山珍海味一样无休止地摆在餐桌前叫人品嚼，那样反而适得其反。德行高贵者与行为低劣者的不同之处，就在于看起来似乎没有什么不同，然而前者却能在平凡的点滴中呈现与凸显其非凡。

其实，在物欲横流的当代社会里，完人已经很难找到，所以将“完美”这个词冠在某人头上，都会使人备感压力。也许确实世上没有完美者，但我相信追求完美和努力成为某方面完美者还是有的。在中国古代，人们对“完美者”即圣人的理解是“百世之师也”（孟子语），所以称孔子为圣人；外国人眼中的圣人是耶稣，他们称耶稣是师中之师，是世界的光，是真理的化身。但当有人问孔子你是不是圣人时，孔子大呼：“圣则吾不能，我学不厌而教不倦也。”意思是，我哪够上圣人之称，我只不过是学习不知满足，教人不嫌疲劳罢了。于是孔子的弟子子贡说：学习不知满足，这是智的表现；教人不知疲劳，这是仁的表现。具备了仁智这两种高尚的品德，老师便是圣人了。后来又有人将孟子称为圣人，孟子便说：“夫圣，孔子不居，是何言也？”意思是说，他孔子都不敢称圣人，你们要把圣人的头衔加到我的头上，像什么话呀！其实，像孔子、孟子这样既为“百世之师”的有智有仁的高尚者，又如此谦逊，那么他在公众心目中便是圣人了。中国有部著名的《道德经》，里面对何谓圣人有这样一段话：“是以圣人处无为之事，行不言之教，万物作而弗始，生而弗有，为而弗恃，功成而弗居。夫唯弗居，是以不去。”意思是，圣人以无为处事，教化万民却不说自己的私话；造作万物而不干预，生养而不据为己有；有所作为而不自恃，成就功业而不居功。只因为功劳自居，而其荣耀永远不消退。此等人便是圣人也。

《道德经》是老子的著作，堪称中国古代最杰出的经典哲学著作之一。老子之所以在《道德经》里为“圣人”规范出如此一个“标准”，可见芸芸众生中是有圣人的，而圣人的行为则更多了。笔者认为，如果说像生活在孔子、孟子那样物质贫乏的时代，圣人容易做到的话，在今天这个物欲横流、形态复杂的时代与社会之中，做圣人确实要难得多，然而绝非没有。追求道德和心智高尚者还是有的，而且也许就在我们身边。比如我们是否可以这样比较和设想一下：在一个生意人扎堆的群体中，多数人赚黑心钱，而少数一两个人靠良心和劳动赚得应有的那份钱的话，这一两个人是否就可以算作那个群体里的伟人和高贵者了？或者称他为道德和心智高尚的人？显然这是合适和客观的。同样的道理，在以利为目的，靠以假取利、以骗得利、以浑水摸鱼获利的收藏和古玩行当之中，能出淤泥而不染，靠本事吃饭，并随时相助他人，无私援帮友人者，难道不算一个了不起的人物？

古人云：行善者自乐，有德者自畅。意思是说，一个人做了善事，自己会很开心，而一个讲道德的人，内心是非常舒畅的。

以我的职业和写作经验而论，我以为把翟健民的“传记”写到此处，已经是非常出彩了，换句话说是可以收笔了。但我不曾想到翟健民看初稿时屡屡紧锁眉头，涨红着脸，有些腼腆地嘀咕道：我有那么好吗？我笑了，说：自然没有把你“坏”的那部分写进去嘛！于是他仰头哈哈大笑起来，连声言称，希望你把我“坏”的那部分也写进去。玩笑归玩笑，翟健民最后十分严肃地跟我讲：有一件事我认为你得给我加一笔。

何事？我觉得有些奇怪，因为他在古玩场上那些惊心动魄、五彩缤纷的事我不会轻易丢失的呀！

“近十年中我花费心思最大的一件事——办古玩展。”翟健民认真道。

“办展览有啥名堂可说的？”我毫不在意地回敬他。

“哎——不对！不对！”翟健民使劲在我面前摆手。“这是我一生中从事古玩业最想做的事之一。也可以说是我搞古董收藏的一个境界追求了！”

我笑了，“有那么严重？”

“当然。”他说：“你没体会，我可体会深着呢！”

又一个“精彩故事”就这么引出来了——

“大约在20世纪70年代时，我第一次跟师傅到伦敦看到人家办的那种英式古玩展，印象太深刻太受刺激了！”翟健民娓娓道来，带着几分深沉。他说，“那个时候我们中国内地还没有开放，香港也很落后，所以到英国首都看到他们那里办的古玩展，简直就像进了古玩和收藏的天堂，太有吸引力和让人入迷了！而且在这样的地方不仅可以看到世界上最好最宝贵的古董，更重要的是可以学到很多专业知识，因为这样的展会上有许多学术交流活动，对收藏者和古玩爱好者来说，太受用了！所以当时尽管我才是个学徒，内心却有一个强烈的愿望：有一天我们中国人也应该办这样的国际性古玩展，而且内容应该是以东方艺术品为主。这个愿望一直藏在我心头几十年，从某种意义上讲，可以说是支撑着我从事这个行当几十年来的精神支柱和理想追求。你问为什么？是这样，因为我在多次参加伦敦这样的古玩展后，自己的切身感受也越来越深刻和强烈，就是英式古玩展除了形式和内容太专业、太高端国际外，还有一个让我内心受到很大刺激的，就是我觉得它隐约有些种族歧视的文化在里面。不过这一点到后来，尤其是当我自己成为国际古玩界一员后倒是慢慢将这一认识纠正过来了，原来我以为的那种‘种族歧视’，其实并非如此，它应当是一种属于高雅文化的内涵体现。只是在我年轻时在认识上有些偏激，或者说我当时内心有些自卑感，觉得那些专家在‘审’我们的器物时，总是格外挑剔。其实问题的根本是出在我们自己身上。另外，后来我也发现，英国人到香港也办过这样的古玩展，但并不太成功。所以随着我在古玩这个行当走的路越来越远，尤其是香港地区特别是中国内地开放后，收藏与古玩业风起云涌，我觉得我们中国人应当有展示自己东方古玩艺术品的舞台。”

“自己办国际古玩展?！”

“是的。我觉得时候到了！”我发现翟健民的眼睛突然亮堂起来。“我要自己办绝不亚于伦敦那样的国际古玩大展！这是我多年的夙愿。”

21 世纪开启时，翟健民开始把自己多年的愿望付诸行动——2002 年他注册成立了“翟氏投资有限公司”，专司古玩展业务。哪知万事开头难，翟健民办中国的“国际古玩展”的行动刚刚抬腿，就遇上不可逾越的大难题：他正准备 2003 年春节举办“大展”来个开门红时，一场由南到北的“非典”疫情袭击中国大陆，“翟氏国际古玩展”由此泡汤！

有人暗地里嘲笑翟健民：你好好地赚钱，干吗弄那些吃力不讨好的展嘛！

翟健民摇摇头，不为风凉话所动。

2004 年他再次在国际古玩界举旗：我们中国人自己要搞国际古玩大展！

他第一念头，想到了香港的湾仔，那里有最好的展览馆。既然要搞，就要搞得像模像样。

“不行不行，我们这里已经排队好几年后才能轮到你呢！”湾仔展览馆的人告诉翟健民一个根本让他意料不到的情况。

翟健民大皱眉头：这可怎么弄呀！

“到机场去办！那边也有展览馆，交通又方便，是世界各地客人来港的必经之地，我们照样可以搞它个轰轰烈烈！”妻子的话点醒了翟健民的心。

对啊，就在机场办！

就这样，“翟氏香港国际古玩展”的大旗于 2004 年便高高地扬起……

如翟健民所愿，头一炮就是个巨响：参观者多达万人！

第二年继续办，参展商和参观者更多。这种境况一直延续到 2007 年。

“翟帅，你应该到内地来办！我们那边什么都不缺，就缺你这样的有国际影响力的大腕过来撑场面，啥样的国际展都能办得世界一流！”年复一年到香港参加“翟氏国际古玩展”的内地古玩界朋友怂恿翟健民，并且摆出一百条理由。

“那我们就到大陆去办？！”

“绝对保证比你香港这个展要热闹！”

“好，就这么定了！明年就去——到太原办！”翟健民一声豪言，掷向国际古玩界。

这绝非心血来潮。翟健民做事总是三思而后行。到祖国内地办国际古玩展，其实是他一直心怀的愿望。至于为什么到太原，他给出的理由是：山西的地上地下，占有中国三分之一之多的文物，加上因“煤”而富有起来的山西人对古玩和收藏兴趣颇高，“他们的血脉里流动的就是古董和文物”，初次“试水”在太原是最佳选择。

翟健民还真说对了。2008年，他的国际古玩大展在太原举办，像一股飓风把整个太原和中国的古玩与收藏爱好者吹醒了、吹热了，甚至还有些吹晕了！展会原定的是每天十点开门，但七点多门口就聚集了成千上万的人，于是只好改成九点开门。可是九点也不行，因为人太多，所以只能分段进入。这让那些“古玩渴”的参观者和收藏爱好者受不了啦，于是竟然有人叫来警察，问罪“主办方”为何如此多的“限制”入场？翟健民听后不知如何回答，心里却像吃了蜜一样的甜：展会太成功了！超出预想的成功！

“我得感谢山西朋友，感谢太原市政府，他们的支持太重要了！”翟健民至今仍感慨不已和心存感恩。

“办展会赚钱吗？”我突然向翟健民提了个幼稚的问题。

“不——赚！赚什么钱呀！赔老去了！”翟健民习惯性地把“不”字拖得老长老长的。

他的话令我特别意外。“不赚你还那么热心、那么起劲？”我更不解。

“这完全是信仰和追求！”翟健民板着脸认真道。

倒是。他的这份心思我了解和理解。

“玩古玩搞收藏，许多人开始都是为了赚钱，但真正的古玩家和收藏家，赚钱其实根本不是他们的出发点，传扬文化才是根本和最终目的。一个有品质和有追求的古玩家和收藏家，应该是这样的。”翟健民这样说。不过，我了解他，知道他办这样的有国际影响的古玩展，更多的是为了一种民族尊严和对东方文化的维护与继承心愿。“还有我自己从业价值的某种体现。”他补充道。

“翟先生，你现在可以到我们湾仔来搞展会呀！”2010年，正当“翟氏国际古玩展”在大陆内地风风火火一场又一场进行之中，香港湾仔展会的工作人员找到翟健民，如此盛情邀请他。

翟健民笑了，思忖片刻，爽快道：“行！ 2011年开始我回香港办古玩展会！”

翟健民在太原、东莞等地办过数次古玩展后，发现内地市场虽好，但也有些不便，比如交通、海关等方面，不如香港方便，毕竟参展的国际古玩商家都是远道而来，自己拿着心爱之物，有许多价值上亿、几千万元的“宝贝”，稍有闪失，很麻烦的嘛！

还是香港办这样的国际大展好一些，这是促成翟健民班师回香港办展的主要因素。

2011 年，来自世界各地的古玩大亨们蜂拥湾仔展馆，“翟氏国际古玩展”的大旗亮相于世人面前，光彩夺目！

“求真、求精、求高端！这是我们的宗旨，不可动摇！”“翟氏”展的风格与追求招展世人面前。那些以假充真、企图浑水摸鱼者想进展会摆摊设位的，皆被“请”出场外。找警察来也没用，“玩古董讲究的就是‘真’，你弄假货来谁稀罕？”警察也帮“翟氏”说。

哈，这回老翟风光无限！他的“翟氏”国际古玩展至今已经跻身于世界三大古玩展之一（前两名是荷兰和英国伦敦展）。老翟他笑了，笑的主要原因是他的理想达到了，而且还有一个“小秘密”：他的展会已经不赔钱了！

不赔钱就是赚钱嘛！这是美德换来的贵果。

翟健民从业古玩和收藏 40 余年间，他留给朋友和这个行当里类似这样的仁义之事、智者之举，可谓不胜枚举。谨以此，我才愿把这“追求心智与道德完美的理想主义者”的桂冠安在他身上。这绝非心血来潮，也非任性地滥用华丽辞藻给一个同龄者，而是真真实实地被这位世界级收藏和古玩界大家的一生行为所感动后，在笔端自然涌出的一行很贴切的文字表达。

这个人的品行和那些随他而行的众多收藏者、古董爱好者对他的赞誉，时常令我感动。比如有个古玩爱好者，开始仅因崇拜翟健民而跟着他收藏些古董，渐渐也有了爱好，到后来就将此作为自己的“全部工作”了。这位古董收藏爱好者信佛，喜欢收藏各种古瓷观音，曾有言托翟健民帮助“看住”好的观音古瓷品。这样的一言相托，作为大师的翟健民本可以当真，也可以一笑了之，然而翟健民不，每每友人相托，他总是全身心投入，一有机会便全力以赴。上面的篇章中有过太多这样的故事，但在这里我依然还想把下面的这件事讲给读者听——

有这么一个藏家朋友，他因为修佛，酷爱收藏各类观音造像，尤其是瓷质观音。他曾经拜托翟健民帮忙寻找一尊特殊而稀有的观音，作为他观音系列的“头领”。

翟健民在收到友人相托之后，一直在留意寻找“特殊”的观音菩萨像，也许是缘分未到，始终没有遇到满意的，直到三年前的一天，翟健民无意中看到了一尊观音菩萨的图片，图片里面的观音菩萨与天津和故宫博物院馆藏的乾隆填白釉坐观音一模一样，从照片里看就是出自唐英之手的乾隆观音，这绝对是符合朋友要求绝对稀有的观音像。可是，照片里的观音却没有在任何地方出现过。为了破解迷惑，翟健民为此请业内做研究的朋友帮忙查询资料，终于在清宫档案中查到了相关记载。

谜底虽然找到，但是这尊观音在哪里谁也不知道。翟健民凭着他的执着和人脉开始了曲折的寻宝之路，这一找就是两年。

翟健民说：“前年冬天，当我领着那位朋友坐到这尊观音之前的主人面前时，他简直觉得如同神话一般。”

“难道你动用了公安部门，怎么找到的？快快讲来！”我已经迫不及待了。

“我哪有本事动用公安部门啊？但是，寻找这尊观音真比破案还难！”翟健民开始讲述他过去两年艰辛的寻宝路程：如何从一个图片开始寻找线索，如何找到图片的发布人，如何说服图片发布人进一步提供线索，又如何说服一个个中间人了解他、信任他……就这样抽丝剥茧过了一关又一关，最终追寻到图片中宝物的主人，前后用了两年的时间。

“当我手捧这尊观音菩萨的时候，彻底被她的完美和强大的磁场征服了，以至于我都不知道如何开口。慢慢镇静下来之后，我就开始跟观音的主人天南地北地聊古董和收藏，虽然他在电视中见过我，我还是想让他更多地了解我，就是不敢开口请那尊观音，生怕被一口拒绝没有余地。之后的第二天我们又借故再去，慢慢告诉他我这位朋友的诉求，以及我这两年的苦苦追寻。虽然这尊观音菩萨的主人也深深被我以及这位藏家的行为所感动，但是无论我们怎样苦苦哀求还是被对方拒绝了。直到一周后我们再次前往，终于把观音菩萨的前主人磨动了。”

“这就是精诚所至金石为开啊！”翟健民颇有感触地说。

“这尊观音在我这里就是一个精美的物件，看得出她对你们的意义更加重大，所以我忍痛割爱……”翟健民满怀感激地重复着观音前主人的话语。

“说到现在，让你们大费周折的到底是什么样一尊特殊的观音菩萨啊？”我已经急不可耐地打断了翟健民的思绪。

“这是到目前为止所发现的同类型唯一一尊乾隆窑变观音菩萨！”翟健民一字一字地道来。

“那你事先知道这尊观音的重要性吗？”

“当然，从看到照片那一刻就知道。”

“既然如此，你为什么费尽周折找到之后要告诉你这个朋友？应该你自己拿下才对呀？”所有正常人都会跟我有同样的想法。

“那怎么可以？我答应帮朋友请一尊观音，怎么可以失言？”翟健民淡淡地说。

“你不讲谁会知道？你可以再帮他找啊，这么稀有，除了可以赚大钱，你自己也可以收藏啊？”我真的不解。

“怎么说呢？你说的完全没错，但是，对于我来讲，类似的事情我遇到的太多太多了，如果按照你的说法做，我也就不是今天的我了。”

无言的半分钟，翟健民接着轻轻地说了一句：“不瞒你说，这尊观音我一分钱没赚，第一算是兑现我的承诺，第二，我有幸见到这么完美的器物算是对我最大的回报吧。”

……

我不再纠缠了，是，这的确就是翟健民。

“还是给你讲讲这尊观音吧。”翟健民从回忆中抽离出来，马上神采飞扬。

“这尊观音菩萨的珍贵之处可以从清宫档案中查询到。当年乾隆皇帝对北京万寿寺供奉的明代窑变观音非常着迷，下旨唐英在景德镇负责烧造。据《清宫造办处活计档》记载，乾隆十三年七月十二日，皇帝见到唐英烧造的两尊甜白釉涂黑发坐观音（现藏于天津博物馆和故宫博物院各一只）非常高兴，即传旨：‘着江西照现烧造的观音菩萨、善财、龙女再烧造一份，得时在静宜园供，尽力烧造窑变更好……’

“这尊菩萨就是当年唐英奉旨恭造的窑变观音，至今未见公立机构典藏，仅此一件存世，殊为珍贵。要感谢这位藏家锲而不舍的追寻，以及之前那位观音的主人割爱，才能把这尊宝贵的观音请出来，为大家研究唐英榷陶成就增添重要的新材料，同时对乾隆皇帝本身的宗教信仰也做出了一个强有力的诠释，更为所有喜爱人物造像的藏友提供了难能可贵的欣赏机会。这才是收藏真正的乐趣。”

“其实这次‘买卖’，我们三方的行为都与钱无关……”

“怎讲？”我不懂翟健民的话。

“在收藏和古玩界闯荡这40余年，我越来越不看重的是钱，越来越钟爱的是古董，以及与古董相关的事情……”

翟健民的话，让我突然看到了他的真正本色：现在的翟健民，其实已不再是一个收藏和古董界的玩家了，他更是一个中国瓷和中国瓷性精神的崇拜者与实践者、制造者。

真正的中国瓷为何物？在一般人眼里，它只是件烧制之物，这固然没错。那精美、细腻、玲珑、玉润的高贵之气，征服过历代皇帝文豪，也让万国洋人着迷痴狂，然而它又来自朴实无华的泥土与火的熔炼之间。几乎可以肯定地认为，它是中国古代“四大发明”之外的又一最伟大的发明，凝聚了中国人大智大悟大巧大美的所有智慧与仁爱的精华，也是五千年中华文化最具象征意义的符号之一。在人类文明史中，有关土与火的结合所营造出的艺术境界各不相同，古埃及人用泥板记录下了不朽的历史文献，古希腊人借泥土释放对艺术的想象，古巴比伦人则把泥土视为文明的象征，我们中国人把泥土与火熔成了独特的瓷器，并将它的名气推到了与国家的名字并起并坐的境地。中国瓷不仅仅是简单的工艺超众，更多的是中华民族文化和精神的承载体，你一旦穿越其中，你或许也会像我的主人公一样，无法自拔。

没过多久，我有机会见到了那尊乾隆窑变观音。那种釉色难以用语言来形容，似红非红间透彻着一种天穹之外的神来之色。头部微微低垂，安详地俯瞰众生，一只手轻轻放在腿上……像我这种没机会欣赏、膜拜菩萨的人都能感觉到这尊观音的强大气场和力量！

那一刻，我忽然脑海里蹦出著名诗人舒婷的一首“观音”诗篇——

一脸安详澄明
微尘不生
双肩的韵律流动
仅一背影
亦能倾国倾城
人间几度疮痍
你始终眼鼻观心
莫非
裸足已将大悲大喜踩定
……
从何朝宗指间
坠下那一滴畅圆的智水
穿过千年，仍有
余温

是啊，老树着花，馥郁弥香。景德镇上的一把土与一把火，将人类的千年文明史烙印得页页金碧辉煌。“三千炉灶”的熏烟，将天际的朵朵彩虹变幻成万般奇妙的艺术之花，独领于世界万宝之魁首。

千百年前的宋代，就有汝窑、宋官窑、哥窑、钧窑、定窑、龙泉窑、建窑……光制瓷的窑别，就有五大类、数十种。至于生产的制品和器型，到底有多少，只有天知道了。到后来，瓷器的创新与发展更是从未停止过，仅色釉而言，就有红青黄黑之分，红釉有祭红、霁红、积红、醉红、鸡红、宝石红、朱红、大红、鲜红、抹红、珊瑚红、胭脂红、胭脂水、粉红、美人红、豇豆红、桃花红、桃花浪、海棠红、娃娃脸红、美人脸、杨妃红、淡茄、芸豆、钧紫、茄皮紫、葡萄紫、玫瑰紫、柿红、枣红、橘子红等；青釉有天青、豆青、东青、梨青、蟹甲青、虾青、毡包青、瓜皮绿、哥绿、果绿、孔雀绿、子母绿、鹦哥绿、桦花绿、葡萄水、西湖水、祭蓝、宝石蓝、鱼子蓝、抹蓝等；黄釉也有淡黄、蜜蜡黄、象牙黄、金酱、茶叶末、鼻烟、菜尾、鳝鱼皮、老僧衣等；黑釉自然更不用说，如乌金、古铜、黑褐、铁棕等。从这些名称看，也蛮有趣味，基本上都是劳动人民自创的名儿，土而美，十分接地气，又易记，易分辨。这就是中国人的智慧。有道是，大俗方入大雅，高贵常出自普通。可不，如果不是中国人的高超本领，试问在农耕文明时代，有哪种科学技术甚至是计算机能够在一把火与一把土之间调造出如此精美的作品——红中有数十个种类，青中分得出豆青与东青，蟹甲青与虾青之间的差别？唯有劳动人民的娴熟本领和智慧方可展现其美轮美奂，调融成如此巧夺天工之色。那里面的技术绝伦、思想绝伦、手艺绝伦、精神绝伦，还有天意之绝伦，谁能不服？谁会不五体投地？

他翟健民难道不是这样一件难得而精致的“中国瓷”吗？

出版说明

何建明先生是中国文坛著名作家，长年坚守在报告文学一线。“非典”、汶川地震、天津大爆炸、利比亚撤侨等重大事件发生时，何建明先生都尽可能出现在第一时间、第一现场，将第一手材料及时地呈现给读者，将中国故事讲深、讲透、讲生动、讲精彩。他强烈的责任感和使命感让人感动，其直面真相、忠于现实的精神令人钦佩，是中国当代报告文学界极有影响力的领军人物。

有感于斯，我社特收录何建明先生近40年创作的报告文学作品，结集为《何建明文集》三十卷出版。这些作品是对时代、社会、自然和人文的记录、呈现与见证，是作者响应时代的召唤，置小我于大我之中，循着时代背景和社会需求而创作的，完整、真实地表现了社会各个层面人物的喜怒哀乐，代表了当代中国纪实文学、非虚构创作的高峰水平，大气磅礴、激情豪迈，极具胸怀和气量。其中多部作品获得鲁迅文学奖、国家图书奖、“五个一工程”奖、徐迟报告文学奖等。

每个时代都有自己的特征，每部作品都有自己的特点。为了全面展示何建明先生历时40年创作内容、使用语言和文学风格的变化，本文集对何先生已发表的所有作品原则上不做修饰和润色，除特殊情况外也不做大的删节和修改，以保证今天的结集出版，仍不失当年作品的激情和味道。